永和[illegible]

王哲士 著

到了永和关　先找白老三
吃上两碗面　送你上渡船
有钱给两个　无钱下次来

作家出版社

第一章

临近永和关，白永和不由得长长嘘了一口气："啊，总算到家了！"

他站在山腰，喜不自胜地四下张望。

关村里有他再熟悉不过的老宅。夸张一些说，是一片由石头窑洞组成的城堡。城堡下躺着瘦身脱形的在冰下呻吟的黄河，渡口排放着封航冬眠的渡船。这里的一切如数家珍，是他梦牵魂绕的地方。

"啊，回来了，我回来了！"他喃喃自语道。

比起眼前这位年轻人，永和关已经是风尘满面的老者。自魏晋时开通航运，从官渡、军渡、民渡到货运，世代不绝。它承载着岁月的重负，聆听着黄河不知疲倦的歌唱，当然也见证了两岸人家的春秋兴替和悲欢离合。

关村里灯火点点。

白永和放慢脚步，且走且想。灯光映照的是他的爷爷、奶奶，他的同胞弟兄，他的一个个本家亲人的身影。此刻，他们都在做什么呢？

别的不说，爷爷或许正盘着腿伏在小巧的炕桌上，借着麻油灯的光亮，一面拨拉着精致的红紫檀木算盘珠，一面"呼噜噜"地吸着水烟。他最亲近的奶奶则陪坐其侧，小心翼翼地把长长的铜烟嘴拔出来，把吸过的烟灰倒进灰盆里，再从烟斗里拈出黄豆粒大的烟丝，装进烟锅，把冒着青烟的空心香用嘴一吹，火苗随即燃了起来，爷爷就着香火把水烟点着。除了清脆的算珠声和沉闷的水烟声，还会有一两声交谈。想到这里，白永和脸上现出安详自若的神情。

随着脚步的逼近，点点灯火变成团团灯火，耀红了他的眼。这是什么？定睛看时，原来是南北两个堡门和村道上挂起了大红灯笼。还不到过节，为甚赶早挂起了灯笼？他心里颇有些纳闷。容不得多想，一阵激昂的丝弦声随风飘了过来。他顺着声音的方向往堡下的清泉庙看去，那里不仅有灯火，还围着好多人，原来，庙里的“四声戏台”正唱大戏。关里乡俗，岁尾是不唱戏的，开年第一台戏在正月十五。那么，现在唱的是哪一出？

他步子急促地往关村走去。下得山来，绕过村堡北门，折向村堡南门，再下一段石台阶，就来到戏场。戏场里挤着好多人，有的拥着羊皮筒子，有的裹着厚厚的老棉袄，一个个傻乎乎地盯住戏台，唯恐戏中人跑了似的。

他扫了一眼戏台。只见旦角手拉生角，娇滴滴地喊了一声：“我的赵郎……”而那位生角则呼旦角“秀英娘子”，熟悉戏文的他，知道这出折子戏应是蒲州梆子《喜荣归》。说的是赵庭玉高中状元回府，装扮成乞丐试探家人。岳母嫌贫爱富，逼他退婚，连老家奴崔平也百般刁难。唯有小姐崔秀英一如既往，痴情不变。直到真相大白，岳母和崔平羞愧难当，与赵庭玉喜结连理的崔秀英自然得意扬扬，幸亏她一双慧眼不曾看错人。白永和猛然想到，莫不是举家为千里做官的他破例唱的庆功戏？禁不住喃喃自语道：“喜荣归，喜荣归……举家盼他喜荣归。可是——”想到这里，脸上倒像被蜂螫了似的灼热。

他的目光从台上移至台下，借着台口微弱的灯光，发现爷爷、奶奶也挤在人堆里，眉开眼笑，交头接耳。看得出，他们心情不错。

他不想惊动二老，怕冲了他们的雅兴，便转身往村里走去，步履显得迟缓。推开虚掩的厚实堡门，迎面遇上手提灯笼的杂工财旺。

面对不速之客，财旺竟打了个愣怔：眼前这位爷长袍马褂，面容清秀，眼睛明亮，鼻梁高耸，像是他们家三少爷；可是，三少爷头上那条又粗又长的辫子哪里去了，齐耳剪发上还罩了个帽盖盖。听说洋人就不留辫子留寸头，莫非这是洋人来了？听说洋人是蓝眼睛鹰钩鼻，灯光烛影里看不清这位爷是不是蓝眼睛，但鼻尖好像不带钩，他不敢细看。正在捉摸不定时，忽听那个“洋人”开了腔：“怎么，不认得了？”

对方吐出一句地道的永和关土话，他听着这么耳熟，再看一眼对方熟悉的面孔，才半信半疑地试探着问：“三少爷——”

白永和轻轻应了一声，又左右扫视了一眼。

财旺仍不放心，又用审视的目光上下打量了三少爷一番，问：“三少爷，您怎么成了这个——”

财旺本来要说“模样”，但不敢往下说。男人丢了辫子，意味着什么？连他这个下人都拖着一条粗糙的辫子，堂堂知县大老爷竟把辫子丢了，真是稀奇事！

白永和知道对方要问什么，但懒得去解释，只淡淡地“噢”了一声。

“您不是去老远的南边做官去了吗？怎么……”

年轻人见这个孩子似的佣工一脸狐疑，就敷衍着咕哝道：“怎么，做了官就不兴回家了吗？”

“当然，当然。三少爷请。”说完，财旺跟着三少爷亦步亦趋地往回返。

白永和忽然停住，回头问财旺道：“财旺，院里院外挂这么多灯笼做甚？”

“老太太说，三少爷当了县太爷，要挂一个月的灯笼，一直挂到正月十五。让九十眼窑院里里外外，红红火火，喜气洋洋！这不是，还有一盏灯没挂呢，啊，我这就去挂。”

白永和想说什么，终于没有说出来。轻轻叹了口气，摇摇头，摆了摆手说：“去吧，去吧。窑里有人吗？”

“有，有。刘婶和陈婶都在。”刘婶和陈婶都是白家雇的老妈子。

白永和循着熟悉的路径，不紧不慢地走着。进了院门，迎面是白家略显沧桑的照壁，在灯笼映照下，斑斑驳驳的砖雕大字依稀可见：“以和为贵，以义制利，以诚取信，以俭治家。”这是白家沿袭了几百年的祖训，白永和每次外出归来，总要对着祖训默念一遍。他认为，这笔人生财富，任何时候都不可淡忘。所以，尽管落魄归来，依旧不忘恭恭敬敬地拜上一拜。

他脚步轻轻地绕过照壁，一直朝里走去。

财旺挂好最后一盏灯，就跌跌撞撞地跑进戏场，一头钻进人群中，像要捅破天大秘密似的，附在白老太爷耳边嘀咕了些什么。白老太爷先是吃了一惊，继而低声问道：“没看错人吧？”

“哪能呢，千真万确是三少爷回来了。”

“带了随从没有？”

“这个——随‘村’，还是随‘城’，我不知道，只有三少爷一人随我进了村。”

白老太爷骂了声“没用的东西”，再没说什么。

坐在旁边的白贾氏忍不住又问：“三少爷穿的官服还是便服？”

“这个我倒没留意。不过——我可从来没见过县太爷。”

“难道三少爷不是县太爷？蠢材！”白贾氏显然对财旺的不识高人感到不快。

“哎，就是呀！你看我这人多糊，真是有眼不识泰山！”

财旺刚要走，又转过身来，神神秘秘地说：“三少爷的辫子，辫子……”

“什么辫子？”白老太爷惊愕地问。

“辫子不知哪里去了，只留了个帽盖盖，就像我送他做官时在汉口见的洋人一样。”

白老太爷再也按捺不住，“呼”地站起就走，白贾氏紧随其后，人们自觉地闪开一条缝。白家长孙白永平、仲孙白永忍和他们的媳妇，见爷爷、奶奶要走，不知该怎么办，只得跟着站起身来，做出要走的样子。

白老太爷见状，说：“不关你们的事，看戏！”

他们的举止引起一阵小小的骚动。人们的目光不由得射向两位长者，白家当家人的突然离场让众人不免心生疑问。不过，随着他们身影的消失，戏场复归平静，台上弦歌依旧。

白老太爷和白贾氏坐在客窑（客厅）正中精致的楠木太师椅上。白老太爷强作安详地吸着水烟，铜烟壶被擦拭得黄灿灿的，手上那颗硕大的金戒指格外耀眼。白贾氏心神不定，双目眯缝，两只手不停地捻着佛珠，口里不停念叨着“南无阿弥陀佛”。他们正等着三少爷白永和用过饭来这里说话。

这是一进两开的石头窑洞，窑面上贴了厚厚的麦壳泥皮，泥皮上裹了层搅着麻刀的白灰，要在白日，一眼就会看到用桐油漆了的墙裙上，那些彩绘的山水花鸟图案，现时只能在昏暗的灯光下幽幽地反光。中间为客窑，两边各开一门，俗称腰门，左进是起居室，右进是书房兼密室。其中的隐秘和奇特之处留待以后细说。

门外，脚步声由远而近传来，临门时却戛然而止。三少爷白永和在门口略微停顿，才战战兢兢地掀开门帘走了进来，不等二老问话，扑通跪倒在地，失声痛哭道：“孙儿不孝，辜负了爷爷、奶奶的厚望！”

白老太爷和白贾氏被这突然的举动惊呆了！

本来是坐等喜讯，怎么倒不明不白地痛哭起来？端坐的二老心下疑惑，朝廷的派令他们是亲眼看过了的，他们的孙儿明白无误地去贵州上任去了，七品乌纱是明白无误地戴上了，怎么不好好在任上用心，却返回来说这些不争气的话，败这等不合时宜的兴？再一看，果真如财旺所说，乌黑的辫子不翼而飞，代之而来的是一头齐耳短发。堂堂大清知县，怎么成了男不男、女不女、洋不洋、土不土的四不像？

他们的脸色几乎同时都灰暗下来，问道："怎么回事？"

"宣统退位，民国成立，我这个七品官也丢了！"

"什么？宣统爷连金銮殿的宝座还没焐热，说不坐就不坐了？好端端的大清国说完就完了？"白老太爷一听，双目圆睁，倏地从太师椅上跳了下来。

"你不是说胡话吧，你知道你这是做甚？这是犯上，犯上可是灭门之罪呀，三娃！"白贾氏眯着的眼顿时像灯盏一样发亮，盘着的腿也紧接着垂下了地。

"改朝换代，天下共和，还有甚犯上不犯上的！"

白老太爷和白贾氏一惊，像迎风吃炒面，噎得半天说不出话来。

白贾氏问："这么说，你还没有到任，皇上就逊位了？"

白永和点了点头。

白老太爷说："看来你这个七品县令是白买了？"

白永和点了点头。

"做什么不好，非要低眉下气地买这个破官？丢了乌纱扔了钱，这叫甚事！"白老太爷事后诸葛亮地揶揄道。

白贾氏自知理亏，没有理会白老太爷的挖苦。看来，大清真的不中用了，要不，孙儿哪敢说这等犯上作乱的话？再看眼前三娃的狼狈相，两人不约而同地厉声问："你的辫子呢？"

"路过太原府时，给革命军铰了。"

"哦？哦！"二人发出极不协调的惊叫。

白老太爷迟疑片刻，不由自主地把那只修长瘦削的手伸到脑后，握住那条梳理得十分顺溜的辫子，轻轻放到怀里，生怕也被铰了似的，口齿謇涩地说："完了……完了……一满都完了。"

哀鸣刚刚出口，水烟壶就脱手而去，声音铮铮，烟水溅落，一片狼藉。白永和顾不得站起来，急忙爬过去拾掇。

白贾氏喃喃地说："三娃走的那天，一泡鸟屎屙在我头上，这心里就犯疑，此去该不会出什么事吧？这两天右眼皮跳得什么似的，不得安生。人常说左跳财，右跳崖，果不其然全给照应了。”少顷，她突然声嘶力竭地尖叫一声：“哎呀，天塌了”，就晕了过去，手中的佛珠也应声落地。

爷孙俩吓了一跳，忙服侍着平卧了，喊来刘婶和陈婶，灌了热汤，约莫有一两袋烟工夫，白贾氏才苏醒过来。这时，闻讯赶来的大少爷、二少爷和一干用人，把白老太爷窑里围得水泄不通。白贾氏见状，多少有些不自在，很为自己刚才的失态而懊悔，就挥挥手说：“不碍事， 不碍事。都去吧。”

众人听了，一个个鱼贯而出。霎时间，宣统下野、大清寿终、三少爷丢官的消息如迅雷闪电，炸翻了白家大院；大院里的九十眼石窑，里里外外都被沉闷不安的气氛所笼罩，大红灯笼在夜风的撕扯中黯然失色。此时，“四声戏台”的戏也因观众散伙无果而终，可白家的戏似乎才刚刚开头。

第二章

三少爷名永和，字凤翔，乳名三娃，在白老太爷的孙子辈中排行第三。母亲怀上他的七个月头上，父亲押送一船贵重货物沿河而下，准备至禹门口出手。船行至叫乾坤湾的地方，搁浅在一处石碛上。父亲呼喊船工下水推船，船工们一个个跳入水中，用力前拉后推，船就是不动。眼看乌云密布，电闪雷鸣，大雨就要来临。父亲急了，亲自下水推船，并呼喊着大家拼死救船。船在众人的齐心推拉下终于前行，出了石碛，父亲招呼船工上了岸，拴好缆绳，正准备上船时，突然，从上游大湾处涌来黑乎乎的一排恶浪，众人说声“不好，东家快上船”。父亲回头一看，浪头扑面而下，虽说他自小在黄河边长大，水性极好，但面对猝不及防的洪峰，也无能为力。在大自然面前，人有时渺小得像只蚂蚁，片刻间他便无声无息地被洪峰吞噬。

噩耗传来，母亲一头撞地，昏厥过去。人悲胎动，白家迎来早产儿的第一声啼哭。母亲因为失血过多，加上永和关远离县城，延医不便，生下白永和的第三天，也随着丈夫去了天国。

不幸的婴儿遇上万幸的亲情。早产儿的成与不成，当地民间有“七成八不成”的说法，虽然早产儿白永和只有三斤三两重，但是在奶奶精心呵护下，还是幸运地活了下来。

许是先天不足的缘故，白永和自小瘦弱，头大腿细，眼大无神，如同一株豆芽菜。虽然这样，脑子却灵动得很。周岁时，按习俗得“抓周”，以测试他未来志向。

长长的炕上放着好多吃的、用的、玩的东西，爷爷、奶奶把他放在中间。爷爷瞪着那只红紫檀木算盘，奶奶瞄准那本蒙学必读的《千字文》，如同抓阄一样，谁都想让孙儿抓着自己心想的器物。身体孱弱的白永和，在各色东西中爬来爬去，好奇地逐个看看，摸摸，就是不往起抓，两位长者虽不说话，心里急得像猫挠心一样难活。转了一圈，又转了一圈，小手终于伸了出去。不过，不像他的大哥抓了个烧饼就吃，也不像二哥抓了个笤帚就扫，而是抓起那本《千字文》就翻了起来，悠闲得像位识文断字的小书生，叫白贾氏眉开眼笑，心旌荡漾。一会儿，三娃玩腻了，就毫不怜惜地把《千字文》扔到炕上，顺着爷爷的目光又去抓红紫檀木算盘，但因气力不足，支撑不住，睡倒在炕，就势打了一个滚，不仅没有抓住算盘，还把《千字文》压在身底下。再一个滚过去，那本书就成了湿淋淋的泪人——小小的三娃毫不留情地把珍贵的童尿撒在书上。白贾氏慌得把书抽出来，心里不安但嘴里硬撑着说："尿得好，尿得好，这半亩方塘指定是由他浇灌了。"

白老太爷似笑非笑地说："抓起书好，尿湿书还好，你这是反穿皮袄，总是有理（里）。"

白贾氏说："怎么样，不如意了吧？你那宝贝算盘，想让他尿一泡都轮不上哩！"

"哪里，哪里。他心里有算盘，眼看就要抓住……咱们打了个平手。"

虽然这是一场游戏，却让一生以商为本的爷爷大失所望；倒叫巴望孙儿入仕扬名的奶奶终于有了渺渺茫茫的希望。

儿时的白永和，淘得太厉害，不是爬树掏鸟，就是下河摸鱼；不是撩猫逗狗，就是打架斗殴，害得奶奶整天跟上给人家说好话，赔不是，为他操碎了心。

六岁时入私塾。先生让拜孔夫子孔圣人，他说又不是他的先人，就是不肯下跪。先生摁住脖子让他下跪，他就号啕大哭，直哭得只有出的气，没有回的气，把先生吓得束手无策，哭坏了东家的孙子，可怎么了得！好在三娃上气从渺渺处转了一圈，终于和下气接上了头，这才还阳过来。连孔夫子都不拜的学生，还能拜先生？先生的礼不免也得免了。从此，小小年纪的白永和有恃无恐，不是在课堂捣蛋，就是逃学玩耍。别的学童都背过《三字经》《千字文》，他连一二三都记不清，人人说三娃是纨绔子弟，不是读书的材料。

奶奶不服气，她不相信抓周抓了《千字文》的三娃能不识字。有一天，就叫来三娃说："你认了甚字了？"

三娃说："一字。"说着，就在地上画了一横。

奶奶说："看我三娃，多有出息！"

第二天早晨，奶奶想在爷爷面前显能，用扫帚在地上写了一个大大的"一"字。问："三娃，这是甚字？"

三娃从没有见过这么大个的字，愣在那里不说话，急得奶奶两只手在空中乱比画。爷爷冷笑一声："愣头，这不是个'一'字吗？"

三娃好像想起来了，便惊奇地说："爷爷家，一夜没见，'一'字就长了这么粗、这么长，我都六岁了，才长了这么高。"

一句话逗得爷爷、奶奶忍俊不禁笑了起来。

爷爷说："真难为他了，朽木不可雕也。"

奶奶说："话不能这样说，也许是三娃开窍迟，如今能认得一字，将来就能认得万字。能认得'一'就不赖了，别忘了他是不足月生的，禀赋弱。"

爷爷说："人家娃们都背过《百家姓》《千字文》，你孙子连一字都认不好，罢罢罢，这娃是喝了糨糊，糊脑孙。"

家里惯他，学堂里也不敢拿他怎样。先生不敢训他，更不敢打他的板子，惹急了还敢往桌椅上尿呢！先生见管不了东家孙子，就要辞馆，奶奶说了几箧箩好话才算留住。生下的弯树长不直，先生只当他是陪读的书童，任由他去吧。十岁了，别的学童读开四书五经，他《百家姓》《千字文》才勉强读得过去。

这地方兴给小孩过十二岁生日，叫作开锁。意思说已经告别童年，步入少年。三娃开锁这天，全村人都来庆贺，他成了最受宠的小红人。人们都说了好多好听话，也说了不少逆耳话。好听话觉得顺心，记不得了。逆耳话，因为有刺，一句句如芒刺在背，好不自在。有的说，三少爷都十二岁了，不是娃娃家，该回心转意、做正事了。有的说，自己十二岁时就入了州里的书院。有的说，自己十二岁时就出门当了学徒。不中听的话像乱箭齐发，他就是活靶子，箭箭中靶，支支见血，不由得心里翻江倒海，生平第一次感到羞愧的滋味。他什么也没有说，一扭身跑到窑外，跑到河边，爷爷、奶奶追上时，他早脱得浑身精光，跳到河里和孩子们玩去了。爷爷气得直摇头。奶奶心里暗暗叫苦，都以为这娃不可救药了。

谁知道，在河里美美玩了一泡的三娃，洗心革面，真个动了心。从此变得好读书，再不贪玩胡折腾。加上他天赋聪慧，没几天，《三字经》《千字文》倒背如流，再过几天，《唐诗三百首》也背得滚瓜烂熟，很快走进四书五经的殿堂。只一年工夫，不仅补上以前落下的功课，还从榜末跃到榜首。无论是重商轻儒的爷爷，还是重儒轻商的奶奶，都说这娃就像他妈重生了一回，脱了胎，换了骨。因此，对焕然一新的三娃都刮目相看——这娃说变就变，不可小看。十四岁通过童子试，进隰州紫川书院读书，十六岁参加了州府院试，取得生员资格，成了小有名气的白秀才。再后来，奋发攻读经史文学，眼界开阔，学问长进，摩拳擦掌，只待乡试到来一显身手。

谁知，不同凡响的白永和，乡试路上，演绎了一段不可思议的故事。

这一年，他和同在隰州紫川书院读书的南路儒生王必高一同赴省参加乡试。一日，路经一处叫下均庄的地方，见天色不早，就宿在路边小店。店家只有父女二人，父亲忙着给客人做饭，村姑边烧火，边翻动一本缺角卷边的书。王必高见状，就调侃道："山风不识字，何必乱翻书？"大约是有所顾忌，他把原诗的"清"字改作"山"字。

村姑听了，好不是滋味。想了想，就回敬道："夺红非正色，异种也称王。"她把原诗中的"朱"字改为"红"字，以避嫌对避嫌，以牙还牙，可谓恰到好处。王必高本想调侃小女子，结果适得其反，倒被小女子将了一军，闹了个大红脸，没了好说的。

王必高开的这个玩笑也太大了。这本是清朝有名的因诗得祸的典故，用在这里虽然生趣，弄不好会惹出是非。白永和忙赔笑道："小大姐不要见怪，他是说说玩的，咱们哪里说就哪里忘了吧。"

村姑淡淡说："他是说说玩，我是玩玩说，不蒸馍馍还不蒸（争）口气？"

二人一时无语。一个想果真厉害，一个想不给她个教训还要上天哩！

村姑见两位少爷窘在那里，越发来了劲，问道："二位少爷到太原府做甚？"

白永和说："赶考。"

村姑一听，眉毛飞扬道："既是考举，那一定是很了得了。小女子不才，想向二位少爷讨教讨教。我这里有句上联，请二位爷对下联，如能对得上，就去赶考；如对不上，就此打道回府，敢不敢打这个赌？"

小小村姑也敢与秀才作对？白永和有些按捺不住，就要张口应战时，眼前忽然闪过村姑与王必高的不俗应对，人一警觉就有了理性：小看别人也抬高不了自己，不如避锋而去，相安无事。他对村姑说：“这联对得，赌可万万打不得！”谁知心高意大的王必高脱口说道：“好呀！如果能对上，你就不要开这个店了！”

村姑说一言为定。白永和说不可意气用事。王必高说赌它一把怕啥。

村姑的父亲见女儿不识时务，就赔着笑脸道：“二位公子不要见怪，小女久住山村，没见过世面，不要和她计较。”

王必高哪里把村姑看在眼里，就大大咧咧地说：“但说无妨，但说无妨。”

白永和扯了扯王必高的衣襟，示意不要纠缠。谁知，村姑的上联早脱口而出：“东米市西米市东西米市量米。”

本想村姑要出绝联，没想到俗联一句，王必高嘲笑道：“看来，大小姐这店是开不成了。”

村姑淡然一笑：“少爷不要高兴得太早，还有个说法哩。”

白永和一听说法，生出不祥的念头：“有什么说法？”

村姑道：“这是副地名对，只限于太原府。”

白永和道：“为甚不限隰州而限太原府，这不是舍近求远吗？”

村姑父亲接过话茬说：“不瞒二位说，我在那里做过几年生意，对太原府的情形略知一二。闲暇时和小女对对联玩，这就是其中的一联。小女爱玩弄，时不时拿来吓唬人。不想还真唬住了几个过路人。”

听了这话，白永和心头一紧，王必高头皮发麻，说不准自己也要被她唬住呢。

王必高说：“人还在路上，联就跑到太原，哪壶不开提哪壶，这不是难为人哩么？”

村姑道：“对对联还管天南地北古今中外，怕难为人，就把说了的话收回去。”

省城太原，二人都没有去过，仅仅知道此行必去的贡院街、繁华的柳巷街和钟楼街。其余的一概不知。把话收回去认输吧，面子上不好看。硬对吧，就得胡诌。俩人蒙了一夜，次日打早，王必高一出门，就说：“我们对‘上花园下花园上下花园看花’，怎么样？”

村姑父亲笑道：“对得巧。”

村姑说：“巧倒是巧，就是投机取巧了。我出的真地名，他对的假地名，还不是糊弄人。不行，重对吧。”

再往下对对，两位秀才连糊弄的本事也没有了。正合了江郎才尽的古语。着急赶路，却交不了差，因小失大，太不划算。

俩人急得如热锅上的蚂蚁。王必高道：“赶考事大，属对事小，我们还是赶路要紧。”

白永和一听，倒埋怨起王必高来：“没有金刚钻，就不要揽瓷器活，谁让你逞这个能？这下可好，咱们的面皮都丢尽了。既然和人家有约在先，我想还是遵约守诺为好。再说，我等连村姑都不如，哪里还敢奢谈蟾宫折桂呢？还是打道回府吧！”

王必高听了，苦笑着说：“哪能呢，三年一考，谈何容易？村姑戏言，不必当真。咱们还是快快上路，免得误了考期。”

白永和一脸严肃地说：“言必行，行必果，是君子所为。如果我们失信而去，不仅对不住村姑，也对不起长辈的教诲和自己的良心。你还看不出来，村姑是有意试探咱们的软硬哩，就这样走了，还不让人家笑掉大牙？”

村姑只是笑，并不说话。但单纯而火辣的眼神，分明调侃中不无期盼，关切中又含不屑，他们也说不清楚。反正村姑的眼神搅得他们心神不安，刚刚出征就败下阵来，晦气替代了神气，一时不知道该说甚。村姑的父亲见女儿惹得二位公子不快，就赶女儿一边去，满脸堆笑地说：“山里人没见过大天，识得两个字，就敢与公子作对。只管走你们的路，不要理她。”

又是一语双关。说女儿无学问敢和公子作对，其实就是说二人无能还敢和村姑作对，连村姑这一关都过不了，还敢去贡院应举？温温的话语，含着浅浅的嘲笑，叫他俩无地自容。白永和再也坐不住了，拿起行李，一面竖起大拇指连夸村姑“深山出俊鸟”，一面拉上王必高义无反顾地返了回去。

一次作对，输了学问赢了志气；一次赌气，徒添三年风霜，千日苦熬。三年后，两人相约赶考，再次路经这里，父女俩依旧开着小店，像是专等他们到来属联。只是村姑长大了，害羞了，见二人来到，反倒躲在里屋不出来。父亲把她叫出来，叙了礼。不等坐定，王必高就把他俩三年来潜心研究的成果展示出来：“我们对‘上兰村下兰村上下兰村赏兰’。你出的是街名，我对的是村名，你量你的米，我赏我的兰，互不相干，倒也般配。怎么样，小大姐？”

村姑一听，笑在眉头：“妙对，妙对。我这里给二位公子赔个不是，一个玩笑耽搁了千日光阴，罪过，罪过。”

白永和说：“无妨，无妨。即使能对得上，也是无功而返。”

村姑父亲奇怪地问：“这是为甚?”

白永和说：“说来也巧，其间适逢庚子之变，本应在庚子和辛丑年举行的恩正乡试停科，一直待到今年才补行恩正并科乡试。”

村姑拍手叫好，说：“谢天谢地，要不因小失大，我就落下一世骂名。”

父亲说：“但愿此行赶考专心经营，兰章芳香，双双中举。”

这年是光绪壬寅年。果然，二人不虚此行，双双登榜。王必高和白永和兴高采烈之余，不免想起村姑属联之事，内心充满感激之情。水满则溢，人盛易衰，也许正是村姑的一记闷棍，使他们从浮躁中清醒过来，看到自己色厉内荏的花架子，闭门静修三年，得以桂榜题名，不戒骄就无以成就今天，如有机会，定要好好酬谢村姑。当然，原本一直埋怨白永和感情用事的王必高，这时也不得不对白永和另眼看待，他的特立独行，他的谦逊守信，不正是自己所缺少的吗？这是后话。

秋闱之后就是春闱，正在京师备考的白永和，一心向往着大比之年的到来，了却“十年寒窗无人晓，一举成名天下闻”的心愿。忽然间，一声霹雳自天而降：光绪皇帝诏告天下废除科举制。

白永和几乎是一路小跑来到顺天府贡院的。贡院外早已围满了人，嚷嚷成一片。他找了个缝隙硬挤进去，终于看到那张叫他如丧考妣的诏告。他瞪大双眼，屏声静气地在诏书上寻觅：

> ……着即自丙午科为始，所有乡、会试一律停止，各省岁、科考亦即停止。

白永和一字一句，反复诵念，唯恐理解错皇帝的旨意。但黄纸黑字如同板上钉钉，“一律停止”，不容置疑。他脑袋一热，竟愣在那里。

生员们有的议论，有的埋怨，有的哭泣，也有的幸灾乐祸，一片呜呼哀哉的悲鸣。白永和闷声不语：一千多年的科举怎么到光绪爷手上就寿终正寝了呢？一千多年来天下生员人人能考，为什么到他白永和这里就成了穷途末路？

光绪爷，您一句话，误了我一生，毁了我的锦绣前程，枉费了爷爷、奶奶在我身上花去的数不清的雪花银……他越想越气，越气越想，只觉得头晕目眩，不能自已，竟一头撞在贡院外的石狮上，立时昏了过去。

醒来时，他发现自己躺在一个陌生地方。头颅闷痛，缠着布带，用手一摸，沾了殷殷鲜血。这是怎么回事？为什么睡到这里？昏昏沉沉的他，一时想不起发生了什么。这时，从门外进来一个人，见他醒了过来，长长舒了口气说："总算醒了！好险呀，幸亏发现得早，郎中治得及时，要不失血过多会没命的。"

白永和定睛看时，惊喜地叫了一声："必高兄，是你！"

王必高凑到他身边，轻轻拍了拍，说："别说话，静养几天再说。"

白永和问："我这是……"

"可能是气迷痰厥，一时眩晕，碰在贡院的石狮上，流了一摊血。正好我也到贡院察看诏书，见门前围着好多人，走近一看，竟是你老兄躺在那里。"

王必高因内人抱病在家，加上连年赶考，家中已经一贫如洗，原本不打算来京师参加会考。可是内人不允，说：苦也苦了，累也累了，不就是盼得皇帝开科这一天？高中了我们就会苦尽甜来，落榜了也无怨无悔，大不了讨吃要饭！硬是把他赶了出来。来京后就看到这令人沮丧的一幕。

"多谢王兄。唉！十年寒窗，满腔热血，一纸诏书就付之东流，想不到我辈竟落到这般地步！"说着，鼻子一酸，两行热泪如断线的珠子滚滚而下。

"认命吧白兄，世上的路千万条，这条不通走那条。科举去了，还会有别的什么'举'来。"

"你倒挺能想得开。"

"想不开又能怎样？人常说，除了死路都是活路。只要你我兄弟志向不丢，老天总会眷顾我们。"

"为了那一天，奶奶不知倾注了多少心血，爷爷不知花去不少银两。似这样无功而返，叫我无颜以对如同严父慈母般的爷爷、奶奶。唉，咱俩都是天涯沦落人！"

王必高说："同是落魄，境遇不同。你回家只是情理上的亏欠，并没有别的牵挂；我回家除了有愧亲友，还要承受债务的重负，这些年我已欠下千余两白银！如果在家务农，即使耗尽毕生，也未必能还清这笔情债、钱债。"说到伤心处，王必高长叹一声，眼圈禁不住红了起来。

白永和听罢，才知道自己饱汉不知饿汉饥。他心里明白，科举这条路不只是用心血筑成的，还是用银子铺出来的。年复一年的苦读，接二连三的考试，尤其是县考、岁考、乡试，饮食起居，文房书墨，交友访师，这笔费用自然不菲，自己都不知用去家中多少银两，像王必高这样的寒士，川资更来得不易。

亏得王必高悉心照顾，不几日，白永和就能下地走动。一日，家在蒲州府的王必高告辞归里，白永和再三挽留，王必高执意要走，就送了一笔盘缠，王必高推辞不过，也就“受之有愧”地接了下来。临末，两人相约，既然功名无望，倒不如轻松游历一番。来年阳春三月，相偕去蒲州，凭吊鹳雀楼，品王之涣诗，浏览普救寺，寻西厢风情，待心平气和了再议未来之事。

白永和步履蹒跚地回到久别的永和关。

轻轻推开两扇门，见爷爷、奶奶都在窑里，心里便热乎乎的，踏实了许多。爷爷在后炕面朝前，奶奶在前炕面朝炕沿，居中的炕桌就是楚河汉界，井水不犯河水似的各自为营。爷爷年过花甲，目如灯盏，面似蜡白，背后拖着一条顺溜的花白长辫，人虽清瘦，不乏精神；奶奶小爷爷六岁，依然颜面红润，体态丰盈，看上去像四五十岁的中年人。这样的情景白永和不知经过多少，他们总是这样，近了使不得，远了又舍不得。爷爷正伏在炕桌上，戴着他那用线绳绑在后脑勺上的老花镜，一面翻着账本，一面拨动着算珠，随着修长敏捷的手指灵巧移动，发出清脆而有韵律的声响——好听且又迷人。奶奶闭目盘腿，手捻佛珠，满脸虔诚地默诵着“南无阿弥陀佛”——好看也很动人。算珠声仿佛是伴奏，默念声又像在歌唱，遇到算珠声不间断地响时，那真是天衣无缝的“二人台”了。这一切，入迷的爷爷和入神的奶奶浑然不觉，只有耳濡目染心领神会的白永和能品味出其中的妙趣。这样的声音一旦充斥在这孔硕大的窑洞里，窑洞显得更加幽静。所以，尽管他们最疼爱的三娃远道归来，站在身边一小会儿了，仍然没有觉出异常，陶醉在不经意间构筑的二人世界——这样的世界不知被他们经营了多少个年头。

白永和被祥和的气氛感染，一时间竟把塌天的消息、郁闷的心情和路上的辛苦全忘在脑后，眼前浮现出缠绕在二老膝下的孩提时代的情景。

他记得儿时淘气，老是闯祸。那时还穿着开裆裤，好奇地拿起爷爷的水烟壶，学着爷爷的样子，装烟丝、吹香头，吸起烟来。一口猛吸，呛得咳嗽不止，双眼流泪，一不小心，竟将爷爷珍贵的水烟壶摔在地上，明光灿烂的水烟壶上，顿时生了疤痕，开了口子。

爷爷见心爱之物被摔破，不容分说，照他屁股踢了一脚，他睡在地上来回打滚，哭得死去活来。白永和先天不足，自小有一种声长的毛病，往往因恸哭而上不来气。挨了爷爷的打，伤心欲绝，哭着，哭着，就不会哭了，气息似有似无，吓得爷爷上头汗珠子往下滚，下头尿湿了裤裆。奶奶进来，急忙把他搂在怀里，好一阵摆弄，才哭出声来。奶奶吓得出了一身冷汗，没好气地冲着爷爷吼叫："人的命贵重还是你的烟壶值钱？这孩子自小不气实，身子骨单薄，万一有个三长两短可怎么是好？你这个缺心眼货，看他没爹少娘的好欺负？"

爷爷自知没理，不再吭声，躲在一旁摆弄他的水烟壶去了。

一次，他和大娃、二娃到黄河里耍水。两个哥哥手把手地教他学狗扒水，游着游着，力气不支，人就往下沉，水面上"咕咚咕咚"冒起气泡。大娃、二娃说声不好，就一边一个扎下去硬把他拖了上来。他说不出话，也哭不出声，只是脑子里还不糊涂。大娃的头夹在他的腿裆里，把他腿朝上头朝下抱起来，二娃拍着他的嘴，叫他吐水。他只觉得像瓶子倒水一样，"哗哗"吐个不停，直吐得肚子里没了东西。他想哭，但哭不出声来。正好，奶奶寻他寻到了这里，发现他犯了老毛病，少不了一阵忙乱，这才让他"哇"的一声哭了出来。事关人命，不容多想，奶奶铁青着脸，只听"啪啪"两声，大娃、二娃沾满泥浆的身上就留下两个鲜明的手印。

这是奶奶平生第一次打人，并且是为了自己钟爱的三娃打自己疼爱的大娃和二娃。

他见哥哥们跟着他挨了打，心里不是滋味，就挺身而出，说："奶奶，怨不着哥哥，是我要来的。要打，就打我吧。"

说着，把屁股蛋高高撅起，让奶奶打。奶奶半疼半嗔地举起手，在空中画了一道柔弱的弧线，落在自己腿上。没打三娃，却让三娃把她逗乐了。

虽是陈年旧事，件件叫他动情，泪水竟从眼角溢了出来。他忘了手中还提着行李，准备以手拭泪时，谁知"咚"的一声，沉甸甸的行李掉在地上。

这声不和谐的响动，如同在平静的池塘里投进一块石头，霎时惊走了算珠声，惊断了诵经声，爷爷、奶奶的注意力都被吸引了过来：原来，对面站着自己的孙子三娃！一个惊喜地叫道："三娃！怎么是你……"一个疑惑地问道："什么风把你吹回来的？"

白永和霎时从回忆中清醒过来，对刚才的冒失颇有些不安，边慌张拿行李边仓皇回答道："刚——刚到家，就向——爷爷、奶奶问安——来了。"

白老太爷显然很高兴，说："还是我孙子，心里甚会儿也惦记着我们。"

白永和笑了笑："孙子是爷爷和奶奶的香包包，爷爷和奶奶是孙子的亲疙瘩。"一句话，说得爷爷、奶奶"扑哧"笑了。

白永和顿了顿，没敢就势说事，只怕乱上添乱，便故作轻松地和爷爷、奶奶热敬着，不停地问这问那，心想把话留到他们不经意时再说，免得如晴空霹雳惊吓了他们。

白贾氏见三娃不明不白地突然回家，心里七上八下，搅动不安。

"三娃你说，是没钱应举了？还是不想应举了？说话就要会试，皇榜高中就在此举，你怎么倒像没事人一样回了家？"

白永和强挤出一丝笑，说："没事，就是想回来看看爷爷、奶奶。"

"说得轻巧，我就不信，没事你肯撂下会试回家？"

白永和冲奶奶笑了笑，没有说话。

白老太爷名鹤年，是白家当今的掌门人。他一向少言寡语，一门心思放在生意上，别的事懒得过问，被白贾氏讥讽为"一根筋""缺心眼"。他对内人的心眼稠、爱计较一向不看好，所以，一见白贾氏疑神疑鬼就烦，冲着白贾氏说："三娃顺便回来看看，也是人之常情，这有什么不妥？会试在来年，又不在眼前，能误了什么？"

"你就知道整天拨拉你的算盘珠子，什么时候揣摩过别人的心思，体贴过别人的难处呢？"白贾氏随口呛道。

白鹤年一生谁也不怕，单怕内人乱发话。白鹤年的岳父，也即白贾氏的父亲，曾经有过顶戴花翎的威仪，这令他望而生畏。当然，白贾氏精明能干、见识过人、争强好胜的个性也叫他畏避几分。所以，见内人发了火，白鹤年就不再吭气。他知道，在无关宏旨的小事上和她抗衡，毫无意义。既然毫无意义，又何必浪费自己的感情？每逢这时，他总是把机会让给表现欲极强的内人。因这一让，每每让出了一个海阔天空，让出了一个皆大欢喜。

白鹤年被白贾氏这么一呛，便装作没事人一般，用手帕在那只硕大的金戒指上拭了拭，戒指与门缝里透进的光不期而遇，发出灿灿的光泽，袭得白永和的眼眨了又眨。白鹤年又拿起铜水烟壶，也用手帕拭了又拭，使本来明光灿烂的水烟壶亮上加亮。这让人觉得，白家掌门人虽然此时没有了话语权，但却仍有着至高无上的统治权——这枚金戒指和这把铜水烟壶就是白鹤年无可争议的权力象征。白鹤年这一习惯性动作，看似寻常，却有着不同寻常的寓意。

白贾氏还是心有疑窦：不对，三娃此番回家定然有事，不开口明说怕是心有隐情。她正要开口，白永和忙取出兰州产的上好烟丝递给爷爷，爷爷一生除了精于盘算，就是嗜烟如命。见孙子特意买了地道的兰州产的青丝水烟孝敬他，咧开嘴直笑，赶忙装了一锅，“嘶嘶嘶”地吸了两口，吐了一串烟圈，眯缝着眼说：“嗯，好烟，好烟。难得三娃这番孝心。三娃，得多少钱？”

白永和说：“不贵，五斤烟丝才花了一两银子。”

“好小子，口气这么大！才一两银子？一两银子够我穿两身衣裳呢！”

白贾氏见状，接过话茬：“钱是为你花的，又不是为三娃花的，这有什么好说的？”

白贾氏面朝白永和，又想问话，白永和早把一件坎肩递到她手上，白贾氏只好把话咽了下去。接过坎肩一看，原来是件湖蓝色缎面绸里的对襟坎肩，做工十分精致：对襟两边是盘花扣，下襟呈如意形，绲边绣花。不用说在永和关，就是永和县也不多见。白贾氏一生爱好穿戴，是那种“宁叫口里受穷，不叫穿戴寒碜”的女人，见孙子这么懂她的心思，知她的爱好，像喝了蜜糖一样舒坦。

见奶奶高兴，白永和特意说了句：“这可是苏州出的上品——十八镶坎肩，孙子买来孝敬您老人家！”

白贾氏听说是苏州货，忙叫三娃给她穿上试试。果真，本来就端庄优雅的白贾氏，穿了十八镶坎肩，愈发显得雍容华贵，精神了许多。

白永和取出平遥牛肉、太谷饼、闻喜煮饼和杏花村酒，摆下一炕，把两位老人看得眼花缭乱。爷爷爱喝酒吃肉，白永和就从里三层外三层包着的纸里取出一块牛肉，再打开一坛汾酒，放在炕桌上。奶奶信佛吃斋，白永和就取了太谷饼和闻喜煮饼，轮番往奶奶嘴里塞，奶奶被逼得“呃呃”直叫。爷爷放下水烟壶，往嘴里填了一块牛肉，再抿一口酒，说：“有烟有酒有肉，真是神仙过的日子！多亏三娃了……不过，这又得多少银子？”

不等白永和开口，白贾氏盯了白鹤年一眼，说：“有烟有酒有肉，还堵不住你那没牙虎的嘴？除了心疼你那几个臭钱，你还心疼过谁？”

白鹤年门牙掉了，说话走风漏气，白贾氏总爱说他是“没牙虎”。

白鹤年赶忙附和说：“心疼过谁？心疼我那孝顺的三娃。”

白贾氏说：“这还差不多。”

白永和见爷爷、奶奶开心，又从褡裢里掏出一坛宁化府醋和一小袋晋祠大米。白鹤年去过太原府，知道宁化府醋是天下独一份，晋祠大米则是贡品，还有刚才那一堆东西，都是山里人眼热的珍品。白家虽是富家，毕竟还不是大家，何况僻居一隅，见识又少，这般般样样的东西，也不是轻易能够见到和吃到的。

热闹了一阵，该言归正传了。白贾氏终于挑开孙子外带笑颜却内藏隐情的那层面纱。

“说吧，三娃，还有什么事比备考紧要，半路里回家做甚？”奶奶收敛起笑容问。

事已至此，白永和不得不把皇帝废止科举的事如实相告。

白贾氏沉默了半天，自言自语地说：“怕鬼就有鬼，三娃的事还是让那泡尿给冲走了！”

白鹤年明白，她指的是三娃抓周时尿洒《千字文》的事，都过去这么多年，她还搁在心上。这女人，心事真重！

白鹤年抱怨地说：“这么说，咱三娃的前程就这样断送了？十年寒窗苦就这么白受了……像黄河水一样白花花地流出去的银子就这么打了水漂？”

应该说，白鹤年的话也是白贾氏心里的话，但一提钱，白贾氏就不舒服。白贾氏嘴唇微启，但不知该说什么，又紧紧闭上。

沉默，茫然，谁也没有说什么。

半晌，白贾氏终于打破沉默：“天无绝人之路。办法是人想出来的，事情是人做出来的，只要三娃不坠青云之志，迟早会有出路。”

白贾氏说这话时，好像心中有了主张，便朝门外喊了一声：“老刘家的（刘婶），赶快把三少爷窑里的火生着，烧得旺旺的，把寒气逼一下。再告诉陈婶，给三少爷做羊肉臊子面吃。”

刘婶应声去了。白贾氏回过头来对白永和说：“三娃，这是天意，不是自个能定夺了的，不要多想了，将息一些日子再说。”

大哥白永平、二哥白永忍闻讯，带着大嫂和二嫂过来看望白永和。

“不是说明年科考揭榜才回家吗？这是……”二哥白永忍疑惑不解地问。

“事情是这样——”

白永和正要回答，白贾氏却接过了话茬：“皇上废止了科举，不回家还待在外面做甚！”奶奶一面是气话，一面是嫌白永忍多嘴。

众人吃惊地“啊”了一声，就不再问话。

窑里又是一阵寂静。

白永和殷勤地从褡裢里取出一些稀罕吃的，给了大嫂和二嫂，想借此打破僵局。但是，他环顾周围人的脸色，有的失意，有的感叹，有的不平，有的漠然。他知道，这样的僵局一时三刻是打不破了，可能要折磨他好长好长日子。这种种复杂表情，正是全家人在他身上寄予的厚望化为泡影后的真实写照。

夜幕降临。久已疏远的石窑洞里火烧得很旺，火焰通过一道道炕洞把热量传到石板铺成的炕皮上，又通过苇席、毛毡、褥子传到白永和身下，尽管浑身暖烘烘的，他心里仍觉得空洞洞、凉丝丝。往常回家，有爱丹为他暖炕，为他暖被，和他说话。如今，人去窑寒，凄清的居室和凄凉的心境交织在一起，使他不寒而栗。

毕竟是举人老爷归里，九十眼窑院里的白氏族人，不分亲疏都来嘘寒问暖。当得知朝廷废止科举断了三少爷的前程，都愤愤不平起来。这当中，就数白永和的远房叔叔白敬斋嚷得最凶：“咱们白家，虽然世代不乏学子，也有过入仕做官的，但极少有科举正途出身。永和品学兼优，又考了秀才，中了举人，以他的学识才干，会考折桂本是囊中探物，金殿对策应该易如反掌。咱永和关族人谁不是眼巴巴地盼着永和把进士及第的匾额高悬白家门庭，谁知竟生出这个变数来。”

众人听了，齐声附和：“谁说不是呢？本来进士及第的牌匾就应挂在咱们白家门额上的。”

白永和听了，冰冷的心头仿佛拂过一缕春风。不过，这点温度远不及落魄带来的冷酷，所以，族叔的夸耀也只是瞬间的热乎。他赧颜道：“老叔过奖了。

即便朝廷不废科举，我也未必就能高中进士，我有负族人的抬爱和厚望。”

白敬斋听罢颇有同感：“说的也是。我从十五岁参加县考，一直考到年过花甲，论学识不比人差，就是运气不佳，每考每落榜，到头来还是一个老童生。”

说到气愤处，白敬斋的五官就往一处拧，直把那张大枣脸拧成了枣核子，愈发显出他的瘦削和尖酸：“不提不伤心，一提起就心口疼。真是‘三场考试磨成鬼，功名两字误煞人’。以我看，停考也好，省得竹篮打水一场空！”

众人听罢，不免长吁短叹。

一人，一炕，一窑。一个人的夜晚注定了夜的孤独和漫长。白永和不时翻动爱丹留下的包袱，包袱里叠着一沓红兜肚。他取出一件穿上，颜色鲜艳，大小合适。上面绣着的并蒂莲花，好像刚刚出水，亭亭玉立，散发着清香。一对鸳鸯穿梭其间，交颈相语。温馨缠绵的昨夜情景又浮现在眼前：爱丹向他走来，两人紧紧相拥，说不尽的甜言，道不尽的蜜语，他仿佛与爱丹共寝锦被，在温柔乡里迷迷糊糊地睡着了。又仿佛走进会试考场，做着他的金榜题名的美梦。可以说，隐隐中的爱丹，渺渺中的功名，不仅纠缠了他一个晚上，一个冬天，还纠缠了他的一生。

爱丹就是被他废黜了的前妻。功名则是被皇帝废止了的科举。正常的人过着不正常的生活，这就是九十眼窑院为众人翘首以盼的文才秀士白永和现时的生活。

第三章

春风吹绿杨柳梢。

河开了，船通了，客商的驼铃又响彻永和关，白鹤年见三娃无所事事，便打发他到渡口去照料。一来想让他散散心，二来想叫他长点见识，三来还有更深的用意。他没有明说，白永和也没有多想，反正闲着也是闲着，给爷爷帮点忙理所应当。因此，二话没说就去了。

刚走到渡口，就见白三奴直起脖颈和延水关的老艄百家锁抬杠。白三奴和白永和同岁，因家贫自小就上了船，风里来浪里去，练就一身好水功，能踩水，会潜水，还能在洪水里捞东西。有一年，两岸的后生们比赛游水，别人游两三个来回就气喘吁吁，他一口气游了四五个来回面不改色，两岸看热闹的人齐声喝彩。有人说三奴是梁山好汉张顺，张顺绰号“浪里白条”，三奴就是永和关的“浪里白条”。别看他长臂大脚，粗服脏辫，却有些心计，人也实在，又舍身子。东家白鹤年看上了这个后生，不仅让他当了摆渡老艄，还把渡口的事情都托付于他，收多多交，收少少交，从没有闲话。

二人见三少爷来了，两张大嘴如四扇窑门紧闭，顿时没有了声气。

白永和问因为甚置气。白三奴说：“便宜都让杨家占了。从前两家渡船都是一对一，二对二，过河的人少了，两家齐减，过河的人多了，两家齐加，谁家载客谁家收钱，公公道道，从没有争议。谁知，近来杨家坏了规矩，我们出一只船，他就出两只，我们出两只船，他就出三只，总比我们多一只，明着抢我们的生意。一天下来，总比我们多挣一只船的钱。三少爷你说该咋办？”

白永和问百家锁：“真是这样吗？”

百家锁闭口不语。

白永和再问，百家锁只好回答：“三奴说的不假，这是东家吩咐的。我一个下人，管不了这么多，东家怎么吩咐我就怎么做。你白三奴和我再抬杠子，顶个屁用？有本事，找我们东家去！”

这话既是对白永和说，又是和白三奴说，把麻烦往杨掌柜身上一推，料他们也不敢上门去责难。因为，白家欠下杨家一笔良心债，这是明摆的事。

白三奴还要说什么，被白永和瞪了一眼，只好不乐意地合了两片厚实的嘴巴，扳他的船去了。

白永和暗暗思忖：发生这样的事，全因为他把爱丹休了。不，是打发了；不对，是平等分手了；也不对，是放了她。不过，形式上是放妻，实际上是休妻，明放暗休。不管怎样，白家总脱不了以势欺人的干系，白永和心头总有抹不去的愧疚。爱丹确实是受了委屈，白家确实做得不近人情，特别是他白永和，久不在家，听信奶奶和二哥的一面之词，不分青红皂白，违心地做出了对不起爱丹，对不起杨家的事来。显然，渡口发生的事是杨掌柜的报复之举，白家人眼看着受气，谁也不便和杨掌柜说长道短。这时，他才明白，爷爷让他照料渡口，其实是给了他一个烫手山芋，意在考量他的能耐。想到这里，白永和老大不自在。睁只眼闭只眼吧，有负爷爷的信任；过河去理问吧，无异于飞蛾扑火，自找苦吃。怎么办？他定笃了一下，心里就有了主张，便平静地朝正要起锚的百家锁说：“告诉你们杨掌柜，就说我不日亲自上门看望他。”

百家锁惊奇地看了白永和一眼，应了一声。

改日，白永和照旧来到码头，等百家锁的船靠了岸，问：“把话捎到了没有？”

百家锁大声回应：“捎到了。”

“杨掌柜说甚？”

“没说甚。他让我告诉白老三，哦，不，不，是三少爷，说少来这一套，他不想见你。”

百家锁几乎捏住鼻子传达了这个信息，要是白三奴在跟前，少不了臭骂他一顿。但白永和还是忍了，忍得心里痒痒的，十二分的不好受。

天黑，白三奴收船回来，嘟嘟囔囔说受不了这口窝囊气。白鹤年牙根咬得“咯吱吱”响，说：“一天少收百八十个钱，十天上千，百天累万……这还了得？三娃，既然让你照料渡口，你就看着处置去吧。”

白贾氏听说了，就劝三娃不要揽这个差事。说："你不管，自有人管，再说，这不是你能管得了的!"

白永和想，爱丹和杨掌柜都有恩于他，是他做下对不起人家的事，两家恩怨既然因他而起，这个结理应由他来解。不然，今天因船摩擦，明天就会因货摩擦，后天还会因人摩擦，亲戚朋友还要断了来往，毁了千年的秦晋之谊。所以，不顾奶奶的极力反对，悄悄备了礼品，过河拜会昨天的岳父、今天的对手去了。

杨家的大门紧闭。叫来叫去，非但没有叫出一个人来，反倒引逗得满村鸡鸣狗叫，惊动得婆姨女子跑出来看热闹。白永和好没味道，只得蔫蔫地退了回来。

回到窑里暗自琢磨：放着书不读，何必寻这份气受呢！诚如奶奶所说，这不是你能管得了的，何必去败这个兴？回头一想，觉得不妥。人常说，解铃还得系铃人，我不亲自解开这个疙瘩，让谁去解？虽说爷爷给自己出了个不大不小的难题，但是也给了他历练和补过的机会，我倒要看看，我滚烫的心，能不能焐热杨家这块冰冷的"石头"。

这应该是"三顾茅庐"了。大清早，白永和就出现在杨家门外。踌躇间，忽听大门"吱呀"一响，从门缝里出来一个人，不是别人，正是他急切想见的杨掌柜。

杨掌柜一头撞见白永和，先是愣了一下："嗯？面前站着的可是白永和？他三番两次上门来做甚?"就有点不相信。但一听对方开口喊"岳父"，再也不怀疑自己的眼睛，他大饼似的脸随着臃肿的身子困难地扭了过去，回了院里。白永和紧跟着迈步进院。杨掌柜没好气地说："你白三娃到我这个破庙里来做甚?"

白永和满脸堆笑地说："一来是看望您老人家，二来是赔情道歉来了。"

杨掌柜不语，自个儿进了窑里。白永和紧跟着进门，留着齐耳短发的头被杨掌柜用力闭上的门狠狠地拍了一下，霎时眼冒金星，门上的灰尘落了一身，摇摇晃晃有些站立不住。

杨掌柜没好气地讪笑了一声，心里闪过一个念头：凤凰落架不如鸡。你白三娃也有败兴的一天？不过，想是想，做是做，杨掌柜还是极不情愿地把白永和拉了一把，顺手递过一把笤帚，让他自己打扫身上的灰尘。

不管人家是怨，是恨，甚至于要打，要骂，白永和都豁出去了。

杨掌柜不管不顾地坐在后室太师椅上，二脚跷起，双眼圆瞪，没有让座上茶，就劈头盖脸地训斥开来："你把我们家爱丹害得好苦啊，你白永和白三娃还有脸登杨家的门？"

坐在后炕的婆姨改样，是个病秧子、药罐子，连说话的力气也没有。见从前的女婿上了门，也跟着男人红了眼，像服了一碗人参汤，立马提起精神："三娃——啊，三少爷，你团弄了我们杨家，也丢了你们白家的人。哪里听过放妻……放妻……啊？这是好人做的事吗？"

说得激动时，呼吸急促，一口气一口气地讨着。杨掌柜慌忙给婆姨在脊背上轻轻拍打着，又在胸脯上款款揉着。白永和欲近前帮忙，被杨掌柜挡了回去，只好没趣地站在一边。一会儿，改样终于讨回就要断线的游游气，只见嘴巴不停嚅动着，但说不出话来，眼痴痴地瞪着白永和。

"亏你还是知书识礼的举人，就是我们这些粗人，也做不下你这等伤天害理的事。你不是人，你爷爷、奶奶不是人，那个二娃更不是人！明明是你们白家的不是，反倒讹到我们家爱丹头上来。你不分好赖，不辨黑白，一纸协议几乎要了爱丹的命！"杨掌柜气咻咻地说。

要不是念起三娃是举人，沾了文曲星的边，他会毫不留情地扇这小子俩耳刮子，再飞起一脚，把这个东西踢出门外。

杨掌柜夫妇轮番数落的时候，白永和只是赧颜地洗耳恭听，即使连老祖宗一起受辱，也只能忍着性子往下听，表现出最大的耐心和诚意。

等杨掌柜夫妇搜肠刮肚把郁结在心头的话道尽，火发完，杨家窑洞里顿时陷入难堪的冷清之中。出了气的身疲力乏，如同丝尽茧成的蚕，再无话可说；受了气的，满肚子的话儿打着滚，又不知从何说起。三人面面相觑，一个比一个脸灰。原来，暴风骤雨叫人恐怖，鸦雀无声也令人难堪，动静之间，情态尽现。杨掌柜用余光扫了一眼，这才发现这个曾经的女婿还在一旁毕恭毕敬地站着，禁不住心就软了，便不冷不热地让了座，又喊来用人沏了茶。白永和盼着雨过天晴，但不知曾经的岳父母接下来会不会给好脸看，他心里没数。

白永和轻轻抿了口茶，清了清嗓子，看了看杨掌柜夫妇的脸色，终于鼓起勇气开了口："岳父母大人——"

"少来这一套，谁是你的岳父母——"杨掌柜一听这个称呼就觉得别扭。

没等杨掌柜说完，改样便接上口："掌柜的，不要这样么，三娃也挺恓惶的……"

其实，杨掌柜何尝不是这样想。这个前女婿，为人厚道孝顺，人又有才。只是耳朵软，没主见，听上那个不通情理的白贾氏的话，把事情做绝了。今天这火，不只是朝他发，更是朝白贾氏那里发，也让她听听杨家的声音。

白永和被呛得脸红一阵白一阵，要说的话被噎了回去。他略一思忖，便一头跪在地上，说："二老在上，受晚辈一拜。我白永和对不起杨家，对不起爱丹！"

杨掌柜见举人老爷下跪，慌得溜下椅来，说："你这是做甚哩么？我们哪里受得起！"

说着就去拉白永和，白永和也不强撑，顺势站了起来，重新入座。

"爱丹在我们白家，没过过几天顺心日子，这我知道。我原想，只要我金榜题名，谋得一官半职，就带她出去，同享福禄。谁能想到，事与愿违，这条路不通了，其间又听信了爱丹的传言，晚辈远在京城，不明事理，就做下对不起二老、对不起爱丹的蠢事来，真是一失足成千古恨！今天，晚辈就是赔情道歉来了，你们理问我，我没怨言，要是能打我一顿，解了你们的心头恨气，我才痛快呢。要不，就这样疙里疙瘩下去，我会悔恨一辈子的！"

白永和边说，边朝门外瞅，希望爱丹能现身眼前，给他一个安抚。院里寂静无声，连个人影也没有。他有些泄气，收回目光，对杨掌柜说："给二老赔了情，我还要给爱丹道歉，如果二老能念旧日情分，让我俩见上一面，我就是死也心甘情愿！"

白永和为了负重而忍辱，杨掌柜念其诚恳而开恩，他思来想去只有一句话：得让人处且饶人，原先比铁还硬的心便渐渐软化。改样也觉得三娃也挺恓惶，不看僧面看佛面，就饶了他吧，故用征询的目光看着男人。杨掌柜心领神会，但没有理会。他毕竟是男人家，想得更远些。人常说，有理不打上门客，得理还要让人哩。事情已经做下，只能这样出口气，发发火，还能把人家怎么样？再说，人家是举人老爷，听说，举人是天上文曲星下凡转的，哪里敢骂，哪里敢打呢？骂人家一句，折寿一年，打人家一掴，折寿十年。生意人最讲"买卖不成人情在"，不走的路还要走三回，更何况两家守着一个渡口，谁能离得了谁？为人处世总得留条后路，把事情做绝了，对谁也没好处。杨掌柜想到这里，声调徐缓地说："三娃，实情告诉你吧，自那天签了放妻协议，爱丹就像疯了一样，几次想投河自尽，幸亏看得紧，才没有出人命。后来就送到绥德县她姨家去了。你不要去打搅她，让她安安静静地过日子吧。人常说，覆水难收，天下没有卖后悔药的。说开了，想开了，就过去了。各人有各人的活法，你还是在功名上多操点心吧。"

白永和一听爱丹远走绥德，如同迎头泼了一盆凉水。那种想给爱丹当面赔情道歉重温旧情的冲动，被这盆凉水冲得荡然无存。他迟疑了片刻，才喃喃说："不管晚辈走到哪里，做了甚，我都忘不了你们对我的好处，忘不了爱丹对我的恩情。"

负荆请罪，求得谅解，白永和算是过了一关。可是，渡口的事怎么开口？白永和踌躇了片刻，还是鼓起勇气说："永和还有一事想求岳父开恩。"

"甚事？"

"回来后没事，爷爷让我照料渡口，才知道渡口有点小小麻烦。咱这边的船每天总比那边多一只，老艄们为这件事总是抬杠。历来两岸对等行船，老规矩坏了，免不了惹出事端，我怕岳父不知情，顺便禀告一声。"

杨掌柜心想，这个三娃鬼精鬼精。原来赔情是假，求情是真。本来，他也不是那种见利忘义的小人，只不过略施小计，借此引起白家重视，上门求情，最好不过是老太爷能当面道歉，也好摆一摆杨家的威风，以挽回女儿被休而丢了的面子。谁知道，白家就是不吃这一套，不用说白老太爷，就连下人也没来一个。既是白家做了错事不认账，那我杨福来也来个将错就错，看你能把我怎么样？没想到三娃亲自上门来了，人家给你说了好话赔了情，还下了跪，窝在心口的气总算有个发泄的地方，还不顺坡下驴，见好就收？于是装聋卖傻地说："老规矩是先人定的，谁敢乱来？这几天没去渡口，此事你不说，我也不知情。不大点小事，捎个话就行了，还用你亲自过来？"

白永和心想，得了便宜还卖乖，岳父这戏演得不错，就说："不是的，今天是专为二老和爱丹赔情来的，渡口上的事只不过是顺便提提，不当紧，您不要往心里去。"

礼尽到了，话挑明了，杨、白两家的芥蒂不能说从根本上消除，至少，不会再朝恶化的地步发展。白永和这么想。

可是，杨掌柜另有所思：且放你一马，两家守着一个渡口，用着杨家的时候多着哩，白永和是要出外做官的人，日后再有麻缠事，看你白家谁来求情，谁来和事？

白永和见杨掌柜知趣地下了台阶，也就不再说什么。此行，一石二鸟的目的总算达到。不过，处心积虑酝酿的一场悲喜交集的激情戏，因为缺少了爱丹的捧场而有些乏味。他知道，世上的事，总是得失相连。以他现时的心境，得到的未必就能高兴起来，失去的则令他无限怅然。

白永和来到渡口，还没开口，白三奴就喜滋滋地禀报："少帅出马，一个顶仨。昨天你找了杨掌柜，今天立马见效。我和百家锁说了，这几天来往驮骡多，一家各出两只船。"说完，正要走，又想起什么，神秘兮兮地问："见她没有？"

"谁？"

"还有谁，你的爱丹嘛！"

"没见上，人家不在。就是在家，又能怎么样？梧桐树倒了，凤凰飞了，两不相干了，还提这些陈芝麻烂谷子的事做甚！"

"嘴里说的不是心里的话，你不想爱丹才怪哩！"

白永和挥舞着拳头，白三奴躲了开来。二人说笑了一阵，白永和安顿三奴道："渡口是咱白家的饭碗子，你可要上心点啊！"

白三奴扬了扬手说："放你的一百个心吧，有我白三奴掌舵，保准咱白家顺风顺水！"

正说着，从欢喜岭下来一队驮骡，清脆的铃铛声由远而近，叮当悦耳。只要这叮当声一响，白家的店就有人住了，饭有人吃了，过河钱就有得收了，生意就活道了。白永和等驮骡走近，便问走在头里的人从哪来的，回说是从南路汾城上来的。白家四百年前从汾城逃难来到此地落脚，至今，祠堂里仍供着一只海碗，那是老祖宗要饭用过的。每逢祭祀，白氏后人都要朝这只布满斑痕、写满辛酸的老海碗顶礼膜拜，意在不忘根本。所以，白家有条不成文的规矩，凡是汾城人过河，只收半价。汾城人经商出了名，加上永和关白家开恩，只要从平川上来，哪怕多绕几步，都愿意走永和关。白永和看着十几头骡子上了船，正准备离开渡口，听见领头的和白三奴说："白老艄，今天身上带的钱不多，可好够去延川三天的盘缠，卖了货返回来再给行不行？"

白三奴说："早不说，迟不说，牲口上了船才说没钱。过河钱已经让了一半，还想全免了是不是?"

那个领头的客商赔着笑脸道："我说的是真的，白家能照顾我们，我还能做下这等不讲信用的事。返回来一准给，放心吧兄弟。"

白三奴见三少爷在场，不好当这个家，便逼着客商掏钱。正在双方拌嘴之际，白永和发了话："三奴，让他们过吧，谁也免不了手头紧缺的时候。"

那位汾城客商听了，心里一热，忙问三奴："这位是——"

"我家举人老爷——三少爷。"

那位客商忙作了一个揖："对不起，今天在举人老爷面前献丑了。"

"没甚，小事一桩。以后有事尽管吭声，出门在外不同在家。有钱给几个，没钱下次来。老乡，一路顺风!"

过了几天，一队驮骡走进白记客栈，领头的搭讪着说："不好意思，身上的钱在半路上让人抢了，所幸驮的是生铁，他们不要，要不，这趟脚就算白跑了。白掌柜，您无论如何要让我们住下，过了河，这铁就是钱，返回来双倍还您，怎么样?"

店掌柜有些犹豫。虽说来往客商大都守信誉，讲义气，也免不了一半个奸猾小人，见白家乐善好施，就钻个空子取个巧什么的。如果诚如所说，下次补上还好说，如果上了当，让东家知道了就得多费口舌。店掌柜说："你说你没钱，他说他没钱，白家不就成了救济所？这样下去，我们的生意还怎么做?"

可好，白永和从渡口回来经过白记客栈，瞅见掌柜的白满囤站在院里和一位客商叽叽喳喳吵着，便站在门外听他们说话，原来又是一个没钱的!

白永和信步进门，看了看那个形容落魄的商人道："您在哪里被抢的?"

商人见来了一位管闲事的，就不耐烦地说："我已经给白掌柜说了，你又来问，多管闲事!"

白满囤见客商出言不逊，急忙给白永和赔了个笑脸，像老子训儿一样呵斥客商道："这是我家三少爷，有你这样说话的吗?"

客商一听，吓了一跳，边用手打自己的嘴，边不无歉意地说："真是有眼不识泰山，三少爷，赔罪，赔罪!"

白永和说："不知者不怪。怎么回事?"

那位客商愁容满面地把事情经过重复了一遍。白永和听了，略微思索了一下，对白满囤说："白掌柜，让住下吧。"转身对客商说："赶明，吃上两碗面，送你上渡船。"

客商见三少爷通情达理，大仁大义，就作了一个揖："多谢三少爷宽仁，不走的路走三回，日后但有生意，愿与白东家合伙发财。"

白永和客气地点了点头，就踅转身，手背在身后，颇有成就感地朝九十眼窑院走去。

一回到空荡荡的窑里，他的心就随着空洞起来，硕大的窑洞竟找不到一处可以让心灵栖息的地方。冷冷清清，死气沉沉，好似一个冰窟，使他感到透心彻骨的凉。他禁不住打了一个寒战。是外面的风光无意光顾寒窑，还是寒窑冷却了外面的风光？他摇了摇头，不由得苦笑一声，头往铺盖卷上一枕，又想开了心事。

白贾氏见孙子整天愁眉不展，面色蜡黄，心疼得吃不下饭，睡不好觉。白鹤年却一如既往，吃饭香，睡觉甜，又见三娃不费吹灰之力摆平了渡口纠纷，更是另眼看待。认为三娃没有白读书，如要经了商，英雄就有了用武之地。所以，他认为皇帝废止科举未必是坏事，巴不得三娃再也不用去谋那看不见摸不着的官也宦也的，回来接了这份家业。

夜半，辗转反侧的白贾氏把熟睡的白鹤年推醒，说："你像无事人一样饱吃死睡，想没想过咱三娃的事？"

"人家睡得正香，真是的……"白鹤年揉了揉惺忪的睡眼嘟哝道。

"你孙子三娃怎么办？"

"好说，放着举人的招牌，还怕没事做？"

"说得轻巧，让他做甚哩？"

"出仕的道不通，就走经商的路。在商言商，这可是门里出身，近水楼台啊！"

"那不委屈了三娃？十年苦读，满腹经纶，全成了一张白纸！"

"真是妇人之见。经商就屈了他的才？你没听说过祁（县）太（谷）平（遥）介（休）人说的一句话？"

"什么话？"

"生子有才可做商，不羡七品空堂皇。钱可通神，富可敌国，有了钱什么做不成?”

“话虽那么说，仕途总得有人走。我看咱三娃不是经商的料，还是让他出去做事吧。”

“你错看了三娃，你没听说渡口传出的口歌?”

“什么口歌?”

“说‘到了永和关，先找白老三。吃上两碗面，送你上渡船。有钱给两个，没钱下次来’。后头还有，记不清了。三娃才管了几天事，就落下这样的名声，我管了几十年事，还没人送个口碑听听。如果让他操持了这个家呢，还不光宗耀祖了！什么是信誉？客商的口碑就是信誉。别看几句话，比金条元宝还贵重呀!”

白贾氏听了，心里比熨斗熨了还平整舒服。可是，她的舒服是看到三娃才小试牛刀，就落下一片叫好声。如果做了官，做了大官，还不是治理天下的能臣？不管怎么说，经商是大材小用，只有治国佑民才能施展三娃的抱负。

“三娃果真没白读书。不过，他的才干，不在经商上；他的志气，不在永和关。咱永和关弹丸之地，施展不开手脚，外边天大地大，好叫他磨炼。”

白贾氏说到这里，满脸都是得意的神色，那神色仿佛是粘在脸上的鲜花，如不去撩惹它，说不定会开在梦里，开在明天或者更远的日子里。

可是，白鹤年偏偏要撩惹它：“三娃现在是不见进路，只见退路，都这样了，你还执迷不悟。依你说，让他出去做甚?”

“我想好了，捐个一官半职，给他铺个底，以后好好赖赖任由他去。”

白鹤年一听，光着身子坐了起来，几乎吼叫着说：“你说甚？捐官不就是买官？买官离了钱不说话，使小钱不中用，使大钱咱没有。再折腾下去，官做不了，还要把家当全贴上。你有钱你去捐，要想再让我出血，不要说没门，连窗眼也没有!”

白鹤年说这话的时候，胸前的红兜肚也跟着起伏，假如要是白天，就会看到他的脸涨得像红兜肚一样。话完了，气可没出够，没痰装有痰地狠狠唾了一口：“真是官迷心窍!”

“看你那火燎毛脾气，一提花销就像抽你的筋，剥你的皮，我就不信，离了狗屎还不种地了!”说着说着，白贾氏也恨恨地回敬了一口痰，“你倒是财迷心窍!”

白鹤年见状，无可奈何地苦笑了一声。半晌，才憋出一句叫白贾氏十分难堪的话："三娃都快三十的人，还是光棍一条，火烧眉毛不顾眼前，还在做你的当官梦？与其在那里虚抓，还不如给你孙子做点实事。"

一句话戳到白贾氏的软肋，她咽了口唾沫，没有了反驳的力气。

睡不着，就思前想后，用她的精明丈量开时光，丈量着某年某月某日发生过的某件事情的是非曲直，丈量着，丈量着，就乱了尺码，总也理不出个头绪。

此刻，她的孙子白永和也在自家窑里独自一人思前想后，丈量着过去的时光。不丈量，还好说，越丈量，越难过，泪水也知道他的心思，像决堤的河水一样倾泻而下……

第四章

如果时光可以倒流，不妨上溯十载，品味一番那些曾经让人心动的故事。

背山面河的永和关，本来气候燠热。入夏以来，又因三伏无雨，赤日炎炎，更是如在热锅上蒸腾。旱得水井见了底，为数不多的耕地也晒得裂了缝，干土足有一尺厚。大地冒烟，风吹尘飞，扑到脸上火辣辣地疼。在烈日灼烤下，禾苗枝黄叶枯，无精打采地垂下了头，即使来场饱雨，也怕是无力回天，人们只能任凭无心无肝的日头日复一日地扬威撒骄。在这些枯燥的日子里，丰姿肥体的黄河来水锐减，日渐消瘦。一路豪歌的阳刚之气，被浅吟低唱的小家子相取代。昔日压着水面威风八面的渡船，像失去轮子的车盘，行也行不得，神又神不起来，只能蔫蔫地躺在河边的沙滩上，晾着已然裂了缝的身躯。男人们尽可以挽起裤腿或穿条短裤蹚水过河。如若女人们过河，不是叫自家男人背，就是花几个钱雇人背，黄河天堑，一下子变成了通途。男人们每日趁日头还没出山，河水还没浑浊，或吆着驴，或挑着水桶，下到黄河里取水家用。菜园子的菜则要用更多的精力和苦力整天去浇灌，才能在阳婆婆手里夺得一口吃食。婆姨们见天到河边淘菜、洗衣裳，如瞅见没有男人在场，便壮起胆子，挽袖卷裤，下到水里，洗濯不肯轻易暴露的白生生的胳膊和大腿。性野些的，索性脱了衣裳，钻到水里，只露个头在外面，不时偷瞅着四下里动静，顺便瞟一眼同伴们光滑白净的胴体，发出艳羡的惊叹。娃娃们每到日头毒晒、大人躲在窑里纳凉时，一个个溜到黄河边，把衣裳一扒，扔在岸边，争先恐后跳到河里，学凫水，打水仗，河面上漂起一层黑脑袋。运气好时，还可摸几条鲤鱼或者鲇鱼带回家领赏解馋。这是大旱时节瘦了身的黄河呈现的一道难见的风景。

永和关对岸的延水关隶属陕西延川县。按理说，永和关诞生时延水关也该问世了，二者是不分伯仲的兄弟，是沟通秦晋的古老渡口。一衣带水，船来人往，你娶我嫁，祖辈沿袭。与永和关一样，延水关也习惯于靠河吃河。不一样的是，因延水关村大地多，并不全赖渡口为生；永和关是白姓一统天下，无论是东家还是船夫，无论是掌柜还是伙计，一律姓白；而延水关则是杂姓杂居，几十门人家，十来个姓。姓杂，住得也散。一孔孔石窑洞在一二里路长的河边摆下了长蛇阵。船东家杨掌柜住在临河的一座院落里，十来孔窑洞，里外两个院落，显露出贫地富户的小小派头。

按说，有了钱，可以衣食无忧，尽可在富贵温柔乡里消磨时光。可是，杨掌柜却没有那份闲心，总是心事重重、郁郁寡欢的样子。原来，杨掌柜并不是延水关人，他本姓慕，大号根贵，绥德人。因家贫入赘延水关杨家为婿，不只改了姓，连名字也改成了福来，福来运至的意思。成了杨家的人，就得为杨家操劳，他一心一意过光景，把二老送了终，把家业闹大了，两口子也相敬如宾。只是年过不惑，还没有子息，人丁不旺的杨家到他手里丝毫不见旺盛，空负了福来运至的寄托。他急，他的病歪歪的婆姨改样更急。有钱人家兴娶二房，以延续香火。杨福来是丫鬟掌钥匙，当家不做主，自然不能开这个口。一家之主的改样，尽管不能生育，也容不得男人纳妾娶小。世上的事说不清，娃多的人家没钱花，有钱的人家又不生娃，杨福来每想起此事就窝烦。

杨福来未到杨家时有个相好的，长得粉红水嫩，有模有样，一打面就会想起秋天熟透的果子，馋得人滴口水，故得了个外号叫“果子红”，两人相好得要命。可是，只因为一个“贫”字，就把二人活生生地分开。果子红嫁了人，没几年，“忽里忽嗵”生了一堆女娃，叫什么牡丹呀，凤丹呀，灵丹呀的，阴盛得很，男人不爱见。杨福来借赶脚的机会，每年总要绕道去看果子红，少则三两回，多则七八回。除了重温旧情，就是留点钱帮果子红过活。果子红的男人没本事，还染了一身毛病，吃喝玩乐，样样在行，硬是把祖上留下的殷实家当给玩得穿了窟窿漏了底。所以，把杨福来当成财神，知道装个不知，见了佯装没见，只要有钱花，任由他们折腾去。

果子红不争气，这一年又生了个女娃，懒得起名，随便叫了个四汝，第四个女娃的意思。娃多了养活不起，果子红的男人连看也不想看，就吵着要把这个娃给人。果子红不依，两口子天天怄气。

杨福来赶脚路过，瞅空探望果子红。果子红说："你想不想养活这个娃？"

杨福来说："不想养活，我要养活也得抱一个男娃顶门立户。"

果子红说："可不要后悔。"

杨福来说："后悔个甚，你身上的肉，你都不心疼，我一个过路人有甚放不下的？"

果子红说："这个娃可是你的骨血，给了人你不心疼？"

杨福来说："你胡侃哩，我一年才来几次，哪里有这么巧的事？"

果子红说："月推月，日推日，我可算得的的当当，别的不说，一看这双大眼睛，就知道是谁的人了。"

杨福来近前细看，果然不假，果子红两口子眼睛都不大，唯有这个娃特别，像他的他信了。

果子红的男人听说杨掌柜有心养活这个娃，心想，减了人口增了收，说他想要就抱走。果子红自不用说，二人相好了一场，也算有个结果。杨福来留了一笔银钱，抱走女娃，告诉婆姨，可好遇上这么个茬口，就抱了回来。一来省得你少说的没道的孤闷人，二来说不定她能引弟掩弟。改样一看，一双大眼，忽闪忽闪，两个脸蛋，如两瓣桃花，还挺逗人喜欢。就说："咱就亲这娃吧。我人老花黄，靠我是不算了……将来给娃也招个亲，也算了了我们的心事。"

黄河岸边最艳的花是山丹丹，夫妻俩就给这个女娃取名叫爱丹。不知是有意还是无意，与果子红的三个女儿串到一个"丹"字上，果子红也跟上喜气。

不幸的生活往往度日如年，幸福的时光常常度年如日。

不知不觉，爱丹已经长成二八佳人。杨福来是真亲至爱，因为这是他的骨血；改样也不含糊，把心血倾注在这个女娃身上，为的是顶起杨家的门。

爱丹自来到杨家，杨福来先后雇过几个使女，谁知，不是不听话，就是做不了活，要不就是手脚不稳，像走马灯似的你来我往，没有一个塌心的。

一个偶然机会，杨福来在延安府办完事路过集市，见一个小女娃跪在地上，脖子后领里插着根干草，身后站着一个蓬头垢面的老汉，用乞怜的目光四下里搜寻。不用说，这是在卖人！这几年连年大旱，本来地瘠民贫的陕北更是雪上加霜。河对过山西人少地多民殷实，饥民便成群结队去了山西，剩下走不动的老人和不懂事的小娃，守着烂摊子苦熬日月。万般无奈时，就忍痛去集市卖娃，给娃一条出路，换来全家人一条活路。从不光顾这种场合的杨福来，今日鬼使神差地看到了叫他难活的一幕。不等开口，老汉就拉住他的衣襟祷告说："掌柜的，行行好吧，领走这个娃吧。你看多水灵的娃，做丫头、童养媳都行。"

杨福来眼大有神，虬须满腮，身壮如塔，加上他穿着长袍马褂，虽与脚夫相随，一眼就能看出他是驮骡的主人。所以，这个老汉一眼就盯中了他。杨福来摇了摇头表示不要。可老汉怕错过这个机会，就是不肯松手。杨福来挣脱老汉的手，从褡裢里掏出几个热腾腾的烧饼，给了女娃两个，老汉两个。老汉见了，赶紧拉着女娃的手跪在地上，连着叩了几个响头，口口声声说掌柜的是好人，是亲人，是世上难得的活菩萨。女娃什么也顾不得，早大口大口嚼起了饼子。杨福来要走，老汉就是拽住不放，不停地叩头，不停地哀告把娃领走，给娃一条活路。好多人也围了过来看热闹。有的说，这人心还挺硬的，人家都跪下了还不应承；有的说，富人家省一口，就够穷人家吃一天，买个娃算啥嘛；有的说，掌柜的，不看僧面看佛面，看在我们大家伙打劝的分上，就成全了老汉吧。

这可难住了杨福来！

领走吧，这么小的娃，不用说做活，还得人照料哩，添人添口添麻烦。不领吧，这一老一小也着实恓惶，何况还有这么多帮腔的，不好执拗。怎么办？围观的人全盯着他，他不敢抬眼对视，他知道帮腔的人都是好心。他别无办法，只能用心打量起这个女娃：只见她乱糟糟的头发上粘着密密的虮子，脸上泥呀，土呀，鼻涕呀，经泪水调和，描画成山村野孩子的经典脸谱。幸好，两只眼睛间或少气无力地一转，使人感到还有一丝生气。一件扯掉裤腿的裤头，一件看不出颜色的兜肚，就是她的全部行头。只有瓜子般的脸形和直挺的腰板还有可取之处。说心里话，这样的娃他不想要。可是，不要，不但这个娃不好活，她家里的人也不好活。好吧，权当是办件善事。就问老汉要多少钱？老汉说五吊钱吧。杨福来伸手取出五吊钱给了，说：钱给你，娃你领回去。那老汉见了，说：掌柜的你就好事办到底吧，娃你领走，我领回去上有老下有小，还是养活不了她。杨福来被逼上了梁山，在众目睽睽之下不情愿地领走了这个女娃。他骑着驴，小女娃放在驮里，就这样，一路颠簸一路叹气到了家。

一进院门，忙喊来用人郝妈，给女娃从头到脚洗涮了一遍，再换上一身花衣裳。不要说，人凭衣装马凭鞍，这孩子进了杨家门，就变了一个人。不只脸蛋俊，而且还长着一双花眼眼，杨福来看得动了心，这才把女娃领到窑里，窑里一亮，人眼里跟着一亮。改样说这娃买得值，不比爱丹长得差。爱丹听了，嫉妒得直噘嘴。

多了一口人，却没有名分。算是收养的女子呢，改样不想认。说是童养媳吧，杨福来又没有男娃。马马虎虎买的，就马马虎虎住下，和爱丹做个伴，大一些，伺候爱丹好了，以后的事以后再说。问多大了，女娃说八岁。问叫什么名字，说叫四汝。杨福来想，抱了一个四汝，又买来一个四汝，阴盛阳衰，杨家还要靠四汝兴家呢。改样见小女娃长着水汪汪的大眼睛，还是双眼皮，忽闪忽闪的，好像会说话，就起名叫花眼。

就这样，花眼有了一个新家。不管有没有名分，没有后路的她认准这里就是她的家，杨掌柜就是她心目中的爸爸。花眼在与爱丹做伴和洗洗涮涮中，不觉就是两个年头，成了十岁的姑娘。爱丹大她六岁，两人就以姐妹相称，好得形影不离，村里人都说是一对耀眼的山丹丹花。

这一天，天气格外热。爱丹跟上花眼，一同去河边洗衣裳。

黄河人家，出门下坡就是河，洗濯很是方便。不方便的是，大热天，河里洗澡的人多，赤裸裸的一丝不挂。女娃家，羞得脸红心跳，低着头，急匆匆地踩着河边的青石板，往北面走去。延水关与永和关虽是一水之隔，但延水关靠南，永和关偏北。走了一段路，正要下河，忽见对面永和关的男童们一齐涌到河边，边走边脱衣裳，把身体毫无遮拦地亮了出来，转眼间“扑通扑通”下了水。花眼还好说，正值青春妙龄的爱丹又是一阵难挡的羞涩，索性再往北走，一直走到无人处才停了下来。

因耽误了些时辰，花眼赶紧把衣裳泡在水里，用石头压住。先抽出一件放在青石板上，青石板是天然的搓板，有这样的搓板就省了不少劲。花眼一会儿搓，一会儿揉，一会儿用棒槌捶打，不时还擦些猪胰子，年纪不大，干活像大人麻利。爱丹想帮一把，花眼不要，只好一个人在河边转悠，捡起五颜六色的小石子玩。

黄河不仅带来大量泥沙，也带来好看的石子，人们叫作黄河石。夏日里，大水过后，孩子们总爱在河边捡石子，有红的，黄的，白的，绿的，蓝的，紫的，还有杂色的，透明的，五颜六色，奇形怪状，放在清水里如同斑斓的石花。只一会儿光景，爱丹就捡了一掬。她把石子洗干净，放在河边的小泉眼里玩赏着，玩腻了，就挽起裤腿下了水，水的滋润和凉爽一下传遍全身，多舒服呀！猛然间想到，男娃能下水，女娃为什么不敢？她向花眼说了，花眼笑了笑，没搭理。再说时，花眼一本正经地说："这可不是玩的，咱女娃没那个水性，弄不好会呛水的。再说，咱金贵的身子能让日头看见吗？能让那些男娃看见吗？"

爱丹听了，禁不住"咯咯"地笑了起来："哟，人不大，心眼还不少。你不洗我洗。"说着就动手脱衣裳。

花眼见爱丹野性子上来，就着了慌，连忙过去拽住爱丹的后衣襟说："姐姐，可不敢这样，万一出了事，我怎么向妈妈交代？就是不出事，一个大小姐，光溜溜地把身子露在外面，你不害羞，我还害羞哩！要让妈妈知道了，我可要挨骂哩！"

不管主人认可不认可，时间一长，花眼对杨家二老也以父母相称。

爱丹不识劝，你越是劝她，她越要去做，哪怕碰个头破血流。所以，见花眼这个样子，就越发要起了性子。三剥两脱就钻入水中，只露个头在外边。任凭花眼叫死叫活，就是不出来，还边玩边洗边笑："真好活！真痛快！花眼，你不下来好活好活？"

花眼知道，这个姐姐可不是好惹的，虽说平时她们以姐妹相称，可是，爱丹毕竟是杨掌柜的女儿，身贵得像金子，气盛得如牛犊。自己毕竟是人家买来的没有名分的使女。爱丹那牛脾气犟起来，连父母也要让三分，自己骨头有几两重，敢指点人家？她惊觉地看了看四周，没有人影；看了看天上，满天通红，一切都安宁如常，就顺从地说："姐，麻利些，来了人可就羞死了。"

"能有什么事？大不了让他们见识见识。"爱丹一满心野了起来。

花眼尽到了一个"使女"的责任，就不再说什么，只管埋头洗她的衣裳。她知道，这么一大堆衣裳得费些功夫洗，回家迟了，爸爸妈妈会责怪她的。

爱丹和花眼洗濯的地方正好在黄河的迂回处，往下，是一带开阔的河谷，一直能看到黄河消失在苍茫的群山之中。往上，被两架大山扭了麻花，挡住了视线。夏日是这里最浪漫的时节，也是最危险的季节。尤其是今年大旱，人们频频在河里活动，上游千里水道，谁能说得来什么地方、什么时候突下暴雨，突发洪水？所以，有经验的人常常远观天象，近察水文，不至于让突如其来的洪峰吞噬。她俩毕竟是深居闺室的女娃家，自然脑子里少了一根弦，何况爱丹正玩得十分地爽快，花眼洗得十分地投入呢。

正在这时，忽听河对面有人高喊："不好啦，上边发水啦！"

花眼隐隐听见，不由得向湾道看去，只见河面漂来一座山，黑压压地向她们涌来。当下惊得丢魂落魄，下巴骨抖擞得连话也不会说了："快，快，爱丹姐，水来了！"

爱丹不以为意地笑道："怪事，没水怎么叫黄河？"

"不是，不是，你往上看，发水了，发……"她一面指点，一面急得跺脚。

爱丹顺着花眼指的方向刚刚扭头，那座大山似的洪峰已经涌着、挤着、推着"呜呜"地扑来，这才感到大事不好。顾不得那金贵的女儿体，"唰"地从水中站起来，拔腿就往岸边跑。花眼从没有见识过这个场面，吓得六神无主，脑袋麻木，不知该做什么，只是顺手搂了衣裳，一面放声呼唤着，一面本能地往后退。

再看爱丹，像狼撵上一样没命地跑。但腿上像吊了千斤秤砣，一股劲往下拽，跑不了几步就跌一跤，连滚带爬，还捎带着穿她的衣裳。因为太慌张，手也不听使唤，老是穿不上。花眼急红了眼，声嘶力竭地叫："不要穿，不要穿，上来再说。"眼看就要上岸，眼看就要抓住花眼的手，排山倒海的洪水贴近身边。花眼身子一闪，跌倒在地，两只鞋被洪水冲跑；再看爱丹时，刚爬上岸，还没有来得及站立，就被一股大浪卷入水中，只听"啊呀"一声，便没有了影子。

花眼大声恸哭，急得乱蹦乱跳，如同疯了，魔了。想了想哭也没用，就用尽浑身的力气向对面喊叫："快救人，山水推人啦！山水推走人啦！"

对面永和关那里，正处在下游耍水的顽童听见呼叫，"呼哧哧"地出了水，提上衣裳撒腿就跑；迟钝点的，连衣裳都顾不得拿就上了岸。这时，在河边洗衣裳的婆姨们也搂起衣裳，慌不择路地往岸上疯跑。

刚才还安宁的黄河滩，顿时乱了方寸。

白永和想睡个午觉，翻来覆去怎么也睡不着。怪了，平白无故的，难道瞌睡虫不管用了？便信步来到黄河边散心。火辣辣的太阳盘踞在头顶，像一只滚烫的锅盖；热烘烘的沙子透过鞋底烫得脚板生疼，如同踩在热鏊子上。不多时，汗水与河水较起了劲，也竟涔涔长流起来，薄薄的衣衫被洇湿一片，心想不如回去。转眼见大人洗濯，村童戏水，身上也痒痒起来，也就忘了生员的身份，寻觅适宜的地方，下河冲个凉。

往下游走吧，河里不是媳妇们在洗衣裳，就是娃娃们游水玩。看来只能往上游走。来到僻静处的大树底下，正待要解衣下河，一串女娃们银铃般的说笑声隐隐传了过来。循着声音望去，原来河对岸有两个女娃，一个正在那里洗衣裳，一个分明脱光了衣裳正准备下河。吓得他赶紧偏过头，边系扣子边抬腿，像羊见了狼，一溜烟离开了此地。走得很远时，还不忘回头瞭了一眼——不是想窥视人家，而是怕人家看到他，骂他偷看女娃家不正经。他毕竟是儒雅秀才啊！他在河边走来走去，汗水仿佛流成了油水，这是何苦呢？他想。与其在毒日头下受罪，倒不如回窑里去凉快。

正想回返，忽听有人叫唤"发水了"。他回头向上游望去，水面隐隐约约有那么一点异常。再看河滩里，男的女的纷纷往岸上跑，他也跟着往回跑。跑了几步，站在高处，见本村的人都上了岸，这才放了心。可是耳畔又传来声嘶力竭的喊叫："快救人，山水推人啦！"推走了谁？永和关这面，山水还没下来时人们就上了岸。难道是对岸出了事？他不由得往远处看去，晴天红日头底下一条黑龙正贴着水面滚滚而来。再往对岸看去，岸上站着一个小女娃，难道是她的伙伴出了事？想到这里，心里禁不住发毛："莫不是那个下河洗澡的女娃……"正这么想着，黑压压的山水头子，夹着柴草圪渣、带着泥腥味、呼啸着凉气，从人们面前蜂拥而过。接着狂涛翻滚，恶浪飞溅，呼啸声在峡谷中回荡。突然，不知谁尖叫了一声："水里有人！"他随着那人指点的方向看去，果真有一个"泥人"在洪水里翻滚。所幸的是，她紧紧抱着一株被山水冲下来的小树，小树被大水一冲，改变了方向，竟朝着永和关这面的河湾里悠悠荡荡地漂了过来。

白永和急忙喊叫岸上看山水的人："谁下去救人？"

没人应声。

他想，他是白家三少爷，危急关头，说话竟没人听，真是威望扫地。便又高呼一声："谁下去救人？"

众人见三少爷发了火，有几个站不住了，但一见水势这么凶，还是推辞着不肯下水。人命关天，刻不容缓，这种时候了还敢躲闪？白永和骂了声“尿囊子”，就动手脱衣裳。

众人见了，慌忙叫唤：“三少爷，你不敢这样，我们去就是了！”

话音未落，白永和已纵身一跳，融进滚滚波涛里。在瞬间的震动、自责和感染后，白永和儿时玩友白三奴和白疙瘩也下了水，随后，又有几个水性好的后生也跟着跳了下去。

黄河救人不易，黄河发大水救人更不易。水性好，有胆量，有心眼，手麻利，缺一不可。白永和虽是一介书生，因自小在河边长大，像别的孩子一样，练就了一身搏击波涛的好水性。尽管这样，他一下水，还是让滚滚恶浪冲得悠来摆去。黄河发大水时，是一桶河水半桶沙，水既浑又稠，如一河糨糊，人游起来十分吃力。故而白永和在浮沉起伏间，呛了两口水，岸上观看的人脸上变了色。但他很快把握住了自己，向那棵漂浮的小树急速游去。

此时的黄河，已不是刚才瘦得奄奄一息的黄河，而成了一条迅速膨胀怒气冲冲的黄龙。水急浪高，狂呼乱叫，恣意汪洋。以人之柔弱渺小，怎能与野性十足的黄河抗争？白永和因救人心切，全然顾不了这些。不过，平日练就的水功帮了他的忙，历经波峰浪谷颠簸，他还是步步逼近了小树，逼近了溺水的人。

这时的爱丹，虽然抱住了一根救命稻草，但肚子里分明喝饱了浑浊的泥糨糊，人也逐渐昏沉起来，除了下意识地死死抱住小树不放，满脑子空白，死亡的阴影正步步逼近。

猛然间，尚有一息的她，觉得有一只“铁爪”紧紧把她抠住，把她紧抱小树的手掰开，好像要带她到什么地方。随后，又觉得有好几只“铁爪”抠住她，这些铁爪拽她、拖她、扶她……然后就失去了知觉。

第五章

爱丹醒来时，周围的景象一片陌生，好像换了一个世界：不是在自家窑里，也不是刚刚尽兴玩耍的河里，更不是噩梦般的洪流里，而是静静地睡在散发着异性气息的土炕上。

她朝周围瞄了一眼，是一张张陌生的面孔。这是怎么啦？为什么睡在这里？她无力说话，但惊觉的眼神透露出内心的惊恐和疑惑。众人见状，原先紧绷的脸霎时露出欣慰的笑容："醒了，醒了。""没事了，没事了。"

爱丹听了，很是疑惑：什么是醒了？什么是没事了？本来就好好的吗！她费力地搜寻了一圈，想极力找到熟悉的面孔，可是没有。她闭眼想了想，究竟发生了什么？刚才还和花眼在河边洗衣裳，刚才还在河里爽快地洗澡，转眼工夫流动的水变成凝固了的石头窑洞，张牙舞爪的洪水变成了安全舒适的家，一个花眼变成了这么多不相识的人？不由得一个激灵，本能地把身子往后缩，把被子往上拽，并慌张地叫了声："花眼，花眼！"没人应声。见没人搭理，就想翻身坐起，但身子骨软得像一摊稀泥，试了几次终于没能起来。

"总算醒过来了，好吓人！"

她看了看，说话的是一位富态的年纪不轻的婆姨，黄河边不多见的端庄女人。看得出，这应该不是平常人家的婆姨。

"我怎么啦？"爱丹的声音轻得像蚊子叫。

"好险呀，娃娃家，你这条命是从山水里捡回来的。"

"什么，我让山水推走了？"

"可不是，幸亏你搂住一株树，幸亏那株树被水冲到永和关的河湾里，幸亏——"正要往下说，爱丹看见一位二十来岁书生模样的年轻人，用胳膊肘碰了碰这个婆姨，婆姨就此打住。

爱丹又听那富态婆姨对另一个婆姨说：“刘婶，给熬碗姜汤，冲上红糖。”刘婶应声下去。

她又对另一个婆姨吩咐道：“陈婶，待一会儿好些了，就让这个女娃到你窑里歇息吧。”本来扭身要走，忽然想起什么，又折回身说：“哎呀，你看我这死脑筋，只顾说别的，还没问你是哪个村的？”

爱丹嗫嚅着说：“延水关。”

“什么？延水关？这就奇怪了，延水关在下，永和关在上，你是怎么冲到这里来的？”不仅是她，在场的人都用好奇的目光注视着这个小女子。

爱丹疲惫地闭上眼睛，半天，才喃喃地回答道：“我嫌村边河滩里人稠，没地方洗衣裳，就跑到上边去了，差不多走到黄河拐弯处呢！”

那位富态婆姨又问：“闺女，你是怎么掉进山水里的？”

“天气好好的，没打雷，也没下雨，谁能想到上边发了大水，还没来得及跑就被山水推走了。”

站在一旁的白永和想起河边所见，这应该就是那个下河洗澡的女娃子。可见她隐瞒了这个事实。

富态婆姨听了，似信非信：“嗯？永和关在河滩里的男男女女一个不落地跑上岸来，你们在河边洗衣服倒让山水给推走了？和你一块的那个叫花眼的哪里去了？”

“不知道。”本来，她知道花眼侥幸脱险，就是不愿把底细全抖出来。

“是不是也给山水冲走了？”富态婆姨问。

“也许她没事，也许她也被冲走了……我没有见过这么险的阵势，当时就吓糊了。”

“你是延水关哪家的呢？”

爱丹沉吟了片刻，回道：“俺爸爸是杨掌柜。”

一句话把众人都说愣了。说起来谁能相信，杨掌柜的女儿还下河洗衣裳，杨掌柜的千金会遭此一劫。

富态婆姨“啊”了一声，随即平静下来。她给爱丹把被子往上提了下，不小心提过了头，竟把下面小巧玲珑的三寸金莲露了出来，禁不住瞄了两眼，心里一阵怜悯，迅即收回目光，在陈婶耳边悄悄说了些什么。不一会儿，陈婶拿来一双绣花睡鞋。这是富态婆姨的睡鞋，在白家，谁都知道老太太有一双娇态十足的三寸金莲。尽管这样，爱丹穿了还有点大。富态婆姨心里暗叹：原来，天下还有比她更精致的尤物呢！心里不由得涌起怜香惜玉之情。

富态婆姨见众人都看着她，便回过神来，没事找事地在爱丹额上轻轻摸揣了一下，说："闺女，不碍事。将息一晚就好了。"转身对站在一旁的陈婶说："一会儿喝了汤，让杨掌柜的闺女去你窑里歇着去吧。"她再一次强调这件事。又说："天不早了，河水那么大，看来今天回不了家。三娃，你打发个人朝对岸喊一声，给杨掌柜报个平安。"

这正是爱丹此时最想说的。不知道花眼回去了没有？报了信没有？也不知二位老人急成什么样子了？

白永和匆匆嘱咐了财旺，又匆匆折了回来。

窗外挤着一帮看热闹的男女。有的从门缝里瞅，有的透过纱窗往里瞭，不时叽叽咕咕议论着。

有的说："杨掌柜的闺女，大门不出，二门不迈，怎么能被山水冲走？不是自寻短见才怪哩！"

有的说："俺见过这个女娃，人嫩得像水萝卜。幸亏三少爷舍身救了她，要不早成了腌萝卜。"

"不要胡说，你是吃不上萝卜瞎胡咒呢！听说杨掌柜就这么一个闺女，疼得要命哩，从不让她一个人出门，为她知文识字，家里还请了一个先生。延水关我姑姑说，要模样有模样，要文才有文才，只怕是貂蝉转世呢。"

"真是绳从细处断，就一个闺女，还险些出了大祸。"

白永和走到门前，众人看见，霎时都成了哑巴，笑咧咧地四散而去。

窑里静悄悄的，刘婶正在服侍爱丹喝汤。毕竟是年轻人，虽说身子还很虚弱，但已能勉强坐起来。一碗姜汤下肚，脸上就泛起隐隐的红晕。她从刘婶口里得知，是三少爷下水救的她，三少爷就是刚才那位默默无语的书生秀才；那位富态婆姨是三少爷的奶奶。另外，大少爷、二少爷和他们的婆姨都来关照她，她感到阵阵温暖。

白永和推门进来，见女娃已经能坐起，便冲她笑了笑："不碍事吧？"

"托三少爷的福，好多了。多亏您，要不——"

“这有啥？漫不说延水关和永和关这么近，这么亲，就是遇到外乡人，永和关人一样会相助。”

一阵无语。

刘婶服侍完，陈婶就要带爱丹去她窑里歇息。白永和略一思忖，便对陈婶说：“陈婶，你先准备一下，让她再歇一会儿过去。也不知财旺喊答应了没有，顺便让财旺来给我说一声。”

陈婶应声，和刘婶相跟着走了，窑里只剩下他俩。

白永和长了二十来岁，还是第一次和闺门女子单独相处。两位老妈子在场时没想到这些，走开后顿时意识到处境有些微妙：坐不是，站不是，说不是，不说也不是，不知如何应对。倒是心头涌上一股莫名其妙的感觉，那种感觉是惬惬意意的，舒舒坦坦的，同时也是朦朦胧胧的。

爱丹看出三少爷局促不安，也意识到什么，就不自然起来。她也是第一次和公子哥儿面对面地在一搭里，心慌意乱得六神无主。想想在水里让他搂抱过自己，让他看见过自己的女儿身，脸上霎时飞过两片红霞。那种羞涩的忸怩、幸福的憧憬，只有她知道。她不敢正视三少爷，把头深深埋在怀里。

毕竟白永和长爱丹几岁，也见过些世面，看到爱丹娇羞不语，就开门见山地说：“我，白永和，白老太爷的三孙子。”

爱丹第一次听陌生男子当面介绍自己，特别是三少爷温文尔雅的谈吐叫她充满新鲜感。这种新鲜感，犹如春天里的第一场小雨，滋润进心田，酥酥的美。她讷讷地说：“白老太爷大名鼎鼎，谁不知道？听说过白家有位满腹经纶的秀才爷，原来就是你呀！”

“过奖了。不就是多识了几个字吗？”

爱丹一向敬重读书人，更敬重学有所成的读书人。早就听说白家三少爷学问精，有志向，无缘一面。不承想，首次相遇，老天爷就安排在滔滔黄河里，安排在生死一刻，安排在他的书香气十足的窑洞里。虽说不敢正眼看三少爷，明眸却朝四下里扫去，墙上几幅字画吸引了她的目光：一幅草书，她认不得；一幅行书，写的是“男儿不展风云志，空负天生八尺躯”。嗯，有抱负！中堂是一幅岁寒三友图，两边的楹联是“春风大雅能容物，秋水文章不染痕”。嗯，有雅意！闲看心不闲，由字到画，由画到字，由字画到人，由人到字画联想了一顿。再低头看时，桌上整齐地放着文房四宝，后窑根是满满当当的书架。她虽然认得几个字，但谈不上有学问，也说不上有修养。不过，她就喜欢这样的书香气。这样想着，不经意间一回头，看见三少爷正用祈盼的目光等待她说话，这才急忙回道：“我叫爱丹，不谙事理，今日逢凶化吉，全赖三少爷舍命相救，弱女子虽然无能，但知恩图报。”

“只要你没事就好，还说什么图报不图报。再说，逢难相帮，遇险相助，也是君子所为。”

爱丹听了，晶莹的泪珠从两汪清泉里涌了出来，心里想说“三少爷您真是好人”，但嘴里却不好意思道出来。

见爱丹泪流不止，白永和眼眶也有点发潮。想替她擦拭眼泪，人家也半大不小了，男女授受不亲，未免鲁莽；于是，取了一块新手帕，战战兢兢地递了过去。

爱丹见三少爷递来手帕，脸上像被火烫了一下，目光急速收了回来，吓得手直往回缩，心怦怦乱跳。她该怎么办？她用余光扫了一眼，三少爷那只拿着手帕的手还在空中停着，火辣辣的目光正注视着自己。这块手帕是他的一片心啊，怎好回绝？回绝了叫人家怎么下台？看来，这个面子不能不给。片刻犹豫之后，最终理智战胜了陈规，低着头，慢慢伸出纤手，小心翼翼接过手帕，款款攥在手中，并没有拭泪。

两个人一时无话，心里却在暗暗琢磨着对方。一个眉宇间盛着甜甜的笑意，一个眸子里荡着盈盈的秋波。

在爱丹眼里，三少爷虽然身体单薄了些，但清瘦中神韵飘逸。又见眉宇开阔，想必是聪慧通达之人；讷言敏行，应是果敢厚道之士。不觉把对面这个人和自己拉扯在一起：要是自己能走近他……嗨，胡思乱想什么？不觉心慌意乱起来。她偷偷看了眼三少爷，三少爷怔怔地定在那里，并没有注意到她的这一细微变化。幸亏三少爷没有察觉，要不，会让人家笑话她不稳重。爱丹暗暗想。

白永和因一心钻在书里，对男女之事，懵头懵脑，不甚开窍。今日的奇遇，仿佛在眼前闪过一道彩虹，彩虹里闪现出另一个世界的奇妙。转念一想，奶奶为他东挑西找，没有一个可心的孙媳妇，何不相相眼前的这位……唉，人家还是个娃娃家，好没来由！

正在这时，财旺跌跌撞撞推门而入，倒叫男的吃了一惊，女的吓了一跳。

“三少爷，我朝河那边喊了话，岸上站着好多人。我瞭见有个人乱喊乱叫乱奔乱跳，有个婆姨被人扶着一个劲地哭吼，能吼塌天。还有个女娃娃也跟着哭吼，好像被人家打了一顿。我好一阵喊，那边才安静下来，有人应声。我说这是我们三少爷让我告诉的，人家说不信。你们三少爷怎么不出来？我们家小姐怎么不露面？哄鬼咧！三少爷，你看，好心不是当了驴肝肺！”

白永和见财旺说话不把门，就使了个眼色让他住口。本来爱丹就为此事着急，如今一听更是心焦火燎，虽然人在永和关，可是眼前浮现的都是延水关的一片慌乱情景，急得像坐在鏊子上，不由得就往炕沿溜，想亲自到河边给父母报信。

劫后余生，本属不易，更何况是女儿身，娇养体，哪里能走得动？更不要说报平安了。她只觉得身子骨像团面，想立立不起来，想爬爬不出去，刚一动作，便身不由己地摇晃，一头栽倒在炕沿边坐着的白永和怀里，窘得她小白脸成了大红脸。白永和慌忙把爱丹扶起，让她重新躺下。财旺本想帮一把，有三少爷在，他搓了搓那双脏手，就没敢上前。白永和本不想就此事到河边呼喊，那多有失身份？可是这里爱丹烦躁，对面人心不安，看来不出面是不行了。他让财旺叫来陈婶伺候爱丹，就朝村外走去。

永和关与延水关一水之隔，山高谷深，河面狭窄，天晴时分，可以看得清对面的熟人。平时谁家有事，只需朝对面高高呼喊几声，对面人家听到呼喊，走到河边回应一声就妥了。

财旺见三少爷一个人走了，也紧随其后来到渡口。白永和在渡口站定，以双手圈成喇叭状喊叫起来。第一声显然太低，对方没听见；第二声伸长脖颈猛喊，习惯四平八稳说话的他，因不适应高喉咙大嗓子喊叫，有前音没后音，如同受潮的爆竹放了哑炮。财旺见三少爷这副样子，忍不住笑出声来，见三少爷回头看他，立马绷起脸，说：“还是我来吧，三少爷。”

白永和还没有反应过来，就见财旺吸足了气，也是喇叭状，也是脖子伸得老长，同时把脚后跟踮起，喊了起来：“噢——对面杨掌柜家听着，我们三少爷来了，你们可看得到，你们当面问我家三少爷，我说的是真是假？是我哄人哩，还是你们不凭信人？”

白永和嫌财旺说多了，把财旺往后拉了拉，就势说：“杨掌柜，你家爱丹让永和关的人救了起来，放心吧，明天水退了，就送她过河。”这一次，声音高低恰到好处，河谷里传来阵阵回声。

对面一拨人听了，愣了片刻，静了片刻，就有人回话：“噢——听见了。既是三少爷亲自相告，我就放心了。三少爷，我杨某谢谢你了！”

两面一阵应答，皆大欢喜。这样沟通的不只是信息，更是两岸的人心。人隔两岸，心连一起，桀骜不驯的黄河仿佛也放慢了脚步，时而吼声低沉，时而欢快，好像为刚才的过失惭愧，为黄花闺女的生还庆幸。

一夜没有合眼的杨福来，天一亮，就带着用人过了永和关。虽说急着要接闺女回家，可是又不能逾礼，不得不先去拜见白家的掌门人白鹤年。白鹤年前些天因生意上的事和管家白诚仁去了一趟隰州，昨晚才到家，略事洗漱，倒头便睡，贪睡了一会儿。他在被窝里听说杨掌柜来访，就有些纳闷。虽说白家与杨家是东西两岸的大户，其实，因一河分两省，各自有各自的生意和社交圈子，各自忙着各自的活计。再就是因渡口收费不均的事曾有过龃龉，故心存芥蒂，过从甚少。所以，听说杨掌柜来访，感到十分纳闷。

白贾氏正要告诉他真相，杨掌柜已经站在窑门外，快人快语地说道：“白东家，杨福来谢您来了！”

白鹤年穿好衣裳，正要下炕，忽听脚迹罕至的杨掌柜门外咋呼，倒吃了一惊。

“杨掌柜请进。”白贾氏忙开门招呼客人。

双方寒暄片刻就言归正传。

白鹤年如蒙在鼓里，杨掌柜的闺女怎么能被水推走？又怎么被白家三娃救起？他怎么一无所知？

白贾氏见状，忙赔着笑脸把事情经过一五一十道了出来。白鹤年这才恍然大悟，在为三娃担惊的同时，露出舒心的笑容。

“哦，哦，没什么，谁让我们摊上这事？摊上了就不能不管，是不是？我们白家一贯以助人为乐事，漫不说杨掌柜令爱，就是别人家娃娃，也一样看待。”

“那当然，白家的善心和义举谁人不知？”向来不肯折腰的杨福来，现时也露出取悦于人的笑容。少顷，又说：“人常说，救人一命，胜造七级浮屠，真不知如何谢忱白东家才好！”

白鹤年还没有开口，白贾氏便抢先说道："谢什么，不是说秦晋之谊么，重谊就要轻礼，杨掌柜您说是不是？"

"话虽那么说，但白家的大恩大德杨某不敢忘记，今日略备薄礼，不成敬意。"

说着，向窗外一招手，就有人提进来一个箱子，杨福来打开，一一说明："这是两枚足色元宝，这是两匹杭州产绸缎，这是一张面值千两的银票……"白鹤年虽然并不稀罕这些东西，但金银财宝毕竟是他之所好，因此，一时间竟看得两只眼睛发了直，并想象着这么多东西能打造几只船，能修几孔窑，能……他不能再往下想了——原来，白贾氏用手捅了他的腰窝，打断了他的美妙想象。回头，瞥见白贾氏眼里有话，白鹤年心领神会，这才非其所愿地说道："心意厚诚，礼也不薄，只是——"

"我们不能收。收了心里就不平整。杨掌柜，心领了，有劳你收起吧。"白贾氏把话接了过来。

两个当家人正在一来二去地推让，爱丹和白永和走了进来。

杨福来一见爱丹，满腹的焦虑顷刻化为乌有。父女俩热泪如泉，滚滚而下，泣不成声。对于杨福来来说，一天时间犹如一年，他和改样几乎一夜没有合眼。他擦了把泪水说："亏得三少爷见义勇为，才使我们父女得以团圆。爱丹，谢过爷爷、奶奶。"

爱丹"扑通"一声跪倒在地，朝着白鹤年和白贾氏叩了三个响头："爷爷、奶奶万福！救命之恩，涌泉相报，晚辈永世不忘！"

白鹤年见爱丹不仅长得好看，而且出言不俗，心想，就凭这两句话，就要高看杨家闺女几分。看不出来，杨掌柜一个粗人，竟能调教出这样聪慧的闺女。

白贾氏扫了众人一眼，暗暗浮想：在这样一个水灵灵、活脱脱的姑娘面前，谁能没有想法？她知道她的男人此时在想什么，她也明白她的孙子在想什么。

杨福来见僵持下去也不是个办法，就说："我娃刚才说了，受人滴水之恩，须当涌泉相报。何况是救命之恩呢。东西再多，也抵不过你们的义举，还是请白东家收下吧。"说着，就要起身告辞。

白鹤年给白贾氏递过一个眼神，眼神里分明含有征求之意，征求之意的背后，分明有给个人情的意思。白贾氏当然知道男人的心思，但她毫不犹豫地把目光收了回来，没予理会。

杨福来想了想，说："要不，把银票放下，其余的我拿走。白东家，您看怎样？"

白鹤年应声道："也好。我倒不在意礼轻礼重，可多少不收，杨掌柜心里也过意不去。"

白永和急着说："既然杨掌柜说是义举，那就让义举常在吧。收下这份礼，就无义可举了。"

白贾氏立即附和道："三娃说得好，就这样吧。"

白鹤年对妻子的大度一向佩服，可这次救命之举，非同小可。人家想谢忱谢忱也无可厚非，何必那么较真！事已至此，不便再说什么，只能附和着白贾氏说："这样也好，杨掌柜只要记住有过这么一回事就行了，礼谢的事再不必提起。"

杨福来这辈子经过多少事，从来没有遇到过救人不言谢的义举雅事。想起过去两家因渡口利益不均而伤和气的事，觉得自己是以小人之心度君子之腹，愧对了白家。此次白家拒收谢礼，这心里就更添几分愧疚，便诚恳地说："你们的恩德我心领了，以后有用得着的地方，我杨福来万死不辞。"

杨家父女怀着感恩不尽的心走了。一场劫后余生的故事看似结束，实则刚刚开了头。

第六章

爱丹历险归来，向父母细说了经过，并把过错全揽在自己身上，想为花眼开脱。可回头看时，却不见了花眼。问父母道："花眼哩？"

父亲"嗐"了一声，话到嘴边却没有出声。母亲嘴巴来回嚅动了几下，才拍了拍大腿说："咳，不能提了！你出了事，花眼跑回来告知，我们急得要死，你爸爸情急之下就打了她。也怨你爸爸性急，打过之后，又吓唬。花眼见闯下大祸，要跳河寻死，被众人强拉着送回家。等我们靠实了你的情形回来，就不见了花眼。这下，你这头放心了，她那头倒叫人悬起了心。忙打发人四下里寻找，哪里还有她的影子。小小女娃能跑到哪里，众人寻思十有八九是跳了河。唉！"又朝着男人说："你不该发狠打花眼，更不该说救不回爱丹，就打死她。都是你闯的祸，要是真的跳了河，我们就做下伤天害理的事了！"

爱丹听了，不由得号啕大哭："谁也不怨，只怨我一人。本来花眼不让我下水，我就是不听，才惹了祸。现在好了，我死里逃生，花眼却寻了短见，叫我还怎么做人？"

说罢，又是一阵好哭，任谁说也不听，直哭得天昏黑才止住。泪不流了，眼却肿得有青枣大。

早晨起来，爱丹在父母陪同下，来到河边，朝着下游方向点了三炷香，烧了三刀纸，献上各色好吃的。爱丹跪在地上，向着南天说："花眼，我的好妹妹，虽然我们不是亲生骨肉，可是姐姐从不把你当外人。这辈子无缘相处，下辈子我们还做姊妹！"

杨福来一阵阵地后悔和难受，人家将花眼卖给他为的是活命，活成个人模人样。谁知道，他却要了人家娃的命！早知今日，何必当初？对着黄河，也失声恸哭："如花眼在天有灵，请务必原谅我杨福来的鲁莽。"

改样虽说当初不想认花眼为女，但一个锅里好歹也搅了两年稀稠，正想着认了这个俊俏的女儿。谁知道，话还没有出口，人已经去了。要知道这样，当初认了花眼，也不枉她来杨家生活一场。她陪着爱丹哭，一哭，气就上不来，气上不来，就瘫倒在河边。父女俩手忙脚乱了好一阵子，才算缓了过来。

通过这样一场人生变故，爱丹变得谨慎了，再也不敢随便走出家门一步。杨掌柜夫妇怕她过于悲伤，又雇了个名叫排排的使女和她做伴。

爱丹养在深闺，本来外人知之甚少，因为有黄河遇险被救的传奇经历，一时间成了渡口两岸茶余饭后的谈资，流言蜚语中，她的美貌也忽扬了出去，有人借故来访，一睹爱丹芳容，有人前来提亲，聘以厚礼，爱丹有些不胜其烦。

杨福来认为，麻烦归麻烦，可毕竟是好事。用私塾先生的话说，就是可以一改"杨家有女初长成，养在深闺人未识"的封闭和冷清。如果弄好了，可以做到人财双收。改样的心病是为老杨家接续香火，她认为与其把女儿嫁出去，不如招个上门女婿好，而且这个女婿要有才有德配得上女儿才行。女婿当儿，可以养老，可以传后，可以把家业延续下去，杨福来也觉得婆姨说得在理。不过，又觉得女儿尚幼，有足够的时间精心择婿。此次遇险虽是坏事，但也给了他待价而沽的体面和机会，正应了"塞翁失马，焉知非福"的古话。

在此之前，爱丹一直处于无忧无虑的状态，除了吃，就是玩；除了向先生讨教点文墨，就是看点闲书。虽然也羡慕花前月下、赠扇馈珠的风流韵事，但总觉得怀春思郎是大姐姐们的事，自己不过是懵懵懂懂、不谙风月的傻丫头，所以，偶尔想想也便风吹云散。况且有几人能花前月下、卿卿我我呢！自己还小，不想出嫁，还想在父母身边好好过几天自由自在的日子。可是，一场变故，不仅惊动了外界，也搅乱了她的心。一夜之间她苏醒了，成熟了，就像被一场秋风吹红了脸的枣儿。

这些日子，她遇险被救的一幕，她和三少爷互通心意的一幕，时时都在眼前回旋，想抹，抹不掉，越抹越清亮，尤其是永和关临别时的那个场景，刻印在脑海，挥之不去。

那天，她依依不舍，三少爷不离左右，三少爷解下身上的玉佩，双手郑重地捧上，她脸儿绯红地掩面接了。来而不往非礼也，她无以回报，只能以口代物，轻轻挑起缠绵的眼角，真诚地送了过去，说："投桃报李……"

三少爷还了她一个似信非信的眼神，轻轻一笑说："你的李呢？"

她粲然回笑道："我的'李'就在这里。"说着，用手指了指心房。

回来后，每想每动情，想得她茶饭不思，坐卧不宁。方才醒悟，自己有了心思，害上了相思病。受了人家的玉佩，算不算"赠扇馈珠"？两人独处，算不算风流韵事？信誓旦旦，算不算私订终身？还说你懵懵懂懂、不谙风月呢，原来你春心已然萌动。又见提亲的能踢破门槛，心下窃喜脸溢笑，又是喜来又是忧。喜的是自己真的成了一朵含苞欲放的山丹丹花。忧的是花落谁家还无主，要是三少爷能上门来求婚该有多好。

延安府来了说媒的。言说，某秀才二十来岁，行五，在衙门里做事。听说爱丹才貌出众，愿意入赘杨家为婿。杨福来两口被说动了心，回过头来看爱丹的意思。

本来，父母之命，媒妁之言，容不得在小的讨价还价。只不过爱丹是他们唯一的女儿，父亲别有隐情地疼爱，母亲寄予厚望地养育，掌上明珠，百般娇惯，唯爱丹之命是从。即使这样，他们也乐意，因为爱丹给杨家带来了亲情、乐趣和幸福。

改样向爱丹提起这件事儿，爱丹头摇得像拨浪鼓。改样说："十六岁了，说不大也不大，说不小也不小，我妈嫁我爸时才十四岁，我跟你爸时只有十五岁。既是提亲的三天两头来，看来我娃的婚姻动了。动了，就不如趁热打铁。"

爱丹努起小嘴："我不想找男人，还想在爸爸妈妈跟前过几天清静日子。"

"娃家，你又不是一盆水，往出泼哩，是往回招财进宝哩。人家秀才不嫌咱是粗人，咱还搬扯甚哩。可不敢眼睛仁朝上尽想好事，错过这个村就没这个店了。"

爱丹不想听妈妈的絮叨，扭头进了自己窑里。

杨福来伺机再劝："爱丹，你听爸爸说。前两天到延安府办了趟事，顺便打听了那户人家。虽说不算富有，但也是知书达理的好人家。这个娃在定边县衙里做事，人生得端正，也有才干，知县大老爷见爱，呈文荐了教谕，那可是入流的官。我们家虽没有金山银山，还能拿出几个来，要是成了一家人，给他捐个知县做，凭你的人品，两好合一好，给杨家生上三男两女，日子过得红红火火，还不让外人眼红死了！”说这话时，杨福来沉浸在未来的憧憬中，口角流下长长的涎水竟然不知。

任你说得天花乱坠，爱丹都不为所动，不是赌气躲开，就是闭口不语，要不就是说自己年纪还小，不想嫁人，如此等等。其实，她心里早有了主意：非永和关不去，非三少爷不嫁！只是女儿家，心中的隐秘咋好轻易吐露？

延安府的人家等不及了，又打发媒人来讨准信，这可急坏了杨福来。眼看着乘龙快婿就要登门，眼看着一生的盼头就要兑现，这种时候，千万别让这个不知天高地厚的小娃家搅黄了。他堆起满脸笑容，对爱丹说：“爱丹，爸爸求你了，你就应承下吧，这样的人家打着灯笼也难找。要不是为了你，爸爸哪里会这样没出息呢？”说着说着，泪水止不住地涌了出来。

这一哭，把爱丹的心哭软了，想起爸爸妈妈对她百般溺爱的情景，也呜呜咽咽哭泣起来。见父女二人哭泣，改样鼻子一酸也凑起热闹。三人一台戏，凄凄楚楚唱起了《劝婚》。

爱丹早就察觉出她不是他们所生。爱丹对这种不是亲生胜似亲生的恩情，欲结草衔环以报，只是还没有机会。婚姻事虽不能算报恩，但顺从父母之命也是一种小小回报。不过，世上事难得两全，为了体恤父母，就会牺牲自己；为了满足自己，势必伤害父母。怎么办，怎么办，怎么办……想来想去，没有了主张。想去想来，又有了憧憬。既是爸爸妈妈想让她招亲，想必自己到了女大当婚的年龄，既是让她招一个未曾谋面、朦朦胧胧的延安府男子，倒不如嫁给河对岸知根知底、有情有义的白家三少爷。一来也好投桃报李，知恩图报；二来了却父母的一桩心思。可回头一想，你不是在说梦话吧？虽说，三少爷赠她玉佩，她也回说“投桃报李”，但那是私下里的事，是逢场作戏呢，还是海誓山盟，她说不清。她只知道，没有父母之命，媒妁之言，萍水相逢的情缘还不是露珠一滴。但是，她说过投桃报李的话，有过受人之恩的生死之交，有过朦胧人生的情窦初开。如果老天爷长眼，就让我如愿以偿；如果此生与三少爷无缘，那就只好听天由命。那些天，一向无忧无虑的爱丹，成了神情恍惚的爱丹，多愁善感的爱丹。

俗话说，猫逼急了也上树，狗逼急了能跳墙。面对父母的再三逼问，爱丹终于豁出去了：即使明天延安府的郎君上门，今天也要把心中的话吐出来，就擦干眼泪对父母说：“爸，妈，闺女有句话，不知该说不该说？”

“在父母面前，有什么不该说的?”杨福来说。

“那我就说了。”

“说吧闺女。”

“要是说的不中听，你们可要担待，要是说的中听，你们——”

“我和你妈就按你的来。”杨福来快人快语，他满以为女儿被他们的劝说动了心，正一步步朝他们铺排的路上走呢!

“一言为定!”

“那还开玩笑?”杨福来说。

“那咱们拉钩。”说着，就伸出了娇嫩的小手。

改样笑笑说：“看我娃，还不实信爸妈?来，拉就拉，有什么大不了的!”说完就像和儿时的爱丹拉钩那样，和十六岁的爱丹轻松地拉了钩。

杨福来想了想，没觉得有什么不对，也和爱丹拉了钩。

“爸，妈，要让我嫁人，我宁可嫁与白家三，三……”话没说完，人就窘到那里，不敢抬头正视父母。

“啊!?”杨福来和改样几乎同时惊叫道。

“你想说的该不是白家三少爷?”杨福来干脆把女儿的话挑明。

“怪不道东说东不成，西说西不就，原来你的小心眼在永和关那里呢!”改样也恍然大悟。

对女儿的直率，杨福来和改样都感到意外，他们想不到女儿做了这样大胆的选择。按理说，爱丹的想法不能说不好，可是白家财大气粗，是渡口两岸的首户，他杨福来只不过是人家锅盖上溢出来的米颗子，他高攀得上吗?再说，三少爷小小年纪已经考中秀才，以他的天赋，举人、进士指日可待，到那时门当户对、攀高结贵的人家有的是，哪轮得上他杨家呢?还有，三少爷救了爱丹，白家分文酬谢不取，杨家就来个嫁女报恩，还不让白家小看咱骨头贱?自小娇养惯了的爱丹，在人家屋檐下能有好日子过吗?还有……

杨福来想来想去，可行的理由只有一条，不行的理由不止三条五条，宁可在别的方面做出让步，也不能让女儿往火坑里跳——他把攀高或就低的婚姻比作火坑，只有门当户对才是旱涝保收的理想姻缘。

虽说改样掌管着杨家的钥匙，因为缺少主见，一向看男人的眼色行事，真正意义上的掌柜还是杨福来。她想说什么，又怕说不到地方，嘴唇张了张又闭上，便用乞求的眼神看着自己的男人。杨福来并没有理她，对着爱丹说："你的想法不能说不对，就是眼光有点高，依爸爸的意思不合适。"

爱丹一听就急了："哪里不合适？"

杨福来把刚才想到的一五一十倒了出来，临末，又重重地撂了一句："尽想没子乱弹的事。你知道人家说下了没有？即便没有说下，你知道人家——"说到这里就适时打住，把"能不能看上你"给压在肚里，算是给爱丹留了面子。

改样一听，觉得在理，怎么她就没想到，便接着说："你爸说的对着哩。人常说，人心隔肚皮，你想东来他想西。我娃就别胡思乱想了，还是想点实在的。依我看，延安府的下家就不赖。"

爱丹坦坦荡荡地说："事到如今，我就把话挑明了吧。三少爷人品好，我愿意……"

"你愿意？你晓得人家愿意不愿意？世道不行了，连女娃也狂了，这样的话也敢出口！"杨福来气咻咻地说。

改样见男人火了，怕父女反目，举家不快，赶忙出来圆场道："我和你爸爸虽然不识几个字，可我娃是知书识礼的。你应该晓得，父母之命，媒妁之言是说甚哩么？我们和你商议，是抬举你，不是听你摆布。再说了，三少爷救你一命，咱杨家自然要报恩，可不一定要用人去报恩。你爸爸说的有道理，听爸爸的话，啊！"

"妈妈，我说话直来直去，心里想甚，口里就说甚，你们还不知道你们的女儿？不过，说这话不光是为了报恩，也是一种缘分。行与不行自然是父母说了算。你们口口声声说疼我，这种时候就不疼了？"说罢，就趴在炕上蒙头哭了。

这一哭，哭乱了改样的心。她把爱丹搂在怀里，不知说什么好。杨福来也心烦意乱，一想起爱丹的身世，一想起他牵肠挂肚的果子红，就不忍心相逼，缓了缓气头说："好，好，咱谁也不说了，把这事先放一放。"说着，就不耐烦地下炕要走。

爱丹一骨碌爬起来，拉住爸爸的衣襟，说："爸爸，先别走嘛，既然话说到这个份上，咱就说成个样子。爸爸妈妈，你们疼了女儿一场，女儿心里不是不知情，如果你们还疼我，就听我一回。打发人去白家探探三少爷的口气，如果真像你们说的那样，是我一厢情愿，我二话不说，任凭摆调。如果连这点情面也不给，那我从黄河里捡了一条命，就把这条命归了黄河好了！”

话说得干巴利索，倒叫父母亲吓了一跳。改样听说，当时心就酥了，人也软了。杨福来不觉害了怕，话也柔了：“自古男求女家，还没有见过女求男家。是你长得丑嫁不出去，还是我们家门风不好没人敢要？反正我想不明白。既然你这样固执，我们也没办法。只要你心里能过得去，我就抹上老脸去求一回。”

杨福来说不来心里有多委屈，真想背转女儿哭上一场。

延安府那户人家，等不上杨家的回话，又厚礼聘得名媒胡能能登门说合。爱丹听说，胡能能有三寸不烂之舌，万一爸爸经不住人家诓哄，把她许给延安府的人家可咋办？因此急得团团转。使女排排则抿嘴暗笑。爱丹说：“人家都快急死了，你不管就是了，还看笑话。心眼不好！”

排排说：“常夸你既有肚才，又有口才，这个时候你就没‘才’了？”

“快别嗤笑人了，要是搁在你身上，恐怕还不如我哩！”

“不见得吧？要是我有法咋办？”

“咋办？让我爸爸放你走，会你的小亲亲去。”

“小姐尽要笑人哩！”

“快说，媒人还等着回话呢。”

排排把嘴凑到爱丹耳旁，如此这般地说了一番。爱丹先是高兴，后是迟疑：“能行？”

“这叫损招。行与不行，也只有这样了。”

事情紧急，爱丹也顾不上许多，一头闯进爸妈的窑里。一个约莫有四十来岁的婆姨当炕坐着，边嗑瓜子边摇头晃脑地说话。她油头粉面，红绸衫，绿裙子，花布鞋。人常说，三十不红，四十不绿，这婆姨既红又绿，三分骚气，七分俗气，想必就是延安府来的胡媒婆。来不及问候，等不上请安，爱丹就冲着胡媒婆说：“姨姨，想必您是来提亲的吧？”

胡媒婆从来没有见过如此泼辣、如此莽撞的女娃，眼睛瞪得贼圆，应了声：“嗯。”

杨福来夫妇也吃惊地看着这个少调没教的女儿，脸上发臊，一时也没有好说上的。

“姨姨，我的指望不高，要是能答应，我就遂了你的意；要是不答应，我爸和我妈都在，您就不要再费心了。”

“哟，看爱丹这娃说的，你到延安府打听打听，上到府衙，下到百姓，无论贫富贵贱，谁不知道我胡能能的腿勤嘴快脑瓜灵，只要我舌头一动弹，死的能说成活的，活的能说成死的，扁的能说能圆的，圆的能说成扁的。叫你成，不成也得成；叫你吹，十个有九个又一个要散伙。不信，你试试我的厉害！天下媒人多的是，谁像我窑里敲锣窑外响？有什么尽管说，包在我身上。”

“果真能答应？”

“除了金山银山，我什么不敢答应？实话告诉你吧，天大的事到了我这里能叫它化作芝麻绿豆，芝麻绿豆的事到了我这里可以叫它变成天大的事，什么叫本事，这就是本事。天不早了，外面赶脚的还等着哩！”

爱丹扭扭捏捏，半天不开口。杨福来弄不清这娃闷葫芦里装的什么药，就说：“要说，就痛快些；不说，走一头去！”

胡能能见爱丹不开口，想必是女儿家有话不好说，就问道：“你是要绫罗绸缎呢，还是要八抬大轿？”

爱丹摇摇头。

“是要金戒指，还是银项链？”

爱丹仍旧摇头。

胡能能没好说的，气得鼓鼓的。杨福来牙根痒痒，手掌痒痒，恨不得上去扇爱丹一掴。

爱丹终于开口了：“金银首饰我不爱，绫罗绸缎我不穿，我只要晒干的雪花称半斤，桶粗的牛毛要三根。您是答应呀还是不答应？”

一下，把众人都说愣了！

听说过海可枯，石可烂，还没听过雪花能晒干，牛毛有桶粗，这不是故意刁难人哩！胡能能脸红一阵，白一阵，张口结舌半天说不上话来。她暗暗琢磨，都说她能胡吹瞎编，没想到这个小女娃比她还玄。可怜我能能一世英名，竟栽在延水关一个黄毛丫头身上。今儿个是破日子，出行不利。我说不来吧，事主家非要让来，这不，秀才碰上“兵”了，有理说不清！算了，说不成又不坏我的事，只怨他家没福分。好汉见好就收，赖汉屁滚尿流。想到这里，说声“告辞”，屁股从炕沿上一溜，人就下了地，随手在后边拍了拍，拔腿就走。杨福来跟在后面，紧叫慢叫都不回头。临出院门，还酸溜溜地撂下两句话：“人家都说我能吹破天，看来杨家的女子能捅破地。这样的女娃，漫不说招上门女婿，就是想往出嫁，怕是没人敢要，你就等着守活寡去吧！”

爱丹打消的不仅是胡媒婆再来纠缠的念头，还有父母一再劝阻她与三少爷成亲的想法。

西斜的日头洒下一院金光，安详而又明快。可是在杨家大院里，无可奈何的苦笑，幸灾乐祸的坏笑，麻木不仁的干笑，一一写在杨家三口人脸上……得意者的心里并不得意，失意者的心里真叫懊丧。

第七章

胡能能前脚刚走，白家管家白诚仁后脚就到。

白管家来得蹊跷，爱丹有些摸不着头脑。她听说，白管家清高得很。刀条脸上顶着的尖脑袋总是向后仰着，女人般的小嘴总是紧闭着，高深莫测的他极少到杨家送个脚踪，即使来，也是无事不登三宝殿，完事就走。果真，白管家坐了一会儿，就告辞而去。究竟为什么事而来，爸爸说是为渡口的事，妈妈也点头附和。

爱丹哪里知道，她这里犯傻，三少爷又在那里发痴，彼此害上了同一个病。

自那天爱丹走后，三少爷白永和像接到王宝钏抛来的绣球，成天乐呵呵的，逢人就给笑脸。有事没事，站在河畔，呆呆地向延水关张望。

人人都说三少爷变了个人。

英雄救美传为佳话，英雄爱美却无人知晓，只有青春年少的白永和独自在心里煎熬。本来就为好多人家关注的白永和，又因这场义举，让那些待价而沽的闺女，再也耐不住性子，主动投情上门提亲。对此，白鹤年表现出少有的热心，孙子的亲事如同他的亲事，一副势在必行的样子。可是，望子成龙的白贾氏，却表现得十分沉着。她深信书本是聚宝盆，要甚有甚，只要功名加身，何愁一个红颜女子？当然，还因为至今没有门当户对的人家和能与三娃般配的闺女，故暂且把婚事搁在一边，也好让孙子专心备考，以求来年桂榜题名。于是，和白永和串通一气，说不打算在这功不成、名不就的关口谈论婚事。

可白贾氏哪里知道，三娃自与爱丹邂逅，便心猿意马，魂不守舍，恨不得现在就与爱丹共剪西窗花烛。处男熟女，大抵一样，情爱的闸门一旦打开，如同决堤之水，来势凶猛，势不可挡。只因为心里有了爱丹，白永和专心不二，不仅婉拒了一个个提亲的，也在伺机撕毁与奶奶订立的攻守同盟。

白永忍的媳妇祁娇娇爱凑热闹，爱耍小心眼，见给三娃提亲的你来我往，也便灵机一动，计上心来。她喜盈盈地跑来告诉白贾氏：“奶奶，我可是为三弟瞅下一个好闺女，保准他听了动心，见了情愿!”

白贾氏听了，淡淡地“哦”了一声。

祁娇娇见奶奶面无表情，兴头就给折了回来，说：“奶奶，孙媳妇给你说话哩，也不理不睬的，像吃饭没搁盐似的，叫人好没滋味……”

“啊，你说，你说。”白贾氏只好耐着性子，听祁娇娇神采飞扬地演说。

“我可说了。年纪十六花骨朵，人样好的没法说。读过《百家姓》，认得《千字文》，隰州北川有名声。她的名字叫刘灵灵，是我表姐的独生女。”

“又唱上了！你就不能正经说?”

祁娇娇在娘家时，爱扭秧歌能唱戏，能说会道出了名。因为这个，给白永忍提亲时，白贾氏死活不放话。可是白永忍偏偏爱上这个野女子，寻死觅活要成亲，白贾氏不允，竟闹到出走不归的地步，白贾氏这才被迫许下这门亲事。不过，开出了一个苛刻条件：过门后不许祁娇娇唱戏扭秧歌。白贾氏不由得想到祁娇娇那些事，就轻蔑地说：“你叫祁娇娇，她叫刘灵灵，你们姨姨和外甥挺般配的啊。”

祁娇娇知道，她在奶奶眼里没有多少分量，想给三娃成一桩亲事修一座庙，借以抬高她在白家的地位，也好和步步上升的男人相映衬，演一出夫唱妇随的“二人台”。所以，奶奶这话，不仅轻视了她，也小看了灵灵。就说：“奶奶是笑话孙媳妇哩！灵灵要人品有人品，要文才有文才，我哪里敢和人家比?我要提亲，也要提个和三娃不差上下的才行。”

白贾氏笑了笑，打断祁娇娇的话：“人人都说你能不够，世上还有比你更能的人?”

“看奶奶说到哪里去了，我能，只能在嘴上，其实心里可笨着呢！人家灵，不只灵在外表，还灵在心里。”

白贾氏想：有你一个祁娇娇就够了，还敢再来个刘灵灵，一个娇滴滴，一个灵蛋蛋，娇上加灵，还不让你们姨姨外甥把白家掩盖得黯淡无光了！就说：“让我再想想。再说，不知你三弟可能中意?”

“父母之命，媒妁之言。何况是奶奶做主，比父母又高了一层，只要您看中，命上加令，他还有甚好说的。”

本来，白贾氏不打算让她的三娃在备考的节骨眼上谈婚论嫁。可是，经不住祁娇娇这么一说，心里不觉动了动，就和白永和说了。没想到被白永和一口回绝。理由是：二嫂轻薄，她看下的女子不会比她稳重多少。英雄所见略同，不提也罢。奶奶、孙子俩秋风过耳，没当回事，祁娇娇举荐的刘灵灵，还没来得及露脸，便被无情地封杀了。

奶奶说：“也好。任她再是天仙玉女咱也不提了，就一心备考去吧。”

白永和没有说同意，也没有说不同意。白贾氏觉得，她的话像被放到二梁上，上不着天，下不着地，这是什么事！就问白永和：“奶奶的话听见了没有？”

原来，白永和的心早飞到黄河对面，哪里能听进去奶奶的话。

这两天，不断有消息钻进他耳朵里。说爱丹家说客盈门，特别是延安府那户人家催得很紧，还放出话来，就是搬上金山银山，也要和爱丹成亲。还说，爱丹自上次被三少爷相救，一直心怀感念，把上门的媒人都谢绝了，专等三少爷上门提亲呢！原本和奶奶说好暂时不提亲事，眼见得爱丹那里媒人不断，如果自己再不表白，说不准事情会有变故，即使出去备考也安不下心来。正琢磨着，听奶奶高声问话，这才前言不搭后语地问：“啊，什么？”

“奶奶的话听见了没有？”

“哦，听见了。”

“说的是甚？”

“哦，不提了，不提了。可是——”

“可是甚？”

白永和欲言又止，不知咋说才好。

白贾氏见三娃魂不守舍，知道他有心思。自那日爱丹遇险小住白家，三娃前后奔忙，左右伺候，比伺候亲奶奶还要用心，小心眼岂能瞒得过她？见三娃愣在那里，就问：“看你心神不安的样子，是不是有心事？”

白永和心头狂跳，脸上灼烧，忙说：“没甚，没甚。”

“自上次救了那个叫爱丹的女子，你就成了这个样子。你当我不知情？奶奶迟迟不给你成婚，就是为了你能出人头地。书中自有黄金屋，书中自有颜如玉。只要你高中了，天下好女子还怕挤不破门槛，杨掌柜的野女子哪里能配得上你。”

“人家一点也不野。”

“你哄别人还可以，哄我可不灵。不野，咋敢光屁股下河洗澡？不野，咋能被山水推走？不野，咋能让几个男人搂着抱着救了起来？可不要打这个女娃的主意，一步走错，步步错！”

白永和不语。

从来没有为一个女人动过心的他，这次真格动了心，动得他意乱神迷，不能自已。自小对奶奶言听计从的白永和，如今行了二十岁冠礼，有了自己的主见。不管做了主做不了，这回他要为自己的终身说句话，也让爷爷、奶奶知道他的存在。二哥能死乞白赖地要了轻浮的祁娇娇，我就不能为自己争得清纯可人的杨爱丹？

可是，他毕竟不是白永忍，他是被爷爷、奶奶，特别是奶奶宠惯大并盼他成龙变虎的白永和呀！他犹豫了许久，才嘟哝着说：“奶奶说得不错，三娃心里装上了那个爱丹。”

尽管声音低沉，有点结巴，但白永和明白无误地向他的奶奶传递了一个信号，白贾氏也明白无误地接收到了这个信息。这是白永和早就想说而不敢说，也是白贾氏早有预感而怕成真的事。

白贾氏斩钉截铁地说：“别的都行，唯有杨爱丹不行！”

“为甚？”

“不为甚，她不是你应该娶的那种女人。”

“她怎么了？”

“她人野，人野了心不专；她脸太俊，太俊了惹是非！”

“二嫂不野？您不是也让她进了白家的门？”

“她和爱丹不同，你和二哥不同。你二嫂轻浮，你二哥无能，他们是般配的一对。再说，他们这副德行，一辈子出不了永和关。你呢，既有人气，又有才气，是十亩地里一苗谷。只能芝麻开花节节高，不能就着坡坡往下溜。你有没有想过，你是迟早中举做官的人，一旦衣锦荣归，糟糠之妻会不会下堂？会不会再出一个秦香莲告状？我说的和我做的，都是为了你，你知道我的良苦用心吗？”

奶奶说的不是没有道理，可头脑发热的白永和，哪里能听得进去。能得到一个爱丹就知足了，哪会做见异思迁、喜新厌旧的不肖之徒？白永和还想与奶奶争辩些什么，奶奶早厌倦地躺在炕上，向他摆了摆手，示意他走人。

白永和在奶奶那里吃了闭门羹，就来找爷爷诉苦。

说心里话，白鹤年只见过爱丹一面，可那亭亭玉立的容止，已然在他脑海里闪过一道彩虹。当时，甚至有过爱丹和三娃多相配的念头，只是见内人态度矜持才没敢说出来。现在，事情已经挑明，三娃想的和他想的不谋而合，可谓英雄所见略同。在这个家里，凡事都得看白贾氏的眼色行事，这一回，三娃没有听这老鬼的话，让他十分高兴。但他总是长辈，不便于走到台前表演，只能在幕后操纵，不显山露水地和白贾氏玩一回，也出出这口压在心中的恶气。他如此这般地给三娃说了一遍，三娃点头称是。打那时起，三娃就变了一个人，不是软磨，就是硬抗，一直闹到不吃不喝不读书的程度。

在白贾氏看来，“万般皆下品，唯有读书高”。白家虽然富有，不过是没有品位的小船帮、小商贩，哪能和官宦人家相比。别的什么都可以容忍，唯独不读书不走正道不能容忍。这是因为，她的父辈、父辈的父辈，都是读书人，官宦人，曾祖父做过二品巡抚，到她父亲虽然官运渐衰，也做过七品知县。可以说给她耳濡目染的是祖辈的书香气，以及官宦人家的荣耀体面。她之所以下嫁白家，皆因父母早逝，家道败落，孤苦伶仃，不得已而为之。可是，营商气息浓厚的白家显然不是她理想的实验田，故紧紧抓住唯一可以造就的白永和不放，圆她一个久久向往的梦。

但她的夫君白鹤年却是满脑子盘算，一肚子生意，从来就不把读书做官当一回事。在他看来，书不能不读，但不可多读，读多了就成了书呆子，一事无成。三娃学识好，脑子灵动，人也正派，好好调教一番，说不定是生意场上一把好手，也好继续他“有儿开铺店，胜过做知县”的事业。再说，与杨家联姻，怎么说也算个门当户对。掌柜加掌柜，这船帮生意不就好做了？所以，明里，虽不和心高性犟的白贾氏正面冲突，暗里，却同情和鼓动白永和。尽管小心谨慎，还是让嗅觉灵敏的白贾氏嗅到了气味，这使得白贾氏伤透了脑筋。她敲山震虎地说：“你们爷孙俩一个明里叫板，一个暗地撺掇，真是伙穿了一条裤子！”

白鹤年则用嘲弄的口吻说：“三娃一向和你一个鼻孔出气，怎么倒和我伙穿起一条裤子来了？难道日头能从西面出来？”

日头果真从西面出来了！白贾氏惊叹之余，内心不得不承认这个事实。但她依然顽强地坚守着苦心构筑的防线，丝毫没有松动的迹象。白永和被逼无奈，干脆对奶奶放言：“假若遂不了我的愿，就停科考，罢功名，死守永和关不出门！”

一直把白永和当成温顺羔羊的白贾氏，突然面对一只可怕的虎犊时，那道看似牢固却很脆弱的防线，终究经受不住情与理的冲击，转瞬之间土崩瓦解，白贾氏不得不做出重大让步。但让步不是无条件的投降，而是在退让中的反击：条件是，娶过爱丹就去省城备考，什么时候中举，什么时候才能回家；什么时候登了殿试，什么时候才能携妻宦游。虽然有些不近情理，但白永和还是欣然接受。心想：只要爱丹成了我的人，一切还不是由着我来。

对这样的结果，白鹤年是七分高兴三分忧。喜的是三娃的终身就要有个着落，忧的是他的如意算盘没有打成。但面对好不容易得来的成果，还是喜形于色。不管三七二十一，事情终于按他的设想朝前走了一步。他相信，良好的开头是成功的一半，从这一天起，就一天天等待着另一半的到来。

爱丹哪里知道，这些天，当她一门心思明修着通向彼岸的栈道的时候，舐犊情深的父母，为了顺情顺意，又不失体面，则在做着暗度陈仓的手脚。杨福来指使杨家的老艄百家锁，有意无意地把爱丹中意三少爷的意思，透露给白家老艄白三奴。白三奴自然不会放过这个邀功领赏的机会，把得来的消息调盐加醋地传递给白永和：“爱丹让您快去提亲咧，她等着您。去得晚了，提亲的人家多，只恐怕鸡飞蛋打一场空。”

白永和得到这个话，心急如焚，不惜使上和奶奶摊牌的手段，这才有了白管家登门提亲的那一幕。

杨福来只顾做他的手脚，一味地满足爱丹的心愿，到白家人真的上门提亲时，这才想起把他那为女招婿的大事忘到了脑后。他给白管家说，杨家不图财，不图礼，只要一件能顺意，这事就成。白管家满以为婚姻之事除了财礼要讨价还价外，别的事没啥大不了的，就满口应承下来。当听到杨福来说要让三少爷入赘杨家时才豁然明白，他这个家是万万当不得。白家家大业大规矩也大，老太爷、老太太惜孙如命，哪会低三下四让孙子做倒插门女婿？三少爷前程无量，哪会为一个女子寄人篱下？杨掌柜真是粗俗一个，这样的话也能说得出口？白管家断然拒绝，杨福来自讨无趣，又不能一口答应，只得推辞说随后再商。处在两难中的杨家夫妇，为了不给爱丹添愁增烦，没有把白家提亲的事说破。

可是，纸里终究包不住火，没过几天，还是让爱丹知道了。通风报信的不是别人，正是杨家的老艄百家锁。

爱丹问："爸爸，你们为甚要瞒我？"

杨福来说："我们有难处。"

爱丹又问："有甚难处？"

杨福来说："事情是明摆着的，如若你嫁给白家，杨家就断了香火。"

一提香火，爱丹就没有了说的。这是父母的心病，她咋能不知？她是在明知故问。她天真地想，假如三少爷既愿意娶她，又愿意入赘杨家，是再好不过的事情。假如不认识三少爷，她会无条件顺从父母，皆大欢喜。恰恰是面对她心仪的三少爷，这个口没法开。原因很简单，论情说理，不只是白家不会屈就，她杨爱丹也不会让三少爷难堪。虽然，父女俩想不到一起，说不到一块，但都表现出了极大的克制，没有使矛盾激化。

一时间，爱丹没了主张。入夜时分，更是辗转难眠，直熬到月下柳梢头，才昏沉沉进入梦乡……

锣鼓喧天，鞭炮齐鸣。三少爷披红挂花过河来迎亲。爱丹喜盈盈上轿，来到河边。三少爷的轿刚刚上船，没等她的轿上去，一阵恶浪劈头盖脸打来，霎时把三少爷的船冲走。一个在汪洋中的木船上拼命叫喊，一个站在岸边的沙滩上呼号恸哭，情急中，爱丹喊一声"三少爷我随你去了"，就纵身往黄河里一跳……

这一跳，把爱丹从梦魇中惊醒，也把排排着实吓了一跳。夜阑人静，微小的响动都传得很远，更何况爱丹撕心裂肺的叫唤。平素睡觉轻的改样听见，吓了一跳，不知女儿出了什么事，忙披衣下炕，站在月明地里，轻轻敲击窗棂："爱丹，我娃怎么啦？"又说："排排，你睡死了！听不见小姐吼叫？"

俩人听了，一暖一冷，各有所感。

爱丹说："妈，没事，你回去吧。"

排排也只好附和说："说梦话哩。您放心睡去吧。"

改样这才放心地走了。爱丹和排排都没了睡意，就拉呱起来。

一个问："说实话，您梦见了什么？"

一个答："梦见了三少爷迎亲，从上边下来一股山水，把我们冲散，一个在船上叫，一个在船下吼，眼看着三少爷远去了，不见了，我'扑通'一声跳了河，就醒了，还出了一身冷汗。"

一个调侃地说："这就叫梦里结婚，好事不成。"

一个嗔怪地说："人家正难受哩，你却打趣逗乐，心肠怎么那么硬？"

一个正儿八经地说："人常说，日有所思，夜有所梦。小姐您想心上人想得入了迷。"

爱丹回敬道："你才想你的心上人哩！"

排排说："我没您那个福气。我是没人待见的打破碗碗花，谁像您是人见人爱的山丹丹花！"

爱丹说："他们不待见，我待见。"

排排说："您待见了我，您那位心上人往哪儿搁？"

爱丹不语。排排又卖关子道："小姐，您真心想和三少爷成亲？"

爱丹羞得把头钻进被子里，不出声。

排排问："您倒是说呀，你不说我可不管了！"

"别，别。你是明知故问哩，不是要敲我的竹杠吧？"

"哪敢。只要小姐铁了心，我就给您出个主意。想知道吗？"

爱丹不假思索地回道："想知道。"

"老爷一心要招女婿，白家哪里能答应；您一心想嫁过去，老爷又不放话，这样下去，夜长梦多，你这朵花让谁摘走还说不准呢！你看这样行不行：您和老爷说，咱可以不要人家倒插门，但白家也要顾及杨家的难处，如果以后有了娃，不管你有七狼八虎，只要你牵过来一只就行，这个条件也不为过吧？"

爱丹一听，扑哧一声笑了出来，说："呸，呸，胆大不识羞！还没拜天地，就说生娃娃，七狼八虎你能生得下，那不成了老婆猪？"

排排也禁不住笑道："要紧三关，还顾得上怕羞？怕羞就不要想男子汉！"说完舍气地扭过身子，给了爱丹一个脊背。

爱丹忙把排排拉了过来，收敛了笑容道："哎，说正经的，我这样说，爸爸能不能答应，白家能不能应承，人心隔肚皮，都不好说哩！"

排排也正色道："依我看，老爷这里没甚圪绊头，只要有人顶门，续了杨家的香火，了了他的心思就行，倒是三少爷那头的疙瘩不好解。"

"排排，你脑子灵动，鬼点点多，既能想得下第一招，还能没有第二招？"

"我要是说了，您能不能做到？"

"我心里没数。不过，话说到了，力使尽了，如果还不能如愿，那只能怨命，哪里能怨你。"

"有您这话我就放心了。您不妨暗里打发人给三少爷捎个口信，就说他如果也铁了心，不管有多为难都先应承下，后路是黑的，到那时还不一定怎样呢！再说，天下的关数不清，路上的坎走不完，只要过了眼前这一关，生米做成了熟饭，就什么都好说了。"

"看来只好这样了。话说回来，女娃家做大人们的事，是不是太那个了？"她顿了顿，就着明亮的月光瞅了瞅排排，排排紧闭双眼，并没有理会她的说话。爱丹就问："我在问你话呢，听见了没有？"

排排忙回道："不只是听见了，还记到肚子里去了。不过呢，话我可是说了，做不做尽在于您。我是伺候人的，在你家有今天没明天的，管不了那么多。"

爱丹长叹一声，说："不兴你说这话！你在我身边，就是我的亲人，是我的亲人，就要为我着想。这个忙你帮也得帮，不帮也得帮，反正我是耗住你了。"

排排无奈地说："帮，帮，帮。小姐还要我帮甚哩么？"

爱丹求告排排道："三少爷那里我打发人去说，爸爸这里你来帮腔，行么？"

"我算啥哩？浑身骨头没有二两重，说话还能顶话？打死我也不敢和老爷说。还是您说合适。"

"别的我倒不怕，只是还没有拜天地，入洞房，就说生儿育女的事，大姑娘家，叫我咋开口？"

"想吃肉还怕闻腥味？看来您还是没横了心，要是真想嫁三少爷，还有什么抹不开的。假若是我，只要认准的事，就是九头牛也拉不回来。"

排排在杨家虽说人微，但在爱丹看来并不言轻。与其说排排是爱丹的使女，还不如说是爱丹的参谋，所以爱丹总是对她敬三分，亲三分。排排知道，她的命运与爱丹的命运分不开。爱丹走运，她跟上沾光；爱丹背运，她跟上受气。现在，爱丹正在人生十字路口，她同情爱丹的处境，也支持爱丹的选择，但她所做的一切，只能通过爱丹的言行付诸实施，却不能抛头露面，一着不慎，不仅帮不了爱丹，还会让老爷、太太猜忌和不满，人家一翻脸，自己走人还好说，怕只怕把爱丹的好事搅散了，让她受一辈子窝囊气。她为爱丹的事想了大半夜，刚迷迷糊糊睡着，就让爱丹给吵醒了。脑子忽然一亮，就冒出这么个折中办法。就像门前的黄河在这里转了个弯，暂且回旋一下，把眼前的事情稳住。至于说将来的事，谁掏良心，谁昧良心，任由他们去吧。我排排是迟早要离开杨家的人，有我自己的活法，人一走，茶就凉，能把我怎么样？想到这里，鸡叫鸣了，窗纸发白了。看看爱丹，早沉沉地睡了。

排排揉了揉眼，穿衣下炕，帮郝妈做饭去了。

白贾氏得知杨家的条件，冷笑一声："哼，盖上十八层被子做梦去吧！"并嘱咐白管家不要让无关人知道，免得引起众议，对白家不利。

白鹤年听说，也笑了。不过他在哑然失笑之后却没有了下文，不说行，也不说不行。

白永和听说，去找奶奶，奶奶没给好脸看；去找爷爷，爷爷不置可否。他心冷了，冷得快要结冰，他感到空前的孤单和无助，一个人躺在炕上想心思。

殊不知，白永和闭门苦思的时候，白鹤年内心深处另有了谋算。白鹤年想，入赘并不能说明咱无能，只能说明杨掌柜看上三娃，愿意把家产交给三娃。送上门的媳妇总比求上门的媳妇省心、省事，还省钱，这担名义落实惠的好事哪里去找？三娃一旦有了这份家资，凡事都能进退自如，从容处置。如取得功名，不用为官场的用度发愁，可以手脚干净地做个清官；如回家经商，以白、杨两家的资本做更大的生意，赚更多的钱，一举两得，何乐不为？再说，他也想借这个机会显示一下，给惯于颐指气使的白贾氏一个颜色看看。这样看来，屈就是暂时的，受益却是长久的。因此，他不动声色，静观待变。

白永和知道爱丹铁了心嫁他，也就铁了心非爱丹不娶。只是杨掌柜的节外生枝，无异于给就要绽放的心花吹来一阵霜雪。白永和意识到，他已经没有了退路，要心想事成，只能破釜沉舟。正在这时，从白三奴那里传来爱丹的话，他父母退而求其次，条件是：婚后有了子嗣，过继一个过来。如行，则成亲；不行，两家无话可说。白永和大喜过望，也没和奶奶商量，叫来白管家直接吩咐道：“你给杨掌柜说，杨家的条件，白家答应。”

白管家为难地说：“没老夫人的话，我不敢当这个家。”

白永和说：“你只管照我说的做就是了，出了娄子我顶着。老夫人那里，她不问，你不说。她若问，你就说杨家打消了入赘的念头，我们明媒正娶。况且，两家当家人又不会当面订正，两头一抹，不就圆裹过去了？”

白管家见三少爷这么硬撑，又见白东家向着三少爷，也就踮着步儿，说给杨掌柜。杨掌柜不实信，要让白家签个协议。白管家难为情地拿回协议书，头脑发热的白永和顾不了许多，举笔就签，心里暗自说道：“对不起了奶奶，恕孙儿不孝，擅自做主；对不起了杨掌柜，恕我偷梁换柱，争得爱丹。一旦入仕做官，白家荣耀，杨家体面。这份协议还不是褪了色的一张纸？”他安顿白管家将此事捂得严严实实，既不能让杨家传出去，又不能让奶奶知道。白管家瞒了白家哄杨家，总算把事情搞定。

彩礼送了，婚期定了，白永和一心等着迎娶他的爱丹。白鹤年的算盘落空了，那份唾手可得的财产成了黄粱一梦。不过，他仍以胜利者自居，故而整天乐呵呵的。在白贾氏看来，三娃与爱丹的婚事虽然木已成舟，但因为这件婚事有违她的初衷，有碍三娃的前程，有伤她的自尊，虽然也紧锣密鼓地为三娃张罗着，但是心情烦闷，郁郁不乐。白鹤年和白永和祖孙看在眼里，一个喜上眉梢，一个心有愧意。大娃白永平既然不知就里，也就不闻不问。不知为什么，二娃白永忍少见了原先的热心。祁娇娇因没有采纳她的意见，显得十二分不高兴：我给说合时说科考要紧，暂不成亲；你们相中的就不怕误了前程？老的老，小的小，眼里全没有我祁娇娇。哼，咱们走着瞧，三年还等不上个闰腊月！

再说杨福来，也是一肚子不痛快。他知道，招女婿向来不是死招便是活招，死招是女婿改名换姓，成了主家的儿子，继承家业，他自己就是死招过来的；活招是女婿有子后，把其中的一个给岳父顶门，女婿本人不享受继承权，把老人养老送终后带媳妇返回男家。我杨福来争来争去，既不死，也不活，只落了个外孙顶门的空头银票，还不知这是猴年马月的事。再说，到时白家翻脸不认账咋办？还不叫我杨福来赔上闺女又绝后？无奈爱丹铁了心，就是套上笼头，也很难把她顺顺溜溜地拉回来。如要硬往回拉，生性倔强的爱丹说不准给你来个挣断缰绳撅死牛的下场。想到他心念的果子红，想到至今还不知自己身世的爱丹，向来说一不二的杨福来不由得发了慈悲：权当是我代果子红嫁女，了却她的心愿，至于以后的事顺其自然吧。命里有时总须有，命里无时莫强求。连我也是入赘招婿的呢，有没有后，与我有何相干？

改样却不这样想，她想得最多的是杨家的香火，要是断了，偌大的家产谁来继承，父亲临终托付不就成了空话？但她半拉身子半口气，既不能打里，又不能照外。女人不养娃，众人面前矮三分。因为这个原因，男人高兴她高兴，男人伤心她伤心，男人愿意的她不会不愿意，男人不愿意的她也绝不会愿意。爱丹的婚事前前后后她都看到眼里，也不是没有想法，除了坐在后炕唉声叹气，还是唉声叹气。她知道，除了掌一把钥匙，她什么也掌不了，只能对男人唯命是从。

杨白两家联姻，虽说一波三折，但在双方利弊得失的权衡和不动声色的讨价还价后，长辈们委曲求全，儿女们如愿以偿，一对因祸得福的新人即将走上婚姻的殿堂。

第八章

永和关地僻，婚俗也怪。说是迎亲，男方并不亲自去迎，不像爱丹梦里夫婿乘轿迎娶那样，双双对对，风风光光。而是新娘乘轿独往，新郎在家坐“等”，叫作“等婚”。

乡俗就是规矩，规矩就得照办，爱丹自是无可厚非。只是缺少了夫婿迎娶的礼仪和热闹，婚礼就少了一点气氛。爱丹一夜没睡，一来是当地有女子出嫁前夜要熬眼的风俗，意思是多看娘家一眼；二来和排排相处一场，有好多话要说。这一别，排排因没事可做会被辞退，以后能不能见上面恐怕难说。主仆二人姐姐长妹妹短地拉呱了一夜。

次日早晨，爱丹在拜过祖宗、拜别父母之后，被蒙上红盖头，穿上红袄红裤红绣花鞋，戴凤冠，着霞帔，十分靓丽地上了轿，上了船。轿是四抬软衣式花轿，四周罩着绫罗绸缎质地的红色轿帷，正面绣着大红喜字，两侧绣着丹凤朝阳、麒麟送子，轿后绣着富贵牡丹、金鱼荷花等吉祥图样。再看船，装扮得五彩缤纷，一只船中央搭起帐子，用来罩轿；帐子系四条红绸挽于船的四角，迎亲和送亲婆姨们穿得花红柳绿，左右簇拥；陪嫁物品随轿而放，响公们站在船头。时辰一到，领队的“开船嘞”一声吼，只听长号三声响，鼓乐齐鸣，彩船缓缓启动，向东岸迤逦而去。另一只载迎送亲队伍和骡马的船随后跟进。鼓乐声掩盖了黄河的波涛声，黄河里映照出画楼彩船的倩影，声音悠远而气氛热烈。

端坐轿中的爱丹尽情体味着这一切，享受着这一切。人在轿中，轿在船上，船在水面上颠簸。轿在船上摇摆，人在轿里荡悠，心在胸间荡漾，说不来的快意。不多时船靠了岸，又听一声："起轿了！"送亲婆悄悄告诉她船到了永和关，要起轿了。她心猛地一紧，这么快就到了白家的地面，再过一会儿就要和三少爷拜天地。她又惊，又喜，又盼，又怯，又奇，又急。只觉得，一股幸福的热流在体内涌动。

片刻的遐思被轿外的吹打声打断，被红盖头遮着的脸绽开了甜甜的笑意，谁也看不到，只有自己能感觉到。她偶尔从窗帘的缝隙中往外偷看，只见夹道观看的男男女女，老老少少，指指点点，比比画画，吵吵嚷嚷，不知是说长呢还是道短呢。她坐直了，微闭上双眼，心里说道："到时揭了盖头，让你们见识见识三少奶奶的风光，只怕是永和关没有，延水关唯一的好婆姨咧！"

再往前走，有人拦轿，要看热闹。队伍不得不停下来，响公们向围观的人大吹大擂，大显身手，一袋烟工夫不换气。显摆过后，再往前走；再往前走，又得显摆。如此三番两次，二三里路直走到日头快要落山才来到九十眼窑院。

爱丹还想掀开轿帷偷看，忽听一声"落轿"，鞭炮炸响，唢呐高奏，她慌得把头缩回去，正襟端坐，不动声色。迎亲婆把她扶下轿，早等不及了的新郎官白永和，长袍马褂，披红挂花，走上前来相迎。白永和牵着红绸子的一端前行，爱丹挽着红绸子的另一端跟着。一根红绸，仿佛牵着两颗心，一世情。她想，她的身子，她的人生，她的这一辈子算是交给三少爷了。霎时间，那种不可名状的幸福感、依赖感和安全感一齐涌上心头。正这么想着，有人上来把五谷往新娘身上撒，口里念念有词：

一撒金，二撒银，
三撒新娘进了门。
进大门大吉大利，
进二门万事如意。

大门口放着一盆炭火，一具马鞍子，新娘要逐个跳过去。跳火盆象征日子过得红红火火，跳马鞍象征日子过得平平安安。爱丹知道，走进这道门，就成了白家的人。接下来，新郎新娘踩着苫着红布的毛毡，一步步进入洞房。爱丹原本平静的心马上跳得"咚咚咚咚"：就要和三少爷拜天地了？正想着，司仪高喊："吉时到，拜天地嘞！"早有陪伴的婆姨左右搀扶，和新郎官白永和双双步出洞房，一拜天地，二拜祖先，三拜高堂。司仪高声唱道：

一拜神灵送福来，
白家今日喜气来；
二拜四方甲乙丁，
两家儿女合成婚；
三拜公婆福寿长，
财钱万贯福泽长……

司仪唱完，经人指点，才知唱走了嘴。爱丹没有公婆，只有爷爷、奶奶，是公婆的公婆。应该改成“三拜爷爷、奶奶福寿长”才对。好在，白鹤年和白贾氏没有说什么。也许，他俩默认了这个事实。

好不容易等到司仪喊“夫妻对拜”，夫妻双双入了洞房，轮到新郎官给新娘揭盖头。白永和手晃动着，心狂跳着，连脚跟都有些站不稳。揭呀揭，盖头让凤冠挂住了，没有揭起来；再用心揭，这才露出庐山真面目。这一揭，让新娘爱丹娇态亮相百媚生；这一揭，让新郎白永和惦记了一生；这一揭，让在场的白鹤年、白贾氏和亲朋好友大开眼界：郎有才，女有貌，天作合，地设造！真是满窑生辉，众目亮堂。

一天的熙熙攘攘，一天的任人摆布，一天的繁文缛节，直到月儿西斜才算告一段落，人们恋恋不舍地散去，洞房里霎时静了下来，静得有点可怕。但这种静是属于他们的，也是他们求之不得的。

进来一个婆姨，续了两根长长的蜡烛，叫作长明灯。今夜不让入眠？他俩都这么想。婆姨又把零乱的炕上整理好了，再把两床缎被铺好，还安顿了今晚的忌讳等，冲着三少爷和爱丹瞥了意味深长的一眼，款款地说：“三少爷，三少奶奶，早些歇息吧。”

此时的白永和心像就要脱缰的野马，不安分地突突狂跳。几乎在同时，爱丹也觉得浑身的血呼呼往上涌，烛光下的她，心慌意乱地把头深深埋在怀里。见爱丹这样，白永和也是手脚无措，一会儿站起，一会儿坐下，一会儿又站起，朝爱丹挪动了两步，又退缩了三步，最后落座在后窑长明灯下的太师椅上。

白永和强烈渴望着的爱丹终于坐在他的炕上，成了他“窑里的”（婆姨）。

一旦心上人成了“窑里的”，强烈的渴望反倒变得优柔了，从容了，他要尽情享受这一过程，一生只有一次的美妙过程。

他壮着胆儿瞅了一眼爱丹。爱丹端坐在炕上，头还是不敢抬，两只嫩藕般的小手在那里不住揉搓着。他想说什么，嘴嗫嚅了一下又止住。爱丹微微抬了抬头，飞快地瞟了一眼做了她丈夫的三少爷，烛光里的这位英俊书生就是她朝思暮想的那个人吗？白永和也举目打量对方，后炕里的美貌娇妻就是将要和他厮守终生的那个她吗？爱丹抬起头，正好与白永和投来的目光相会，双方在短暂而深情的一瞥后，慌忙收回了各自的目光。窗外响起窸窸窣窣的声音，他们明白这是听房的人在作祟。他想：这就是洞房花烛夜吗？人生的三件快事我正在经历着第一件，那金榜题名在何时？他这么想着，禁不住朝她望去。只见她盯着那两床做工精致的丹凤朝阳和并蒂莲花双鸳鸯的缎被发愣。他也顺着她的目光扫射到了那里。她知道，这条炕，这床被，就是今夜他们的共同归宿；他也明白，这条炕，这床被，是他们今生今世的共同归宿。他们都明白，洞房花烛夜，对他们来说意味着合二为一，永不分离。

白永和站起来，轻轻地走近爱丹，壮了壮胆子，牵着爱丹的手，深情地说：“爱丹！”

爱丹应声道：“哎，三少爷！”

白永和伸出另一只手，把爱丹的另一只手牵了，四只手紧紧地握着，温情便在瞬间传递到彼此的心扉。

白永和用火辣辣的目光注视着爱丹，爱丹在三少爷炽热的目光中，仿佛就要羽化，就要升腾。白永和步步紧逼，爱丹若即若离；白永和把爱丹揽在怀里，爱丹娇滴滴，情脉脉，姿媚尽现。

白永和紧握爱丹的手，神情庄重地说：“执子之手——”

爱丹信誓旦旦地说：“与子偕老！”

两人紧紧相拥，两颗心紧紧贴在一起。

他们知道，洞房誓言，再没有比这两句神圣和庄严的了。这两句话，既是心心相印的写照，也是两姓结合的盟誓。从今夜开始，他们的一切都将会被它验证。

夜未央，心如潮，烛光摇曳……

光阴是条松紧带。因为企盼，老嫌日子过得慢；因为甜蜜，只怕时光逝得快。婚后，见过大小，回过门，对过七，甜言蜜语还没说够，柔情蜜意还没尝够，眨眼间蜜月已过，白贾氏给她的孙子设定的期限到了，白永和该起程赴省城备考去。架窝子预备好，本该派一个随从料理起居，可白永和嫌开销大就没带。白家的架窝子把白永和送至隰州，又雇脚走了六七天才来到太原府。白永和租了房子，安顿下来，开始了乡试前的备考生涯。

说话间秋去冬来，年关将至，白永和好不容易熬到和爱丹见面的一天，便捎书说要回家过年。爱丹听说，见天掐着手指算，翻着皇历查，等人的日子是这么难打发。白鹤年不只是自己想见三娃，要紧的是三娃有了媳妇，“每逢佳节倍思亲”，小两口团聚也是人之常情。可是这样顺情顺理的事，到了白贾氏那里却驳了回去。

白鹤年问：“这是为什么？”

白贾氏说：“因为明年就要乡试，满打满算也只有八个月时间，回家住上个把月，再去掉路途耽搁的时间，只有六个月多一点。这还不算，你就没看见小两口多黏糊，就像两根麻绳拧到一搭里，成天价不是嬉皮笑脸，就是疯跑野逛，魂早让那个小妖精勾走了，哪里还顾得上研习？三娃好不容易才把心安下来，让他回来，不是心乱意迷，没事寻事？”

白鹤年说：“这话言重了，儿女情长，谁也难免。就说咱俩刚成亲那阵，还不是热亲得死去活来，过后我还不是做我的生意，误了什么啦？”

白贾氏说：“你还有脸说？我过了门，你守着我几个月不出门，不是把解州的一笔潞盐生意给误了，把汾州的一笔洋布生意给吹了？两头下来白白扔掉几百两银子！”

白鹤年连笑带说：“婆姨汉子，蜂蜜罐子！”

说着，在白贾氏脸上轻轻吻了一下。

白贾氏口里说：“老眉老眼的，不害羞！”可是心里着实感到舒坦，婆姨人、男子汉原本就应该这样。但转眼一想，就把男人推开，正儿八经地告诫男人：“别忘了，富贵温柔乡，也是玩物丧志地，只要贪图享乐，就会倒在这把杀人不见血的软刀子下。”

白鹤年自讨无趣，心中不悦，说：“这哪儿的事啊？照你这么说，女人都是软刀子？连你也不例外？”

“凭你的良心说，我是哪号人？我拉了你的后腿，还是误了你的事？”

“这么说，爱丹是那把坏三娃的事的软刀子？”

“那是你说的。”

“你不乐意的事别人就不能做，真是的！”

白贾氏不容分辩地告诉男人：“三娃的事就这么定了，再给捎些银两，用度上不要缺着。还是那句老话，什么时候应了举，什么时候回来。”

在家务上，白贾氏的话就是圣旨，容不得别人反驳，就连自己的男人也不例外，更何况小媳妇爱丹呢！爱丹听说奶奶不让三少爷回家过年，小嘴连噘都不敢噘一下，只得忍气吞声，暗暗哭泣。

这一年春节，白家因添了一个漂亮的孙媳妇显得精彩，同时，也因缺了才华出众的三少爷而有所逊色。

这一年是光绪二十五年，农历己亥年。

到了光绪二十六年，一心备考的白永和撞上了庚子之乱。

义和团几十万众进京围攻各国使馆，八国联军伺机攻占了北京，慈禧太后挟持光绪皇帝仓皇出逃，本应在这一年举行的全国性的乡试遂告流产。白永和不得不一路叹息回到永和关。

九十眼窑院以清冷的气氛迎接了他。白贾氏落寞无奈，白鹤年心慌意乱，杨爱丹喜中有忧，其他人表情复杂，如同庙里形态各异的塑像。白永和不得不随着这些表情复杂的脸面，不断变换着自己的脸色。家居时间越久，他的心就越往下沉，脸色也越来越难看，只有娇妻爱丹尽其所能给他抚慰，而这种抚慰不过是无关宏旨的男欢女爱，片刻欢娱过后，便是无边的茫然。在他看来，永和关仿佛成了一个功名利禄的世俗堡垒，他只能任由世俗雕磨着自己，而无一丝反抗之力。此时，他才觉得洞房花烛夜的甜蜜，并不能代替金榜题名时的快意，前者只是床笫之欢，而后者才是读书人的终极之乐，为了实现这个梦想，他要韬光养晦，卷土重来。

慈禧太后和光绪皇帝经过山西一直跑到西安，直至光绪二十七年底才回到北京。光绪二十八年，也即壬寅年，光绪皇帝下诏补行庚子、辛丑恩正并科考试，白永和在全家人的期待中再度赴试，也即他与王必高在村姑面前受挫，对对不成，赌气回家后的第三年。

三年一次的乡试，因在秋八月举行，故叫秋闱。乡试时间是铁定不变的，即从八月初八日开始至八月十六日止。秋闱共分三场进行，每场三天，三三得九。九天时光都要在贡院度过，虽说是辛苦了些，可毕竟是最牵动天下举子们的时刻。

山西贡院设在太原府东南隅的起凤街。

白永和和蒲州府考生王必高相约赶考，虽然就近住宿，但也不敢大意。因此，天不明就与临时雇来的书童，拿着被褥、衣服、碗筷、茶具和装着纸墨笔砚的考篮，形同负载累累的行者，来到贡院门外等候。

贡院宏敞，设八千号舍，三门四柱石牌坊，头道门额“贡院”，赶考的生员在这里接受检查。书童送到这里，把大包小包的东西给了他们，他俩艰难地背着、扛着、提着，巴不得快点放行。约莫等了一个时辰，才听有人高喊放行。考生簇拥而上，皂隶也呼啦啦而出，例行入场前的检查。有的把考生的行李打开，里里外外翻个底朝天。有的喝叫着让考生把衣裤解开，浑身上下搜。还有的叫他们脱帽去鞋，看看里边有没有可疑的东西，比战时搜查敌方的细作还要细。

有位瘦弱的生员被搜身时，下意识地用手去捂前胸的扣子，引起皂隶的注意，对他浑身上下反复搜查，就是看不出有什么破绽。因为光线昏暗，只是从白净的衬衣上看见密密麻麻的黑点，就大叫：“这人身上的虱子真多！”这位生员一听就吓得瘫在地上，浑身晃悠。皂隶越发疑心，就用马灯照了照，那些虱子摇身一变成了文字。原来，衬衣上事先写满了应考的各种文章。只见负责检查的官员把他的考篮往外一扔，厉声说道：“此人作弊，不准入内！滚！”那位生员像霜打了的茄子，蔫蔫地走了。

二人见状，交换了下眼色，不免心惊肉跳，额角沁汗，心头涌上兔死狐悲的怜悯。白永和暗暗庆幸，多亏自己有几分自信，没有夹带，要不也是这样的下场。可悲！可叹！这时，听得皂隶嚷了一声 “搜过”，就放他们进了头道门。走过题着“开天文运”门额的二道门，前面就是第三道门“龙门”，也即士子们视为“桂树曾争折，龙门几共登”的神圣殿堂所在。谯楼响起五更的梆子，龙门缓缓打开，生员们在这里还要等待唱名。那些执事的官员和皂隶不是吵嚷，就是叫骂，如同老子训儿一样。参加了监考官主持的开考仪式，聆听完监考官的训示，好不容易走了进去，正面矗立的三层亭阁，就是贡院的标志——明远楼，那字是烫金的，言“明”旨“远”，耐人寻味。白永和生平第一次看见深居贡院的明远楼，身入皇帝为国求贤的场所，禁不住双腿打战诚惶诚恐感恩戴德起来。抬头望时，晨光微曦中，一副由山西巡抚张之洞撰写的楹联映入眼帘，上联是“秋色自西来，雁门紫塞”，下联是“明月几时有，玉宇琼楼”。联是集前人的名句，但颇有气韵，且工整耐读，只是他现在没有那份闲心细品深究。明远楼后是主考、同考官和一干执事官员的办公地点。楼两侧密密排列着考生号舍，因为与王必高是同乡，贡院自然把他们分得老远。到了这里，二人相互祝福“一帆风顺”“马到成功”，就分手找各自的号舍。白永和找来找去，好不容易从数千个鸽笼般的小房子里找到属于自己的那一间。

早听人说，号舍如囚笼，不得一见。今日见了，方知此话不假。他估摸了下，号舍宽不过三尺，深不过六尺。他家的窑洞，能装得下十个这样的号舍。舍内有两条活动的木板，上面是作文章的地方，下面的用作坐凳，睡觉时，上下两层板拼在一起当床用。带来的行李堆了一地，人就没有了回旋的余地。九天三场考试，写蝇头小楷，作八股文章，吃喝拉撒睡，都要在这里度过。

第一场试题是史论五篇，凭他深厚的功底没有费什么力气。只是身子骨不给他争气，偏偏在这关口，因为此前的暴饮暴食，致使小腹疼痛，里急后重，拉起了肚子。刚坐下要写，肚疼如约而至，一疼就得去泻，几番折腾下来，已经精疲力竭，小小斗室臭气熏天，殃及左邻右舍不得安宁。幸亏他随身带了时令药，勉强挺了过来，卷子总算是交了。

第二场是各国政治艺术策五道，这是清廷对科举考试的重大改革，怪不道今年应试的生员比往年要少。他虽有所准备，但毕竟不是轻车熟路，心里一急，病更来了劲。他想退场，可是考场一经关上大门，不到考毕不准放行。贡院戒备森严，四周院墙布满荆棘圪刺，即使你有飞檐走壁的功夫也难以出去。听说，有的考生病得实在不行，考官就让差役把人绑了，从荆棘墙上吊下去放行。监考官见白永和病得不轻，问他愿不愿意这样出去？他说，只要有一口气，就要从大门出去。他搜肠刮肚，尽自己所知所思写结交卷。那个“苦苦苦苦苦，明远楼上鼓”，“一二三四五，明远楼上鼓。姊在家中乐，弟在场中苦”的民谣在他耳旁回旋，身苦心苦病苦交织在一起，果然非同一般啊！

第三场考的是四书五经三题，这是他的强项，心情好了，病魔也渐渐退却。就这样，三场辛苦虽没有把他磨成鬼，也让他脱层皮。白永和好似在地狱里走了一遭，终于从贡院大门出来，重见了天日。

白永和将息了几天，身体是痊愈了，可头脑并不轻松。这是因为秋闱三场疾病的折磨，恍恍惚惚中不知道到底考成了什么样子，底气就有些不足，便和王必高说："如果能够高中，就不必说了；如果名落孙山，无颜以见高堂，索性继续温习，准备下次秋闱。"

王必高说："那不是又得熬一个三年？"

白永和说："三年怎么了？就是三十年我也等得。康熙时，广东有个叫黄章的人，从二十岁一直考到一百〇二岁，还不服输，仍让重孙带着他赴京应试，灯笼上书四个大字：'百岁观场'。看人家是何等抱负，何等执着！"

王必高说："我年过不惑，就觉得力不从心，哪能比得上人家黄章。要是我有那样的家境，早就弃读拒考了，放着清福不享，受那份罪做甚！说起来，咱们这些士子，大多是死读书的人，终其一生，不是死读书，就是读书死。白兄才俊我不敢说，至少我是这样的人，那个黄章更是这样的人。雄心再大，还得看你的天赋如何，还得有相马的伯乐，还得有天时地利帮衬。我想，黄章老爷子就是一个死读书不开窍的人。你不觉得悲哀，倒替他唱起赞歌。这样的人，我可不敢恭维，这样的事，我才不能效仿。"

白永和想：你不敢恭维，我敢恭维；你不能效仿，我能效仿。人生在世，就是活一口气，没有了精神，还说什么应举入仕？还说什么飞黄腾达？面对精神委顿的王必高，白永和现出自信和活力。他说了些鼓励的话，便拉着王必高来到街市散心。

二人在街市毫无目的地踅来踅去。一天下来，只觉得很累，直到梦里，还是眼花缭乱地在人流中穿梭，在琳琅的货物里卖眼。后来，他们又去了晋祠，看了鱼沼飞梁、古柏齐年、宋塑侍女、李世民碑、傅山先生隐居处，满脑子古色古香和对古人的崇拜。按说，这都是省城极好的去处，但在他俩看来，景致虽好，却不是他们那颗好高骛远的心的栖息之地。商者太俗，古者陈旧，他们要的是登堂入室、衣锦荣归的那一天。想到这里，二人懒洋洋地回了旅舍，整日看书闲聊打发时光，期待着神圣一刻的到来。

这一天终于来临。

听说放榜了，白永和、王必高扔掉手中的书，拔腿就跑。四条腿频繁交替，两条辫子舞来摆去，全没了往日的潇洒。他们一口气跑到贡院，门前榜示的地方里三层外三层围满了人。两人顾不得斯文，喘着粗气、冒着热汗，毫不客气地拨开人群，一头挤了进去，瞪起两只核桃般大的眼睛，直勾勾地搜寻，恨不得一眼就把最想要的名字钩出来。

白永和先从榜首看起，数了二十多名，还不见自己的名字，心就有点发虚，腿也软了，不敢挨个往下数，便从榜末往前看，数了约莫二十来名，还不见自己的名字，心里就打起了鼓，不敢往前数。不敢数也得数，硬着头皮往前，往前，再往前看。看一个不是，再看一个还不是，这心就悬得老高，目光游移不定，头脑也有些麻木，他预感到什么，又不愿往那里去想。心想，世上事不到最后，就不能轻言失败，就不能放弃。突然，有一个似曾相识的名字赫然入目——白永和！这是谁？他自问道。眼睛不由得定格在那里。

这时，围观的人越来越多，有人边看边念，当有人拉长声音念到“白永和”时，他这才意识到念的是自己：白永和就是我呀，我就是白永和。立时两行热泪长流，一脸喜色不禁，前后都不看了，两道犀利的目光如射出的两支箭矢，死死钉在“白永和”三个字上，连拔都拔不出来。多么熟悉，多么亲切，多么亮堂，多么争气的名字！他依次往后数着，数来数去，数不清他是多少名。不知数了多少回，才知道自己是第三十三名，不前不后，居中而列。榜上有名，喜形于色，白永和悬着的心终于如一块石头落了地。他自言自语道：“啊，中了！中了！”黄榜朱字，十分抢眼，他脸红了，眼红了，连天也仿佛耀红了半边。

有人听见，问：“榜上有名？”

白永和几乎是带着哭腔，点头应了一声。

又有人问：“高中几名？”

他抖动着手，好不容易伸出三个指头。众人“啊”了一声。就听有人说道：“这位爷，你是第三名了？”

白永和又举出三个指头。有精明的人会意说你是第三十三名？有好事者一直数到第三十三名高声念道：“这么说，您是白永和白老爷了？”

白永和谦逊而又自得地应道：“在下正是白永和。”

周围一片躁动。

人们说什么的都有。听来听去，不外乎是说年纪轻轻的就高中了举人，将来前程不可限量云云。

有的问："您是哪里人氏？"

白永和回说："平阳府隰州永和县。"

"什么？永和县？山西还有这么一个县？"人们又是一阵喧哗。

有个知情的人道："永和县那可是山西省最小的、最偏僻的县，人称沙圪坦。沙圪坦能出位举人，如同深山飞出了俊鸟！"

白永和只顾自己的事，忘了还有王必高王兄。谁知道王必高比他还要糊涂，他是第三十三名，王必高紧挨着他，就是三十四名了。可是，一个因太专注，只看自己的名字，不管别人的事情，滚瓜烂熟的名字变得熟视无睹。一个因为紧张，念到自己的名字竟然不知不觉，还是旁边有人高声念出"王必高"三个字，这才如从梦里醒来。心中想，意外事，双双现身眼前，二人禁不住击掌相庆，欢呼雀跃。从日头上山看榜一直看了约莫两个时辰，才一蹦一跳相携离去。

这一日，白永和把平生最好听的话都听了，最动情的风景都享受了。他只记得，自己是在众人惊叹的、艳羡的目光注视下离开的贡院。他只觉得，身后乌黑油亮的长辫子上拖着无尽的风光，他要把这道风光带回永和关，让黄河与他同享小登龙门的愉悦，让爷爷奶奶，让爱丹，让全族人，让岳父母同享中举荣耀。过了这道坎，金榜题名、鱼跃龙门就有了指望。

不等白永和回到永和关，永和关已经嚷嚷成一片。

先是报子前来鸣锣报捷，张贴报条。白老太爷、白贾氏携白家大孙子白永平、二孙子白永忍和杨爱丹妯娌几个纷纷走出院门，接应报子，观看喜报。只见报条上写着：

"捷报贵府少老爷白永和应本科山西乡试，高中第三十三名举人。"

白家请报喜人用过饭，又赏了二百喜钱，恭送村外。

刚送走报喜人，闻讯前来道喜的永和关白姓族人潮水般涌进九十眼窑院，把白老太爷和白贾氏忙得晕头转向，有点应付不过来。白贾氏吩咐白管家写了大红帖子，上面是"某月某日，因小孙秋闱侥幸，薄具小酌，敬请惠临"等字样，发给关里关外的近邻远亲和县里士绅。等白永和马不停蹄地回到永和关，大门口早有两根木做的旗杆竖在那里，门额上悬着"文魁"匾额，在高高挂起的大红灯笼映衬下，现出十足的神气。

白永和一走进九十眼窑院，就被前来祝贺的人围了个水泄不通。再看众人时，爷爷红光满面，乐得合不上那张没牙虎的老嘴。奶奶头上插花，身上衣锦，明晃晃的一对金耳环不停摆动，人们难得一见的紫罗兰手镯也不时露出峥嵘，要多么优雅有多么优雅。大哥白永平一脸憨厚地紧贴着白永和站着，有些唯马首是瞻的样子。二哥白永忍只是淡淡地道了喜，就站在一旁看热闹去了。再看大嫂冯兰花，只顾呆呆地看着，别人高兴她高兴，别人激动她激动。二嫂祁娇娇手挽着爱丹的手，瞄一眼白永和，瞅一眼杨爱丹，丢眉弄眼，摆姿弄势，说不够的亲昵话，直想把人家的金往自家脸上贴。爱丹呢，不用说心里乐开了花，只是人多嘴杂，没她说话和撒娇的机会，时不时给夫婿一个饱含激情的飞眼。白永和看见了，不用说是多么受用。

县学教谕是屡试不第之人，凭资历熬了个附贡，花银钱捐了教谕做。知县老爷也不过是纳捐例贡出身，他们都不是正途出身，对科举的酸甜苦辣深有体会，故而对正科出身的白老太爷贤孙不免高看一眼。教谕不仅代表自己，也代表不能亲来的知县大老爷，极有分量地说道：“三少爷学精虑远，后生可畏。既能秋闱折桂，金榜题名也为时不远，踏上仕途指日可待。可喜可贺，可喜可贺！”

留着一绺山羊胡、行止哆哆嗦嗦的远房族叔白敬斋，也忙附和说：“学官大人说得极是。我家贤侄，讷于言而敏于行，眉宇间英气逼人，说不准来年文魁的匾额会换成进士及第的匾额呢！”

教谕有些讨好地说：“他日做官为吏，可别忘了在下啊！”

白永和谦恭地说：“岂敢，岂敢，永和还要仰仗学官大人多多提携呢！”

众人点头称是，一片恭维之声。

从来没有听过这么多吉言美语的白贾氏有些撑不住了，亲自拿起酒壶，给席上名士乡绅斟酒，自己也多喝了几杯，脸上越发红润起来，话也多了，嗓音格外地瓷实，平日少见的白贾氏的另一面，淋漓尽致地表现出来。白永和想，这就是扬眉吐气，奶奶的表现比他还要精彩，好像今日酒席宴不是为自己庆功而是为她庆功。自己能够高中，来自奶奶的痴心不改，奶奶的得意，来自自己的争强好胜。白永和有些飘飘然了。

白永和的岳父杨福来也来道喜。他端端地坐着，只是听众人说笑，偶尔也附和一两句，对这位举人女婿既不夸，也不贬，像个没嘴葫芦。看他脸色，快意中有几分失意，明亮中不免疑虑。白永和看见，心里不禁咯噔了一下：岳父这是怎么了？

怎么了？杨福来见女婿风光，心里自然十分得意。得意之余，便是怅惘和失落。“你是荣耀了，岳父我心却提起来了。三娃你一旦做了官，眼里还会有我们杨家，有我们爱丹，原先签过的以子过继的协议还认不认账？”这是此时深藏在杨福来心中的话。

白永和顾不得想、也不可能想到这些琐事，他正在兴头上，正在人生的光彩处。他依次给长者斟了酒，说了些谦恭谢忱的话，众人再次贺喜，气氛就达到了高潮。高潮淹没了杨福来的隐隐担忧，前所未有的喜庆气氛笼罩着新科举人家的各个角落。

入夜，白永和才有机会和爱丹相聚。小别胜新婚，更何况此去小一年、适逢高中桂榜荣耀回乡的喜悦呢！两人喜上加喜，爱上加爱。白永和一个深吻，把爱丹击得浑身痉挛；爱丹竭力奉迎，又让白永和热血沸腾。一个恣意汪洋，一个瘫软如泥。此时，他们只觉得拆不开你，分不出我，只觉得这世界只有他二人存在，只有他二人在表演。全然不觉夜阑中秋虫此起彼伏的鸣唱，黄河流水哗啦啦的伴奏；不知窗外彩云追月的亲昵，明月衔水的妩媚。当然，更不知云翳蔽月的黯然……

次日一早，白贾氏让刘婶把白永和叫来，说了些勖勉的话，发了些感慨，然后言归正传：“三娃，乡试这道坎总算顺顺当当地迈过去了，会试这道坎可是你今生今世最最要紧的一道门槛，过得去，出将入相，封妻荫子，什么好事都把不准会有；过不去，鸡毛蒜皮，磕磕绊绊，什么烦心的事都把不准会寻着你来。正因为难，才要摒弃杂念，清心寡欲，一门心思读你的书，应你的试。奶奶翻了一下皇历，后天是初六，诸事适宜，就起程备考去吧。想带用人就带，不想带，到了京城找个书童也行。”

白鹤年万万没想到，三娃昨天才回家，后天就要赶他出门，这是哪里的话？他这个内人越来越不近人情，越来越不可理喻。何况，这样的事也不和他商量就擅自做主，眼里还有没有他这个一家之主？可碍于面子，又不能当面教妻，就对三娃说：“你去吧。”

白永和淡淡地说了声："知道了。"求助似的看了看爷爷，见爷爷没有表示，就噙着幽怨的泪水走了。

白永和的瞬间变化，白鹤年和白贾氏都看在眼里，疼在心里。白贾氏是恨铁不成钢，不得不做有悖常理、绝情寡义的事；白鹤年则认为，亲情与赶考是两回事，要让马儿跑得快，还得先喂点草料。他激动地说："过门几年了，娃们在一起有数的几天，这样做是不是有些不近情理？是不是在棒打鸳鸯？"

白贾氏听了，气得脸色铁青："棒打鸳鸯？我不就成了恶妇？谢谢掌柜的抬举！"

白鹤年自知失言，忙纠正说："我不是那个意思，我是说要体谅娃们……"

"就您懂得体谅！您是菩萨心肠，我倒成了铁石心肠！凡事出来，总是您送人情我讨嫌，我把白家的人都快要得罪完了。人常说，不吃苦中苦，难为人上人。历来成大事者，谁不是抛妻别雏，谁不是吃尽苦头？撂不下热炕头，就考不上状元郎！为了白家，我不心硬点能行？"

"要让我说，只要有志，在家温习也一样。古人囊萤、凿壁、映雪，不也成了气候。他人在外心在家，任你把他赶到天涯海角也不济事，何必让娃受那份苦呢。"

"他守着那个嫩娘娘，哪有心思温习？古人所以那样艰苦，是没法子的法子；我们并不缺钱，不用受那份苦，但要忍受这份难活。要知道，现在的难活是为了将来的好活。"

"话好说，情难却，连你也一样。当初过门那几年，你就像用绳子拴着我，连一步也舍不得让我离开，害得我误了生意和你厮守。人同此情，情同此理——"

"去，老不正经！咱是咱，他是他，你是不要功名的人，不要功名了就得要媳妇。他是要功名的人，要功名就要舍得下媳妇。再说，爱丹是个痴心的主儿，让她迷得太深，咱三娃就难以自拔了。"

事情就这样不了了之。

白永和在和爱丹相拥、相诉、相泣中度过了难忘的三个夜晚。他们都说不来，他们的结合是苦，是乐，是福，是祸。难道为了功名，连妻室也不能近吗？难道为了渺茫的前程，连情爱也要割断吗？得不到答案，只好等金榜题名的那一天，也许一切会见分晓。

村前老槐树下。

白家人聚集在这里为白永和送行。这是一棵四百多年的老槐，是白家祖上从汾城经洪洞迁来此地时移植来的，它与永和关白家一齐落地生根，一齐见证了白家从草创到发达的风雨历程。大槐树当道而立，身高十数丈，腰身四五围，枝叶婆娑，形如巨伞，浓荫覆地，十分夸张地把足有半亩大的地方都收入它的势力范围。树干中间裂开一个大洞，洞里幽深，据说曾有巨蛇盘踞，呼风唤雨，时常显灵，村人敬畏，故视为神树。传说，槐树是天上文昌帝君下凡变成，故白家人遇有大事或远行，都要来这里祭拜和辞行，以求得神灵庇佑。

记不清在这里祈祷过多少遍了。白鹤年、白贾氏和爱丹等一干人，不管怀着什么心情，有什么想法，一旦站在老槐树下，都是心照不宣地一致：但愿此行金榜高中，衣锦荣归。

白永和向爷爷、奶奶和兄长们作揖辞行。偷着扫了一眼爱丹，爱丹早已泪眼模糊，感染得他鼻子发酸，不敢再看，扭身踩镫，上了架窝子。随着脚夫的吆喝，两头驮骡蹄声“嗒嗒”，一步步朝欢喜岭爬了上去。

爬到山腰，白永和掀开架窝子门帘朝回看，大槐树下老老少少、男男女女都还一动不动地定在那里，遥望着山上。他的爱丹孤零零地站在一边，以手贴额仰面瞭望。驮骡渐行渐远，直到爬至欢喜岭与天际相接之处。再回首时，不见了亲人的身影。但见群山苍茫，绵延不绝，黄河如带，奔腾不息。一抹霞光涂在山山岭岭，山山岭岭就活了；映在河面，河水也灵光了。雄浑的母亲河顿时给了他豪迈之气，他那看不见摸不着的翅膀又要鼓翼而飞了。他知道，此次出行不同往常，无疑是一次壮行，看白家老老小小神情庄重无限祈盼的神情，他不禁有种不成功便成仁的悲壮感。他明白，他的未来在于此举成败，失败虽然并不会影响白家的生计，但却会挫伤白家人的殷切期望和毁掉奶奶精心描画的图景。想到这里，神圣的使命感油然而生，刚才缱缱绻绻的离愁，难舍难分的别绪，都一扫而光。为了这些，该舍弃的就得舍弃，当割爱的就得割爱。不过，他心里的舍弃和割爱只是暂时的，权宜的，一旦功成名就，一切都会从头再来。

第九章

白永和为赶考殚精竭虑这几年，也是爱丹独守空房备受熬煎的几年。除晨昏定省一日两餐外别无一事可做，只能和妯娌们拉呱闲坐打发时日。可是，大嫂、二嫂素来面和心不和，去大嫂窑里坐得多了，二嫂不是酸溜溜地斜她一眼，便是指东道西地捎带她；到二嫂那里跑得勤了，大嫂说话瓮声瓮气，见面意意思思，好不自在。还有二哥，钩子眼看人，赤裸裸地冒火，连笑里都带着馋相。有事没事爱往她窑里跑，嬉皮笑脸，毛手毛脚，是个惹是生非的祸种。所以，她不得不回避着他们，躲在自己窑里看闲书消遣。要不，就走出九十眼窑院独自到码头集市闲逛，整日独来独往，希图独善其身。谁知，这样一来，又遭到大嫂、二嫂的白眼，落了个里外不是人。更要紧的是，还得在白家不成文的清规戒律中谨守，一不小心，又会落个少规没矩的把柄。

忽然想到“活寡”，用在自己身上不也恰如其分？难道，道貌岸然的奶奶不曾有过男欢女爱，不曾有过夫唱妇随？难道以牺牲他人的正常生活为代价，去换取那渺渺茫茫的前程，是白家的唯一选择？爱丹还想到她最不愿意触及的问题：男人不得志时不归家，一旦得志了，会不会另寻新欢？她苦涩地摇了摇头，她不相信她的三少爷是那样的人。

她想这就是命，爱丹一生一世的命。渐渐地，回娘家多了，回去就赖着不想走。她的苦闷不能和父母说，因为这桩亲事是按她的意愿缔结，所谓“愿意的不受屈”。可是，哪里是她倾诉的地方，没有。

她总是怀着憧憬回到白家，带着失意回到杨家。尤其是逢年过节，别人家团团圆圆、欢欢乐乐时，更显得她形单影只，凄凉惆怅。渐渐心生不满，行为失控，有时竟敢对奶奶的颐指气使不屑一顾，有时敢对二嫂的白眼还以白眼，有时敢对二哥的动手动脚还以拳脚。不高兴时，打声招呼就回了延水关。

白贾氏说："你为甚常回娘家?"

爱丹说："孤身一人闲得无聊。"

白贾氏说："不可和兄嫂无礼。"

爱丹说："是他们无礼在先。"

白贾氏情知二娃生性轻浮，对二娃有事没事爱往爱丹窑里跑，并动手动脚的事有所风闻。但既然这个孙媳妇敢于犯上，那就对不起了，先在你头上开刀。白贾氏就把爱丹自到白家以来的种种不是数落了个遍。临末，意味深长地说："当心点啊，招蜂惹蝶会坏了你的名声!"

爱丹回说："不是我招蜂惹蝶，而是他蜂狂蝶乱。"

白贾氏说："苍蝇不叮无缝的蛋!"话一出口白贾氏就觉得后悔，但已经收不回来。

爱丹回敬道："倒是癞蛤蟆想吃天鹅肉哩!"

一个说是苍蝇，一个说是癞蛤蟆，看把二娃比作什么？白贾氏暗暗失悔。

一个豁出去了，看似绵里藏针，实则理直气壮；一个理屈词不穷，无论如何也不能败在这个小贱人手里。两人就这样针尖对麦芒，一来一往地过开了招，开了白家祖孙两代人交恶的先河。

白贾氏恼羞成怒，暗暗咒道："好你个不识抬举的东西，敢在老娘头上动土，看来不动真格的是不行了!"虽说气得牙根痒痒，仍装作满不在乎的样子，使出了蓄意已久的撒手锏："听没听过'不孝有三，无后为大'?"

爱丹一听，知道这是奶奶在揭她的短，不禁心虚脸红，讷讷地说："听说过。"

"过门几年了，也没给三娃生下一男半女，不觉得羞愧，还有脸没老没小地和人犟嘴!"

一句话说到要害，爱丹闭口难言。不是她没说的，而是她没法开口。人常说，孤阴不生，孤阳不长。她名誉上有个男人，就和没有一样，叫她和谁去怀，和谁去生呢？别的她倒不在乎，唯有怀娃生育是女人顶顶要紧的大事，虽说男人长期在外，可也有过夫妻卧榻之欢，为什么别人家的媳妇一个个抱上了娃娃，当上了妈妈，她的肚子至今仍是女儿时的样子，丝毫不见长进？难道是天生的不出芽的秕谷？加上近来精神萎靡，饭食少进，连月事也和她捣开了蛋，不是迟，就是早，没有了准信。难道让奶奶说中了？她果真是不下蛋的草鸡？想到这里，再也无心与奶奶“恋战”，只能在白贾氏阴冷的目光注视下，怏怏不乐地退了出来。

她和妈妈说，妈妈从没开过怀，没有这个体验，最忌讳生儿育女的事，偏偏又来了个说不能生育的女儿，叫做妈妈的心中好不烦闷。杨福来说她是不会下驹的骒骡，难道我的爱丹也是……要不，过门几年了怎么还没动静？难道自己的毛病还能传给抱养来的闺女？她不敢往坏处想。毕竟她是过来人，夫妻间的那点事她心知肚明，但又不好明说，只能一会儿或许，一会儿兴许地敷衍。

但改样还是沉不住气，把这事给杨福来说了。

杨福来没好气地说：“白老太婆老糊涂了，把孙子像遛马似的遛出几千里远，心都放在那个科考上，还想让独守空窑的孙媳妇怀娃娃，岂不是没事找事？看什么病，没病也要弄出病来。爱丹的病是心病，只要三娃回来就好了。”

改样把男人的话变作自己的话给爱丹说了，爱丹听了半是会意，半是不依。说爸爸、妈妈不心疼女儿，有病不给治。没奈何，杨福来从延川城里请来郝先生，郝先生说不生育是月经不调之故，月经调了自然就会有喜。又从永和城里请来冯先生，冯先生说不生育是肝气不舒之过，肝气不舒，经水就难以顺达。调经以理气为先，气顺了经水自然就顺，经水顺了自然就会受孕。吃了郝先生的药，服了冯先生的药，刚刚有点起色，接连发生的两件事叫爱丹病上加病，一病不起。

一日，爱丹到爷爷窑里问安，恰巧二老出外边去了。正要走时，无意间看见炕桌上放着一封信，她好奇地凑到跟前看了看，这一看不当紧，旧病未去，又加上新病。原来，这是三少爷寄给爷爷、奶奶的信，信上备述因病辍考的事，又说了准备下次科考，不中皇榜绝不回家。信上对爱丹只字不提。白永和出去一年多，经常有书信回来，也只是问候老人报平安，奶奶总是轻描淡写地给爱丹说一声。爱丹也曾偷偷写过两封信，可是连一封也没回，这叫望穿秋水的爱丹着实寒透了心。难道他真的为了科考忘了后炕上的婆姨吗？她忐忑不安地抬脚出门，没提防和进门的奶奶撞了个满怀，她不好意思地赔了不是，道了安。奶奶一眼瞥见炕桌上的信，知道露了馅，再不给爱丹个说法就不好交代了。

“哦，是这么回事，昨天三娃捎信回来，说他因病退出考场，决计不回家，准备下次科考。”她说话时特别用心观察爱丹的神色。

爱丹迟疑片刻，遂轻声地问：“没有我的信？”

“没见呀，要是有信还能不给你。”

“他人怎么样？”爱丹关切地问。

“将息了一些日子，不碍事了。”白贾氏淡淡地说。

爱丹还要说什么，话到嘴边又咽了下去，便向奶奶告辞。

白贾氏望着孙媳妇的背影远去，不禁轻轻叹了口气。

爱丹回到自家窑里，点上麻油灯，微弱的灯光映照着她孱弱的身子，愈显得憔悴孤独。她慵懒地躺下，又坐起，复又躺下；拿起这个，放下那个，不知道要做什么。折腾了好一阵子才算静了下来，一个人闷头闷脑想开了心事。

她记得，三少爷跟她说过，每给爷爷、奶奶写一封信，必定有她的一封信，这是在枕头上说的话，这是和她拉了钩的事，难道一出门就忘到脑后？难道他在外另有新欢？不可能，三少爷是正人君子，不是那样的人！如果作另外一种设想，那就是世故的奶奶从中作梗——把三少爷捎回的信都给压了。如若这样，奶奶就有些不近情理，或者说是别有用心。想到这里，她的脑袋“轰”的一下，仿佛闷雷袭顶，六神无主了。虽然思想无边无际，但也要适可而止。她不再往下想，生怕没事想出事来。但愿一切都是自己胡思乱想罢了。“天下本无事，庸人自扰之。”想到这里，她不由得笑了。

正在这时，门“吱呀”一声，昏黄的灯光里闪进一个人影。沉浸在遐想中的爱丹，并没有发现有人进来。这个人影在门口定了定，就蹑手蹑脚地朝爱丹走来。待到饿狼扑食似的巨大影子闪进爱丹的眼帘，爱丹这才猛吃一惊，本能地往后退缩，并大声叫喊：“谁?”

“是我，别怕。”那个影子止住了向前扑食的动作。

爱丹听了，原来是二哥白永忍，但她故装不知地问：“你是谁？不说清楚我可要叫人哩!”

白永忍一听，心慌了：“别，别喊！三弟媳妇，是二哥呀，这么熟惯，你还听不出来？我见你憋闷得难受，陪你说说话。”

“哦，原来是二哥，为甚进门不打招呼，把人吓一跳。”爱丹顿了顿又说，

“二哥，黑天半夜的，有什么不能明天再说。”

白永忍浪笑了一声：“也没甚要紧事，只不过想……”

他一面说着，一面盯住那对儿三寸金莲，看着看着，目光顺着三寸金莲往上溜去，直到停在了那张比他的娇娇还要娇十分的脸蛋上。唾沫直往肚里咽，身子胀得憋不住劲，手爪子就不由自主地往爱丹身上伸去……

爱丹倏地站起来，甚至没来得及考虑后果，就朝白永忍脸上扇了一掴：“二哥，请你自重，如再胡来，我就喊人啦！”

从小到大，白永忍从没有让人在脸上打过，所以并不知道脸上挨揍的滋味。这一掴，打得他两眼直冒金星，女人不到万分紧急的关头出不了这个手。不过，毕竟是女人的手，白永忍觉得疼过之后就是一阵痒痒，痒痒得他浑身难受。他已然欲火烧身，任你说什么、做什么，都听不进去。索性一不做，二不休，一头扑过来，紧紧把爱丹搂住。爱丹用尽平生力气和他厮打，同时也声嘶力竭地呼叫起来。正在打得不可开交之际，白鹤年和白贾氏破门而入，眼前不堪入目的场面把他俩惊呆了。

“都给我住手！”白鹤年厉声叫道。

这一声吼叫如雷贯耳，白永忍回头一看，就像被人抽了筋，疲软得再也无力出手。而他的下作行径，永远定格在几个人的脑海。他不得不松开手，慢慢从炕上溜到地下，“扑通”一声给爷爷、奶奶跪下……

白鹤年不管婆姨是什么态度，先自发了火。他哆哆嗦嗦地举起手，只听“啪啪”两声，在白永忍脸上来了个左右开弓：“你这个畜生，你这个败家子！”他越说越气，又在白永忍脸上扇了两下。白永忍被打得躺倒在地，但慑于爷爷的威严，他不得不爬起来，仍旧直挺挺地跪在那里，不敢抬头，不敢吭声，不敢哭泣。

在白鹤年怒打白永忍时，白贾氏却不动声色，心想，这个二娃真让爱丹给说准了，癞蛤蟆想吃天鹅肉哩。不由想起了与爱丹的那场强词夺理的争辩，觉得对爱丹有失公允，就不免愧疚在心。故而等到男人发过了火才缓缓地说：“二娃，向爱丹赔个不是！”话语虽然平静，却不容商量。

白永忍推推辞辞，低不下架子。可是，回头看了看爷爷、奶奶冒着火星的目光，知道没有商量的余地，就面朝蜷曲在炕上哭泣的爱丹说道：“弟媳，我不是人，我该死。看在爷爷、奶奶情分上，你就让了我这一回吧！”他抬出二老来做挡箭牌，并避重就轻地说了个“让”，而没有说“饶”。

爱丹无语，还是哭着不起。

要是平时，在爷爷、奶奶面前，爱丹无论如何也不敢不理不睬。今天，她要趁这个机会出口气，也好把平日积攒的怨气一块发泄出来。所以，她有点得理不让人，既不起身，也不言语，对三个人的这场或真或假的表演无动于衷。

治家有方的白贾氏没有了主张。要是平日，爱丹借个胆也不敢这样。今天，是自家孙子做下伤风败俗的事，是她治家不严的过。如果不好好安抚爱丹，让这事传到三娃那里，一颗老鼠屎就会坏了一锅粥。再说，这事如让河西的杨福来得知，岂能不过河来闹事？思来想去，只能让二娃赔情道歉，别无良方。为了白家的名声，她不得不出来打圆场，不得不对爱丹的“不识高低”忍让将就。还有，爱丹的性格她有所领教，看似猫样温柔，逼急了也会上树。想到这里，白贾氏轻咳一声，细声细气地对爱丹说：“三娃窑里的，二哥向你赔了不是，看在爷爷、奶奶的老脸上，得饶人时且饶人吧。这件事到此为止，传出去对谁都不好。让你二哥向你立个誓，你也得有个说法。二娃，向弟媳立誓！”

白鹤年赞许地点了点头，也朝二娃说：“还不麻利些？”

白永忍长这么大，从来没有在人面前低三下四过，想不到一念之差，竟犯在爱丹手里，成了人人喊打的过街老鼠。他无脸再说什么，只求尽快了结，离开此地，要是让他窑里的那位河东狮得知，就不要想过安生日子。人常说，男人膝下有黄金，是说男人不能轻易给人下跪。白永忍想，自己膝下倒成了一堆烂狗屎，人不值钱了连膝盖骨也得曲着。算了，能忍能让才是好汉，曲就曲一回吧，只听“扑通”一声跪在地上。白鹤年和白贾氏吓了一跳，大男人家未免有点作践自己。想说什么，当着爱丹的面又不好明说。白永忍急急巴巴地说：“今儿的事，都是我的错，愿打愿骂随你便。我从没有给人低过头，今儿向你发誓：从今往后再不到你窑里来，再不做非礼的事，求你高抬贵手——”

他还要说什么，被早已不耐烦的白贾氏打断：“行了，行了，你要知错就改。爱丹，既然二哥向你认了错，见好就收吧。二娃，你滚！”

说毕，踢了二娃一脚，白永忍被这一脚踢得醒悟过来，慌忙向爷爷、奶奶叩了个响头，溜出门去。

爱丹见事已至此，也不便再硬撑下去，况且，男人向女人叩头是要折寿的，哪里能担当得起？慌得溜下炕来向二老施礼，话没说完，泪又流了下来。白鹤年不知所措地把手伸进袖筒里，白贾氏见状，用胳膊肘碰了他一下，白鹤年才没有把手帕掏出来。

往回走的路上，白贾氏“呸”地唾了一口，说：“真是一路货。”

白鹤年不解地问：“你说什么？”

白贾氏说：“难道你还想亲自给孙媳妇擦泪不成？”

一句话说得白鹤年没了底气，软塌乎乎地说：“甚和甚嘛，能拉扯到一搭里？爱吃醋也没这么个吃法，真是！”

白鹤年迈开步子，打着灯笼，不管不顾地走了。白贾氏踮着一双小脚后边追着，前边灯明，后边幽暗，白贾氏跌跌撞撞，迷迷瞪瞪，把无可奈何的苦笑洒了一路。

人老了觉少。平常，一个爱趴在被窝里抽烟，一个爱和男人拉呱。恰巧这晚来了兴致，不知不觉滚在一起，刚要亲热，就听见下边院里隐隐约约传来嘶喊声，就像狼撵上人一般恐怖。

白鹤年趴在窗口侧耳听去，声音像是从三娃窑里传来的。白鹤年马上意识到孤身一人的爱丹处境不妙，边穿衣裳边和婆姨说：“不好，是不是爱丹那里出了事？”

白贾氏半信半疑地问：“她能有什么事？不是二娃家淘气吧？”

因为白永忍当忍不忍，祁娇娇又不是个善茬，两人经常吵吵闹闹，这在九十眼窑院是人人皆知的事。所以，白贾氏会往这里想。她淡淡地说：“不要理，让他们吵去吧。”

白鹤年又钻进被窝，被窝里暖烘烘的。白贾氏刚静下心来，外面尖厉的喊叫声又传了过来，静夜中声音穿透力极强，吓得她头上直起鸡皮疙瘩。白鹤年边嘟囔着“真是好事多磨”，边侧耳细听，从声音传来的方位判断，果真不像二娃家窑里的，莫非爱丹那里有了强盗？再不敢迟疑，赶紧穿好衣裳，拉着白贾氏循声而去，这才有了刚才撞上的不堪入目的一幕。这个场景让白家的掌门人十分扫兴，各自默不作声地重新睡下，盖着自己的被子，想着自己的心事，也就没有了那份兴头。

就在昏昏欲睡时，又传来一两声杀猪般的吼叫。

“这是咋了？鬼叫个不停！”这次是白贾氏嘟囔。

她以为又是爱丹叫唤，难道成了木匠拉锯，没完没了啦！可是爱丹音细而尖，那是谁呢？听那老牛样的嗓音，说不准是二娃窑里的。两人犹豫着，起，还是不起？起吧，二娃家吵架是家常便饭，有自吵自了的能耐，无须劝架。不起吧，如因今晚的事吵架，让二娃窑里的那张破嘴吵出去，不就坏了大事？他们几乎是同时穿衣下炕，没有叫下人，打着灯笼来到二娃窑外，果不其然，正是二娃家闹开了“地震”。

祁娇娇骂白永忍：“生得圪柳长得歪，花花肠子绕弯弯，黑天半夜串门子，勾引女人原来是弟媳杨爱丹……”

二娃家的祁娇娇，人如其名，自小娇生惯养，能说会道。柔劲来了，娇滴滴的；火劲来了，恶煞煞的；乐劲来了，唱咧咧的，是出了名的能不够。今天，好不容易揪住了狐狸尾巴，加上两个娃都去了外婆家，婆姨汉子，正好大闹一场。她一边哭，一边还唱着四六句，倒把站在门外的白鹤年逗乐了。白鹤年用手碰了碰白贾氏，努了努嘴，意思说唱得怎么样？白贾氏一把把男人的手推开，“哼”了一声。意思说，都闹得天翻地覆了，你还有这份雅兴？

白永忍说：“你再胡编乱唱，看我扯不烂你的嘴！”

“你扯，你扯，扯不烂就不是好种养的！”

这东西真是无法无天，竟敢在背后辱骂祖宗！老夫妇脸上一阵阵发烧，真该把这个泼妇的嘴扯烂！他们没有任何形式的交流，但却想到了一起。

原来，白永忍灰溜溜地出来，从头到脚整理了一番，又静了静神，自认为把晦气从瓜条脸上打扫干净，这才回到自家窑里，进门上炕，搂着祁娇娇就要睡。祁娇娇二话没说，使狠把他推开，接着就是一巴掌。毫无设防的白永忍，半青半肿的脸上，又留下了一记不光彩的印痕。不用问，白永忍也知道为了甚事，所以，捂着发烫的脸却不敢出声。

人常说，痒处有虱，怕处有鬼。小心眼的祁娇娇，远远听到爱丹窑里的喊叫声，早按捺不住性子，披衣出院，踩着板凳，侧耳在墙上偷听。她本想要亲眼看看这个孤傲的小美人的热闹，不承想却听到了自己男人的声音。怎么办？偷盗见赃，捉奸逮双，正准备过去搅和，爷爷、奶奶打着灯笼捷足先登，吓得她连忙退回自家窑里，憋着一肚子气，单等着男人回来发泄。

白永忍挨了打，不仅不还手，还不敢说话，这叫祁娇娇越发趾高气扬。大着声喊叫："你做下甚好事了？还不给我从实招来！"

白永忍色厉内荏地说："你叫我说甚？"

"说你和爱丹做的那些见不得人的事！"

"没有甚事，我们是耍耍哩。"

说着，白永忍又来搂抱祁娇娇。按照过去的经验，这种以柔克刚的办法屡屡奏效。可是今天不灵了，惯爱让男人温存的祁娇娇，非但不吃这一套，竟飞起一脚，把白永忍踹下炕去。白永忍嘴啃了地，地磕了嘴，满嘴流血，好不狼狈。火气一来，转身上炕，把祁娇娇摁倒，本想以牙还牙，出出恨气。一转念，高高举起的手却改变了方向，朝着祁娇娇肉墩墩的屁股打了下去。祁娇娇岂是吃素的货，屁股一撅，就把白永忍顶了下来。祁娇娇趁势骑在白永忍身上，乱打乱掐乱咬，把白永忍疼得嗷嗷直叫。白永忍这下真火了，再次翻过身来把祁娇娇压在身底，好一顿暴打，直打得祁娇娇哭爹喊妈，骂了白家祖宗三辈。白永忍急了，就放开胆子好一顿暴打，直打得祁娇娇鼻青脸肿再也无力反抗。这祁娇娇也真够得上麻缠，尽管身上少了力气，可嘴上却不乏毒气，又没边没沿地骂了起来。骂二娃是二流子，骂爱丹勾引她大伯子，骂三娃没能耐，考不上进士不说，连自家的门关子都照看不住；骂白鹤年没养下好种，骂白贾氏教子无方。白永忍怕惊动各房，把事情闹大，只好压低嗓音说："我求你了，有话好好说，深更半夜的，叫人听见多不好。"

"你还怕人听见？你做那些丢人败兴的事时，就没有想到露了你的蹄蹄爪爪？我把你个挨砍刀的！"

白永忍见好说不顶事，索性一不做二不休，刚才能给弟媳下跪，如今为何不能给婆姨下跪？男人膝下有黄金，这黄金也要先尽自家人嘛，跪跪怕啥？于是，猛不防跪在当炕，叩头捣蒜哀求祁娇娇道："我错了，还不行？杀人不过头点地，你还要咋哩？"

祁娇娇一贯骄横惯了，岂是三句好话能哄得过去的主儿。见男人跪在炕上，心不仅不软，越发得理不让人，干脆睡在炕上驴打起滚来。边哭边骂，边骂边哭，哭得昏天黑地，骂得狗血喷头。听见爷爷、奶奶喊叫敲门，吓得白永忍浑身抽搐，可祁娇娇却像搬来救兵似的，麻利跳下炕，开了门，把披头散发、一脸血污的尊容展现在二老面前。

欺了弟媳打婆姨，叫老夫妇气上加气。不等白鹤年开口，白贾氏就火冒三丈地斥责道："男没男的样，女没女的相，成何体统？"

白鹤年气得山羊胡子都撅了起来："鞋有鞋样，袜有袜样，你俩连个人样也没有！"

白永忍怕把爷爷、奶奶激怒，上祠堂动用家法，挨打受气，丢人败兴，还怎么活人？想到这里，连忙跪在地上，祁娇娇也跟着跪倒。白贾氏指着鼻子说："你俩可听好了，今天的事到此了结，谁要是再胡说乱道，可不要怪我无情！"

"男不守法，逐出家门；女不遵矩，按七出休掉！"白鹤年也硬硬地来了两句。

白鹤年和白贾氏拖着酸困的双腿回到自家窑里时，已经是残月如钩，夜阑将尽。万籁俱静的夜空，包裹不住他们内心的憋气和烦恼。白鹤年只顾抽自己的水烟，白贾氏则和衣睡下，有一句没一句地和男人聊着。

白贾氏说："说来说去，还不是爱丹惹的祸？要不是她来到白家，要不是她生得招眼，哪里会出这事。女人生来就麻达，一不小心就成了祸水。"

白鹤年说："你一向用尺子量着说话，怎么也口无遮拦起来？今天的事是怪你的孙子，还是怨你的孙媳妇，你心里尽底明白，说这样的话亏不亏心？你长得不好看？也没见你招蜂惹蝶，成了祸水。"

白贾氏骄傲地说："那是我站得直，走得正，要不早让人瞅上了，还不给你挣回一顶绿帽子戴？俗话说，苍蝇不叮无缝的蛋，总是她空守家门，打熬不住了，有了那个意思。"

白鹤年见婆姨越说越离谱，急得把水烟壶往桌子上一撂："都说你通情达理，深明大义，怎么今天成了黑白不分是非不明的糊涂虫？明明是二娃欺负人家，爱丹才拼死拼活地和他打闹，怎么能说成是爱丹有那个意思？要怨就怨自己的孙子生得圪柳长得歪，与人家娃有何相干？"

白贾氏见白鹤年急了，就调侃说："不就捎带说了你三孙媳妇几句，就把你心疼成这样？要是骂她几句呢，你还不把我给吃了！"

白鹤年忍无可忍，火冒三丈，一拍桌子道："你尽胡侃！我看是把你惯得没样了。识相点，不要给你点颜色就想开染房！"

别看平日白贾氏作威作福，白鹤年处处让她，一旦白鹤年动了怒，六亲不认，无人敢与争锋，她曾经领教过男人的威风。记得年轻时，不知因甚事激怒了男人，一气之下，把她拒之门外三天，发誓休了她。只是因为她家败人亡无处安身及众人的苦苦说情，才没有休成。一生只有过这么一次，也足以叫白贾氏刻骨铭心，心有余悸。所以，白鹤年通牒式的警告一出口，白贾氏薄薄的嘴唇紧紧闭上，再也吐不出一个字。

这一夜，白家三孔窑洞里灯火长明：白鹤年老两口相对无语，白永忍小两口垂头丧气，杨爱丹与孤灯相伴，泪流长夜……

第十章

一连三天，爱丹卧床不起，水饭不进，任谁劝也不听。白贾氏只得给杨福来捎了口信，让他过来劝劝。

没等杨福来动身，身体羸弱的改样，听到爱丹的病情先倒晕了过去。请来先生，先生让病人平卧，头略枕高，再给盖了被子，然后施以回阳九针穴法，又叫人喂了半碗红糖水，约莫一顿饭光景方才苏醒过来。

这厢杨福来把婆姨安顿好，没顾得上带人，匆匆来到永和关。

见亲家来到，白鹤年和白贾氏都出门迎接，并相随到爱丹窑里。爱丹睁眼看见父亲，未曾开口，泪水早在眼眶里打开转转。杨福来俯身细看，爱丹精神萎靡，一脸病相，原先粉脱脱的爱丹哪里去了？他在爱丹头上摸了摸，微温；再摸一摸手心，有点潮热。他虽不懂得医道，但跟上病秧子婆姨，也成了半个郎中。他猜测，娃是受了气，肝气不舒。问服了什么药，白贾氏一一说了。他看了看爱丹乞怜的目光，心里一阵阵难过。他没有劝爱丹什么，而是果断地对白鹤年和白贾氏说："叔，婶，让爱丹跟我回去将息几天，你们看怎样？"

白鹤年觉得这样甚好，就满口答应："好吧，有你们照看，兴许会好得快些。"

白贾氏听了，却不以为然："爱丹偶患小疾，调理几天就会好。哪能动不动就烦劳你们。"

杨福来见白家掌门人一个推，一个拉，不知该听哪个的，有些左右为难。就这么回去吧，爱丹乞怜的目光，分明在向他求助。强把爱丹接走，又怕伤了白贾氏的自尊。他知道，白贾氏是很要强的女人，也是很难对付的"女光棍"，本是顺乎情理的事，在她那里都会碍手碍脚，难遂人意。

其实，杨福来并没有猜透白贾氏的心思。白贾氏并不是不想让杨福来把爱丹接回延水关，甚至比白鹤年更想这么做，巴不得眼不见，心不烦呢。但是，眼下不能这样做。发生在爱丹身上的事关乎白家的声誉，谁能保准爱丹回去不说给父母听？一旦性格粗鲁的杨福来知道了这件事，还不兴师动众上门问罪，叫你干瞪眼没说的。为了掩人耳目，她只能婉言推辞，这样既不失白家的体面，又会让杨家放心。可是，白鹤年却和白贾氏想到两岔里去了。他想的是，爱丹回了娘家，省心不说，还能省下治病的银钱，是一举两得的好事。可这个不通情理的婆姨，偏偏不让人家接走，闷葫芦里究竟装了什么药？

想到这里，他拉了把白贾氏，说："让他们父女俩坐一会儿吧。"

白贾氏觉得有理，就顺从地跟着男人退了出来。

一出窑门，两人就干开了仗。公说公有理，婆说婆有理，从院里吵到窑里，还没有吵下个结果。

一个说："纸里终究包不住火，这事迟早要败露，做下亏心事，还怕鬼敲门？"

一个说："躲过一时算一时，走了一站算一站，只要避过这个风头，把爱丹安抚好了，再让她回娘家也不迟。"

正在争执不下的时候，杨福来提着包裹，拉着爱丹，来到白鹤年门上。

杨福来说："叔，婶，娃想家了，还是让我带回去将息几天，身子好了就送回来。"

爱丹也趁机说："爷爷，奶奶，你们跑前跑后的，叫孙媳多不忍心。我走了，省得二老操心。"

看来，父女俩是商议好了的。白鹤年看白贾氏，白贾氏没了主张。她从来没有如此理屈词穷过，如此狼狈难堪过。到了这种地步她才明白，要让人不说，除非己莫为，最好的办法不是堵而是泄，一河水开了，风浪也就会过去。想到这里，白贾氏便落落大方地说："刚才是为贤侄着想，如你不嫌拖累，把爱丹带回去将息再好不过。你们放心，我们也放心。"

白贾氏见风使舵，临阵掉头，不仅叫白鹤年感到突然，就连杨福来父女也有些困惑。短暂的面面相觑，便是皆大欢喜。爱丹跟上父亲回去了。白鹤年长长舒了口气。白贾氏却有些撑不住，重重跌坐在太师椅上，长长叹了口气。

杨福来父女来到河边，见自家的船还没过来，就搭白家的船过了河。爱丹因身子骨过于虚弱，刚才被河上的风一吹，就着了凉，身子发抖，牙齿打战，连腿也困乏得抬不起，刚上岸，人就昏了过去。乘船的人都围拢过来，但谁也帮不上忙。白家老艄白三奴，看见杨掌柜急得团团转，就走到跟前说："杨掌柜，我来吧。"说着就去背爱丹。杨福来愣了一下，似乎觉得不合适，可又没有办法，只得紧跟着白三奴，一路小跑回到自家窑里。

这里爱丹养她的病，却不知从哪里传来一股风声：爱丹让白三奴背了……

白贾氏风闻，初时不信，也就按下不予理睬。后来，白鹤年说他也听见这样的传闻。人言可畏，便不得不当回事。

悄悄叫来白三奴问话。

站在脸皮紧绷、面色铁青的老夫人面前，壮实如塔的白三奴心里有些发虚。他想，总是有什么事情犯在人家手里，要不，单独叫他来做甚？

白三奴怯怯地问："老夫人叫我有事——"

"没事叫你做甚？"

白三奴迟疑地抬起头，斗胆瞅了一眼白贾氏，脸色似乎比刚才更阴沉，阴沉得比黄河里的山水头子还要黑。他似乎知道老太太要问甚，又似乎摸不准想问甚，只能试探着问："是船的事，还是钱的事，是人的事，还是……"

他知道这些都是老太爷管的，老夫人从不过问。那会是甚呢？

"我来问你，三少奶奶过河是你抱回家的？"

白三奴一听，脑子不由"嗡"的一响，半晌回不上话来。

"有，还是没有？"

"嗯，嗯，不是这样的，是那样的……"

"是哪样的？"

"是，是，哦，三少奶奶一过河就昏了过去，不能走路，跟前又没有人。杨掌柜，不，我看三少奶奶快要不行了，凑手帮着杨掌柜背回了家。对了，是背，不是抱。"白三奴特别强调了"背"。在他看来，背和抱是两码事，万万不可混为一谈。

"背和抱还不一样，嘴犟！"

"明明是背么。"

"还敢犟？"

白三奴不言语了，但满肚子委屈无处诉说，脸憋得黑中泛红，红中泛紫。

“说完了？”

“说完了。”

“就这么简单？”

“就这么简单。”

“没有别的什么事？”

“没有呀，有杨掌柜作证，我要说了假话，天打五雷轰！”

“你以前就认识三少奶奶？”

“常年河里来河里去的，两岸的人差不多都认识。”

“有过来往？”

“没有，没有！”

“有也不怕，说清就对了。”

“真的没有，老夫人。人家是甚人，我是甚人，怎敢和三少奶奶来往。就算我想来往，人家能看得起我这个穷扳船的？”

“你还想来往？”

“不，不，我是打个比方，老夫人。没有别的意思。”

“你想过三少奶奶？”

“这话叫我咋说哩！”

“说真话，不说真话，小心打了你的饭碗！”

“要说想，也想过。我还想过貂蝉，想过皇后娘娘呢，我不说谁知道？心在肚里搁着，它要想，天王老子也管不了。”白三奴用了八石芝麻的气力，才把见不得人的胡思乱想抖了出来。说这话时，脖子上的青筋鼓胀起来，仿佛一条条蠕动着的虫子。

“你是老实人，想想倒也无妨，只是不要做下见不得人的事。”

“老夫人，看你说到哪里去了。我是那样的人吗？”

“好了。你走吧，小心做人啊！”

白贾氏临末一句，说得白三奴心惊肉跳，好像他已经做下见不得人的事了？不就是背了一回三少奶奶吗？帮人反倒帮出不是来了。再说了，见死不救还算人吗？原来，财主人家这样小气，这么不通情理！出得门来，朝里看了一眼，狠狠地呸了一口：“我连你也敢想，怎么着！”

白三奴助人为乐的事，本来纯属偶然，也是情理中事。但人言可畏，传来传去就变成白三奴抱了一回三少奶奶、亲了一口三少奶奶、还天天想着三少奶奶。除此之外，还有什么白家嫌爱丹行为不检点啦，犯了七出之条啦，越传越离谱，越邪乎。爱丹的耳朵自然也不闲，很快就捕捉到这些信息。谣言是看不见摸不着的无形杀手，是把杀人不见血的软刀子。爱丹原以为二哥非礼那件事过去了，所以就没有给父母说破。谁知一波未平，一波又起，深陷流言怪圈的她，甚至比上次深陷洪水还可怕。上次有三少爷相救，这次只恐怕三少爷回来也无法救她。因此病上加病，竟真的卧床不起了。

杨福来虽然不惧怕流言，但也无处诉说，只能在流言蜚语中小心度日。他见爱丹的病日甚一日，情知是患了心病。爱丹守口如瓶，他又不知当初的病从何而得。思来想去，还是让白家把爱丹接回去妥帖。怕在杨家养不好爱丹的身，反而加重了爱丹的病，给白家人不好交代，亲女儿反害了女儿。

白家没甚好说的，只得把爱丹接回永和关。

白贾氏让刘婶陪着爱丹，好吃好喝不说，连人参、鹿茸也用上，仍不见好。

绝望的爱丹，终于壮着胆子提出要见三娃一面。

“这不好吧？三娃正在京城备考，哪有空回家。”白贾氏说。

“奶奶，我到白家几年，从来没有向您提过一个要求。我知道三少爷的功名事大，天大的事也得给他让路。可是这回不同，我病成这个样子，恐怕这个身子就要打倒了，临走以前我想见三少爷一面，也算是夫妻一场，给我送个终。”

“你想多了，哪里有那么厉害？咱家甚也不缺，只管养你的病好了，三娃放了榜自然会回来。”白贾氏说完，不等爱丹开口，扭身走了。

爱丹深深叹气，欲哭无泪。

打这天起，爱丹汤药不进，茶饭不用，柔弱的爱丹全然变了样。刘婶和陈婶把这个情况禀告白贾氏，白贾氏前来劝说，道理讲了多少，爱丹仍是汤水不进。白贾氏没法，只得求白鹤年来劝。白鹤年心想，这事还不是坏在你身上？好好的一对，硬是往开拆，要不，爱丹能病成这个样子，能做出拒药绝食的事情。

这是白鹤年第一次单独出现在爱丹窑里。过去，白贾氏从不让她的男人独自在儿孙家里随便出入，特别是和孙媳妇们，孙媳妇中的佼佼者爱丹尤其近她不得。男女大防，她不得不防。故而，今天的单独行动，不仅白鹤年自己感到不适，就连孙媳妇爱丹呆滞的目光里也现出一丝诧异。

谈话就在这样的气氛中开始。

“爱丹，你为什么要这样做呢？还有什么比命更值钱的吗?”白鹤年单刀直入，没有拖泥带水。

爱丹不语。

白鹤年又说：“人常说，身病好医，心病难疗。有什么心思尽管说，把肚里的话吐出来，病就会好一半。只要爷爷能做到，尽量满足你的要求。”

白鹤年明白，孙媳妇受了不白之冤，想见三娃一面又得不到满足，不得已时才这样做的。他说这话是明知故问，牵强了些。他所以敢大大咧咧放言，胆气来自内人的托付。不过，话是说了，可心里老不踏实，自己能满足爱丹的要求吗?

爱丹明白，白家有一条不成文的规矩：生意上是爷爷说了算，治家还得按奶奶的来。不过，奶奶常常逾规越权，不免凌驾爷爷之上。故白家老少，连用人在内，不怕老太爷发火，单怕老夫人发话。如今爷爷屈驾来劝，是很不容易的事，奶奶的面子她可以不给，爷爷的面子可不能驳回去，让他老人家下不了台。

白鹤年见爱丹半晌不语，以为这个面子爱丹是不给他了，就失望地起身准备离开，不想爱丹却开了腔：“爷爷，不是孙媳妇不听您老人家的话，是孙媳妇身在福中不知福。没男人时想找男人，找了男人如同没男人。平日寒窑凉炕孤灯伴着单身，倒也罢了；有了事、有了病，自己的男人都不在跟前，也没人说个话，见他一面比见皇上还难，这是我的男人吗？再说，夫妻两口子的事都由不得自己，都要听凭别人摆布，如果这样，我活着还有甚意思，只好一死算了!”

“三娃窑里的，别，别，千万不敢这样想。我知道有些事是委屈你了，可你也要明白，眼下的委曲求全是为了将来的锦衣玉食。等到三娃金榜高中了，你就会时来运转，到那时轮上我们老辈人看你们的风光了。”

“爷爷，金榜也不是专为三少爷预备的，说中就能中了。如若中不了怎么办呢？我就再守寒窑，再受冷落吗？如三少爷一辈子高中不了，我就守一辈子活寡不成?”

爱丹既然无所顾忌，话也就越说越大，人连死都不怕，还怕什么。

白鹤年觉得话不对味，三娃窑里的确实不是善茬。想到这里，他也来气了：这娃没大没小，竟敢顶撞长辈！在白家，除了他的内人敢和他叫板，还没有第二个人敢这样放肆。正待要发作，又想到爱丹既然会以死相要挟，还怕你这个老朽不成？不能息事宁人，也不要弄得鸡飞蛋打。内人的本意还是让他来规劝爱丹吃药治病，并没有让他逼着爱丹去死。所以，白鹤年还是放下架子，强把火气压了下去，说：“三娃窑里的，依你的意思呢?”

“我不要金，不要银，只要见三少爷一面，见了面，他该做甚就做甚去。”

“别的都好说，这个嘛，这个……”白鹤年犯了难。本来，三娃回来小住两天也不是什么大事，可是一旦他当了这个家，白贾氏和他过不去怎么办？便说：“这件事容爷爷再想想。不过，该吃就吃，该喝就喝，该服药时就服药，可不要再使性子胡折腾了。有些事可以来回周旋，想不出去往回想，这头不行走那头。可人的身子只有一个，垮了，补救起来就很难。听话，啊!”

爷爷走了，爱丹静等消息。从前晌等到后晌，从后晌等到掌灯，没有回话。她依然药水不进，这已经是第四天。眼看着气息奄奄，快要不行了，白鹤年夫妇这下才慌了手脚。白鹤年说：“不能再这样硬撑下去，出了人命可不得了。我这就修书让三娃回来。”

白贾氏见事已至此，用一声长叹来宣告自己的失败。既然败局无法挽回，也只得听从男人安排。不过，爱丹那里她要亲自去安抚，她虽然做了一次败亦萧何的角色，但不能失去塑造一回成亦萧何的机会——虽然败在孙媳妇身上，使她的尊严受到亵渎，威望受到挑战，但送人情的事还得她来做。不然，爱丹对她的成见会更深，三娃回来得知实情，她的老脸又往哪搁呢?

第十一章

“爱丹，我回来了！”白永和人未进门，话先传了进来。

昏睡中的爱丹微微睁开眼，门开处现出一个人影，因她久病虚弱，眼前的来人朦朦胧胧，看不清楚。她揉了揉眼，定睛细看，才知道是日思夜想的三少爷站在面前。不等她出声，白永和早扑在她身上，见如花似玉的婆姨成了皮包骨头的黄脸婆，心如刀剜，泪似雨下，点点滴滴落在爱丹脸上。爱丹哭干了的眼睛也泛了潮，挤出两朵浑浊的泪花。白永和要给爱丹擦泪，爱丹用手挡了挡，意思是说任由它滚，任由它流吧。这是久违的相逢，这是幸福的泪水，她愿这股幸福的泪水似窗外汹涌澎湃的黄河，把长期积压在心头的郁闷统统发泄出去。

爱丹的病情因三少爷的归来有了好转，但因病久虚极，这种好转并没有质的变化，故而时好时坏，反复无常，白永和窝烦得快要疯了。一来怕爱丹久病生变，二来怕误了他的科考。所以就有了出外延请名医，救爱丹于垂危的念头。

白永和在渡口见到白三奴，无意中说了这个意思。白三奴告诉白永和，听从隰州来的客商说，近日州城来了位临县籍的王先生，医术高明，药到病除。不长时间，救了好几位医不言治的危重病人，连州大老爷夫人中风的顽疾也治好了，一时间轰动了隰州城。白永和听了，喜出望外，抱着试一试的态度，亲自骑快马来到隰州。

本来，王先生是来隰州看望老友陈掌柜，却被陈掌柜留了下来坐堂，暂撑门面。眼看着陈氏药铺生意日渐兴隆，便有了归去的念头。白永和登门时，王先生正在打点行李，单等驮脚一到，即刻上路。白永和心想，人不走运，处处碰壁。不迟不早，正赶上人家要走。这可怎么好？

王先生问；“您想看病？”

白永和说：“不是。”

王先生又问：“您想问病？”

白永和摇了摇头。

王先生迟疑地看着他：“那你是……”

白永和吞吞吐吐，迟疑了片刻，取出一张名帖，缓缓递给王先生。王先生好奇地展开一看，上写：

光绪庚子、辛丑恩正并科举人永和县永和关白永和谒见先生阁下。菲敬礼金纹银二十两。

白永和一面请王先生看名帖，一面从行囊中取出一封银锭。王先生见状，挡了回去，说：“白举人这是做甚？”

白永和只是憨笑，并不说话。王先生想，不是十分紧要之事，一个素不相识的举人老爷怎肯屈驾而来，又怎能馈送这样的厚礼？于是忙让座沏茶。并问：“不知白举人大驾光临，有失礼数，抱歉，抱歉。白老爷到此有何吩咐？”

白永和道：“晚生久闻先生大名，无缘一见。今日专程拜会，不巧得很，先生就要起程归里。既是这样，我就不便叨扰了。”

王先生问：“举人老爷远道来访，定有紧要事，但说无妨。”

白永和见王先生放了话，就壮着胆子说：“拙荆久病在身，延医许多，皆无起色，现在已是骨瘦如柴，气息奄奄，怕是要耽搁了。晚生为热肠所迫，远道而来，烦请先生大驾劳顿，过去一诊，不知先生能否成行？”

一位是归心似箭的郎中，一位是救妻心切的举人。白永和眼巴巴地看着王先生，王先生为难地搓着双手，在地上来回走动。正在这时，陈掌柜满头大汗跑了进来，说：“先生，驮骡来了，请上路吧。”

王先生起身，说了些抱歉之类的话，就要与白永和揖别。白永和无奈，说了句“先生走好”，又无限感慨地说：“先生您是随意而来，随喜而归；我呢，却是乘兴而来，扫兴而归。我这样回去，如何向拙荆交代？要知道，她的命就攥在先生您的手里！”说话间，眼泪扑簌簌落了下来。

不是爱妻之深，救人心切，一位举人老爷何至于乞求他这个游方郎中呢？王先生想到这里，不禁也动了容。

陈掌柜只好圆场："白老爷，另请高明吧。先生出来日久，家中的事还得回去照料呢！"

情急之下，白永和顾不了许多，竟伏在王先生脚下，长跪不起。王先生慌了，连忙把白永和搀扶起来，说："折煞我也，折煞我也！好，我去，我去。"

陈掌柜说："脚雇好了，如何退得？误了人家的生意不好办。"

白永和擦了把眼泪，快人快语地说："这事好办，让脚夫改道永和关不就妥了？来回脚费我包了。"

药铺里的伙计齐说此事甚好，只是委屈了王先生。就这样，欲北上回家的王先生，却折向西面的永和关去了。

见名医远道而来，爱丹心想，她的病这下有救了。但是她什么也没说，只是听凭先生把脉问话，做最后的判定。

王先生望闻问切有条不紊，阴阳表里、寒热虚实也察得仔细，又要来先前的处方看了，半晌无语。白永和表面平静，但抑制不住内心的焦虑，手心和额角沁出了冷汗。爱丹也在犯疑，说："先生，您看我这病还能治不能治？"

非深思熟虑不贸然表态，是王先生的一贯医风。而等待"断案"的病家，总是心提到嗓子眼听候"宣判"。王先生历练既久，还能不知道白永和夫妻此时的心情，就笑了笑说："依我看，三少奶奶的病暂无大碍。"

白永和盼望的就是这句话，只要有救，就是上天捅窟窿，下河捉王八，他都在所不辞。所以，此言一出，提到嗓子眼的那颗心霎时就有了着落。他问："先生见多识广，医术精湛，依您之见，她的病是如何得的，又如何下药？"

王先生说："待一会儿再给你说。"

爱丹见先生有意回避她，就少气无力地央求道："先生，有话请讲，不管好赖，我都能担待。"

王先生看了眼白永和，白永和点了点头，示意但说无妨。

王先生便打开了话匣子："三少奶奶肌肉消瘦，往来寒热，皮肤甲错，饮食不思，且脐下偏右有块，推之不移，按之疼痛，经水不来。依我看，皆在一个'气'字。前医以血枯经闭治，专用一派通经行瘀之药，不但不能奏效，反而加重了病情。脉象寸关弦硬，尺中稍紧，病得之有所欲而不遂。”

“哦，原来是这样。爱丹，先生说得对吧？”白永和似乎有些明白——是爱丹想他想成这个样子，脸上便荡漾起幸福的微笑。

爱丹想：你只猜对了一半，那致命的病根，只要我不说，你哪里会晓得？她苦笑了一下，点了点头。

王先生又说：“《素问》有言，二阳之病发心脾，致心气不开，脾气不化，则水谷日少，血乏来源矣。至于脐下积块，大抵因气郁血滞，或外因风寒，内伤生冷，凝结而成有形之病。”

爱丹听先生这么一说，句句在理，字字中的，不愧是杏林高手。但她还是没有吭声，只是静静地听王先生剖析病情。她想，病根找到了，还怕治不了？

白永和没有想那么多。他把王先生说的“有所欲而不遂”，简单地理解为害上相思病，心里怪痒痒地受用。而没有往深里想，探讨“气”从何来、郁在哪里，便单刀直入地请先生下药。

王先生四十开外年纪，身材修长，眼窝深邃，面容清癯，嗓音清亮，谈吐儒雅。他边开处方边说：“大抵十妇九郁，能治郁就抓住要害。三少奶奶症状虽多，总以解郁健脾为先，先以逍遥散加减试试。”

在王先生的调养下，爱丹有了食欲，长了精神。王先生继以温经汤和桃仁桂枝汤加减，循环服之，寒热皆退，病有转机。又让白永和每日带上爱丹出外散步，锻炼体魄，帮助消化。伺机再投以归脾汤、双和饮，数药交替服用。身体一日强胜一日，粗糙的皮肤渐渐滋润，颜面也有了光泽。最让爱丹欣喜的是，消失多时的“身上的”又悄然而至，生儿育女有指望了。掐指算来，王先生来永和关已经兼旬，要不是白永和极力挽留，也许此时已经在回乡的路上。

一日晚饭过后，白永和与王先生来到关亭散心。这是一座下洞上亭的建筑，穿洞而出，就是古渡口；登亭眺望，远山近水尽收眼底。亭曰“吟诗亭”，亭内有前人诗碑数幢，二人逐一品评，不免生发了雅兴。

白永和说：“来吟诗亭观景只得一趣，来吟诗亭吟诗可得两趣。先生以为如何？”

王先生说：“在举人老爷面前，哪里敢班门弄斧？”

白永和说：“你我之间，用不着客套。这里备有文房四宝，虽陋且雅。以永和关入诗，各作一首怎样?”

王先生笑说：“好呀!”

王先生四下眺望，天上白云，脚下古渡，巍峨村堡，苍劲老槐，一齐扑入胸怀。沉思片刻，一首七绝便倾泻笔端：

题永和关

雄关古堡浮云间，
一抹斜阳浪里船。
最是古槐幽梦处，
婆娑起舞百年天。

白永和读毕，连声叫好。说：“看似随手拾来，却句句有景，句句有指。虽不明言，却道尽白家所在、所恃、所盛、所自，于大气象中见隽永。先生的诗写得好，字也飘逸俊秀，可谓珠联璧合。”

王先生说：“粗诗俗字，难登大雅之堂。献丑了，献丑了。我抛了‘砖’，单等举人老爷的‘玉’出世哟!”

白永和应着，随口也吟出一首：

永和关薄暮

一水中分秦晋地，
两山夹峙大河流。
稚童隔岸相呼唤，
袅袅炊烟绕客舟。

王先生反复吟咏，亦击掌称妙，说：“首二句写山川之景，有气势，有蕴含；末两句写薄暮之景，有境界，有情趣。前者雄浑，后者悠然，两相比照，相映成趣。不愧是举人老爷的大手笔。”

天黑时，他们才踱回九十眼窑院。爱丹见两人谈兴正浓，就泡了一壶酽酽的毛尖助兴。这时，白鹤年和白贾氏相随进来，大家忙起身问安，分宾主坐了。

白贾氏见三人谈兴正浓，不知在谈些什么，也笑盈盈地问白永和：“好兴致呀，能说给奶奶听吗？”

白永和回道：“孙儿和王先生在关亭上吟诗作乐，还未兴尽呢！”

白贾氏虽然不善作文，却是读了些诗书。一听赋诗，就触动了她那根敏感的神经，顿时来了兴致，说：“哦，快拿来让奶奶开开眼！”

白永和把二人写的诗一一给老太太看了，白贾氏“好诗，好诗”赞个不停。与其说夸赞二人，不如说更青睐自己的孙儿，有这等才学，何愁鱼跃龙门？白鹤年对写诗作文没有雅兴，但也不好坐视不理。就凑过身子看了看，便不置可否地只管抽他的水烟去了。因王先生在场，话题自然转到王先生身上。

王先生淡淡地说：“和一般读书人一样，我也曾有过出将入相的美梦，也曾有过捐纳做官的想法，但是，一切都在一场突如其来的瘟疫中改变了。”

王先生沉浸在深深的回忆中。

“为了解救父老乡亲的痛苦，父亲急召在省城备考乡试的我回乡协助救治。可当时正是六月光景，离乡试不远。此一去，乡试的事十有八九赶不上了，十年寒窗不是白费了吗？我思来想去不回为好。可父亲却接二连三地寄书催促。父命如山，人命关天，我不得不放下学业，日夜兼程赶了回去。

“咱们两家颇有相似之处。我们王家五百年前从关中迁来临县，靠务农起家，凭经商发家。如同一般发了迹的人，有了钱读书，读了书就梦想着做官，但始终未能如愿。大约从我的高祖开始，把心收了回来，转而学医。他的理由很简单，也很实在：‘不为良相，便为良医。’按照常人的看法，这两个行当相去甚远，当官的和治病的根本不沾边儿。高祖自有他的行事准则，历史上所谓的‘扁鹊再世’‘华佗重生’的名医，多是求相不成转而悬壶济世。汉代的华佗，唐代的孙思邈，宋代的陈直，明代的李时珍等，无一不是在人生的十字路口做出的抉择。到我父亲，已是悬壶四代、名重一时的医学大家。可是，心高气盛的我却耐不住寂寞，不顾父亲的反对，重新踏上入仕之路。不料一场瘟疫，硬是把我从仕途的边缘拉了回来。不幸的是，父亲在救活无数患者后倒在了那场可怕的瘟疫中，我也因为这场瘟灾耽误了乡试。双重打击，心灰意冷，从此，断绝了科举念头，醉心于济世救人的生涯。”

白永和听了，若有所思，便问王先生道：“凭先生的家境和天赋，本有机遇去把握，为何一次偶然变故，竟做出天壤之别的选择？入仕治人，可享荣华富贵，业医治病，终生归于平淡。先生这样做，岂不枉费了十年苦读，一腔热血？”

王先生回答道：“入仕与业医，虽然高下不同，骨子里做的都是一样的事情。良相利天下，良医利大众，与其没有利天下的机遇，何如做做利大众的事情？对我来说，只有有所不为，才能有所为。父亲所以召我返乡，明里是因那场‘家家有僵尸之痛，室室有号泣之哀’的瘟疫，心里想的却是朝政混乱，官场腐败，与其陷污泥难以自拔，不如在民间清清白白做人。我以后的亲历验证了父亲的远见，所以我安心了，坦然了。”

王先生侃侃而谈，白永和频频点头。

白贾氏听了，一方面为王先生的仕途夭折痛惜，一方面又对他的论调难以苟同，便问：“在先生看来，学而优是否就不必仕了？”

“那倒不见得。这要因人而异，因时而异，因事而异。世上的路千万条，入仕只是其中的一条。学而优了，做甚事也有了资本，来得容易。为什么山西商人要崇尚学而优则商呢？就是靠学得的知识用来经商，经商成了气候，连朝廷都让山西商人几分呢！说学而优则医就更不用说了。古来有多少文人名士，不是落魄学医，就是弃官学医，就是这学而优，成就了中国医学的煌煌成就。如今中外沟通，交流频繁，兴办洋务，振兴民族，学而优则工，学而优则农，行行得有人去做，可见文化人的重要。不瞒老夫人，我在从医的同时，也涉足商界呢！”

一提商界，白贾氏就像嗓子眼里卡了一颗枣核，半天说不出话来。一直旁听不语的白鹤年，却像遇到了知音，忙吹灭水烟，参加到讨论中来：“依我看，先生说的极是。以先生的才学和家境，考个官做做是轻而易举的事。可人家就是不去追逐荣华富贵，落得一身清白自在，光景不是过得也挺如意吗？”

白贾氏怕白鹤年把话题引向歧途，便正色道：“人各有志，不能死搬硬套。”

“就是嘛，萝卜白菜，各有所爱。”白鹤年话里有话，白贾氏狠狠剜了他一眼。

白永和素知在业儒和经商上，爷爷和奶奶一直心存芥蒂，相互抵牾，一有机会都想表达看法，寻找市场。他怕两人争论不休，在王先生面前出丑，就接过话问：“先生淡定从容，十分难得。为弟身陷科场，难以自拔，到头来还不知混成什么样。先生能否点拨一二？”

王先生说："以愚之见，竞逐荣势、企踵权豪之心人人难免，但人人不可都做。唯名利是务，不免被名利耽误。须知功名二字如浮云在天，飘忽不定，谁能把握得住？其实——"

"其实，有能耐的人审时度势，奋志儒业，定能把浮云变作祥云。"白贾氏不等王先生把话说完，就抢先扭转了对方的话题。

王先生尴尬地笑了笑，没有说什么。白鹤年见谈话不谐，就说天不早了，请先生歇息吧。

大清早，白贾氏把白永和叫到窑里，没头没脑地说："以后少听王先生的话，他自己不求上进，反倒来涣散人心。"

白永和说："王先生说的也在理。"

"在什么理？尽是些歪理。学而优则仕是老祖宗说的话，谁能变得了？"

"我看爷爷就不在乎。连爱丹也说先生说得好。"

"又是爱丹！说得好，你们都和王先生过活去！你是为白家活着，还是为爱丹活着？动不动爱丹长、爱丹短的。你心里装满了爱丹，还有我们的份？当心点，那可不是省油的灯！"

"我不过就那么说说，您看您……"

"我可告诉你，回来时间不短了，你该走了。那个王先生也该走了。"

"您以为人家想在咱们这个穷地方住？是我一再求人家留下来的。至于说我嘛，既然回来了，就多住一些时日，等爱丹的病大好了，再走也不迟。"

"说的屁话！你要是不给我用心去考，小心我翻脸不认人！你以为白花花的银子就是给你花的？你以为我处处惯着你是我怕你……你……"说到激动处，白贾氏浑身颤抖，话语也不甚连贯。

白永和见把奶奶气成这样，边打自己的嘴巴边说："是孙儿不孝，惹您老人家生气。让我再住两天，等——"

"还等什么？还等那个小妖精甜言蜜语诓哄你，她把你的魂都勾走了，你还有心思科考？你要是我的孙子，明天就走！"

白永和没有了退路，赌着气回了自家窑里。爱丹见三少爷刚才还一脸阳光，为甚在奶奶那里转了一遭，愁云就爬满了额头？就问："三少爷，你这是怎么啦？"

白永和只是唉声叹气，并不说话。

爱丹再问，白永和憋不住了，就冲着爱丹说："还不是为了你！"

"为了我？"爱丹不解地问。

"为了你的病，我不该回来硬是回来了；为了你的病，我不该多住硬着头皮往下住。惹得老太太不高兴了，让我明天就走。"

"这是你心里话，还是老太太的话？"

白永和本不是这个意思，但话到嘴边却说走了。所以，没有好回答上的，坐在那里发愣。

爱丹想：老太太容不得我，连三少爷也见不得我，这个家还有我的活路吗？一气之下，卷了包袱就往外走："我早看出来，我在白家是多余的，是你成名的累赘。你不该回来，你不该多住，甚至你不该娶我。好，我不拖累你，我走，好让你无牵无挂闹你的功名去！"

这还是成亲后的第一次争吵，白永和说过之后就有些后悔。如今奶奶那里逼着他走，爱丹这里被逼得自己要走，他把爱丹死死拉住，说："我不是说说气话嘛，倒叫你犯了疑心。我要是心里没有你，能扔下学业回来吗？为了奶奶的意愿，你知道我心里有多苦？"

"你活着就是为了奶奶，就不能为自己痛痛快快活上一天？"

"是的，我是为奶奶活着，而不是为自己活着，我这样活着有多累呀！"白永和心里说。

可是，一想到功名，为谁活着反倒不重要了，重要的是尽快进京备考。这一走又得好长时间，丢下尚未康复的爱丹，能放心吗？想到爱丹，他内心有愧，临别之前，应该给她抚慰，说："好，就让我们好好活上一天！"

白永和展开双臂，把爱丹紧紧抱在怀里。爱丹的满腹怨气，在自家男人的紧紧拥抱中被排挤得无影无踪。她搂住男人的脖子撒起娇来，放肆地亲着自家的男人，唯恐面前的这个男人跑了。她壮着胆子说："好好放开活一天，好好放开活一天。"

好一阵缠绵后，白永和忽然正色道："两情若是久长时，又岂在朝朝暮暮。"

爱丹听了，没好气地说："我连朝朝暮暮都逮不着，还能指望有人给我长久！"

白永和说："看看，又来了。暂时的分别，是为了将来的团聚。"

爱丹说："我要将来，更要过程。一个连过程都享受不到的女人，哪里敢奢望将来！"

她推开她的郎君，好像不认识似的呆呆看了片刻。他不无歉意地笑了笑，双手一摊，做出两难的手势。两人长时间默默相对。

白贾氏从没有训斥过三娃，见三娃生气走了，心里好一阵失悔，让刘婶陪着她到三娃窑里看看。不想，大天白日，三娃两口既放纵地苟且，又放肆地嗔怪她。当着刘婶的面，白贾氏虽然怒不可遏，但又不便发作，强压着心头的火气扭头就走。走着走着，天旋地转，眼里冒开了金花，身子东倒西歪，幸亏有刘婶搀扶着，好不容易才回了窑里。刘婶打开铺盖，让白贾氏平躺下，白贾氏却不耐烦地摆摆手。打发刘婶走后，她又陷入了沉思。

作为女流之辈，她并不甘平庸，但命运把她推向了平庸。怨只怨不该错上花轿，与这个目光短浅庸碌无能的土财主厮守一生；怨只怨不该为三娃的功名前程引来众多的冷嘲热讽，成了白氏家族里的孤家寡人；怨只怨不该耳根一软让爱丹做了三娃的媳妇。若只是自己错上花轿也就罢了，又来了个上错花轿的杨爱丹。她本来就不配做白家的媳妇，可是她做了；既做了，安安分分地过活也就罢了，可是她不安分；因为她的美貌轻浮，吸引了三娃，勾引了二娃，连那个水鬼白三奴也像蝇子一样叮上了她。这还不说，她竟敢装死弄活地要挟自己，把就要参加会考的三娃撺掇回来，躺在温柔乡里不想离去。这个小狐狸精，终究是三娃前程的绊脚石。有她在，三娃就不要想远走高飞；有她在，白家就不要想安宁。

白贾氏在炕上躺了一天，胡思乱想了一天。

第十二章

白永和与王先生就要上路。

大槐树下少不了絮絮叨叨的叮嘱，少不了笑在脸上哭在心里的凄恻。

两个架窝子都是杨福来雇来的，一百两纹银的谢仪也是杨福来安排的——不过，被王先生婉拒了。他行医只不过是人生抱负和精神寄托，从来不收病家的银钱。他的光景靠他的字号，靠他的土地足以维持。王先生的举动，令杨福来十分感激，白鹤年欣慰之余又感到不可理喻。白贾氏把王先生的超脱开明和自己的狭隘偏见相比照，才感到王先生是这么多年来做客白家的第一高人。

就杨福来越俎代庖这件事，王先生一方面觉得是杨家出于对他的感激，但同时也隐隐觉得是给白家脸上故意抹灰。不仅王先生这样想，白永和也觉得脸上无光，白贾氏就更不用说，一肚子的不快。她本不愿意这样做，但白鹤年却慨然应允，有人出钱何乐而不为？白贾氏因在三娃身上花去太多的银两，也不便再和自己的男人纠缠，只得听之任之。不过，从此心里会无端结上一颗疙瘩——白家让杨福来涮了！

白贾氏正这么想着，头顶落下的雨滴打断了她的思绪。抬头看时，晴天红日头，哪里来的雨！没有雨点，头上却是重重的，湿湿的，黏黏的感觉。以手一抹，原来是一泡鸟粪。刚好有几只乌鸦聒噪着飞过，不用说，这是它们的杰作。她边让刘婶拾掇，边念念有词道：“凤凰在此，鸟儿该死。如然不死，一箭射死。”说完，“呸呸”唾了两口，才解了心头恨气。尽管这样，心里还是忽上忽下，不得安生，难道这泡鸟粪有什么说辞？三娃走了，她却害上了心病。回到窑里，口诵《消灾吉祥经》一百零八遍，祈求灾难即除，吉祥随至。

两个架窝子，各有两头骡子前后驮着，吃力地往欢喜岭上爬去。送行的人散了，只剩爱丹一个人远远眺望。猛然间，看见山路上插进一个人，这个人凑近白永和的架窝子，交头接耳了一番，便朝山下走来。爱丹急忙躲藏在老槐后，等来人走近时才看清楚，此人不是别人，正是她心里最厌恶的二哥白永忍。

白永和走后，爱丹心里照旧是空落落的，除了睡，就是吃，除了吃，就是睡，要不，拿来针线给三少爷绣红兜肚——她已经给三少爷做了一包袱，够他穿十年八年的。但她还要做，描龙绣凤，千针万线，就是她的寄托。这样的日子，真不知要过到什么时候。

唯一使她宽慰的是，毕竟以死相挟得到了回报：心爱的男人回来看过她，病也有了好转，精神开始振作起来。

河谷的清风吹进门户，吹进心扉，撩拨得她心旌荡漾。不知不觉间走出孤独的家门，走出深深的庭院，来到高高的石崖上四下里瞭望。

黄河在脚下静静地流着，河面闪烁着细碎的流光。爱丹沐浴在夕照里，尽情享受着熙柔的亲吻，啊，多像三少爷从天边送来的令她晕迷的吻。燕子从头上比翼掠过，剪影倒映在河面。暮色里传来牧归牛羊的叫声，随风刮来一阵牲畜特有的臊味。关里的集市散了，渡船一字儿停泊在码头。驼铃声声，由远而近，应是东来的驮脚到了，赶在天黑前入住永和关。秋虫们开始了一天的歌唱。夜来了。

她呆呆地站在那里，看得痴迷了。要不是刘婶喊她，还不知道天已擦黑，这才猛地想到该归家了。

刘婶给她送来了信。就着油灯微弱的光线，那熟悉的字体蹦蹦跳跳钻进她的眼里——是她心爱的人寄来的家书，是她久已盼望的家书。她轻轻抚摸着，不忍打开，唯恐把春光泄露，秘密公开。她要想一想，信里会说些什么？是问她精神愉快，身体吉健，还是说他思念爱妻，梦里幽会？再不就是问她怀上了没有……她羞得头都不敢抬。由这封信想到以前，三少爷过去也许就没有写信，也许是丢失了，看来不会是奶奶从中作梗。倏忽间对奶奶有了一丝歉疚，她老人家毕竟不是她想象的那样刻薄无情。

短暂的想象终究代替不了深深的思念，爱丹急切打开信，如饥似渴地读下去。

刘婶没有离去，在一旁默默等待三少奶奶的吩咐。三少爷走时，嘱咐要她多多照顾三少奶奶，因此，常常来三少奶奶窑里走走，有时和三少奶奶说说话，更多的是为三少奶奶做些什么，为她分担些忧愁。只见爱丹看着看着，脸上就变了色，原先的喜气不见了，人呆呆地定在那里。刘婶不知发生了什么，便惊慌地问道：“三少奶奶您怎么了？”

爱丹打了个愣怔，强作镇静地说：“噢，没什么，三少爷来信了，我喜还喜不过来呢！”

刘婶道：“吓了我一跳！原来是三少奶奶见了三少爷的信，惊喜得不得了。我听说家书值万金呢，这一万两金子的大喜事，谁看了也会晕过去！”

爱丹敷衍说：“哎，是呀，是呀！刘婶，天不早了，你歇息去吧。”

刘婶应声走出门外，在窗口站了一会儿，听了听动静，“嗨”了一声便走了。

原来，怕鬼，鬼还是跳了出来。

为什么三少爷在家时毫无觉察，直到临走时才得知家中变了味的丑事？这是谁在作怪？想来想去，理不出个头绪。她知道，三少爷在外静心备考，如去信和他理论，势必会搅乱他的心境。可是，雪地里埋不住死人，这事迟早会被捅破。不说个明白，脸上的黑就会越抹越黑，难以洗清。考虑再三，爱丹以为还是向三少爷说明真相为好。那样做，虽说于他们弟兄之间未免残酷，但总可以叫三少爷心知肚明，放下悬疑，同时还自己一个清白。

正这么想着，忽听得门环“咣咣”两声轻响，也许是风儿在作祟，爱丹没有在意。不多一会儿，又是“咣咣”两声轻响，这才引起爱丹的惊觉：有了上次二哥那事，爱丹天一黑就把门关得严严实实，除了女性可以进来，再不会让一个男性走进她的窑院。那么，是谁又在夜里敲门？难道又是二哥？二哥上次出了丑，还有脸再来？门环又轻轻地响了两下，节奏徐缓，轻重适度，爱丹急忙把灯吹灭，并下意识地往后炕里退缩，再用被子把身子严严实实地裹了。好一会儿才探出头来，怯生生地问：“谁？”

“是我，三奴。三少奶奶。”白三奴嘴巴几乎贴在门缝上，但万籁俱寂的夜晚，尽管声音不大，还是比白日里响亮许多。

“黑天半夜来做甚？”

因是男人，又是夜里，爱丹只能压低嗓音问。

“黑天半夜”，是当地人对黑夜通常的说法，其实，论时辰只不过刚到戌时。如果再晚，守门人会关上南北堡门，深宅大院，围墙高耸，连打家劫舍的土匪也难进来，作为船工的白三奴，有甚本事、有甚胆量敢走进九十眼窑院？爱丹这么想。她记得自家院门是关了的，他白三奴又是怎么开开的？

“不是你捎话让我来的吗？这门不是你留下的？”白三奴理直气壮地说。

莫名其妙，这事从何说起？

爱丹又问：“我让你来做甚？”

“做甚，不是说要往杨掌柜那里捎个口信。”

爱丹越听越纳闷，自己会有甚事让他捎话？即便有事，也不会让他捎的。这人是不是喝醉了说胡话？船工常年在水上，喝酒是他们的必需和嗜好，也不为怪，怪的是黑天半夜胆敢私闯九十眼窑院，敲她的门。爱丹无名火起，正要训斥三奴时，院里传来阴阳怪气的声音：“黑天半夜的，这是谁呀？”

慢条斯理而有节奏，好熟悉的声音。白三奴扭头一看，月亮下面站着白老太太，他慌忙给白贾氏作揖问安。

“老夫人，是我，三奴呀！”

“怎么又是你？”

三奴脸上挂着笑容说：“是我。老夫人。”

“你是不是认错门了？黑天半夜，怎么敢在三少奶奶门上鼓捣？”

“都是白家人，熟路了，还能走错？”

话刚出口，三奴就觉着不对劲。都是白家人？人家是东家，自己是扳船的伙计，更倒霉的是，什么熟路，什么走不错，这不是没事寻事，拿着驴扎脖往自家脖子上套吗？这不是往精明过人的老太太手里递刀子吗？嗨，这张不把门的破嘴，他恨不得抽自己两巴掌。

白贾氏冷笑两声：“不错，都是白家人，你不知道这里是什么地方？这里是你能随便出入的吗？既是熟路，想必你常来常往，是不是？”

白三奴最怕老太太动不动套人家的话，猜人家的邪，揪人家的辫子，尤其是设下套子让你往里钻。可要提防点。

“不是的老夫人，我是什么人，敢随便往这里跑，是三少奶奶捎——”话到嘴边，又觉着不对劲，便没了后音。

“是三少奶奶什么？”白贾氏追问。

白三奴越想越不对劲，即使是三少奶奶真的唤他办事，也不能往三少奶奶身上推，她已经够倒霉的了，不能给她调盐加醋，再受不白之冤。上次他背了一回三少奶奶，给人家背了一身坏名誉，这回打折牙也得往肚里咽。

“要不是我听错了——”白三奴自言自语地说。

爱丹在窑里再也听不下去，就披衣下炕，“哐当”一声把窑门打开，里外的气息和风景就融在一起。院里的两个人都知道窑里有人，这突如其来的一声响，还是把他俩吓了一跳。爱丹站在门口，三人对面，夜色里面面相觑，一时都没了言语。要是白天，相互之间准会看到白贾氏那不自然的哂笑，白三奴后悔莫及的傻笑，杨爱丹一脸怒气的冷笑。但几乎是同时，三个人脑际都撂过同一个念头：自讨无趣，这是何苦呢！

作为一家之尊，听上二孙媳妇祁娇娇的话，一个人摸着黑，揪着心，使着气，来到这是非之地，不仅有失体面，弄不好还会落下奶奶“捉奸”的笑柄。

爱丹呢，真是人在家中，祸从天降，一桩连着一桩，桩桩叫她惊怕，叫她晦气。她想，撑不出去就往里缩，索性装个龟孙子算了，任他们一主一奴在院里闹去，看能闹出个什么光景，何苦出来败这个兴呢！

最窝囊的是白三奴。明明有个不认识的娃跑到渡口，在他耳边悄悄说三少奶奶叫他晚上停了渡，到她窑里来一趟，给她爸爸杨掌柜捎个话。他先是受宠若惊，很有些鞋帮子做了帽檐的感觉。继而一想，不对，三少奶奶从来没有让他做过什么。再说，做什么也轮不到他白三奴。待要问话，那男娃已经走远，一时也想不起这是谁家的娃。不管怎样，主子叫他去还能不去？再说了，三少奶奶未当三少奶奶时，短不了来渡口玩，虽说他比她大个十来八岁，偶尔也凑个热闹，说一两句话。那次遇险，三少爷下水后，第二个下水的就是他白三奴。假如不是他助三少爷一臂之力，说不准三少奶奶早喂了鱼虾。有主不显奴，功劳都记在三少爷那里。不过，他也不吃亏，他有幸把三少奶奶柔软的散发着女人味的躯体，从河边一直背到一里多远的九十眼窑院。也就是那次，他生平第一回看见了一个少女的胴体，他不知道女人的胴体是这么优雅、完美、动人。从那时起，他对女人有了强烈的向往，希望有朝一日，自己也能得到一个像爱丹一样的女人。可是，爱丹成了三少奶奶，他还是艄公白三奴。唉，要是自己多长个心眼，就不会这么莽撞地敲三少奶奶的门了；要不是想见三少奶奶一面的强烈愿望驱使，也许不会冒冒失失地来这里丢人现眼。

片刻冷场过后，爱丹向奶奶躬身道：“奶奶，什么风把您老人家给吹来的?”话语绵中有刚，不无讥讽之意。白贾氏一时无语，爱丹又补了一句：“黑天半夜的，也不带个人，跌一跤可咋办?”

白贾氏见爱丹这么问，心里不快，嘴里语塞，哼哼唧唧嗯嗯啊啊瞎胡应付。

爱丹为了不让奶奶过于难堪，便把话锋转向白三奴：“是谁让你来的？趁老夫人在场，说个清楚，道个明白!”

白三奴嗫嚅着，因为老夫人在场，不知该如何说才不至于把他和三少奶奶套进去。他犹豫片刻，缄默无语。

爱丹又问：“是谁告诉你，我让捎话来着?”

白三奴含糊其词，难以对答。

两人说话时，白贾氏并没有插嘴，而是在一边冷眼观察。白贾氏暗暗寻思，今天的事，全坏在祁娇娇身上，怪在自己没有主见上。前因后果，像串糖葫芦一样串在一起，心里就有了谱，便说：“三奴，你是连皇后娘娘都敢想的人，什么人你不敢想，什么事情你做不出来？今天的事，全怨你做事毛躁莽撞，怨不得别人，还不向三少奶奶赔情道歉!”

白三奴无端受了别人的奚落，本来有苦没处说，有冤无法道，这还不算，还得向三少奶奶赔情道歉。心想，马熊有人骑，人熊有人欺，有理弄了个没理，怎么就这么倒霉？他只管站在那里磨蹭着，不想行动。想起老夫人说的那句“连皇后娘娘都敢想的人”的话，头皮就有点发麻。这老夫人没别的本事，就是爱揪人家的辫子，而且还是往死里揪。想到这里，白三奴强辩道：“老夫人也不要光揪人家的辫子，不就是那么一句话么，我究竟做下什么了，还请老夫人指教指教哩!”

白贾氏见白三奴不仅不赔情道歉，还反过来倒打一耙，又气又恨。可对非直系的本家人，又住在九十眼窑院外的艄公，自是山高皇帝远，有点鞭长莫及。要是对三奴硬上套子，把这狗日的惹急了，还不知会给她弄出什么事来。本来，不该来她来了，本来，不该管她管了，她只能三十六计，走为上计。停的时间越长，越不好下台。于是便恶狠狠地撂下一句：“今天没工夫和你理论，改日咱们再算账!”

说完悻然而去。爱丹赶过去搀扶，想往墩台院送，被白贾氏一把甩开，并揶揄道：“送我做甚，三奴不是还等着你说话?”

爱丹一听，气上心头。二话没说，扭回头直奔白三奴，可是白三奴早没了踪影。她只得仰天长叹："三少爷，三少爷，你们白家邪气怎么就这么重，把我害得好苦哇！"

清晨，借给奶奶问安之际，爱丹壮着胆子，把积压在心头的话全道了出来："奶奶，二哥非礼的事是你和爷爷压下去的，可是三少爷在家时不知，走后是谁告诉了他，让他来信质问？昨晚三奴来家，诓说我让他来有话要说，压根儿就没有这么回事，这是谁指使三奴干的？况且，我的院门是关了的，又是谁把我的门偷偷打开，让三奴进来的？奶奶，您老人家黑夜一向不出来走动，怎么这种事又让您老人家赶巧了？不查个水落石出，不还我个清白，还怎么做人？"

这些话，尽管似决堤之水，喷泻而出，但精明的爱丹还是不急不愠，有礼有节，叫白贾氏火不得，忍不得。果真，一向行事果断、作风泼辣的白贾氏一言没发，闭目养起神来。直到爱丹站得双腿发麻，扭身想走时，白贾氏才爱理不理地说："说完了吗？"

爱丹说："说完了。"

"想知道吗？"

"想知道。"

"想知道，那就回你窑里好好寻思去吧。"

"照奶奶的意思，是我的过错？"

"这话可是你说的，奶奶从来没有说过你的不是。再说啦，你还有不是？"

"奶奶，您的话我越听越糊涂。"

"不明白？听过女人是祸水这句话吗？"

"听过。怎么了？"

"不怎么，听过了就对。你走吧，我累了。"

旧的疙瘩还没有解开，又结上新的疙瘩。爱丹没有因说出了心里话而感到轻松，反倒更压抑，更沉重。气得肚子里"咕咕"直叫，想说什么，又找不到头绪。呆呆立了一会儿，气狠狠地退了出来。也没给奶奶请示，拿了几件衣裳就回了延水关娘家。

殊不知，这一走，走出了更大的麻烦。

爱丹一走，白贾氏再也忍耐不住，乘白鹤年外出不在，立即审理开这桩扑朔迷离的“公案”。

原来，三娃那里是二娃多的嘴，故意使的坏；三奴那里是祁娇娇唆使村里一个赖小子传的话，引逗三奴上当，好让爱丹丢丑，并以此来证明非二娃不轨，而是爱丹心野。

自从发生了二娃非礼之事，祁娇娇把二娃照看得严严实实，生怕被爱丹这个狐狸精勾引坏。她嫉妒爱丹的人见人爱，嫉妒三娃对爱丹的宠爱，嫉妒爱丹和三娃的郎才女貌。心想，要想家里太平，先得把爱丹搞臭，只有把这株山丹丹花除掉，才能把她显摆出来。白永忍为报一箭之仇，耳根一软，就跟上婆姨跑了，夫妻二人上演了一出拙劣的双簧。两人各领了奶奶的两记耳光。

这些事，爱丹哪里知道？白贾氏又怎会告诉她。

一旦真相大白，白贾氏才感到清楚了还不如糊涂着好。

她该如何处置呢？一面是自己的亲孙子，一面是自己的亲孙媳，这杆秤能不能摆平，全在她身上。

可是，这杆秤又如何能摆平呢？二娃是老太爷选中的未来掌门人，是他们的骨血。把他摆平了，叫他怎么做人？白鹤年还不撕破脸皮和她闹？白家没有了新的掌门人，辉煌了四百年的门庭就会衰败，前人的积蓄和心血就会化为乌有。至于说爱丹，除了空有一副俊脸蛋之外，还有甚能耐？就是这惹事的脸蛋，害得二娃走了火，逗得三奴入了魔，再这样下去，白家的男人们还要一个个害上相思病呢！还有，爱丹不仅三番五次顶撞她，今天，又不经禀告擅自回了娘家，全不把祖宗放在眼里，算得上忤逆不孝。再说，三娃一旦高中进士，不知有多少如花似玉的女子等着他。如不及早了断，三娃的前程就会毁在她的身上。想到这里，白贾氏咬了咬牙，心里说道：“秤若平，心得公；心不公，秤难平。天下哪有两全其美的事？人心隔肚皮，我是我来你是你，我说公就公，我说平就平，鬼知道！”

第十三章

白永和来京后，借住在临汾会馆，这是在京城的临汾籍商人办的。会馆不仅为临汾籍商人提供帮助，也为上京赶考的平阳府举子提供方便。

此次进京，过隰州，走孝义，在汾州府地界与王先生分手，一个回晋西北的临县去了，一个奔京城而来。白永和因了二哥临行前给他吹的耳旁风，一路上老大不高兴，到了京城仍是闷闷不乐，也没有心思温习，不是去天桥看热闹，就是到琉璃厂逛大街。杂耍戏法看不进去，文房四宝也吸引不住他，他心里只想着爱丹。他不明白，他钟爱的妻子，为什么不珍惜自个，授人以柄？转念一想，爱丹有病，无人照理，即使被男子背了一回，也算不得什么，是不是二哥大惊小怪了？可是，二哥说得有鼻子有眼，说黄河两岸都传遍了，说举人老爷的夫人让人背过了，说不定还亲过嘴哩，等等。他问是谁，二哥不说。他越想越不对，越想越害怕。难道，王先生曾说的爱丹有隐情就是指的这个？难道，爱丹支支吾吾不肯说破的，也是因为这个？难道，看似稳重的爱丹，竟是水性杨花的女人？如若把此事压了，一个大男人家，不憋死，也会憋疯。如把这层纸捅破，他常年不在家，内情不甚明了，万一冤枉了爱丹怎么办？不管怎样，无风不起尘，自家人有失检点，怨不得别人说三道四。正好，有临汾籍商人回晋，就给爱丹写了一封信，连同给爷爷的信托人一并捎回。不过关山重重，道路坎坷，写信时京城花红柳绿，暑气逼人，等爱丹收到信，已是秋风飒飒，枣子红了脸脸。

爱丹回到延水关，也给白永和写了一封情真意切且又足以为自己洗刷不白之冤的长信，把满腹委屈、不尽思念和唯一指望寄托其中，信笺上还洇下点点滴滴的泪痕。因为找不下顺路人，信件捎不出去，终成了明日黄花，空有其言。

爱丹的信捎不出去，白贾氏的信却很快送达京城。送信的不是别人，正是白家的用人财旺。

白永和见财旺亲自来送信，就有一种大事临头的感觉。因为他在外赶考多年，为了节省盘缠，很少用过下人，也没有过家中派人送信的先例。莫不是……心慌意乱，气也难出。

信密封着，还盖了章。拆信时，他有点胆怯地问："老太爷和老夫人可好？"

"好着哩！"

"三少奶奶呢？"

"三少奶奶也没什么。听说回娘家去了。"

白永和心想，有什么大不了的事呢？还用派专人送信。

信中所述，大大出乎他的意料。

永和孙亲览：

自汝离家，计已多时。前日接到来信，得悉客居安善，诸凡顺遂，不胜欣慰。今去信有一事说与汝知：汝之妻杨氏，为人孤傲，操守不谨。先是妯娌失和，与人交恶；继而招蜂惹蝶，滋生事端；更有甚者，不顺长辈，顶撞祖母，私自归宁。凡此种种，虽经训示，仍我行我素，是可忍孰不可忍也！闻听古之有七出之礼制，大凡具备一出，即可立永绝休书。况不顺长辈，是为逆德，一出也；无有子息，使人绝世，二出也；淫，乱族，三出也；口多言，离亲，四出也。七出中杨氏羞居四出，有如此糟糠之妻陪汝，恐辱没汝之功名之尊；有如此劣妇居家，恐辱没白氏百年之誉。以上言之凿凿，何去何从，尔当定夺。文书着来人捎回。此事一旦了结，尔当专心经籍，奋志一搏，金榜留名，定有期矣！是为嘱。

祖父母手谕×年×月×日

看字体，俊逸清秀，显然是书香门第出身的奶奶写的。因为爷爷笔力欠佳，一般家信都由奶奶或者白管家代笔。见信达意，爷爷的话就是奶奶的，奶奶的话也是爷爷的。如果说，二哥的话还有些不大可信的话，那么，老祖宗的话就不能不信。写这样的信，并派专人亲送，可见事情已经到了不可收拾的地步。可是，爱丹真如家信所述犯了四出之礼吗？果真是不贞不孝十恶不赦的恶妇？

在他的印象中，爱丹并不像信中所述的一无是处，而是谨小慎微恪守妇道的女人。难道因他长期在外，心绪不好，孤独难耐，一时冲动，做下失德之事？难道因众议沸腾，一时激动，说了不该说的话，冒犯了爷爷、奶奶？如果冒犯了长辈，赔礼道歉认不是，以后不犯就是了；如果真的不能生育，娶个偏房不就得了；只是这失德乱族之事，叫他这个即将步入会试殿堂的人的面子往哪里搁？族人怎么看，乡人怎么看，世人怎么看，叫他以后还怎么做人？爱丹纵有千般好，万般娇，哪能抵得过信中所列的劣行丑状。父命难违，更何况是亲他爱他在他身上费了多少心血的爷爷、奶奶呢！

他摊开纸，写下“立永绝休书”几个字，就再也写不下去。

他想起了洞房花烛夜。

他那“执子之手”的深情表白，爱丹“与子偕老”的庄严承诺，又回旋在脑际。那一刻，两姓合好，二心合一，人如鸳鸯交颈，神似彩云追月；那一刻，他还说要为爱丹遮一辈子风雨，爱丹说要为他暖一辈子被窝。他做梦也没有想到，生死之交、山盟海誓的伴侣，竟会分道扬镳，而且分手来得这么仓促，这么蹊跷，这么残酷。可惜他身处异地，无法与各方沟通，特别是未能听听当事人爱丹的表白，就这样莽撞行事，难免失之偏颇。他推开窗户，向西望去，家在重重关山深处，爱丹在悠悠浮云背后，他恨不得变成传说中的飞天，眨眼工夫回到永和关，拨开笼罩在心头的团团迷雾。

一天过去了，没有写。

两天过去了，仍然没有写。

三天过去了，财旺等不及，就催促道：“老夫人让我带上回信即刻上路，回去晚了叫我怎么回复？三少爷，您是举人老爷，说话就是进士，什么文章没写过，写封信比生娃娃还难？我要是有你那两把刷子，不用一碗饭的工夫就挥就了，算个甚哩！还用把您憋得吃不香，睡不甜，眉头皱成一疙瘩。”

白永和不耐烦地说：“少废话，你懂个屁！”

“我是不知道信里说的甚，可是我懂得即刻回去向老夫人交差。你就麻利点吧，好我的三少爷哩!”

白永和无奈，把财旺支走，艰难地写完了“立永绝休书”。他反复默念，越读越觉着不是味。什么夫妻反目，惩戒不悛，夫妻情乖，毫无度日之心，纯粹是子虚乌有的事嘛，怎么能强加在爱丹头上？况且，休书须得家族议定，须得叔伯和舅家画押签字，自己虽说没有叔叔、伯伯和舅舅，但没经家族议定，怕是于情于理都说不过去。一纸休书，轻则让她背上恶名，永世不得翻身，重则说不定会让她自绝于人世，生死攸关，草率不得。家信上只是说了断，又没说如何了断，自己何不来个变通呢？身为举人，生平没有经手过这样的文书，他得好好翻翻书籍，找个依据，于情能说的下去，于理能说的过去，不要过分伤害爱丹。嗨，这不是自欺欺人吗？

又一个三天过去了。财旺把京城的繁华地方都逛遍了，还不见三少爷打发他走，再也忍耐不住，急匆匆地说：“我来京城快六七天，不用说写封信，就是打金条、铸元宝也早弄就了。三少爷，您哪怕开个路条也行，有个凭执就能上路，再等下去，急得可要尿到裤裆里了。”

一句话把白永和逗乐：“那你就尿吧，尿湿了我去大栅栏给你买新的。”

“我都急得要死，您还开玩笑哩。您就高抬贵手，让小的早日回去吧。”

白永和这才收拢起苦中作乐的笑容，难意地交付了信件，打发财旺上路。

他知道，财旺带走的不只是一封信，而是一只断线的风筝，一颗陨落的星辰，一缕永世不归的魂。

白贾氏盼来的不是三娃的休书，而是从未听说过的《放妻协议》：

凡为夫妇之因，前世三生结缘，始配今生夫妇。若结缘不合，难归一意，快会及诸亲，各还本道，互不耽搁。愿妻分离之后，重梳婵鬓，另择高主。解怨释结，更莫相憎。一别两宽，各生欢喜。

立字人：白永和

在这之前，白贾氏已经给白鹤年吹过风。白鹤年以为妇人之见，说说而已，没想到她竟真的给做出来了。白鹤年没想到事情能恶化到弓断弦绝的地步。他拿着《放妻协议》，手不由得哆嗦，只扫了一眼，就再也看不下去。他冲着白贾氏大发雷霆："纵然爱丹有失检点，也不像你说的那样面目可憎，非到让三娃放妻的程度。放妻，还不是休妻？不过是糊了一层牛皮的灯笼，照里不照外，能糊弄了人？再说啦，这休妻之事，事关重大，被休的败兴，休人的也不体面，是两败俱伤的丑事。这么大的事也不和我商量，擅作主张，眼里还有我这个当家人没有？啊？"

说罢，目光在金戒指扫了一眼，用手在上面拭了拭；拿起水烟壶，想吸却未吸。忽听"咣当"一声，水烟壶重重摔在地上，水呀，烟呀，灰呀，洒了一地，一片狼藉。

白贾氏见状，老大地不自在，一声没吭，弯着身子去拾水烟壶。收拾好了，倒进水，装上烟丝，双手递给白鹤年。白鹤年连看也没看。白贾氏再递，白鹤年才勉强接了过来。白贾氏吹着香头，就往烟锅上点。白鹤年勉强噙住了烟嘴，边吸烟边发火，气头子大，烟雾也冲，平日的袅袅青烟，成了呼呼直冒的狼烟。烟雾顺着窑顶回旋着，缭绕着。白鹤年只管狠狠地吸，"噗噗"地吐，白贾氏只管一锅接一锅地装着烟丝，任白鹤年吹胡子瞪眼睛，白贾氏只是不吭声，摆出一副诚惶诚恐的样子。等到白鹤年把窝在肚子里的话道尽，火气衰了时，白贾氏才慢条斯理地开了腔："事情不在你头上，体谅不到我的难处。家里事你从不过问，里里外外我一人照料，恶人的事是我的，为人的事是你的。就说这个爱丹，迟早不能留。留下她，你还要不要二娃当家了？留下她，连一男半女也不给三娃生，你就眼睁着让三娃绝后？留下她，眼里没我这个奶奶，我惹不起还怕不起？只好卷铺盖出门，寻我的方便去。是的，没有你的尚方宝剑，我是先斩后奏了，因我在气头上，一时情急，有失考虑，这是为妻的不是，要杀要剐，任凭处置。"

说着，"扑通"一声跪倒在地，泪水扑簌簌落了下来。

白鹤年见状，心里软了几分。本想扶她起来，又想起白贾氏平日作威作福的样子，就打消了这个念头，仍旧绷着脸，连着吸了几锅水烟，看着袅袅青烟想开了心思。

要是就那么几条捕风捉影的事，白鹤年也不会在意。就连爱丹不生育的事，他也并没有放到心上去。他早给白贾氏说过，过门六年，把三娃放出去五年半，人家娃独身一人，和谁生娃去？要让母鸡下蛋孵鸡，还得有个公鸡伴着。不过，一想到自己年届花甲，精力欠佳，大娃不中用，三娃喜功名，只有二娃可以撑起这个摊子，迟早要交到他手里，护爱丹的心就淡了，保二娃的心却重了。二娃品行不端，也只是一时糊涂，情有可原。可是，一旦二娃主了家事，大权独揽，目中无人，再行非礼谁能管得了？如三娃高中回来，知道了这事，岂能轻饶了二娃？那时，白家还不乱成一团麻！一旦闹腾起来，老的丢人，小的败兴，在永和关还怎样做人？看来，白贾氏虽说强词夺理，但也不无道理。爱丹人长得过于标致，人标致了就容易惹是生非。自古红颜多薄命。这是命，三娃没这个福气，爱丹更没有这个福气。放了她，让她一走了之，也算三娃想得周全。想到这里，白鹤年紧绷的脸渐渐松弛了，对白贾氏说："起来吧。事情已然做出来，除了叫人心寒，还能有甚法子？谁屙下的屎谁收拾，就依你的意思办吧。这个面子给足你了吧，嗯？不过，话说回来，你可亏了人家爱丹。只因人心不公，才有斗满秤平。你掂量去吧。"

白贾氏擦了泪，心里十分不痛快，哟，看当家的把自己比成什么人了？可是，历来成大事者，哪个不忍辱负重？想到这里，倒也不通自通，就不情愿地点了点头。

"不过我要告诉你，把人家娃赶出门，拔掉你眼中的钉子，你心里是痛快了，三娃和爱丹却落下心病，他们能不埋怨你一辈子？家和日子旺，争斗是非多。你就等着瞧吧，以后有你的好戏看哩！不要看平时娇惯你，我心里甚不清楚？要不是为了白家的门风，我岂能轻饶你！"

白贾氏见男人依了她，并没有和她撕破脸皮大闹，知道这一刀捅到当家的软肋。亲不过的婆姨汉，胳膊肘只能往里弯。这才松了口气。人一站起，泪收了，话也顺溜了，脸上现出浅浅的愧意："谢过老爷不罚之恩。"她犹豫了片刻，看着白鹤年的脸色说："您看这事怎样处置才好？"

白鹤年说："主意是你出的，你看着办吧。可好，十月初十是老佛爷慈禧太后的寿辰，官府催着进贡，我又得去送趟贡枣，这一走得费些日子。"

说起贡枣，白贾氏知道，这可是朝廷指定的贡品，不敢耽搁。她虽是陕西那边的人，那边也出红枣，可是，自小就听说永和县的红枣多，多得走遍全县走不出枣林子；红枣好，好得叫人吃了还想，想了又吃。就在永和关下首几十里的黄河边，有个叫尉家洼的村庄，户不过百门，枣树却有上万亩。那里的枣子不仅多，而且好得出奇。个大溜圆，肉厚汁甜，核小精黏，外头像涂上油似的光亮，内瓤如蜂蜜般的金黄，掰开，缕缕细丝，拉扯不断。最令人称奇的是，这里的红枣没有虫子，是延年益寿的上等补品。故白贾氏自嫁到永和关，每日早晨吃三颗大枣、两颗核桃是铁定不变的习惯，数十年下来，直养得面润色艳，吉健十分。她逢人就说，这是沾了尉家洼贡枣的光。

那年，慈禧太后和光绪皇帝避八国联军之乱逃来山西，沿汾河一路南下，就尝过此枣，并大为赞赏。还留了句“南枣北枣，甜不过尉家洼的贡枣”的话。这一下，永和县的红枣名气更大了。每逢慈禧太后和光绪皇帝寿辰，山西抚台都点名要尉家洼贡枣。因为白家离尉家洼不远，且又是县里第一大商家，做事可靠，知县衙门就把这个差事交给白家办理。白家不敢怠慢，年复一年地精选上好大枣，年复一年地由白老太爷亲自押送至太原府，再由巡抚衙门着人送至京城。

白贾氏想到这里，自豪感便油然而生。黄河两岸，有谁家能亲送贡品？只有白家。悠悠万事，唯此为大。她本来想请白鹤年亲自出山，把爱丹的事摆平，即使落骂名，还有个垫背的，看来是不可能了。尽管心里骂这老滑头又溜之大吉，可是嘴里不得不连连应承。

白鹤年虽然脱了身，但对白贾氏放心不下。此事非同小可，牵一发而动全身。他想了想，又嘱咐道：“得容人处且容人，该让着人家的，就让着些。更何况两家守着一个渡口，岸上不见水上见，以后打交道的日子多着哩。千万不要闹得鸡飞狗跳鸭子叫，让满天下人都看笑话，到那时，你就是跳到黄河里也洗不清了。”

白贾氏心想：这些道理我还不懂得，主意是我拿的，尺寸当然能把握得住。马蜂窝虽然可怕，总得有人去捅，便说：“就听您的。好好赖赖就这一回，以后里外不是人的事，您就是想让我管，我也不会沾边。”

白贾氏喊来白管家，把事情经过一一说了，想取得白管家的理解，进而取得他的支持。白管家虽然与白鹤年同出一宗，但支系甚远，是百年前迁到外地的一支，要不是凭他的精明能干被白家聘为管家，恐怕与永和关白家都不大可能走动。

白管家不管天气凉热，总是长袍马褂核桃帽，总是跑前跑后，总是忙忙碌碌。刀条脸上嵌着两只滴溜溜转的小眼，鹰钩鼻子呵护着微凹的小嘴巴，谁见了也觉得凛然背后深藏着乖巧。他自小聪明好学，六岁入学，九岁外出学徒，十二年摸爬滚打，成了铺面里独当一面的伙计，二十八岁时熬成了二掌柜。在与白家做一桩皮货生意时，因不满东家以次充好的奸诈而被辞退。白鹤年见他诚实可靠，便聘来白家，先做铺面掌柜，他精打细算，深得白家的信赖和器重，后来就做了管家。打里照外，应付自如，白家凡有大事都必与他相商，是白鹤年离不得的智囊人物，故一待就是二十年。他对爱丹的事虽有耳闻，但不知就里，因涉及白家声誉，他佯装不知，得过且过。但他万万没有想到，为了三少爷的前程，老太太竟然使出了撒手锏。

在这之前，他虽然知道财旺出门去了，可财旺没有告诉他去哪里，做什么，说是老太太让他当趟差，不让他说。什么事情用这样神神秘秘呢？原来，老夫人趁白东家出门不在做起手脚，连东家都被蒙在鼓里，更不用说他一个替人跑腿的下人。白贾氏拿出白永和的《放妻协议》，让他看了，他先是吃惊，继而蹊跷，为难地直挠头，不说话。

白贾氏明白他心里在想什么。不管他想什么，解铃还得系铃人：既然你把两人系到一起，对不起，那就再麻烦你解开，还人家两便之身。谁叫你当时不多长个心眼呢！

“少不了再辛苦你一趟。你看怎么样？”

“红脸我唱了，白脸还能再让我唱？叫人家说我这人出尔反尔，说话不算数。”

“算数也罢，不算数也罢，都与你无关，天塌下来由我顶着。瞌睡离不了眼里过，迟早得走这一步。至于说爱丹嘛，不休她就算便宜了，她还有甚好说的？一纸放妻协议，算是给足了杨家面子。”

“老夫人，人常说，事不三思总有悔。您看这样行不行，说话冬去春来，等三月会试完毕，三少爷回来再说怎么样？”他意思是说，能拖则拖，等三少爷回来，还不一定怎样呢！

“你是说我不三思而行？”白贾氏有些恼怒地说。

“不，不。不是那个意思。我只是想，协议是三少爷写的，三少爷远在京城，而三少奶奶回了娘家好长时间没回来，两个当事人不照面，这协议可怎么签？再说，杨掌柜不点头怎么办？要来闹事又咋办？解铃还得系铃人，三少爷回来，一切由他出面，老太太您不只少操心，也少受气。”

“不行！这件事我管定了，惹人受气我情愿。不管你说了多少个怎么办，我只要你这么办：既把事情办了，又不失白家体面。”

白管家还要说什么，白贾氏早不耐烦了：“去吧。”

白管家回到自己窑里，想来想去没有好办法。俗话说，成一家婚姻盖一座庙，拆一对夫妻坏一座桥。世上只有成人之美的，哪有棒打鸳鸯的？自己这是做的什么事？说得轻点是缺心眼，说得重点是缺德，缺了八辈子的德。况且，明人不做暗事，何必这样鬼鬼祟祟？将来一旦真相大白，一失足成千古恨啊！唉，吃了人家的，就得替人家跑腿。白管家纵有多少疑虑，多少不悦，也只能硬着头皮替东家拆这座“桥”去了。

白管家两袋烟的工夫就过了河。走了没几步，杨家的石头窑院直愣愣地竖在眼前。往常这是一个福地，只要过来，杨家满接满待。今日仿佛成了一个虎口，此行是福是祸，他心里全然没底。他不由得放慢脚步，让提着大包小包礼度的财旺前面带路，自己却在后面再三斟酌了一番，这才跟了上去。诚然，是吉是凶与自己无关，他也不会傻到把自己当炮灰的程度。但既受人之托，就要圆满复命。今天，他只能察言观色，相机行事。

爱丹回娘家已经一个多月。本来闹着要回家去，可是，一来父亲听说女儿受气，不想让就这样回去，要回，也得他们白家来接；二来是母亲病重，也不便离去。她人在娘家，心在白家，情系京城。什么是如坐针毡，什么是度日如年，这才体会得真真切切。所以，一见白管家来了，心头不觉一喜：是接她回永和关？还是三少爷有信来啦？六年前，白管家一根红线把他俩拴在一起，六年后，白管家还会做鸿雁传书的好事吗？

杨福来把白管家请到客窑里。沏了茶，上了点心，彼此问长问短，嘘寒问暖，然后就是一阵难堪的冷场。平时能说会道、办事果断的白管家，今天倒没有了章程。不是说天气如何，就是说黄河怎样，不是说东家长，就是说西家短，要不就天南地北地乱扯一气，弄得杨福来丈二和尚摸不着头脑——这白管家究竟是做甚来了？

爱丹似乎觉察到什么，刚刚放晴的脸又转了阴。

杨福来疑惑地看了眼白管家，白管家给他使了个眼色，示意爱丹在场，杨福来会意，便找了个借口把爱丹支走。

杨福来问：“不要东拉西扯瞎侃了，此番来我家，要是没猜错，就是为爱丹的事来的吧？我知道，没有要紧事，您白大管家哪里肯屈驾我们杨家。”

“看您说到哪里了，我不过是个跑腿的，哪比得了您。算您精明，我是无事不登三宝殿。”

“果真让我猜着了。你就毛裢里倒西瓜，痛快点！”

“杨掌柜，我是痛快着哩，不知您痛不痛快？”

“我这人一向直来直去，不绕弯弯。只要你痛快，我哪有不痛快的道理。”

“咱有言在先，不管这事是好是赖，您都不要怪我。我是受东家指使来的。”

“你就直说吧，绕那么多弯做甚！”

白管家再没说什么，神秘地从怀里取出一件用布包裹的东西，把布层层打开，露出折叠得方方整整的麻纸，再小心地把麻纸打开，取出一张文书，双手呈给杨福来。杨福来不看则已，一看，就像坐了跷板，霎时从椅子上弹了起来。他声色俱厉地说：“这是哪里的事嘛？我就知道你们白家做不出人事来，与其说放妻，倒不如痛痛快快地休了。这不明不白地要地什么花嘞哨？”

“您别急，有话慢慢说……”

“你们要人家的命哩，我能不急吗？白三娃你是甚东西？啊，才中了举人就喜新厌旧，要是中了进士，还不成了六亲不认的白眼狼？”

“杨掌柜，您消消气，听我把话说完。”

“还说什么，这不是白纸黑字写得一清二楚吗？我们家爱丹做下甚了，要你们这样糟践。不行，我和你一同过河去，和这个白老婆子讨个公道！”

白管家好说歹说，总算把杨福来强摁在椅子上，赔着笑脸说：“杨掌柜，我就知道您一见这个东西就会发火，这事搁在谁头上也会气恼。不过，凡事都不是无缘无故的，总有个道理在里边。你听我说完，觉得在理，就依我；觉得不在理，您就往我脸上唾两口，我也没怨！”

杨福来瞪了白管家一眼，鼻翼翕动，嘴唇也抽搐不停。但他终究是场面上的人，面对此等境地，只能强忍着，且听下文。

“这事既不能怪老太太，也不能怪三少爷，要怪只能怪三少奶奶……”

“啊？你说的甚话？”

“三少奶奶过门都快六个年头了，连一男半女也没给白家生下。古人说，不孝有三，无后为大。你说这事——”

一提到生育的事，杨福来就像蝎子蜇了嘴，便无话可说。他何尝不想抱外孙？外孙不只是对他的安慰，更是维系爱丹家庭的纽带，当然更是他后继有人的依赖。明摆着嫌弃你，找不下茬茬，鸡蛋里头挑骨头哩。可是，爱丹你偏偏不争气，如能生个一男半女，一切不就好说了？咳，我杨福来真是倒了八辈子的霉了！入赘婆姨是骒骡，抱的女儿不开怀，上一辈造了什么孽？杨福来虽然这样想，但他岂是任人揉捏的软柿子，眼睛眨巴了几下，就来了词："六年了？六年是多少天？两千一百九十天啊。他白永和在家停了几天，你还不知道？只怕连半年也没有吧！人常说，孤阴不生，孤阳不长，我们不怨白家，你白家倒寻起我们的不是来了，真是岂有此理！"

"说到男女之事，延水关和永和关在外做生意的也有几家吧，哪一家不是按店规三年回一趟家，哪一家不是男娃绕膝女娃跳？要说这事，三少爷做得仁至义尽，人家甚也没说。其实，三少奶奶也有不是的地方，顶撞老太太，不经请示就回了娘家，走一两个月也不回来，这还有个礼数吗？还有个孝道吗？把这几条摆出来，按照七出之礼，哪一条都够得着休妻。如今，人家三少爷念起杨家对他的好处，念起三少奶奶的旧情，不用休书用协议，不说是非说不合，也给足了杨家面子。再说，凭三少奶奶的天资和容止，还怕找不到比白家更好的人家？与其别别扭扭相处，倒不如一别两宽，各找方便。杨掌柜，识时务者为俊杰，我看还是让三少奶奶画了这个押吧。"

叫白管家这么一说，杨福来真是有理没处说。明明知道自家的女儿在白家受了委屈，明明知道白家起了异心，借故托词，让你走人，可人家猪八戒的耙子倒打一耙，全是他的理。不说吧，满肚子话噎得难受，这口气咽不下去。说吧，仅无后为大一桩事就把你治住了，治得你张口结舌。杨掌柜火气冲天，呼呼喘着粗气，脸憋得像猪腰子。眼睛死盯着那张《放妻协议》，盯着盯着，手"噌"地伸了出去，只听"哧"的一声响，《放妻协议》便一撕两半，还不等白管家反应过来，又听"哧"的一声响，另一张也成了两半。杨福来还不解气，又扔到地上，狠狠踩了一脚。心底的话伴随着唾沫星子一齐喷了出来："索性闹个鱼死网破，我叫你好签不成！"

白管家慌了手脚，一边说："你这是做甚哩，买卖不成仁义在嘛！"一边忙弯下腰去捡协议书，并正色道："杨掌柜，诚仁奉劝您一句，可不要敬酒不吃吃罚酒啊！"说毕，夹起布包起身出门。

正在这时，只听门外有人高喊："白管家慢走，我签！"

随着两扇窑门“啪啪”推开，进来怒气冲冲的爱丹。她二话没说，从白管家手里夺过协议书，把两份破碎的文书对在一起，看了又看，念了又念，冷笑一声，提起饱蘸浓墨的毛笔，“唰唰”画了押，并在其中的一份上写了如下几句：

事出有因，非是因我。欲知甚因，等到来春。

杨福来和白管家看得目瞪口呆，似有领悟。杨福来说：“你这是做甚哩，这不便宜了白家?”

白管家在惊讶之余，连说：“三少奶奶真女中丈夫，佩服，佩服!”

爱丹淡淡一笑：“锣鼓长了没好戏，迟了不如早了。从此，我爱丹孑然一身，无所挂牵；三少爷再不用为我为难，老夫人也可以睡安然觉，你也再不用叫我三少奶奶了……哈哈，好一个一别两宽，好一个各生欢喜!”

杨福来对女儿的胆识暗暗敬佩：这才是我杨福来的女儿！转念一想，虽然人有骨气，协议较休书体面了许多，可毕竟背上了被人抛弃的贱名。过河去和白老婆子闹一顿吧，一则自家理短，越闹越丢人；二则，恐怕爱丹不会答应，倒不如就此拉倒，另搭台子重唱戏。君子报仇，十年不晚，咱走着瞧!

白管家见爱丹如此痛快，钦佩的同时，也为卸掉这顶愁帽窃喜。他迫不及待地拿起文书，往怀里一揣，说声“告辞”，便叫上在门外等候的财旺匆匆离去。刚走了几步，又匆匆返了回来，干笑着说：“哦，几乎忘了，既然是一别两宽，三少爷签的那份《过继协议》也就没用了，让我一并带回去交差吧。”

杨福来愣了愣神，醒悟过来，从箱子底下的一个包裹里取出来，使恨地扔给白管家。白管家这才心满意足地离开杨家。

白贾氏得到消息，如释重负。但在解脱人情重负的同时，隐隐间好像又背上道义的重负。想着，想着，神情又沮丧起来。转念一想，嗨，长痛不如短痛，这是迟早的事。爱丹她人不足惜，只可惜了那双步步生花的三寸金莲!

人一生会淡忘许许多多日子、许许多多事情。因为，平淡的日子和平庸的事情，是人一生中最冗长最淡泊的生命年轮，它只能留下过程的痕迹，却留不下更多的故事为人记忆。可是，光绪三十一年八月初四这一天，最叫白永和刻骨铭心，至死也没有忘记——因为这一天他接连遭遇两次致命打击。

凌晨，天上忽然响了几声闷雷，就像三眼铳隆隆轰响，把熟睡中的白永和骤然惊醒。已经是秋末冬初时节，哪来的雷声？他披衣下地，推开窗户往外瞅，天地一片混沌，什么也看不清。接着扯起了风，黄叶、杂草搅得满天飞舞。每年这个时节，北国暑退秋凉，雷公早销声匿迹。今年却怪怪的，一反常态。白永和站在窗前，一脸的纳闷。

正想着，有人敲门。门开处，递进来一封信。人在千里外，家书抵万金。打开，急阅，得知爱丹毅然签字画押，与他决裂，不由得捶胸顿足，大哭了一场。

泪痕未干，又是轰隆隆几声巨响，比前一次来得更凶。他的哭声淹没在雷声里，是那样的微弱，以至于连自己也不知道是在哭泣还是在哆嗦。心头“咚咚”乱跳，头发根根直竖，这是不祥的征兆，还是有什么说法？不等他擦干泪痕，便传来光绪皇帝诏令天下废止科举的消息。他顾不得打雷和就要来到的骤雨，如丧考妣地来到顺天府贡院，果然，皇帝的告示言之凿凿，不容置疑。旧病新痛一齐暴发，就有了贡院门前摧肝裂胆的一幕。就有了他独卧寒窑，浮想联翩，丈量时光的一幕……

第十四章

……

白永和收回浮想的翅膀，一声苦笑，万般感慨。

现实生活是这样的冷酷：一个人，一孔窑，一颗冰冷的心。

断了仕途，没法可想，也就不去想了；青灯孤枕，长夜难眠，就没法不想曾经同枕共衾的那个人。

站在黄河边上的阿哥石前，耳畔仿佛飘来一个远古的传说：俊男靓女在这里不期而遇，一见钟情。新婚之夜，丈夫被官府抓去充军。临别时，丈夫说："等着我！"妻子说："即使黄河枯了，山老得长出白毛，我也要等你。"从此，妻子独守空房，等待丈夫归来。岁月苦长，寂寞难熬，妻子养了只羊做伴。天天牵着羊去黄河边放牧，羊儿吃草，她朝丈夫出走的方向眺望。年深月久，泪干眼瞎，一脚不慎，连人带羊掉进黄河。一天，征战多年的丈夫终于归来，却不见了心爱的妻子。他悲痛欲绝，天天在妻子坠河处守望，日复一日，年复一年，最后就变成了这块酷似人头的石头，后人起名叫阿哥石。

这是他耳熟能详的故事，也是这么多年，爱丹在写给他的唯一一封信里重复过的故事，其用心良苦，不言而喻。如今，承载着科场和情场双重失意重负的白永和，面对阿哥石，想说些什么呢？除了触景生情，他无言以对！无论是这块冰冷的、但附着了灵性的阿哥石，还是给他重复阿哥石故事的爱丹，应是过去和现在美丽人格的化身（虽然他抛弃了爱丹，但宁肯相信爱丹纯洁无瑕）。

大哥白永平过来看三弟，不小心提到爱丹，待要改口时已经来不及。白永和接过话来问道："爱丹怎么啦？"

“不怎么呀，爱丹还不是爱丹，只不过不是你媳妇了。”

“唉！说起来怨我一时冲动，不过，她也难辞其咎。谁让她不守妇道呢!”

“若要公道，打个颠倒。你回来了，慢慢就会知道。”

“大哥话里有话吧?”

“啊，啊，没什么，随便说的。三弟你不要多想，大哥就那么说说，没别的意思。”说完，便匆匆走了。

大哥一句话，叫白永和琢磨了好几天。记得他刚回家那天，不等他开口，奶奶便把爱丹的事一五一十全道了出来。他最相信奶奶，所以，尽管心存疑虑，但事情既然已经过去，也就不愿再提起，提起来劳神伤心。可是，又不能不想，因为伴随他的那个女人走了，他能不想吗?

闲来无事，到渡口散心。恰遇白三奴摆渡过来，两人就在船边拉开呱。他俩是儿时的朋友，况且在他的婚事上，白三奴穿针引线，是出了大力的。

白三奴听说三少爷回来，本想去看望，但觉得不甚妥帖。因为三少爷休了三少奶奶，与他两次接触三少奶奶的事不无关系，只怕三少爷知道了要怪见他。所以知道装作不知情，没敢见三少爷。现在三少爷就在面前，莫不是找他的茬来了? 脑瓜子这么一转，歉意就溢在脸上。

“三少爷回来了?”

“嗯。”白永和淡淡地应道。

“考了吧，高中了吧?”白三奴明知故问，没话找话。

“考什么考? 再不用考了。”

“那是……”

“皇上给我放了长假，说我可以回家歇息了。”

“三少爷真会说笑话，哪能呢，我还盼着三少爷功成名就，跟上您吃汤水呢。”

“你跟别人吃汤水去吧。跟我嘛，这辈子是没指望了!”

白三奴听得话里有话，是嫌弃他，打发他走吗? 心里着慌，话就到了嘴边：“三少爷，我知道三少奶奶走了，你心里烦。不过，三少奶奶的事与我毫不相干，三少奶奶是受了委屈才走的。”

白永和听到这话，觉得有些奇怪，就追问道：“这话怎讲?”

“你看我这嘴，老是没事找事。”

“与你无关是什么意思？受了委屈又是什么意思？你一五一十给我说清楚。”

“好三少爷哩，你们家的事我怎么能说清楚，我这人嘴上没有门关子，走风漏气的，你还不知道？就当我什么也没说。”

“你不说是吧？你今天要不说清楚，回头叫白管家打发了你！”

“三少爷，看把你急的！我说还不行，其实也不是什么大事情。”

白三奴把白永和拉到僻静处，把憋在心里的话全倒了出来。

白永和疑惑地问：“这事当真？”

“男子汉说话，如笔写下，瞒哄三少爷做甚！”

“好，你忙吧。今天的事，和谁也不要说起。”

白三奴边应承边朝渡船走去。

望着白三奴远去的背影，白永和眼前一片迷茫。

如果说，白三奴背爱丹回家是无奈之举，那么白三奴去白家意欲何为？果真是二嫂指使人干的吗？白三奴说的是真话吗？

别看白三奴在白贾氏面前装出一副可怜相，其实，他并不憨，他是位有情有义有心计的人。为了还自己一个清白，给三少奶奶一个明白，就背地里找到给自己捎口信的那个赖小子，赖小子就是不肯说出实情。他掏出几个铜钱，赖小子要了。他又买了两个肉夹馍，咬开一个吃着，让赖小子看着。油光光的五花肉露出一角，油水顺着流了下来，肉香与饼香混为一气，被河风一吹，就蔓延开来，竟至于压住河水的泥腥味。赖小子鼻子不由得“吸溜”了一下，口水便应声而下。他用袖口擦干，那口水像涌泉又流了出来。再擦，再流，再流，再擦，实在耐不住了，顺手夺过一个就往嘴里塞。一边饿狼吞食，一边从牙缝里蹦出几个字：“二少奶奶！”

白三奴问：“说清楚点。”

赖小子说：“二少奶奶给了一个烧饼吃，我就给你传了这个话。”

白三奴听罢，大吃一惊，想不到白家二少奶奶会从中使坏。但不知她是戏弄三少奶奶哩，还是看我白三奴的笑话？不管怎样，人家杀人，我递刀，做的甚事！

他虽是个粗人，也明白此事关系重大。只是不到时候，不能毛手毛脚。不然，把事情抖搂出去，不仅不管用，还会把自己越抹越黑。现在好了，三少爷回来了，自己有了靠山，倒不如……

白永和让他把那个赖小子找来。

白三奴感到给自己洗刷不白之冤的机会到了，高兴地三步并作两步走，不多时，赖小子就站在白永和面前。

白永和温和地问："那天，是谁让你给白老艄捎的话？"

赖小子嘴里抿着白三奴给的洋糖，眼睛恐慌地看着白永和。

"三少爷问话哩，你耳朵塞了棉花？"

赖小子害了怕，朝四下里瞅了瞅，压低声道："二奶奶不让告诉人，告诉了人要打死我。"

"可是，你已经告诉了我。"白三奴说。

"你说话不算数，不是好人。"

白永和笑了笑说："不要怕，对我说了比给白老艄说了还牢靠。要是有人敢欺负你，三少爷给你做主。"

赖小子欲言又止。白永和从身上掏出几个麻钱晃了晃："说了，就拿去，够买好几个饼子吃。"

赖小子终究是小娃家，见钱眼就开，便说："是二少奶奶让我给白老艄说的。给她跑了一回腿，只给了我一个烧饼，真小气。还是三少爷大方！"说罢，用袖口抹了一下鼻涕，把钱接了过来。

白永和又问："哪一天、在哪里说的？"

赖小子说："哪一天我不记得，反正是在关里烧饼铺前说的。"

打发走小男孩，白永和不由得想起上次出门时，二哥撵到欢喜岭告白三奴的状，说白三奴死不要脸，他背了弟媳还不算，还吻空亲了弟媳，还给奶奶说想弟媳。要是爱丹没那个意思，能随随便便让一个男人亲近吗？二哥说得天花乱坠，活灵活现，不由得他不信。他又想起那天大哥含糊其词的话，显然是话里有话。如今是人人皆知他不知，只有他一个人被蒙在鼓里。直到现在，他才明白爱丹写的那四句话的含义。果真是事出有因，果真不是爱丹之因，果真是待到来春，真相大白。冤枉的已经冤枉了，覆水难收，事情已无挽回的可能。他气得肚里都长满了牙，恨不得一口把造孽者咬个头破血流。可是，他势单力薄，孤立无援，纵有这个心，也没有这个胆。唉，我白永和原来是这样一个无用之人！进不能博取功名，退不能呵护爱妻，白活了二十多岁。不管怎样，现在自己成了一个闲人，闲人有了闲心，不妨打破砂锅问到底，不图破镜重圆，也好正人正己。于是，又来到大哥窑里，与大哥证实此事的真伪。

大哥白永平是吃闲饭不管闲事的人。二娃凌辱爱丹的事，他虽没有亲眼看见，但却亲耳听了个明白。出事那晚，冯兰花听到后，硬把他叫起来，两人蹲在墙根底偷听，原来是二弟偷鸡不成反蚀了把米。他想笑，笑不出来，想哭，哭不出声。这是什么事啊，白家竟出了这么一个孽种！他想去教训教训二娃，觉得奶奶既然封了口，还容得他插嘴？少说为妙，少管为好。人常说，家丑不可外扬，毕竟是一母同胞，十指连心。所以便安顿婆姨，知道装作不知道，即便把话烂在肚里生了蛆，也不能往外说。

白永平的婆姨冯兰花生性胆小，口拙话少，是个唯男人命是从的老实疙瘩。男人让朝东，她不敢朝西，让朝北，不敢朝南。平日，她最看不惯的是二娃的鬼精和娇娇的油滑。二娃丑行败露，叫她暗里乐了好些日子。可是，爱丹的委屈和恓惶，却叫她难活到如今。她想和爱丹说说知心话，没有男人的话，她不敢轻举妄动。偶尔在院里迎面遇上爱丹，也是少说没道的，不是问声“你吃了没有”，就是说句天阴天晴无关痛痒的话。爱丹被休后，她替爱丹哭过好几回。三娃回来后，真想毛裢里倒西瓜，将她知道的全倒出来，也让好的香，坏的臭，有个是非。可是，男人都不吭气，她一个妇道人家，多的什么嘴！得罪了二娃，一旦人家当了家，还不给她“好果子”吃！好在男人在三娃面前说漏了嘴，就有了她说话的机会，也就寻上三娃，全说了出来。奇怪的是，男人不但没嫌她，还帮着她说二娃的不是，诉爱丹的委屈呢，这叫她感到少有的痛快。不过，她和男人白永平一样，嘴上痛快了，心里却有了负担，单怕三娃一时性起，惹下事端。白永平规劝白永和道：“你知道来龙去脉就行了。爱丹已经走了，再闹还有什么意思。老二毕竟是自家兄弟，虽说毛毛狗狗的，也没有闯下大乱子，就不要再为难他。年轻人嘛，谁没有个毛病。奶奶那里更不要说起，不管奶奶怎样做，还不是为了你一心赶考，求得功名。大哥劝你把这件事烂在肚里，一了百了，省下心来想想自己的事。”

“大哥说得对，就忍了吧。”冯兰花赶紧附和道。

“我们白家愧对爱丹，我白永和不是人啊！即便不与二哥闹，也得当面向爱丹道歉，取得谅解。要不，我无颜见人，心痛难忍啊！”

白永平急了，说：“咱还有脸道歉？你道歉认错事小，让白家老老小小丢人败兴事大。三弟你就死了这份心吧。谁也不要问，甚也不要说。这是命，没法！”

昨日的白永和与今日的白永和在剧烈地斗争着。斗争的结果是：韬光养晦，耐心等待。除此，别无他法。

白贾氏一面捂了爱丹的事，一面又在琢磨三娃的事。想来想去，猛然间想到“捐纳”。对，也不失为读书人的一条出路，正道不通走旁道。白贾氏想。

白贾氏虽然不乏谋略，但缺乏付诸实施的资本。在白家，她富有的是话语权，缺少的却是“准支权”。这么多年，为了三娃进学科考，不知和白鹤年磨了多少嘴舌。如今，大把大把的银子擢撒出去，却没有得到应有的回报，本来已经羞愧难言，若再谋划捐官，只怕会招来白家老老小小的非议，她和三娃的处境更加不妙。再说，捐一个县官，少说也得两三千两白银，这不是痴人说梦？想到这里，白贾氏就有些发怵。但发怵归发怵，总不能眼巴巴地看着三娃颓废下去。为了三娃，为了她那个振兴白家的宏图大略，她只得硬着头皮去求白鹤年。

果不其然，白贾氏刚一开口，就遭到白鹤年的断然拒绝。白鹤年说：“为了三娃一个人的功名，还要榨干全家人的血脉，还让人活不活了？”话说到这个份上，没有了回旋余地。虽说，她说过“离了狗屎还不种地”的话，但那毕竟是气话。事过了想想，还真是离了白鹤年这堆“狗屎”“种不了地”。她一个妇道人家，咋好抛头露面去借钱？离了白老太爷，谁又敢借钱给她？想来想去没有了主意。

鸡叫三遍，白贾氏就起了床。走出去一看，天黑洞洞的，死沉沉的。说话间，漫天大雪如同箩面一样洒了下来，她只好缩回身来做她的功课。天亮后，白鹤年照旧去了关里的铺面。她闲得无聊，想去看看三娃，这么冷的天，不知他窑里暖不暖？这娃，几天都没来看她了，唉！

刚一出门，脚下滑溜，人就跌坐在门口。刘婶听见有响动，赶过来打看，原来是老太太跌倒了，吓得她魂飞了似的，就往起搀。看老太太还能走动，才放了心，边拍打身上的雪边赔不是：“老夫人，全是我的过，早起扫了一遍雪，没想到又厚厚铺了一层。唉，我该死！”

白贾氏没好气地说：“哪能怨你呢，要怨，只能怨我自己。你说，下这么大的雪，后炕里不暖和？偏偏要出去。这不，前脚才跷出门，后脚还没迈过来，就跌倒了。唉，真是！”说毕，意犹未尽，又说：“出门见喜，跌倒爬起！呸，呸！”

刘婶暗笑：老夫人消灾免难的咒语一套一套，不知从哪里学来的。

上了炕，刘婶给揉搓了一顿。白贾氏说：“不要紧了，做你的事去吧。”刘婶就出了门。

白贾氏斜躺在热炕头，心里空落落的，脑子里也是空落落的，觉得一切都没意思。又瞅了眼窗外的天气，自言自语地说：“男跌晴，女跌下（音哈），媳妇跌倒下得怕。这鬼天气，还不知要下多少天呢！”转念又想，今天前脚在门外，后脚在门里，好好的就跌倒了；可好又是下半身在外，上半身在门槛上，不里不外、不阴不阳，算个甚事哩！想到这里，心里便忐忑不安，眼皮也跳了起来。会有什么事呢？于是双手合掌，口诵起《消灾吉祥经》来。

刘婶扫了院，又过来看白贾氏。白贾氏说没事。刘婶给端来早饭，走了。早饭是捞饭钱钱汤就酸菜，外带骨累和枣卷卷。白贾氏一边吃饭一边动着心思。想什么呢？又想起三娃捐纳的事。人常说，一文钱逼死英雄汉，如今是几千钱呀，自己到哪里去偷，去抢呢？可是不弄个功名，三娃半辈子心血就算白费了，满肚子学问就算糟蹋了。想到这里，就没有了食欲，象征性地吃了一点就端起钱钱汤喝起来。抿一口，放下，少顷，复又端起。待要张口抿时，袖口往下一溜，露出光滑白胖的胳膊，同时也露出戴在手腕上的紫罗兰翡翠手镯。珠光宝气在她眼前一晃，心里便打了一个激灵：有了，有了！

在白贾氏眼里，三娃永远是她的香饽饽。即使落魄在家，疼爱孙子的痴心不仅没减，反而更加强烈。在加紧为白永和捐纳的同时，又加紧为白永和择亲。前者是填补前程上的空白，后者则是填补家室上的空缺。只有以实补虚，她的三娃才会活得有模有样，白家的财气和人气才会跟着三娃“噌噌”上升，她那颗舐犊之心才会得到安慰。纵使不免黄泉路上走一遭，她也能瞑目而去，无所遗憾。

祁娇娇不愧为祁娇娇，都说她那只微微翘起的鼻子比猫狗还灵，白贾氏这里才有了为三娃择亲的意思，她那里就嗅到了气味。着慌连忙地去见奶奶，把她的外甥女刘灵灵又举荐上了：“奶奶，人家灵灵可是迷上咱三娃了，她至今不嫁，就是等着三娃，您说这个娃痴也不痴？”

白贾氏听了，心里倒也舒坦。不为别的，凄凉落寞时能得到人的关心和亲近，如同寒冬里烤着一把火，能不热乎？她想，这个刘灵灵，比杨爱丹还要痴。不过，痴是痴了些，可是人家娃是真情，人亲了情就痴，不像杨爱丹不通情理地痴心妄想。动心不如动作，白贾氏那头得了祁娇娇的话，这头便给白永和旧事重提。

白永和没好气地说：“又是这个刘灵灵，也太灵动了吧！”

白贾氏耐着性子劝道：“不要怪人家灵动，只能怪你迟钝。你也老大不小了，还不该有个人伴着？难道你想打光棍怎么的？叫花子还有个流鼻涕婆姨厮跟着，难道说你还不如叫花子？”

“在我身上就不尽然。娶了一个杨爱丹，闹得大家都不高兴；再娶一个王爱丹、李爱丹，还不知道会惹下多少麻烦？”

白贾氏情知三娃的满腹牢骚是冲她来的，但自知理短，不好还口，只得息事宁人地说：“你也不要再埋怨了，过去的事还提它做甚？我就不信天下女人都像杨爱丹那样，痴得不分轻重、不顾里外了吗？”

说到这里，白永和觉得吐露心声的时机到了，他要一吐为快，一箭双雕——既把这件婚事搪塞过去，又把心头的郁闷发泄出来。

“奶奶，天下女人如您这样精明的能有几个？休怪三娃无礼，今天当着奶奶的面我把话说透了，二哥是如何欺负爱丹的，二嫂是如何嫁祸爱丹的，以为我不知情？其实我都尽底清楚。现在，二嫂又把她的外甥女给我说，奶奶您说她是甚意思？是‘醉翁之意不在酒’！一旦过了门，还不把我捏在她们手心里，由她们摆弄？我再不明事理，也不至于被她的小把戏迷哄了。奶奶，要是您，能痛痛快快答应吗？”

“此一时，彼一时嘛，也许你二嫂是将功补过……也许……”

白贾氏再也没有合适的措辞。她知道，三娃和她摊牌是迟早的事，纸终究包不住火。不过，她没想到三娃会在这个时刻跟她摊牌，倒叫她心里打了一个咯噔。转念一想，爱丹的事，她信上只不过暗示过三娃，并没有明说什么，即使三娃搞清楚原委，但爱丹不能生育这一条谁不晓得？不孝有三，无后为大，只这一条就足以休她。白家仁慈，放她出门，打了个平手，她还有甚好说的。

“三娃，天下女人有的是，走了杨爱丹，会有王爱丹，走了王爱丹，还会有李爱丹，只要有本事，还愁娶不下好媳妇？你是见过世面的人，还能为一个女人痛哭流涕，悲观失望？今天，这个刘灵灵你不情愿也就罢了，再不要和杨爱丹的事扯到一起，搅得举家不安。甚事大，甚事小，你可要掂量清楚啊！”

白永和吃惊地看着奶奶，好像白家的家事是他搅和乱了？他正要辩解，白贾氏抢先开了口：“婚事暂且不提，可是，功名的事不能就这样算了。你说说，打算怎么办？”

白永和明白，奶奶这是在转移话题，以便从尴尬中解脱出来。不过，这也正是困扰他的最大难题，也是最有吸引力的话题。爱丹的事，生米已经煮成熟饭，只能发泄一顿，让大家知道白永和不是聋子的耳朵，白永和不是软弱无能之辈。你还能把奶奶、二哥、二嫂怎么样？想到这里，只能顺从地说：“孙儿无能，听凭奶奶安排。”

“只要你听奶奶的，奶奶不会坐视不管。换了其他人，你可就要在永和关窝囊一辈子了。”

“不听奶奶的，我能这么多年读书不懈，应试不怠？孙儿的路是您老人家铺就的，如今走到十字路口，是进是退，还得您来做主。”

“开弓没有回头箭。虽然皇上废除了科举，但为官为宦的门还敞开着。明给你说吧，奶奶有办法了。”

白永和一听奶奶有了办法，一下触到他的兴奋点，刚才的不快都丢在脑后。他心里明白，奶奶指的是捐纳，可捐纳得花钱呀！便急着问：“这么说，爷爷答应出这个钱？”

“哪里的事。是我的主意，我出这个钱。”

“奶奶，您哪来的钱？”

“这个你别管，先说你愿不愿意捐纳。愿意了，我就去办，不愿意，就拉倒，安心在家过日子。”

白永和知道奶奶手段的厉害，只要是她谋下的事，很少有办不到的。这样一笔不菲的开支，不知她老人家去哪里筹措。真难为她了。想到奶奶苦心孤诣地为他的出路操劳，心头一热，眼里泛潮，哽咽且又爽快地说：“奶奶这样为我操心，我还有甚不情愿的！”

没过多久，白永和便得到一份交银一千两，捐纳候补知县的实收凭照。白管家在外结识的人多，上下打点，不仅顺利捐纳，并且还得到“遇缺即先补用”的凭照。有了这个批语，一旦遇有出缺，就能立即补缺，担任实职。这要比一般捐纳优越许多，但银两也要比一般捐纳多出几成。本来，白管家不主张花这么多，怕竹篮打水一场空，对谁也不好交代。但那是老夫人的意思，老夫人乐意花费，与自己何干？再说了，又不是和老太爷打交道，一厘一毫抠得死死的。事办妥后，白贾氏还犒劳了他，他当然欢喜不尽。

钱是花得多了些，白贾氏不免心疼，但心疼过后就是所愿已足的惬意。因为，白永和十年科考，未能得到一顶官帽，一旦得以补缺，即可顶戴花翎，鸣锣开道，好不威风。这钱花得值！那些天，白贾氏乐得合不上嘴，逢人说好话，见事做善行。用人们都说，老夫人不知得了甚喜，成了开口便笑的弥勒佛。

白永和细看凭照，上写认捐人白永和姓名、籍贯及曾祖父母、祖父母、父母三代姓名，并连白永和“身中等偏高，面白无须，五官端正”的面貌特征都写了个清楚。不知是激动，还是感慨，半天没有说话。十年寒窗，抵不上一纸实收凭照，果真钱可通神。早知这样，何必苦读、苦考、苦熬，他自嘲地把凭照在手心拍了拍，苦笑了一声。

虽然有了通向官场的路条，也只能说离既定目标又近了一步，能不能获得实授，心里一点数也没有。他知道，大清一朝，候补官员多如过江之鲫。多数人只能得到一纸文书和一顶官帽而已，能得到实缺的是极少数幸运儿，还不知他们要额外付出多少费用。尽管这样，人们还是趋之若鹜，心存侥幸。认为老天爷总有睁眼的时候，天上掉馅饼，把不准就掉到自己头上。

一直对非正途出身的捐纳嗤之以鼻的白永和，当然也不例外。此一时，彼一时，只能找个理由说服自己：雍正朝三个模范总督——李卫是雍正的家奴，鄂尔泰是祖宗余荫，田文镜是捐纳出身。当朝名臣如盛宣怀、邓世昌、徐锡麟等人都是非正途出身，人家不是一样和正途出身的人平起平坐，甚至叱咤风云？我一个小小的白永和又算得了什么？没有机缘时挤破脑袋找机缘，机缘来了却犹豫彷徨？事已至此，哪里还能顾得上名正言顺，冠冕堂皇。有道是殊途同归，一旦手中握有大权，谁还问你是正途和非正途，还不一样听你发号施令？但愿从此一路顺风，美梦成真。

心平气和是白鹤年的处事原则，大凡能过得去的事就不会自找烦恼。白鹤年得知三娃捐了知县，也没有说什么，算是默认了。捐纳给了三娃一条出路，或者说是一种荣耀和待遇。尽管眼下还是虚衔，还没有得到实授，但对于白家来说，也足以装点门户，光宗耀祖。只是，这么大的事，被他的内人捂得严严实实，他竟一无所知，成了局外人，这是公然对他的地位的挑战！可回过头来想，你不给人家出钱，人家花娘家带来的陪嫁品，还有甚好说的？不花钱办大事的好事哪里去找？这么多年供三娃读书赶考花的白银少说也有五六千两，这么多白银都没得到一个九品小官，一只紫罗兰手镯竟能换来七品知县（这是白贾氏祖上传下来的缅甸紫罗兰翡翠手镯，光泽温润，玉肉细腻，粉紫透明，无论种头和水头都属上品，要不是白贾氏急着用钱，绝不会以五千两银子出手。土财主白鹤年怎么也想不到，内人手上戴着白家的半个家当!），他在感叹命运捉弄人的同时，又不能不被自己夫人的果敢和仗义而折服。

第十五章

按照清廷规定，捐纳人员领到户部凭照后，还得至吏部报到，开明履历，呈送保结，核对相貌，叫作“投供”。白永和领到凭照，一刻也没敢耽搁，直奔京师，在吏部投了供，就住在临汾会馆等消息去了。这一等，等得叶落花开，花开叶落，不觉就是一年。再一等，寒雁南归，飞鸿北回，又是一年。补缺的事还没有音信。

白永和急得如热锅上的蚂蚁。看看奶奶给他的几千两银票已经过半，还没有丝毫音讯，再这样下去，就要坐吃山空。即使如此，也断无再向奶奶要钱的道理。难道真成了梦里娶妻，美梦难圆？什么是度日如年，什么是望眼欲穿，他又有了一层真切的体会。

和他一起候补的山西同乡有好几个人，有的候补州判，有的候补知县，有的候补县丞，有的候补巡捕，他们如同圈在一个笼子里的鸟，欲飞不能，欲栖不宁，谁不是度日如年，谁不是望眼欲穿。有的说，不知咱们得等到猴年马月。有的说，悔不该捐这个破官，光在京城等缺这两年花的盘缠，差不多够再捐个县官。

赵城县捐生许壮行人高马大，高扯着嗓门说：“不是有人作补缺诗说‘部复朝来已到司，十年得缺岂嫌迟’，日月常在，何必人忙？京城是花花世界，想吃想喝想玩随你的便，着的什么急嘛！”

大宁县捐生房长生四十开外，屡试不第，遂弃举业，效仿江南人凑份子捐官，伙同几个老乡东拼西凑捐了个知县，本打算一旦补缺，他当知县，其余人师爷的师爷，长随的长随，都有了做的，便有了钱花。想得美，捐得顺利，结果呢，等了一年又一年，连个屁音讯也没有。他唉声叹气地说：“我们山里人比不得平川富家子弟，你们守着万贯家产不愁用度，我们砸锅卖铁凑来的钱，不用说等十年，再等半年，我都等不及了。这不，合伙人见等不来这个破官，见天上门向家人吵着要钱，并限期年底还清，如若不还，东西当了，窑典了，地卖了，再不够，恐怕连老婆也保不住让人家卖了顶债。为了这个破官，可害苦我了！”

临汾捐生何庆余说：“这也是实情。都道官好做，谁知买官难，噫吁嚱，买官之难，难于上青天！”

席间就有人附和道：“使人听此凋朱颜！”

又有人附和道：“侧身西望长咨嗟！”

嗟叹之声不绝于耳，感染得众人少了精神，多了丧气，头都蔫得抬不起来。

何庆余说：“朝廷生着法子套弄平民百姓的钱哩，咱们不知深浅往里钻，这不，都让人家套住了。天下的路千万条，哪条不能走，非要往这条绝路上挤？不过，事已至此，气也没用，说也白说，还是说点轻松的宽慰一下自己吧。”

有人抱怨，都这样了还有心思说笑。何庆余说：“人家不让你轻松，自己还不想法轻松轻松，难道把人憋死不成！”

于是，他讲了一个补缺的笑话。

说有一个捐佐贰杂职的候补官，等了十七年还没有补上缺。每日在街头转悠消遣。一次，在小巷中遇到一位寡妇，二人一见钟情，后来结为夫妻。朋友前来祝贺，他自嘲说：“我总算补上缺了！”朋友听了，齐说妙哉妙哉，我兄奇思妙想，朝廷不用，岂不屈才！

细细品味，果真有趣，引起哄堂大笑。笑声里，捂着肚子的，喷着茶水的，泪涕交流的，情态毕现，郁闷的空气霎时被驱了个干净。

这时，闯进来一个人，说是找白永和的。白永和一看，衣服单，帽子破，紫糖脸上仿佛上了一层蜡，一副病夫模样。这不是王必高吗，为甚变成这个模样？脱口便说：“必高兄，甚会来的？”

王必高环顾左右，人生面不熟，有点不自然地说：“来了半年了。”

白永和拉他坐下，说：“不用拘束，都是老乡。”

王必高向众人问候过，坐了。白永和问王必高别来无恙，王必高说一言难尽。原来，王必高十五岁上，父亲仗着手里有几个钱，就心急不耐老地给他补了个知县。后来考中秀才、举人也没得官做，只好等待补缺。谁知这一等竟等了三十年，等得娘老子都过世了，自己的胡子也花白了，连个影子也没有。本来打算再参加会试，运气好的话中个进士，做官是没甚说的了。谁知道人算不如天算，光绪废了科举，他的入仕之路成了黄粱一梦。在京城与白永和分手后，本来心灰意冷，绝了做官的念头。可是，老岳父说，行百里者半九十，已经费了八担芝麻的力气，还在乎两担？再不想法子走动，半生心血还不白费了？为了应举补缺，把家里能卖的都变卖了，能求的亲戚朋友都求遍，眼看连妻儿老小的口都糊不了，哪来的多余钱去通关节？老岳父说，只要做了官就好办，知县是外任官，任职一方，经手钱粮，办理狱讼，廉俸虽薄，但陋规优厚，不用几年就能把捐官所花费的银子收回来。活人还能让尿憋死，亏你还是个见过世面的举人哩！在老岳父的撺掇下，求亲戚，靠朋友，给他筹了笔钱，来到京城，眼看着用度就要花光，说不定哪天要沿门乞讨。听说白永和也在这里候补，就过来看看。

白永和想起那年贡院现丑，幸亏必高救了一命，如今他落了难，自己岂能坐视不管？就说："王兄莫急，用度不够，我这里先紧着点用着。几位同乡在京城候了两年，谁也没候着。我还是多花了银两，批了'遇缺即先补用'的，不知遇了多少缺，就是轮不上。唉！"

王必高说："遇缺即补，那可是最优班次，为啥老补不上呢？"

"年兄有所不知，我找了吏部员外郎钱开钱大人，让通融通融。人家说，捐了遇缺即补的人也不在少数，话虽那么说，不见得一遇缺就能补上，凡事也得有个先来后到。这不，一推再推，光绪爷驾崩了，慈禧老佛爷也跟着驾崩了，直到宣统爷登基，还没个说法。你说急人不急！"

何庆余悻悻地说："其实，白兄也过于迂腐，这年月，你不跑能行？人家补了缺的哪个不是找了门路打通关节才得手的。我是家贫花不起那个冤枉钱，你白家财大气粗，再花千两白银，要是还补不了缺，就把我的眼睛仁抠了！"

白永和说："一家不知一家，和尚不知道家。这回补缺，爷爷说甚也不出这个钱。奶奶急得没法，卖掉祖传宝贝紫罗兰翡翠手镯，才助我成行。要不是，我也不会认识诸位仁兄。"

众人不知财主家公子也有这般难处，王必高也不由得惊讶地"啊"了一声，心想，这回求白兄没有找对地方。

房长生想起一首叫作《补缺难》的打油诗，就念出来和众人共赏：

你云官热闹，俺为官烦恼。投闲置散无依靠，悔当初，心太高。三顿怎能熬？七件开门少。盒剩新官帽，箱留旧蟒袍。切断条，冷清清，昏和晓，煎熬！眼巴巴朝又暮，穷通算来难预料，只有天知道！安命无烦恼，安分休轻躁，几曾见候官儿闲到老。

众人齐说，说得好，入木三分、淋漓尽致！非有体验者写不出这等切肤之作。有的说，话虽这么说，这世上有几人能安命，又有几人能安分？谁不是掏了钱捐官，一心想捐个真材实料的官做做，谁知道，捐了个不管用的破顶戴。有的说，也不能说没用，皇帝发给你一张虎皮，就是让你披上它虚张声势吓唬吓唬人用的。有的说，这位老兄劝人安身立命，可他自己还抱着佛脚想成仙呢。“几曾见候官儿闲到老”？捐官里十个就有九个会候到老，这是命里注定的。

许壮行心高意大，最见不得男儿现出女儿相，说：“人家永和兄遇缺即补还等了两年，至今仍是淡定自若，咱们又算个甚？要不就再等下去，等它个海枯石烂，要不就卷铺盖走人。不要说咱们候补候得不耐烦，小奴家早等得不耐烦了，弄不好，误了城里的，丢了家里的。”

众人一通哄笑。笑过之后，觉得许壮行说的何尝不是实情。自己等白了头不算，难道还要让小媳妇也熬成老太婆吗？对此，白永和才是有切肤之痛，不由得苦涩地笑了一下。说他淡定自若，其实他是打断牙齿往肚里咽呢，硬装好汉。他的小媳妇早飞了，他是孤雁一只飘零异乡。他的钱快花光了，花光了就等于没指望了，他的苦楚向谁说去！

说了，笑了，烦恼撂了。不知谁说了声“散”，就散了。

白永和引王必高至卧室坐定，两人说了些别后情景，再说到眼前，彼此一阵叹息。王必高说：“我是决意要回家的了。再住下去，这里我把衣裳典当了，家里婆姨和娃娃嗷嗷待哺，眼看十冬腊月，一家人还要喝西北风哩！”

白永和是这样的人：最怕见寒碜人说寒碜话，一见就心寒。他深知王必高此番补缺，是以身家性命为代价下的赌注。虽然“同是天涯沦落人”，自己还不至于濒临如此窘境，再难也得扶他一把。忙取出一锭纹银，交给王必高。王必高少不了一番推辞，还是不好意思地接下，说：“白兄两次解囊相助，大恩大德，何以为报？”

白永和说：“王兄救命之恩还谢不过来呢，哪敢承受报恩。”

王必高恋恋不舍地说：“我是没指望了，年兄命大福大，万万不可放弃。来日有官做了，不要忘了拉为弟一把。”

白永和苦涩地笑了笑说：“但愿有那么一天。”

王必高重提凭吊鹳雀楼游览普救寺，白永和苦涩地笑了笑，俩人就此分手。

白永和日复一日、年复一年空等了过去。心想，再等下去，无异于坐以待毙，永无出头之日。可是，就这样两手空空回永和关，还不让奶奶气个半死？不叫兄嫂们冷嘲热讽？不叫延水关杨家人嗤之以鼻？不叫爱丹笑看白永和的落魄相？满腹经纶、一世追求，如同滚滚东逝的黄河水，将一去不返。即使不跳黄河而死，也会让人家唾沫星子淹死。

走投无路的白永和，只得再乞求那位发誓再也不求的官员——吏部员外郎钱开。此前，他通过山西在京商人朋友引荐，不止一次地拜会过钱大人，为了求得靠山，还拜钱大人为恩师，他自然成了钱大人的门生。这是在京求职者通常的做法。实际是，拜门生不如拜把子，拜把子不如拜干亲。白永和自知家底薄，无亲无故，只能勉强拜钱大人为师了。对钱大人是逢节有节敬，临时有别敬，免不了敬这敬那，意思意思。但因意思不大，故不为人家看重，当然也就无所谓优先了。同乡都说拿着“遇缺即先补用”的特批，却不能特办，又拜了钱大人为师，也没有另眼看待，皆因白永和过于正统，过于迂腐。你舍不得掏腰包，人家肯给你官印吗？要换了别人，早走马上任。白永和被人嘲笑为书呆子，一根筋。

对朋友们的戏说，他初时并不在意。时间一长，才觉得不无道理。细细思量，也是自己过分相信明规矩而忽视了潜规则。在京城候补的这几年，他省吃俭用，不敢乱花一分钱。他知道，这次补缺的一应开销，全仰赖奶奶忍痛卖掉祖传宝物紫罗兰手镯，外贴上全部积蓄，他花这一笔钱比奶奶还要心疼。要知道花了这么多还是一纸空文，他说啥也不会接受奶奶的恩施。可是，天下没有空手套白狼的好事，舍不得孩子套不住狼，这个孩子就是钱，这个狼就是管官的官。思前想后，终于下了决心：长痛不如短痛，生死在此一搏。他把所剩一千两银票，兑换成小票，抱着破釜沉舟的决心来到钱府。

门子见是熟人来了，又受过白老爷的红封，没等白永和开口，就接过名帖传了进去。钱大人见是山西平阳府的白举人，眉头就皱了起来：怎么又是他？推辞不见吧，这是他的门生，不断地上门请安道乏，时有孝敬，情理上说不下去。见吧，又没有什么好说的。论理早该补班，只是这个白永和有钢不往刀刃上使，我就是再同情也说不动上司。想了想，还是让他进来少叙片刻，敷衍走算了。

照例是无关痛痒的客套话。白永和急着讨钱大人的口信，可是钱大人有一句没一句地东拉西扯，就是不往正题上说。他迷糊着眼冲白永和说："不是叫你回家等着吗，在京城应酬多，开销大，再这样住下去，你的开销远胜过捐纳。"

白永和说："恩师所言极是，在京城候补的花销，远不止捐纳的钱。我也是出于无奈，在京城等还等不成样，回了家音信不通，不是更无人搭理吗？我等了快三年，本来就比别人多出几成银两，捐了个'遇缺即先补用'，可是遇缺就是不得先补，有的人，没有这个特批也早补了，我咋老也补不上？大人你说这……"

钱开钱大人尴尬地说："你不是不知，我一个员外郎，只是文选清吏司的副职，我上边有郎中，郎中上边有侍郎，侍郎上面还有尚书，不是我一个人说了算数的嘛！要是我说了算数，早就让你补了缺，还用费这么大的劲？况且，补缺铨选关口多，手续也麻烦。说起补缺，也不是局外人想象的那样容易，说补就能补了的。补缺的手续是这样的……"

钱大人老调重弹。什么双月选取，单月选取；什么单月急选，闰月不选；什么可选之日少，可选之官更少，什么程序复杂，环节众多，如此等等，又说了一遍。这样的话，白永和不知听了多少遍，都能倒背如流。碍于面子，不得不耐着性子往下听。"再说，时下四川保路风潮愈演愈烈，革命党人四下起事，九夏沸腾，政局不稳，朝廷哪有这个心思为你们补缺？即使按例补缺，因官满为患，捐者如蚁，我等虽然唯才是举，但也是心有余而力不足。再说，京官事简薪薄，囊中羞涩，比不得外任官员丰裕。即使想替别人跑个腿，美言几句，或者在职责范围内网开一面，都少不了给上司和同僚好处。要想得到一个实缺，不比登天难，也比入地难。"

钱大人终于讲出实话，白永和总算没有白来。他二话没说，就从袖口里抽出一张二百两银票，双手呈给钱大人。钱大人一见，眉也开了，眼也笑了，渐渐地把两只蛤蟆眼挤成一道缝，连说："你这是做什么哩，这样厚的礼我哪里敢当？见外了，见外了。”他装作谦让的样子，再三推辞不受，白永和再三恳求，才接了过来。

白永和一见钱大人见钱眼开的样子，心里就踏实了一半，便作揖道：“微薄之礼，不成敬意。晚生的前程就指望大人您了。”

钱大人收起笑容，复归正色道：“让您破费了。看在您久等不补的分上，我当尽力为之。不过——”钱大人欲言又止，好像还有什么不尽意的地方。

一个“不过”，把白永和又吓了一跳。“不过”这个词，既没深浅，又可与前边的话叫板，谁知“不过”后面，还会有甚新名堂？

割一刀是疼，割两刀也是疼。白永和咬了咬牙说：“大人有话尽管吩咐，不必多虑。”

“我的上边，还有上边的上边，都少不了得打点。您看这——”

果然不假，“不过”后边还有文章。白永和心想：这二百两他是笃定要独吞了，他上边的不是还得一份，上边的上边又得一份，都要你孝敬到。幸亏他多长了个心眼，准备了几张银票，要不，今天又算白跑了。尽管花钱如割肉，刀刀要见血，白永和还是咬了咬牙，取出四张二百两的银票递了上去，这样把他上边的郎中，郎中上边的左右侍郎，侍郎上边的尚书，都安点了，说：“望大人在各位大人那里多多美言，晚生就不亲自一一叨扰。多谢大人劳顿之苦，提携之情！”

钱大人把这八百两银票也接了，又说了些客气话，还叫白永和在家用餐。白永和肚里早气饱了，恨不得立刻插翅飞走，哪里还有心思吃他的饭！说了声“大人留步，在下敬候佳音”，就揖别而去。

白永和是双月注册的，这时刚进六月，如果有门，应该是这个月开选，这可是最后的关头，万万不能再错过。过了两天，心急的白永和又去钱大人那里打探消息，钱大人说司议已过，也给各位大人关照了。司议特意荐他“博学能文，持躬端正，堪负重任”。白永和听了，自是心中窃喜。

再过两日，又去钱大人处打听，钱大人说堂议通过。临末，还撂下一句余音绕梁、回味悠长的话：“你是不久就要补班视事的人了，事成了，可不要忘了敝职。”听了这话，唬得他血往头上直涌，不知说什么才好，连忙说：“哪能呢！晚生能有今日，全赖尊师提携，白永和没齿不忘。”

到月末，钱大人亲来寓所道喜：“恭贺白老爷，制签选定，你在此次补缺之列，不日即可到部依奉领凭，就等着喝你的喜酒啊!”

白永和见大功告成，不免五内沸腾，心驰神往，半晌才想起感谢钱大人来。就作揖下跪，钱大人忙搀扶起来。少叙片刻就走了。

钱大人能亲来寓所探望，足见永和兄神通之大。众同乡惊喜之余，后悔当初说了些永和兄无能的话，道罢喜便道歉。白永和大人不计小人过，也说了些安抚体己的话，落了个皆大欢喜。

对于白永和来说，这无异于久旱逢甘霖。对于众候补同乡来说，好似旱天一声雷，振奋了他们萎靡的神经，唤醒了他们几乎要绝望的心。他们从白永和身上看到了光明，看到了未来，白永和的今天就是他们的明天。于是，会馆里沸腾了，觥筹交错，喜笑言谈，沉浸在一片祝贺声中。

北京悠深宁静的夜最宜做梦，百感交集的白永和却久久难以入睡。多年的媳妇熬成了“婆”，这个“婆”酸甜苦辣尝遍，来得实在不容易。果真是“火到猪头烂，钱到公事办”。悔不该当初小里小气，舍不得银子，要不，能耽搁到现在?

月儿西斜，拂晓的脚步悄悄爬上窗棂，被兴奋和感叹折腾了大半夜的新任知县白永和，还是进入了梦乡。

梦里依稀来到一处荒郊野林，那里有一个草堂，上写某某县正堂。衙役们一声喊：“请大老爷升堂!”

新任知县白大人端坐大堂，一脸神气，左右扫视，只见三班恭立，六房签到，好不威风!忽有人击鼓喊冤，他把惊堂木一拍，喊冤人被带了上来。他强睁着酸涩的双眼细看，面前跪的不是别人，正是他的前妻爱丹!

没有儿女情长，只能法不容情，这是他做官的准则。他抹下脸厉声问：“击鼓喊冤所为何来?”

爱丹说：“我为婆母所逼，为丈夫不容，平白无故地被休了回去，听说青天大老爷为民做主，故来申冤雪耻!”

他以为别人都不知晓，就打肿脸充胖子地问：“你丈夫是谁?”“我丈夫不是别人，就是端坐堂上人模狗样的陈世美——白永和!”

一句话，引起哄堂大笑，他羞得无地自容，恨不能像孙悟空一样变个蜜蜂飞走。正在为难之际，见爱丹端起一盆水往他身上泼来，惊得他呼喊“来人”。

醒来，才知是梦，浑身水淋淋的，应是惊吓所致。想想，好没味道。人常说，日有所思，夜有所梦，爱丹的冤屈竟申诉到他的梦乡，可悲可叹。但愿能顺利上任，不要像梦里那样寒碜。

又等了些时日，奉令到吏部正式领凭，白永和才得知，这个缺并不是他想象中的肥缺，或者是中常之缺，而是最差的缺——贵州最穷最边远的号称夜郎自大的那个地方的知县。

他傻了眼。

花了那么多钱，等了那么多时日，原来发配到这么一个人迹罕至的不毛之地！

不过，事已至此，无话可说，只好办了一应手续。

他找钱大人，钱大人说，他已经使了吃奶的力气。又通过钱大人见了侍郎大人。侍郎大人说："官场的事恐怕你不甚历练，别看一个穷知县，那可是外任官，任职一方，经手钱粮，办理狱讼，廉俸虽薄，陋规优厚（这话听着耳熟，在哪里听过?)，比不得我们京官清寒。别看这么个地方，你不去，还会有成千上万人争着去呢！我说这话不是吓唬你。举个例子，仅南京一地，就有候补道员三百多，候补知府三百多，候补知县一千四百多，其他杂务两千多。而江苏缺额只有五十多，每八十个人中才能选取一个。你们山西也不比江苏好多少，官满为患，比比皆是，能补上就是你的造化，多亏众位大人偏袒，才给你争到手，你当珍惜才是，再不要三心二意。"

事已至此，说也无益。白永和想到夜郎地远难行，恐一月难至，就求宽限几日。侍郎大人说："凭书虽是部颁，而限期则在文选司，就让钱大人通融去吧。"钱大人格外开恩，把期限放宽至两月到任。回到寓所，把实情向同乡说了，同乡在祝贺之余也极力相劝，说事从简处来，人在难中磨，只要他励精图治，何愁飞不出夜郎国？从穷处起步，到富处落脚，后来飞黄腾达，主州宰府，抚督一省也未可知呢。

白永和频频点头，再不说什么。去不毛之地赴任，他认了。

两个月时间够得上宽裕。临行前，他要办三件事：一是组合幕僚，二是宴请宾朋，三是回永和关报喜。这一去山高水长，还不知什么时候才能回家呢。

先说幕僚。天下有无幕不成衙之说。就是说，没有你的幕僚，就没有你的衙门。到某处上任，必须有几位可靠得力之人辅佐才行。他首先想到王必高，但书信难通，恐怕误事，就暂时打消了这个念头，日后发达了再聘。幕僚也就是师爷，天下师爷出绍兴，绍兴师爷佐天下。经同乡举荐，聘得一位年过五十的陆举人任书启师爷，又聘了一个姓周的刑名师爷。按说，还应有钱粮师爷和账房师爷才够得着完整的班底。出于财力上的考虑，白永和不再雇用。师爷非官，不是朝廷委派，故没有俸金，师爷的薪酬全在知县收入项下开支。有了师爷，还得有一干长随跟差。这些长随最好是能写会算脑子灵活的。也是众同乡相帮，找了几位山西籍的可靠稳重之人。长随更不是朝廷命官，也得从他名下开支。所以，这一干人的酬金一一讲好，并预付了聘金。他主宰一县，就有了主动权，这次上任说什么也不要家中再为他破费。便向京城一家山西票号借贷了三千两白银，作为上任之初的铺垫，讲好了一年为期。票号也乐意借贷给他，一来是山西老乡，人不亲土亲；二来知县是外官，外官来钱容易，票号也可赚些利息回来。白永和先宴请了聘用的一干人，并说好下月中旬动身，在湖北汉口山陕会馆会面，然后过江南下前往贵州上任。又在京城北半截胡同最有名的广和居，宴请了吏部各大人；山西同乡也设席饯行。随后结了一应手续，在一路顺风的欢送声中朝永和关飞驰而去。

十天后一个风和日丽的下午，白永和已然站在永和关身后的欢喜岭上。

苍穹随着阳光的节拍变幻了它的容颜：走时的那幅青绿山水画，已经被晋陕高秋图替代。他看见随风摇摆的一垄一垄的谷子、糜子，一个劲地向他招手；随处可见的枣树披红挂绿，用它们的亮丽欢迎他的归来；往山下望去，一条渡船正朝永和关方向驶来。虽然，船小得像只牛鼻子鞋，慢得像蠕动的甲虫；虽然，不知道船舱里坐着张三、李四、王麻子，但他心里明白，不是过往的客商，就是两岸走亲串友的乡亲；不是如他昨天一样的异乡客，便是像他今天一样的归来人。老槐树仍然屹立在村外的路上，每次上路，总是向它焚香揖别，总是祈求它的护佑。如今，被它庇护的子孙回来了。他兴冲冲地走下欢喜岭，向老槐作揖行礼，并暗暗向老槐报喜、道谢。

拜过老槐，跨进北院门，终于到了家，他就要被融化在一片艳羡和关爱的氛围中。白永和心底不住地念叨：“九十眼窑院，我回来了；爷爷、奶奶，我回来了！”

第十六章

白永和突然到家，给了白鹤年夫妇一个久久等待且又突如其来的惊喜。

白鹤年那“噼噼啪啪”的算盘声顿时没了声息，他呆呆地看着自天而降的三娃。正在打坐的白贾氏，立即从禅定中觉醒过来，双眼瞪得像灯盏一般，急忙用双手哆哆嗦嗦地摸着白永和的脸，摸着摸着，一声“阿弥陀佛”，便“哇”地哭了起来。白永和忙扶着奶奶，拿出手帕揩着泪水，口里不住地说：“奶奶不哭，不哭。”

白鹤年见老妻因激动而情绪失控，也凑过来劝道：“你看你，三娃不回来，想得不行，三娃回来了，哭得没了。咱们应该高兴才是呀！”

白贾氏立刻止了哭。就是呀，一进门就哭，还不把喜气全给冲走？便破涕为笑地说：“三娃，不要笑话奶奶，奶奶是老糊涂了。见了我的心肝宝贝，喜还喜不过来呢，哪来的泪。不哭，不哭！”

白鹤年因为这次补缺他没有出“血”，多少有点理短，不便在三娃面前张扬。不过，他在三娃身上花费的心血是别的孙子所没有过的，他也有功于孙儿。故而，听得三娃补了正堂就要赴任的话，自然一样兴奋，与白贾氏多年争论的不快也就烟消云散。尽管他是一介商人，但做官带来的荣耀和体面是白家共有的，要说论功行赏，他白鹤年说啥也是头份。他脑子里盘算着，手里摸过水烟壶，“呼噜噜”地猛吸了两口，美滋滋地从鼻孔里喷出两道青烟，咂了咂嘴说：“米颗子溢到锅盖上——总算熬出来了！”

“是呀，是呀，总算有了出头之日。”白贾氏说。

“三娃，能在家住几日？”白鹤年问。

“回来看看爷爷、奶奶就走。”

“这么急？俗话说，官差不自由。这一去天各一方，不知何年何月才能回来？”白贾氏喜中带忧地说。

“虽说是关山万里，但三娃惦念着爷爷、奶奶，爷爷、奶奶牵挂着三娃，心不是贴得更紧了？待安定下来，我就接你们去。”

“我们老胳膊老腿的，还能享了那个福？你倒是该为自己想想了。都三十出头的人，还是孤身一人，出门在外，冷热病痛没人照应，怎么过活？不如趁这个空空，找个下家成了亲再走。”白鹤年说。

“爷爷说得对，完了婚，带着上任去。那样我们也放心。”白贾氏说。

这件事，白永和已经想到了，此去不定三年五载，肯定二老要为他着急。不过，他有他的打算：想趁此番回家，过河去探望爱丹，如果有意复婚，夫妻双双把任上，是再好不过的事情。所以，便以日子紧无暇考虑为由婉辞了。他敷衍着说：“人常说，急婆姨嫁不下好汉，反过来，急男人也娶不下好婆姨。等二老日后相得好人家，再回来完婚也不迟。”

白鹤年和白贾氏听了，不无感叹地摇了摇头：心急吃不了热豆腐，只能这样了。

怀着深深愧疚和殷殷期待的白永和，终于踏进久违了的延水关，走进熟悉且又陌生的杨家。

他的突然出现，叫杨家人大吃一惊，顿时，一个个傻了眼，不知道如何是好。炕上的小娃认生，傻愣片刻，突然哭泣起来，算作对不速之客的见面礼。爱丹脸上绯红，把娃搂在怀里，略带不屑地轻声问：“来了？”

白永和局促不安地立在门口，脸上堆着笑，不自然地说：“来了。”就没了下文。

杨家人不说话，白永和也找不着话头，双方就这样僵持着。

白永和只好把礼品放在炕上，以便引起对方注意，寻找话题，但杨家人不为所动。他又从身上掏出几块洋糖，讨好地给小娃吃，小娃并不领情，把糖一把打在地上。白永和干笑着去捡，抬头的时候小心翼翼地问：“这是谁家娃？”

虽是无意，却问到要紧处，杨家人脸上像被火烫了似的灼热。杨福来两口瞠目结舌。爱丹也是一愣，继而不自然地回道：“我的娃。”

白永和也是一愣，心口像被刀割了一下，丈二和尚摸不着头脑：没听说爱丹改嫁，哪来的娃？就嗫嚅着说：“你有了男人？”

爱丹抿着嘴“嗯”了一声。

白永和心中感叹道：“无可奈何花落去。”但表面却不显不露，逢场作戏道：“好，好，祝福你！”又朝小娃伸出手说：“来，让我抱一抱。”

小娃没给他好脸，越发哭得厉害。

爱丹见状，也不知如何应付这个场面。但出于礼貌，也是出于内心深处的感怀，不得不做出宽怀大度的姿态，说：“宝宝，就让舅舅抱抱！”

好么，放着丈夫不当，倒做了舅舅。白永和像呛了一口石灰，真不是滋味。

小娃死活不让抱，白永和只好就此收场。

白永和后悔死了，早知道这样，就不该自讨无趣。但碍于身份，不能话不投机，扭头就走。他又磨蹭了一会儿，想等待机会和爱丹单独说几句话。不知道杨福来两口是不识眼色，还是故使性子，就是不挪地方，不给他这个方便。百无聊赖之下，白永和不得不告辞出来。爱丹这才急着把白永和带来的礼品提上，撵了出来，说：“三少爷，你把这个拿走。”

白永和见爱丹不仅不和他说两句体己话，甚至连他的礼品也拒不接受，心里难活得要命。临出大门，他阴冷着脸说：“爱丹，我好不容易看你来了，想不到你们家像冰窖似的，差点没把我冻成冰凌疙瘩。”

爱丹冷冷地说：“您不要见怪，要让人好了伤疤忘了疼，有那么容易吗？”

白永和讷讷地说：“是哩，是哩。”

爱丹又说：“世上休妻，七出里有一出就当休掉，何况我‘羞居四出’，我丢了你们家的人，败了你们家的兴，哪有我说话的地方！”

面对爱丹的反唇相讥，白永和张口结舌，无言以对，脸红一阵，白一阵，堂堂七品知县竟然败在昔日的妻子面前。他不得不承认，爱丹说的在理，输理的不是爱丹，而是自己。他诚恳地说：“过去的事全是我的错，趁今天这个机会，我郑重向你道歉，我白永和对不住你，我该死——”

爱丹一听，急得用手去捂白永和的嘴。白永和一把握住爱丹软绵绵的手，就往嘴上凑。爱丹急忙抽了出来，一如从前在白家时娇憨的样子：“不要，不要这样……都好好的，老死呀活呀的，多不吉利。”埋怨之后，又嗔怪道：“既然休得在理，还道得甚歉？”

“爱丹，千错，万错，全是我的错。上次来家你不在，没能当面向你请罪。

这次回来，说甚也要见你一面，把我的心意补上。”

爱丹淡然地说：“哎呀呀，好我的举人老爷哩，说别的可以，说请罪我可不敢当。你这样说，还不把我折死了？再说，咱们已经‘一别两宽，各生欢喜’，说这些还有甚意思。”

爱丹说的，都是他白永和写在《放妻协议》上的，可见爱丹饮恨之深。白永和还敢提那件隐藏在心中的秘密吗？想说张不开嘴，张不开嘴又想说；想走迈不动腿，迈不动腿也得走。人一这样，便忸怩，便踟蹰，便六神无主原地难动了。

爱丹见白永和似有话说，但不知他要说什么，心想不如直接挑破了吧，便说：“您的情意我领了，再没别的事，我可要送客了！”

白永和一听说送客，就急得什么似的，这才开口道：“别，别！有理不打上门客。我上门赔不是来了，你就好意思白不言黑不语地把我赶走？”

爱丹想想，三少爷说的不无道理。但她没有附和，只是用沉默来表达自己此时的心境。

白永和又说：“今天来，有三件事：一是向你道歉——”

“不是已经说了吗？”

“说了也不足以洗刷我的罪过，都是我不明事理惹的祸。我再次向你赔情道歉，恳求你原谅。”

“唉，好也罢，歹也罢，露水夫妻，过眼烟云，还提它做甚。”说到这里，白永和看见爱丹的眼圈红了，脸不由得侧了过去。

“一日夫妻百日恩，你的好处我至死也忘不了。”

“又来了？不说那个字眼猫抓心哩？快说第二件吧。”

“我补了知县，就要去贵州上任，这一别，不知甚会才能见面。故来向你辞行。”

“恭喜三少爷，十年苦读，天遂人意。但愿从此一顺百顺，步步高升。”爱丹略事停顿，又问，“甚会走？”

白永和此行的希望已经化为泡影，原本打算多住几天等爱丹回心转意，看来是一厢情愿，孤掌难鸣了，就不假思索地回道：“行程紧，明天就走。”如同刀切西瓜，干脆利落。

“这么紧，再没别的事要安顿吗？”爱丹话里有话，可白永和并没有听出来，只是点了点头。

爱丹送白永和出了大门，警觉地看了看自家院门，又说："既是这样，还不麻利些把第三件事说了？"

"这第三件嘛，第三件——就不说了吧。"

"这不像你的处事，你一向快人快语，怎么倒婆姨声女子气来了？"

"我先问你一个问题，再说好吗？"

"嗯。"

"你真的嫁了人？"

"看三少爷说的，不嫁人，哪来的娃？"

"怎么就没听说过？"

"我嫁人还要去京城请示你不成？告诉你吧，自从休了我——"

"不是休，是放。"白永和赶快纠正道。

"不管是休，还是放，都是你们的小九九：走人！走了我就拔了白家的眼中钉。你脑瓜精明，尽胡团弄人！谷和米有甚区别？谷子褪了皮还不是小米！既不想要人家，还要落个好名声，这就是你白永和的作为？"

"好，好，好，不说了，反正是我的不是。"他顿了顿，又问道，"我就不信你真的嫁了人？"

"信不信在你，嫁不嫁由我，要你信做甚？自从回了娘家，爹妈嫌我面对永和关日日生气，就打发我到米脂县姨姨家闲住。在那里，有一家好人家看上我，不嫌弃我，我就嫁了过去。论人品，论学问，论待人处世，都不在你之下，从不让我受屈。你嫌我不会养娃，怎么离开你就有了娃？是你无能，还是我不会生养？"爱丹几分得意，几分挖苦。

白永和听了，脸上霎时没有了血色，傻站在那里，如同门外那根灰头灰脑的木桩。

"那——他呢？"白永和极不情愿但又好奇地问。

"和你一样，在外做官。"

"啊，那好，那好。"

"他人可好？"

"可好着哩！人家和我好是做出来的，不是说出来的。"

显然，爱丹话里有话。

到现在，白永和才知道无地自容的味道了。他羞愧难当，恨不得挖个洞钻下去，或者纵身一跳……罢了，罢了，此生的罪过，纵使跳到黄河里也洗不清。

白永和哪里知道，爱丹一席话本是言不由衷，他竟当了真，所以，心里塌了底，泄了气，腿也战栗得不听使唤。

爱丹关切地问："你怎么了？"

他定了定神说："没有甚，连日来路上奔波累的。"

爱丹自那年回了延水关，就觉得头晕恶心，后来竟呕吐起来。起初以为是因气得病，也不去理会。再后来，才想起身上的一别三月，不曾照面，是不是老毛病又犯了？农村人最忌讳这种病，说女人月经不调会得干血痨，干血痨是不治之症。所以就害怕了，不得不求父亲去请先生。先生诊罢脉，出得门来向杨福来说："恭喜杨掌柜，贺喜杨掌柜！"

"你说甚？"

"令爱有喜了！"

这件事显然来得太突然，叫杨福来一下缓不过神。

杨福来嘴里没说甚，心里却翻搅开了，想静也静不下来。

杨福来厚谢了先生，一转身回到窑里，迫不及待地当众宣布了这个惊天新闻。爱丹死水般的心顿时泛起了微澜。原来，那个东西三月不来是存身的征兆，呕吐不只是在嫌饭（当地乡俗，惯把妊娠叫作存身，把妊娠反应叫作嫌饭），这分明是她怀上了娃。这么一想，竟放开声呕吐，嫌饭不好受，吐来却轻松畅快。刚才还令人生烦的呕吐声，现在听来却声声悦耳。表面上谁也没有说甚，但背转身谁不偷着笑。笑过之后，就是一阵烦恼。面对这个迟到的喜讯，错位的礼物，杨家该怎么办？爱丹该怎么办？

杨福来想：我说嘛，有一个不能怀娃的婆姨就够倒灶了，还能再出一个不能生育的女儿？就不信我杨福来这么命苦。看来，天无绝人之路，我爱丹不蒸馍馍也争了这口气。回头一想，这个喜来得真不是时候，要是在白家嫌了饭，要是让白家跑来报喜，爱丹不会遭此一难。我也不会跟上她不会生养抬不起头来。这该怎么办？求白家让爱丹回去？不行，不行！不要说白家不领这个情，就是我杨家也不会低三下四。可是，就这样住在娘家，将来生下这个娃，不明不白，算个什么事？

爱丹三分喜七分忧。你说这个肚子，为什么这么不争气？为什么在白家时不早显形，为什么在分手后才知晓？如果早有消息，奶奶能找下这个借口，三娃能忍心与她分手，爷爷能放她离去，她能过这种没有男人的苦日子？看来，这就是命，命里注定活该如此。如今怀上三娃的种，有理没处说，有据说不清，她倒有些高兴不起来。

爱丹妈另有打算。她觉得没有白亲爱丹，不管将来生男生女，总是杨家的人，膝下有子，就有了天伦之乐，这个家就过得有了意思，她也就可以放心地走了。爱丹何去何从，孩子何去何从，她都顾不上想，也不是她能想得了办得到的。因为她是朝不保夕的病秧子，高兴一天说一天吧。

当然，不管怎么尴尬，怎么艰难，杨家还是愉快地接受了这个事实。尤其是杨福来，还庆幸爱丹的分手，要不，他杨家能捡了这么个便宜？商量的结果是：爱丹既不回白家去，怀了娃的事也不给白家说，为了与白家划清界限，让杨家后继有人，就让爱丹远走米脂，并暗里捏好把子，说爱丹已经嫁人生子。

爱丹见白永和吞吞吐吐，急得直跺脚。因为父亲不乐意让他们接触，怕他们重蹈覆辙，更怕他们因情泄密，就问：“第三件事是甚？快说！”

昨日事不堪回首，仍想再回首；昨日情已经了断，难免藕断丝连。爱丹知道白永和想说什么，白永和想说的正是她想听的。

白永和想，会短离长，相见复何年？心底的话不说出来更待何时？于是，鼓起勇气说：“本来想道歉之后，破镜重圆，双双离开九十眼窑院。不想，你已经成了他人之妇。可恨我来迟了，来迟了！”说着说着就哽咽起来。

一对喜鹊不合时宜地飞来，落在附近的枣树上，朝着他俩叽叽喳喳叫个不停，好像在为他们鼓劲。受其感染，两人越说越亲，越走越近，眼看着就要贴在一起，塄畔上传来粗声大气的叫声：“爱丹，娃哭着要你哩，还不麻利回窑里去！”

是爱丹爸在吼叫。

“啊啦，知道啦！”爱丹回头应了一声。转过身来急促地说：“忘了吧，永和哥。你看这黄河水，只顾往前流，却再也不会回头。人哪，也是一样的吧。与其吃我这碗‘剩饭’，还不如再找一个妙龄新娘。啊？”

“水不能倒流，破镜却可以重圆。‘剩饭’不剩，温热也好吃哩!”

爱丹听了，心里七上八下。这句话真中听，要是早些，再早些有多好。如今，虽然对三少爷心存感念，但对往事依然刻骨铭心。况且，杨家既然默认了这个事实，只能服从，不可违背。她把眼泪收了回去，硬着心肠说：“枯木逢春，破镜重圆敢情好，可天下有几人能有这个运气和福气？果有此心，你早时做什么去了?”

两只喜鹊交头接耳窃窃私语了一阵，懒得再为他们呐喊助威，振了振翅膀，贴着黄河一溜烟朝永和关飞去。

白永和也知道自己是痴人说梦，知道爱丹心已死，情亦绝，泼出去的水再也收不回来。尽管是碗“剩饭”，也轮不到他吃。但是，心里的话还是要说，不为爱丹回心转意，而是为向爱丹传达一个信息——其实我心里还有你！但是，在不合时宜的时间和不合时宜的地点说这些不合时宜的话，连他自己也觉得乏味，但他还是鼓起勇气说了。只是因为没有得到爱丹的积极回应，让他十分难过。难过得五官不停抽搐和扭曲着，映射到爱丹眼里，全然成了一个不曾相识的陌生人。这是三少爷吗？这是昔日与自己爱得死去活来的那个人吗？

秋日的阳光透过枣树把支离破碎的光影洒在爱丹脸上，爱丹脸上的表情就支离破碎起来，白永和也像是看陌生人一样呆呆地注视着。这是爱丹吗？这是他曾经相濡以沫的那位自家窑里的女人吗？

他们谁也无法得到满意的答案。因为，这是一个人生难以破译的密码。最美丽的回望，也许是最残酷的创伤。

有人说过，人类创造了情爱，也在毁灭情爱；情爱最奇妙的地方就是那种脆弱的完美。当你想留住它的时候，也是在摧毁它，也许伤害他们的正是那曾经的爱。这话正应了眼前若即若离的一对。

“此生无缘，来生还要与你搁伴!”白永和抽噎着说。

“还有来生吗？我更相信今生。今生都这样了，何况来生!”爱丹似乎觉得有点绝情，话锋一转说，“三少爷，您的救命之恩，我一辈子也忘不了。如老天长眼，给杨爱丹一个机会，我会回报三少爷您的。”

“不说这些了，你是偶尔失手，我是偶尔相救，一切在意料之外。只能说你给了我机缘，我却没有珍惜，执子之手，却没有与子偕老，终于铸成一生遗憾。”

听见“执子之手，与子偕老”，爱丹猛然悸动了一下。是呀，人心隔肚皮，誓言如儿戏。不过平心而论，亵渎誓言的难道只是三少爷吗？难道没有自己的份吗？如果自己不率性而为，不任性而做，也许就有另外一种可能。爱丹哀婉地说：“是呀，谁能想到，誓言还在耳旁回响，盟誓的人早成了陌路之人。啊，一切随缘而来，一切随缘而尽。三少爷——永和哥，爱丹祝您一路顺风，一生幸福！”

说着，她从衣兜里取出一块手帕，打开手帕，里边是一块玉佩，是白永和送给她的信物，这么多年一直带在身上。爱丹爱不释手地看了又看，摸了又摸，最终还是毅然决然地递给白永和：“三少爷，你的东西你拿走。这下，咱俩可是一别两清，永无瓜葛了。”

白永和痛苦之余，就是抱怨，内心深深地抱怨。既然你绝情，休怪我无义。他哆嗦着拿过玉佩，反复看着摸着，随后毅然决然地扬了扬手，玉佩画出一道弧线，朝着黄河飞去，一朵小小的水花溅起，眨眼间便被吞噬得无影无踪。白永和苦不堪言地说：“咱俩缘生水中，还让它缘尽水中，玉佩就是见证！”

爱丹见状，捂着脸，噙着泪水，扭头就跑。

白永和带着悔恨，带着失意，带着泪水，上了船，过了河，于次日上他的任去了。

第十七章

按说，做了知县大老爷，带两个家人伺候，再雇顶四抬大轿上路，风光风光，也是理所应当的事。可是，白永和说什么也不要。这么多年，对这个家只有拖累，无以回报，亏欠太多了。再说，区区七品县令，还是捐来的，非正途出身，还不知去后是什么样子，有什么好张扬的，先凑合着干起来再说。在他看来，最要紧的不是讲排场，闹阔气，抖官架子，而是尽快到任视事，做出一番上可报效朝廷、下可惠利苍生的事来。所以，轻车简从不仅是他现时的选择，即使将来官做大了，也要体恤民情，为政清廉。所以，从永和关到汉口这段路程，白永和还是一袭便装，悄然而行。并对爷爷、奶奶讲好，只让财旺送他至汉口就返回，不带家中一人一钱去任上。就这样，山一程，水一程，半个月后顺利抵达汉口，经山陕会馆司事介绍，住在汉正街的夏口客栈。

那时，大清国经过百日维新到戊戌政变，革新派与守旧势力的斗争，虽然以革新派的暂时失利而告终，但也给封建专制统治以极大打击。再后来，风起云涌的义和团运动到丧权辱国的辛丑条约的签订，使清政权陷入内外交困的局面，“驱除鞑虏，恢复中华，创立民国，平均地权”的呼声此起彼伏。昔日的大清，成了弱肉强食、民怨鼎沸、国力衰微、风雨飘摇的没落帝国。对此，白永和不是不知，因他过于痴迷仕途，并想以此为契机一步步实现他建功立业的宏图大志。所以，压根没想到山穷水尽的残景夕照早已烙印在大清国的黄龙旗上，而他则是大清仕途末班车的可怜兮兮的搭乘者。搭上末班车的白永和，乘着这辆人生的破车来到汉口前，还一路春风，踌躇满志。一到汉口，满面春风就被愈演愈烈的川鄂湘粤四省铁路风潮一扫而光，代之而来的是满目惊愕和一肚狐疑。此时，四川保路风潮演变成武装暴动，清廷不得不从湖北调大军赴川镇压。革命党人则趁武昌兵力空虚，密谋发动武装起义。两种命运、两个纪元的生死决战即将在这里展开。清廷闻知，派兵日夜巡逻，严加监视。武昌、汉口、汉阳三镇陷入一片恐慌之中。

白永和住下后，几个长随也陆续到达。有了随从，就打发财旺带着平安信回去复命。只是那两个绍兴师爷久等不来，写信费时误事，拍电报也没个准确地址。眼看七月已尽，八月来临，还是不见师爷的影子。师爷是县太爷的主心骨，也是私家心腹，没有他，县太爷心里就不踏实。好不容易等到过了中秋，吃了月饼，月是圆了，可他的人马还没有到齐。那两个师爷人没有露面，却捎来一封联名信。大意说，眼下世事纷乱，人心不稳，况夜郎地僻民穷，生计艰难，决意辞谢，请另聘高人相助云云。白永和长叹一声，原来是被绍兴师爷耍了！禁不住骂道："绍兴师爷架子大，果不其然。拿了优厚的聘金却溜之大吉。我就不信，没有师爷我这个县官还不做了？"便和几个长随商量，即刻过江南下上任去。

正要动身，清兵全城戒严，到处搜捕革命党人。整日兵来兵往，荷枪实弹，空气里弥漫着浓浓的火药味。江上的船只也被封了，没有官府许可，任何人不得擅自过江。汉口人着了慌，白永和一行也害了怕，整日窝在客栈不敢出门。这如何是好？

汉口吃紧，道路不通，按惯例，上任延误，得有沿途官府作证。他只好穿着官服去夏口厅衙门做个凭证。同知大人正在为出逃慌乱地收拾着行囊，再三不肯接见。朝廷命官白永和无名火起，不由分说，推开衙役，径直闯进后堂。夏口厅同知一脸尴尬，不得不至客厅坐了，接过名帖，叙了礼，问："白大人有何贵干？"

白永和说："一来延误了行期，烦大人做个凭证，二来是打探一下情势。"

同知说："兵荒马乱，人心浮动，四川乱了，广东乱了，湖南也乱了。湖北像个火药桶，随时都可能爆炸。革命党人一旦起事，我们这些吃朝廷俸禄的人何去何从，都说不来呢，你老兄还有这个兴致去贵州做官？"

白永和听同知这么一说，心就寒了多一半。人家夏口厅都这样了，自己还要这个凭证做什么？不妨等几日再说，就退了出来。

闲来无事，正好逛一逛大汉口。

记得在太原府看拉洋片时，有一幅洋片就叫大汉口。透过放大镜往里看，只见洋楼林立，街道纵横，商号密布，人来人往。拉洋片的一边拉，一边唱道："说汉口，道汉口，一天走不出大汉口……"世上还有这么大、这么好的地方？不用说远乡僻地的永和关，就是太原府，也顶不上汉口的一个脚后跟。看了叫人既开眼界，又灰心泄气，咱和人家比，是站在地上望天堂！如今到了汉口，何不趁这个机会一饱眼福。于是，在几位长随陪同下，白永和到处走动起来。

果真，汉口不愧为"九省通衢之地，夙称繁剧之所"。他眼前的汉口，船多人多商号多，比西洋镜里的汉口还要繁华。江汉街、长堤路、张公堤、五福路，走不完的街，跑不尽的巷。热闹非凡的好去处，就是他们居住的汉正街。这里，盐、茶、药、油、粮、棉、皮、杂八大行俱全。最负盛名的汉正街三把刀——叶开泰药店、谦祥益绸布庄、汪玉霞食品店，真是门庭若市，名不虚传。最让他开眼的是晋商的触角早就延伸到这里，一条汉正街，几十家山西商号，看了亲切也眼馋。还有那些洋人开的银行、商号，比比皆是。一阵风刮过，带着江水的泥腥味和浓烈的洋油味扑面而来。

"十七，十八，人定月乏"，何况那天是农历八月十九呢！姗姗来迟的半个月亮挂在江面上空，波动的江水托着它来回晃动，上下照应，一实一虚，倒也有些情趣。本是一个诗情画意的夜晚，被突然而至的枪炮声扰乱得面目皆非。枪声像炒玉米花一样热烈，炮声像响雷一般猛烈，火光映红了夜空，明月也黯然失色，连它映照在江面上的倒影也支离破碎成一片，江汉三镇这个火药桶终于爆炸了！

第二天一早，会馆的司事曹掌柜跑来告知，说革命党人占领了武昌，湖广总督瑞澂破墙坐火轮逃生。正说着，炮声又轰隆隆地响了起来。又有人跑来说，革命党人正攻打汉阳，这一天，汉阳也落在了革命党人手里。第三天，汉口的清军也被赶跑了。黄龙帝旗不见了，到处挂着九角十八星旗。紧接着成立了湖北军政府，推举黎元洪为大都督，推翻清政府，成立民国。后来白永和才知道，武昌起义，就是敲响清朝统治丧钟的辛亥革命。霎时间，顶戴花翎长辫子的清朝官吏不见了，代之而来的是剪了辫子的革命党人。白永和吓得赶快把官服收了起来。眼前的这一切是在演戏，还是在做梦？白永和真的蒙了，蒙得分不清东南西北，搞不清是非曲直，如堕五里雾中。

仅仅两三天工夫，大清的天就被捅了个大窟窿，革命的大刀搁在清政府的头上，入关三百年的清政府会引颈受死吗？一切都是未知数。这叫兴冲冲前去贵州上任的朝廷命官白永和傻了眼。他的几个长随也唬得不敢言语。一伙人像难民龟缩在客栈里，前不得前，后不能后，惶惶不可终日。

果不其然，清廷不甘引颈受死，很快做出反应。急派陆军大臣荫昌率三路大军围攻汉阳及汉口，汉口又落入清军之手。之后，清军纵火劫市，白永和所在的客栈也未能幸免。幸亏那张派令贴身带着，那身官衣就近放着，慌乱中丢鞋弃帽，一派狼藉，唯独这两件东西不曾受损。白永和的四个长随中有两人不知去向，再看他的积蓄，少了几十两，原来此二人趁火打劫，不辞而别。剩下两人虽然没有说什么，还和他一起混在流民中过着流离失所的日子，也一日比一日牢骚多了，不高兴时，还敢和知县大老爷拍桌子瞪眼。再试图渡江，可是，江南岸的武昌一直被革命党人占领。另找别的通道吧，那两个长随不想离开汉口，说汉口再乱也是繁华之地，不缺吃不缺穿。原来，人这么好惯，才几天光景，就被汉口的灯红酒绿陶醉，白永和想另做打算也不可能了。但死守一个地方渡江也不是法子，作为朝廷命官，什么时候才能顺利渡江南下？什么时候才能到任视事？如果延误日久，恐怕到任之时就是卸任之日。因为清政府规定，上任官员不得延误，延误日久会受处分直至削职。面对纷飞的战火，白永和没有了主见。

这期间，发生了什么事？

关内除直隶、河南、山东、甘肃四省宣布效忠清廷外，其余十四省均脱离清廷宣布独立，其中就有白永和要去莅任的贵州。直至此时，白永和还在去与不去之间徘徊。不去吧，耗费心血、银钱换来的功名付之东流，成了为人不齿的笑柄；去吧，革命党人连大清国都不屑一顾，大清国派出的七品芝麻官又算个甚？还不是一只丧家之犬，自投罗网？度日如年的煎熬深深折磨着他，这样的煎熬他不知经过多少。为婚姻煎熬，为应试煎熬，为捐官煎熬，为不能履职煎熬，即使履职，还要为接踵而来的烦心事煎熬。看来，上了科举的独木桥，注定要与煎熬打一辈子交道。

就在这时，剩下的两个长随见前景黯淡，就向白永和要了两月的佣金，回北方去了。来时的班底彻底散了伙，白永和的踌躇满志荡然无存。他不得不蜷缩在客栈里，日复一日地苦苦等待着。

为打探消息，白永和再次来到夏口厅衙门。

客厅里坐着不少人，个个长袍马褂，人人无精打采。白永和近前问候，原来，都是从云贵川下来的朝廷命官，革命党人一造反，就把他们赶了出来。

遵义府通判刘大人说：“真是树倒猢狲散，一听说人家宣布独立，衙门里的头头尾尾撅起屁股没命地跑。好端端的衙门，霎时就成了空壳。哎！”

成都府同知马大人说：“大清国离寿终正寝不远，我们没得官做了，不如回家种地去吧，三十亩地一头牛，老婆娃娃热炕头。再不用千里做官，讨这口饭吃了。”

有位丧气地说：“我跑得慢了一步，还被革命党人剪了辫子，回去怎么向家人交代呀！”

还有位取笑说：“皮之不存，毛将焉附？内人如要问起，你就说：革条辫子算是便宜了我，人家还要革我的命哩！”

座中有一位好像才想起白永和的存在，疑惑地问白永和：“我们跑的跑了，散的散了，你老兄还有胆量上任去？人家不赏你一刀才怪呢！”

白永和听了，脸上发烧。只能“是是是，对对对”地敷衍了几句。看来，再打听消息也无济于事，就找了个借口，退了出来。

白永和买了几个包子，独自一人坐在冷清的饭摊上吃着。过来一只狗，一只被火烧得毛焦皮烂的狗，用贪婪的目光看着他——准确点说，看着他手里的包子。他举起手，做出要赶走它的架势，狗站起来退了两步。他继续吃他的包子，狗又返回身来靠近他。他骂了声“丧家之犬”，扬起手用力一掷，把一个包子摔了出去。那狗见了，扑过去从空中逮了个正着，兴冲冲地走了。这情景好像应了一句俗语：“肉包子打狗，有去无回。”肉包子是回不来了，可那只丧家之犬，吞完包子就又返了回来。他笑了笑，心里一阵酸楚。同是丧家之犬，同是流离失所，他的处境甚至还不如这只不堪入目的狗。这只畜牲没有抱负，就没有压力；没有亲情，也少了牵挂。它目前唯一的愿望，就是填饱肚子。那么自己呢？他是有血有肉有情有义有牵有挂有志有为的白永和，是黄河畔走出来的白举人，怎么也竟沦落到丧家之犬的地步呢？

想到这里，肉包子再也吃不下去，索性一个个扔了过去，狗吓愣了，以为是打它，不敢去吃。但它很快明白过来，这不是打，而是恩施；不是恨，而是怜悯。就不客气地一个个吞了下去，吃完，舔了舔嘴，向施舍者摇了摇尾巴，走了。

入夜，不只是人累了，连枪炮声也累了。白永和百无聊赖地踱到江边，面对滚滚东去的江水，艰难地梳理着纷乱如麻的思绪。

眼下，大清国气数眼看要完了，他的功名美梦也跟着走到尽头。他检讨了从业儒到科举，从科举到捐纳的蹉跎之路。这条路是用白银铺就，用家人的心血浇筑，以他半生的宝贵年华为代价换来的，而土崩瓦解则在转瞬之间，全然没给他留下思考和转身的机会。他想起了洞明世事的王先生。与人家比，一样的进取，两样的结果；先生是识时务的俊杰，而自己则是一条道上走到黑的庸人。佛经里不是说苦海无边，回头是岸吗？如果把宦海比作苦海，那么，自己确实到了回头的时候。再不回头，还不落个“上穷碧落下黄泉，两处茫茫皆不见”？

不只是形势逼迫，金钱也在催命。就在昨天，北京给他借贷银两的那家票号，见时局逆变，又得知他没有到任，就通过汉口分号催他还贷。人还未到任，钱就让几个师爷和长随花去大半，叫他用什么还那三千两白银？平生不曾赊欠别人的白永和，感到空前的恐慌和无奈。孔夫子说三十而立，自己年过三十，却身无缚鸡之力，行无功名之耀，室无贤妻相伴，家无儿女绕膝。三十年的人生历程，不幸多于幸运，失败多于成功。白永和呀白永和，你是半生劳瘁无一回报，空负了天生八尺躯呀！想到这里，把刚刚一闪而过的“回头是岸”早忘到脑后，无情的现实像催命鬼一样，催着他步步走近无情的深渊。他无限留恋地看了看身后的万家灯火，以及漫漫夜幕中的遥远的永和关，心想，随滚滚长江去了吧，眼睛一闭，身子便朝着黑咕隆咚的江水栽了下去。

第十八章

就在逼近天堂的瞬间，冥冥中的白永和觉得自己不是前扑而是后仰。他用力往前栽，身后的反作用力使他难以得逞，生与死的较量也就在须臾间展开。最终，江水没有接纳他，他反而重重地朝后倒去。睁开双眼一看，身下还压着一个软乎乎的东西。是人？是鬼？难道转瞬之间就进了阴曹地府？他用手狠狠掐了一下，身上生疼生疼，还有知觉；又用力掐了掐身下的那个“鬼”，“鬼”突然尖声喊叫，一骨碌把他推开，翻身坐了起来，把白永和吓得连忙爬到一边，不敢出声。只听那“鬼”嚷嚷道：“你这人也太不识敬了吧，救你一命还不满足，还想占我的便宜?”

借着黝黯的反光，这才看清面前半蹲半坐的“鬼”，原来是个年轻女子。

白永和这才明白发生了什么。

不过，在汉口的长江边，再现的不是黄河激流里英雄救美的一幕，而是落魄儒生被美女相救的新传说。

白永和一时还难以从一死了之中解脱出来，所以，非但不感谢这个救他一命的女人，反而埋怨道：“谁让你救我啦？谁想占你的便宜啦？都是你自找的!”

“哈哈，将恩不报反为仇，世上还有你这样不通情理的人?”

“你是谁？为什么要救我?”白永和无理霸横地责问。

“我是谁并不要紧，要紧的是帮你把阎王路上的魂捡回来了。你要嫌我多管闲事，接着往下跳，看我还理不理你?”

白永和想，跳就跳，怕什么！可是，一旦从阎王路上回来，一旦小命还在，那种视死如归的感觉却再也找不回来了。他开始珍惜起这条命来：这是死去的双亲遗留的骨血，这是被爷爷、奶奶宠爱惯了的宝贝疙瘩，这身骨肉虽然不能做官，还可以为民、为商、为文，还可以施展自己的本领，天生我材必有用。身体发肤受之父母，怎么能随便毁伤呢？这岂止是不孝，也是对生命的摧残和漠视。想到这里，不仅大脑不由得他指挥，连双腿也哆嗦得不听他使唤，好一会儿了，却连一步也迈不出去。那个女子好听的嗓音里分明带着嘲笑的意味说："跳啊！往下跳啊！怎么不跳了？输胆了吧？哈哈，我说您不敢吧，还硬逞能。掉底子（出丑）了吧？死了一回的人很难再死第二回，因为他知道生命只有一次。所以，冒险也只能玩一次。"

望着脚下黑乎乎的江水，望着天地混沌不着边际的夜幕，白永和才知道后怕，吓得他从头到脚冷汗涔涔。他找了个地方坐下，不忘和女子保持一定距离，等到心平气和时才木讷着说："谢谢——您，大姐。"

"谢什么，救你一命，也等于救我一命，咱们谁也不欠谁。我谢你还谢不过来呢！"

白永和奇怪地问："此话怎讲？"

"我说了你相信吗？"

"我想，我会相信的。"

"不怕您见笑，我来这里的用意和您一样。刚走到这里，就看见前面有个人影孤孤地站着。好奇心驱使我忘了自己来这里做什么了，我盯着那个黑影，也就是您。看着看着，您动开了，不是往后退，而是朝前走。一步，两步，三步……这时我才明白您要做什么。我什么也没想，跟着您，一步，两步，三步……离你很近了。就在你准备往下跳的一刹那，我不由自主地拽住你的后衣襟。可是地滑站不住，我跟着往下溜。溜着溜着，我的脚蹬住了一块石头，天助我也。我停止了下滑，使上吃奶的力气，硬是把你拽了上来，因为用力过猛，我倒了，你也倒在我身上。因为你不想死了，受你大难不死的感化，我也打消了自寻短见的念头。情况就是这样。"

面对女子的豪爽直率，白永和羞愧得无地自容，他要说一句既感谢女子又表达情意的体己话，就是找不到合适的词汇，这才想到"百无一用是书生"的老话。好不容易搜肠刮肚，挤出一句话来："原来是落魄人遇上落魄人，救了我，也救了你。既是这样，你答应我不死，我就答应你不死！"

"咱们相约，即便路上有七灾八难，我们也要活到七老八十！"

“说得好，咱们要敬畏生命，珍惜生活！”

二人相偕离开江边。路上，相互诉说了自寻短见的缘由，一个是求官心切，落了个一败涂地，无颜以对家中父老；一个是先被生父卖人，再被养父转手，虽然生活无忧，但如笼中囚鸟，身心憋屈。交谈中，有一个不容忽视的细节被女子牢牢记在心里：原来，她救的这个人竟是曾经救过别人的人，他姓白，举人老爷，家在山西永和县永和关。但是，女子没有给白永和透露更多细节，只说她姓柳，就叫她柳小姐好了。不过，白永和也注意到，尽管女子不免夹带一半句汉口话，但她的话很好懂，听口音，不是山西人，便是陕西人。

分手时，柳小姐说：“白老爷，大难不死，必有后福！”

白永和说：“一段奇缘，三生有幸！”

白永和要送柳小姐回家，被柳小姐谢绝。

柳小姐问：“什么时候回山西？”

白永和说：“越快越好。”

“刚才还一心想死，现在倒归心似箭了。走水路还是走旱路？”

“还没想好。”

柳小姐说：“水路太慢，不妨坐火车回去。”

白永和说：“多谢您的指点。”

柳小姐说：“您好歹还有个归心似箭的地方，我呢，唉……”

白永和借着过路人家窗户透出来的一线光亮，看见柳小姐脸上有两道明晃晃的泪水往下流。他想安慰两句，一时又不知从何说起。柳小姐好像还有话要说，不过，踌躇再三，还是没有说出来。

该分手了，双方互道一声珍重，就化作两个黑影，消失在茫茫的夜幕里。

白永和返回住所，打点行李，以便随时上路。这时，有人从门缝塞进来一个字条，白永和展开看时，上面写着：因战乱火车停开，你可走旱路经河南回山西。柳。这是柳小姐的关照，他心头一热，就赶紧开开门往外看去，哪里还有人影。

白永和又住了两三日，把行旅的事打听清楚，某日一早，揖别店家，带上行李走出店门。门外有一位中年男子过来问道：“您是白老爷吧？”

“正是。找我有事？”

“请过来说话。”

那人拉着白永和至拐弯处停下，指了指停在门口的黄包车说：“请上车吧。”

白永和疑惑地问：“这是——”

“哦，这是柳小姐给您雇的，将您送至官道，您再雇车前行。”

听口音，很好懂，应是北方人。白永和心想，又是柳小姐，为人为到底，真是热心肠呀！上了车，嘱咐那人道：“请转告柳小姐，就说白永和谢谢她的关照。”

车夫一路小跑着，边跑边抽出毛巾擦汗。黄包车穿街过巷，两边鳞次栉比的建筑缓缓向后隐去。车子悠悠地摇晃着，白永和的思绪也悠悠地摇晃起来。他心里有个结解不开：柳小姐为什么要救他，又为什么要关照他？仅仅是因为偶然相遇，同病相怜，还是另有企图？总之，坐上柳小姐雇来的车，如同上了人家的贼船一样惶恐不安。人，她救下了，车，她雇下了，下一步呢，又会发生什么意想不到的事呢？车夫还在跑着，车轮还在欢快地转着，他的脑筋却像生了锈的轴承一样，转着，转着，就停滞不前。他越想越怕，好像随时都会发生不测。

于是，他大叫一声：“停车！”

车夫还以为发生了什么事，随着惯性走了好长一截路才停了下来。

“老爷，您有事？”车夫气喘吁吁地问。

“我不走了，就在这里下车吧。”

“么事？我不能赚了人家的钱，把客人丢在半道，那多掉底子！”车夫诚恳地说。

“这里离官道还有多远？”

“冒得（没有）多远了。”

“不管冒得不冒得，就在这里下车吧。”

“得罗，得罗（同意）。”

车夫嘴里说得罗，脚下却又跑了起来。白永和不解，不断问他说的什么。车夫边跑嘴里边嘟囔着“岔巴子（多管闲事）”“跟你说话弯管子（很蹩脚）！”汉口处在南北汇接地带，说话南北混杂，白永和弄不懂车夫说的什么，只能糊里糊涂跟上人家走。

到了官道，白永和下了车，说声“谢谢”，车夫一转身，就载着回程的客人走了。一只狗气喘吁吁地跑到他身边，看了看白永和，站在那里不走了。白永和细看，毛焦皮烂，其貌不扬，这不是与他分享过肉包子的那只狗吗？它怎么能找到这里呢？想到狗追随的不易，他苦笑了一声，自嘲道：“狗呀，狗呀，落魄狗找到落魄人，可惜你没找对人呀！”

他站在当道，看见官道上停着好多车，有的车装着大箱小箱，大包小包，正要出发。有的车夫正和乘车人讨价还价，一个说“瞎款（胡说）呀”，一个说“蛮扎实（厉害）”，他听不懂。可是看双方的面部表情和动作，也略知一二。这些人多是和他一样，从战乱中的汉口撤了出来，往北方走的，而且多是拖家带口，不像他形单影只。他四下里观察着、揣摩着。一个人包一辆马车，不上算；两三个人包一辆马车，又找不到合适的旅伴。

正在白永和踯躅之际，从一辆轿式马车上下来位庄重的年轻女子，上身着大襟式的高领大袖湖蓝长衫，下身穿湖蓝鱼鳞百褶裙，头留长发，向后梳着，前额有刘海，面白眼大，身姿优雅，整个人显得落落大方，清爽可人。

白永和眼傻傻地瞪着女子，却没有发现女子正朝他走来。待到浓郁的脂粉味像春天的花香扑进他的鼻孔时，这才慌忙收回目光，但为时已晚，那个年轻女子还是看见了他艳羡的目光。只见这女子款款地停在面前，双手手指相扣轻轻放至左腰侧，弯腿屈身道了个万福，说：“先生别来无恙？”

白永和左右看了看，近处没有人，难道她是和自己说话？不可能。是不是认错了人？不过，直觉告诉他，女子一准是冲他来的。

女子见对方双眼迷茫，傻愣在那里，还没等回话，就快人快语地说：“要是我没猜错的话，您就是白老爷吧？”

“啊？”一个“啊”字，充满了惊讶和疑问。在他来说，此时此地，模棱两可就是最好的回答。

白永和吃惊的是，此地没有熟人，她怎么能认识自己？疑惑的是，她是谁，找自己做甚？

年轻女子浅浅笑了笑，说：“贵人多忘事，那晚，在江边……”

心有灵犀一点通。白永和一听“那晚，在江边”，满肚子的疑惑和惊讶都释然了。双方略显尴尬，空气凝固了片刻。来者见白永和原来是一位眉清目秀、气宇轩昂的儒生，心里踏实之余不免有些庆幸，庆幸她救了这么一位儒雅之士。白永和思昨念今，不无感叹，原来恩人柳小姐竟是这么一个年轻貌美的佳人。想不到，她能以孱弱的双手把他从死神那里夺回来。自从与爱丹分手，还没有和一位女子这么近距离地说过话。所以，他颇有些不自然地说：“原来是恩人到来，有失远迎！”

“陌路相逢，谁迎谁啊？”柳小姐也没说什么客气话，一把提了白永和的行李，催促着说，“怕您行动不便，特地雇了一辆马车。白老爷，快上车吧。”

又是柳小姐。这是怎么啦？天上掉馅饼，总不能老往我头上掉啊！白永和不知柳小姐闷葫芦里装的什么药，只能亦步亦趋随人家来到车前，上了车。待要与柳小姐告别，谁知柳小姐轻轻一跳也上了车。容止自若，如同小两口出行。白永和正在惊讶，只听柳小姐吩咐车夫说：“走吧。”大车就轻快地沿着官道往北走去。

白永和越发惊讶的不行，不用说是一头雾水，两眼茫然。她要拉我到哪里，做什么去？他的大脑又紧张地盘算起来，算来算去没有个头绪。只能暗暗叮嘱自己：这个女人非等闲之辈，来去神秘，很有城府，千万要留神，免得跟上她走火入魔，刚从死阎王那里回来，再栽到活阎王手中。白永和小心翼翼地问：“您，您，您这是……”

“正好，我也要北上，我们就做个伴吧。”柳小姐平静得就像和她的家人说话一样。

白永和一听，浑身就不自在起来，人也显得局促不安。想到男女授受不亲，多有不便，只好离开轿子到外边去坐。

柳小姐嗔怪地说：“这么宽敞的地方还坐不下您？我又不是老虎，怕吃了您不成？”

柳小姐说完这话，不好意思地笑了笑，又用期待的目光注视着白永和。白永和想：你一个小女子都不怕，我一个大男人怕什么？也装作若无其事、大模大样地坐到座上。他一落座，车夫好奇地往里瞅了瞅，弄不懂这是真两口子还是假两口子，等两人坐好，就把绣有龙凤呈祥图案的门帘放下，便“驾”的一声喊，紧接着鞭子在空中连连炸响，两匹枣红马便小跑了起来。

那个年代，京汉铁路刚刚通车，有钱人以坐火车来显示体面，所以坐马车的人渐渐少了。可是，在火车顾及不到的地方，马车仍是人们出行的主要工具。况且，因武昌起义引发的战火四处蔓延，火车时开时停，没有准谱，所以，汉口至开封的官道又热闹起来。以白永和眼下的境况，能坐上马车已心满意足，哪里还敢奢谈火车？带着失望中的满足感踏上旅途，白永和那颗受伤的心得到暂时抚慰。

白永和与柳小姐并肩而坐，身子紧挨，局促中有几分适意。一开始，还故作清高，目不斜视，腰板笔挺，一副正人君子的样子。但路长道远，一种姿势显然难以适应长途跋涉，走着走着，身子骨就酸困起来，人也就歪歪斜斜，懒懒散散，君子之心虽有，但君子风度却撑持不下来。他想调整一下姿势，又怕动作过了惹人家讨厌。再说，人随车走，身随车动，磕磕碰碰是免不了的，总该留点神，不要把人家碰得不合适了。一路操心，处处留神，白永和不仅身累，心里也闹得慌。忽然想到，不知柳小姐累不累，就用余光扫了柳小姐一眼，见柳小姐正若无其事地撩起窗帘往外看。嗯，这是个好办法。也便撩起窗帘往外边瞅着。明丽的阳光连同它呵护下的方方水田，座座农舍，丛丛翠竹，匆匆行人，都涌进眼里。但乍看时蛮新鲜，久看倒生了厌。因为这次行旅，主要的风景在轿里而不在轿外。于是，他放下窗帘，重新坐好，侧身朝柳小姐看了一眼。原来柳小姐早坐正了，也在侧身朝他看着。眼神交会，相互一笑，就算打了招呼。接着又是一阵短暂的沉默。

不知为什么，原本大大咧咧的柳小姐，一反常态地矜持起来。她端坐一边，一脸坦然，似乎并没把身边这个男人当一回事。在白永和看来，自己更像是她的随侍和用人，这让刚刚对柳小姐有了亲和感的白永和多少有点扫兴。

可是，漫漫长路，孤男寡女，怎么能挨得过这种煎熬呢？想到这里，白永和真有些后悔，与其这样别别扭扭同行，何如独自一人包车方便，悔不该为了省两个钱而招惹下这样的不自在。回头一想，她毕竟是年轻女子，在陌生男人面前，腼腆害羞是情理中事。自己比她大了几岁，人家雇了车，自己还不该主动和人家说说话，帮人家做点事，也好打发旅途的寂寞。想到这里，白永和终于开了口，但声音压得很低："柳小姐，您这样帮我，我真不知道如何感谢才好。"

柳小姐像捏住鼻子说道："我说过，帮您也是帮我，不存在谁感谢谁。我做的是我应该做的。"

坐在外边的车夫，能听见轿里的人说话，但听不明白说甚。

白永和瞅了一眼柳小姐，面带诚挚，觉得是实话实说，没有掺假。

“话虽这样说，但我心里总觉得过意不去。”白永和说到这里，脸上带着深深的歉疚，朝柳小姐略微弓了弓身。之后，突然冒出个大胆的想法，便问柳小姐：“柳小姐，有一句话不知当讲不当讲？”

柳小姐回头看了一眼白永和，不用说，她也知道白老爷会问什么。就明知故问道：“哦？咱们虽说是萍水之交，也算是半个熟人了。有话直说，不要多心。”

“您为什么要一而再，再而三地帮我呢？”

“我也说不清楚。反正我觉得人在难中，应该竭尽全力相助。”

“可是，给我雇了车还不算，又亲自相送，陪伴到什么时候为止？恕我直言，这样做，是不是有点……”

“何止是有点，按常理是大大出格了。这件事，白老爷不要多想，我没有别的意思，只是想尽地主之谊。”说到这里，眼睛往门帘那里瞅了瞅，压低嗓音说，“至于说陪伴到什么时候，视情形再定。不过，有些话在这里不便说，晚间住下再给你细细道来。”

白永和见柳小姐神秘兮兮，知道内有隐情，不便明言，就点了点头，表示理解。可是，柳小姐却反过来问个不停，问了家事问婚事，问了举业问宦业，问得细，也听得顶真。最令白永和吃惊的是，当他说到从黄河里救了爱丹，她竟吃惊地连问了几个“救了谁”，白永和明白无误地告诉她是爱丹，她竟念念叨叨地连说了几个“爱丹”。

白永和问：“您认识爱丹？”

柳小姐说：“不认识，好像在哪里听说过这个名字。好听，好听！”

白永和说：“您好像是我们那个地方的人。”

柳小姐说：“何以见得？”

白永和说：“您的口音告诉我，你不是汉口人。”

柳小姐略微一愣，就说：“父亲卖我时年纪还小，我也不知道是哪里人。”又问白永和：“那个爱丹后来怎么样了？”

白永和说：“后来顺理成章地成了我的妻子。”

柳小姐问：“再后来呢？”

白永和答：“再后来分了手，成了别人的妻子。”

“为什么？”

“一言难尽。咱们边走边聊，您慢慢就会明白。”

话匣子打开，轿内的气氛就活跃起来，两人显得亲和多了。白永和觉得，虽然被约束在一个小小的轿车里，但是心自由了，人就不累了，人不累了，轿内天地也就开阔了许多，他们海阔天空、古往今来无所不聊。车夫听到他们津津有味的交谈和爽朗的笑声，若有所悟地咧嘴笑了笑，大鞭子一甩，轿车在平坦的官道上跑得更欢。不知什么时候，那只狗尾随着轿车一路跟了上来。白永和瞅了一眼，心里一阵热乎，一阵怜悯。他把这只狗的来历给柳小姐说了，柳小姐好一阵唏嘘。说：“狗通人性，就让它跟着吧。”随即把包袱里的干粮抛了些下去，狗摇了摇尾巴，愉快地领受了。

今夜月色真好。

白永和好长时间难得有这份闲情逸致。今天，忽然发现月儿格外地圆，格外地亮，格外地妩媚。使人想起这不是明月，更像是一只巨大的白玉盘挂在中天，而亮光里的倩影，莫不是那化作玉兔的嫦娥？

两人一前一后出了客舍，走过稻田，来到一处池塘边停了下来。见有修竹数丛，潇洒摇曳，凝烟笼雾。竹本君子，在其下清谈甚是相宜。两人心照不宣地先后坐定，不等白永和开口，柳小姐就说上了：“不是想知道我为什么要帮您吗？今晚，我就尽数给您道来。”

柳小姐不只身姿曼妙，嗓音也银铃般的好听。她说：“说来话长。小时候家里穷得吃了上顿没下顿。有年遭了旱灾，地旱得裂了口，庄稼颗粒不收，家里人都吊起了肚子。万般无奈，父亲把我卖给一户有钱人家，让我逃了活口，也暂救了家人一命。”

“卖给汉口这户人家了？”

“没那么简单。买我的那户人家厚道，待我也不错，有饭吃，有衣穿，我心满意足。谁知，好景不长，十岁那年，我闯了一场祸……”

“闯下什么祸了？”

“哦……哦……太太的玉镯找不见了，说是，说是我收拾铺盖时给弄丢了，就疑心是我偷的。”柳小姐这话说得有点零乱，零乱里又有些言不由衷。

“事不大嘛，后来呢？”

“后来，东家回来了，说那只手镯值几百两银子，是传家宝。说到气头上就打了我，还说找不见要打死我。我又急又怕，就生了一个念头。”

“哦？小小年纪，能有什么念头呢？”

“别看我人小，心可不小。我装作寻找手镯，趁机跑了。”

“真是的，有个三长两短怎么得了？”

“一不做，二不休，我顺着大路一直跑，跑到天快黑也没遇到人。走不敢走，退不能退，既怕主人追来，又怕野虫伤害，就在这条小命不知往哪里扔时，正好过来一位赶脚人。我求人家收留我，人家不乐意。我搂住他的腿，哭死哭活就是不放。说您收留了我，就是救了一条命。您不收，我不是让狼吃了，便是跳崖寻了方便。您心再硬，总不能见死不救吧！赶脚人被缠得没法子，只好坐下来细问了出逃来由，这才动了善心。可好，他家有儿无女，说就算捡了个女儿。后来，成了我的养父，养父姓柳，我也就随了他的姓。”

白永和心生敬意，不无感叹，说：“看不出来，小女子有大能耐！这下可算有了归宿。”

“谁知道好景不长，好日子没过一年，养父生意亏了本，被逼无奈，就用我顶了债。于是，我又来到姓滑的人家当使女。本来滑老爷要给我改姓改名，不知为什么不改了，说我的名字好，很有女人味。”

白永和一听，来了兴趣：“哦？那一定是天下绝顶美妙的名字，敢问小姐芳名……”

“亏您还是举人老爷，连这点礼数也不懂得？哪有一见面就问人家名字的？”

白永和自知失言，不好意思地点了点头，表示歉意。

柳小姐含笑说了句“没事”，又继续说了下去：“滑老爷四十开外，有两房妻室，常常争风吃酸，闹得不可开交，每到这时，我就成了她们的出气筒。老爷早就捐了官的，等了多年等不及，就通过关节走了湖广总督张之洞的门子，因为他是商人，张之洞搞洋务，正在用人之际，便委了他京汉铁路公司下面的采办，带着二太太和我来到了汉口。起初，不知老爷出于什么目的，对我格外开恩，让我住了学堂，常常背着二太太给我零用钱，我舍不得花，几年下来积攒了不少，老爷让我存了。二太太发现给她的钱越来越少，又联想不让我当使女而念了书，就起了疑心，以为老爷和我私通。从此，不是和老爷吵闹，就是想尽办法折磨我。后来，我索性住校不回家，老爷去学堂看我，又让二太太知道了，便撕破面皮大闹了一场，说老爷送我上学，给我私房钱，处处偏袒我，是为了纳我做三房。老爷也不再遮遮掩掩，说就是这个意思，看她要怎么着。二太太见自己徐娘半老，恐怕老爷花心，迟早要把她撂在一头，就使了个狠招，说：你不绝了这个念头，就到铁路公司告你贪赃枉法，叫你人头落地！原来，老爷在公司当采办，从中得了不少好处，置了洋房，开了几处商号，二太太心知肚明。见二太太要破罐子破摔，老爷害了怕，从此对二太太百依百顺。听上二太太的话，先停我的学业，后搜走我的私房钱，我一下子身无分文，重新做起了用人。就这样，一个让走人，一个不让走，来回拉锯，让我遭罪，白白耽误了几年青春。眼看我二十出头，还没有个着落，就是下人也得有个家吧。就给他们说让我走吧，欠下你们的我以后偿还。二太太妒性十足地说：'想男人了不是？我偏偏叫你看得见，够不着，想死个你！''你说偿还，穷女子一个，拿什么还？真是女大不能留，留下结冤仇，不想图报，倒想一走了之，世上哪有这么好的事？我就叫你当一辈子老闺女。'老爷说：'不让我娶，就让人家走，何必这样折磨人呢！你要硬留，出了事不要怨我。'二太太听了这话，一下点醒了她。就说：'她是顶债来的，再把她卖了，做个不赔本的生意。'老爷不忍心这么做，说：'好歹养活大了，堂堂正正把她嫁出去，自己光彩不说，还多了一门亲戚，可以来回走动。'二太太说：'还想认这门亲？休想！你就死了这个心吧。你敢那么做，看老娘我不敢和你闹个鱼死网破，断了你的根。'老爷没法，只好由着她。有天，趁二太太不在家，老爷给了我一张银票，我一看，是五千两。吓死我也不敢要。老爷说：'咱们缘分尽了，本来我有二太太说的那个意思，还没来得及征求你的意见就露了馅，我有把柄在她那里捏着，只得丢卒保车了。你拿上它，不管将来到了哪里，都能救急。'二太太趁老爷外出办差的空，就自作主张把我以五千大洋卖给一个半死不活的老头做偏房，我死活不答应。她就骂我，打我，不给我饭吃。那些天，我心惊肉跳，烦躁不安。思前想后，嫁老爷非我愿，把我卖人更非我愿。我长大了，我有了文化，我有了想法，有了自己的追求。宁为玉碎、不为瓦全的想法一天天滋长起来。那天咱们江边相遇，就是打算寻了结来着。不想遇到了你，无意间救了你，也是救了我。你不想死，我也舍不得这条命。我容易吗？被人家一卖再卖，没有做人的尊严。我心想，要堂堂正正地活下去，活出个人模人样来给世人看。那晚回家，就给二太太说：'我想通了。人生在世，吃喝二字，无非是享受来着，只要能让我享荣华受富贵，这件婚事我答应了。’二太太一听，脸上乐得开了花，就等着老爷回来看个日子，来个明嫁暗卖的把戏。我也装出乐呵呵的，她见我高兴，又给我吃好的，又给我买衣服，还带着我出去玩。可好，那天她打牌未归，我就通过商号的一个同乡做了手脚。今天她又打电话回来说：这两天手气好，只赢不输，全托你的福。反正老爷也不在，你把门看好了，再让我玩它两天。我见来了机会，急中生智，和你搭个伴一走了之。”

白永和吃惊地问：“让人家追来怎么办？”

柳小姐说：“我有两天时间，她没有具体目标，上哪里去找？再说，老爷回来不一定找我，买我的那家还没有给钱，人家不着急，她一个妇道人家，有什么本事找到我？”

白永和问：“你准备往哪里去？”

柳小姐说：“我到北京去，那里有我的一个同学，这些情形她都知道，我能下这个决心，还是她的主意。”

白永和心想：怪不得她口口声声说救了我也是救了自己，原来是这样！不过，话虽这么说，但他不能心安理得地承受，他不能做一个无情无义的人。故在同情柳小姐之余，更多的是从内心升腾起一种道义感和责任感。既然柳小姐救我一命，我也要帮她逃出虎口。白永和不无感慨地说：“同是天涯沦落人，相逢何必曾相识。”

柳小姐点头称是。

时光总是对开心的人和开心的事不胜吝啬。你看，两人刚进入角色，月儿就毫不顾惜地溜到了西天。竹篁疏影横斜，露水沾衣，浸来丝丝寒意。看看时辰不早，两人这才恋恋不舍地步回旅店。

本来是要了两个房间，不知为什么，属于白永和的那间房早睡下了人，还是交颈而卧的一对男女。白永和好生蹊跷，就去问店家。原来，客满为患，店家为了腾地方，找他俩商量，不见面。问车夫，车夫说：“看上去是夫妻俩。”

店家说：“既是夫妻为啥不住一起？”

车夫使了个鬼脸，说：“路上颠了一天，累了，黑夜不想再折腾，图个清静吧。”

于是，店家就理所当然地把他们合二为一。

白永和得知这个情况，不禁暗暗叫苦，黑天半夜，要房没有，难道露天而宿不成？他想和车夫们挤通铺，一个大通铺，一溜睡十来个人，四仰八叉地睡在那里，鼾声一个比一个打得凶，汗臭脚臭味直往鼻子里钻，哪里有他容身的地方。无奈之下，给店家说他们真的不是夫妻。店家说："老爷您就不要为难小人了，哄谁呢，明明车夫说你们是夫妻。就算不是夫妻也不打紧，既然能同乘一辆车，就能同住一间房。在家千般好，出门万事难。下次返回来，小的一定给老爷伺候满意了。"

白永和心里骂，这样的事还有下次？店家打了个呵欠，扭身走了。白永和站在门外犹豫不决，听见柳小姐从门缝里悄声叫他，只好走进房间。柳小姐不好意思地说："既是同乘一辆车，还不同住一间屋？你睡床上，我睡床下，我年轻，好将就。"

白永和心想，既是这样，只能同室而住了，便说："那哪行？"

好在天气不凉，白永和随手抽了床被子裹了身子睡在床下。柳小姐见状，也不再坚持，和着衣服睡在床上。孤男寡女，同居一室，这一夜，谁也没有睡好。

第十九章

次日上路，车夫笑嘻嘻地问白永和："老爷，昨晚睡得可好?"

白永和和柳小姐一下脸红到脖子根。柳小姐拽了拽白永和的衣襟，白永和会意，就回说："睡得可踏实哩！倒是怕你想心事，没睡好。"

"我们粗人，哪里有心事可想？不等头挨枕头，就迷糊了，也没顾上伺候老爷、太太，有失礼数了。"

显然，车夫是和面的好把式。只动了一下嘴巴子，就让毫不相干的两块面团分不出你我，当然，更分不出是非。车夫有意或无意的捏合，给了两人更亲密的感觉，也给了一路上的方便。从此，他们将错就错，再不提单间另铺的事，身的距离感和心的距离感在不知不觉间缩小。

没几天，来到一处关隘，只见两山合扑，群峰环结，好一派雄浑的气势！白永和问车夫这是什么地方，车夫说是武胜关。武胜关是大别山和桐柏山的分水岭，也是湖北与河南的交界，是北屏中原、扼控南北的咽喉要道，历来是兵家必争之地。白永和与柳小姐边听边看，偌大的山，渺小的人，山在俯瞰甲虫般向前蠕动的马车，人在仰视着顶天立地的大山。

一个说："山从人面起。"

一个说："云傍马头生。"

车夫听了，随口就说："依俺看，车从峰林过，马踏祥云走更来劲。"

柳小姐和白永和齐声说妙："看不出，大叔真有肚才!"

车夫说："哪里有肚才，一肚子歪才。"

说得大家一同笑了起来。说笑之间，马车过了武胜关，车夫高兴地扬了扬鞭子："啊哈，快到信阳了，可回到河南老家了。驾!"

过了武胜关，路变得宽了，坐在车上的两位感觉到车子平稳了许多。不仅身体的感觉舒服了，心里的感觉也踏实多了。一路上，柳小姐嘴上虽说不必担心有人来追，其实她心里那根弦绷得很紧，唯恐二太太派人来把他们逮住。白永和自听了柳小姐出逃真相，心里就“嗵嗵嗵嗵”敲开了鼓。不过，他是大男子，大男子就应尽大男子的责任。想起柳小姐临危不惧、舍死救他的情景，他更应以死相报。他曾经设想，一旦被人追上，他就义无反顾地承担起由此引起的一切责任。这种责任，说白了就是勾引良家妇女出逃的罪名。如果再往坏处想，无非是替人受过，身败名裂而已。本来，这一生就是与身败名裂联系在一起的。一顶帽子是戴，两顶帽子也是戴，而且戴得值。令人庆幸的是，一路上太平无事。不知是如柳小姐所说人家真的没追，还是因为追逃方向的不确定空手而返。反正出了湖北地界，他俩悬着的心总算放了下来。而且，越往北面走，道路越宽，离铁路越来越近，只要遇见通车的车站，随时都可以弃马车而坐火车。

二人正在心花怒放时，只听“吁”的一声，大车停了下来。

白永和问为什么停车。车夫回说：“前面有混鬼。”

柳小姐又问：“什么是混鬼？”

车夫说：“就是土匪。”

“啊！”白永和听说，血就往头上涌，脑袋大得不得了。怎么办？想了想，就准备下车去求情。被柳小姐拦住。柳小姐虽然浑身哆嗦，但很快镇定下来。便问车夫：“此地叫什么来着？”

车夫说：“信阳州。”

柳小姐说：“你告诉他们，就说信阳知州大老爷微服私访，请他们快快散去，不然，大队人马过来，就不客气了！”

车夫为难地说：“鬼才相信你是知州大老爷，瞎蒙也不是这么个蒙法。”

柳小姐说：“叫你去，你就去，出了娄子我扛着，你怕什么？”

车夫跳下车，慢腾腾地去了。

柳小姐问白永和：“白老爷，你的官服还在不在？”

白永和先是奇怪，继而打趣地说：“我老虎都不当了，还要这张皮做甚？”

“我就是要与虎谋皮。不知你注意到了没有，湖北是独立了的，那些穿袍袍褂褂的大小官员，不是吓跑了，就是把官衣官帽藏了、扔了。进入河南，不时能看到顶戴花翎，可见，河南还在皇上手里。如果你的官衣没有扔掉的话，何不取来一用？”

白永和说：“本来是要往江里扔的，没来得及。为了这身官服苦了我半生，要它还有甚用？我正想在路上找个僻静处把它扔了呢。”

“快穿戴起来，应付一下场面。”

两人手忙脚乱地打开包袱，取出刚才还认为一钱不值的官服，白永和一经穿上，人就威风多了。

柳小姐和白永和如此这般地商议了几句，边整蟒袍，边笑着说：“你别说，人是衣架子，官服一穿，虎虎生威，还真有那么点意思。”

白永和说：“什么那么点意思？本来就是货真价实的县太爷嘛，还没到任，就被您擢升了知州大人。”说笑过后，又不放心地说：“可不要露了馅哦！”

柳小姐说：“这是急中生智，没办法的办法。几个土包子，哪里能分清楚谁是州官，谁是县官。”

柳小姐给白永和把衣帽整了整，满意地打量了一番，伸出她那嫩藕般的手，在白永和肩上轻轻拍了拍：“白老爷，白兄，成败在此一举，就看你的了！”

白永和点了点头，没有说话。

车夫过来，身后跟着一群土匪。车夫急急巴巴地说：“车上坐着我们大老爷，你们最好不要惊动他老人家，惹急了，后边大队人马可不是吃素的！”车夫一面大声喊叫着，一面阻挡着土匪。

一个贼头贼脑的头目，把车夫推开，挥了挥手，众土匪从四面围住了马车。那个头目大模大样地用刀尖去挑车轿帘子，往里一瞧，不要说，果真端坐着蟒袍加身的知州大老爷和他的夫人。大老爷缓缓睁开眼，目光如炬，四下里一扫，便问：“车夫，是谁在老爷面前撒野？”

车夫早吓得六神无主，哪里还敢说句硬撑话，吞吞吐吐不知如何答对。谁知，那里“知州”大老爷早动了怒，把车轿用力一拍：“车夫，过来问话！”

车夫战战兢兢地走到车前，往里一看，啊呀，果真是“知州”大老爷坐在车上。于是，腿不抖了，腰也挺直了，壮起胆子说：“回大老爷话，给他们说大老爷刚刚到任，下来微服私访，他们不信，说我骗人哩。哎，你们都过来瞧瞧！”

这些草寇哪里见过知州大老爷？所以，只看了一眼就傻了，不敢再看第二眼。那个头目也搞不清面前的这位是真是假，不敢说话。这时，“知州”大老爷又发话了：“你们几个是做什么的？光天化日之下，胆敢拦劫公车，阻挠老爷我公干。啊？”说着说着，就跳下车来，用手指了指土匪头目：“是不是要在老爷我头上开刀？不怕死的往前走！”

没有人敢动一步。少顷，那个头目才半信半疑地说：“知州老爷出行坐四抬大轿，前呼后拥，老爷你怎么坐了马车，也没有人左右伺候？”

土匪出言试探，在寻找破绽。

白永和眉头一皱，心里就有了辙，对那个头目说：“没听见老爷我是微服私访吗？微服私访什么不能坐，什么苦不能吃？”

“那，那，既是微服私访，还穿官衣，不怕露了馅？”

“老爷我出来几天，把你们这些人的情形摸了个八九不离十，正赶着回州衙，这不就现了官身吗？老爷的事还用尔等操心！”

俗话说做贼心虚。大凡强盗，只能他以强凌弱，为非作歹，一旦遇上强势之人，特别是官家，就像老鼠碰上猫，不等你动手，就虚相毕露。这不，经“知州”大老爷的严厉训斥和威吓，几个山贼一个个被吓愣了，呆头呆脑地跪在那里不敢动弹。“知州”大老爷见状，晓之以理，动之以情：“尔等本来也是良民百姓，放着地不种，何故要做这等不义之事？如果能幡然醒悟，改恶从善，大老爷我且放一马。如再拦路行劫，作恶乡里，本州一定严惩不贷，格杀勿论！还不把刀枪放下！”

车夫也厉声叫喊：“听见了吗？大老爷叫你们把手里的家伙都扔下！”

那只狗见主人发了怒，也跟着动了怒。两眼圆睁，脖颈上的毛竖了起来，往前一扑，只“汪汪汪”几声狂吠，吓得土匪后退了几步。

众土匪见了“知州”大老爷先是一吓，又见一只形容丑陋的大狗龇牙咧嘴，跃跃欲试，又添了一吓。一个个把手中的刀枪棍棒扔下，乖乖地散去，只有土匪头目还跪在那里聆听“知州”大老爷的训示。“知州”大老爷就势命车夫说：“你回头看看，捕头他们来了没有？”

车夫佯装往远处瞧，嘴里煞有介事地说：“远处路上起了尘土，大约是捕头他们赶了上来。”

土匪头目一听捕头就要过来，立即爬起要走，那狗便扑了上去，土匪头目前边疯跑，那狗在后边穷追不舍。前边的土匪看见后边的头目疯跑起来，更是没命地四散而去，一会儿光景便消失得无影无踪。

土匪走了，白永和这才松了口气，气松了，身子就站立不住，看着，看着，就靠着车辕杆溜了下去。柳小姐忙过去扶白永和，说："吓晕了吧。"

白永和说："不是吓晕了，是撑晕了。"

其实，柳小姐在目睹化险为夷的整个过程中，心都提到嗓子眼，大气不敢吭一声，随时都在做最坏的打算。心想，万一不行就破财消灾，破财消灾还不行，就与这伙强盗拼了，大不了在长江赚下的命扔在这里，正好和身边这个男人浪漫同归。但随着事态的微妙变化，她又忍不住心里发笑。笑白永和假戏真做的上乘表演，笑车夫惟妙惟肖的默契配合，笑"知州"大老爷夫人坐山观虎斗的悠闲自在。作为主角，白永和心里比谁都紧张，只是事到临头，不得不硬装好汉。他别的不怕，就怕把柳小姐给掳走了，毁了人家姑娘。他甚至设想，万一破财还不中，就让车夫扬鞭催马飞奔而逃，由他一人来抵挡。只要柳小姐能逃活命，舍自己一条命算得了什么。好在一切都过去了。柳小姐竖起大拇指说："白老爷不辱使命，真不愧是智勇双全的大丈夫！"

车夫也说："不晓得白老爷真的是官家，临阵不慌，乱中取胜，小的佩服，佩服！"

"你们过奖了。我们那里有一句话，叫作'人死鬼活贼发财，老实疙瘩吃不开'，对付这号人，不能太老实。狼虎两家怕，谁能吓诈住谁，谁就占了上风。不过，今天能虎口脱险，一是凭了柳小——柳夫人的高招，二是靠了车把式您的机智。三人一台戏，这台戏可是唱得妙啊！"

白永和拍了拍那只竖着双耳谛听的狗，说："对了，还有它的一份功劳呢！"

三人说笑过后，白永和安顿车夫说："把刀枪统统放在车上，以防万一。"

车夫说："好主意，有了家伙，遇着三个两个好对付。"

虽说有惊无险，但不免心有余悸。这一天，他们早早住了驿站。再行一日，就到了信阳。信阳是京汉铁路的一个大站，这里的火车还跑着。他们给车夫结了账，并多给了几天的盘缠，算是对车夫一路关照的回谢，并嘱咐车夫今后少跑这条道，免得有个三长两短。临行，还把那只狗特意托付给车夫，说："难为它追随我们几百里，你就领走吧，也好给你做个伴，壮个胆。"车夫也关照老爷、太太走好。并随手给狗喂了一点干粮，狗吃完，回头看了看白永和，白永和摆了摆手，说你走吧。那狗就跟着车夫上了路。

坐上火车，再不用为土匪的事提心吊胆。白永和与柳小姐便可以海阔天空地神聊，细枝末节地探寻，心灵之间的沟通可以说无甚挂碍，只剩一张薄薄的情感之纸相隔，只要有谁轻轻一捅，紧闭的闸门就会应声而开，洪波激流就会决堤而泻。可是，谁也没去捅这层薄纸，他们心里明白，此时模糊胜清楚，心急吃不了热豆腐。何况，白永和始终没有弄清楚柳小姐的底细，而柳小姐始终关心的是，白老爷心里还有没有爱丹？

颠颠簸簸，绵绵缠缠，总算来到京城。依白永和的想法，当晚就送柳小姐去同学那里，明天去钱庄把手上所剩的钱先还一部分，后天就起程回家。可是柳小姐说天色不早，还是先找个客栈住下来，明天再去同学家。柳小姐的用意不言而喻，白永和也就顺从了她。这一夜，他们洗去了一路风尘，抛却了男女大防，说不清是谁先动的念头，也说不清是谁先点的火，他们只觉得在情意绵绵中春意融融，在融融荡荡中擦出了火星，一团烈火熊熊燃起，烈火烧去了他们的面具，剥去了他们的外衣，旷男相拥怨女，干柴就着烈火，经一路酝酿成熟的一坛醇酒的引导，越发来势凶猛得不可收拾，在京城演绎了一场男欢女爱的动人恋歌，为未来生活谱写了生死难忘的前奏。狂风暴雨过后，两人又缠绵多时，你甜言，我蜜语，恨词短，愿情长。风雨过后是彩虹，这彩虹在哪，又该如何描画呢？

柳小姐说："你不是想知道我的名字吗？现在就告诉你，我叫柳——含——嫣。"

白永和说："多妩媚的名字！我叫白永和。"

柳含嫣紧紧拥着白永和说："多吉祥的名字！"顿了顿，又说："下一步打算怎么办？"

白永和说："什么怎么办？"

"你装什么傻？我们都这样了，你说怎么办？"

白永和想了想，痛快地说："那还不容易，跟我走！"

柳含嫣捶了白永和一拳："想得倒美，名不正，言不顺，跟上您我算老几？"

"也是啊，那我用八抬大轿来娶你，行不行？"

柳含嫣趁热打铁地说："我想过了，不用八抬大轿，只需您一个人来。您是举人，不愁找不下事做。我呢，在家相夫教子也行，出去教书也行。只要你在我身旁，我就心满意足了。”

白永和没有料到，柳含嫣早把未来设计好了，愉快的旅途就是铺垫，今日之事像一把绞索，把彼此紧紧捆绑在一起。白永和心想：你柳含嫣可以啊，不知不觉就让我掉到你设置的陷阱里去。可是，这样的陷阱，他白永和心甘情愿。因为，通过他一路观察，柳含嫣是认真的，坦率的，没有半点虚伪。看来她早有此心，而自己还没敢朝这方面想，就触了“雷”，越过了禁区。是呀，下一步该怎么办呢？白永和也在问自己。就这样不明不白地把柳含嫣带回家里，特别是在丢官破费的节骨眼上，只能乱上添乱，本来还留的一点好名气，也会因此而丧失殆尽。不答应吧，一来对不起大恩大德情真意切的柳含嫣，二来对不起曾经受过良心谴责又重新找回真挚爱情的拳拳之心。想来想去，只能维持现状，等待时机。

柳含嫣见白永和半晌无语，就催促道：“您倒是说话呀！”

白永和这才从纷纭的思绪中醒来，情不自禁地在柳含嫣脸上亲了一口，说：“咱俩的事，已经注定了一生一世，无论你我，走到这一步都不容易，谁都会用心珍惜，倍加呵护。只不过要从长计议，不能匆忙。你呢，暂且在京城住下，我回去把贵州赴任不成的经过给爷爷、奶奶做个交代，待心定气闲了，找个外出谋生的理由，就来京城会面。到那时生米煮成熟饭，他们鞭长莫及，还不顺从了咱们。等我混成人物，携妻带雏，衣锦荣归，在永和关唱上一出《喜荣归》，你看怎么样？”

“主意好，想得浪漫，前景也挺诱人。可是，你这一去，山高水长，天各一方，谁知道还能不能来？谁知道过了这个村，还有没有这个店？”说着，柳含嫣就动了情，把头埋在白永和怀里难过起来。

“你放心，这辈子就是讨吃要饭，也要结伴而行。”

柳含嫣听了，顺从地应了一声。想起明天就要分手，禁不住眼圈红了。

其实，一想起分别，白永和眼前就不由得浮现出与爱丹的每一次分别。哪一次不是这样凄凄楚楚，哪一次不是这般难舍难分。锣鼓长了没好戏，这样的离别最终酿成了他与爱丹的永诀。这一次，他要把握机遇，无论如何也不能让历史重演。他信誓旦旦地表白道：“你也知道，在婚姻上，我已经受过一次挫折，如果再失去这次机遇，毁的就不是我一人，还有两个女人的一生。况且，大丈夫说话，如笔写下，你就静等我的好消息吧！”

“我不要你写下，我只要你字字真句句实的掏心窝子话。你敢不敢对天盟誓？”

“有什么不敢的！”

“那好，我只说一句——执子之手——”

历史往往会嘲弄人。他一生最遗憾的就是没能与爱丹携手同老，最悔恨的就是背叛了信誓旦旦的神圣诺言。奇妙的是，已经发霉的诺言，在被置换了时空置换了地点置换了角色之后，又被恢复了本来面目，跳跃在他眼前。不过，这次的发起人不是他，而是这位恩重情深的女人。他还敢和另一个女人盟誓吗？他难道不怕旧戏重演？直觉和自信告诉他，不会，不会，不会！白永和思想的瞬间闪烁，却让柳含嫣如同等待了一生的漫长。柳含嫣轻轻推了推白永和：“你倒是说呀！”

白永和伸出小指，说：“拉钩。”

柳含嫣会意地伸出小指，与白永和的小指紧紧地钩在一起，半天没有放开。

白永和拉长声调说：“与子偕老！”他深信，绝不会让这字字千金的诺言，再次亵渎在他名下。

柳含嫣觉得身上湿漉漉的，一抹，是她心上人的眼泪。她想，男儿有泪不轻弹。是的，他真的动了情。她也感动了。一汪秋水在眼眶里滚来滚去，她忍了又忍，最终没让流出来。

白永和告别了柳含嫣，带着仕途的失意和情爱的收获进入娘子关。虽说回到山西，但又遇上战火。和湖北一样，这里的革命党人也宣布独立，由革命党人公推的山西大都督阎锡山领导的民军与反扑回来的清军激烈交火，白永和又经历了一场战火的洗礼。看来，举国反清，同仇敌忾，命悬一线的清政府虽拼死挣扎，离寿终正寝已为时不远。这不，盘踞在他头上的辫子也让民军给铰了。头上是轻快了，可心里却犯了愁，回去如何面对家人？官没当上，倒把辫子给贴上，不划算上加不划算。后来一想，官都丢了，大清都快玩完了，自己这条辫子何足惜哉！来到汾州府，在白家的钱庄住了一宿，走到隰州，得知宣统逊位、民国成立的消息，早惊得心神不安。于是，马不停蹄地回到了永和关，就有了开始时看到的呼啦啦大厦将倾时白家的众生相。

第二十章

这几年，白鹤年越来越觉得老牛拉车，力不从心，大有秋霜至而木凋零的感觉。人生七十古来稀。一个就要奔七十的人，早该交班歇脚了。他接过父亲这个家当时，才二十出头，不知不觉间，开着白家这只大船在风雨飘摇中度过四十多个年头，虽然没有辉煌业绩可与人言，但至少保住了先人留下的基业。如今世道在变，人心在变，白鹤年虽然深居永和关，还是感到时变代迁的风雨不时吹打着这块僻地净土，吹打着他年迈的身躯。人心浮躁起来，世道动乱不停，生意也冷清许多，白家的日子大不如从前。想到这里，本已疲惫的心里又多了一层厌世之情，尽快确定掌门人已成了他心中的头等大事。

这副担子该交给谁？

三孙子白永和为科举和补缺奔忙无意家事，白鹤年只能在长孙白永平和仲孙白永忍之间，筷子里头拔旗杆，内定白永忍为掌门人。这件事，除了夫人白贾氏，没有对任何人说起过。尽管这样，人们还是看出端倪，白永忍更是心领神会。白鹤年不动声色地对他言传身教，一步步把这个心目中的接班人往白家的宝塔尖上引。可是，这个孩子人虽精明，但眼高手低，好高骛远，他料到继承家业的事非他莫属，言谈举止流露出目中无人的傲慢和迫不及待的觊觎，故叫白鹤年多了一点心眼，他不得不放慢交班歇脚的步子。如今，三孙子白永和回了家，他学问精，阅历广，人缘好，只要肯出面执掌家业，也许是一块难得的好料。因此，二者选一变成了三者选一，就是说，白永和开始进入他遴选的范围。有了这个想法，白鹤年对先前的决定多少有些动摇。

正在这时，白家设在汾州府的永盛恒钱庄，因经营不善，出现了挤兑风波，钱庄没钱兑付，持券人寻衅闹事，钱庄掌柜派人回来告急。前面说过，白家是守土商人，生意主要围绕着渡口做，永盛恒是白家在县外经营的由族人纳股的唯一字号，本金不过万两白银，比起本金动辄数十万或上百万的晋商票号来，本不值一提。但对于晋商中的小字辈白家来说，这个钱庄每年有数千两进项，是白家经济的一大来源。钱庄发生的挤兑危机不可小觑，弄不好，就会把钱庄挤垮，白家从此走向衰败。这简直要他的老命！

白鹤年正坐在炕上过烟瘾，白贾氏陪在一侧叙话。钱庄的伙计回来一嚷，白家三兄弟都跟着进来，平静的气氛全被打破。白鹤年听了，心里虽然着急，但凭他多年的历练，硬是让自己镇定下来，镇定的最好办法就是闭口不语。他费力地把水烟点上，试图用水烟来掩饰此时的窘态。但干瘪的嘴唇和光滑的壶嘴几次都擦边而过，经过再三努力，好不容易才噙住烟嘴。这一细节，在场的人看在眼里，看来，钱庄的事，对即将告退的白鹤年无异于迎头一棒。白鹤年款款地吸着烟，烟壶里不断传出“呼噜噜”的水泡声，空气里便飘荡着袅袅青烟。在烟雾腾腾里，白鹤年的思绪如烟似雾地缭绕着，从他的白家大院，一直飘散到汾州府的永盛恒钱庄。杂乱的人群，杂乱的叫声，钱庄掌柜们曲意逢迎、穷于应付的混乱场面，从他眼里闪过。

白家族人闻讯，挤了满满一窑，嚷嚷成一片，挑头的就是白永和的族叔白敬斋。他不敢直接朝白鹤年、也就是他的族叔指指点点，只是气急败坏地对股东们说：“眼看就要过年，到了用钱的时候，万一兑不了现，这个年还怎么过？”

“是呀，把一点点余钱全存在钱庄，图得分个红利，这下可好，米没有买回来，倒把口袋扔了。”

白鹤年见众人越说越离谱，就把水烟壶往桌子上“咚”地一放，厉声说道：“打了盆说盆，打了碗说碗。眼下钱庄出了点小事，就把你们吓得往裤裆里尿，还像咱白家子孙吗！咱祖宗乍来永和关时，穷得连铺盖都没有，只有一根讨吃棍和一只破饭碗，后来，还不是硬在永和关站住了脚！再后来，经过几代人赚了赔，赔了赚，大起大落好几回摔打，总成了气候。白家一路走来靠的是甚？就是靠的人气，靠的志气，靠的和气。外边才有点小乱子，里边就乱得没样子，成何体统！现在需要的是齐心协力，共渡难关，而不是先想着自己的几个小钱。今天我把话说白了，天塌下来我一人顶着，就算钱庄血本无归，我也决不会亏待族人！”

在永和关，辈分最高、深孚众望的就数白鹤年。刚才乱嚷嚷的股东，见长辈说话句句在理，且气壮如牛，也就放下心来。白敬斋碰了一鼻子灰，搭讪着给白老太爷赔了个笑脸，就知趣地退了出来。他一走，其他人也一个个溜了出来。

窑里只剩下白老太爷一家。吵闹之后，复归平静。谁也不说话，所有的目光都注视着白老太爷，盼着他拿出主意。沉默良久，白鹤年终于开了腔："本来，钱庄出了这么大的事，我应该亲自去料理。可是，近来身体欠佳，懒得动弹。"说着，指了指在座的三个孙子："你们谁去收拾这个摊子？"

没人搭理。

白鹤年用乞怜的目光挨个扫视了三个孙子。老大白永平耷拉着头，只管在那里唉声叹气。老二白永忍朝天瞪着，面无表情，不知在想什么。老三白永和用恳切的目光看看大哥，又看看二哥，希望他俩能有一人站出来应命，但没有看到任何响应的迹象。扭过头看爷爷时，正好与爷爷射过来的犀利目光遭遇。吓得收回目光，转而又向奶奶，奶奶却是一副气定神闲的样子。白鹤年见无人搭理，憋足了气，吼叫道："养兵千日，用兵一时，你们弟兄仨，谁去解这个围？"

还是没人应承。

白鹤年火了，问白永平："大娃，你说怎么办？"他并没有直接叫大娃去，而是问他怎么办，可见醉翁之意不在酒。

白永平唯唯诺诺地说："我没经过这种事，一时想不下好办法，看二娃吧。"把皮球踢给了二娃。

白永忍斜了大哥一眼，没说什么。但他心里却打开了小算盘。按理说，临危受命，责无旁贷。可是，城府很深的爷爷，虽然早想把家业交给他，虽然他接掌家业也是路人皆知的事，可爷爷嘴紧得连一个字都不漏。就是说，对他还不信任，名不正则言不顺。钱庄事大，底子不清，如若冒冒失失前去救急，万一栽到那里怎么办？不是正给爷爷递上把柄？这场火还是由其他人去救吧，想必无论谁去，都不会有好结果。无论谁败下阵来，对他白永忍来说，只有好处，没有坏处。想到这里，便朝白永平说："有兄不显弟，你是老大，理应由你出马。再说，近来娇娇身子不适，我也走不开。"

双方僵持不下，又把目光投向三娃。

白永平说："要不，三娃去吧。三娃见过世面……"

"对呀，就叫三娃去吧，一肚子学问没处用，何不到钱庄试它一试？你不是常说'男儿不展风云志，空负天生八尺躯'吗？三娃，这可是你露脸的好机会。"谁都能听得出来，白永忍是明褒暗贬，借大哥的话把皮球踢给三弟。

白鹤年没有吭声。白贾氏突然睁开深闭的双眼，说："这是什么道理？放着老大、老二不去，让刚刚回来的老三去。你们也知道，三娃这么多年不在家，经商的事一窍不通，是不是想看他的笑话？看了他的笑话，可就是看了白家的笑话，这可不是小事。这是你们两个当兄长的应说的话？"

白鹤年看得出来，白家勇于担当、共赴时艰的精神，在孙子辈上已经退化，他们有利就上，有难就躲，一个个成了贪图享受的蠢材。被他们宠爱的三娃，也不主动出来分忧解愁，偏偏能不够的白贾氏又替他说话，怪不得大娃、二娃看三娃呢。白鹤年不由得"唉"了一声，正想开口说"还是拼上这把老命去吧"，冷不防白永和开了口："爷爷，我去！"话虽简短，却掷地有声。

窑里的人都瞪起眼。白贾氏急着说："三娃，也不掂量掂量，能行吗？"

白鹤年没有理会白贾氏的偏袒。说心里话，有了上次解决渡口纠纷的不俗表现，有了客商编排出来的口歌，他对三娃开始有了好感。是骡子是马，拉出来遛遛。他想看看三娃有没有这个胆量，终于，三娃还是站出来了。他不无感慨地说："好，好，还是三娃有种。这件事就交给你全权处置，想你一定不负众望，力挽狂澜。不过，钱，眼下家中还拿不出。你去后弄清原因，相机行事，总以安定人心为要务。人心安定了，下来的事就好处置。"

白永和既然敢于应承，脸上也就挂着不成功便成仁的凛然神色，这叫白鹤年很是欣慰。一直为三娃担心的白贾氏，嘴唇动了几次，想说点什么，终于没有开口。白永平拍了拍白永和的肩膀，竖起大拇指，给了赞许的目光。只有白永忍表情复杂地坐在那里一动不动，不知是庆幸，还是忌妒，他的心思只有他知道。

白永和稍事准备，当即就和钱庄伙计上了路。

第三天天擦黑，白永和风尘仆仆地来到位于汾州府的永盛恒钱庄。大掌柜白谦祥一脸哭相地诉说了挤兑经过。

原来，永盛恒钱庄做的是小商小贩的收放款生意。有本金一万两，再加上向平遥日升昌票号低息贷来的两万两，以及吸收零星存银两万两，应付日常来往绰绰有余。只因前些日子给一户有实力的相与贷了五千两，本来想借他的马帮狠赚一笔，结果赚是大赚了，就在回来的路上，遇强盗打劫，伙计慌乱中把汇票藏在蒿草丛中，事后找时，早没了踪影，就空手回了家。相与不敢声张，只向白掌柜一人说知。白掌柜沉不住气，无意间说漏了嘴，被另一家钱庄的跑街得知，就把这个消息传开，说永盛恒被人拖下水，资金调度不足，弄不好会闭庄歇业，就等着看好戏吧。日升昌票号得知此事，就派人催要贷款。这样一来，不明真相的人纷纷拿上钱票要求兑现，钱票多的三千、两千，少的三百、二百。一开始，白掌柜不在意，还照常兑现。可是，渐渐出的多，入的少，再不敢有凭照付了，而是反复解释，说钱庄虽然遇到一点小小麻烦，但底子厚成，不会影响正常收放业务。可是，人们总是疑疑惑惑，这样一来，永盛恒的信誉受到损害。如此下去，一旦资不抵债，钱庄就没救了。白掌柜自责地说："全怨我，全怨我！"

白永和听了，心里有了数，好言安慰了白掌柜几句，就问白掌柜："库里还有多少存银？"

白掌柜回说；"不足一万两。"

白永和又问："平时我号的周转金多少？"

"最多时有六七万两。"

"抛开日升昌的贷款不说，还得多少银两，才能应付目前的挤兑？"

"至少也得一万两。如果能吸纳几宗大的存款，我们有了底气，这个坎就不难过去。"

"你带我到那户相与家看看。"

这是一座三进式的院落。墙高院深，雕梁画栋，青石砌基，水磨青砖砌墙，虽然不是十分气派，但也算得上殷实人家。走进第三进院落正屋，主人刘掌柜听说钱庄东家来看望他，慌忙趿拉着鞋出门来迎。进屋不及问话，就声泪俱下地给白永和作揖道歉，连说："带累白东家了，带累白东家了！"

白永和说："听说出了点事，我一到汾州就来看您。"

刘掌柜如同久病之人，曲着腿，弓着背，一脸愁容，说："此次去口外贩卖洋布绸缎，我的本金五千两，再加上向贵庄借贷的五千两，说实话赚了不少。心想，回来还了贵庄的钱还有赢利。谁知乐极生悲，时运不佳，竟出了这等丑事。不但分文未赚，反而把老本也贴上了。唉，几天才吃了一顿饭，真不想活了。可是，一想起欠贵庄的钱还没还上，就理亏。人可以不要命，不可以没信誉，我一死了之，可连累了白家呀！我只能强打精神，做两手打算：打发伙计们再去寻找，设法筹钱再做生意，总不能因噎废食，坐以待毙吧。”

不管刘掌柜说的实与不实，白永和且不去计较，他欣赏的是刘掌柜心劲不倒，心里就踏实许多。生意靠众人做，有好的合作伙伴，就有好的生意。对相与，不能因一时赔钱就背信弃义。反过来说，信贷，信贷，无信不贷。宁给有信用的人十万，也不给无信用的人一文。有信用的人这次赔了，下次就会赚回来；无信用的人此时赚了，彼时就可能大赔。看来，刘掌柜还是守信之人，对待这样的生意人，不仅不能抠剥要账，反倒应携手相济，共渡难关。想到这里，白永和坦然说：“刘掌柜不必多虑，您是我们白家的老相与，我听白掌柜说，您最讲交情，重信誉。人常说，胜败乃兵家常事，生意场上何尝不是这样。天有不测风云，人有旦夕祸福，利害相连，赔赚难测。跌一跤，能爬起来，还是好汉！这样的人，我愿意和你打交道。刘掌柜，您打算再做甚生意?”

刘掌柜从没有见过如此宽宏大量的债主，听白永和这么一说，心头一热，泪水又涌了出来。说：“我见口外市面上日用品紧缺，思谋往那里贩一些日用品过去，顺便进些皮货、药材回来，本不大，利不小。做好了，只有赚头，没有赔头。”

“还得多少钱?”白永和大大咧咧地问。

白永和话一出口，语惊四座。白掌柜张口结舌，吓得眼睛仁都要蹦出来。刘掌柜也吃惊地瞪着他，半天没有开口。为客人添茶续水的刘掌柜内人，把水添到了茶杯外边也不知道，水流到桌子上不说，还溅到炕上。

“这次不敢谋狠了，做五千两本钱的生意就行。”刘掌柜战战兢兢地说。

“五千两，贷给你!”

白掌柜以为是自己耳朵出了毛病，听错了。揉了揉，耳朵好着哩。就着急地嚷：“三少爷，三少爷……”见白永和给他使眼色，就把“这五千两从哪里来”的话噎在嗓子眼里，憋了好长时间，才强填进肚里。当然，不明就里的他，一时很难消化得了。

“刘掌柜，说好了，就这样吧。”

刘掌柜原以为三少爷是随便问问，没承想他是认真的。绝望中的他，如同脉息将绝的人服了一剂“生脉散”，灰暗的眼神里顿时有了光泽，背展了，腿直了，打起了精神。白家三少爷的这一义举，不用说刘掌柜初时有些疑惑，就连次日风扬全城后，十个人里边就有九个人不信。人们纷纷跑来询问刘掌柜，刘掌柜说此事当真。有人又去永盛恒钱庄打听，和刘掌柜说的一样。原来，永盛恒底子厚实，又讲信用，一些持券人也就放下心来，不再着急挤兑，他们还指望跟上永盛恒多吃些利息呢。

白永和走了第一步险棋，接着又走第二步险棋。与日升昌票号讲好，以三个月为限，本利全清，若要违约，愿以钱庄作押。日升昌的人，见永盛恒东家遵约守诺，也就放心地回了平遥。

白永和连走两步险棋，控制住挤兑局面。可是话好说，钱从哪里来？白掌柜一点底也没有，几天来，吃不下，睡不着，急得头发白了一圈。虽是数九寒天，身上老出虚汗。他对三少爷的敢作敢为的确佩服，但对他的信口开河、以假乱真的做法不敢恭维。他一个白面书生，从没涉足商界，不谙世故，不懂规程，用不了几天，本来还可以挽救回来一些损失的钱庄，就会拱手让给别人。想到这里，不得不向三少爷作揖苦劝道：“咱们这样做，是不是太悬乎了？纸里终究包不住火，一旦真相暴露，白家在外的唯一产业就会毁在我们手里，怎么有脸回去向老太爷交账？”

白掌柜没轻没重的话，白永和也不去计较，他的心情能够理解。但仅仅理解还远远不够，眼下需要的是理智，需要的是办法，非常时期不采取非常手段，不是束手就擒，就是坐以待毙。白永和知道，白掌柜也想不出更好的办法，就安慰白掌柜道：“你是商界前辈，又是我的长辈，按理说，我没有资格对你说长道短。可是我又不能不说，造成今天这个被动局面，责任不在别人，就在你！你是钱庄大掌柜，钱庄的要害是‘慎放’，这你应该懂得。你知道刘掌柜真的是做洋布和绸缎生意去了吗？据我得到的消息，他是与人合伙做甘草生意，囤积居奇，待价而沽。结果，甘草没等起运，价钱就跌了下来，想赔钱出手，又没人搭理，只好从水路起运，不巧船又触礁泡了汤，终于落了个血本无归的下场。为了掩饰，他也只能这样逢场作戏了。所以说，每放一笔款，你都必须亲自考察虚实，做到心里有数，慎之又慎。不然，我们把饭碗打了，都不知道是怎么回事。话说回来，刘掌柜是大赔了，作为生意人，特别是作为我们的相与，我们有责任拉他一把，他日子好过了，我们的放款自然就能收回来。我这样做，叫作放水养鱼。再者，出了这样的事，你不是沉着应对，而是惊慌失措，把家底泄露出去，才造成今天的被动局面。”

白掌柜见三少爷对事件的了解比他翔实，批评得又句句在理，不得不心悦诚服地点头称是。可是，对三少爷做的一锅无米之炊，却怎么也弄不明白。就问白永和：“三少爷，依您说，下一步我们该如何运作?”

“眼下最要紧的是先稳住阵脚，再寻求生存之法。你只要按我说的办就行了，剩下的由我来做。”

他凑近白掌柜如此这般地交代了一番，白掌柜一一点头应承下来。说毕，白永和便带了一个伙计，匆匆动身，一出汾州城，两匹快马便绝尘而去。钱庄里所有人，包括白大掌柜，都不知道三少爷此行的目的地是哪里。

第二十一章

白永和出了汾州城就朝西驰去。伙计问："咱们不回永和关，这是往哪里走？"

白永和说："你只管跟我走，到时就明白了。"

就这样，一路上，除了人吃饭和马歇息，几乎是日夜兼程，又是一个三天，来到临县水旱码头碛口镇。伙计问他要找谁。白永和说找三元堂药铺。伙计因生意上的事常来这里，碛口有几道街，有多少买卖字号知道个八九不离十，就引导白永和来到后街的三元堂药铺。白永和匆匆走进药铺，向掌柜拱手作揖："请问，王先生可在贵号坐堂？"他所说的王先生，便是曾经给爱丹治病的王先生。

掌柜见来人风尘仆仆，气度不凡，忙施礼道："先生不仅是敝号的坐堂先生，也是东家之一。请问您是……"

"在下乃平阳府永和县白永和，是先生的故交。近日，在汾州料理冗务，顺便到此看望先生。"

"真是不巧。先生前些日子去方山出诊去了。"

"不知先生什么时候回来？"

"这可说不好。先生虽在本号坐堂，但因名气大，常常被永宁州各县延请外治。加之先生素爱云游，行踪不定，有时三天五天，有时一月半月，我们也很难把握。"

白永和听了，像泄了气的皮球，浑身瘫软。来时的满腔热望，不仅从脸上消逝，就连心里也觉得冰凉冰凉，脑子里杂乱无章，不知道接下来该怎么办。是等，是寻，还是回？无奈之下，顺便问了句："先生家住哪里？"

掌柜回答："家住城川王家山，离碛口不过百十里路程。不妨去那里看看，也许能碰见先生。"

告别掌柜出来，两人肚子饿得"咕咕"直叫。白永和说："这里哪家饭铺最有名气？"

伙计说："最有名气的要数庆香楼，大师傅是从平遥请来的，晋菜、川菜、鲁菜都拿手。"

"好，就到庆香楼品尝品尝。"

伙计犹豫了一下，说："三少爷，咱们急着办事，还是随便吃点东西赶路。庆香楼食客多，不知要等多长时间哩！"其实，伙计见东家处在难中，不忍心让他破费，才说这话的。

伙计姓李名茂德，来永盛恒十多个年头，现在已经熬成挣上劳金的跑街。人长得颀长干瘦，古铜色脸，黑森森的眉，微微上翘的嘴角，给人以精明干练的印象。回永和关报信的是他，为白永和打探刘掌柜虚实的是他，第一时间散布永盛恒再贷五千两助刘掌柜走出困境的也是他。白永和与李茂德相处几日，觉得此人稳当可靠，所以就带他出来。

白永和一听，觉得也是，就说："也好，这里有什么可口小吃？"

"小吃倒是不少，莜面旗旗，荞面灌肠，溯子碗托，空心酥饼，二一二抿尖，枣儿糕，油茶，米酒，羊杂割，样数不少，不知三少爷喜欢吃甚？"

"随便。你带路吧。"

两人来到一处小吃铺，要了一斤枣糕，两个空心酥饼，两碗二一二抿尖，两碗米酒，两碗热油茶，大吃起来。碛口的小吃名不虚传，二一二抿尖尤其可口，挑起来细长滑溜，入口柔中有韧，味道独特。白永和问："为甚叫'二一二'？"

李茂德说："每份用二两粉面，一颗鸡蛋，二两豆面勾兑，就得了这个名字。"

白永和"啊"了一声，再不说什么。主仆二人只顾闷头吃饭，直吃得饱肚鼓腹，满头流汗，来了气力。

从黄河刮过来一阵风，身上的热汗霎时被盗走。天凉了，身凉了，脑子倒热了起来。究竟何去何从？钱庄的事情十万火急，如果十天内借不到钱，他所说的一切便会化为乌有，白家的钱庄将会拱手相让，他白永和又将面临一次人生失败，无颜以对“江东父老”。他所以敢大言不惭贷给刘掌柜五千两，敢答应三个月内还清日升昌票号的两万两借贷，一是凭无畏的气魄稳住局面，二是来临县求王先生助一臂之力。可是，真不凑巧，王先生行踪不定，哪里去寻，何处去找？如果见不到王先生，他的如意算盘就会全盘落空。

李茂德跟上白永和毫无目的地走着，就问：“三少爷，我们这是去哪里？”

白永和定了定，说：“我看去王先生家吧！”

于是，两匹快马朝王家山疾驰而去。

王家山坐落在湫水河边的一道小山沟里，村子不大，背山向阳，小溪叮咚，杂树掩映，宁静幽雅。李茂德打听住址，村童以手指着村中最高处也是最显眼的院落说：“那不是。连王先生的家也不知道！”

白永和顺着村童指的方向望去，一座高墙大院隐藏在古槐和枣林中。正面和东西两面坐楼。说是楼，其实是青砖到顶的窑上窑，窑前有骑廊，明柱抱厦，拙中藏巧。南面一带是挑檐、角兽、筒瓦、水磨砖到顶的厅房和附属建筑。比起白家大院来，院址是小了些，可是建筑却考究得多，也雅致得多，非白家的石窑洞可比。他想，只有这样幽雅的地方，才配这样高雅的人居住。

白永和与李茂德来至院门外，把马拴定，近前察看，门楣上挂着一块雕刻精致、蓝底金字的木匾，上书四字：“名医世家”。不由得长出了一口气，心里暗自庆幸道：“总算找到了。”便让李茂德去敲门。出来位头裹白粗布手巾的老汉，问：“先生，您找谁哩？”

白永和说：“找王先生。”

老汉说：“先生出门多日，也不知近来到了哪里。”

白永和问：“您是王先生的家人？”

老汉说：“不是，我是给他家帮闲的。”又说：“太太和少爷在家，要不进来坐坐？”

白永和说：“不了，我们还要赶路。要是先生回来，麻烦老人家传句话，就说平阳府永和县白永和拜会先生。”

老汉点头应承。

又是一个无功而返。

李茂德问咋办，白永和真的找不到北了，无法回答，只得翻身上马，原路返回。

两匹马懒洋洋地走着，还没走出山沟，天就开始暗了下来，没有了生气。出门人，天一黑，心就慌。可是，这一带小山村，哪里是他们投宿的地方？只得且走且问。天越走越黑，路越走越长。他们像盲人骑瞎马在暮色里摸索前行，天灰暗，地灰暗，不用说，白永和的心灰暗到了极点。正在走走停停间，忽听身后由远而近传来一串急促的马蹄声。随着“吁”一声喊，那马就停在他们身边。没等白永和开口，就听坐骑上有人操着一口浓重的临县话问：“请问二位先生，可是永和县来的？”

白永和听得，大喜过望，莫非王先生追了来？就回道：“在下白永和。您莫非就是王先生？”

对方哈哈大笑道：“来得早，不如来得巧，你们前脚刚走，我后脚到家。听说是您，就一路追来。先生别来无恙乎？”

真是绝处逢生，喜出望外，旅途疲惫和满腹愁云，早让王先生的到来驱赶了个干净，忙回说：“家严吉健，生意尚可，唯愚弟之事正应了先生所言，半生心血，付之东流。近来到汾州钱庄料理，顺便来看望先生。”

王先生吃惊地“哦”了一声，复归平静地说：“科场失意，商界得意，东山再起，也未可知。”

白永和惭愧地说：“永和才疏学浅，愚顽不化，哪里还会东山再起？且走且看吧。”

王先生见触到白永和的不快处，就绕过这个话题说：“不知大驾到来，有失远迎，抱歉得很。”

“先生这话羞煞我也。本应我来酬谢，迟迟不得践诺，失礼的是我，不是您。”

寒暄几句，三人勒马回头，不一会儿，就落脚在王先生家。

王先生吩咐家人端来两铜盆热水，让客人洗去一路风尘。接着，沏茶，上烟，上瓜子、糖果之类。白永和只喝茶不近烟，李茂德更不沾烟。王先生烟瘾不小，顾不上别的，一手拿起三尺长的旱烟袋，嘴衔玛瑙烟嘴，对着灯就着，霎时吞云吐雾起来。吸了两口，才问道：“三少爷远道而来，不会是专程看望愚弟吧？”

白永和正在琢磨如何开口，不想，王先生倒先问了起来，就撕下“专程拜会”的面纱，直说道：“正如先生所说，永和是无事不登三宝殿。”

说到这里，忙起身作揖，李茂德见东家这样，也赶紧溜下椅子，躬下了身。

王先生见白永和这样，心中诧异：想必是遇上难过的坎了，要不，人家哪里会轻易光临寒舍？于是，忙起身相扶，让二人坐了说话。

白永和说："不瞒您说，敝号近来偶有闪失，造成挤兑，银两调度不足，如不尽快注入资金，恐怕就要酿成大祸。"

王先生说："原来如此。我说呢，举人老爷身贵，怎会不请自到！"

一句话，说得白永和低下了头。他暗想，先生说得不错，要不是发生了这件事，我何曾想到登门谢忱先生救命之恩？正要回说"惭愧，惭愧"，就听王先生笑着说："不说不热闹，开个玩笑，不要见怪。这么说来，三少爷此行是求我解囊来了？"

白永和忙说："正是此意。不知先生能否帮兄弟一把？"

说话间，先生夫人，一位慈眉善目的女人，带领家眷进来，上了满满一桌菜，并给白永和施了礼，白永和赶忙回了礼。白永和眼花缭乱，没心思细数，酒是汾州府杏花村汾酒，比他家招待王先生时排场多了。王先生举起酒杯，说："山村僻地，没甚好吃的，还请二位见谅！"

白永和也举起杯，不胜惭愧地说："先生是吃过我家饭菜的，粗茶淡饭，远不如先生家的丰盛。叨扰之下，不胜惭愧！"

"不说那些了，今日相逢，一醉方休。来来来，干！"说罢，一饮而尽。

论吸烟，白永和是门外汉；若论喝酒，十杯八杯还能应付得了，他一仰脖子，酒就下了肚。只有李茂德，因长期在钱庄做活儿，循规蹈矩惯了，滴酒不沾。见二位老爷举杯，只象征性地举了举，就轻轻放下。王先生见了，就来劝饮。李茂德忙说不会饮。白永和也说，铺里待长了，没有他们这些嗜好，就随他吧。二人你一杯，我一杯，不觉就喝过了。白永和便仗着酒兴说："这次来府上，非但没有孝敬您的礼物，反倒让您出血，真是不好意思啊！"

因为走得仓促，白永和没来得及备下见面礼度，因此心里充满歉意。

王先生痛快地说："朋友之间，理应相帮。您说，要我出多少？"

白永和伸出两个指头。

王先生说："两千？"

白永和又把刚才的动作重复了一遍。

王先生弄明白了，不由得倒吸了一口冷气："两万？"

白永和说："是。"

王先生举到半空里的酒杯没有倒进嘴里，却从空中一泻而下，洒了一身。他自知失态，指了指衣裳，赶忙掩饰道："啊呀，这么好的酒，哪里有它喝的份，来来来，还是咱弟兄喝吧。"

白永和没法，只得陪着王先生继续喝。直喝得天旋地转，酩酊大醉。一觉醒来，已是第二天早晨。

白永和除了后悔，还是后悔。自己干什么来了？是办生死攸关的大事来了。事情还没有敲定，人就醉倒酒桌，丢人现眼不说，还要误了大事。正想着，李茂德来敲门："三少爷，日头都三竿子高了，王先生早就等着你用饭。"

白永和应了一声，往窗户外瞭去，可不是，日头红彤彤的，用老人的话说，就是日头晒到屁股上了，真出丑了。赶紧胡乱将衣裳穿上，抹了一把脸，走了出来。王先生早起练了一会儿拳术，就站在院里候着。

白永和面带愧疚说："真是贪杯不自知，酒醉醒来迟。失态了，失态了！"

"您是酒醉心里明，大梦醒来迟。三少爷做了一个好梦吧？"王先生调侃问。

白永和接过话茬，连声说："好梦，好梦，在好人的宝宅还能不做好梦！"

说着，三人都会心地笑了起来。笑声震得窑里的窗户纸簌簌作响，惊得贴墙而长的老槐树上的麻雀砉地飞了。

白永和想趁机续上昨晚的话题，王先生说先吃饭吧，吃过饭再说。尽管王先生说早饭从简，但也是十分周到。王先生书房里摆了八仙桌，白永和坐正，王先生下首坐了，李茂德坐右侧，令白永和惶惶然。屁股不停挪动，好像下面有针扎似的。刚坐好，家人就端上六个牛眼手碟，有韭花、咸菜、腌辣椒、咸鸡蛋、腌酸菜、胡萝卜丝，看似平常，却是五色与五味俱全。接着，又端来三大碗黄酒冲鸡蛋，以黄兑黄，一碗金黄。王先生让二位端起碗，说："鸡蛋黄酒，越吃越有。既能暖肚，又可养胃提神。来，祝三少爷越吃越有！"

随后上的是臊子拉面。面不仅白，而且筋道，扯起一根，不断头，活泼泼地直往碗外溜。临末上了一小碗钱钱米汤。所谓钱钱，就是把黄豆压扁，形同铜钱，故名钱钱，也是图个吉利。不用说，王先生的这顿看似简单却颇有讲究的早餐，让白永和开了眼。更让他开眼的是书香气十足的"至宝书房"，这是先生书斋雅号。吃饭中间，他时不时扫视一眼，就有了不俗印象。书桌上整齐地摆着文房四宝和一大摞线装医书，墙上挂着傅山等大家的字画条幅，神韵备至。一幅“淡泊明志，宁静致远”的条幅，清秀俊逸，刚劲洒脱，署名“至宝书房主人”，想必这是先生的手笔。先生为人为文为字均属一流，白永和不由得暗暗称道，就竖起大拇指说：“先生真大手笔也！”

王先生说：“胡乱涂鸦，在举人老爷面前诚恐贻笑大方。”

白永和说：“先生过谦了，永和甘拜下风。”

白永和虽是儒生出身，又有功名在身，可与精通儒医商三道的王先生相比，自叹弗如。这八个大字，不就是先生处世和心境的写照！对白永和来说，这顿饭的滋味，与其说在饭里，不如说在饭外。

用过饭，家人撤了碗筷，王先生照旧吸起他的旱烟锅来。白永和见状，就有点着急，可又不便开口，只好耐心地等着。

王先生“滋滋”吸了几锅，把烟灰在鞋底一磕，总算开了口：“长话短说，三少爷来一趟不容易，总不能让你空手而返。近来，我手头也不宽绰，昨晚我检点了下，充其量也不过七八千两，我即刻去县城和碛口筹措，凑够了亲自送去，你们看怎么样？”

原来，王先生并没有醉，他才是酒醉心里明的高人。白永和那颗悬着的心终于放了下来，代之而来的是难以言表的感激。仅与王先生一面之交，就不知高低地冒冒失失前来借款，人家非但没有嫌弃，反而慷慨出手，真乃热诚之人。想到这里，白永和眼含热泪说：“上次先生救了内人一命，这次先生又助我渡过一劫，让我怎么报答您？”

王先生淡淡地说：“朋友有难，鼎力相助；能力之内，促其成就。这是我王家的门风，但凡有力，不能不尽地主之谊。”

白永和又说：“君子有成人之美，君子以仁爱为怀。先生真君子也！”

王先生把家中的存银，悉数交给白永和，又给了日升昌票号的汇票一张，两样凑了七千五百两。因白永和事急，就不再挽留，送他们上路。三日后掌灯时分，白永和与李茂德静悄悄地回到汾州永盛恒钱庄。又过了五日，王先生一骑快马飞抵汾州，将一万两汇票交给白永和，虽不足两万两，但也足以应付。白永和随即贷给刘掌柜五千两，摇摇欲坠的永盛恒钱庄，被白永和不动声色地扶持起来，在汾州府地面掀起一阵不大不小的旋风。

永盛恒钱庄有了小两万元垫底，如同一只经过补漏的航船，有惊无险地行驶在航道上。刘掌柜拿上永盛恒的五千两做本钱，带上他的驮队去了口外。永盛恒钱庄尚有一万多两准备金在手，暂时不会有大的波动，东伙们再不像热锅上的蚂蚁心急火燎。再过一个半月就是年节，白永和因钱庄前景还不明朗，不敢贸然离去，只得在汾州过年。

白永和毕竟是外行，尽管急中生智筹集了一笔钱，闯过了挤兑关，但他对下一步如何做，心里一点底也没有。借下的钱，许下的诺，到时兑现不了，就会捅下天大的娄子。因此急得睡不着觉，吃不下饭。白大掌柜因闯下祸，受到少东家斥责，心里不大痛快，凡事唯唯诺诺，一切“悉听尊便”，也不主动去帮衬，多少有些看少东家有几多能耐的意思。李茂德见三少爷愁眉不展，就试探着说：“三少爷，何不请位高人指点迷津呢？”

白永和听了，觉得不无道理。虽说汾州是商家云集、藏龙卧虎之地，可是商场如战场，人家不来挖你的墙脚就谢天谢地，哪会给你出谋划策呢？一想到这里，白永和就叹了口气，说：“这种时刻，谁肯出来帮你的忙？”

李茂德说：“有一位老先生赋闲在家，东家不妨去登门请教。”

“谁？”

“冀大掌柜，冀先生。年轻时在京城做过钱庄大掌柜，可以说是钱庄通。现在年事已高，就辞了工回家歇着。”

白永和叫李茂德备了厚礼，两人径直来到冀先生家里。

冀先生见白永和诚心而来，虚心请教，眯着眼，拈着须，想了想说：“永盛恒钱庄虽说暂时渡过一劫，但仍然危机四伏，一着不慎，全盘皆输。要扭转被动局面，必须从根本上解决钱庄信贷危机，在揽储收贷和谨慎放贷上做文章。非常时期，就得用非常手段。我有一个主张，您看可行不可行？”

白永和说：“先生请讲。”

“我的主张是三个字：‘抢生意’。”

“抢生意？”白永和不解地问。

“对，抢生意。抢生意就是揽储。年前的揽储，是为年后的放贷做准备。对于永盛恒钱庄来说，年前这一个月，是生死攸关的非常时期。不可按常规坐等生意，要走出去揽生意，抢生意。上至少东家，下到掌柜、协理、内事、管账、信稿和跑街等一干人，要人人‘抢生意’，奖优罚劣，奖罚分明，重奖之下，必有勇夫。揽储要宽，放贷要慎，收贷要快，只要做到这三件，自然可保无虞。”

经老先生一番指点，白永和茅塞顿开。再三感谢之余，不免多了一个心眼。他想，商界少风平浪静，多风云变幻，冀先生是商界精英，谙熟折冲之道，如果能聘得冀先生做大掌柜，对永盛恒来说是再好不过的事。当他说明本意，却遭到冀先生的断然拒绝。

冀先生说：“老朽年迈体弱，不堪重托。况且，西方银行不断涌进中国，大清银行正在崛起，打破晋商银号一统天下的格局，银号生意越来越不好做。总之，隔年的皇历不好使了。老朽说说话可以，干活计却不行。”

但白永和却像逮住宝贝似的不肯放，经过再三恳求，冀老先生勉为其难地应承下来。不过不就实职，而是做个咨议或者幕友之类的虚职。即使如此，白永和也很知足。有老前辈不时指点，总比无人关心要好。回头便对白大掌柜告知，按照冀先生说的，立即动作起来，每揽储一千两，奖励一两。没有揽储者，视情形降职降薪，直至解聘。对冀老先生另眼看待，享受大掌柜酬金。冀老先生坐享一份薪水，自然也不能白白受用，不时过来指点。永盛恒钱庄就像上足了发条的座钟，疯抢起了生意。

随着年节的悄然逼近，白永和的心愈收愈紧。刘掌柜去口外已经半月有余，是赚是赔还不知晓；跑街的虽然跑回来一些外欠，但吸纳存储却不见明显效果，如果办不好，日升昌的两万两白银就无法还清，那样的话，不仅前功尽弃，还会落个以铺抵债的可悲下场。

白永和在李茂德陪同下，几乎每天逛大街，问行情，拜客户，交朋友。经过冀老先生的引见，没用多长时间就融进了商界，结交了汾州以及在汾州的平遥、介休、太谷、祁县、交城有名望的商人，加上他不俗的功名和跑街们的极力渲染，白永和开始在汾州商界崭露头角。有家交城的皮货商，一次在永盛恒钱庄存银两万两，有家平遥的药材行，也存进一万两。几个跑街，跑得腿肚子转了筋，嘴皮子磨出了茧，不仅收回万余两借贷，还吸收进一万两存储，加上钱庄各管事的努力，仅一个月时间，库里就新存五万余两，加上原有的，有了六万两的家底。临近年关时，刘掌柜从口外回来，不仅连本带利还清了本次借贷，还补还了上次的部分欠款，白永和终于松了一口气，而永盛恒钱庄因少东家的极力周旋，不仅恢复了元气，也显现出了生机。

白永和虽然做着背负千钧、力挽狂澜的紧要事，但私下里常常想起他的柳含嫣，想着他们的约定。当柳含嫣眼巴巴地盼望着和他早日相会时，他却在为白家的前途拼搏，无暇践约。他知道，两相比较，家事为大，私事为小。所以，他与柳含嫣的脉脉温情，只能当作茶余饭后的调味品。憋闷时，玩味玩味，空虚的心灵得到一些安慰。眼下，他只能一门心思放在钱庄，只有踏平风浪，才能为他们的相会铺平道路。他给柳含嫣写了一封情深意长的信，请她理解他的处境，请她相信他的一片真情。

当柳含嫣在京城过着孤单凄凉的年节时，白永和却在汾州和钱庄的伙计们过着喜气洋洋的大年。

没有丝竹管弦，难得歌舞升平，但在热气腾腾的生意和人气面前，白永和人没醉心却醉了。钱庄的复活让他陶醉，爷爷连连祝捷的家书和柳含嫣曲尽缠绵思念之情的素笺，使他醉意醺醺。

风雨过后是彩虹。他深情地期待着。

第二十二章

七九河开，八九雁来。

河开，意味着蛰伏了一个冬季的渡船、长船就要开禁，意味着黄河人家过罢冬闲迎春忙的悄然转换。

二月里一个春寒料峭、阳光明媚的日子，永和关的当家人白鹤年带领全村人来到黄河边。临河的沙滩上设了祭桌，祭桌上摆放着大大小小的盛器，盛了猪羊牛犬鸡五牲，麻黍稷麦菽五谷，白管家高声宣布祭河神仪式开始。白鹤年带头跪下，在他身后，男女老少呼啦啦跪下一片。只听鼓乐齐鸣，鞭炮燃放，寂静了一个冬季的黄河谷地，以它宽大的胸怀放情接纳了这种喧嚣，河水也在以它丰盈的容姿等待着人们对它的顶礼膜拜。隔岸相望的永和关和延水关，几乎同时都在举行祭河仪式，祈祷和祝愿之声无不发自肺腑，敬畏与喜悦之情洋溢在人们脸上。白鹤年满把焚香，祈祷河神："一愿风调雨顺，国泰民安；二愿丰衣足食，四季康宁；三愿五谷丰登，六畜兴旺；四愿子孙蕃昌，富贵绵长；五愿人物康泰，文通武达；六愿开河大吉，顺风顺水；七愿生意兴隆，财源滚滚；八愿积善行仁，忠厚传家；九愿阖族一体，同享升平；十愿两岸同心，和满乾坤。"

随后，白鹤年与众乡绅把五牲、五谷和水酒缓缓抛撒在河里，期待河神和它的精灵一齐来享用。此时，合族男女老少好像已经得到冥冥中的神灵的护佑，心灵的宽慰终于化作难以抑制的激情喷泻出来。八音会奏出了和谐之音，民歌小调唱出了豪放的心声，威风锣鼓掀起了一阵粗犷的黄色旋风。闹够了，笑够了，披红挂绿的渡船在白鹤年"起船嘞"的吆喝声中缓缓启动。载着亲情，载着友情，载着乡情，载着商情，过了彼岸。与此同时，彼岸的渡船也缓缓开了过来。

河开了，船行了，心动了。

白永和归心似箭，但箭无双向，只中一的。要么，去北京与柳含嫣会面，要么，回永和关复命。权衡再三，他还是选择了后者。

临行前，白永和破格擢升李茂德为三掌柜，并还清了日升昌两万两借贷。归还了王先生的银钱，但被谢绝了息金，这让白永和又感叹了一番。白永和反复叮嘱白掌柜，在存放款上要“慎放力收”。慎放，就是在放款时慎之又慎。力收，就是放出的款不能坐等靠送，要主动上门摸清底细，力求到期还贷。对冀老先生，要相敬如宾，求计寻策。如此有条不紊、滴水不漏的安排，在白永和来说还是平生第一次。永盛恒钱庄的伙计们，也是第一次看到一个外行是如何以内行的理念和运作，做了一篇起死回生的精彩文章。

白永和在钱庄的日子里，白掌柜深深感到任凭他自己使上十二分气力，总是跟不上三少爷的步子。起先，他对三少爷的到来并不抱多大希望。他想，文人迂腐，书生多意气用事，派他来只能坏事，不能治事，哪里能折冲商海，力挽狂澜？只怕这只摇摇欲坠的破船，非但靠不了岸，反倒会加速沉没。没承想，三少爷少年气盛，胸有谋略，冷静沉着，步步为营，硬是把漂泊在汪洋中的小船拨正了船头，重新起航。有一段时间，他甚至还等待着看三少爷走火入魔，犯一个可爱的错误，然后由他白掌柜收拾残局，好挽回一点面子。事态发展适得其反，在旁察言观色的他，反倒成了被愚弄的对象。原来，老太爷胸有成竹，三少爷有备而来。此次风波，如果不是三少爷亲主其事，即使是老太爷亲来坐镇，恐怕也无济于事。白家不倒，真是万幸！白掌柜不得不佩服三少爷的能量。看来，要想在钱庄继续做下去，只凭吃老本是不行了，还得多学着点，一不留神，吃了二十来年的饭碗，随时都可能砸了。

迎着和煦的春风，白永和满面风光回到永和关。

从不当面夸奖后人的白鹤年，这一次，再也沉不住气。当众说三娃做事果敢，胸有韬略，替爷爷救了一把火，消了一次灾。

白贾氏暗想：看不出三娃有这么大的能耐，经商尚且如此干练，要是做官的话，定是栋梁之材。不过，她却惜言如金，没有夸三娃一个字。非是她不想夸，而是别有用意。

族叔白敬斋腹有文韬，恨无用武之地，正好向载誉归来的白永和尽情地发挥：什么品高格雅，少年老成啦；文章经济，相得益彰啦；儒商两道，游刃有余啦；喜我白家，后继有人啦，夸了一大堆。白敬斋的夸奖，半是真诚半是虚伪。真诚的是，白永和给他保住了老本不赔钱，还有了赚头；虚伪的是，借夸奖别人炫耀自己肚子里那点快要发霉的墨水。

白永和回来，正好赶上参加由爷爷主持的开河仪式。当时，站在祈祷队伍中的白永和觉得，那看不见摸不着的翅膀又鼓了起来，就要振翅远飞了。站在河边，虽与众人一样的激动，却是不一样的祈求。想起远在北京的柳含嫣，想起即将开始的新生活，他心里充满了无限憧憬。

白鹤年决意要把家当交给白永和。没想到，一向看好白永和的白贾氏却第一个站出来反对。

白鹤年说："这就日怪了，别人阻拦还能听得下去，你阻拦又是为甚？"

"不为甚，为的是白家好。"白贾氏平静地说。

"为什么你总是和我唱反调？凡事出来，左一个不行，右一个不中。依你看，究竟谁来执掌这份家业？"

白贾氏说："不是我要与您唱反调，是您太性急。白氏先人白居易说过，'试玉要烧三日满，辨材须待七年期'。二娃在家等了这么多年，您不放话；三娃回来才几天，就急着交权，让众人怎么看，再说二娃能服吗？即便要定点，也要再试试三娃究竟能吃几碗干饭才行。"

白鹤年白眼仁一瞪，说："动不动抬出古人教训人，白居易是唐朝人，能管了咱民国人？再说了，担子不在谁肩上，谁不着急，我倒要听听你有甚高见！"

"我一个妇道人家，哪来的高见？只不过有个拙见。合您的意就听，不合您的意就算我没说。依我看，不如把白家的家业分成三份，一份是船帮，一份是驮帮，一份是店铺，让他们兄弟三人选，试上一年半载，能者上，庸者下，公平合理，谁也没说的。"

白鹤年想，这话在理，就说："好吧，就依你的，到时千槌打锣，一锤定音！"

三兄弟鱼贯而入。一个个上炕盘腿，正襟危坐，听候训示。

白鹤年说："爷爷老了，身子骨一年不比一年，身懒心散，不想动弹，里里外外的事，实在打理不过来，想将息一些时日，少则三月五月，多则一年半载。这样，家业就要你们兄弟三人去打理。我把白家的家当分了三摊：一是船帮。今年，白家要打长船，把生意往远里做。水上生意风险最大，非敢作敢为者能胜任（白贾氏万万没有想到，她只不过说了船帮，并没有说长船，一提长船她心尖滴血，难道老爷子老糊涂了？她想纠正，又无法开口。因为这事是她起的头）。二是驮帮。驮路艰险，生意难做，不流几身臭汗赚不了钱。三是店铺。店铺虽说都有掌柜打理，可是也不可放任自流，不出事便罢，一出事就是塌天大事，永盛恒钱庄就是一例。总之，底子都抖出来了，三件活计，哪一件都不轻松。谁先来？"

大娃白永平几乎没有犹豫，就挑了店铺。因为，店铺除永盛恒钱庄，都集中在永和关，而且各有掌柜经理，不用多操心。至于说钱庄，老三已经给他做了一锅好饭，他不用费心烹饪，尽可以坐享其成。

二娃白永忍略微思考，挑了驮帮。白家十几头牲口，常年跑的是隰州地界内和延川县的短途熟路，只要把领头的管好了就可以，没甚难的。

不用说，剩下的船帮就是老三白永和的。白永和没有吱声，坐在那里纹丝不动，任凭四个人八只眼睛看着他。

不只是白永和，连不担事的白永平也看得出来，这是爷爷在交班前的一次考试，能不能操持这个家，在此一举。白永平对什么都没兴趣，成也罢，败也罢，对他来说都无关紧要。他知道，他是一根扶不起的南瓜蔓，没指望。

白永忍恰恰与白永平相反，脑子里除了接管家业，还是接管家业。所以，这一次无论如何不能让三娃再出风头。他一直后悔上一次没能自告奋勇去汾州救火，要不，执掌家业已经水到渠成，哪还用爷爷再来一次就职考试呢！这次，建功立业的机会又来了，可为什么不主动请缨出征呢？他深知长船风险大，三娃从没放过船，不知水深浅，此去不出人命就算万幸，哪来的胜算？我只需静观待变，到时，白家这把交椅还不是我白永忍的？所以他乜斜着眼，不住地看白永和，脸上露出阴鸷的笑。

最无奈的是老三白永和。他本来想找个借口脱身而去，不承想，话还没来得及出口，又让一块难啃的骨头噎住了嗓子。说也不是，不说也不是。他知道，家里为他付出的最多，理应为这个家多多回报。可是，汾州一去，两三个月，上了长船，更没有日子，柳含嫣那里怎么交代？叫人家怎么想？那神圣的诺言难道又付之东流？他犹豫着，不知该如何开口。

精明不过的白贾氏，对少心没肺的大娃，欲擒故纵的二娃，心不在焉的三娃，一一看在眼里。最叫她放心不下的是三娃。刚在汾州出了风头，如果这次上了“贼”船，不能顺利靠岸，这一辈子就没有了出头之日。她希望三娃宁可出去谋个事做，挣碗饭吃，也不要在山雨欲来风满楼的白家受这份窝囊气。他满腹经纶，可以大有作为。虽然大清倒了，不是还有民国吗？她知道三娃身在曹营心在汉，尽管还不知道三娃心中的“汉”在哪里。所以，她只是冷眼旁观，不动声色。

白鹤年见大娃、二娃各主其事，只有三娃别无选择地上了船帮，心里免不了为三娃感慨，但嘴里却什么也没说。其实，放长船，钓大鱼（做大生意）不是他的本意，要不是死老婆子的极力撺掇，他哪里会说漏了嘴？在放长船上，白家曾付出过沉重的代价，那就是他至死也忘不了葬身黄河的儿子。现在，他咋忍心让最小的孙儿重蹈覆辙？在他来说，手心手背都是肉，哪个也不忍心让跑长船。可是，一言既出，驷马难追，怎么能轻易变更呢？这也许是命，命里注定三娃要子承父业。他不无怜悯地看了一眼三娃，心情复杂地说：“三娃，大哥、二哥都有了营生，剩下的就是你的。你别无选择，只能带上白家的船帮一显身手……你倒是说句话呀！”

白永和没好气地说：“叫我还说甚？三块肉，哪块肥，我就啃哪块呗！”

白永和揶揄也罢，违心也罢，反正是应承了下来。爷爷激动之余，多了些赞许；奶奶赞许之余，更多的是后悔。她出这个主意的时候，想到的是，上次三娃立了功，这次，邀功心切的二娃一定会勇挑重担，好好露露脸，以便名正言顺地把这个家当接过去。三娃呢，既然无意于家业，还是让他去外边闯荡为好。她万万没有想到是这样一个结果，这无异于搬起石头砸了自己的脚。她心里只管骂自己，出了个瞎主意，臭点子。

白永平坐立不安，浑身老大的不自在。轻重倒置，兄不如弟，此事传出去叫人咋看？唉，随它去吧。永平，永平，永生平平。

唯有白永忍忍劲十足，静静地，木木地，不为所动。他一向挑肥拣瘦，这次又占了便宜，明明给三弟留下最难啃的骨头，弟弟却说自己啃了块肥肉。真是尿泡打人，虽然不疼，臊气难闻。不只是他，在座的谁不是这样想。

事已至此，无法更改。白鹤年清了清嗓子，做最后的强调："话出如箭，岂可乱发？一入人耳，有力难拔！这可是当面锣对面鼓敲定的，你们弟兄三个听好了，谁也不得反悔！只能做好，不能做坏。谁要想糊弄我，休怪我糊弄了你！"

大娃、二娃起身走了。三娃还想与爷爷讲条件，但碍于情面，不好出口。想了想，日月常在，何必人忙？就下了炕，走了。

通常，这里把渡口船称作摆渡船，摆渡船也叫丈二船，所谓丈二，就是船体宽一丈二尺五寸，长三丈七尺。长船指长途运输船，与摆渡船相比，船体较大。大一些的叫丈八船，船体宽一丈八尺，长五丈四尺，小一些的叫丈五船，船体宽一丈五尺，长四丈五尺。永和关上下几百里水路，河道窄，水流急，石碛多，长船一般只能用丈五船，放长船多是买来顺水长船，或者原船原货继续下行，或者另装货物下行。所以，白永和接受了放长船的差事，并不是立刻就能成行，还要买船，采购货物，物色可靠船工。这样一来，从春风吹绿杨柳梢，一直忙到枣花飘香黄河畔，差不多过了两个节令，才算筹办就绪。

船行看吉日，下水须祭神。永和关门楼高高屹立在黄河边，关门上下，披红挂彩，关门里外，洒扫一净。两艘长船，停泊在关外的码头。打扮得花枝招展的那艘是白家的，另一艘是临县下来的长船，因为黄河水路凶险，一般远行至少得两艘以上，以便有个照应。两艘船深深的吃水线告诉人们，它们已经吃饱了肚子，按捺不住远航的兴奋。当然，喜色与行色集于一身的白永和，今日更是风光满面，既有众星捧月的光彩，又有众望所归的豪情。

因为这是白家自上次放长船失利之后，三十年来第一次远航，故举行了隆重的放船仪式。白老太爷和白贾氏等，从九十眼窑院下来，走过关村，行至三里外的永和关时，早在那里等候的白永和等，扶二老登上门楼。震耳欲聋的三眼铳响过两个六声，象征六六大顺；响公们大吹大擂，象征红红火火。热闹过后，白永和临河把酒，神情庄重，祝天地、敬河神。他带领船工焚香烧纸，顿首叩拜，并对河表白："一愿此行顺利，二愿河开财来，三愿好梦成真。"前两愿几乎是所有白家人的共同愿望，唯独三愿话出含糊，在场的人听不出什么意味，只有白永和心知肚明。他又许愿道："如三愿兑现，我白永和许河神三出愿戏。"白永和的许愿出自胸臆，不落俗套。但新升了长船老艄的白三奴，觉得还不过瘾，学着三少爷的样子，文不文，土不土地念了愿语："河神水神，通通显灵。要行便行，要停便停。保佑我们，一路太平。”为了祈求平安，扳船的尽其所能，各有所许。

许愿完了，放船仪式到此为止。白永和嘱咐船工各就各位，白永和站在船头，向爷爷、奶奶和众人作揖告别。白鹤年说：“顺风顺水。”白贾氏说：“顺心顺意。”众人说：“顺手顺利。”在一片“顺顺顺”的祝愿声中，只听白永和长长地喊了一声 “起船嘞”，船解缆起锚，缓缓启动，顺水而下，渐行渐远。白鹤年和白贾氏站在关门楼上翘首远望，直到船消失在天尽头。

白永和乘第一艘船，老艄就是白三奴。以船家惯例，船工在二十年以上才有可能熬成老艄。过去称白三奴老艄，是通常的称呼，并不意味着已经得到实授。白三奴虽然只在船上干了十四五年，可胆大心细，水性极好，对永和关上下水道了如指掌，且又是白永和儿时伙伴，白永和便破格让白三奴做了老艄。黄河晋陕峡谷河道长船，丈五船配备船工六人，老艄一人。老艄就是掌舵人，人货安全系于老艄一身，责任不可谓不大。这些年，白三奴大部分时间消磨在渡口，偶尔也给路过永和关的长船当过境老艄，引领船只平安通过附近水域。这一次，他掌了长船的舵，成了名副其实的老大，既兴奋，又紧张。不停地观察着前面的水路，不停地发出各种口令。船一会儿直行，一会儿转弯，一会儿避浪，一会儿过碛，平稳而从容。后边搁伙的临县长船，跟着白家长船踩出的水道缓缓前行，省了许多心。两艘长船，本是顺水行舟，又借着西北风的鼓劲，船越发地行得欢了。

行了约莫两个时辰，过了一处名叫直地里的村子，船就掉头朝西走去。白永和问：“怎么朝西走了？”

白三奴说：“黄河过了直地里，就会连过五个大弯，这些弯有朝西拐的，有朝东拐的，就像扭麻花似的，一来一去，挺有意思。”

听白三奴这么说，白永和联想到了什么，就问：“是不是进了乾坤湾？”

“还不到。乾坤湾指的是河浍里村以下，叫人拐来拐去晕头转向的几个大湾。”

白永和嘱咐道：“到了乾坤湾，吱个声。”

白三奴应了一声。

河道越来越窄，越来越暗。大峡谷像一道长长的缝隙，黄河像在缝隙里穿行的游蛇，长船像驮在游蛇背上蠕动的乌龟。一早一晚，太阳吝啬得不肯光顾，峡谷里一片阴冷。只有在正午时分，太阳才能照进深深的缝隙。过了第一道弯，河又变得直了，宽了，人的心情也随着开朗起来。

白永和透过缝隙朝天上看去，春日妩媚的阳光正无私地倾泻下来，尽情沐浴着峡谷和峡谷里的一切。他的目光随着阳光落脚处移动，只见两岸怪石嵯峨，河面鳞光闪闪，扳船的人儿个个颜面紫糖，汗流浃背。急行了几十里水路，人困腹饥，白永和叫白三奴停船歇息用饭。白三奴找水深岸阔处停了船，吩咐船工做饭。

船上的灶具简单得只有一炉一锅和几只碗。做饭的船工点着火，烧开水，把小米倒进锅内，然后用文火焖，直到焖得小米发了胀，溢出香味。为了耐饿，小米得很硬，一粒一粒互不粘连。一人端着一大海碗干小米，围成一圈，就着带来的萝卜疙瘩和蔓菁菜，津津有味地吃了起来。

本来，白贾氏怕她的三娃不服船上生活，叫白管家准备了薄馍馍、枣馍馍等干粮吃食。临开船时，白永和全放在岸上。他的用意再明白不过，既然揽下跑长船的活儿，就要吃苦受累甚至冒险，就要与船工同甘共苦。但他没有想到，扳船人的饭食竟是如此粗劣，难以下咽。小米硬得咬不动，只得细嚼慢咽。米粒在嘴里转来转去，仿佛都在躲避他的牙齿。所以，每吃一口米，要费好大劲。众人见少东家吃小米如同吃沙子，忍不住在心里笑。白永和见船工们吃米如同吃稀饭，打心里佩服。人常说囫囵吞枣，自己就不能囫囵吞米？再难吃，也得吃下去。想到这里，他便学着大家的样子，伸长脖子往下咽，人家一碗早吃完，他连半碗也没有吃了。简单饭食，草草结束，船上生活就是这般单调乏味。

两只长船在惊涛骇浪中继续前行，不多时来到河浍里村，进入乾坤湾。从这里到于家嘴三十多里水路，是黄河最弯曲、最壮观的地方。

白三奴对白永和说："三少爷，我们已经进入乾坤湾。"

白永和这一生，最不乐意的是皇帝停考，毁了他的前程；最不顺心的是与爱丹分手，犯了一个不可饶恕的错误；最不愿意听到的地名是乾坤湾，一听乾坤湾，如同万箭穿心，痛不堪言。这是因为，他的父亲三十年前就葬身此地，活不见人，死不见尸。所以，听说长船进入乾坤湾，心便不由得猛然收缩，浑身打了个激灵。他朝思暮想多少年，今日始得身临其境。他的心在颤抖，目光也恍惚起来。后边传来白三奴的叫声："三少爷，这里景致最是耐看，不可错过。”

他抬头看山，山似刀劈斧砍，直起直落，不要说人无法上下，就是猿猴也难以攀缘。河道犹如一根小孩玩的跳绳，忽左忽右大幅度摆动，乾坤湾类似跳绳中间弧度最大的部分。才这样想着，船掉转头，从原来的正南方向向正西方向驶去。行了长长一段距离，复拐弯向南，少顷，船头一掉，向东而去，叫你摸不着头脑。

白三奴从后舱舵位向前舱的白永和大声说：“乾坤三湾如回肠，河浍里湾最断肠。”

白永和回头问：“哦？怎么讲？”

白三奴道：“这河浍里湾是乾坤湾中最曲折难行的一道湾，也是最精彩的一道湾。我打个比喻，乾坤湾如同花花肠子，船呢，就是肠子里的蛔虫，肠子有多少弯，蛔虫就得绕多少弯。如果你站在仙人洞上往下看，这河就像一条盘曲的蛇，被它盘绕着的山如同一颗蛋。人家说，乾坤湾的三个蛋就是三个小岛。”

就在前边两山合拢、眼看船要碰壁时，谁知船轻轻一拐，就拐出个别有洞天来。两面的山突然闪开，豁然开朗，有一个小岛不期然扑入眼帘。白三奴高兴地说：“才说岛，岛就来了。三少爷快看，这是老牛坎！”

白永和定睛看时，果然，河心里漂浮着一个小岛，这大约就是人们常说的沙石堆积而成的石碛吧。虽然此时水流湍急，船行甚速，但岛上的景致还是被白永和一一收入眼中：三五茅舍，几畦薄田，一只小小的渡船。老人在老树下为老牛梳理，孩童搂着狗仔喂着鸡雏，一切都是那么悠闲自得。这生活，如他这些追名逐利的匆匆过客只能眼观，难以享有？站在激流行舟里的白永和，欣赏着孤岛上的风景，禁不住生发了许多感慨。黄河的大气势，孤岛的小格局，一动一静，一忙一闲，不期然绘就了闹中有静、静中有闹的绝妙画图，而观者与被观者，则同样进入有我与无我的大境界。白永和心仪这样的境界，但要进入无我做人、有我处世的境界，是何其之难！

白三奴的说话声打断了他的思绪，因没有听清楚，反问道：“你说什么？”

白三奴嗫嚅着说：“这里就是老爷出事的地方。”

白永和听说这里便是不祥之地，顿时，心狂跳不止，浑身都发了紧。是为天然险阻，更是为三十年来的一个梦想就要实现。

他取出一壶老白汾酒。听说父亲爱喝酒，而且酒量很大，悄悄备下这壶酒怕有十来年了。他站在船头，自左而右、从右复左地把酒款款地洒进河里。又取来各种献食，一点点扔进河里，虔诚地祭奠父亲在天之灵。他觉得浑身的血往头上涌，明亮的眸子也被泪水模糊，周围一派混沌。白永和泣不成声地祈祷道："父亲，不孝男看您来了。我是带着爷爷、奶奶对您几十年难以忘怀的舐犊之情，带着您的三个儿子对您的骨肉之情，谨以清酌庶馐之奠，致祭先父殒身之处，请你享用。昨天的您，在一场惊天动地的搏斗后，悄无声息地走了；今天您的儿子，沿着您的足迹，乘风破浪来了。子承父业，再闯乾坤，这或许是您冥冥中的召唤，或许是命运的安排。我知道，三十年前，父亲没有闯过去乾坤湾，于心不甘；三十年后，您未曾见面的儿子决心顺利闯关，成就您未竟的遗愿，延续白家未来的事业。今天，儿子来到您面前，再三祈祷您在天之灵，第一，保佑白氏阖族人丁兴旺，向阎君乞求，给爷爷纳福，给奶奶增寿；第二，愿父亲在阴间和母亲团圆安乐，静享清福，再不要操劳不止，更不要冒险逞能；第三，父亲既在乾坤湾安身，不是水神也是水仙，请您保佑过往船只平安无事，保佑孩儿此行顺风，日后顺利。"

河水呜咽，阴风呼啸，一只苍鹰在空中盘旋。它的加入，使苍凉的气氛愈发浓重。

做了三十年想做而未做的事，白永和终于如释重负，一身轻松。他独自一人站在船头，两眼茫然，默默无语，任峡谷里的风梳理着他的短发，梳理着他的思绪。

白永和突然掉头，问白三奴："你说，这里为甚叫乾坤湾？"

白三奴没有立即回答，双眼紧张地注视着水面，双手小心地扳着舵，等船避过一处石碛，到了开阔处，才头也不回地说："听老年人说，老早以前，天地一片混沌，人们不辨东西，不知南北，伏羲神来到这里，日日坐在乾坤湾里观察，发现日头总是从东到西升降，日月星辰变化也有定数，伏羲在此，仰观天象，俯察地理，最后画出了太极八卦图。于家嘴山上有一个很大的石洞，说是住过神仙的，那个洞叫作仙人洞，这一带黄河叫作仙人湾，后人依据伏羲画八卦、定乾坤的传说，又改作乾坤湾。不知您留意没有，乾坤湾山环水，水抱山，水明山黑，相互扭曲，活脱脱的一个八卦太极。如今，在乾坤湾上下左右，还能找到与传说里青龙、白虎、玄武、朱雀东西南北相对应的地方呢！”

白永和听了，新奇之外添了几分神奇，景仰之余生了几分虔诚。附着了神话色彩的乾坤湾，霎时间变得扑朔迷离起来，乾坤湾不再是纯粹的山水。世上事哪个不是这样，一经神人指点，顽石即成灵石；每被名人吟诵，山水别具神韵。

此时，已近黄昏，残阳正往下坠着，白永和目不转睛地追寻着它的足迹。说时迟，那时快，只那么一眨眼工夫，日落西山，美丽的霞光张扬了一阵也随着隐去。遥看天穹，夜幕四合，夜之精灵正在用一把巨大的刷子，饱蘸着浓墨涂抹着天幕，天便愈来愈黑。船驶出乾坤湾，暮色中闪现出点点星火。白三奴兴奋地说：“三少爷，于家嘴到了。于家嘴对过，就是陕西清水关，也是两个老渡口。到这里，乾坤湾就走完了，我们也该打尖了。”

征服了乾坤湾，既是对先父的告慰，也是对未来的探求，白永和在伤感的同时也有些沉醉。

白三奴吩咐船工拴了缆绳，收了桨。因为码头水浅，船难以靠岸，按老规矩，船工须轮流背东家和老艄上岸。白永和先被背了上去，白三奴也在欣喜的心情中被背上了岸。这是扳船十五年来的第一次，所以他很在意被人背的感觉。因为他随着责任加重的同时，破股（分红）也高了，改变了过去“船工是揽（活）”的命运，而成了“老艄是寻（找）”待价而沽的地位。成了老艄，就再不必在船上过夜，可以到岸上住店吃饭。如果他愿意，还可以在岸上找个相好的过夜。他把船工们安顿好以后，便与三少爷和另一只船的老艄来到于家嘴，住进小店，吃了一顿有酒有菜有肉有面的好饭。

过了马斗关，进入大宁县地界。眼前山矮了，河直了，水宽了，船也平稳了。只是一路上船工动作单调，人太寂寞，偶尔，有人一边划着一边打盹。白永和对白三奴说：“听说你会唱小曲，不妨来一个，给大家解解闷，怎么样？”

众人听了，都连声叫好。白三奴唱小曲是出了名的，吼一嗓子，后生听得入了神，吼两嗓子，女娃听得丢了魂。生性热闹的他，因为有三少爷跟着，又升了老艄，得有个正儿八经相。再说，人家是开口之乎者也的举人老爷，哪里能听得进去民歌小调？所以，一路上只能小心扳船，不敢胡哼乱唱。

三少爷这么一说，好似干柴上点了一把火，兴头立刻煽动起来。白三奴清了清嗓子，就开了腔：

人人说妹妹好身段，
夹沟瞭见你的红衫衫。
走起路来风摆柳，
哎哟哟，
好像云彩里一道闪。

人人说妹妹好容颜，
夹墙瞭见你的俊脸脸。
回头一笑酒窝窝甜，
哎哟哟，
好像圪梁上的山丹丹。

人人说妹妹好才干，
夹窗瞭见你的手腕腕。
描龙绣凤为哪般？
哎哟哟，
单等着我的那个亲圪蛋。

这白三奴歌声刚落，小后生们就嚷嚷着不过瘾，要白老艄再来点酸溜溜的，麻辣辣的。

船上多是后生娃，船工一生与险俱来，号称是“死了没人埋”的人，所以，能娶一房媳妇不是容易事。相不下亲亲想亲亲，娶不过媳妇想媳妇。白日里想媳妇手腕腕软，半夜里想媳妇睡不着觉。经不住白三奴婉转动人的歌喉撩拨，不安分的心早被煽动起来。划着划着，手劲小了，不知哪里隐隐地憋胀起来。于是，你踹我一脚，我擂你一拳，你挠我一爪，我抿你一指，闹腾起来。那个笑哟，闹哟，几乎把船都搁浅了。

大家齐心把船扳正了，又央求白老艄再吼一嗓子。白三奴怕三少爷笑话他俗气，偷着看了三少爷一眼。原来，三少爷脸上也放着红光。看得出来，他是在尽量克制自己，不想在船工面前情绪失控。白三奴知道，三少爷那颗不安分的心怕是比他还野，而且人家有野的本钱。只有他们这些扳船的，才是胡思乱想希图嘴上痛快呢！船上一个老艄，六个船工，加上三少爷是清一色的光棍。三少爷只能算是候补光棍，人家前有车，后有辙，不会和他们一同光下去。天有阴晴雨雪，人有七情六欲，一船光棍，谁不想妻？他三少爷丢了爱丹，单奔了几年，还能没有心思、没有烦恼？不过，他没敢唱那首叫人撕肝裂胆的《光棍哭妻》，因为今天一路顺利，大家高兴，就来个煽情的，煽煽后生们心里的那把火。想到这里，就扯开嗓子号起来：

大红果子剥皮皮，
人家都说我和你。
本来咱俩没关系，干妹子，
好人担了个赖名誉。

一朵鲜花生得娇，
过路的君子瞧一瞧。
有心回头和你交，干妹子，
又怕伤了鲜花苗。

高高山上一棵桃，
青枝绿叶长得好。
有朝一日桃熟了，干妹子，
抱住桃树摇几摇。

唱到这里，有两段念白，后生们一齐跟着念了起来：

你大你妈爱银钱，
给你寻了一个老汉汉。
又抽洋烟又耍钱，
倒灶鬼，误了你的青春好年华。

麻雀雀落在黄蒿林，
二不愣后生跟一群，
死皮赖脸说长又道短，
挨刀子货，
我看他们不是一些个正经人。

众人和完，白三奴又唱道：

这位大姐你笑嘻嘻，
我莫非在哪里见过你。
如果大姐你不嫌弃，嗨咿儿哟，
我看咱干脆结成一对对。

三月里桃花绿嘴嘴，
剥了皮皮流水水。
咱二人相好一对对，我的干妹子，
你看这日子美不美！

乡间俚曲，最合山里人的脾气，情歌最能激发年轻人的想象空间。他们一边划着船，一边乘着想象的翅膀信天飞去，一颗颗躁动的心，不知飘到哪里，落到谁的心上……

白葫芦捅了白狗蛋一下，白狗蛋挠了白葫芦一把，其他后生你撩逗我，我取笑你，流泪水的，流涎水的，擦鼻涕的，一人一个样。但不安分的好心情却没有两样：一个个红口白牙，恨不得把谁家那颗大红果子，一口吞到嘴里，咽到肚里。

白永和只是抿嘴笑，并不插话，心儿早飞到遥远的北京城，落到柳含嫣那里去了。船工开心，他也开心，他要的就是开开心心行船，开开心心赚钱，开开心心做人。

过了两日，船来到吉县龙王辿，龙王辿之下就是黄河天险壶口，即“天下黄河一壶收”的地方。长船行至这里，只能靠岸，等待着旱地行船。

龙王辿是吉县黄河要津。明代黄河水运兴起以后，远自兰州、宁夏、包头，近及保德、临县、柳林、永和等地的长船，载着那里的皮毛、麻油、药材、瓷器和粮食，源源不断地通过这里，运抵禹门口或潼关，再转向中原。从明迄清，四百年的繁荣，成就了龙王辿。在白永和眼里，龙王辿虽然远不及碛口，但也是客船集散、店铺林立的繁华地面。

缆船上岸。只见许多船家围着客栈的掌柜吵吵嚷嚷，交涉着过境事宜。船赶天气，货赶行情，多等一日，就是一日的说法。可是任凭船家吵闹，还是得排队等待。等待什么？人常说，黄河两大奇观，一是水上冒烟，一是旱地行船。水上冒烟得亲自去壶口瀑布体验，旱地行船，顾名思义，就是船在岸上行走。白永和好说歹说，被排在五日后，只能耐着性子等待。

长航间隙，无所事事，望壶口，看瀑布，就是他每日的功课。站在岸上，远远眺望，只见自天而降的黄河，跌入壶口，就不见了踪影。原来，野性十足的黄河，被一条深不可及的龙槽，也就是壶口的咽喉咽了下去，再露面时，已是十里开外的小船窝了。天河倾泻，惊雷贯耳，龙舞狮吼，天地失色。这就是他眼里的壶口。游人至此，可以涤净心头烦恼，忘却人间纷扰，什么名利心，什么红尘累，在它面前都可以休矣！在壶口，他看的是景，想的是心思。白天，大瀑布从眼里流过，夜晚，天河自梦里穿越。这就是他眼里的黄河！自然无心但有形，自然无胆却有神。于是，敬畏之心油然而生。如果说，乾坤湾给了他阴柔优美的印象，那么，壶口瀑布则给了他雄浑壮阔的感受。

水上冒烟是自然的神威，旱地行船则是人力的张扬。

旱地行船，首先要船货分家，货主雇人把船上的货卸了，再用牲口把货驮至壶口下游的小船窝，空船则由纤夫从水中拖上岸，绕过壶口，再由岸上拖至小船窝下水，船货重新聚首。白永和与白三奴商议，把人分成几拨，跟随驮脚的，照看货物的，随船行动的，各司其职。众人一一应声走了。

腾空了的长船，就像掏空了肚腹的半片葫芦瓢，轻悠悠地浮在水上，在那里神气地波动。忽然，从岸上下来一队健壮的纤夫，背着纤绳，扛着椽子，来到河边，二话不说，眨眼工夫，一个个剥光了衣裳，该露出的和不该露出的通通暴露出来，赤裸裸，光溜溜，旁若无人地下了水。这种场面，叫自小在黄河边长大的白永和，也感到十分诧异。他的目光尽量避开同类的躯体，但又无法避开，脸上多少有点挂不住。有个纤夫见白永和腼腆得像个大姑娘，就逗趣地说："没见过吧？没见过就让您见识见识，也不枉壶口走一遭。"另一个纤夫接过话题说："客官休要见怪，为了做活儿方便，我们只能这个样子。再说，黄河滩里有三丈六尺官地，是纤夫的天下，就是天王老子来也管不了！"话挑明了，一张遮羞布被撕了开来，再看这些豪放不羁的纤夫时，白永和也就淡定了许多。

纤夫一人一根绳索，把船绑定，说声走，绳子勒在纤夫的肩膀上，深深嵌进肉里，船体通过人体肌肉的爆发力，沿着河岸的浅水地带向前走去。在水里约莫行了一二里路，又听一声"上岸嘞"，众人一齐使劲，一齐呐喊，船就被拉上岸。这时，就见几个人忙着往船底下垫滚木，前垫后取，后取前垫，周而复始，利用滚木减少摩擦，提高效率。由于数百年的旱地行船，在岸边已经磨下一道清晰可见的石槽，船就顺着这道石槽缓缓前行。

走过懒洋洋的冬季、暖洋洋的春季的太阳，已经收起了它温柔的面孔，黄河谷地到处是它恣意挥洒的光焰。深受其苦的莫过于赤身裸体的纤夫，他们头顶烈日，肩挽纤绳，不紧不慢地拉船。旱地行舟，越走越沉，于是便自然而然地分了工，前有拉的，后有推的，左右有扶的。这么多人，齐声喊着"吭唷吭唷"的号子，朝既定的目标前进。这个阵势，可谓九牛爬坡，个个出力。过度的使力，过分的炎热，纤夫身上的汗珠像从泉眼里往出冒。白永和留意到，哪个纤夫身上茧子多，茧子厚，哪个就是最有资历的纤夫。

这是一个男性主宰的世界。如果通观他们从水里到岸上，再从岸上往水里拉船的全过程，就会明白，只有在这样的天气，这样的环境，和这样一群富有创造力的人面前，才有可能诞生如此惊世骇俗的场景。只有这种无私的裸露，剽悍的体魄，粗犷的呐喊，才有可能完成旷世奇绝的旱地行船。想到这里，白永和禁不住对发明旱地行船的壶口人，以及他们的子孙赞佩起来。要不是他们，黄河河运就此中断，南北商贸就少了一条通道，他白永和也不会为白家放这趟长船，人生的经历就因少了这道风景而遗憾。他敬畏这些赤身裸体的船夫！

从日上三竿，一直拉到日头偏西，白家的长船总算拉到壶口下游的小船窝，脚夫忙着往船上装货，直到天黑才打点停当。二日一早，雇了当地的老艄，朝禹门口驶去。

第二十三章

禹门口在晋陕峡谷的末端，相传是大禹治水的起始。它的出口，就是传说中鲤鱼跳龙门的所在。黄河水流至禹门口，被约束在高山深谷之间，横冲直撞，雷霆万钧，船随着流水剧烈颠簸，浪花不时打进船舱，船里的人谁也顾不得说话，脸上写满紧张不安的神色。在过河老艄的指挥下，随着水势，左一个弯、右一个弯地绕着。船忽而被抛到浪尖，忽而被摔进波谷，白永和双眼直勾勾地看着，大气不敢出。忽然，船被浪涌着往左岸峭壁冲去，白永和吓得闭上了眼。待他睁开眼时，只见层层雪浪凌空飞来，船上的人顾不得避水，在老艄带领下一齐发力，货船终于掉过头来。他刚松了口气，船又随着激流向右岸反扑回来。又是礁碛临头，又是雪浪凌空，又是船只被疯狂的河水肆意地揉搓着。眼疾手快的老艄，从容地把船扳了回去。随着一道道水柱喷上天空，船趁势在波涛的腋下一滑而过。白永和那颗狂跳的心终于平静下来。他站起身来，手刚离开船舷，没想到迎头扑来一股恶浪，船突然剧烈颠簸，这一颠簸不打紧，却把正在暗暗庆幸走完险路的白永和摔出船舱，霎时跌进滚滚波涛里。惊得全船人面无血色，齐声呐喊。好在白永和的一身好水功发挥了作用，尽管喝了几口水，人还清醒着，他随波逐流一路往下游去。过境老艄叫白三奴把船扳好了，自己纵身跳进洪流里，左冲右突，颠上覆下，好不容易才游到白永和身边。此时，有些昏沉的白永和死命地抓抱来人，过境老艄机灵地躲过白永和，没有让他抱住，而是想法游在白永和背后，抓住他的头发，并让白永和脸朝上，往回拖运。经过艰难的抢救，两人在众目睽睽下终于靠了岸。船上的人见了，这才松了一口气，忙把船也靠了岸，争着上岸救护。大家见东家肚腹鼓圆，显然喝了不少水。白三奴不容分说，把三少爷扛在肩上，不断颠着，白永和不断呕吐着，直到把肚子里的东西吐尽。白三奴这才把软绵绵的白永和平放在地上，一会儿光景，总算回过神来。白三奴被吐出来的脏物弄得浑身湿透，还散发着污秽的味道，但他全然顾不得，焦急地问道："三少爷，您不打紧了吧？"

白永和少气无力地说："不打紧。我命大！"他说这话，不只是宽众人的心，也是惦念与柳含嫣相约"要好好活着"的誓言。他不能没有柳含嫣，柳含嫣也不能没有他。所以，他在落水的第一时刻，就想到"我不能死，我要活着"。因为有这个信念，他拼死挣扎，才没有很快被激浪吞噬，争取到被营救的宝贵时间。他大难不死，他没有步父亲的后尘，他是成功者。想到这里，他看了看湛蓝的天空，看了看簇拥着他的船工，嘴角露出一丝不易觉察的笑意。他似乎想到了什么，定了定神，又说："是谁下水救的我？"

白三奴把过境老艄拉在白永和面前，说；"多亏了这位老艄，眼疾手快，水功高超。要不是，不知会闯下甚乱子！"

白永和想伸手致意，但手像抽了筋似的举不起来，嘴里喃喃地说："多谢了！"又看了眼浑身湿漉漉的白三奴说："三奴，你受累了！"说罢，人就昏了过去。

白永和与他的长船，因这场意外遭遇，在禹门口待了十来天。同来的临县长船，因白家三少爷的意外遇险，不免受到惊吓，押船人便匆匆把货和船一同处理，走了。而白永和一面休养，一面打听行情。他们装的是一船麻油，价钱不好，依白三奴的意思，不如就地出手，早日回家，也好给老太爷交差。可是白永和不愿草草处理，既来之，则安之，安下心来才能做好生意，因为跑一趟长船太不容易了。他要去潼关，还要再渡难关，不卖个好价钱不甘心。白三奴心里暗暗怨道："真是要钱不要命的二杆子！"

几天来，白贾氏的眼睛不停地跳，准确点说是那只右眼在跳，跳得她心慌意乱，坐卧不安。常言道，"左跳财，右跳崖"，莫不是三娃此去又走了他父亲的老路？她整天不想好，只往坏里想。船触了礁没有？人跌到水里了没有？货被人抢了没有？乾坤湾怎么过呢？壶口怎么绕呢？禹门口怎么出呢？白日里总是站在墩台院，手遮日头，痴痴地瞭望远去的黄河，看一只只长船孤帆远影碧空尽；夜晚循着三娃南下的水路往下想，一路水涌浪翻，长船颠簸，她的心比长船还要颠簸。人上岁数本来觉少，一想心思，更没了觉。睡不着，就把男人叫醒陪她说话，说她心里的担忧，说她出了个瞎主意，说她想到的乱七八糟的事。

白鹤年总是嫌婆姨烦了自己烦别人，弄得大家都睡不好觉。天下本无事，庸人自扰之。他说，他梦见三娃过了乾坤湾，过了壶口，正在朝禹门口走呢。还梦见三娃给他带回来一个大元宝！

一个说："你尽想好事哩。你就是钱钱钱，就不想想三娃怎么样了。他能受得了船上的颠簸吗？能吃得了风餐露宿的苦吗？能做了长船的生意吗？"

一个说："把你的心安安地放在心窝窝里吧。三娃才高学精，有勇有谋，让他去放长船，我放心。你就等着听三娃的喜信吧。"

一个说："三娃回来，再不要让他做这玩命的生意，给他娶个媳妇安安稳稳过日子。"

一个说："这趟长船放好了，就让他执掌家业。让三娃当这个家，我放心。"

白鹤年嘴里虽是这么说，心里何尝不打咯噔？本来三娃不用受这份罪就能执掌家业，偏是这个好管闲事的白贾氏出了这个歪主意，不知她究竟是为三娃呢，还是害三娃呢？和她一个炕上睡了一辈子，总是同床异梦，想不到一搭里。

爱丹听说三少爷丢了官，回了家，就从米脂回来。不图别的，只图就近听听三少爷的消息，幸运的话，说不准还能见上一面。

听说永和关举行放船仪式，放长船的不是别人，正是她心中永远抹不去的三少爷。碍于情面，她没有到河边观看。只是从锣鼓声声中，想象着三少爷熟悉的面孔和身影，想象着三少爷乘长风破万里浪的勃勃英姿。随着时间的推移，她的心一天比一天紧张，不为别的，因为三少爷的父亲就殒身在长船途中。这一去，大河澎湃，礁碛凶险，三少爷从没放过长船，他能吃下这份苦吗？他有这份能耐吗？该不会……万一有个三长两短……她每天偷偷地为三少爷祈祷，但愿他能一路顺风。

每日这样默默祈祷过后，爱丹又问自己：你这样是何苦呢？从前的夫婿，现在的三少爷，虽说是同一个人，但已不是她的郎君，她与他，除了曾经沧海，还能说些什么？什么也说不下，说什么也是白搭。人家做人家的事，走人家的路，与你杨爱丹有甚关系？还不趁早收起你那寡淡的心思？爱丹就是这样，日复一日地做着她前一天否定了的事，又日复一日地做着否定前一天的事。明知无用，还是要去想。不想由不得，想了又后悔。这就是此时此刻的杨爱丹。

最牵挂白永和的要数柳含嫣了。因为自去年分手，她一直寓居在好友吴梅家中。吴梅的丈夫在一所中学堂教书，吴梅在小学堂教书，家里的一应杂务全由柳含嫣包了下来。吴梅不好意思，柳含嫣说："我闲着也是闲着，省得你们雇保姆。"这样一住就是半年。半年里，不知给白永和去了多少信，她朝思暮想，望穿秋水，就是盼着与白永和团圆的那一天。可以说，岁月有多长，思念就有多长，但岁月远远承载不下柳含嫣悠长的思念。

柳含嫣觉得，常住朋友家总不是法子，她想租一处住房，吴梅又不让。说单身女人另住一处她不放心，不如就在她家住下去。什么时候白永和来了，什么时候另找地方。可是这个白永和，今天来信说，办完这件事就能脱身，明天说，办完那件事才能相见，不知是他真有其事，还是借故推托？我已经成了他的人，一旦他另有新欢怎么办？一旦他背信弃义怎么办？一旦爷爷、奶奶不认我这个孙媳妇又怎么办？

眼下最当紧的是，她的"老朋友"两三个月不来报到，身体的某些部位也有了变化，饭不能用，人消瘦了。她不好意思和吴梅说，也没去找大夫看，不知是病还是"那个"了？想到这里，心里猛一阵惊喜，惊喜过后，又是一阵悸怕。她只好用裤带把肚腹紧紧勒了，生怕吴梅看出来。吴梅似乎也看出来点名堂。说："你是不是'那个'了吧？"

柳含嫣嗔怪地说："哪能呢！我还是女儿身呢。"

吴梅半信半疑，她不相信大男熟女，一路相随，能安然无事？真要是有了那种事带来的后果，是该道喜还是该为她担忧？她一人在外，挺可怜的，怎么办呢？

柳含嫣想了自己想白永和。白永和走黄河放长船，不会有事吧？她暗暗祈祷，上天保佑，愿他平平安安，顺顺利利。因为我柳含嫣在他心里，他一定会为我着想，周全做事，平平安安。她的情况不愿意和白永和说，说了也不顶用，远水解不了近渴。只好有苦自己扛，有泪肚里咽，等待着与白永和相逢的那一天。

俗话说，三个女人一台戏。可这三个女人，想和想不一样。白贾氏是血肉相连般地想。她以为，永和关里外，只有她这个既是奶奶又是妈妈的白贾氏最疼最想她的三娃。她没有想到，那个被白永和废黜了的杨爱丹也在想，尽管是旧情难忘，藕断丝连，但不能说想得没有道理，不真诚。更没有想到，远在京城还有一个女人也在想，而且想得比谁也投入，也较真。在同一个时空下，在不同的地方，同时有三个女人为白永和揪心，一个比一个想得厉害，一个比一个盼得热切。坎坷连着蹉跎的白永和，暗享着众情珍爱的白永和，幸与不幸总是这样在他身上交织着，轮回着。

暗里有三个女人想他，明里只有一个女人是他的最想，这就是生死之交的柳含嫣。为了这个女人，他只有把这趟长船跑好才算真为。所以，一路上他想得最多的是行船安全，却万万没有想到他会失手遇险。想起这事他就后怕。如果真的险遭不测，柳含嫣的苦苦等待，将会是什么结果？

过了龙门三激浪，船就进入汾河与黄河交汇处，呈现在眼前的是河入大荒、船行平野的开阔景象。白永和终于松了一口气，心中暗道："谢天谢地，又闯过了一关。"

回望龙门，白永和心生联想。人常说，一登龙门，而声誉十倍，正是自己曾经追求过的那种人生境界。可是龙门如世态，诡谲难测，有几人能登得上去？又有几人能声誉十倍？自己不就是被龙门激浪淘汰了的万千儒生中的一位？看着河里涌来的层层浪涛，宛若心底涌起的凄凉潮水。

不一日，到了潼关。自古道，潼关鸡叫听三省。这里汇集了四面八方的客商。白永和打发人四下里了解行情，招揽顾客，待上手的人多了，就来了个讨价还价。最后，一家河南的客商把油全买了去。黄河放长船，因逆水行舟困难，运费昂贵，一般船货俱卖，人走旱路返回。又等了几天，船也经割牙的说合给卖了。卖船这天，只见买船人上了船，查看了船上的大件小件，件件俱全，就把擢水槽一把拿起，神气地扬了扬，表示此船已属他有。白三奴顺手解开拴船用的小绳，交给白永和。白永和不解地问："要它还有甚用？"

白三奴说："牛解笼头驴解缰，船解小绳不商量。绳子虽小，不值钱，但绝不能卖了。留着它，是说我们还要买船呢!”

白永和不知船家还有这么多讲究，好奇过后，觉得这或许也是一种责任，就把小绳紧紧攥在手中。然后与买船人、割牙的一起来到店里，找账房结清。回头算账，这一趟长船，除了路上一应开支，一万五千斤胡麻油和船，纯挣三百两白银。因回程徒步，山高路远，带着银钱不仅不方便，而且也容易遭遇强盗。白永和顺便去银号汇了，乘渡船过了黄河，回了山西，他和白三奴雇了牲口骑着，船工们相随走着，一路朝北走去。

虽然进入民国，撤了府、州两级建置，但人们还习惯于旧的称呼。山西南部，历史上叫河东，首府叫蒲州。过了黄河，就进入蒲州府地面。白永和忽然想起，与蒲州儒生王必高相约游普救寺、凭吊鹳雀楼的事来了。时过几年，书信未通，不知王必高近况如何，就和一行人按王必高所说的地址一路寻来。

王必高家在离黄河不远的一个小村子。白永和等刚一进村，就见有家破败的院落围着好多人看热闹，向村人打问王必高，原来这个院子正是王必高家。不会是出了什么事？不祥的念头倏地在白永和脑际闪过。他急忙走进院子，见一个小女孩头发散乱，趴在一具用席子裹着的尸首上哭着，几个婆姨正在劝慰，观者无不唉声叹气，一片凄楚。

白永和问一位老妪：“大娘，这是怎么回事?”

老妪揉了揉红肿的眼说：“好苦命的娃。她爹才走了一个月，她娘又寻了短见，留下她独自个可怎么过活?”

白永和大吃一惊：“您是说王必高已经不在人世了?”

“是呀!”

“因为甚事?”

这个婆姨一时说不清楚，急得看身旁的花白胡子老头。老头长叹一声说：“唉，这个王必高，十五岁上他父亲就给捐了个候补知县，谁想，那是一顶纸糊的帽子，受看不受用，后来还是凭本事考了秀才。村里人见他是个人才，就有人借给他钱，供他读书考举，想跟着攀个高枝什么的。不料想，还真考上了。这下，村里人只当他是文曲星下凡，就又有人凑钱，他老岳父也变卖了家产送他赶考，还是不够。有家银号见他迟早要登堂入室，就贷了一千两银子给他。凡是资助他的人都是往好里想，寻思中个进士，有个一官半职，不愁归还不了借贷，还能跟上沾光。不料想，在京城备考一年，好不容易就要会试，皇上却废了科举。废就废吧，还有候补知县一线希望，等来等去总没有音信，钱也花得差不多了，他没脸回家。可是迟早得见人呀！回得家来，地荒了，屋破了，婆姨又病了。那些原先看他成龙变虎的人，一见他落魄得龟孙子一样，竟翻了脸，要债的能踢破门槛。王必高上天无路，入地无门，情急之下，一根绳子寻了了断。他女人本是多病之人，男人一走，债务由她一人扛着，地被债主要走，房子也成了别人的，家里吃了上顿没下顿，全凭村邻周济着过活。一个功名在身的举人，竟然弄得片瓦无存，婆姨几天不吃不喝，硬是饿死了。这不，举人老爷没有近亲，婆姨没有父母，好不容易喊来她兄弟，还是两个肩膀抬着一张嘴，一个子儿也没有。人没了一天了，连棺材也买不起。村里想法买了身衣裳给换了，又弄来一张新席子卷了，就这样下葬去。可怜王举人，为了那个摸不着、看不见的功名，断送了一家人。王举人和婆姨走了，他们痛快了，却苦了这个走投无路的女娃。”

众人七嘴八舌头，说啥的也有。有的说：“举人老爷为人正直，村里人谁不说他人好。”有的说：“老天不公呀，为甚好人得不到好报？”还有的说：“怨只能怨狗日的科举——”有人听见，忙以手堵住那人的嘴说：“快不敢胡说，朝廷的事岂可乱说，小心惹是生非。”有人接上道：“怕个鸟，皇帝老儿早被撵下了台，和咱老百姓平起平坐了。”

白永和听了，心里很不是滋味。为了功名利禄，走了的王必高诚如烹鹤，活着的自己也如焚琴，生死异途，都为其误，可悲可叹。想着，想着，情不自禁地饮泣起来。

这时，过来一位身穿长袍马褂、迈着方步的人，扯着嗓门说：“人在这里搁着出不了灵，不说帮个忙，还有心思闲扯？”一声诈唬，霎时静了下来。

白永和听说来人是闾长，就施礼道：“在下白永和，乃平阳府永和县人氏。我与王举人是同年好友，那年京城分手时约定同游普救寺的。不想，我来了，王兄却离开人世，兄嫂也不幸归天。此情此景叫人能不寒心！我们情同手足，既然遇上不幸之事，理当尽力而为，让兄嫂走得体体面面。请闾长和邻里合计一下，买棺木，添寿衣，雇响公，摆宴席，得多少银两？”

闾长一听来者如此急公好义，慷慨大方，就和几个老者合计了一下，说排场点得十两银子。白永和当即让白三奴取来交给闾长，闾长让人找了个地方，把白永和一行安顿下来。白永和让人把王必高女儿叫来问话。

小女孩来了。穿着不合身的孝服，头发乱糟糟的，因过度悲伤，把一双好看的眼睛也哭肿了。不过，眸子来回转动时，给人秋水盈盈的感觉。细看，脸上还嵌着两个浅浅的酒窝，又让人觉得甜得可怜。白永和暗想，有其父必有其女。只可惜，这么个出挑的女娃，生在这么个不幸的家庭。就摸了摸女娃的头问："几岁了?"

女娃怯生生地说："五岁。"

"叫甚名字?"

"艾艾。"

"嗯，真好听。爸爸走时和你说甚来?"

"说好苦命的孩子，要是有你白叔叔在就好了。"

"妈妈走时又给你说甚来?"

"说管不了我了。还说不要怕，这世上还是好人多，总会有人养活你的。"

"你知道白叔叔是谁吗?"

"不知道。"

白永和"啊"了声，再没有往下说。便让船夫取来干粮给了艾艾，说："不要哭了，人走了，再哭也不顶事。死了的哭不回来，活着的要好好活着。只要你有心劲，会有好日子过的。"

第二天出殡，全村人都来送葬。响公们在前头吹吹打打，一副八股头的楸木棺材，上边画了图案，漆了漆，倒也排场。人们说，比前些时死了的曹财主还气派。村里人同白永和一行，前呼后拥出了村，到了王家老坟，七手八脚，与王必高合葬在一起。白永和牵着艾艾的手，为王必高夫妇烧了纸，一句"王兄，我来迟了……"便泪如雨下，泣不成声，多少话憋在肚里，想说又说不出来。心想，人生一世，草木一秋，一个活生生的人，说走就走了，一个好端端的家，说散就散了。你们走了，留下娃一人怎么活？好糊涂的必高兄，天无绝人之路，只要活着，只要拼搏，就没有过不去的火焰山……站在王必高坟前，白永和想了好多，但无法表白，只能任一汪心泉默默地流淌着……最后，嗓音低沉地说："安息吧，必高！安息吧，嫂子！"

中午，白永和宴请了全村人，并以王必高好友的身份，向村里耆老和帮了忙的人敬酒，这不仅为死去的王必高装了面子，也给闾长装了面子，解了围。

白永和又想到了那个女娃，便问闾长："娃的事，村里打算怎么安顿？"

闾长说："举人老爷没有本家，她那个舅舅也不是成事的人，一时还想不下两全之法。"

白永和说："既然舅舅不成事，我放下一笔银子，由您委托村里靠得住的人养活，怎么样？"

闾长为难地说；"钱有人要，娃能不能养活好，我不敢打保票。"

白永和说："那怎么办呢？请您叫孩子舅舅过来说话。"

舅舅来了。四十来岁，长得像个瘦猴。趿拉着两只露指头破鞋，双手捂在胸前，没精打采地扫了白永和一眼。白永和问："你是娃她舅舅？"

舅舅点了点头，后音里应了一声。

白永和说："你是娃的唯一亲人，舅舅养活外甥女，天经地义。"

舅舅听了，被雷劈了似的猛然一个抽搐，吃吃地说："我连我的娃都养活不了，哪能养活了她。"

白永和说："你的外甥女你不养活，让谁去养活？这么乖的女娃，难道给了人不成？"

舅舅不言语了。白永和想了想，把闾长拉到一边说："我给他留下一些银两，让他养活行不行？"

闾长一听，忙摆手道："他这号人马扎（差劲），给了他银两，用不了几天，就逼啦（完蛋了）。没了钱，说不准把外甥女给卖了当钱花。"

闾长尽量说官话，但也免不了带出一两句蒲州土语，少不了有人帮忙翻译。白永和听了，明白闾长的良苦用心。

白三奴催着白永和上路，白永和看看时候不早，着急地说："那咋办？总不能让娃讨吃要饭四处流浪吧！"

闾长眉头一皱，计上心来："白老爷，您是王举人的至交，不如为人为到底。"

白永和说："此话怎讲？"

闾长说："干脆您把艾艾领走，权当您的女儿养活起。一来，对得起死去的王举人；二来，将来艾艾长大，还能不报你的恩？"

边里的人听了，都说"美得太太（好得很）"。这可急坏了一边站着的白三奴："我们少爷还没妻室哩，怎么好先收养女儿呢？"

众人咦咦呀呀的，谁也不相信人到中年、财大气粗的白老爷能没有妻室。

不知是谁告诉了艾艾，说让她跟舅舅走，艾艾便坐在地上嘤嘤啜泣起来。说：“我不跟舅舅走，我不跟舅舅走！”她知道，跟上舅舅不会有好日子过。

有人便将艾艾带来见闾长。一进门，就看见昨天问她话给她吃的外路人，有人告诉她那就是白老爷。她想，白老爷或许就是白叔叔，要不会花那么多银钱埋妈妈？就朝白永和跪下，拽住白永和的衣襟不放，说：“叔叔，我跟你走吧！”

众人都惊呆了，怎么女娃的心思和村里人一个样呢？

人群当中，不知谁说了声：“白老爷，你就领上吧！”众人轰的一下嚷嚷开来：“对呀，你就领上吧！”

白永和好生为难，自己是做生意来了，怎么好领上一个女娃？再说，领回去，爷爷、奶奶怎么看？他们能容得下这个女娃？更重要的是，柳含嫣明明知道自己没有娃，到时冒出来一个，叫人家怎么想？会不会因为这件事，把好不容易得来的一桩好姻缘搅散了？不领走吧，不能眼看着女娃往火炕里跳不管，漫不说王必高曾经救过自己一命，就是路遇孤儿，也不能见死不救。古语云：“老吾老以及人之老，幼吾幼以及人之幼……”

白永和半晌无语。闾长以为白老爷不乐意这样做，情急之下，就跪在地上。众人一见，呼啦啦跪下一片。闾长把艾艾推在前边，让艾艾说话。艾艾就放开稚嫩的嗓门哭着哀求道：“叔叔，我知道你就是好心的白叔叔。叔叔，你就答应吧，我跟上你，就是你的女儿；你老了，我孝顺你，伺候你！”

闾长也说：“你就应承下吧，我们村子穷，娃又没有亲人，权当是你为我们村办了一件善事。”

有人帮腔道：“白老爷家大业大，养活一个娃，无非是添一双筷子，还不是小菜一碟！”

还有人附和着：“白老爷积德行善，老天爷保佑你大福大寿。”

白永和再也忍不住了，泪眼模糊地扶众人起来。谁也不动。闾长说：“你不答应，我们就不起来！”

白永和扫了一眼跪在地上的乡亲，想起男人膝下有黄金的古话，为了一个女娃，这么多人竟顾不得膝下的贵重，一齐跪下，又回头看了看他的随从，一个个目瞪口呆，看傻了眼。他们从来没有见过这么感人的场面。白永和再也顾不得许多，这个孤儿他管定了，无论将来发生什么事情，他都认，便连连说：“大家伙起来吧，王举人的女儿我养活！不过，要请闾长和娃的舅舅作个证，省得以后生事。”

闾长问艾艾的舅舅：“刚才白老爷的话，你可听见了？”

“听见了。”

闾长又问：“你怎么想？”

“只要有人养活就行，我能有甚想法。”

一会儿，闾长写了文书，念给众人听了，说：“乡亲们都在场，大家伙一块作个证，画个押，还有你这个不成器的舅舅，也要签字画押，不得反悔。”

在场的人一一签过，白永和也在上边签了字。一份留闾长保管，一份给了舅舅，一份由白永和带走。对小艾艾来说，事情至此，总算有了完满的结局。对于白永和来说，意想不到的收养，即是他又一段众说纷纭新生活的开始。白永和告别众人，把艾艾抱在马上，朝北迤逦而去。

第二十四章

一趟长船跑回来，正如白贾氏预料的那样，有人欢喜有人愁。

白鹤年端详着三娃带回来的银票，脸上乐得开了花。跑一趟长船能赚三百两，一年跑几趟，就能把白家人喂饱。看来，白家的掌门人非三娃莫属。

白贾氏欢喜过后就是沮丧。不为别的，为一个还没有妻室的孙子，带回来一个五岁的女儿犯了愁。这是什么事！天下哪有这么傻的人？放着娶妻生子的光景不过，偏偏不娶媳妇先抱娃，自找麻烦？虽说三娃年过三十，论人才，还是论家境，娶个黄花姑娘也不是什么难事。现在可好，有了这个累赘，再不是你挑人家，而是人家挑你。因此，尽管被白永和精心包装的小艾艾花枝招展，情态可人，但白贾氏就是看着不顺眼，听着特别扭，说什么也接受不了这个事实。所以，小艾艾来白家好长时间，白贾氏都没有主动搭理一下，更不用说施舍一两句廉价的体己话。

白永忍两口，不断在奶奶面前煽风，说三娃有婆姨时没有娃，没婆姨时捡了个娃，三娃是不打算成家了，还是怎么的？白永平两口，虽说明里言不由衷地同情，但暗里也直摇头叹气。而永和关白氏族人，惊诧多于理解，感叹多于同情，人们把白家未来的掌门人的标新立异与未来白家的命运联系起来看，说白永和想的、说的、做的，和别人都不一样，不知当了家，会把白家折腾成什么样子哩！

对这件事，白鹤年却不那么看，他说扶贫济困、见义勇为是白家的门风所在，三娃能以朋友之女为女，足以说明三娃仁德为怀的风度。既然木已成舟，小艾艾就成了白家的人。他吩咐下去，谁也不得小看她、欺负她，把她当成白家的一口人看待。这个娃将会给三娃带来什么，后事难以预料。三娃既然有本事处理好生意上的棘手事，就有能耐解决好家务上的琐碎事。所以，也就不把这件事看得有多大，只当是白捡了一个重孙女罢了。

本来，白永和想让奶奶照看小艾艾，也好做伴解闷。可是奶奶不乐意，白永和只好把小艾艾交给刘婶照料。也许是穷人的孩子容易满足，也许是天生的懂事识理，也许是命里注定这样，小艾艾没有怯生几天，就和众人混熟了。小嘴也甜，逢人不称呼不开口，就是不好意思冲着白永和喊一声“爸爸”。白永和也不计较，说实在的，要是真的叫他爸爸，他还不好意思哩。

一天，白永和对小艾艾说：“我给你起了个新名儿，不知你乐意不乐意？”

小艾艾拍着手天真地说：“噢，来了新家，起个新名儿多好！”

白永和说：“就叫如玉，王如玉，怎么样？”

小艾艾想了想，问白永和：“为什么不叫白如玉呢？”

白永和听了心头一热，好懂事的孩子，就说：“你原本姓王，该叫王如玉呀！”

小艾艾仰头想了想，说：“叔叔是不是不想要我，把我当外人看？”

“不呀，你没听老太爷讲，要把你当成白家的一口人看待。”

“连老太爷都说我是白家人，叔叔怎么还让我姓王呢？”

白永和一时语塞，不知说什么才好，想了想，说：“你愿意叫白如玉？”

“愿意呀，叫白如玉，我就成了白家的人了。”

白永和激动地说：“好，那以后就叫你白如玉。”他停了停，就轻声叫道：“白如玉——”

小艾艾听见，立即应声道：“唉。”接着就叫，“爸爸——”

白永和平生第一次听见有人叫他爸爸，既陌生，又亲切，既羞涩，又激动，轻轻地应了一声：“唉！”就一把将小艾艾抱起，一口气抱到爷爷窑里。

白鹤年见三娃抱着小艾艾，神色兴奋，就问：“看你们高兴的，有甚喜事啦？”

小艾艾说：“祖爷爷，我有了新名字啦。”

白鹤年奇怪地问：“哦？什么名字？”

小艾艾响亮地说：“如玉，白如玉！”

小艾艾的这一声回答，不仅感染了白鹤年，也让无动于衷的白贾氏心里隐隐受到冲击，脸上像被针扎了似的抽搐了一下。

白鹤年又问："那以后就叫你白如玉了？"

"嗯。"

"你叫他什么呢？"白鹤年指了指抱她的白永和。

"爸爸！"

一声嗲声嗲气的"爸爸"，不仅使白鹤年心血猛然涌动，而且也冲垮了白贾氏的心理防线。她想，不是一家人，不进一家门。看小艾艾那个乖劲，那个甜劲，本来就应该是白家的人，只不过是送子娘娘送错了人家，又还了回来，要不，一般孩子哪里会这样懂事，这样招眼，这样黏糊。白永和看见奶奶脸上有了喜色，知道小艾艾的天真和情分总算感染了奶奶，便顺手把小艾艾往奶奶怀里一塞，说："让祖奶奶亲一口。"

小艾艾听爸爸这么说，有些矜持。白永和在她屁股上掐了一下，小艾艾眨巴了下眼睛，伸出舌头舔了舔嘴唇，便甜丝丝地叫道："祖奶奶——"

白贾氏迟疑地"唉"了一声，虽不自然，却很爽快，眼圈随着就红了。她把小艾艾抱在怀里亲了又亲，说："爸爸给你起的名字好不好？"

小艾艾说："好。"

"既然好，就不要再叫小艾艾了，大家都叫如玉吧。"

白贾氏吃了顺心丸，心里一高兴，止不住用手指在如玉头上来回梳理着，又在身上抚摸着，还老脸贴小脸亲热着，倒叫小如玉有些不自然起来。白贾氏亲昵地说："还不要说，摸她身上，温润柔滑，看她脸上，晶莹纯洁，真像一块好玉嘞！"

白鹤年说："就是，就是，咱白家还没有这般出挑的好女娃呢。"

白永和说："白如玉，白如玉，说不准我白家将来出一块好玉。"

从这天起，白永和有空就带如玉往奶奶那里跑，没空时，就让刘婶带着如玉到奶奶那里玩，如玉一来二去就和祖奶奶惯了，熟了，近了。有时，一天不去，白贾氏就像少了点什么，空荡荡的不好受。两天不去，就心里念叨说："三娃不让如玉来，是成心和我作对。"人常说，日久见人心，白贾氏倔强的表面，往往拗不过脆弱的内心，对抱来的如玉一来二去亲到身上。白永和见水到渠成，有一天就和奶奶说："奶奶，既是离不开如玉，就让娃过来和你做伴吧，这样我也省心，你也热闹。"

白贾氏痛快地说："好呀。虽说不是你的骨血，总是白家的娃，就带过来吧。”

“奶奶，不兴你说这样的话，如玉可在乎人说她不是我生的呢！”

白贾氏自知失言，就讪讪地说：“对着哩，既成了咱家的一口人，就再也不要说长道短了！”

白永和点了点头出去。不多一会儿，就把如玉抱来。白贾氏一见，连忙把如玉抱在怀里，疼爱地说：“宝贝，以后你就是祖奶奶的肉尾巴了。”

如玉甜丝丝地说：“您走到哪，我跟到哪。”说完，回头看了看白永和，不放心地说：“爸爸可不要忘了我哟！”

白永和说：“你是咱家的宝贝疙瘩，亲都亲不过来，还能忘了你？”

从此，如玉真的成了白贾氏如影随形的肉尾巴，白贾氏走到哪，她跟到哪；如玉成了白贾氏的传话筒，凡是她能传了的话，总是由她跑腿转达；如玉还是白贾氏的眼线，外面的信息，通过她反馈到白贾氏那里。天长日久，如玉简直成了祖奶奶的影子和化身。

如玉的事已无后顾之忧，去北京的事又如何说起？

白永和想，他为白家接连做了两件好事，爷爷此时心情正好，应该是说事的好机会。可是，不等他开口，爷爷就开了腔，说：“从包头下来一船皮货，本来是要去禹门口的，人家嫌远不想走了，想连货带船一齐贱卖给延水关杨家。你二哥知道了，出了个贵价钱揽了过来。这样，还得你再跑一趟禹门口。”

白永和听说，心气就泄了一半。为什么天打地对，总不给你机会？就问：“比杨家贵了多少？”

“百八十两吧。”

“恐怕不大合适。本来，杨家因为爱丹的事和咱结下疙瘩，年前，又因渡口的事闹腾了一阵子，好不容易刚刚平息。现在，又要抢人家的生意，不止亏了情理，还会再惹麻烦。”

“愿买的愿买，愿卖的愿卖，这有甚麻烦？”

“爷爷不是常教我说利从义出吗？二哥把人家就要到手的生意抢了过来，就是不义之举。这样的生意咱宁可不做，也不能伤了两家和气。失了和气就是失了金钱，我们还是以和为贵，从长计议为好。您看呢爷爷？”

三娃的话句句在理，说得白鹤年张口结舌没好说的，就说：“你先去吧，我掂量掂量再说。”

白鹤年叫来二娃，说了三娃的意思。白永忍说："一家闺女十家说，一家货物百家买。生意生意，有意就生，只要两家有意成交，管他千家插手，万家打问呢!"

白鹤年听了，觉得也有道理。就说："那就成交吧，还让三娃去。"

白永忍听了，再也忍耐不住，避过白鹤年的话头说："既是三娃对这宗买卖有想法，就不会痛快答应放这趟长船。还不如让我去，也好让三娃歇息几天。"

白鹤年说："也好，你也去历练历练，长点见识。"

白永和见爷爷执意要做这宗生意，并起用二哥放这趟长船，再没有说什么。他知道，如果固执己见，非但无益，还会既得罪二哥，又见责于爷爷。转念一想，自己不是想离开永和关远走高飞吗？三年等了个闰腊月，这正是个机会。

他走到爷爷窑门外，听见里边有说笑声。一进门，原来爷爷、奶奶和如玉正逗趣呢。

白永和从奶奶怀里接过如玉，亲了一口，说："这两天欺祖奶奶没有？"

"没欺。祖奶奶说我可乖哩!"

白永和几次话到嘴边，就是说不出口来。可是，他的爽约已经给柳含嫣造成伤害，再三思酌，他凑到爷爷身边亲热地攀谈起来，说着，说着，就扯到正题上："爷爷，您老人家交办的事我都办了，也算是对二老这么多年舐犊之情的小小回报。以后我有了能耐，还要好好补报你们的恩情哩!"

白鹤年听了这话，如同六月天吃了一碗凉粉，要多清心有多清心；如同三九天喝了一碗黄酒，要多热火有多热火。看得出来，三娃是个有情有义的好娃，没白疼他一场。他回道："补报甚？不用补报。只要听爷爷的话，把这个家招呼好了，就是对爷爷最好的回报。"说这话时，白鹤年脸上放着红光，显然，他是得意于三娃的厚道，庆幸于他的眼力。

白永和听爷爷这么说，估摸爷爷让他接掌家业的心思还是不倒，心里的话还没出口，就被爷爷贴上了封条。怎么办？是争取，还是放弃？要争取，就要有足够的勇气闯过爷爷这道关。可是，爷爷集祖辈与父辈于一身，父命如山，不好硬来。假如应了爷爷这边，就等于抛弃柳含嫣，把婚姻大事当成儿戏，我白永和还是人吗？父命难违，难道妻言可戏？他忽然想起爱丹说过的那句话：夫妻相爱是做出来的，不是说出来的。看来，自己说的多于做的，检点平生，近乎伪君子了。

白永和试探着问："爷爷，我自小在外惯了，外面的情形并不生疏。虽然入仕不成，还可以凭学识谋一份事做，养家糊口，孝敬您和奶奶。至于说家中的事，有大哥和二哥操持，也会做得很好。"

白鹤年一直认为，要不是能不够的白贾氏极力纵容三娃科考入仕，也许三娃早就接过这副担子，自己何必在黄昏暮年还苦苦支撑？如今可好，他人是回来了，心还在外；他身子在永和关，魂还不知在哪里游荡。这一次得听我的，再不能任他在外边疯跑野干下去，我要让他知道马王爷长三只眼，知道甚能做，甚不能做，知道甚好，甚坏。于是，就板起面孔说："看来，你在外面刮得心野了，心里容不下这个家。咱家供你读书为了甚？一条路是为做官，一条路就是为经商。现在，为官的路堵了，为商的路畅通着。咱们山西人有个不成文的规矩，那就是重商轻官，以商立本。为甚哩？因为为官的路太窄，官场争权夺利，荆棘丛生，浮沉难料。为商的路宽，宽得炕头街市、抬手动脚，随处有生意可做。有本事做大生意，没本事做小生意，自由自在，南来北往，谁能管得着？再说，商人以商致财，凭苦吃饭，犯不着做那些鱼肉百姓、贪赃枉法的勾当，天地良心，无愧无悔。山西商界还有一句名言为人称道，那就是'学而优则贾'，你受学而优则仕的害不浅，一时回不过头来，爷爷帮你回这个头，收这个心。从今向后，你哪里也不要想去，好好守着永和关。永和关虽小，白家算不得阔富，爷爷没甚大本事开拓，但也守住了先人的摊摊。你有天赋，又有学问，加上眼界宽，比一般人不知强多少。只要你用心去做，白家会在晋商中占有一席之地。"

白永和见爷爷固执己见，寸步不让，心里一急就和爷爷摊了牌："爷爷只是说让孙儿跑长船，并没有说让孙儿接过这副担子。受苦的事我干，当家的事我干不了。况且，我已经和朋友说好，要出去谋一份差事做，将来把您和奶奶接出去奉养。北京的朋友已经等了我半年，我解了汾州钱庄的围，又开通了三十年不通的长船，算是小有回报，以后我出去做了事，挣下钱，还要……"

都说三娃既精又灵，怎么倒犯起糊涂来了？明明事情已经摆在眼面前，是你知我知他知的事，只不过是没有挑明罢了。不想，这个小东西不领情不说，反倒要一走了之，不是走火入魔是什么？白鹤年呼呼地出着粗气，把胡子吹得撅了起来，冷不防把水烟壶往桌子上重重一蹾，想把多年来对三娃的培养和怜爱之情通通道出来，可是，因气盛痰厥说不成样子。情急之下，话就变了味："你要是敢走，看我打不断你的腿！"

白贾氏见祖孙俩话不投机，火药味越来越浓，赶忙出来圆场："三娃，爷爷说的在理，不管这个家让谁主事，你都不要再提出走的事，说这话会伤爷爷的心。不听老人言，吃亏在眼前。依我看，先就这么着，让你做甚，你就做甚。现在又不科考，也不谋官，那就安下心来，娶妻生子过光景吧。"

白永和以为奶奶会为他说情，不想，她老人家非但不给他解脱，反倒给他套上另一顶紧箍咒。一个是不让出走，一个是让他尽快娶妻生子，一唱一和，一呼一应，这不是要把他困死在永和关吗？白永和孤掌难鸣，有口难辩，如再不展翅高飞，就会把他困死在永和关，他与柳含嫣经营的美梦就会化为泡影。情急之下，把如玉放在奶奶怀里，语调婉转但措辞强硬地说："爷爷、奶奶，你们不要为我操心了。你们不肯说破，干脆我来挑明吧。在爷爷眼里，大娃不放心，二娃不塌心，三娃有疑心。我也就不再藏墙墙说话，即便让我当这个家，我既不能做，也没心思做。俗话说，有大不显小，要主事也得依次来，没有以小压大的规矩。再说，我在外面做不了官，还可以做庶务员，做不了庶务员，还可以教书，咱白家的人不要都捆绑在永和关，是甚材料就让去做甚，愿做甚的就让他做甚，八仙过海，各显其能，才能给白家增添生气。再说，经过那次婚姻变故，我暂时还没有再婚的心思，即便要娶，也不想在永和关找。我在外面已经——"

"已经怎么啦？"不等白永和说完，白贾氏就着慌连忙地问道。

"是不是说，你在外面已经找下了野女人？"白鹤年厉声问道。

"你说，到底是也不是？"容不得白永和说话，白贾氏又接了过去。

面对爷爷、奶奶紧锣密鼓的拷问，白永和一时语塞，他在寻找措辞，看怎样表达，不至于引起轩然大波，弄得大家都下不了台。

看到三娃迟迟不语，白鹤年心想：这龟孙子，十有八九是野汉子栽到野婆姨手里了，不能明说，倒不如我给他挑明了吧："怪不得让你成家，你老是推托，一年推一年，把你推成了老小子。原来你是金屋藏娇，另有打算！"

"三娃，咱是正经人家，寻花问柳、金屋藏娇的下作事，咱可不能沾边。

一旦出了丑，你丢人，我们跟上败兴，白家的好名声就砸在你的手里！”白贾氏感到大事不好，便把话说到这个份上。

白鹤年和白贾氏轮番进攻，而且眼睛逼视着白永和。白永和先不去正视爷爷、奶奶，后来，索性和迎面而来的四束犀利的目光对视起来，但他说不上出于什么心理，目光僵持片刻就躲闪而去，语调徐缓地说：“爷爷，奶奶，看把你们急得什么似的。孙儿是说在外面已经找下事情了。我是那种没成儿的人吗？男婚女嫁，不怕找不下，单怕胡找下。至于说野女人，不要说你们嫌伤风败俗，我还怕丢人败兴哩！我要找，也要找正正经经、精精明明的让二老高高兴兴的媳妇。”

“这么说，你在外面没花了心？”爷爷问。

“没私藏下女人？”奶奶问。

“甚是花了心？甚是私藏下女人？我解不下你们的意思。”

都有话在肚里，就是不知道该用什么方式、掌握什么分寸才能不伤对方感情。此时，沉默成了最好的诉说。

如玉先是玩她的，后来觉得没人说话了，就斜着脑袋挨个看了一遍，才发现一张张笑脸都成了茄子脸，红不红，黑不黑的，多不顺眼，就问奶奶：“你们怎么了，脸那么难看？”

一句话点醒了白贾氏：“啊？噢，你看奶奶脸难看吗？”说着，强挤出一丝笑容。

“笑得不顺眼，不好看！”

白贾氏心里道：“你哪里知道，我的笑比哭还要难看。”对如玉说：“去，到院里玩去吧，大人们说话呢。”

如玉下了炕，到院里玩去了。

白永和壮着胆子说：“你们不让我做这做那，那我就甚也不做了，做个吃闲饭不管闲事的人，这样就如你们的意了吧！”

“屁话！是怕你在外瞎混，正道事谁不让你做了？”爷爷气得脸都发了紫，手也哆嗦起来。

奶奶心平气和地说：“三娃，你也不要太倔强，爷爷、奶奶都是为你好，没有害你的意思。你看你，年过而立，一事无成，无妻无子也无担当，你让我们怎么向你死去的父母交代？我们还不是想让你挑起担子，历练个人，顾全族人，儿女绕膝，生意风光，无愧一生啊！”

白永和终于开了口：“我是一事无成，这话不假。不过，那是我生不逢时，不是我胸无大志；那是我命运不济，不是我不明事理。”

“既是这样，把这个家交给你，你敢担当吗？”爷爷逼视着白永和。

白永和既不回应爷爷的目光，也不回答爷爷的问话。

白鹤年连着抽了三锅闷烟，白永和还没说话。白贾氏只怕三娃把弓绷得太硬，与爷爷弄个弦断弓折，两败俱伤。她看了一眼当家的，又对着三娃说：“三娃心小，你一说就把他吓住了。这样大的事也不在一天两天，让三娃好好想想，再定夺也不迟。”

白永和见事情已经没有退路，只好缓和一步说：“我脑子太热，一时也理不出个头绪，给我一点时间，让我梳理梳理。北京有位好朋友要娶亲，我总不能不去助兴吧，等我回来，再定也不迟。这个要求总不为过吧？”

白鹤年看白贾氏，白贾氏看白鹤年，不知这个问题该如何回答。

白鹤年想了想，摆出当家人的姿态，说：“你去吧，容我想想再理论。”

第二十五章

不等白鹤年理论出结果，就传来白永忍出师不利的消息。

船工白葫芦和白狗蛋在村里游荡，却没见二少爷和老艄白三奴的影子。消息传到白鹤年耳朵里，觉得甚是蹊跷，就把俩人叫来问话，才知道他们是被二少爷打发回来。问为什么，说丢了货。又问丢货的情形，不得已说了经过。

原来，船行至于家嘴，按惯例山西的船一般都在山西一侧的于家嘴停泊，可陕西那面有个穿得花里胡哨的婆姨在河边喊叫住店，白永忍心一动，就叫白三奴把船驶向清水关抛了锚。那个婆姨是开店的，好言好语把白永忍和白三奴请上岸，好吃好喝了一顿，直把主仆灌得酩酊大醉。然后又下来喊船工上去喝酒，船工不敢擅离职守，那个婆姨说，掌柜的要他们上去喝酒。船工听了，哪有敬酒不吃的道理。就拴好船，上了岸。有美人美酒，一个个像喝了迷魂汤似的，直喝的分不清东南西北，还是店家婆姨把他们送上了船。

天明，准备起船时，才发现皮货丢了大半。白永忍傻了，傻得比正在被店家宰杀的那头“嗷嗷”吼叫的肥猪还傻。

白永忍问：“谁让你们上岸的？”

船工们说：“开店婆姨说，是你让我们上去喝酒的。”

白永忍让人找来开店婆姨，那婆姨屁股一扭一扭的，两个硕大的奶子，不老实地在绿褂褂里突突摇摆，晃得众人眼痴痴的。她双手叉在蜂腰肥臀之间，理直气壮地说：“掌柜的，你是喝了迷魂汤，还是喝了尿水水？你说的话怎么不认账，啊！”

白永忍火辣辣地说：“你是吃了胡椒面了？怎么满嘴尽说胡话！我什么时候说过让伙计们上岸的？”

“说话如放屁，还算男子汉？你喝多了，搂着我不放，你占了我的便宜不算，还叫你的伙计都来喝上两壶，闻闻骚味。这不是你说的，是鬼说的？你丢了货怨谁，只能怨你把不住门关子！”

白永忍忍无可忍，气得咬牙切齿，举起拳头就要打。那婆娘也不是省油的灯，索性把头顶在白永忍怀里，说：“有本事你打，打不死就不是你娘养的！”

船工们怕事情闹大，二少爷下不了台，都过来劝架，好说歹说才算把那婆姨劝走。此时，岸上被店家宰杀的肥猪吼完了最后两声，也偃旗息鼓。白永忍出师不利，咋能就此了结？他出不了这口气，就往伙计们身上发泄，骂了这个骂那个，骂得祖宗三代都翻了底还不解恨。六个船工情知闯下大祸，耷拉着脑袋不敢出声。骂得实在承受不了，胆子大点的白葫芦和白狗蛋便顶撞了几句，白永忍连踢带打，并嚷嚷着要他俩滚蛋。他俩一气之下，就回了永和关。白鹤年问：“那二少爷呢？”白葫芦说：“要走不能走，要回不敢回，听三奴说，要连货带船就地出手。”

白鹤年再没说什么，心里窝烦透了。本来是想捞一把，这下可好，不仅捞不回来，说不定把三娃挣下的全贴上还不够。这二娃真不是个东西，想甚，甚歪；做甚，甚晦。家业交给他，等于往败家子手里藏元宝，再大的家业也支不住他折腾。如果说，几年来对二娃难以割舍的话，那么，这一刻他终于丢掉幻想，面对现实：沙里淘金，三娃就是那块金；鱼龙混杂，二娃就是那条鱼。这个家非三娃莫属。他打定主意，就喊来财旺，让他请老夫人和三少爷。他端坐在太师椅上，不动烟火，屏声静气，等待着神圣的一刻来临。

白贾氏带着如玉回来，见老太爷正襟危坐，一脸严肃，心里就有了底。不多一会儿，白永和也来了。见爷爷、奶奶端坐太师椅上，不说不笑，心想，十有八九是为他去北京的事，不管爷爷点不点头，此行是箭在弦上，不得不发。

白鹤年让白永和坐在左侧椅子上，清了清嗓子，说：“三娃，你想好了没有？”

白永和一愣，问：“想好甚了？”

“你是明知故问，还不是那天爷爷和你说的事。”

“哦？”白永和好像想起来了，“不是说我从北京回来再理论吗？”

“计划赶不上变化，没有理论的余地了！”

“出了甚事啦？这么急！”

“你二哥放长船栽了，我不得不速下决心，当断则断，不管你有甚想法，总得以白家为重。因此，从今天起，你就是白家的主事人了，一经授命，立即理事，赶快去清水关处置长船事宜。”

白永和一听，浑身酥软，暗自长叹：“完了，一切都完了！”双膝并拢就势跪倒在地，求爷爷开恩：“爷爷，让我去清水关救急，责无旁贷，让接掌家业，孙儿自愧无力胜任。”

白鹤年以为三娃是谦辞，耐心开导说：“我还不到你这个年纪，就接过了家业，还不是一样做了下来。人在事中练，刀在石上磨，久而久之，就成了行家。”

奶奶也劝道：“三娃，爷爷把如此重的担子搁在你肩上，既是对你的器重，也是对白家的眷顾，再不要三心二意，心猿意马。”

面对爷爷的摊牌，白永和到了山穷水尽的地步。但一想起远在北京翘首以待的柳含嫣，一种责任感升腾而起，他要把事情真相和盘托出，求得爷爷、奶奶的宽宥。可是转念一想，爷爷、奶奶为他付出得太多，他对爷爷、奶奶回报得太少，先前的惭愧被另一种惭愧所淹没，先前的责任感被另一种责任感所取代。苍天呀苍天，我该怎么做才好？这时，他耳边仿佛传来柳含嫣声嘶力竭的呼喊：“我等不及了，你快来呀，你快来！”对，我已经辜负了一个女人，决不能再辜负另一个女人。很快，刚刚占了上风的惭愧和责任感又隐了下去。他对爷爷说：“爷爷，原谅孙儿无能，清水关我去，白家重责我不敢应承。如一再相逼，恕孙儿不孝，我即离家出走！”

“反了你啦！反了你啦！你试试从这个门槛往出迈一步？”白鹤年怒不可遏地吼道。

白贾氏见大事不好，忙以一只手按住白鹤年，又以另一只手指了指白永和说：“三娃，你是羊羔羔跳崖不识高低，不要敬酒不吃吃罚酒。你是读书人，应该懂得父母命不可违的道理。我们是你父母的父母，两层天，两道命，你敢不听？”

白永和心想，一味僵持下去也不是个法子，便缓和着语气说：“爷爷、奶奶，还是容孙儿三思而后行。我先去清水关照料，回来再定还不行？”

白鹤年知道，这是三娃的缓兵之计，“啪”的一声，把他心爱的水烟壶摔在地上，想抬手指着白永和问话，却哆嗦得举不起来，嘴里也像塞了一块棉絮，只见张嘴，听不见声音。盛怒之下，就从太师椅上溜了下来，双膝并拢着了地，终于说出一句把白永和逼上绝境的话："要么我跪死，要么你应承！"

见爷爷跪地，吓得白永和浑身瘫软，赶忙跪下搀扶爷爷，爷爷却似不达目的誓不罢休的讨债者，任凭他如何搀扶，就是不给他顺顺溜溜起来。白永和没法，只好再次跪在地上。白贾氏见爷孙俩同时跪在地上，只能陪着他们跪了下来。

如玉见祖爷爷、祖奶奶和爸爸都跪在地上，不知道发生了什么事情，也跟着跪了，好奇地看着一张张恼怒的、哭丧的和无奈的脸，问："你们这是怎么啦？都跪在地上要做甚？"

没人搭理，也没人笑。

白永和见奶奶也跪在地上，知道自己犯了大逆不道之罪，再也顾不得多想，脱口说道："我应承还不行？爷爷、奶奶真要把孙儿折死了！"

白贾氏最忌讳说不吉利话，听得三娃这么一说，慌得以手去堵他的嘴："不许胡说！应承就应承了，还说这些没使用的话做甚？"

白鹤年见三娃应承下，不等白永和搀扶就站了起来，从如玉手中接过水烟壶，看了看，只碰了一点皮，还结实着哩，就放了心。用袖口擦了擦，就吞云吐雾起来。白贾氏有老寒腿毛病，腿不好打弯，一时站立不起来，白永和父女俩连扶带拉，好不容易才归了位。

白家祠堂坐落在九十眼窑院最下方。面对人丁兴旺的窑院，背靠奔腾不息的黄河，飞檐挑角，碧瓦生辉。作为九十眼窑院唯一的砖木结构建筑，是白家苦心经营的祖脉象征。祠堂两根廊柱上挂着一副满目沧桑的楹联。上联是：子子孙孙牢记互谅互帮互助；下联是：世世代代莫忘同根同宗同祖。它是白氏祖训的补充，也是凝聚族人的圭臬。

祠堂里挤满了人，三三两两私语猜测：不是年节，不到祭祀，也没听说谁犯了家规家法，老太爷突然唤他们来要做甚？白鹤年一改平日的短衣便服，头戴瓜皮黑绸帽，身穿灰色长袍，外套直贡呢马褂，脚穿布靴，显得庄重大方。最显眼的是那根和他形影不离的辫子，已然从乌黑变得花白，从粗长变得细短，犹如童子的小辫子。但极其顺溜，极其光亮——显然今天特意加了工。因为自民国政府号令剪辫子以来，村里的长辫子一下都消失得无影无踪，不是光头就是剪发头，唯有白老太爷乐意让那只辫子顽固地盘在头上。此时白老太爷面容庄重，神情肃穆，在场的人也跟着严肃起来。白管家清点了人数，告诉白老太爷，除三少爷都到齐了。白鹤年问："怎么回事？快回窑里去找！"

白管家应声出去，一路小跑来到三少爷院。门外侧耳细听，窑里有人说话。他不便冒冒失失进去，可又不能不进去。只好轻轻敲了一下门，没人搭理。再敲，三少爷应声开门，问："甚事，白管家？"

白管家说："老太爷在祠堂里等不及了，叫你快去。"

"知道啦，就说立马就到。"

白管家门也没进，扭头去了。

白永和窑里坐着奶奶白贾氏，还有当年一同补纳的赵城儒生许壮行。许壮行西装革履，留着时兴的中分头和八字胡，眼睛藏在墨镜后，给人深不可测的感觉。他是受钱开钱大人委派，专程从京师来见白永和，并拿来钱开钱局长的一纸聘书，上写着"兹聘白永和为京师学务局一科科长"云云。许壮行说："这个职位虽然清寒，但从阶位上也还算县知事一级，大小也是个京官，说起来，人前面后也风光。钱开新近任了京师学务局局长，他不忘旧情，想提携昔日朋友一把，这不，人家首先想到的就是你。提起那年补缺的事，他还为你的遭遇感慨不已呢。"

白永和问："许兄高就何处？"

许壮行说："惭愧，比不得老兄，凑合在学务局任了个科副。你准备一下，我回赵城老家看看，完了在太原会面，你我弟兄一同上任去。"

白永和叫人把许壮行安顿在白记客栈休息，立时心乱如麻，坐立不安。自言自语道："怎么办？我该怎么办？"

白贾氏也不停地嘟囔着："怎么办？"

白永和捂住脑袋痛苦地思索着。这纸聘书，无异于给他出走搭了一个阶梯，这样的好事，迟不来，早不来，偏偏来在这个节骨眼上。叫我走吧，刚刚应诺了的事，怎么好意思反悔？不走吧，到口的馅饼，哪肯就这样白白放弃？

白贾氏也没了主张。眼前这事，正应了"踏破铁鞋无觅处，得来全不费功夫"的老话，只可惜得来的不是时候。她试探着对三娃说："要不，奶奶去和爷爷说说？"

白永和摇了摇头说："没用了，一切都晚了。我要是反悔了，还不把爷爷气出病来，爷爷要是有个三长两短，我三娃还怎么活人？再说，三娃从来信诺如山，不做反悔之事。”

一次次的两难抉择，一次次的失之交臂，为什么懊悔和失意总是与三娃如影随形？白贾氏问了苍天问自己，没有答案。空有满腹学问，奈何天不遂意，长流不止的泪水就是她现时无可奈何情绪的宣泄。与其说为三娃痛哭，不如说是为她自己的抱负再遭重创而悲伤。她抱愧地说：“三娃，认命吧，心强命不强。奶奶我犟了一辈子，犟出个甚来？没有。你犟了半辈子，犟出个甚来？也没有。没做官的福分，或许有经商的缘分，一人一个吃路。奶奶我想通了，人呀，出门要入乡随俗，做事得随遇而安。舍得，舍得，有舍有得。人常说，失之东隅，收之桑榆。三娃，你的好日子就在后头！”

白鹤年见白贾氏和白永和相随来到祠堂，而且两人的脸色都不大好看，心里不由得犯了疑：他俩这是怎么啦？莫不是又要反悔？不管怎么样，他还是清了清痰，目光威严地扫了一眼，全场便肃静下来。众人眼巴巴地看着这位德高望重的族长，等待发话。但白鹤年却没有张口，他觉得眼前一晃，一幅与此时此地相似的陈年旧景叠印进脑际。

记得也是五黄六月天，也是在白家祠堂里，风烛残年的父亲，当众宣布由他来主持家事。他诚惶诚恐地戴上象征白家权势的金戒指，这一戴就是四十多年。如今，自己老迈腐朽，不堪重负，就要把这枚金戒指，传给孙子辈的三娃来执掌，忆昔抚今，感慨万千。

耳旁传来白管家低沉的声音：“老太爷，开始吧。”

白鹤年这才从沉思中醒了过来，连连点头：“好，好。”他说道：“今天召唤大家来，要说一件关乎家族的大事。鹤年执掌家事四十多年来，早起晚睡，小心做事，虽没有大功于族人，但也保住了祖宗的根底，维护了族人的福祉。如今，我老了，到了歇息的时候，我决定从今日起正式引退，颐养天年。白家的事，由三少爷永和来执掌。大家都听好了，从今天起，他就是咱白家的当家人。三少爷是前清举人，又是候补知县，在外多年，眼界宽，见识广，德才兼备，能文能商，不仅在永和关，就是在永和县，也是数得着的人才。俗话说，红花还得绿叶扶。我们白家三百来口人，家大业大，没有统一的号令不行。所以，大家要帮衬着他，维护着他。凡是他做得对的，悉听勿疑；凡是他想不到、做不好的，众议可取。子子孙孙牢记互谅互帮互助，世世代代莫忘同根同宗同祖。如今大清已亡，民国初立，我白氏当顺应时势，图谋发展。”

白鹤年一席话，说得众人感同身受，心情激荡，一片热议。只听白老太爷呼唤：“三娃!”白永和应声跪在爷爷膝下。白鹤年居高临下地说，“三娃，可记得白家祖训?”

白永和说：“记得。”

白鹤年说：“说来让众人听听。”

一想起祖训，白永和神情亢奋，激动不已：“以和为贵，以义制利，以诚取信，以俭治家。”

白鹤年以告诫的口吻说：“这十六个字，字字值千金，句句是律条，它凝聚了白家十几代人的心血与智慧。凡我白氏子孙，要常怀敬畏之心，什么时候也不可怠慢，把它作为做人的准绳，做事的规矩。作为当家人，三娃你尤其应须臾在心，身体力行。”

白鹤年好长时间没有这样庄重肃穆、神情亢奋过了，就要离开白家至高无上的宝座时，回顾往昔，岁月铭刻下他的风范，也留下不尽的感慨。他内心有好多话要说，因心情过于激动，思绪过于紊乱，一时不知从何说起。他缓缓从左手无名指上取下那枚金光灿灿的大戒指，戒指中间镶嵌着精致的小算盘，他用手拨拉了一下，米粒大小的金珠啪啪作响。他用袖口拭了拭，用嘴吹了吹，举到眼前看了看，一如他父亲交给他时锃光瓦亮。他恋恋不舍地看了又看，拭了又拭，并轻轻吻了一下，然后戴在白永和左手无名指上，亲昵地在白永和头上抚摸了一下，眼里充满了厚望。少顷，又艰难地从身上解下一串钥匙，在空里晃了晃，仿佛向族人炫耀和明示。

白永和接过钥匙，神情庄重地说：“爷爷，您就放心吧，我一定不辜负您老人家的重托。”说完，站起身来，面向众人说：“咱们都是白氏族人，一个白字掰不成两半。我既然接承了这副重担，就会尽心竭力为大家操劳。各位长辈，各位同辈，各位晚辈，我愿与大家协力齐心，共赴时艰，有福同享，有难同当!”

一直沉默不语的白贾氏终于开了腔：“有件事不得不向族人说明白，就在祠堂议事的前一刻，从京城送来三少爷进京任职的聘书。”白贾氏把聘书在空中扬了扬，颇为得意地说：“这是个京官呀，是三少爷梦寐以求的前程，也是我们白家的荣耀呀！一纸聘书说明了甚？说明三少爷的书没有白读，说明三少爷有真才实学，说明三少爷人气好，有人帮衬。可是，三少爷权衡利弊，还是辞谢了到手的职位，一心一意为白家人谋利。有不为名利动心的三少爷掌舵，有顾全大局的三少爷给咱谋划，我们白家还愁不兴旺发达起来！”说完，让白管家把聘书拿下去让众人传看。

白贾氏一番慷慨激昂的话，把众人煽得心潮澎湃，热血沸腾。白贾氏善于捕捉瞬间细节煽动人心的才干，再一次得到淋漓尽致的发挥。她不无得意地扫视了一圈，见众人把钦佩的目光、信任的目光一齐投向白永和，这正是她所愿看到的景象。她的出现和不俗的谈吐，给白永和的“加冕”典礼，增添了很重的分量。她用她的满足感，弥补巨大的失落感。白永和则是无可奈何花落去，不得不现出而今振作从头越的豪情。他从人们手中要回那张聘书，款款地撕烂，随手扔了出去，让聘书碎片在空中轻轻飘落。所有这一切，令白鹤年禁不住老泪纵横，五内沸腾。

白永和同白管家一道去清水关处理了长船事件，回来向爷爷禀明事发缘由及处理经过，并坦言此事太过蹊跷，一定有人从中作梗。白鹤年欲知其详，白永和却佯装不知，尽管他心里已经有了谱，但不愿把锅盖揭得太早。

爷爷见三娃又去救了一把火，把损失减到最小，而且也没为难和见怪他的二哥，处理得圆满妥帖，心想这娃是成熟了，尽可以放手让他去做。看看门外无人，就把白永和叫到身边，把水烟壶递给白永和，说：“这个也交给你。”

白永和失笑地说：“爷爷，您知道三娃不会吸烟，给这个有甚用？莫不是也想让三娃吸这个无用的东西？”

白鹤年神秘地说：“吸烟有害，我能不知？我给你这把水烟壶，不是为了教你吸烟，而是授给你这件宝物。”说罢，指了指水烟壶底，说：“打开看看。”

白永和困惑不解，普通的水烟壶也算宝物？难道其中有什么秘密不成？他疑惑地看了看爷爷，试图打开水烟壶的底盖，可是怎么也打不开。爷爷取过水烟壶，在底部只轻轻一推，便露出里边的玄机。白永和拿到光亮处细看，只见金碧辉煌，光芒四射。再看，原来上边还有几个篆字，乃“白氏镇关之宝”，出自明末清初大画家、书法家、医学家傅山手书，十分难得和珍贵。底纹阳刻群仙拜寿图，以龙纹饰边，制作精工，小巧玲珑。白永和疑惑地问爷爷：“傅山先生手书的水烟壶，怎么能到了我们白家?”

白鹤年说：“说起来，还有段故事呢。我们白家出自汾城，自古为汾城旺族，以商兴家，世代相传。据说，这把水烟壶是白氏远祖制作，因远祖在外经商，与傅山先生有过交往。后家败流落至永和关，托人请傅山先生题字，先生就题写了这六个字，以为创业纪念。再后来，白家在永和关站住了脚，家业越闹越大，不知从哪代当家人手里，请金匠将这几个字铸于金砖之上，镶嵌在水烟壶底部，作为传家之宝，世代相传。一般人只知戴上金戒指就是一家之主，殊不知，还有这个水烟壶配套，才算合法主人。这件事，历来只有主事者知道，别人无从知晓，连你奶奶也不知道这个秘密。如今交给你，也只能你一人知道，决不能透露给第二个人，就是天王老子也不行，你要谨记。”

白永和拜了爷爷，再拜镇关之宝，把它从爷爷手中接了过来。看了看那颗硕大的金戒指，金戒指上的算盘珠来回滚动。显然，这是先人寄希望于后代精打细算过光景的寓意。至于说水烟壶，则寓意白家居关不移，世代开拓。原来，白家还有这么一个不为人知的秘密，爷爷还留了这么一手。可见爷爷为人之精明，识人之智慧，传宗之谨慎。他感到，爷爷如同一尊偶像，深深雕刻在他心里。崇尚儒道的他，最终没有逃脱爷爷早就布下的罗网，并一步步被塑造成了一个儒生气十足的商人。他既为这两件宝物缠身而懊悔，又为拥有它而自豪。去留的矛盾始终在心里交织着，翻滚着。但既然已经挑起这副重担，就责无旁贷，义不容辞，儿女情长不得不放在其次。他收起水烟壶，打趣地说：“爷爷，把水烟壶给了三娃，难道从此戒烟不吸了?”

白鹤年一转身，又取出一把水烟壶：“你看，这不是还有一把。这副担子搁在你肩上，我就轻松了，轻松了，就再不吸烟了。本来嘛，吸烟只是个障眼法，水烟壶才是镇关之宝。我手里这把水烟壶，不过是为了护佑你寻把水烟壶做个幌子。解下了吧?”

白永和点了点头，细看时，和他手中的水烟壶一模一样。精明的爷爷，做人周正方圆，做事滴水不漏，原来他还留了这么一手!

第二十六章

白永和接二连三给柳含嫣写信，因家事拖累，一再爽约，望能谅解；暂时的分别，是为了长久的团聚。不管发生什么事情，他都不会背信弃义，自食其言云云。尽管曲尽思念之意，但去信都如石沉大海，没有回应。这令热望中的白永和十分沮丧，情绪坏到极点。

忙完了年节，又忙着铺排生意杂务，进入角色的白永和，如一只揳进木头的钉子，专注而又执着，忙得不分朝夕，焦头烂额，只有拼命地做事，才能排遣心中的凄凉和焦虑。整个白家人，有几人能知道他心中的痛楚。

白鹤年对白贾氏说："我没看错人，三娃不做便罢，要做就舍上命去做，真是块难得的好材料。"

白贾氏说："就怕这头舍上命，那头不舍命。"

"你甚意思？"

"甚意思？你还不明白，三娃都三十多岁的人了，像他这个年纪的人，谁不是夫唱妇随，儿女绕膝？他呢，还是寒窑凉炕，孤身一人，你就不觉得可怜？"说着说着，就去揉眼睛。

"光说可怜能顶饭吃？如今三娃主了事，就是插上翅膀也飞不了，还不麻利寻个好人家，办了这桩事。"

白贾氏领了老太爷的旨意，满心欢喜地为三娃张罗开婚事。

祁娇娇不愧是祁娇娇，不知是心有灵犀，还是嗅觉特灵，这里两位老人才议论三娃的婚事，那里她就暗暗动作开来。

祁娇娇领着一位黄花大姑娘来见白贾氏，笑容可掬地说："奶奶，这就是孙媳妇常给您老人家说起过的我姨表姐的闺女灵灵。”

灵灵忙向老夫人施礼，听到老夫人让座，才款款地落座。

从祁娇娇一进门，白贾氏就知道来者何意。因此，她的目光始终在这位陌生的姑娘身上飘来飘去。她用碗盖捋了捋茶，轻轻抿了一口，头也不抬地问：“闺女今年多大了？”

“回老夫人的话，二十岁。”

“哦？二十岁了还没有出阁，大姑娘了。”

灵灵羞愧地低下头，两只手在辫子梢上不住地捏拧着，仿佛要在上面拧出一句让老夫人最满意的话。

祁娇娇见灵灵在那里窘着，就抢着替灵灵回答：“奶奶，是这样的，灵灵是上得厅堂、下得厨房的主儿，人心气高了些，左挑右拣，总没有个合适人家，这不是就拖延了几岁嘛。不算大，不算大。”

白贾氏回过头来一想，也是的，自家的三娃都三十多岁了，还嫌人家娃大。随口附和道：“哦，哦，不算大。”又问：“家里有甚人？”

“母亲过世早，只有父亲和我。”

“听说你还识文断字？”

“父亲读过私塾，我跟着父亲讨教了点。”

“可会女红？”

“粗浅懂得。”

白贾氏还要问什么，嘴嗫嚅了两下，没好意思开口。就盯住灵灵端详再三，暗自叹道：这闺女眉弯如月，眼圆似杏，鼻翘神气，唇丰齿白，颜面红润，仿佛红皮鸡蛋上的一幅画，耐读耐看。美中不足的是脚大了点，皮肤粗了点。啊，再就是家贫寒了点。

祁娇娇知道，奶奶看人，总是以她自己为尺码，居高临下地看人，所以，很少有她看上眼的女娃。她知道，要硬挑 “毛病”，好媳妇脸上还有点疤呢，谁能十全十美？与其等奶奶说破，还不如替奶奶说了。就凑近奶奶身边说：“皮肤粗是做活儿晒的，家贫是时运还没来，至于脚嘛，现在公家不是正提倡妇女解放，省了放足。”

白贾氏说：“来不来就妇女解放，放了足能放了人？别想得太美了！”

祁娇娇说：“呀呀呀，我只不过是赶时兴说说，哪敢在您老人家面前说三道四呢!”

白贾氏觉得，不管怎么说，这一回祁娇娇总算是说到点子上了，再没说什么。心想，人不得全，车不得圆，这些都是小意思，不必苛求。再说，自家放着个三十多岁的光棍，又娶过妻，离过婚，脸上有黑看不见，老是瞅人家的不是。嗨，看我这人！白贾氏正这么想着，门“吱呀”一声，白永和推门进来。

白永和给奶奶请了安，转身问候二嫂时，一道彩虹突然扑进眼里。定睛看时，哪里有什么彩虹，原来是这位亮汪汪的姑娘吸引了他的眼球。多看一眼，就有些发呆，早把二嫂晾到一边去了。

灵灵也感到诧异，面前这位爷好像在哪里见过？脑子只那么一转，就想起来了。惊奇的眼神霎时变得柔和起来，脸也绯红，身子不由得离开椅子，傻立在那里。

白永和用手指了指灵灵，正要开口说话，祁娇娇早开了腔：“三娃，这是我姨表姐家的闺女，叫灵灵。”随即扭头对灵灵说：“这就是我常给你说的三少爷三娃，啊，不，官名叫永和，是举人老爷呢!”

灵灵给白永和施礼：“给三少爷请安!”

白永和似从梦中醒来，手脚无措地回道：“小姐好!”

白永和让过了座，自己也拣了把椅子坐下。心想，世上的事怎么这么蹊跷，几年前赴京赶考途中遇到的那位小大姐，竟然出现在我们白家。女大十八变，越变越好看，她出脱成十分标致的大闺女了。她也叫灵灵，莫不是此前二嫂提起过的那位刘灵灵？不可能。在他的想象中，那个刘灵灵，就是二嫂祁娇娇的翻版，灵灵巧巧，一样的刀子嘴，一样的能不够。而面前的这位灵灵，说话得体，举止文静，怎么能与那个灵灵相提并论呢！白贾氏和祁娇娇抿嘴微笑，眸子却在白永和与灵灵之间来回穿梭，白永和这才觉得灵灵的突然造访与他不无关系。现在他最怕男女之事，自己不成功的过去和就要失败的现在，让他不敢正视女人。他把狂跳的心尽量稳定下来，问灵灵道：“小大姐别来无恙?”

“托三少爷的福，还好。”

白永和本来要问“还和父亲开饭铺吗”？又觉得不妥，“士别三日，当刮目相看”，那时的小大姐早成了大小姐了，说不定那时的卖饭女，成了谁家的少夫人，就改口道：“夫婿高就，膝下几子?”

一句话，把灵灵问得面红耳赤，头耷拉下去。

祁娇娇说："三娃也是的，人家还是黄花闺女呢！"

这下，轮到白永和难堪了，他不好意思地笑了笑："失言了，失言了。"

白贾氏好生奇怪。从前，一提起刘灵灵，三娃就反感，今天怪了，不只不反感，还挺热络，兴许背地里早见过面。难道，他们有了私情？

祁娇娇更是纳闷，自己只不过私下里和奶奶提起过灵灵，三娃眼里根本容不下。不承想，他俩早勾搭上了。祁娇娇眼乖，借擤鼻涕出了门，擤了两声就无声无息了。

白贾氏插不上嘴，干坐着无趣，觉得成了多余的人，心想：好你个鬼精鬼精的娇娇，你溜了，把奶奶我晾在这里卖眼皮子，倒不如我也一走了之。便不声不响地从二人眼皮底下闪了出去。一出门，和在门外偷听的娇娇碰了个正着，白贾氏在祁娇娇脑门心戳了一下，祁娇娇使了个坏笑，两人相跟着走了几步又停了下来，耳朵听着窑里的动静，脚步由不得折了回去，站在窑门外墙角，入了定。

"还开饭铺吗？"白永和问。

"生意清淡，早停了。村里建起小学堂，父亲教了书，顾不过来时，我当个帮手，教学生认字，还能跟上父亲讨点学问。"

"噢，原来这样。日子能过得下去？"

"粗茶淡饭，仅能糊口，比上不足，比下有余罢了。"

"小大姐能安之若素，实属不易。"

"人有高下，命有好赖，走到哪里说哪里话。"

"小姐——"白永和又要发问，被灵灵把话打断。

"三少爷，您就直呼我灵灵吧，这样免了客套，说话也方便。"

"言之有理。灵灵，还记得那年赶考路上拦路属对的事不？"

"怎能忘记？想起来真后悔。那时我年幼无知，信口开河，害得三少爷耽搁了三年。人生能有几个三年？"

"看你说的，我感谢还感谢不过来呢。我们是初生牛犊不怕虎，不知天高地厚。你出对事小，让我们懂得自身的不足事大。我们双双中举，还多亏了三年的苦读呢。"

灵灵自谦地说："三少爷您过奖了，说不定没有那年的对句，你早成了进士，中了状元了。后来，我从姨姨口里得知你的坎坷境遇，只恨自己鲁莽，父亲提起来，老说我的不是哩！今天有幸相见，正好给了我赔不是的机会。”

“考场如战场，谁也不敢说一考即中。再说，天要下，娘要嫁，世道就如变戏法，耽搁了的不是我一人，是普天之下的举子。怨天怨地，也不能怨你。”

“不知三少爷——”

白永和也截住灵灵的话说：“我不叫你小姐，你反倒叫少爷，是不是有失公允？就叫我永和，要不就直呼我三娃好了。”

灵灵说：“您是举人老爷，我是无知村姑，哪里敢没大没小，没轻没重呢!”

“现在都民国了，大清的举人还不是草民一个?”

窑里的两人谈兴正浓，窑外的两人心里偷笑。白贾氏忽然想起什么，就要回窑里去。祁娇娇急忙拉住奶奶道：“人家说得正好，您回去不是搅和了好事?”

“你懂个屁！孤男寡女，在一起……嗨，光顾着高兴了，就忘了这事。”扭头就推开门，屋内二人吃了一惊，看见奶奶前脚回来，后脚还跟着祁娇娇，才知道光顾说话，忘了她们的存在。两人都不好意思地站起来，一场开心的谈话就此打住。

刘灵灵与白永和意外邂逅，春心摇荡，难以遏止。她不知道几年前姨姨给她提亲的三少爷，竟是被她“一对误三年”的白举人。那时年幼无知，拾得父亲的一联卖乖，不料想三少爷较真，这一较真虽然中了举，谁能想到，恰好误了清朝最后一次会试，以致中断了三少爷的仕途，想起来十分懊悔。转念又想，要不是有了这个周折，她哪里能与三少爷再度相逢，重叙旧事？不要说戏里总是演绎无巧不成书的故事，原来人间也有，这不就让我给撞上了。三少爷虽说长我十来岁，但有学问，有才干，有志向，又接管了这么大的家业，论哪一件我也比不了。再说，自己也老大不小，只要白家应允这门亲事，我还有甚好说的。所以，她回家后，就天天等着姨姨的回话。

爱丹听说三少爷成了白家掌门人，那颗早已死了的心，又莫名其妙地悄然复活。三少爷当了家，就有了说话权，有了主张自己权利的本钱；三少爷至今不娶，是另有隐情，还是在等她回心转意呢？回头一想，你不是白日做梦吧？人家上门赔情道歉，想重归于好，都被你一口回绝。本来自己没有嫁人，谎说嫁了人；本来怀里的娃就是三少爷的种，骗他说是别人的娃，甚至绝情地把玉佩退了回去，被三少爷赌气扔到黄河里。人常说覆水难收，剩饭难吃，自己怎么开得了这个口？就这样，日日思，夜夜想，一会儿想的是破镜重圆，一会想的是痴人说梦，连她自己也禁不住笑自己，成了卖矛又卖盾的楚人。

爱丹知道，这个口实在太难开了。即使开了口，阻力也不比初嫁时小。母亲过世了，少了一个阻力，可倔强的父亲决不会答应。再说，好马不吃回头草。你想回头，白家老小怎么想？还不让老太太笑掉大牙！就这样过下去，父亲不忍心看着她守活寡；要改嫁吧，又找不下中意的，孤儿寡母的光景往什么时候熬？思来想去，还是和三少爷重温旧梦好。心不死，就有梦。

一天，她来到渡口，等白三奴摆渡过来的空隙，叫使女悄悄喊来叙话。白三奴不知什么事，不敢冒冒失失前去，怕再上别人的当。次日，那个使女又找白三奴，说了和昨天一样的话，白三奴仍没有去。白三奴不去，使女就请个不止，请个不止，白三奴越发不去。那年那月那日受得那口窝囊气，至今还窝在心口。最终逼得爱丹在渡口现了形，白三奴这才明白，三少奶奶真的找他，不诓哄。

白三奴有些紧张，又有些自负。过去的三少奶奶、现在的杨家小姐，再三找他，可见他在她心里多少有点分量。有了自信心，禁不住心猿意马起来：自打那年救了三少奶奶，背了三少奶奶，见了三少奶奶的胴体，他对异性有了强烈的欲望，三少奶奶咋看咋顺眼，说不清道不明的冲动在心底暗暗滋长着。这么多年他为甚不娶，除了家底不厚实，就是没有一个他看得上的。要娶，就娶三少奶奶这样有女人味的婆姨。要不是那年老夫人高压威吓挫了他的兴头，也许他早就对三少奶奶有所“表示”了。

杨福来不在家。爱丹早一步回来，在窑里等着三奴。

两人见面，好不别扭。他们几乎同时想起，那年那月那夜，发生在爱丹家的那场败兴事。

白三奴首先打破僵局：“三少奶奶，您真的找我？”

“我明人不做暗事，这回可是敞明亮响地找你。你怕啦？”爱丹坦然地说。

“看三少奶奶说到哪里去了。怕，我就不来！”

“上次的事我至今还蒙在鼓里，叫你受委屈了吧。”

“还提那件倒霉事做甚！不知三少奶奶喊我来有甚事？”

“哪里还有你的三少奶奶？坐在你面前的是杨爱丹，就叫我爱丹好了。”

白三奴说：“哪里，哪里，在我心中，您还是我的三少奶奶。您是甚人，我是甚人，打死我，也不敢叫你的名字。”

“好了，不说这些无聊的话了。我问你，三少爷这阵子可好？”

“三少爷好着哩！主了事，有了权，闲人成了忙人。”原来与自己无关，白三奴想。

“三少爷可说下……”爱丹说了一半，留了一半，并收回了目光。

白三奴本来晓得爱丹要说啥，却明知故问道：“说下甚了？”

“三少爷还是一个人吗？”爱丹改口道。

“可不是一个人。老太爷、老太太到处张罗着为他说媳妇，他就是推推辞辞不应承。”

“噢，原来是这样。三奴你说……三少爷……是不是……”

白三奴想，原来她是藕断丝连，还想着三少爷。莫不是真的叫我给他传话吧？他现在才明白，他和三少奶奶根本不是一路人，他是癞蛤蟆想吃天鹅肉哩，尽想好事。他只配给人家暗地里跑腿说话，穿针引线，事成了谁也不领他的情。他想起三少奶奶和三少爷谈婚论嫁时的往事，还不是做了一回替杨掌柜明修栈道，让杨爱丹和白永和暗度陈仓的好事。其中调盐加醋、神说鬼道、诓东哄西的鬼把戏，我不说谁能知道？不过，三少奶奶既是叫他来，总说明他还有用处，有用处就说明能看得起他。要不，为甚不叫别人，偏偏叫他呢！想到这里，又找回来些许自信，豪爽之气就涌上心头。

“有甚事您尽管吩咐，三奴照您的意思办就是。”

“那我就不藏墙墙说话了。如果你愿意的话，就劳驾你探一下三少爷的口气，我孤身，他独自，看人家……”

白三奴疑惑地问：“您的那位老爷……”

爱丹不解地问：“我的哪位老爷？”

白三奴说：“就是在南方做官的那位嘛！”

爱丹自觉失口，赶紧改口道：“啊，我还以为你说谁呢，杨扬他爸无音无信，怕是随大清一块去了。我还等他做甚？”

白三奴暗道：“嫁一个男人不要她，嫁两个男人离开她，难道她还不回心转意？难道还不把眼光放低些，瞅一瞅眼面前的人，比如说我白三奴。”总之，爱丹的话给他头上浇了一瓢水，他的心冰凉冰凉。他看见爱丹还在等他的回话，就口是心非地说：“您是说和三少爷重搭台子再唱戏?”

爱丹不好意思地点了点头。

“没说的，成一桩婚姻修一座庙，只要您看得起我，我白三奴就是把脚后跟跑得磨烂，也心甘情愿!”

只要有人抬举，白三奴就不知道自己的骨头有几两重。经不住爱丹相求，他一口应承下来，颇有些成人之美的义胆雄心。

白狗蛋没敲门就闯了进来，见白老艄和三少奶奶坐着，不好意思地傻笑。

白三奴这才明白坐的时间太长了，渡口等着他开船，就说：“你先走，我随后就到。”

白狗蛋临走，酸溜溜地扫了俩人一眼，又给白三奴使了个鬼脸。白三奴脸上火辣辣的，多少有些挂不住。要是为了自己，再多几个挂不住也值得。可是这是为别人跑腿啊，弄不好，好人真的要担了赖名誉。嗨，这就是我白三奴的造化!

爱丹说：“都是我害的，耽搁了你的事，你麻利走吧。哎，可不兴把这事宣扬出去。”

“怕甚，大不了让老夫人再盘问一回。”

说罢，二人相视一笑。

赋闲在家的白鹤年有了闲心，亲自过问开三娃的婚事。他让娇娇叫来灵灵，和白贾氏一道来了个“二堂会审”。会审的结果和祁娇娇说的不差多少，人如其名，灵动中不乏灵慧。他和白贾氏说：“这个灵灵我看行，三娃的事就这么定了吧。”

白贾氏说：“事不宜迟，定了就娶。”

“行，就这么着。咱和三娃说说。”

白永和不知为什么叫他来。

“三娃，你见了灵灵?”白鹤年单刀直入地问。

“见了。怎么啦爷爷?”

“看样子你俩早就来往开了?”白贾氏问。

“谈不上来往，忘了那年乡试，我赌气回来的事了?”

“这么说，灵灵就是拦路属对的那位小女子？”奶奶好奇地问。

“就是她。”

“看不出，她肚里还有点墨水。”白鹤年说。

“说到她，我的气不打一处来，要不是她逞能，哪有三娃的赌气，要不是三娃的赌气，哪会有三娃的今天！”

“怨不得人家，只怨自己时运不好。回过头来想，即便去了京城又能怎样？八国联军攻进北京，西太后和皇上都跑了，还顾得上会试取士吗？退一步说，即便会考得中，封个一官半职，还不是随清朝一齐下台。要我说，说不准是灵灵帮了三娃的忙哩。”白永和为灵灵辩解道。

白贾氏一听，心里暗想“有门”。不怨别人怨自己，莫不是看上这个灵灵了？

不过，她心服口不服，就说：“虽说结果一样，总会少受些折磨，至少不用花那笔冤枉钱。”

白鹤年道：“扔了银钱消了灾，说不定还是好事呢！不提它了，说正经事吧。”

白贾氏想，看这个老东西，不是他的钱他不心疼。不当家了，人也变得大方了。

“三娃，爷爷问你，你看这个灵灵怎么样？”

白永和随口答道：“好呀。”

“既是这样，这门亲事就这么定了。”还没等白贾氏表态，白鹤年就拍了板。

白永和一听就急了：“人家好归好，咱娶归娶，是两码事哩，怎么能混为一谈呢！”

“怎么就不能混为一谈呢？叫你来就是要定下这门亲事。”白贾氏终于有了说话的机会。

“假若我要是不……”白永和只说了半句，另外半句留给二老去琢磨。

接下来的事可以想见，人心隔肚皮，各有各的理。因为三娃的身份地位已不同于以前，再不是任人摆布的羊羔子，白鹤年和白贾氏也不好硬来。结果是双方都做了妥协：白鹤年答应三娃去北京看“朋友”，三娃则答应回来后再“定夺”。

白永和不傻。他想，只要去了北京，只要带着柳含嫣回来，生米煮成了熟饭，爷爷、奶奶再固执也无济于事。

白鹤年和白贾氏也不傻。任凭你飞到哪里，你这个当家的，还能撂下挑子跑了？以他们对三娃的了解，他不会做下这等不义之事。

白三奴心里有爱丹，就是开不了口。现在，又揽下这份“替他人做嫁衣裳”的差事，说不来心里有多窝囊。如今，白家是三少爷的天下，凭他和三少爷自小耍大、现在又是白家的老艄这层关系，白三奴径直朝三少爷的“举人第”走来。敲门，没人应声。掀起门帘，门上挂着“铁将军”。他踅出来，来到九十眼窑院甬道上，朝上一看，从老太爷窑院里走出祁娇娇，后面跟着一个比祁娇娇还要娇的女娃，他眼里一亮，心里就明白了：莫不是给三少爷提亲来着？记得以前，三少爷曾给他说过祁娇娇提亲的事。三少爷真有艳福，来一个好看，来两个好看，漂亮女娃都往三少爷那里跑，就没有一个让我白三奴撞上的，害得我三十出头还是光棍一条。

边走边想，迎面遇上从外面回来的三少爷。

“来得早不如来得巧，让我逮了个正着。”白三奴说。

“找我有事？”白永和问。

白三奴不容分说，拉上白永和朝一边说话。

“三奴，老太爷和老太太叫我说事，咱们弟兄甚会不能说，改日吧。”说毕，挣脱手扬长而去。

白三奴灰溜溜的，好没意思。痴痴地呆了片刻，头一歪，走了。

白永忍落选掌门人，给一心向往着夫荣妻贵的祁娇娇致命一击。她没脸见人，没力气说话，整天窝在窑里，伴着她那不争气的男人苦熬日子。自从因引荐灵灵看到爷爷、奶奶的好脸，一改往日的晦气，人面前跑得欢了。白永忍说：“你别高兴得太早了，三娃的心思你永远估摸不透，说不准竹篮打水一场空呢。”

“你成事不足，败事有余，尽给人泼凉水哩！我的事你少管，不管甚事，只要你的臭手一沾，准没个好！”

“好好，我还不愿意成全他们？只是担心三娃那里爬圪梁坡，打别扭呢，不信咱骑驴看唱本——走着瞧！”

祁娇娇听了，心里老大不高兴。出了窑门，从她“忍为高”院，来到大哥“平为福”院，见窑里没人，绕了个弯，来到“举人第”。这是三弟白永和的居所，院原本叫“和为贵”，因三弟中了举人，就改为现名。这都是爷爷“钦定”的。白鹤年虽然一生行商，但对儒家并不排斥。自他的儿子遭遇不幸后，他就不再想争强好胜、出人头地，就把古人留下的这三句话，刻在三个孙子居所，算是对他们的启迪和约束。虽是弟兄三人，可是院子并不连通，而是错落开的，这也是因九十眼窑院人多地窄不得已而为之。祁娇娇“嘭嘭嘭”敲了几下门，没人应声。再敲，“咚咚咚”，仍没有人应声。正要掀起门帘往里看时，只听身后由远而近传来脚步声。回头看，是奶奶。她不好意思地说：“奶奶，您怎么也来了？”

“兴你来，就不兴我来？”白贾氏装着嗔怒地说。

“啊呀呀，我的好奶奶哩，您老是这个大院里的主子，谁敢败您的兴头？”

“找三娃有事？”

“啊，也没甚事。路过了，随便过来瞅瞅，看三娃缺甚短甚，好帮一把。”

“嗯，这还像个当嫂嫂的。不过，我没猜错的话，你是不是想探三娃的口风呢？”

“呀呀！奶奶真神了，谁也躲不过您那双眼睛。奶奶，我是为三娃的事来的，您老该不会是闲逛吧？”

“好你个鬼娇娇，眼比丢溜溜（老鹰）还尖。”

祁娇娇只是笑，并不言语。

其实，白贾氏心里不是不清楚祁娇娇的用意，不过，既然走到一起，也就一家人不说两家话。想到这里，白贾氏矜持地说：“都想到一起了。但愿心想事成。”

祁娇娇眉开眼笑，一脸灿烂。

白永和走了半个月，没有消息；走了一个月，还没有消息，这可急坏了三地四方牵挂着他的人。

一向吃得香睡得稳的白鹤年，最近变得神情恍惚，魂不守舍。这个小东西，该不会扔下偌大的家业一走了之吧？白鹤年的一反常态，无形中感染了白贾氏，她心里也暗暗毛躁起来。但她有她的主意，喜怒不形于色。在三娃未回来之前，她什么也不想猜测，什么也不想说。她不相信，三娃的良心能让狼掏得吃了！

祁娇娇一日三次往奶奶那里跑，明里是问安，暗里则是想探听虚实。但她从奶奶若无其事的脸上，找不到一丝答案，越是找不到，越是着慌。

刘灵灵也是坐卧不安，瞎想心思。第一次提亲遭回绝，她以为这个举人清高得可以；这一次邂逅，旧景新意，能不勾起他的情思？再说啦，他一个落魄文人，不安安生生过光景，难道还想成龙变虎？自己所以迟迟不嫁，不是嫁不出去，而是心有所属，三少爷就是自己的意中人。想我刘灵灵百里挑一，哪里配不上他。这一次他不会再冷落了我吧？不会，不会，他三少爷纵有千张口也说不下刘灵灵的不是。可是，等了一个月了，怎么还不见姨姨的音信呢？什么时候不入洞房，什么时候心神难安。女人呀，怎么就这么没出息！

与此同时，爱丹天天站在院外圪塄畔往东瞭，摆渡的船来回穿梭，怎么不见三奴来报信呢？等一天，不见三奴来，等两天，还不见三奴来，难道三奴把这事给盘缠了？不会。三奴是讲义气的人。可是，三奴天天摆渡，为甚老躲着我？难道见三奴一面，比见三少爷还难？莫不是三少爷不应承，三奴不好意思回话？曾经沧海的爱丹，怎么也找不回来过去的自信和感觉，她没有了底气，没有了主意，只能日复一日地盼望，盼着峰回路转的一天。

第二十七章

日落时分，白记客栈来了一犋架窝子。白掌柜一见两头骡子驮的架窝子，忙迎了上去。此地乡俗，一等人出门坐架窝子，二等人出门骑毛驴，三等人出门徒步行。可见，能坐得起架窝子的不是一般人。

等到架窝子落地，掀起门帘，下来一位女人，形象点说，是一位逃难的女人，倒把白掌柜吓了一跳。这个女人穿着土里土气，脸上黢黑，头发活似一丛沙蓬草，幸亏是个女的，要不准会把她当成炭窑里钻出来的窑黑子。她身边还站着一个小姑娘，也是一样的邋遢，小姑娘怀里还抱着个小娃娃，小娃娃的脸虽然不黑，但稚嫩的小脸蛋也涂抹得不成样子，分明是泪水、奶水和口水的混合物。白掌柜开店这么多年，什么人没见过，还没有见过坐架窝子的“乞丐”。心里闪过这样一个念头，脸上不由得露出鄙夷的神色，吩咐店里的小伙计随便安顿了个住处，就像躲瘟神似的慌忙离去。刚要坐下歇息，就听那女人叫喊：“老板，这么脏的地方，叫人怎么住？”

白掌柜心想：黑老鸹嫌猪黑，你也没看看你那副尊容，哪配住好地方？就有点身懒，迟迟不想出来。那女人又是一声高喊，嗓音尖厉，底气十足，比到了自个家里还牛。听口音不像本地人，甚至也没有一点晋腔晋韵。白掌柜只好出来，没好气地说：“本店近来客人多，你就将就着住一晚，明天再换地方。”

“不行，现在就换！想不到，堂堂的白记客栈，竟然这么肮脏。”

白掌柜本来想说“也不照照镜子”，但生意人以和为贵，不得已，忍了去，叫伙计另安顿了一孔窑洞，并强调说：“好窑价高。”白掌柜既不称呼夫人，也不称呼太太，就这么直来直去说话。

那女人听了，有些不高兴：“怎么，怕我掏不起房钱？”

“岂敢，岂敢，只不过是给你提个醒。”

那女人住下后，又要开水喝，又要热水洗，把店里一大锅热水全用完还不足兴。小伙计嘴里不停嘟囔着，不停地从井里绞水，不停地往锅里添水。一会儿，那妇人又喊“老板”，白掌柜听见装作没听见。那女人火了，径直找上门来。白掌柜一看，蓦然一惊：刚刚还是黑糟糟的酸女人，摇身一变，竟成了花容月貌的贵夫人，哪里还有原来的影子！白掌柜止不住多看了一眼，呀，人生得杏脸桃腮，打扮得粉妆玉琢，耳上的坠子来回摇晃，手上的戒指明光灿烂，腕上的手镯格外耀眼，又穿了一件红底蓝花的旗袍，脚上着一双白色皮鞋。眼一晃，啊呀，不是天仙下凡，也是出水芙蓉！暗想，此妇人一定大有来头，可要小心伺候。

白掌柜五十来年纪，个不高，人敦实，西瓜脸上栽着个蒜疙瘩鼻子，一副憨态可掬的样子。按说，他多少也算见过世面，可从来没见过这样标致、这样洋气的女人。禁不住多看了几眼，他人就看痴了。直到夫人双目直视着他，说了句“说话呀”，才知道失了态，不好意思地收回目光道：“啊，夫人，啊，太太，有何吩咐?”

夫人客气地点了点头，似乎她也分了神。眼睛不住地四下里搜索：这样的环境似曾相识，又似乎陌生。她做了一个深呼吸，紧锁的眉头便舒展开来，露出些许远行到家的温馨。

“太太!”白掌柜轻轻叫道。

“啊，不好意思，只顾看新鲜，忘了说话。店里有什么吃的?”

“说到吃的，别看店不大，花样还不少。清淡点，米汤、馍馍、和子饭就酸菜；要是想喝汤，有拌汤、蛋汤和豆腐汤；想吃面，有面条、掐片、削面、拉面和拨面；想吃炒菜，有木樨肉、过油肉、杂烩菜；想吃干的，还有烧饼、麻叶、薄馍馍……”

白掌柜眉飞色舞，如数家珍。夫人略微惊讶，朱唇微启，露出两排雪白整洁的牙齿，正好与白掌柜的两排稀稀落落的大黄牙形成鲜明对比。白掌柜见了，赶忙把嘴紧紧闭上，生怕被夫人看见露了丑。夫人好像并没有在意，叹道：“看不出来，地方不大，饭菜还挺丰盛!”

“哪里，哪里，客栈只有粗茶淡饭，您要是想吃点好的，隔壁厢就是白家的‘三和聚’，喊一声就能送来，方便着哩。”

“有鱼吗？”

“不好意思，真让您给问住了。黄河里有的是鱼，就是打捞不住。要吃鱼，得等到黄河发了大水，把鱼冲上岸来，才能捉到。”

“哦，今天就吃米汤馒头就酸菜吧。哎，您给脚夫炒两个菜，让他们吃好，明天还要回去。”

“别看她一身珠光宝气，比脚夫还抠呢！不知是真有，还是假装？”白掌柜暗自嘀咕。

不多一会儿，小伙计端来饭，后边还跟着白掌柜。

夫人看时，金黄的米汤，雪白的馍馍，还有那酸掉牙的蔓菁酸菜，这就是她朝思暮想的儿时饭。不过，她发现多了两盘炒菜，一问，原来是白掌柜让“三和聚”炒的，说嫌夫人点的饭菜寒碜了点，送给夫人吃的。

夫人说：“不好意思，让您破费了，结算时一块补上。”

白掌柜说：“夫人下榻小店，是我们的造化，还不应该！”

夫人笑了笑，暗道：“油嘴滑舌，前后晌看人。”

用过饭，夫人让小伙计喊他们老板来。白掌柜不敢怠慢，小跑着来到夫人窑里。

“夫人还有甚吩咐？”

“您坐。咱们侃侃大山。”

“甚？大山还能扛得动？”

“噢，侃大山就是咱们这里的闲拉呱，拉呱话。”

“啊，我说呢。听口音夫人不是山西人？”

“虽不是山西人，也和山西沾点边，自小在外面长大，口音自然变了。”

白掌柜还想探寻夫人的身世，夫人却不耐烦地打断他的话。

“我问你，永和关有个白家大院？”夫人压低声音说。

“有呀。不过，我们不叫大院，叫九十眼窑院，那是清一色的石头窑。”

“九十眼窑院可有个三少爷？”

“有呀。”白掌柜一脸狐疑，不知面前这位夫人和三少爷是什么关系。

“三少爷最近在不在家？”

“出门走了一个来月，没听说回来。”

“去哪儿啦？”

“说去北京看位朋友。”

“噢，是这样。”夫人吃了一惊，脸上掠过一丝不易觉察的懊悔。

“您认识三少爷？”

夫人笑了笑，避过白掌柜的话题说道：“来到永和关，先找白老三。吃上两碗面，送你上渡船。有钱给两个，没钱下次来。有这样的事？”

白掌柜听了，比夸奖自己还高兴，说：“连这事您也知道？”

“入乡知俗，路上听脚夫说的。”夫人想了想，又说，“这个三少爷果真如此厚道？”

“给您这么说吧，这个口歌的前半截，是在渡口上传出来的，后半截呢，就是在敝店传出的。这还是三少爷没当家时的事。时间一长，过路人把前后两截编到一起，就成了这个样子。”

“三少爷果真有这么好？”

“我说了您不信，再给您说件事，看您信不信！三少爷刚当家时，遇到这么一件事。有位客商一进店就喊肚子疼，接着上吐下泻，满地打滚，等到请来先生，人已经咽了气。先生说他得了绞肠痧，这种病来得急，上手慢了十有八九没救。问相随来的脚夫，谁也不知他的底细，只是说路过隰州（虽然到了民国，人们还改不过口来叫隰县）时相随上的，说是要到陕西那边去，听口音像是南县人（当地人习惯称晋南平川人为南县人）。人死了，后事总得有人料理。没法子，请来三少爷。三少爷问明情形，清点了客商的行李，原来，在马草料里藏着五百两银子和五百大洋。三少爷二话没说，就花钱雇人，把这位不知名姓的客商埋了。客商的骡子由店里养着，客商的行李三少爷收了。过了两个月，有个后生寻人寻到永和关，说他父亲去陕西做生意，说好半月二十天即可返回，可是过去一个多月了还没有音信，就一路寻来。听口音，也是南县人，问他父亲年纪长相，和死去的那个客商相似，还指着圈里那头骡子，说是他家的。三少爷说‘随我来’，就把他带到山上，指了指一个新坟堆，就让雇来的人挖。不一会儿挖出一具棺材来，叫人打开，人已经有些腐烂，但换下的旧衣裳打了包放在里面，这个后生一看就放声大哭，说是他父亲临走时穿的就是这身衣裳。一边哭一边说：您怎么就这么倔，不让您来，您硬要来，不让您带那么多钱，您硬要带，不让您做大烟土生意，您硬要做，说一本万利。这下可好了，您人没了，钱也没了，把咱的家当都扔了，让一家老老小小怎么生活？三少爷问他父亲带了多少盘缠，他说五百大洋，五百两银子。问他怎么知道的，说这钱是他和父亲清点了的。问有甚凭证，说装钱的布袋上有‘何记’二字。三少爷让众人把棺材取开，指着棺材下面让他亲自去挖。那后生将信将疑地下去挖，取出一个包裹来，里边是白花花的银子和大洋，翻开包裹布让众人看时，果然上面写着‘何记’二字。这事不仅把后生惊呆了，把我这个当事人也惊呆了。这钱只有我和三少爷知道，只是如何随主人下葬就不知情了。三少爷做事不仅诚，还有些神。我说了，太太您信不信？”

夫人听得入了迷。看她的表情，比白掌柜还要信服，还要兴奋：“信，信。世上真有这么好的人！后来呢？”

“后生放下五百两银子答谢，被三少爷一口回绝。说：‘我白家在渡口四百年，靠的是一个诚字，取你一钱，诚字就失色一两；取你一两，诚字就失色百两。’后生走了，永和关的名气越发大了，南县人上山做生意，都愿意走永和关这条路，都愿意和白家打交道。有人说，永和关是君子渡，我们白家脸上光彩啊！”

白掌柜脸上放着红光，夫人露出舒心的笑容。

“是啊，这么好的人，打上灯笼到哪里去找？有其夫必有其妇，三少爷的夫人一定也贤惠吧？”

“我想应该是贤惠的，只是还虚位以待。”

夫人“噢”了一声，看了看炕上熟睡的孩子，说：“白老板您忙吧，打扰了。”

“这个女人住在店里，就像住在自家窑里，怎么就这么息心？不说走，也不说不走，大门不出，二门不迈，整天哼哼唧唧的，叫人看着怪怪的。”小伙计又在白掌柜耳旁嘟囔。

白掌柜也是这么想，但却没这么说，教训小伙计道：“开店希图赚钱，人家不欠咱的饭钱、店钱，她愿住就住，管那么多做甚！”

“不是我要多说，听说来了洋女人，村里的后生们，有事没事往咱店里跑，贼眼窝滴溜溜转，店里成了马蜂窝，乱哄哄的，万一出个事怎么办？您看，又来了几个。”

白掌柜像轰小鸡似的，朝鬼头鬼脑的后生娃扬了扬手：“去，去，真是山猫土包子，没见过大天!”

刚把后生娃们撵走，闭上店门，转身要走，大门又吱吱呀呀地响了起来，他以为是后生娃们捣蛋，就说：“有甚好看的！要看，回你们家后炕去看，谁家没个女人——”举起扫帚要打时，手就软了，话也绵了：“三老爷——是您?”

白永和应了一声，用惊奇的目光看着惊异的白掌柜。

自从白永和当家后，村里人，特别是买卖字号里的掌柜们都悄悄改口，由“少爷”变作“老爷”，不是说年长了多少，而是位高权重的象征。

白掌柜问：“三老爷，您甚会回来的?”

白永和说：“昨天黑夜。”

“您事办得顺利吧?”

“哦，哦，马马虎虎。近来店里怎么样?”

“挺顺的，天天客满。就是——”

“嗯? 就是甚?”

白掌柜把三老爷拉到墙角旮旯里，悄悄说了女客人的事。白永和详细询问了女人模样，言谈举止，有没有提起过他，白掌柜一一回答。

白永和眼睛一亮，一道奇异的光射了出来。莫不是她……心里波涛汹涌，脸上激情荡漾。不容分说，“噌”地冲了出去，三步并作两步跨进夫人住的窑里。白掌柜不知道发生了什么大事，略微犹豫，也跟了进去。

等白掌柜进得窑里，眼前的一幕把他震呆了!

那夫人一见三老爷，人立马变得疯狂起来，也顾不得别人的存在，一下扑到三老爷怀里，亲着，哭着，哭着，亲着。三老爷也紧紧地抱住那夫人，两行热泪唰唰地滚了下来。那个疯狂劲，把侍女看呆了，把侍女怀里的孩子吓哭了。白掌柜看得目瞪口呆，原来，她是三老爷的姘头!? 既是男女隐私，还是回避为好，便知趣地退了出来。走了两步，又返了回来，站在门外想听个究竟。

因为孩子嗷嗷号叫，两人不得不中断了他们的亲热。只听三老爷问：“这娃……”

想必是夫人把孩子抱到自己怀里，说：“你仔细瞧瞧，这孩子长得像谁?”

“我怎么能知道？”

“你看小模样长得多帅！还不是从你脸上剥的一张皮？”

“你别胡说！你抱的谁家的娃来哄我？”

“好你个没良心的，说好了去去就来，谁知一走就是两年。你知道这两年我是怎么熬过来的吗？你一走我就有了，住在朋友家里，给人家当保姆。眼看着瞒不下去，才自己租了房子，雇了小保姆，好歹母子平安。只是，那点积蓄给你还了债，手头就不宽裕了，我不得不出去教书维持生活。我以为你不要我们娘俩了，就赌气不给你回信。后来一想，这样不成，我不搭理你，不是给了你见异思迁的机会？不能便宜了你！于是千里迢迢寻到这里，硬着头皮闯永和关，看你这个陈世美还敢不敢认我？”

“看把我当成甚人啦？别人不知，你还不知。我一回来，就遇到一大堆棘手事，后来又接了这个家业，老抽不出空来。好不容易去了北京，好不容易找到吴梅，吴梅说你出走了，她也不知道去向。我想，狠心的你早丢下我跑了。找不见你，只好空人回来。”

两人都是假气真喜，哪里肯中伤心上人。只听白永和问道：“这么说，真是我的儿子？来，让爸爸瞧瞧。”

可能是孩子认生，“哇”的一声哭了。窑里传来一阵手忙脚乱的嘈杂声。

白掌柜想，别看三老爷人老实，谁知他早做下不老实的事。纳了妾，生了子，怪不得他休了爱丹呢，怪不得他不娶家室呢，原来家花不如野花香，外面有一枝花引逗着他。回了家，却把老太爷和老太太哄得团团转，四处给他说媳妇哩！

白掌柜侧耳细听，哟，好像把娃抱起来了，像不像他？不会是野种冒充自种吧？哟，亲娃亲得“吧吧”响哩！哟，看见娃的小鸡鸡了，还是男娃！三老爷真有福，天上掉下来个林妹妹，林妹妹还抱着一个小娃娃，不用费劲就甚也有了。“哟，哟，真稀奇！”白掌柜觉得身后有声音，朝后一看，不知什么时候小伙计站在身后，边听边自言自语起来。他把小伙计赶走，觉得此地不宜久留，就手背在身后踅回自己窑里。

再说窑里的两位，刚才过于冲动，竟忘了跟前有侍女，门外有店里的人。直到白永和听见外面有响动，窑里还有个小娃娃和小保姆时，才不好意思地松了手，把话题转到孩子身上，转到眼前最迫切的问题上。

白永和说："一会儿我让人把窑里收拾一下，今晚就回家。"

夫人说："是不是先给爷爷、奶奶禀报一声，免得冒冒失失，大家都不好看。"

其实，一见柳含嫣从天而降，白永和就热血沸腾，难以遏制久别的思念之苦。一旦冷静下来，他便想到现时的自己处于两难境地。爷爷、奶奶那里，他从没有把此事点破，他知道，非明媒正娶，在老祖宗那里万万难以行通。更难的是，面对柳含嫣忍辱负重千里寻夫的一片深情，不能对她说一个"不"字，不能让她受到丝毫的伤害。能不能想出既让爷爷奶奶认可，又叫柳含嫣满意的办法，一时还没有辙。所以，柳含嫣这么一说，倒提醒了他，小心无大错，饭得一口口吃，路得一步步走。白永和说："也好，你先在这里住下，我这就给爷爷奶奶说去。"

白永和满面春风地走到院里，还不等开口，白掌柜就迎了上来。

"白掌柜，柳小姐是我的恩人，你要好好伺候，千万不可怠慢。另外，不要让闲人进来，免得那个……"

白掌柜会意，点头应承。不过心里还是犯傻，刚才还亲热得不分你我，又有两人的孩子作证，一转眼，怎么成了柳小姐，怎么成了他的恩人？唉，摸不透的三老爷！

白永和没有直接去见爷爷奶奶，而是来向白管家讨主意。

白管家见三老爷面带喜色，喜色后面仿佛隐藏着一点点忧愁，善于察言观色的白管家，伸长脖子瞅了瞅，知道三老爷遇到了麻烦。

听完三老爷的讲述，白管家陷入深思：三老爷年纪不大，坎坷不少。就说婚姻吧，先是与爱丹好事多磨，我哄了白家哄杨家，成全了他的好事。谁知中途婚变，我做了和事佬再做坏事佬，好好赖赖算是交代了。如今，又生出先抱儿子后娶妻的事，说来也够得上荒唐。从来是英雄救美女，他做了一回英雄，并把杨爱丹收入帐中；他又演绎了一回美女救英雄的奇闻，倒在了美女怀里。且不说三老爷是不是英雄，也不知未来的妻子够不够美女，不管怎么说，三老爷这一生，够得上风光又风流。戏他演了，可谓演得淋漓尽致；场却要我来收，不知好收不好收？吃力不讨好的事，怎么老能摊在我头上？不过，想归想，做归做，人家是东家，我是伙计，再难，这个忙也得帮。他想，事情已经做出来了，人也来到永和关，风声传出，夜长梦多……白管家只不过是一闪念，可是，白永和却有些沉不住气。说："快说，你有甚好法子？"

白管家拿起笔来，在手心写下四个字：速战速决！

"如何才能速战速决？"

白管家不慌不忙地说："一是人家有救命之恩；二是已经私订终身；三是膝下有子。用既成事实来让老太爷和老夫人认可。"

"老太爷和老夫人不答应怎么办？"

白管家在白永和耳旁如此这般说了一通。白永和半信半疑地看着白管家："这样做，是不是太绝情了？"

"现在顾不了那么多，人在客栈，久居生事，生米熟饭，水到渠成。也只能这样了，三老爷。"

晚饭后，白永和面见爷爷奶奶，陈述了事情经过，并说："爷爷、奶奶，她人我已经带回来了，你们的重孙也带回来了。认，就让母子俩回家；不认，我们一起走人，决不连累众人。"说完，把象征白家当家人的金戒指褪了下来，放在桌子上，表示主意已定。

这真是晴天霹雳！正热心为爱孙谈婚论嫁的白鹤年听了，气得站起来，坐下，坐下，又站起来，手指着白永和道："你，你，你，男盗女娼，伤风败俗，一颗老鼠粪坏了一锅饭，白家的好名声都让你给糟践完了！"

"爷爷，我没有盗，她没有娼，我们都是正正派派的读书人。虽说不免逾规，但也是情之所至。不管怎样，事我是做下了，但做得堂堂正正，明明白白，没甚见不得人的。我几次要开口说明，都让你们挡回来。我只能这样，把人带回来，用事实说话。"

白贾氏虽然如鲠在喉，但发生这样的事既是意料之外，也是情理之中，毕竟三娃是三十来岁的人，他有他的生活。为甚三娃总想出走？出走不成，又要到北京看朋友，原来就为此事？可是，你不能只为私情而失掉礼度，你眼里还有没有长辈？还顾不顾白家的脸面？她尽量抑制心头的不满，说："你口口声声说要到北京看朋友，原来就是这个朋友？朋友是男人与男人之间的交情，可没有你这种男女之间的越轨之交。学的孔孟之道，说的礼义廉耻，做的男盗女娼，你空负了举人的名号！"

"奶奶，朋友的含义不仅仅限于男人之间，现在社会开化，新风昌明，其实，朋友这个词也还有情人或者对象一说。我说得没错，是到北京看朋友去了。为甚没有及时向你们说明，就是怕你们阻拦，不得已才出此下策。”白永和仍然耐心地解释。

“不管怎样，这不是什么值得夸耀的好事。我看这样吧，人是你带回来的，你把她再带走，至于往哪里带，我不管，反正不能在永和关落脚。你既已承受了白家的重托，就不能言而无信，撂下不干，总不能为了一己私利，误了阖族大事。孰轻孰重，你自己掂量。”白贾氏说完，把眼一闭，装作入定的样子。

白永和见好说不行，就破釜沉舟地说：“人家是人，不是牲畜。不能想要就要，不想要就走人。我的意思不变，既然带回来了，就和和气气地过成一家人。为了我的前程，已经休了一个爱丹，为了白家的体面，难道让我再废一个含嫣？如果前一次委曲求全，听了你们的话，这一次，我要为自己当一回家。我连自己的家都当不了，还能当了白家的家？如果你们容不下我，那我只好一走了之，省得大家都不高兴！”

“你敢？你忘了你在爷爷面前发的誓，你忘了你在族人面前许的愿，自食其言的人，还算男子汉大丈夫？”白鹤年发了威。

“我是发了誓，许了愿。不过，此一时，彼一时，你们不能容她，就不要怪我撂下这副担子。为了白家，我可以节衣缩食，可以任劳任怨，但要我再休一个妻子，我做不到！”

“你，你……”白鹤年气得连跳了几下，把石板地震得“咚咚”直响。

面对这么大的事，白贾氏哪里能入得了定？她只不过是故作平静罢了。其实，她心里的火气不比白鹤年小，只是她要做出遇事不慌的架势。看来，三娃是冲她而来，她心底的火再也按捺不住，突然睁开眼，射出两道少见的寒光。她咬紧牙关说：“三娃，话不要说尽，事不要做绝。你手扪心口想一想，爷爷奶奶对你怎么样？你自小没爹没娘，是谁把你拉扯大的？是谁花了那么多银子供你上学、供你赶考、供你捐官的？在白家，谁享受过你那种衣食无忧的生活？谁敢目无长辈、自行其是？谁敢胆大妄为，不听劝说？只有你。没料到，我们最疼的三娃，竟能变成最仇的三娃！”说着说着，泪水如冲决堤岸的河水，哗哗流了下来，两只手来回在腿上拍打着：“三娃，你这样做亏不亏心？你知道不，我的心尖尖都往下滴血哩！”

白永和上去为奶奶拭泪，被奶奶一把推开，这可是从来没有过的事。看来，这一次弓要断，弦要绷，奶奶要和他决裂了。奶奶一向站在他这一边的呀！想到这里，他脑门直冒冷汗，就不再解释什么，只说了一句：“爷爷，待会儿我把钥匙给您……还有那个……也给您拿来。你们没有我当家，还会选另一个人来当家，我丢了含嫣，再不会有第二个含嫣。爷爷、奶奶，恕三娃不能从命，恕三娃不孝！”

白永和刚要走，从门上进来柳含嫣，怀里还抱着她刚满一岁的小男孩。白永和一看傻了眼，心想：你莽莽撞撞做甚来了？我都被人家骂得体无完肤，敢情你也领现成来了？他用惊疑的目光瞪了柳含嫣一下，柳含嫣回了个自信的眼神。柳含嫣朝正面太师椅上坐的两位老人看了看，想必这就是爷爷和奶奶了，“扑通”一声跪倒在地：“爷爷、奶奶在上，孙媳妇柳含嫣和重孙叩见二老！”

一个胆大妄为，一个突如其来；一个点火，一个添油，这唱的是哪一出？面对清秀得袭人，穿戴得洋气，大方得少见的柳含嫣，白鹤年手足无措，没法应付。他只顾眼痴痴地看着跪在地上的母子俩，眼里由黯淡渐渐变得明亮起来，一脸怒容仿佛被这位闪烁着青春气息和流露着大方气度的洋妞熨展，满肚的火气好似被这个未曾谋面的可怜的小重孙给扑灭。他搔首踟蹰，不知所措。

白贾氏想极力避开眼前这位陌生女人，可是，好奇心驱使她不得不在柳含嫣身上扫了几眼。她眯缝着双眼，似看非看，她不想让对方知道她的好奇，也不想让对方产生被看重的错觉，她只是想给对方发出这样一个信号：不屑一顾！可是她做不到。那姣美的面容，高雅的气质，如同一枝出水芙蓉，袭得她睁不开眼。不用说爱丹，就是年轻时的自己也没法相比。难怪三娃为她动心，为她折腰，这样的尤物，谁遇上都会一见倾心，何况是个男人。美中不足的是，那双套着皮鞋的脚，张扬得有些无法无天，足有爱丹的两三个脚大，刚才还气鼓鼓的白贾氏，没有了撒气的对象。

柳含嫣见二老都不说话，就壮着胆子说：“可能二老有所不知，我并不是三老爷带回来的，而是千里迢迢找上门的。”

“哦，你说甚？”白鹤年和白贾氏几乎同时问。

“本来说好，三老爷回来，给爷爷、奶奶禀知路上情形就去北京与我相会。可是，谁料想他却接了白家的家业，一推再推，我一个弱女子，又有了孩子，左等三老爷不来，右等三老爷不来，才横下心装成逃难的叫花子来永和关找三老爷……我既然来了永和关，就是要死心塌地和三老爷过光景，要不，我舍弃北京的繁华，舍弃工作，到小小的永和关干吗？如果说我们有欠考虑的地方，不怨三老爷，全怨我做事不周，但我是真心爱三老爷，死心塌地地要跟他一辈子。爷爷奶奶，要打要骂就冲我来，孙媳妇一人顶着。退一步说，你们不认我柳含嫣可以，不认三老爷的骨血怎么能说得下去?”

柳含嫣边说边站起身，顺手把孩子往白贾氏怀里放，白贾氏躲闪不及，怕把孩子摔到地上，勉强接了过来。目光散淡地在孩子身上飘了飘，犹如白捡了个野孩子，有点生分，有点心疼，还有点别扭。面对这个生疏的孩子，抱也不是，放也不是，只能用乞求的目光看着白鹤年。

白鹤年见夫人抱起了三娃的儿子，再硬撑在那里，就不近人情了。也不好意思地把身子往过凑了凑，近距离目测这个是自己重孙的陌生小孩。嗨，不要说，眉清目秀，耳长鼻高，还真是三娃的种！这小东西，一双眼睛忽眨忽眨，既不怕，也不哭，冲着两位陌生的老人盈盈而笑，还真有缘分！白鹤年的眼神与白贾氏的眼神不期而遇，双方透露出了信服的神色。但他们不知下一步如何办，只能半推半就地哄这个小重孙。

正在为难之际，白管家走了进来。他压低声音对白老太爷和白老太太说：“外面围了不少看热闹的人，要不，先让三老爷他们回窑里去，余下的事再作商量?”

白鹤年看着白贾氏，等着她发话。白贾氏却把这个皮球踢了过来：“您说呢?”

“就依白管家说的办吧。”

白贾氏不再说什么，既然有人送了人情，她还能再做惹人的事。

白永和从奶奶手里接过孩子，面带喜色同柳含嫣回到自己窑里。原来家里早收拾得熨熨帖帖，炕上叠的两床新铺盖，各种小吃摆下一炕桌，茶水还冒着热气。不用问，这都是白管家的精心安排。回头看柳含嫣，柳含嫣现出既新鲜又温馨的神色，冲他莞尔一笑，一股暖流霎时传遍全身。

听说天上掉下个“林妹妹”，而且是掉到三老爷头上，一会儿光景，白永和窑里就挤满了看热闹的人。

白永和与柳含嫣带着新婚宴尔般的喜气，从容大方地招呼众人。大哥白永平只看了三弟媳一眼，便吓得把目光转移到三弟身上。心里暗想，三弟真有艳福，娶一个如花，娶两个似仙，不像自己窑里的，坐下一堆，站起来一围，十分的不打眼。白永和介绍完大哥，接着介绍大嫂，柳含嫣一一见过。冯兰花问了一句“三弟媳一路受累了”，就不知说什么好。她不敢离柳含嫣太近，怕自己这朵狗尾巴花被人家这朵牡丹花袭得没有了光泽；也不敢多说，怕一开口就露了土包子馅。

祁娇娇向来消息灵通。初时，心里一阵阵泄气和不满：你三娃在外面早就鬼混下人，还让我跑前跑后给你找媳妇？你让我的外甥女往哪里去，你让我这张脸往哪里搁？但见白老太爷两口也被哄得掉了魂，就咬了咬了牙去凑个热闹，添个好话，免得日后三娃和三弟媳难为自家。于是，拉着白永忍过来举人第，一进门，脸笑，嘴甜，热辣得像久别重逢的姊妹：“三弟媳，我是二嫂，要来也不打个招呼，也好让我们有个准备，好好接待一下你这位大美人。”

柳含嫣有点迷惑，看了看白永和。白永和介绍道：“这是二嫂，那是二哥。”

柳含嫣不好意思地说：“失礼了，二哥、二嫂，你们坐。”

祁娇娇拉住柳含嫣的手，左瞅右看，连连夸谝说：“究竟是京城里的人，就是和咱们不一样。你看人家，脸嫩得能掐出水来，身子妙得像风摆柳，连说出话来都像银铃铃一样好听。三弟好福气，引回这么好的媳妇，还不把两关、两县、两省的好女人都比得蔫了！”

柳含嫣心想，永和关人夸人，就是这么夸，真有点肉麻。正要说话，白永和早插上口：“二嫂你别夸了，再夸，弟媳的头就不在脖子上长着了。”

柳含嫣接过话：“就是嘛，二嫂生得这么俊，这么灵，还肯低下架子夸人，真叫人有点受不了。”

有了柳含嫣的夸谝，祁娇娇心里多少得到一点安慰，这话可是说到她心上了，这话有好多年都没听到过。就一把拽过站在一旁的大嫂冯兰花道：“唉，人比人，气死人，看了人家含嫣，咱不是白来世界一遭。”

祁娇娇说的，正是满窑里看热闹的人的心里话，眼红，嫉妒，叹气，都是因为柳含嫣这颗闪闪发光的珍珠，把永和关的人耀得没有了颜色。

这厢白管家待看热闹的人散去，转身来到老东家窑里，小心地陪着说话。

他给老太爷点烟，老太爷摆了摆手说忌了。是气得忌了。他愣了一下，给老掌柜夫妇把茶续上，不紧不慢地开了腔："老太爷，老夫人，休怪诚仁多嘴，三老爷和三太太之间既成事实，就该一包揽了起来，送个人情，落个好，皆大欢喜。这样的事不要说现在，就是古人也屡见不鲜。西汉司马相如和卓文君，人家多大名气，还不在大富商老子卓王孙眼皮底下私奔了。卓王孙出不了这口气，口里喊要杀要剐，实际上心疼女儿，不得不让三分，到头来卓王孙给钱给人给车马，成就了千古风流的一桩姻缘。这样的事，戏文里唱得就更多了，只是不在谁头上，谁不知这个难。你们的心思我晓得，你们训三老爷一顿，出出这口气也是对的。可是，既然男欢女爱、郎才女貌，既然生米煮成了熟饭，咱就应趁热打铁认了。人常说，天要下，娘要嫁，小子女子管不下。与其横眉冷对，何如顺水推舟？更显得二老大度能容，光彩体面，也为三老爷撑了腰，正了名，让他以后好活人。这样一来，别人想在鸡蛋里头挑骨头，也找不下缝缝。"

白鹤年夫妇一向把白管家当作智多星，经白管家这么一说，俩人心不服，口却不得不服，憋着的那口气再憋还有甚用。可是，要让他们唱罢白脸唱红脸，当下认了孙媳妇和重孙，脸上哪里能抹得开？白鹤年说："诚仁，既是这样，就一包搂赶算了，甚也不说了。让他奶奶准备好见面礼，你给送过去。"

"我人微言轻，哪里能替代了二老。饭要温热吃，花要当面献，虽说是老祖宗施舍，也是当面得体。"白管家又朝老夫人道，"老夫人，您说呢？"

白贾氏搜肠刮肚，没有搜出一句合适的好词，就轻轻摆了摆手，端起茶杯喝她的茶去了。这是好兆头！白诚仁顺势说："老东家看这样行不行，喊三老爷和三太太过来，就说，初次见面，应该有所表示。您给三太太一块布也行，给几两银子也可以；给重孙子戴个锁，是再好不过的礼遇。三老爷心知肚明，一河水开了，高兴还高兴不过来呢，哪还有气朝二老撒！补上这份礼，三太太也不会再说甚，再有甚说头，就是她的不对了，怨不得二老什么。"

白鹤年说这样甚好，白贾氏二话没说，走回内室，准备礼度去了。

白永和、柳含嫣带着儿子进来问安，柳含嫣边叩头边赔不是："爷爷，刚才孙媳妇性急，多有冒犯，失礼之处，还望您老人家包含着些。"

白永和接着说："三娃总是你们一手拉扯大的，再有不是，还望爷爷担待。"

正说着，白贾氏从内室走出来，皮笑肉不笑地说："油腔滑调，哪来的这么多客套！也怪三娃，说话吞吞吐吐，老是不往清里说，爷爷、奶奶耳聋眼花脑子笨，哪里能解得下你们这些时新人的小九九！不知者不怪。这就好，孙媳妇进了门，重孙也回了家，双喜临门啊！含嫣，休怪奶奶小气，咱是山里人，比不得城市；再说啦，你们要来，也该捎个信，不至于让我手忙脚乱的没法挖抓。奶奶给含嫣一匹绸缎，做几身衣裳穿吧。再给你二十个大洋，要不显得两手空空，还说奶奶小气呢！把小重孙抱过来，让祖奶奶好好瞅瞅。嗯，你看这眉眉眼眼，和三娃像得好好的。你看头发长得那么稀，发际又那么高，人常说，贵人不顶重头，发际高了人聪明。说不定，我小重孙将来要成大事哩！”

白贾氏亲自给小重孙戴了银锁，锁上还挂着一串小铃铛，摇一摇，响得动听，小重孙憨笑，众人跟着眉开眼笑。临完，白贾氏吩咐白管家：“白管家，今天大喜，就摆个过节盛宴，把阖族人请来，热闹热闹吧！”

次日清晨，白永和还在睡懒觉，性急心多的柳含嫣就独自去爷爷奶奶那里请安。请罢安要走，白贾氏却把她留住，二话没说，从套窑里领出一个小女孩，说：“如玉，快出来见过妈妈。”

昨天，如玉玩得不在家，并不知道发生了什么。早晨，祖奶奶给她吹了风，要她相认新来的妈妈。如玉虽有不快，但听祖奶奶一声喊，还是走出来，跪在地上，但没有张嘴。

柳含嫣一愣，奶奶不是开玩笑吧？三老爷说他无妻无儿，从哪里变出这么大的女儿？难道他说了假话？不过，既是不知就里，只能含含糊糊地应付。就问：“你叫什么名字？我怎么没听说过呀！”

白贾氏情知锅盖揭得过早，叫人家含嫣醒不过神来。但话既已出口，就没有回头的道理，就搭讪着说：“哦，这是三娃的女儿，叫如玉。”她也懒得去解释。心想：不要以为我认了你，还不知这个女娃认不认你，叫你心里先搁上一块石头，别高兴得太早了！见柳含嫣神情恍惚，手足无措，她又催促道：“如玉，这就是新来的妈妈。你叫，你叫呀！”

如玉和白家人混熟了还没几天，叫遍了老老少少，就是没有个妈妈，怎么突然冒出来个妈妈，叫她一时转不过这个弯。所以，有些难为情，小嘴努了努，还是没出声。

柳含嫣疑惑不解，心里疙里疙瘩，但表面上却装得若无其事，说：“看如玉长得多乖，走，跟我玩去吧？”说着，就拉起如玉的小手，欲往外走。

如玉挣脱手，搂住奶奶的腿不放，现出不安的神色。白贾氏忙说：“你看这娃，小家子气，认生。不要紧，一回生，两回熟，用不了几天，就缠住你这个妈妈不放了。”

柳含嫣笑了笑，扭头就走。

柳含嫣憋着一肚子气回到自家窑里，没头没脑地冲着白永和叫嚷：“好你个白永和，还说你人老实，我看你老实不吃屎!”

“大清早的，这是哪路神仙把你得罪了?”

“我问你，你说你既没妻子，又没孩子，干吗冒出来个半大不小的女孩?”

“噢，是这事。昨晚只顾咱俩那个了，早把这件事忘到脑门后。该打，该打。”

他拉柳含嫣坐在炕沿，说了收养如玉的前因后果，柳含嫣这才明白，她的男人真是位有情有义的大好人。说着，就在白永和脸上掐了一下：“如果是这样，我一点也不怪。只是这个如玉，不知能不能亲到身上，我不敢许下口愿。但愿你以后不要只顾了如玉，忘了咱们的亲骨肉。”

柳含嫣自以为她只是她儿子的妈妈，不知道还有另一个不曾生养过的女儿在等着她，她的心头多少有些郁闷，肩头也有些沉甸甸的。一到白家，就尝到入主的不易和人生的艰难。

“哪能呢? 在咱们家里不分亲疏，一视同仁，这是我白永和的为人之道!”白永和坦诚地说。

柳含嫣听见隔壁窑里她的儿子在哭，小保姆在哄，才想到他们的儿子醒来了。就小声“嘘”了一声，说“看我们的儿子去”，就拉了白永和进了小保姆的窑里，开始了天伦之乐的第一天。

第二十八章

白三奴一直没有见爱丹的面，起初是因为没有和三老爷对话，不知三老爷意下如何，所以一直躲着爱丹不敢见面。说心里话，他无时不在想着从前的三少奶奶、现在的爱丹。但一朝被蛇咬，十年怕井绳，唯恐一着不慎，再跌进是非圈里。昨天，参加了白家的盛大家宴，这才真相大白。他看到洋气阔气加大气的三太太，心里嫉妒死三老爷了，恨死白永和了。为甚哩？同是白姓根上的蔓子，同是小时候玩大的朋友，为甚人家这么有妻命？来一个爱圪蛋，来两个亲圪蛋。我白三奴也不比他缺胳膊少腿，为甚老娶不上一个窑里的？就是连三老爷不要了的爱丹，也只能胡思乱想，不敢奢望与人家好事成双。吃醋过了，还得面对现实，他忍不住从人缝里又瞅了柳含嫣一眼。心想，永和美人没见过大天，都说爱丹是天下第一美人，谁知天外有天，人上有人。你看人家三太太，真是天上下凡的仙女，爱丹见了，肯定抬不起头来。完了，完了，痴心的爱丹，这一回你是没指望了。柳含嫣过来给他满酒，他慌忙站起，只说了句“多谢三太太”，什么词也没有了。三杯酒下肚，头也晕了，眼也花了，心也乱了，再没敢正视三太太一眼。事后，才后悔没跟这个美人多拉呱两句。

有了回复爱丹的话题，就有了面见爱丹的机会。三老爷另娶家室，对一心想破镜重圆的爱丹来说，无疑是件坏事，可对他白三奴来说，应该是一个不错的兆头啊！第二天一早，趁着摆渡等人的间隙，白三奴大大方方地见了爱丹。

杨福来父女像是刚吃了饭，闲得没事，正逗着小杨扬玩呢。

自爱丹有了这个娃，杨福来听上改样的话，给娃起了官名叫继业，爱丹嫌俗气，另起了小名叫杨扬。因他人小，杨家老少都叫他小名，官名反倒没人叫了。

杨福来问："三奴，找我有事?"

白三奴吞吞吐吐，先说有事，又说没事，到底也没说出个究竟来。

爱丹见久盼的信使来了，眼里顿时有了光泽，对爸爸说："爸爸，是我叫他来的，有事要问。"

杨福来说："你问你的，我坐我的。"

爱丹使了使眼色："爸爸，我要问的事与您无关，您是不是……"

杨福来不知爱丹捣甚鬼，瞪了一眼爱丹，又看了一眼三奴，不乐意地走了。

见爸爸走了，爱丹就急着问："快说说，有眉目了吧?我知道你这么长时间不来，就是要等三少爷一句话。"

白三奴见爱丹企盼心切，反倒不知说什么好了。直说吧，怕她受不了，拐弯抹角吧，还要急着去摆渡。嗨，事情已经到了这一步，还遮掩个甚?就说："三少奶奶，自领了你的'旨意'，三老爷就去了北京，昨天才回来，你猜怎么着?"

爱丹提起了心，却吊下了胆，低声问道："怎么着?"

"三老爷领回来一位新太太!"

一句话如一声雷，瞬间把她那颗热切盼望的心击得粉碎，爱丹坐在炕上闭口不语。

白三奴说："三少奶奶，您怎么了?您可要想开呀……您……"

白三奴还想说什么，只见爱丹摆了摆手说："你走吧，谢了啊。"

白三奴嗫嚅着还想说什么，爱丹又摆了摆手："麻烦你了，你走吧!"

白三奴不仅没有得到一丝温暖，甚至连一句好话也没听上，就这么让爱丹打发走了。

杨福来回来，见爱丹手捂住心口，脸上铁青。忙问："爱丹怎么了?是不是那个白三奴把你——"

"爸爸，不要枉说人家，三奴是好人。只是冷不防肚子疼的老毛病又犯了。"

"要不要请先生?"

"不用，疼过去了。"

杨福来半信半疑，问："是不是三奴气得你肚子疼?"

“没有，没有。”

“我可告诉你，是不是又动了‘他’的念头？我实话告诉你，你要是想后嫁，即便是嫁个艄公，我都不拨你的回头。唯独不许你与白永和来往！”

“爸爸，你以为我就那么没有出息？”

“爸爸塌心你，可是又不放心你。好马都不吃回头草，何况我杨门女呢！”

“不会，永世不会。”爱丹说出这句足以叫她撕心裂肺的话，真的肚子疼了起来，人就窝在炕上动弹不得。

杨福来明白，一定是白永和给惹的病。到渡口一打听，果不其然，原来，白永和不知从哪里找了个野女人回来，还带着一个男娃，想必是私生子。这样的人，还有什么值得留恋的，这个没骨气的爱丹！

杨福来手背在身后，不紧不慢地往回走。沉闷的心犹如云缝里钻进来的日头，顿时变得豁然开朗：对杨家来说这是好事呀！他白永和有了妻子，有了儿子，再不会勾引我家爱丹，爱丹的儿子就永远成了我杨家的人。下一步怎么办？给爱丹招个上门女婿，安安稳稳过光景。

杨福来正想他的好事，不承想和正要出门的爱丹撞了个满怀。爱丹拖着她的儿子杨扬，一脸怒气，风风火火，像是要寻谁出气似的。

杨福来问爱丹：“这是要到哪里去？”

“到外面散心。”看得出，爱丹说话时是强装平静，可眼神告诉杨福来，爱丹此行不善。

杨福来从爱丹手里夺过孩子，就往回走，说：“有话咱父女俩回家说。”

“你把娃给我，我要过河去和白永和评评理。那个柳含嫣抱来白永和的娃，他就认了；我抱着的不是他白永和的娃，看他认不认？他休了我，毁了我一生，我也不能让他好活！”

杨福来见女儿越说越离谱，怕外人听见，知道了实情，就用手去捂爱丹的嘴，强拉着进了院，把门栓插上，说：“好我的小祖宗哩，你这是做的甚事？这娃是姓杨的娃，我还要靠他来继承家业、接续香火呢！怎能一赌气就送给他白家？再说了，人家休你，还不是嫌你不会生养，离开白家你倒会生了，你不是没事寻事，让人家拾的狗屎往脸上抹吗？这一闹，我们在延水关还怎么活人？”

“我就是咽不下这口气，反正我成了废人，干脆闹个鱼死网破，我不得好，他们也不要想好过！”

父女俩争夺着小杨扬，小杨扬搞不清为什么要争夺他，吓得大哭起来。要妈妈，爷爷不给；爱丹过去夺，杨福来抱着回了窑里。爱丹撵回窑里，大声说话，喘着粗气，疯了似的把杨扬夺到怀里，把小杨扬吓得又放声哭了起来。杨福来只是躲，没有了招。想打不能打，想骂开不了口，把眼都急红了。这时，杨家的用人听见响动，不停地叫喊开门。杨福来情急之下，顺手拿起一把刀，指向自己的脖子，说：“爱丹，你再要逼我，我就做了这把刀下的鬼。”

看着明晃晃的刀搁在爸爸脖子上，爱丹吓破了胆，傻愣在那里。小杨扬吓得直叫唤：“爷爷，不要，不要！”就挣脱妈妈扑向爷爷夺刀，小小年纪，哪里是他能够办得到的。又返回来拽爱丹过去。此时爱丹脑子里忽然闪过一句话：冲动是把刀，祸害如山倒。可不是，我一冲动，就要过河去闹事，爸爸一冲动，就要寻死。不能，不能！我爱丹再委屈，也不能委屈了爸爸，好糊涂呀：“您不要，您不要这样，我不闹了还不行？”说着，就过去夺了刀，给爸爸跪了下来。

杨福来火气未了：“以前没听我的话，走了一步弯路，以后可不能再走弯路，咱们耽搁不起。你还年轻，有的是好日子过，怎么能一时不顺意，就给我惹祸去？啊？甚事大，甚事小，你好好揣摩一下！”

“本来想，永和他回来了，一家三口团圆有了盼头。谁知道人家另搭台子另唱戏，我倒成了在台下看戏的闲人。苦了我一人，好活了他白家人。要是你，能咽下这口气吗？”

“咽不下也得咽，有甚法。不要看他现在过得比你好，有朝一日你活出个眉眼来，让他趴在黄河边哭他的恓惶去吧。”

“爸爸，这次我听您的，打消这个念头。但总有一天，还要出这口气！”

“人常说，君子报仇，十年不晚，爸爸给你出这口恶气！”

“我的事不用您操心。我要是没猜错的话，白家丢失的那半船皮货，就是您做的手脚？”

杨福来没有吭声。

“咱明人不做暗事，我要做，就做在明处，让他们知道我爱丹的厉害。”说罢，一骨碌滚到炕上哭泣去了。

小杨扬好不容易从爷爷和妈妈的争夺中解脱出来，止了哭。似乎醒悟到什么，似乎又听不明白，只知道有人欺负妈妈，他边给妈妈擦泪边说："妈妈，不要哭，永和关的人欺负了妈妈，长大了我要为你报仇!"

杨福来一听，心里有所不悦，说："去，一边玩去，大人的事用不着娃们搅和!"

柳含嫣来永和关时，正是枣树扬花时节。垴畔上，圪梁上，山坡坡上，到处是散发着清香的枣树。黄河边一簇簇、一片片的酸枣圪针也不消停，它们细密的花蕾，散发着幽幽的暗香。家枣的清香与酸枣的暗香掺和在一起，浮在空里，飘在河上，蔓延于一切可以到达的地方。关了门，关不住枣花香的追随；睡了觉，消停不了枣花香的张扬，它们的兴致勃勃，让柳含嫣也兴致勃勃地回到当年的记忆中去。忽有一天早晨醒来，院里的枣树不知什么时候坐上了青青的果实。掐指一算，她来到永和关已经一个月出头。

六月六到了。每年从现在起到八月的黄河洪水期，是"杏黄麦熟买卖稀，骆驼下场船避伏"的清淡时期。这时，黄河浪大流急，放行的长船少了，穿行两岸的驮队也没了生意，船家把船拖上岸修补晾晒，骆驼和骡马也被赶到深山里放牧养膘去了。白家虽然不至于停船歇脚，但也少了生意可做，当家人白永和终于有了喘息的机会。

对于黄河人家来说，六月六是一年里除春节外的第二个热闹节日。按照惯例，要在河滩里请河神，敬河神。这是白永和当家后的第一个六月六，他想请爷爷再度出山主持仪式，理所当然地被一口回绝。白鹤年身体大不如以前，饭不多进，话不多说，连走路也摇摇晃晃。显然，白老太爷多年来的高度紧张突然转向极度松弛，精神上少了支撑，一时有些适应不了。他拄了根拐棍，让人搬了把椅子，放在九十眼窑院外，强打精神直直地坐了，两眼浑浊地看着他的三孙儿，主持他主持了几十年的请河神仪式。白贾氏则被如玉推着拽着从高高的窑院走了下来，后面还跟着柳含嫣带来的小保姆，小保姆怀里抱着柳含嫣的孩子白如意。这是来永和关后，白永和给起的。里边包含了三层意思，一是他与柳含嫣巧遇奇缘，历尽坎坷，如愿结合；二是如意是中国传统的祥瑞象征物；三是愿孩子能万事如意，幸福安康。三层意思，多种理解。有的说三老爷科场不如意，情场如了意，有的说白家不如意，三太太如了意，还有的说昨天不如意，今天如了意。其中的真正含义，只有白永和与柳含嫣能说得清楚。

河滩里传来三声炮响，人们翘首以待的仪式开始了。

初夏的河谷里，岸柳成行，杂草丛生。因为今年天旱，上游来水少，大河明显瘦了身，缩了肚，连吼叫声也由咆哮变作呜咽。白家子孙不分支脉，不分远近，“呼啦啦”跪在沙滩上。白永和站在祈祷的人群前边，神情肃穆，满脸虔诚。面对河神，他首先想到的是，柳含嫣来了，儿子也有了，总算品尝到有家的滋味。这是河神庇护的结果，今天，还要求神灵庇护他和他的妻儿，爷爷奶奶，永和关白家人，一同平平安安地走下去。此生不求惊天动地，但求脚踏实地，就像踩在沙滩上的深深痕迹，一步一个脚印走下去。

在白管家引导下，白永和上香，化纸，敬酒，跪拜，口里念念有词。敬过了河神，带领众人对河对天对祖宗盟誓：“一敬河神，船顺财顺。二敬天地，保境安宁。三敬祖宗，子孙繁衍。”众人都跟着念了。接着，把供品一一抛撒到河里，看着一件件供品被河水吞没，偶尔泛起小小浪花，浪花就是河神的语言，人们都说“河神说话了”“河神享用了”。白永和知道，这些愿景，宁可信其有，不可信其无。有了，人心就安了；无了，人心就乱了。这样的仪式他才开了头，正如唱戏一样，仪式只是个唱功，要紧的是做功，只有做出戏来，才会假戏成真。

敬畏河神，乞求平安，是黄河人家年复一年的古老仪式。在族人眼里，是既必不可少又看似寻常的事情。柳含嫣则不然。她是平生第一次经历这种场面，面对奔腾不息的黄河，面对护卫黄河的苍山，面对蓝天白云，面对白家子孙，她觉得，她要融入这个民风淳朴而乡俗浓厚的地方，她要在这里度过漫长而平凡的一生，大到行船安居，小到鸡零狗碎，都要与心爱的人一同共尝甘苦。她所以能从汉口跟着他到了北京，又从北京一路追到永和关，就是为了她一生的托付。爱一个人可以爱一时，爱过之后视同陌路，那不是她的追求；爱一个人可以爱一生，只要他值得爱，万水千山走过也不回头。柳含嫣觉得她的眼光没错。想到这里，她心头一热，泪水就在深邃的眼眶里来回盘旋。

敬罢河神，村人敲锣打鼓扭秧歌，唱道情，亮嗓子，在黄河滩尽情地嬉戏，尽情地闹。闹够了，玩够了，身上的精神气儿也发泄得差不多了，大伙儿便成群结队回村吃饭，吃一年一度的大锅饭。

九十眼窑院早支起几口大锅，一口大锅里煮的杂烩菜，豆腐、粉条、萝卜、山药蛋、烧肉片，在锅里不安分地咕嘟着。上面漂着一层油花、一层葱花，谁见了谁流口水。一口大锅里摞着塔一般的笼屉，蒸的白面馍馍，揭开看，上面还氶着红点点，叫作白面馍馍氶点点。别看一丁点红，却象征着喜庆和红火。一口一个福气，谁能舍得下。一口锅里盛着滚沸的麻油，上面漂着金元宝似的油糕，几个人不紧不慢地往里溜着，往开搅着，往出捞着。这是枣馅软米油糕。糕与高谐音，吃了糕，跳得高；吃了糕，步步高。糕是永和关红白喜事节庆宴席少不了的吃食，谁看见黏得拉丝的油炸糕能不眼馋？

要开饭，还得先敬河神和祖宗。白永和弟兄三人把头份饭菜给河神和祠堂献过了，早已等不及的人们围了上来。每人端两只海碗，一只海碗里盛着油津津的杂烩菜，一只海碗里盛着黄灿灿的油糕和白生生的馍馍。白鹤年和白贾氏等白家有名望的人，围坐在桌子边慢慢吃着。白贾氏吃斋，让人上了碗素菜。白鹤年说她没福，有肉不吃是傻瓜。白贾氏说有肉不吃让给别人，才是个“精瓜”呢！因为今年是三娃当家后的第一个六月六，也是三娃开市大吉给白家添金进银的好日子。所以，白家人，特别是老年人，因为有了白永和这个靠山，老有所养放了心，欣慰之色从眉梢眼角，从皱纹胡子里流淌出来。年轻人不考虑那么多，他们只顾眼前，有吃有穿有玩就开心。白永和、柳含嫣和大家一样，也端着碗，一会儿这个堆里挤挤，一会儿那个堆里坐坐，不是和哥嫂们说笑，就是和白三奴、白葫芦等一班船工拉呱，全没有老爷、太太的架子。白永和来到院外，见白疙瘩独自一人圪蹴在那里吃饭，就把白疙瘩介绍给柳含嫣。慌得白疙瘩把到口的一块热油糕囫囵吞了下去，急着要给新来的内当家还礼，却说不出话来。柳含嫣示意不必起来，就折了回去。柳含嫣问：“为什么白疙瘩一个人闷吃闷喝，不随群？”

白永和说：“他本来是老艄，偶尔在河里捞了个死人，人家犒劳他不少钱，以为这是赚钱的好门路，就干起捞死人的营生，人们送了个外号叫‘水鬼’。众人嫌他见利忘义，伤风败俗，经族人共议，便逐出关村。他一个人在村后二三里的地方，掏了个窑洞住了下来。他人是个好人，又有一身好水功，只是贪小便宜。今天我特意把他叫回来，他不习惯，才一个人躲在院外吃。”

柳含嫣想了想：“原来是这样。白家的家法还挺严啊！”

白永和笑了笑说："算是家法从事吧。"

因为当家人和他的新太太的随和与开明，给嘴里流油肚里撑的白家人又添了亲切感。后生们身有余力，连吃饭也不安宁，你夹我碗里一块肉，我叨你碗里一块糕，撵着撵着，跑到院外圪塄畔、场畔甚至垴畔上去了。

齐说，今年六月六这顿饭吃得好！

入夜，有戏助兴。正月十五是开年头台戏，这应是一年中的第二台戏了。不等天黑，心急的人们就来占地方。白家的戏台很别致，别致得令人浮想联翩。因为村里土地少，人家修窑都是依着山往上爬，仅有的百十来亩土地还不够种，哪敢奢侈地修建戏台。所以，不知从哪一辈人起，相中九十眼窑院与渡口之间的清泉沟。于是在沟里券洞，洞上建戏台，取两边山土垫成戏场，场地随山势自然高了上去。戏台坐西面东，河神庙坐东面西。有个文人在清泉庙听戏，感叹地说："台下清泉潺潺，台上琴弦悠悠，山上老风呼呼，山下黄河滔滔。四面来风聚一台，一台好戏响四方。好一个四声戏台！"从此，这个戏台就叫"四声戏台"了。

每逢永和关唱戏，少不了延水关人到场，如同延水关唱戏，少不了永和关人光临一样。热情好客的永和关人觉得，没有延水关乡亲助兴，这戏就缺了点味道。两岸人家多是亲戚，所以，这边占地方的人，顺便给那边的人占个位置。天一黑，白鹤年、白贾氏和白永和、柳含嫣等人了座，满场子黑压压的一片。锣鼓敲过三通，该开戏了，可是，还不见动静。人们等得不耐烦，就喊叫起来。柳含嫣催促白永和开戏。白永和说："别急，戏开之前还有戏。你就等着瞧吧。"

因为跑长船时，白永和、白三奴都许了愿，既是许了，不能许而不还，不然神灵会降罪于人。所以，不管你再急，总得在开戏之前还了这个愿，这是先人留下的老规矩。

白三奴许了一只羊，他家没有羊，借来白葫芦家的羊装门面。这畜生有几分灵性，预感大事不妙，便撅起屁股不肯走。白葫芦不时喂点吃的，哄着前边走，白三奴在后边吆，好不容易才到了河神庙。白三奴面对河神烧香磕头说了些还愿之类的话。接着，给羊头上泼了一瓢冷水，羊受到突然刺激，就跳了起来，不住摇头摆尾，白三奴大喜，因羊摇了头就说明神已接受了他的心意。他拿了小刀，将羊耳朵划破，用黄表纸蘸血烧了。至此，白三奴的还愿就算告一段落。他的还愿在四声戏台对面的河神庙，多数人懒得去看，只有娃娃们挤去看热闹。有的说“没有见过”，有的说“怪有意思”。

白永和许了三出愿戏，按规矩要在正戏开演前了愿。说是戏，只不过是个象征，表、说、唱都行。锣鼓敲过，戏场肃静，只见蹦蹦跳跳出来一个唱戏的，开口便表：

节节高，节节高，
节节高上盖金桥。
有人来把金桥过，
不知金桥牢不牢？

一出愿戏，就算唱完。

又出来一个唱戏的，跟着鼓点说道：

天上下雨地上滑，
自己跌倒自己爬。
亲戚朋友拉一把，
酒换酒来茶换茶。

第三个出来，唱的是民间小调《卖菜》：

家住山西永和石楼城嘞么嗨儿哟，
刘家庄上有家门，
我的名字叫刘成，
每日里卖菜我就过了光景。

青菜白菜水红萝卜菜嗨儿哟，
茄子葫芦带藕根，
辣子韭菜带蒜薹，

还有呀两把把那个嫩菠菜。

白面馍馍虱点点嘞么嗨儿哟，
夹窗瞭见了俊脸脸。
有心把你看一眼，
又只怕你大你妈来看见。

唱毕，鼓掌的，叫好的，打口哨的，一下把戏场的气氛推向高潮，热浪顺着山势一浪一浪地升了上去，喧闹得还要翻了天。

接下来开戏。照例是加演一出折子戏。折子戏是白永和点的《挂画》，点这出戏是大家公认了的，没有争议。只是白永和别有一层意思，局外人哪里知晓。《挂画》是"康风社"的头牌花旦王存才的拿手好戏。锣鼓响过，丝弦乍停，只见出来一个旦角，一袭素装，外披斗篷，人蔫蔫的，走路慢，说话软，看样子不是身子有了病，便是害上了相思病。正在这时，不知听了丫鬟一句什么话，立时来了精神，换了一个人似的，活蹦乱跳地布置开新房。要挂画了，她人够不着，只好搬来椅子，上了椅子还够不着，只得踩着椅子的扶手，一张一张地往起挂。全戏的精华、演员的功夫，就在一把椅子上展示。只见她一会儿上，一会儿下，一会儿蹦，一会儿跳，一会儿腾，一会儿挪，身轻如燕，灵活似猴，在光溜溜窄条条的扶手上金鸡独立，如履平地，叫人心惊肉跳，感叹不已。下边的人看得目瞪口呆，屏声静气，什么滚滚黄河，什么呼呼山风，什么潺潺流水，什么婆姨娃娃，什么鸡毛蒜皮，统统撂到了脑后。他们眼里只闪现着一个挂画小姐的娇容艳姿，心里只揣着一个活蹦乱跳的可爱精灵，一把椅子的意象美和灵动美，把永和关人的精气神都勾了去。小姐下得椅子，又见地上有石子，恐妨碍了新人行走，以一脚钩起，换到另一只脚上踢到空中，照直落在手心里，下边一片喝彩声。猛听锣鼓响起，迎亲队伍就要上门，小姐心急火燎地换衣更妆。左穿一个空，右穿一个翻，咋穿咋不中。情急之下，双手并用，浑身解数一使，一眨眼工夫，红装加身，装扮成新娘。再以一颦一笑，一急一恼相呼应，动作表达心灵，容止传递情感，把人物喜急、情急的心理刻画得惟妙惟肖，扣人心弦。柳含嫣看走了眼，以为扮演者和她同出闺门。白永和说："你错了。倒是和我一样，是个大男人。"

“啊!”柳含嫣惊叫。

柳含嫣又问:“小姐活泼伶俐,多情可爱,她是谁呀?”

白永和说:“巧了,和你一个名,也叫含嫣。只不过人家姓耶律,你姓柳,人家是几百年前的贵族小姐,你是几百年后的白夫人。”

“贫嘴!原来你点这出戏有所指啊?我既不想你,也不挂这个画,还不把你急死!”

“不知谁急哩,等不上夫婿上门迎娶,就不请自到。”

柳含嫣眼一瞪,在白永和腿上狠狠掐了一下,疼得白永和想喊却不敢出声。白贾氏心烦,咳嗽了几声,两人这才住手。

柳含嫣说:“想不到戏里头也有我的影子。”

白永和说:“戏里有生活,生活里有戏。要是有人把咱俩的事编成戏,说不定更好看呢!”

“你是举人,你就编一本出来。”

“我哪里能编得了。我是说笑哩,还是言归正传吧。蒲州梆子有几大绝招,如翅子功、椅子功、翎子功、扇子功、鞭子功、梢子功等,都被其他剧种借了去,《挂画》就是以椅子功见长的名角名戏。这是王存才的当家戏。在南路有‘宁看存才《挂画》,不坐民国天下’,‘宁叫误了收秋打夏,不叫误了王存才的《挂画》’,你算是开了眼。为了请这个戏班子,我费了不少劲。”

“心领了。”

白永和又解释道:“耶律含嫣听说她朝思暮想的郎君花云就要前来迎娶,心情激动,通过在椅子上挂画时坐立跳跃等等惊险动作,表现她此时惊喜慌乱的内心世界。”白永和用肘碰了碰柳含嫣:“哎,你在北京等我的那些日子,是不是也是这个样子?”

“去你的,我才不稀罕你呢!不过,人家这个含嫣,比我这个含嫣幸运,人家是夫婿上门迎娶,我呢,是没出息地自己上门投亲。”说着说着,就有些哽咽。

白永和说:“又来了。戏是戏,咱是咱,怎么能混为一谈。”

“舞台小世界,人生大舞台,戏里唱的就是生活中的影子。”

“好,好,我说不过你。看戏吧。”

戏园里,懂戏文的看门道,不懂戏文的看热闹,谁也不想错过这个难得的机会。就说娃娃们吧，本不懂戏，总要来凑热闹，大都是看了折子戏就打开了盹。小一点的，在大人怀里睡去。大一点的，三三两两，找个背旮旯，挤在一起打开了鼾睡，即使是睡觉，也是戏园里香。白永和因为有了柳含嫣，这个戏看得格外开心，柳含嫣因为跟了白永和，看懂看不懂无关紧要，要紧的是她看懂了白永和的心，一颗可以托付的心。

第二十九章

自柳含嫣来到永和关，白永和为之煎熬的日子总算告一段落。与柳含嫣卿卿我我的日子一长，白鹤年的脸上好像挂了一层霜，冷冰冰的。白贾氏则指指戳戳地提醒：“业精于勤，荒于嬉，三娃，该务正业了。”

千里之行，始于足下。白永和觉得未来虽然遥远，抉择就在眼前。是该谋划谋划了。

其实，从接过金戒指的那一刻，白永和一直处于惴惴不安的状态。白家这个看似安澜的“老木船”，在社会动荡、外来资本侵蚀的双重打击下已然风雨飘摇，只是闭目塞听的永和关人，还没有感受到这个潜在的危机，依然陶醉在“日出而作，日落而息”的平静生活里。有在外多年的亲身经历，白永和隐隐感觉到了这种危机，一个个晋商在时改代易中悄然沉没，就是警世明证。他不是政治家，但他有商人的嗅觉。所以，响鼓无须重槌，即使爷爷奶奶不旁敲侧击，他也会好自为之。

沐浴着六月的阳光，白永和来到黄河谷地里绵软的沙滩上。一有窝烦事，总爱独自个到黄河边散心，好像只有贴着这条生龙活虎的母亲河，才能找到灵感，汲取力量。

火辣辣的日头，暖烘烘的沙滩。坐在沙滩上，如同坐在羊皮筏子上一样受用。看着往返穿梭的渡船，看着从上游的碛口还是包头下来满载货物的长船，一只只映入他的眼帘，又一只只淡出他的视野，一种“沉舟侧畔千帆过”的感觉涌上心头——尽管，白家这只船还没有沉。想到这里，虽然艳阳在头，但还是不寒而栗。

几百年白家只知守关，不知开关，只知守成，不知开拓。好不容易出了个敢于开拓的父亲，还不慎遇险，赍志而殁，以致谈长船色变，再无人敢于问津。他上次跑长船，并不是出于爷爷本意，也非奶奶真心，更非他的意愿，这是白家为了遴选掌门人的权宜之计，也是他为了交差复命得以脱身的一次生死博弈。通过这次历险，他体验到旅途的辛苦，也知道了跑长船的要领。原来，跑长船并不像人们说的那么可怕，但风险也不是没有，只要顺应天时，熟悉水路，了解行情，捕捉商机，没有做不成的生意——尽管他几乎葬身黄河，重蹈父亲的覆辙。如果说，先前跑长船是不得已而为之，那么，今后的跑长船是有意和自己过不去。因为，他再不是从前的白永和，而白家也不是从前的白家。白家的历史翻开了新的一页，在商言商，就得居安思危、未雨绸缪。那么，下一步，白家的这盘棋该怎么走……

白永和陷入沉思多时，连他自己都不知道是怎么躺在沙滩上，是怎么进入梦乡的。昏昏沉沉中，只见他的船一只一只地造了起来，他的货一包一包地装上船，正整装待发。突然，爷爷来了，手上拄着一根枣木拐杖，在码头上走来走去，指指戳戳，嘴里还不停地嘟囔着："三娃，你是不到黄河不死心，你是诚心要把我的家当往黄河里扔，把这个家败了，丢下老的老，小的小，好远走高飞！"说着说着，唾沫星子乱飞起来，溅得他脸上花花点点。他要擦，爷爷却说："人不吃香了，连唾沫都脏，是不是？让它在你脸上多搁一会儿怕甚？把你这个没良心的王八羔子！"不知什么时候，奶奶也现身码头。奶奶先是嗔怪了爷爷几句，爷爷索性睡在船里不吭声了。意思是说，我就睡在船上，我让你走，看你往哪里跑！奶奶回过身来劝他："三娃，吃饭穿衣量家当，我看你是脑袋大得快炸了，不知道能吃几碗干饭。我一辈子好强，到头来落了个里外不是人，莫非你也要走奶奶这条路不成？"奶奶话还没说完，大哥、二哥来了，二哥阴着脸一言不发，却掇弄着二嫂打头阵。祁娇娇口若悬河地数落开他的不是，还吵吵嚷嚷地要分家，要她家的那一份。白管家居中调停，求了这个求那个。爱丹站在河那边圪塄上，双手叉在腰里，横眉竖眼，冷笑不止。身后还站着她的父亲杨掌柜，杨掌柜现在也抽上了烟，每抽一口，就吐出长长的烟圈，一边看着白永和，一边看着随风而逝的烟圈。好像说：你白永和再日能，也和我嘴里吐出的青烟一样，免不了烟消云散一场空。柳含嫣见自己的男人气得说不出话来，就朝河那边的父女俩狠狠唾了一口："小心眼，缺心眼！"爷爷看到三娃众叛亲离，竟气厥痰涌，背了过去，码头上一片慌乱。他吓得满头冒汗，浑身哆嗦。睁开眼一看，原来白管家站在面前。

他坐起来，乜斜着眼，定省了好一会儿，才弄明白是在做梦，暗暗道：“真是白日做梦，这个梦正是我心里的事。”

他叫白管家挨着坐了，说：“我想过了，摆在我面前的路有三条：一是守着老祖宗留下的家底吃饭，走到哪里算哪里，吃完老本散摊子；二是走出去，寻找陆路市场，扩大经营；三是靠河吃河，利用黄金水道，开长船，放长线，钓大鱼。白管家，你在商界这么多年，又洞明世事，你看哪一条路可行？”

智多星白管家早就料到，三老爷不登台便罢，一登台便会大刀阔斧干一场。究其原因，不为别的，只因为三老爷学识、阅历和头脑不同凡响，绝非老太爷那辈人可比。可话说回来，三老爷虽有文才肚才，虽也想效仿陶朱公，毕竟初出茅庐，没在黄河里折腾，不知黄河浪多高；没在商海里折冲，不知商海水多深。见解过人，固然可嘉，可是天意如何？世事又如何呢？白管家辅佐老太爷二十年，没有成就什么大事，但风平浪静，得以平安度过。虽说，他每年的劳金不到四十两，但暗中也捞到不少好处。尽管老太爷吝啬小气，疑神疑鬼，总也捉不住他的蹄蹄爪爪。三老爷一当家，二老爷就给他吹风，说：“白管家，你这个家恐怕是管不成了。”

白管家疑惑地问：“二老爷是甚意思？”

白永忍含沙射影地说：“不是说一朝天子一朝臣，青春爱的少年人吗？你是老太爷宠惯了的人，到三老爷手里，老皇历就恐怕不管用了。从古至今，哪个走马上任者，不另来一套呢。”

听了这话，白管家心里犯了疑，莫非二老爷此话有来头？可是，老太爷又把辅佐三老爷的重任交给了他，他深知三老爷的天赋和韧劲在老太爷之上，三老爷的精明又非老太爷能比，他既怕跟不上败兴，又怕跟过头栽了，更怕他的小伎俩给暴露出来。再说，自己常年在外，有妻等于没妻，有家等于没家，到了知天命之年还没有子息。“梁园虽好，不是久恋之地”，所以，白老太爷归隐之后，他也动了离去的念头。经过好些日子思谋，这天终于下了决心：有聚有散，见好就收，主动辞工总比东家开革要强。于是，寻三老爷一路寻到河滩里。

白管家含糊其词地说：“三老爷看怎么好就怎么来，我……我……”

白永和觉出不对劲，朝白管家掠了一眼：“你一向快人快语，今天这是怎么了？”

白管家伸出两根指头，在瓜壳帽下无关痛痒地挠着，因为天热和心情激动，汗水从白管家的脸颊上涔涔而下。“我说了，三老爷可不要见怪。”

白永和道：“有话直说。”

“我来白家时，三老爷还只有十来岁吧？我那时正是三老爷现在这个年龄。一眨眼工夫，三老爷当了家，我也进入天命之年，您看我头发也白了一圈，脚板也磨薄一层，不觉老之将至。再说长期在外漂泊，家不成家，也该回去照料了。”

白永和沉思良久，他弄不清白管家闷葫芦里装的什么药，是心有苦衷，还是真的想家了？还是……

白永和说：“白管家，虽然你和永和关白家族脉已远，但在我眼里，还是很近很亲的族人，是我们白家的有功之臣。你看，我刚当了家，正在用人之际，怎么能舍得让你走？如果你为家计考虑，我做主把你家眷搬来永和关，怎么样？”

白管家一听，头摇得拨浪鼓似的：“使不得，使不得。哪有掌柜带家的？这不坏了规矩吗？再说，我真动了倦鸟归林之意。”

白永和浓密的眼睫毛微微竖了竖，瞪大眼睛盯着白管家不放，吃力地辨认着这位熟悉的陌生人：他是谁？怎么越来越生分？

白管家被看得有些不好意思，低垂着头，眼睛不停地眨巴，那张写满世故的脸上，不喜不恼，不显不露，表情被他控制得恰到好处。但在白永和犀利的目光追踪下，还是流露出不易觉察的复杂神色。白永和想了想，有些失意地说：“既然白管家眷念故园，我白永和也不好强人所难，当个不通情理的东家。你看这样行不行，我要出一趟远门，你暂且料理家务，不要和任何人说起。等我回来后再走，好不好？”

恭敬不如从命，白管家只好答应：“行，我再等一时。不过，我的事您要放心上。”

白永和虽然若有所失，但还是想听听白管家的看法，便试探道：“你现在还是白家的管家，即便要走，也不妨以一个局外人的目光，看看白家下一步棋如何走才好。”

白管家嗫嚅着说：“以我看，第一条路保险，第二条路风险，第三条路冒险。以三老爷的秉性，一不会坐吃老本，二不会浅尝辄止，所以，我想你一定瞄准了第三条路，放长船，做大生意，狠赌一把。其实，想赌也不难，一要有胆识，二要有资本，三要有人才。我想，胆识三老爷并不缺，缺的是钱，缺的是人。我说得对吧？”

“嗯，往下说。”

“恕我直言，我们白家，说起来名气不小，其实骨子里并不厚成。小打小闹时，钱还可以敷衍，一旦要做大生意，就抽筋缩骨展不开手足。所以，三老爷想跑长船，没有充足的资本支撑，万万不行。再说，开钱庄还得几个跑街的，跑长船能不配几个外柜，不找几个老艄，人从哪来？总之，知其不可为而为之，我以为是非得所宜。”

“白管家所说甚是。只不过，我对可为不可为的理解是，事有可为者不能不为，不为，则错失良机；事有不可为者不可妄为，妄为，则有违天意。我们守着一条黄河，人家能跑长船，我们却望而生畏，无所作为，这就有些能为而不为了。我们还没有去做，怎么能知其不可为？人常说，事在人为，一样生意两样做。我这人就是耐不住寂寞，与其平庸一生，不如辉煌一时。”

白管家见三老爷决心已下，就再没说什么。何况他就要离去，成也不荣，败也不耻，关他的甚事呢。

白永和看了看天，擦了把汗，把话题岔开：“咱们别毒日头下拉呱啦。走，回去。”

两人拍拍屁股，抹了把脸上的汗，站起身来。白永和顺手捡起一块石片，用力朝河里平抛出去，随着“嗖”的一声响，石片贴着水面漂了起来，好像蜻蜓点水，又似飞燕踏浪，滑行了老远才销声匿迹。白管家见状，笑着道：“嗬，不晓得三老爷还有这么一手！”

白永和嘴角微微上翘，眉头也张扬开来，脸上露出些许得意。看似随意，实则有意地说：“你看这水漂，虽然风光一时，最终不免一沉。但它的精彩之处就在于可以失去生命，而不可以失去风采。人的生命其实也和水漂一样，是从始点到终点的一场游戏。你可以与世无争，不可以自甘平庸。我现在要做的就是让白家这只老船老而弥坚，浮而不沉，在拼搏中实现人生的价值。”

白管家听了，心里一震：三老爷谋深虑远，成竹在胸，非常人可比。不由得竖起大拇指，在白永和面前晃了晃。白永和把目光朝水天相接的地方投去，像完成了一件大事那样，如释重负地吁了一口气，胳膊用力一甩，步伐猛然加快，白管家紧撵慢撵，还是被甩在后面。

白永和与两位兄长商量，大哥、二哥几乎都是这样说："守住永和关，就有吃和穿，何必没事找事出这个风头？"

请教爷爷，爷爷说："要想过太平日子就守摊子，没有大富，也不会大穷。要想不安宁就瞎折腾去吧，反正这个家是交给你了，你的一举一动，都牵动着白家的老老小小，你可想好了。"

随着自己男人的退隐，白贾氏极不情愿地把主宰了一生的家务交给柳含嫣，失去了话语权的她少了棱角，多了世故。所以，当白永和征询她的意见时，她总是以过来人的口吻告诫三娃，白家是总也吹不饱的混筒，没有那么大的底气，不要妄想它变得滚瓜溜圆。

白永和的一番游说，除了柳含嫣不知天高地厚地全力支持，还没有第二个人站出来响应。孤掌难鸣，白永和不气馁。他想：我白永和不鸣则已，一鸣则要惊人。开弓没有回头箭。既然已经走出第一步，就要沿着认定的路走下去。

白永和要出门了。

他把柳含嫣叫到账房，也即爷爷主宰了一辈子的那孔书房兼密室的窑洞里。从今天起，这里的秘密就要向一个女人揭晓，并为她所掌控。

因为金库的原因，白永和不得不常常来这个被人视为密室的窑里忙活。在白家历史上，从来没有一个女人能走进这个禁地，所以，其中的奥秘只有当家人知道。柳含嫣也一如她的前辈，恪守家规，从不过问，从不涉足。当白永和要她走进金库并掌握那把为白贾氏觊觎一生的钥匙时，她竟一时回不过神来。其实只不过是一孔普普通通的石窑洞，并没有什么特别的地方，只是窑里的气氛让人压抑。窑里的光线本可以明亮，不知为什么，窗户左右两边的风窗紧闭，只留中间的窗户给窑洞透进一线光亮。临窗的地方是一溜土炕，土炕上摆着炕桌，这是男人操劳的地方。用整块石条砌得炕塄被磨得光滑油亮，也不知经过了几代人身躯的摩擦。炕围子也是用整块石板砌成，在上面画了花鸟鱼虫。窗台、锅台和地面一律以石材铺就。一切都笼罩在冷峻坚硬的气氛中。寒窑冷炕，不生烟火，外面是炎炎盛夏，里面却像肃杀的秋天，俨然两个世界。

柳含嫣调侃道："白家真是与石头结了缘，一处比一处坚硬。"

白永和说："这话不假。"

柳含嫣随男人往窑掌走去。那里摆着一溜立柜，白永和依次挪动这些立柜，立柜好似脚下抹了油随之而动。细细看去，原来每只立柜的四脚嵌进一块可以移动的石板，石板下面是安放着机关的石槽，只要移动立柜，石槽里的石轮随着滑动，石板也就滑动起来，一个卡着一个，一个牵着一个，转到最后才现出端倪。

柳含嫣总算明白了，密室之秘，在于立柜下面有洞。白永和点着灯下了洞，柳含嫣小心翼翼地跟着下去。经微弱灯光的照射，现出一个厚重的石门。石门一侧的石墙凿了一个孔，一根铁链把这个孔和石门套在一起，铁链两端，上了一把大铁锁。为防止铁链和铁锁生锈，上面涂了油，经灯火照耀，明光闪闪。白永和打开铁锁，走不了两步，又有一道石门，再打开铁锁，用灯照去，里边突然放射出道道光芒，耀得她的眼睁不开。白永和用手一指，不无自豪地说："这就是白家的全部家当！"

柳含嫣虽然在富人家长大，可是作为富人家的下人，哪里见过成盘成盘的白银、元宝、银元和金条呀！这是白家多少代人的心血，这就是三老爷和她的身家性命，她柳含嫣跟着三老爷定是要做一番大事业了。她摸摸这个，掂掂那个，与其说这是他俩的财富，还不如说是他俩的责任。

白永和神情庄重地说："我走后，这串钥匙就交给你了，你可知道它的分量？"

柳含嫣报之以同样的神情："放心吧，三老爷！钥匙交给我，等于把白家交给了我，我会用心守护它，有我在，就有它在！"

两人走出密室，把立柜放好了。正要出门，白贾氏从外面走了进来，和他俩打了个照面。

"你两口神神秘秘的，这是做甚来？"白贾氏明知故问。

白永和回说："奶奶，惊动您啦？没做甚，我们随便看看。"

白贾氏心想，这个密室虽然近在咫尺，她都不能随便进去。只要白鹤年一出密室，随手关门落锁，把想探个究竟的她拒之门外。这一拒，就是一生。你柳含嫣不过是刚进门的新媳妇，凭甚走进密室？是三娃开明了，还是天要变了，抑或是柳含嫣手伸得太长，三娃管不了啦？要是以前，她早理问开这个少规没矩的孙媳妇，现在不当家了，说话也不硬撑。想了想，就没有开口。却眼红起柳含嫣来，冲着柳含嫣说：“悠着点，慢慢来。不该管的事不要管，不该问的事不要问。”

柳含嫣一听，这分明是嫌她进了密室，心里就有些不快，忍了忍，没动声色，但嘴上却不饶人：“奶奶，虽然我们替大家操着这个心，还不是丫鬟拿钥匙，当家不做主。凡事都要请示您和爷爷哩。”

不用说，这话白贾氏听了不舒服，就连白永和也觉得别扭。他用胳膊肘碰了碰柳含嫣，暗示她不可造次。白贾氏岂是嘴上让人的主，随口还击道：“你是得了便宜要伶俐。明明三娃当了大家，你当了小家，还嫌不够，还说这种话让我听。我倒是管了你们甚啦？”

白永和见话头不对，赶快接过说：“奶奶您误会了，含嫣是说，虽然我们当了家，也不能说甚是甚，也还要听爷爷和您的指教哩。”

柳含嫣紧接着说：“是哩，就是这个意思。孙媳妇没经过世面，不会说话，以后还要向您多讨教呢。”

白贾氏没好气地说：“人越老越糊涂，恐怕是我得向你们讨教呢。”

柳含嫣见奶奶的气还没消了，就过去一手搀扶着奶奶，一手在奶奶胸脯不住地揉，笑着道：“奶奶是反说话哩，我们俩绑在一起，也没有您一根指头粗。你说是吧三老爷？”

白永和赶快附和道：“谁说不是！奶奶指头旮旯里扔了的本事，我们捡起来也是宝。”

白贾氏虽然心中不快，但在白永和、柳含嫣一唱一和的恭维下，还是被哄得顺了气，说：“你们忙去吧，我要去院里晒日头哩，顺便等如玉放学回来。”

二人应了一声，出了墩台院。

架窝子在举人第院门外等着，白管家和财旺等忙着给三老爷安顿行李，一切就绪，鞭炮响过，白永和在柳含嫣的陪伴下刚出家门，迎面遇上心急火燎的白贾氏，后面还跟着跌跌撞撞的白鹤年。白永和把奶奶扶好，说：“奶奶，说好了，不让你们来送行的。怎么又来了？”

只见白贾氏面无血色地嚷嚷道：“奶奶不是来送行，而是劝阻的。”

白永和莫名其妙地说：“奶奶，您这是怎么了？”

“怎么了？你明知故问，你就糊弄我吧！”白贾氏说。

不只是白永和，连柳含嫣和在场的人都愣在那里。白永和正要开口，白鹤年早插进话来：“你说说，禹门口是怎么回事？回家来只字不提，以为我们老朽了，无用了，好团哄了？”

白永和一听禹门口，心里反倒释然了。只不过是有惊无险的一个插曲嘛，有什么大惊小怪的！正要解释，性急的柳含嫣也开了口：“三老爷，快说说，禹门口遇到了什么？”

白永和只好把禹门口遇险的经过，轻描淡写地说了一遍。他曾再三强调，谁也不许把这件事透露出去，难道这是白三奴那张臭嘴惹的祸？他心里这么想着。柳含嫣后怕起来，身子不由自主地紧挨着他，好像随时都有可能失去这个男人似的。眼睛呆呆地瞪了片刻：这么大的事，他竟把婆姨也瞒哄了。

“岂止是你说的从船上跌到河里，从河里爬上船那么轻巧？你说说，冲了多少浪，呛了多少水？眼看快不中用了，多亏当地老艄相救，要不，要不……”白贾氏说不下去了。

“要吃蜜还能怕蜂螫，要跑长船还能不呛口水……”

白永和正说着，冷不防被白鹤年用枣木拐棍在后腰窝捅了一下：“还嘴犟？长船我们不跑了，你也不用在黄河里打主意了！”

“靠山吃山，靠水吃水，不在黄河里打主意，我们怎么生活？”

“爷爷说的是不跑长船了，并没说不跑渡船，不做过载生意。”白贾氏边说边拽着白永和的手说，“走，我们回去。”又吩咐白管家道，“把架窝子卸了！”

白永和一见爷爷、奶奶动了怒，就求告说：“出门山高水险，坐在后炕里就能保险？我以后小心就是了。”

白贾氏和白鹤年根本听不进去，硬是不让白永和出门。连一心支持男人出去闯荡的柳含嫣也犹豫起来，她不知该附和爷爷奶奶呢，还是力助白永和成行呢？所以只是紧贴着自家的男人，既怕男人出去闯祸，又怕男人在家受憋。

赶来送行的人都成了看热闹的人，谁也插不上嘴。白管家怕事情闹大了，有失体面，劝白老太爷两口和白永和两口回窑里去说。一回窑里，白永和便急不可耐地说：“原来让我跑长船是爷爷奶奶的主意，现在不让我跑也是爷爷奶奶的主意，我不知道二老究竟是甚意思？”

“原来是怕你翅膀软，不凭信你，试伙你哩。如今你成了当家人，我们再不用冒那个险了。”白贾氏说。

“三娃你说得不错，我们人老了，心小了，对你放心不下。”白鹤年说。

“要让我当这个家，就要按我思谋的去做。不把白家做大，我这心里就不得好活。”白永和埋着头，低着声说。像是对自己说，又像是对爷爷奶奶说。

白贾氏见说服不了三娃，就求救似的看着柳含嫣说：“含嫣，你说话呀！你就忍心让你男人去冒这个险？”

柳含嫣打心底明白，爷爷奶奶是为了三老爷好，三老爷是为了白家好，就本意来说，说不上谁对谁错。要从白家的利益考虑，无疑三老爷站得高，看得远。她虽有想法，却难以出口。不让去吧，她是站在三老爷一边的，不能出尔反尔，言而无信；让去吧，确实风险在身，不只是爷爷奶奶放心不下，就连她一样提心吊胆。再说了，偏袒了三老爷，两位老人也得罪不起。这怎么是好？

白永和知道柳含嫣的心思，为了不让柳含嫣为难，他快人快语地说：“爷爷，我本不想主这个家事，是您硬要我出面来主，现在主了事，却不能由我行动。要是这样，这个家我不当了！”说着，就从手上往下褪金戒指。

白永和故伎重演，倒难住了白鹤年。想不到他的三娃固执己见，不听人劝，动不动拿金戒指威吓他。要是从前，他早废了这个不听话的东西。现在人老气衰，说话不灵，再说，三娃也是为了白家好，他不识劝，你能拿他怎么样？便用枣木拐棍在石头地上使劲蹾了两下，生气地说：“动不动就要你的威风，我是看够了！”说毕，踉踉跄跄走了。

白贾氏一看，只好下台：“三娃，你不要好话赖话听不进去，我们全都是为你哩，你当是我们愿意和你置气？好了，你是当家人，你自己做主吧！”说毕，也紧跟白老太爷走了。

白永和撵出门去送，白贾氏头也不回地摆了摆手，让他止步。

白永和也没再说什么，摇了摇头，苦笑了一声，对送行的人说：“我走了。”就从柳含嫣手里接过褡裢，上了架窝子，朝欢喜岭走去。上到半山，从架窝子里下来回望，只见柳含嫣依依不舍地站在老槐树下瞭望。眼前忽然叠印出昔日相同的场景：每一次出行，爱丹不也是依依不舍地送行吗？可惜，她等来的不是相会，而是分手。如今送行的娇妻已经易人，他在重温久违了的温馨的同时，免不了回味那远逝的旧情，幸福里掺了些许辛酸。

柳含嫣是以主人的身份来送行的，因此在依依惜别的同时，想到的是责任和担当。她不能拉男人的后腿，她要为男人分忧解愁，辅佐男人当好这个家，这才是对心爱的男人的最好回报。

虽说柳含嫣重任在肩，但她毕竟是女人，毕竟有她脆弱的一面。白永和走的日子一长，柳含嫣的心就如被人掏了一样空空洞洞——没有了台柱子，没有了主心骨，没有了说话的人。她这才感到，太阳走了，月亮会黯淡无光；男人走了，女人也会相形失色。

可是，在永和关人的心目中，柳含嫣是一颗熠熠生辉的宝珠。她出众的模样，时尚的装扮，落落大方的举止，引逗得黄河两岸船夫纤夫脚夫农夫，见了面不敢看，不见了又要想。白敬斋在后炕旮旯念念有词："北方有佳人，绝世而独立。一顾倾人城，再顾倾人国……可让喝黄河水长大的人开了眼。"

女人们半是嫉妒，半是羡慕。嫉妒的是，这个显能卖巧的骚货，白粉脸，旗袍装，挺胸脯，撅屁股，恨不得把男人们的魂都勾了去。不过话说回来，山里的婆姨十个里头有九个土头土脑，能怨人家洋气？

女人里最挑剔的是白贾氏。什么柳含嫣脸太俊了，人太苗条了，胸太高了，腿太细了，脚太大了，娇气太盛了。杨柳腰，大脚板，上女下男像个甚样！若是从前，她准定会当着柳含嫣的面挑刺，如同摆治祁娇娇一样摆治柳含嫣。现在成了三娃的天下，况且有了爱丹的教训，她再不能见谁都不顺眼，明挑圪刺暗使刀。如果再把柳含嫣逼走，她不就成了永和关最不通情理的女人？所以，她对柳含嫣是忍让多于训斥。

比起守旧的女人，男人们则显得要宽容一些。他们一看一个惊，再看一个傻，人家柳含嫣走到哪里，饥渴的眼球就盯到哪里。他们本来没见过大天，还私下里嫌三太太长得不够意思，袭得人的眼睛睁不开，羞得永和关的家花野花都不开，羡得黄河的水流不动，惊得天上的云散不去。这算甚事哩！

大老爷白永平见了柳含嫣就远远躲开，唯恐香风横扫了他的暮气。二老爷白永忍每见每痴呆，每见每想起他和爱丹的那些事，免不了由此及彼地胡思乱想。有次因为多看了一眼，被祁娇娇撞着，回去好一顿教训。说他见了女人就走不动了，可别好了伤疤忘了疼！连老太爷见了含嫣也碍眼，有时不得不把头扭到一边去，心里止不住地嘟囔"伤风败俗"。还有那个白三奴，一见柳含嫣，就有些情乱意迷，产生许多联想，对女人的渴望更加强烈。他想美女貂蝉，想朦朦胧胧的皇后娘娘，想三老爷的前妻爱丹。他吃不上猪肉还嫌猪黑。

哼，你别臭美，我可是见过大天的人，三少奶奶，不，爱丹的大腿比你白多了。那双三寸金莲比你大脚板妙多了。更多的人对含嫣则是像看拉洋片似的摇头晃脑，叹赏不绝。总之，新潮的穿戴成了热议的焦点，明丽的姿容成了异想天开的源泉。

柳含嫣要主事了。为了尽快融入大流，不得不在衣着打扮上有所收敛，她换下了那身招眼的旗袍，穿了粉红色碎花的绸袄，下边是浅蓝色百褶裙，衬托得明快大方。脚上穿了一双平底平绒花鞋。不过，外边流行的帽盖盖头，也即前边留了刘海的那种学生发型，非但没有改变，还特意用绸带把头发裹了一匝，显得俏皮神气。一切装扮好了，照了照镜子，觉得一阵好笑。其他都好说，最为女人们看不顺眼的那饱满的胸部和撅起的屁股没法掩饰，恐怕难以平息众议。转念又想，难道为了迎合众人的口味，就抹杀一个女人的天生丽质？又一想，嗨，只管做你的事，休管他人论短长。

她和白管家一起来到渡口。两岸船只正来回穿梭着，上船下船，装货卸货，一切都有条不紊。她认识了杨家的老艄百家锁，让他给杨掌柜捎个口信，说三老爷问他好。等白家的船靠了岸，柳含嫣和白三奴攀谈起来，白三奴兴奋地回答了三太太一个个问话，还说了让三太太最可欣慰的话："您就把心放得平平的吧，只要三老爷看得起我，我白三奴就是刀山也要上，火海也敢下！"

柳含嫣兴奋极了，张开红唇，吐出甜甜的话语："白老艄，一旦长船开了，还要靠你出力哩！"

白三奴拍拍胸脯说："三太太，只要您和三老爷放话，我三奴这五大三粗的身子，就是变得五小三细了也没怨言。漫不说跑禹门口，就是跑包头我也敢去。"

回了关村，白管家又陪三太太看了白家的三个骡马大店，两个过载客栈，两个杂货铺，一个饭馆，一个蹄蹄铺，一个小磨香油铺，让太太对买卖字号的经营状况有所了解，顺便拜访了民国政府设在这里的厘金局、稽查队、缉私卡等。

回返的路上，柳含嫣试探地问白管家："白管家，咱白家的饭食能不能安排得好些，总不能天天米汤就酸菜，顿顿杂面抿尖尖吧？"

白管家说："我到白家二十年了，就是这个样，听说这是老祖宗传下来的规矩。"

“放着一窑麦子不吃，却顿顿吃粗的，喝稀的，口里受了穷，麦子发了霉，这是何苦呢?”

“有两句老话您知道不?”

“什么话?”

“我们白家几乎人人皆知，那就是‘人家吃细咱吃粗，人家一石咱五斗’，这就是白家的规矩。不是吃不起，而是不敢吃，怕贪吃贪喝，祸害了子孙后代。”

柳含嫣若有所思地说：“原来是这样。那赚了钱为的是什么，发了家为的是什么，还不是让大家吃得好一些，穿得好一点，过得好一点?”

“理是这个理，可一家一个规矩，老太爷、老太太都这样苦熬过来，别人又有甚好说的?”

柳含嫣来白家一个多月，大米没得吃且不要说，就连白面也很少能吃上，肉也不多见，见天早饭米汤窝窝就酸菜，晚饭窝窝米汤就咸菜，要不就是一人一碗山药蛋调南瓜。午饭不是杂面抿尖，便是杂面旗子，地里少种青菜，存在窖里的山药蛋和萝卜出了芽还在吃，这叫在鱼米之乡长大的柳含嫣厌食反胃，越吃越少，本来就苗条的身子又瘦了一圈，显得越发苗条。白永和戏说：“哈，我家出了个赵飞燕。”

柳含嫣受屈地说：“我都成了这样，你不心疼就罢了，还取笑人家。”

每当这时，白永和不是好言安慰，就是背地里买些糕点零食调剂。柳含嫣饮食欠佳，奶水不够吃，孩子饿得哇哇哭，只能天天打发小保姆去饭馆买吃的给补贴。这还不说，爷爷奶奶临近暮年，更需要保养身子骨，可仍旧和众人一起俭省。省了银钱亏了身子，值吗? 不过，白家的规矩比石板还硬，要打破这个规矩，需要时间和耐心。

柳含嫣琢磨了很久，终于下了变革的决心，但这个变革应先从爷爷、奶奶那里开始，只要他们接受了，认可了，别的就好说。她吩咐白管家：“从明天起，爷爷、奶奶就不要再吃粗粮了，早饭各加一个鸡蛋，午饭动点荤，晚饭呢，可以炒点青菜什么的。其他人也适当调剂一下，等三老爷回来，再商量着定一个食谱。”

白管家说：“那小少爷呢，年纪小，正在发育，也应该偏吃一点吧?”

柳含嫣说：“我的孩子不动公伙里的，用我自己的积蓄解决。啊，还有如玉，也不动公伙，和如意一样。”

白管家见她公是公，私是私，老是老，少是少，分得一清二楚，不免心生敬意。别看三太太年纪轻轻，做出事来有条有理，处处都能顾及，人生得出挑不说，能耐也非常人可比。

第二天，一场“餐桌革命”悄然降临在九十眼窑院。

白鹤年和白贾氏老眼昏花，面对端来的馍馍、鸡蛋和炒菜，还以为是看走了眼，几乎把眼贴在饭菜上看了又看，闻了又闻，才知道这是真的。这是怎么回事？难道白家的老规程不要了，难道太阳从西边出来了？

柳含嫣轻捷的身子闪了进来，脸上挂着灿烂的笑容，说：“爷爷，奶奶，这是孙媳妇孝敬你们的，孙媳妇不忍心二老吃粗的，喝淡的，以后想吃什么就说话，孙媳妇给二老做去。你们受了一辈子苦，该享享清福了。”

白鹤年怔了怔，问：“这，这，全家都这个样了？光景不过了？”

柳含嫣说：“给爷爷奶奶偏待点，算不了什么，你们劳苦功高，还不应该？大家伙也略微调剂调剂。只要钱挣多了，永和和我都想让大家好吃好喝哩。”

白贾氏说：“你这样偏待爷爷奶奶，就不怕众人说长道短？”

“怕什么，孝敬老人，理所应当！”

这样的“革命”，白贾氏早年也有过，只是因当家人的压制，还没有试行，便扼杀在摇篮里，这也成了官宦之后的白贾氏的一块心病。要不是家败了，她哪里会来白家受这份罪！好在，临近暮年，终于看到了希望。所以，她对柳含嫣的“餐桌革命”举双手赞成，但表面上却波澜不惊。她看了一眼白鹤年，白鹤年拿捏不定，不知该吃还是不该吃。白鹤年想什么呢？吃了，白家的家规就坏在他身上，由俭入奢易，大家学着他的样，还不把这个家当吃空了。不吃吧，一来是孙媳妇的一片好意，不好拨人家的回头；二来是这一生在吃喝上亏待白贾氏也太多了，都这把年纪，还能吃几天？再说，人心都是肉长的，谁不知道珍馐味美，琼浆醇香？只是为了这个家，他不敢奢望。如今，世道变了，他也淡出事务，若再施展威风，显然不合时宜。不如闭住眼睛吃自己的，落得皆大欢喜。便对白贾氏微微点了点头。白贾氏得到首肯，这头放心了，如玉那头怎么办？便讷讷地问：“那如玉——”

一提如玉，柳含嫣快人快语地说：“啊，如玉和如意两个孩子年纪小，也需要贴补，从我个人的积蓄里开销，不能让孩子受了委屈。回头，我让彩霞送来鸡蛋、挂面，奶奶有空时，给如玉做着吃吧。”

柳含嫣说的彩霞，就是她从北京带来的小保姆，今年才十四岁，别看她人小，心眼可不少。往往柳含嫣还没想到她就想到了，柳含嫣总爱在彩霞小脑瓜上指指点点，说她“十四岁的人操的四十岁的心”。彩霞是河南人，家里遭了水灾，父母带她流落到北京，结果父亲死于霍乱，母亲死于痢疾，丢下她一个人在街头流浪，柳含嫣看着可怜，就收养了。幸亏身边有彩霞，要不，她坐月子不会少遭罪。其实，柳含嫣不只是给如玉和如意开了小灶，她没有忘记这个和她同甘共苦的小女孩。现在，白永和认了一个如玉，她也要认一个彩霞，视两个养女为己出。她要彩霞改口叫他俩爸妈，也要在吃喝上偏待一些，不是亲生，胜似亲生，给孩子一个家。

白鹤年和白贾氏再有什么想法，总不能啃着馍馍嫌馍馍白，吃着鸡蛋嫌鸡蛋香吧？那样就太不识敬了。

过了两天，柳含嫣把她带来的留声机拿到爷爷家，放了唱片，留声机里就唱起了戏。白鹤年在外边见过，不怎么稀罕。白贾氏只是听人说过，就觉得好玩。一会儿俯下身子瞅瞅，一会儿把耳朵靠近留声机听听，满脸惊奇地问：“这人在哪里钻着，这声音是从哪里出来的？”

白鹤年打趣地说：“人家把人都压成指头大小的人人，放到里边让唱哩！”

“这么说戏台也在里头？”

“是呀，它就是个小戏园，锣鼓胡琴弦，生旦净末丑都在里头。要不，哪来的戏听！”

“只有孙猴子才能说变就变，如今的人真日能，也能变成小人人钻到里面。我倒想看看里边的人长得是甚模样。”她对柳含嫣说，“这些人在里面吃甚喝甚，憋闷不憋闷？”

老两口对话时，柳含嫣只是笑，不说话。听奶奶竟当了真，就止不住笑出声来，这才揭秘了留声机的原理。当然，这个原理不仅白贾氏一时感到奇妙费解，就连略有阅历的白鹤年也解不开，不管怎样，至少明白里边只是装了人的声音而不是人。白贾氏说上了老掌柜的当，就在白鹤年身上擂了两拳，白鹤年咧开大嘴笑得前俯后仰。彩霞、如玉也跟着笑了起来。彩霞说：“祖奶奶，北京人管它叫留声机哩。”

白鹤年说：“也叫洋戏匣子！”

听说柳含嫣弄来个洋戏匣子，不多时，白鹤年窑里就挤满了人。尽管听不懂里边唱的甚，但一个匣子，一个黑油油的转盘，一个龙头样的铁家伙，一根小小的针往上一放，就能发声唱戏，真是日能的玄！这是谁弄出来的这么个玩意儿？对永和关的人来说，无异于见了大天。能不够的祁娇娇不能错过这个难得的表现机会，说："看人家三娃窑里的多出奇，人洋气了，用的东西也洋气。人家在北京吃的是大米，可惜咱这里没有，小鬼吃不了大米饭。脸上搽的是雪花膏，人还没见，那个香就飘了出来。连耍的也不一样，是四方匣匣里有人唱戏哩！"众人有附和的，有眼红的，也有和祁娇娇一样惊惊咋咋的。不一会儿，三太太神奇的洋戏匣子就传遍了黄河两岸。

京城来的柳含嫣，就这样把皇历翻过了一页，开始了她融入永和关的新生活。

第三十章

白永和离开永和关，来到汾州永盛恒钱庄。顺便打看一下生意，看能不能提调部分资金，以便坐镇水旱码头碛口跑长船，同时想带上永盛恒三掌柜李茂德一块出去考察商情。

钱庄生意不好，不只提调不出做生意的钱，白掌柜还想让东家往里注钱呢。

白永和问："冀老先生怎么看？"

白掌柜说："冀老先生说，过去晋商票号一统天下，如今外国银行、大清银行与晋商三足鼎立，晋商又不思掉头，钱庄和票号溃退只是时日问题。老先生见永盛恒回天乏力，就辞工不问了。"

白永和对钱庄的生意看淡不是一天两天，所以没有过分责备白掌柜。以他的想法，实在过不下去就息业，省得赔了本钱亏了股东。他之所以这样想，是以他下一步的打算作为基础。可是，拿不到钱，这生意如何去做？想来想去，又想到了王先生。

备了厚礼，离开汾州，不一日来到临县。在去碛口之前，专程拜访王先生，一来是感谢王先生的慷慨相助，二来是想向王先生讨教，借先生人地两熟的优势扶助一把。他和李茂德讲好，就是天塌下来，也不能再提及借钱的事。

怀着忐忑不安的心情来到王家山，听说王先生在家，白永和大喜过望。把缰绳扔给李茂德，就急匆匆走了进去。

王先生盘腿坐在炕上，伏在一个黑油漆炕桌上看书。见白永和突然造访，欣喜中有几分疑虑：白永和该不会又遇到钱荒吧？王先生忙起身让座、上茶。寒暄间，彼此端详。王先生看白永和，眉宇疏朗，神采焕发，脸上似有春风得意之色。白永和看王先生，则不免暗暗吃惊，两年没见，先生剪了辫子，蓄了胡须，按年纪本应该是黑髯飘胸，可因操劳过度，不仅形容憔悴，而且连胡须也花白了。看到这里，白永和心底升起难以名状的苍凉。他想，莫非先生也遇到难过的坎了？询问之下，才得知先生流年不利，两年间妻故女亡，土匪打劫，生意折本，家业衰败了许多。悲愤交集，卧床年余，近来才见好转。白永和暗想，总以为自己命途多舛，想不到先生竟也遭遇如此烦恼。人啊，谁也免不了有个七灾八难，磕磕绊绊。

王先生问白永和近况，白永和把掌家业、娶新妻、谋拓展的事一一说了。王先生说："怪不得白举人光色那么好，原来是双喜临门呀，可喜，可贺!"

"现在都民国了，那些称呼还是免了吧，直呼永和好了。"

"噢，在商言商，就叫白掌柜吧。"

"也好。其实，我有内人应是一喜，掌了家业可算不得喜事。自接了这个家业，日思夜想，不得息心，哪里如以前那样自在。"

"不当家不知柴米贵。不过，只要拿出那年钱庄救火的胆略，还愁打理不好这个家?"

"那年，要不是您慷慨解囊，白家钱庄注定要倒闭。每提起这件事，爷爷、奶奶总是念叨您的好处哪!"

"哎，小事一桩，提它做甚!"

"不瞒您说，我心里真的有了打算，特地前来请教先生。"

王先生颇有兴致地问："有什么打算，说来听听。"

白永和说："俗话说，靠山吃山，靠水吃水。我们白家守着黄河，却不跑长船。我想在千里黄河上做文章，打造自己的船帮，把生意扩张出去，闯出一条属于自己的水路来。可是，有人说我是不可为而为之，先生怎么看?"

王先生凝视着飘然而上的袅袅青烟，看得烟灭了，雾散了，才缓缓说道："原以为白掌柜注定要走为官之路，没想到脱身宦海，洗心革面，倒成了一个地道的商人。看来舍即是得，得即是舍。舍去一分愚痴，就得到一分睿智。"

白永和听了，脸上有些发烧。自己不过是蹒跚学步，哪里敢说"舍"道"得"？便说道："听先生这么一说，倒叫永和无地自容。其实，仕宦与经商同源异流，一茎两歧。在我们家，厚儒与重商一直纷争不息，这您是知道的。我之所以这样，是时改代迁、家事羁绊所致。这个'舍'，是不得已而为之，这个'得'，也是不经意而得之。"

“时势不仅能改变世道，也能造就人。原以为您耽迷业儒之道难以自拔，听您一席谈，不愧是练达之人，能这样想很难得。现在世事无常，变幻莫测，正如我们临县道情唱的‘宣统退位民国兴，袁世凯执掌了北京城。阎锡山住在太原省，天下仍是不太平’。什么是人生大道理，在动乱的情势下谋生存，就是咱们老百姓的大道理。您能在儒言儒，在商言商，说明能顺应情势。古人说适者生，变则通，是很有道理的。您要在黄河水路上闯出一条商路来，胆气可不小啊！不过，跑长船固然好，但风险大得很。依我看，您不如先到碛口住些日子，再到上游的螅镇、包头、银川实地考察一下，心里有了谱，就好下笔做文章了。我以为，要跑长船，不如坐拥碛口。”

白永和听了，觉得先生所言正合他意，就进一步请教道：“为甚要把根子扎在碛口，而不是别的地方呢？”

王先生捻了捻胡须道：“碛口黑龙庙有副楹联这样说道，‘物阜民熙小都会，河声岳色大文章’。就是说，碛口是水旱码头，繁华之地。上至包头，下达禹门，北路南路通达，东路西路兼顾。几个省上千家生意人在这里淘金，就没有您的一桶？您不比他们缺胳膊少腿，您甚至比他们还多了在外闯荡的阅历和满腹的学问。当然您也有您的短处，这就是欠缺商海的历练和足够的资本。不过事在人为，只要以人之长，补己之短，我想，碛口会有你的一席之地。”

“听君一席话，胜读十年书。上次聆听先生教诲，体会肤浅。今日经先生悉心开导，茅塞顿开，我当铭记在心，身体力行。”白永和激动地说。

王先生一向不耐恭维奉迎之语，故苍白的脸上现出微微红晕，忙说：“过奖了，过奖了。其实，人生在世，衣食住行，祸福悲喜，都与这个世界休戚相关。情势逼得你不得不想，不得不做。”

白永和真开心，上次先生把脉论世，这次又纵论商机，高论来自洞明世事，胆略出于学识修养。先生不仅是他的益友，也是他的良师，人生能遇到这样一位知己足矣。

见东家如此开心，李茂德也面带喜色，对先生的高见，频频点头称是。在这种场合，以他的学识和资历，只能洗耳恭听，玩味消化。

半个月后，白永和与李茂德再次造访王先生。

看上去，王先生气色好多了，苍白的双颊隐隐透出了红润，眼神也活泛起来，洪亮的嗓音从他薄薄的嘴唇间冲决而出。吐纳有力说明心肾相交，丹田之气充实起来，白永和为先生的康复暗自高兴。

白永和打躬作揖道：“深山隐高士，敝屣访道来。永和是三顾茅庐来了！”

王先生笑眯眯地问：“隐者庸人，来者高人。怎么样，白掌柜不虚此行吧？”

白永和喜滋滋地答：“我们沿黄河的商埠走了一程，知道了各处货物的进出和行情，确如您说，碛口地理位置优越，商号密布，货船云集，信息灵通，人气财气都旺，是个可以有所作为的地方。”

“白掌柜一定成竹在胸，蓄势待发了？”

“不能说胸有成竹，但小有打算。只是恐怕又要劳动先生。”

“有用得上的地方尽管吩咐。”

“哪敢说吩咐，是有劳大驾——”

“什么大驾不大驾的，是不是又用得着银钱了？”

总听人说，有钱钱找钱，无钱人找钱。白永和是生意人，天天离不了钱过手。可是，现在最怕听“银钱”两字，因为他是在内外交困的情形下做无本的生意，又不能和先生说透，真所谓想卿卿时怕卿卿。他在和王先生说话时余光扫了一眼李茂德，李茂德正在用征求的目光看他，用意不言而喻，可是白永和决计不向王先生开口。“哪里，哪里，上次叨扰还未补谢，怎敢再来开口。况先生也遇到难处，本应助先生一二，眼下手头不便，话先放着，以后定要补报先生大恩大德。”

“啊？要我帮甚？”

“如果先生得便，可否同去碛口一趟，借先生的名气，做我的生意。”

“嗬，我一个江湖郎中，有那么大的面子？”

“先生，您的名声就是最好的招牌，说白了，就是我的靠山。但不知先生可否愿意前往，助为弟一臂之力？”

“我既不出钱，又不出力，且又能乐助其成，这样的好事何乐而不为呢！”说罢，爽朗地笑了起来。

他的笑引发了白永和开心的笑，李茂德会意的笑，笑声透过窗棂飘了出去，把深深庭院感染得回声阵阵。

柳含嫣接到白永和的信，诉说一路见闻和思念之情，对于即将实施的大手笔只字不提，只是说详情回去相告云云。

在柳含嫣看来，生意上的事来日方长，谁能一口吃成个胖子？只要男人在外平平安安比啥也强，只要男人走南闯北，不忘记窑里的她比啥也好。

柳含嫣小心收起白永和的信，此时，天上吼起今年第一声雷，瓢泼大雨应声而至。这场雨来得正在时候，美美下了半天，让旱极了的大地吸足了奶汁，发了蔫的草木抬起了头，消瘦了一个冬春的黄河，也变得汹涌激荡起来。柳含嫣透过窗户望去，天地青春盈盈，生机勃勃，如同她的生活，滋润而充实。她要尽情享受这来之不易的生活，为了收获这种享受，她又不得不在家长里短和鸡毛蒜皮的家事中着意耕耘，耗费心血。

先是因她亲生的如意，和白永和收养的如玉之间的龃龉。如玉小小年纪，却爱以白家主人的身份自居，眼里似乎装不下新来的妈妈和弟弟，对于彩霞，更不当一回事。为了使孩子们尽快熟悉、亲近，柳含嫣不是把如玉叫在自家窑里玩，就是打发彩霞领上如意，去找如玉玩。有吃的先尽如玉，有玩的先让如玉，这样更助长了如玉的傲气，多吃多占，不让弟弟。有时彩霞说她两句，轻者恼，重者哭，引来白贾氏的多嘴。白贾氏呢，人老了，心小了，肚里搁不下针尖大的事。遇到这种事，总是说彩霞不懂事，老护着弟弟，欺着妹妹。说如意太倔，从小就有小主子的霸道，就想理不想理的，总也不给如意、彩霞好脸。两个孩子觉得委屈。柳含嫣心知肚明，暗暗吃气，只能忍着，让着，用心呵护着，用情梳理着。她相信工夫到了，即使是石头蛋蛋，也总有焐热的时候。

接着，一件意想不到的事又让柳含嫣挠心了好些日子。一天，二嫂祁娇娇领着一位姑娘来串门。柳含嫣见姑娘长得喜眉俊眼，心生怜爱，忍不住问："二嫂，这是谁家的闺女，长得这么眼喜？"

祁娇娇嗲声嗲气地说："啊，是我姨表姐家的闺女，叫灵灵。昨天从隰州过来看望我，我说姨姨人老珠黄，没甚好看的。要看，不如过三老爷窑里看看新来的三太太，人家那才叫，看有看头，说有说头。"

"哟，看二嫂说话，含嫣一个粗人，哪里能配得上你呢。"

"不要寒碜我了。你是吃过洋米洋面的人，哪像我们窑里的婆姨不知窑外的事。"

柳含嫣见灵灵冷在那里一言不发，忽然想到只顾和二嫂磨嘴皮子，把人家闺女晾到一边，忙抱歉地说："不说不笑不热闹，叫你笑话了。灵灵，芳龄——"柳含嫣想说芳龄几何，可否婚嫁。又怕文绉绉的，不大中听，一时找不到合适的字眼。再说，一见面就问人家的年龄可不好，要在外面是最忌讳的。

还好，看来灵灵并不计较这些，脸儿绯红地回答："二十了。"

"有人家了?"

灵灵不好意思回答，耷拉着脑袋，两只手不停地揉搓着辫子梢。

祁娇娇快人快语："还没下家哩。"

柳含嫣听不懂："什么?"

祁娇娇说："这是咱这里的土话，就是戏里唱的待字闺中的意思呀!"

"啊，好一个伶牙俐齿，真会说!"

柳含嫣和祁娇娇一来一往，灵灵想笑不敢笑，忙用手捂了嘴。

柳含嫣若有所思地说："俗话说，家有梧桐树，不愁凤凰来。这么好的姑娘，还愁找不到对象!"

"谁说不是，可就是这娃婚姻不动，总没有个合心思的。"

"二嫂就给找个吧，凭你三寸不烂之舌，没准儿找个百里挑一的女婿。"

"我给她说过几个，总是眉高眼低的，不是自己看不上，就是人家不愿意。"

"哎哟喂，这样好的闺女，还有人看不上眼? 真是傻瓜!"

"是呀，真是傻瓜!"祁娇娇给灵灵丢了个眼色，意思是说：看我给你出了口气。灵灵哪能不知，但怕她说过头，弄得大家都不好看，就摇了摇头，示意她不要往下说。祁娇娇看风使舵，朝柳含嫣说："就在你来之前，灵灵瞅眼下一户人家，可人家总不放话，就像我们要投情上门那样下贱!"

"掉底子!"柳含嫣低声嘟哝。

"你说什么? 鞋底子跌了?"祁娇娇问道。

"哦，你看看，一不小心就带出汉口话来。"掉底子，汉口话是没面子的意思。柳含嫣是不经意说出口的，经祁娇娇这么一问，还真不好回答。想了想，婉转地说："不是掉了鞋底儿，是丢了面子。"

"谁说不是，不用说灵灵不好受，连我也脸红。"

祁娇娇还要说什么，却被灵灵拽了一把后衣襟，又剜了她一眼，祁娇娇这才知道，她那张不把门的嘴快要说漏了，不小心就会祸从口出。她咂了咂舌头，咽了口唾沫，好不容易封住嘴巴。这时，柳含嫣家的座钟响了，当——一声，当——两声，一直响了八下，祁娇娇终于有了话题："含嫣，这个匣匣响的做甚?”

柳含嫣想笑，又不便笑出声来，回说:“报时哩!”

“报甚时哩?”

“就是报现在几点了。”

“甚是几点了?”

“它响了八下，就说现在是上午八点。”

“甚是上午，甚是八点?”

“上午就是咱永和关人说的前晌，八点，是西洋计时法——”柳含嫣用手指掐算了一下，说，“八点，就是辰时。”

“啧啧，看人家，甚也是洋的，离了洋不说话。”

“也不尽然。用钟方便得很，不用掐算就知道时辰。”

灵灵又在后衣襟拽了她一把，祁娇娇这才住了口，说了声“走”，就拉上灵灵走了出来。

柳含嫣出门送客，说:“灵灵，有空来家坐，啊!”

灵灵心慌意乱地胡乱答应了一声，风响快地走了。

灵灵边走边埋怨道:“我说不来，你偏要让来。有甚意思?看人家的排场，还是看人家的好活?瞎丢人哩!”

“我就是要让柳含嫣知道，是谁夺走了你的位子!这口气你能咽下去，我还咽不下去呢!”

二人只顾拌嘴，不顾对面过来大嫂冯兰花，这话也就钻进冯兰花的耳朵。问她们去哪来，祁娇娇说去柳含嫣窑里。冯兰花把二人说的话与柳含嫣一联系，心里就明白了七八成。她来到柳含嫣家，先是温言厚语，问长问短，一副嫂子的态性，和祁娇娇相比，给柳含嫣截然不同的感觉。

冯兰花问:“娇娇是看你来，还是给你好看来了?”

柳含嫣莫名其妙地说:“什么意思?”

冯兰花说:“我是说，她带上那个女娃来做甚?”

柳含嫣得意地说:“说是看我来了。”

“哼，看你来了?她是看你的笑话来了。”

说着说着，出气粗了，脸也变了色。

柳含嫣不知就里地问:“大嫂，你怎么这样说话?”

“对她这号人用不着客气!”

“大嫂，心里有气就冲我来吧。我来给你消。”

“我是为你气哩，你当是为我气哩？你知道她为甚要引上那个灵灵来看你？”

“不知道呀!”柳含嫣越来越糊涂，不知其中有什么奥秘。

“给你直说了吧，省得你费心猜。那个灵灵，就是你来永和关前，她给三娃圪瞅的媳妇!”

“啊？”柳含嫣像挨了一板子，蒙在那里。待缓过神来，一种欲知其详的欲望催促她问道：“灵灵可愿意，永和怎么说？”

“其实，那时间三娃正闹着要去北京，说是要看一个朋友，当时谁也闹不明白，现在看来就是要去看你。三娃无意间在奶奶窑里见了灵灵，原来，他俩过去就认识，还说了不少话。后来我才弄清楚，早在爱丹走了之后，娇娇就向奶奶举荐过灵灵，只是三娃不情愿，就拉倒了。这一次，三娃也没有说甚，倒是灵灵蛮愿意。娇娇更不用说，成不了这门亲，急得像猫抓心哩!”

“噢，原来是这么回事。不过，让灵灵见识见识也不是坏事。”

“咱永和关人爱说，猪尿泡打人，虽然不疼，臊气难闻。她是看着你们过得好，害上了红眼病，存心挑事哩。”

柳含嫣心里好不平静，想不到看似老实的白永和却隐藏着这么多秘密。是对她有所保留，还是别有隐情？又想，女大百家挑，男大挑百家，这又算什么事？那二嫂为什么要带灵灵来，她的真实用意是什么，一时理不出个头绪。

柳含嫣生性直爽，不掩不藏，一根肠子通到底，一般事能忍则忍，能让则让。今天这件事，不想则已，一想就来气。要不给二嫂点好看，以后还会骑在自己头上拉屎撒尿。一个上午就这么想着，气着，也不知什么时候，鬼使神差地来到祁娇娇门口。掀起门帘一看，好家伙，祁娇娇一个人正肆无忌惮、四仰八叉地横在炕中间睡午觉，鼾声粗如老牛，嘴角流着涎水。看来，她做了好事，睡得香甜着呢!

柳含嫣抬起手，想把二嫂弄醒问个明白。耳旁猛然想起永和关人常说的那句挺有意味的话：“糊涂男人一阵阵，聪明女人七成成。”我柳含嫣再糊涂，也不至于糊涂到这种地步，你把二嫂叫起来能说啥，又能说清楚啥，说清楚了又能怎么样？我莫非也成了七成成女人？脑子一激灵，人就清醒了。她悄悄退了出来，轻轻踱出院外，长长吐了一口气，双手插进浓密的黑发里，来回抠了几下，自言自语道：“小不忍则乱大谋。我柳含嫣是白家的内当家，她只不过是我的二嫂，何必和她一般见识？我不是爱丹，不会给她们把柄。现在三老爷不在家，最要紧的是沉着冷静，以家业为重。要不是刚才多了个心眼，今天这个祸是注定闯下了。柳含嫣，你呀你，还嫩着点哩！”

第三十一章

杨福来一早起来，就跟着驮骡走了。临行前告诉爱丹，少则三天五天，多则十天半月，叫爱丹与管家刘山好生料理家务，不得荒疏。

对父亲不时出去跑脚一事，过去，爱丹总以为是父亲勤于劳作，后来才从人们的风言风语中得知，父亲哪里是为赶脚，只不过是借赶脚到相好的那里幽会。这个相好的是谁？哪里人？便引起爱丹的好奇心。爱丹经过多方打听，不但晓得那位相好的姓甚名谁，哪里人氏，还意外地得知，她竟是父亲和那个相好的亲生骨肉。她感到莫大的耻辱，又感到莫大的欣慰。说耻辱，是难与人言的苟且；说欣慰，终于得知自己的身世之谜。原来，她是这样风风雨雨地来到世上，又坎坎坷坷地消磨着年华。父亲、那个相好的女人和她联系在一起，就成了积淀在心中的宿疾，一种欲知其详又怕面对的矛盾心理时时在折磨着她。每当夜深人静，她由不得把所知道的父亲的隐秘串到一起，加以猜测和想象，年深日久，竟编织成长长的画卷，不断在她脑海展现出来……

……在百里开外的二十里铺，有个人见人爱的女子，粉蛋蛋脸上洇出红彤彤的色气，就像秋天的红果子。过路的脚夫口渴了，只要看见她站在圪塄畔瞭哨，谁见了都想咬一口。时间一长，姑娘就得了个雅号叫“果子红”。

杨福来自小跟了赶脚的，经常路过二十里铺。久而久之，与果子红相识了。每逢赶脚的过来，果子红总要站在圪塄畔上瞭哨，等到驮队走近了，打头头的三盏盏灯过去了，走尾尾的小后生过去了，没有她的心上人杨福来。那些后生看见她，谁不想给她招招手，献献殷勤。唉，不是我的哥哥，走你们的路吧。又一队驮骡过来了，吆走头头驮骡的那个后生是谁？驮骡渐走渐近，后生渐看渐清，那不是我的哥哥杨福来吗？可是人多眼杂，不便亲近，只能妹妹给哥哥招招手，哥哥给妹妹招招手。就这样，招手招出了两颗相爱的心，招出了一肚子的知心话。不觉间，两人由招招手到谈婚论嫁，一个非妹妹不娶，一个非哥哥不嫁。可是，赶脚的人是穷人里的穷人，哪能娶得起婆姨。等一年，等两年，等来等去，这朵名花总归有了主，但这个主不是杨福来，而是二十里铺一家财主的浪荡子。这个浪荡子真是少见的浪荡，吃喝玩乐样样在行，就是过日子做活儿一窍不通。不管家，不顾妻，挥霍无度，气死了老子，逼死了娘，家业一天天败落下去。

果子红出嫁后，杨福来就再也无心赶脚，为的是不再走这条伤心路。后来，因娶不到媳妇，才不得不倒插门来到延水关杨家。本来，一场风花雪月的故事到此收场，谁知死水微澜，沉寂的心再度泛起，两人又把先前的故事续写了下去。

事情的缘起是，果子红万般无奈下捎了个口信，杨福来思虑再三还是来到二十里铺，一路寻问走进果子红窑里，一个身穿旧裙子旧袄的黄脸婆迎了上来。杨福来没敢冒冒失失走近。他愣了愣，面前的女人，灰头灰脑，皱纹爬满了额头，眼仁仁深深跌进两孔没有光色的眼窝里，这哪里是当年那个人见人爱的果子红？人说，今年的蝴蝶见不了去年的花，用在果子红身上，一点不差。杨福来傻愣着，有恍若隔世的感觉，命运怎么开了这样大的玩笑！

果子红眼里，杨福来发了福，蓄了须，面色红润，穿绸缎，戴戒指，也有点不敢认。想说句热敬话也不敢，想亲近点更不能。

杨福来从褡裢里取出点心、洋糖、水果，放到炕上。果子红说："我哪里有脸吃你的东西。"

杨福来没吭声，脸上掠过一丝惨淡的笑容。做了个请用的手势，果子红拿了一包点心，下了炕往隔壁窑里送去，不多时，听见院里有杂乱的脚步声。杨福来想，她是怕隔墙有耳，借故把娃们打发走了。

果子红回来，对杨福来说："从前你娶不起我，我无奈走了这条瞎路。如今，你头戴礼帽，身穿马褂，还肯低下架子来看我，难道你就不怨恨我？"

杨福来说："不恨。你走你的阳关道，我走我的独木桥，我不是你的哥哥，我走我的路呗！"

果子红听得出来，分明话里有话，她纵然有百张嘴，也难抵这一桩事。她思来想去，活得真没意思。不觉哽咽起来，渐至放开声吼，任泪水放肆地流了下来。她边哭边用袖口去擦，擦的赶不上流的多。杨福来看得寒心，就把自己的手帕递了过去。

果子红一见手帕，就想起从前杨福来赠给她的那块手帕。回身在壁柜里翻了半天，才哆哆嗦嗦亮在杨福来面前："你给了我这么多年，从没有舍得用过一次。你来了，这块手帕还给你吧。我对不起你呀——"

杨福来没有接，一时也不知道说什么才好。

如果说，他所以能来看望果子红，是他对旧情难忘的驱使，那么，眼前这一块手帕，又唤醒了昔日的缠绵。要不是这块洁白的手帕作证，他真的难以相信果子红心里还装着他。本来，他想倾诉这么多年的苦和怨，看到这块手帕，什么苦，什么怨，顷刻间都烟消云散。是的，不能怨妹妹，她有她的苦楚和难处，不禁长叹一声："财主名声穷人命。想不到你活到这个份上，唉！"鼻子一酸，把脸背了过去，咬咬牙，没让苦涩的泪水流出来，说："不说这些不中使用的话了。火烧眉毛顾眼前，你说吧，叫我来做甚？"

"实在不好意思。那个死鬼，又抽又赌，整日不归家。我们娘儿们吃了上顿没下顿，穿得烂皮烂片，连人面前也不敢去，人不人，鬼不鬼的，过的甚败兴日子。人常说，富在深山有远亲，穷在闹市无人问。求靠人吧，时间长了也不是法子。邻居不理了，亲戚不亲了，见了面像见了毛嘴神一样吓得直躲。离开那死鬼出走吧，我往哪儿走？要死吧，丢不下娃。想来想去，只有求靠你了。只要你能帮我一把，渡过难关，这辈子报答不了你的恩情，下辈子就是当牛做马也要补上。"

杨福来是有备而来的。但他万万没想到，果子红能穷到这种地步。念起旧情，接济一时的打算在瞬间就变成了接济一生，只要她需要。杨福来取出一袋银子，说："把这点银两放下先用着，以后我还会接济。"

常言道，跑惯了的腿，吃惯了的嘴。从此，杨福来多了一份牵挂，有事没事借故来看看，接济点银钱。接下来的事可以想见，在重温旧梦的过程中，从前没敢做的事做了，做得死去活来，一不小心，就有了爱的结晶。

就这样，两人藕断丝连地来往着，杨福来暗里资助果子红埋了死去的男人，嫁了三个闺女，这在二十里铺是尽人皆知的事，只是延水关还少有人知。关于这件事，杨福来装作无事人一样，婆姨在世时也从没提起过，爱丹哪里会知道。改样不是不知，而是不知道该如何处置。因为不争气的身体，不能给男人应给的东西，也因为她的没有主见，一面暗暗生气，一面又原谅了男人。她知道，招了福来这个女婿，并不会给自己带来福气，只不过是给这个冷清的家庭添了一个男人，担了一个顶门的名义，多了一个跑腿的而已。久而久之，也就顺其自然。心想，只要他能守住这个窝就行了。

……

爱丹哪里知道，关于这件事，妈妈临终有过交代。弥留之际，把爸爸叫到跟前，非常吃力且又认真地说："我走了，你把她娶过来吧。"说完，就合了眼。

这句话给了杨福来极大震撼。他满以为改样不知道这件事，原来，她不是不知，而是强把泪水往肚里咽，用心良苦啊！不管怎么说，他的行为已经伤害了善良宽容的婆姨，如把果子红接过来，就更对不起死去的她。因此，他把此事深藏心中，绝口不提，怕的是再伤害到女儿。

杨福来哪里知道，为他们的事，爱丹恨过，怨过，也抬不起头过，最终良心发现，想了过来。既为养她的妈妈悲哀，又为生她的妈妈怜惜，更为含辛茹苦把她养大成人的爸爸难过。为了她，爸爸违心地把她嫁给了白家；为了她，爸爸闹心地接纳了她和她的孩子。难道，她就不能设身处地替爸爸想一想，替那位生她的妈妈想一想？爸爸都五十开外，妈妈自把三个姐姐嫁出去，也是孤身一人，让二老团圆有了可能，与妈妈相认水到渠成。自己的不幸，不能归罪于父母，父母的不幸，却应该由自己来分担。二位老人开不了这个口，自己何不主动把窗户打开，把话挑明。她想好了，她不仅要亲自去认生身母亲，还要认一母同胞的三个姐姐，让二老由遮遮掩掩的地下生活，体体面面地走到地上，把两个破碎的家庭重新组合到一起，还这个家的本来面目。做到这些，需要勇气、智慧和担当，爱丹成竹在胸，静等时机到来。

有王先生的穿针引线，白永和在碛口古镇结识了不少商界名流。人在水旱码头，眼见商机处处，白永和动了心，萌生了开办字号的强烈愿望。

手头没有钱，又不便再向王先生开口，回家取钱吧，反对他的呼声还没有平息，咋好鲁莽行动？就这样空手回去，这不是他白永和的作为。何况，他在包头谈成一笔廉价甘草生意，并讲好半月为限。眼看半月快到，钱还没有着落，到口的肥肉就要泡汤。怎么办？向钱庄借贷，钱庄因有王先生的面子，虽不好拨他的回头，但也提出了苛刻条件，只有用货做抵押才给贷款，就是说，不见兔子不撒鹰。李茂德见东家茶不思，饭不想，整天坐在码头上望河兴叹。心想，东家又在做一件知其不可为而为之的事。既是东家器重他，他就应为东家着想，更何况有知遇之恩。他想来想去，想到一着险棋。

李茂德来到河边，见东家紧锁眉头对河凝望，就问："东家，想下法子了没有？"

"一文钱难倒英雄汉，咱两手空空，这生意怕是做不成了。"白永和长叹一声，双眼迷惘，陷入山穷水尽的境地。

李茂德说："别看两手空空，事在人为呀。"

"啊？你有主意了？"白永和眼睛一亮，点了点头，示意李茂德说下去。

"你看这么着行不行，东家在碛口盯住钱庄不要让他改口，同时找下买家。我呢，到包头那家货栈凭我的拙嘴笨舌头，说服他们把货运来碛口，言明货到付款。这药材最怕长期积压，日久变质，他哪有不同意的道理。一旦货到碛口，就如钱进了我们口袋里，钱庄见了货，有了抵押，自然会按既定承诺付款，一旦货出手，就可以赚它一把。"

白永和听了，略微思忖，立马站了起来，在李茂德厚实的肩膀上重重拍了一下，眉飞色舞地说："虽是一着险棋，只要咱运作有方，看似有惊，其实无险。行，咱就玩它一把！"

二人相随回了客栈，李茂德打点了行李，白永和在庆香楼为李茂德饯行，千叮咛，万嘱咐，商机如军机，贵在神速，重在谨慎。李茂德一一记下，说声东家保重，翻身上马，只听一声"驾"，鞭子连连炸响，人马很快消失在崇山峻岭之中。

十天后，李茂德快马返回。半月后，两艘载着六万斤甘草的长船停靠在碛口码头。

钱庄掌柜不失信誉，见货付款，言明一月为限。白永和随即给长船付了款。

人常说，从来好事多磨难。正当白永和额手称庆就要到手的劳绩时，预约好的买家，却因南方甘草行情不好突然变卦，这一始料未及的变故，令白永和气急败坏，茫然无措。白永和欲与买家讨个公道，但因急于求成，疏于考虑，事先并没有写下合约，也没有预收定金，空手反被空手误。白永和人仿佛傻了，呆了，原先赚他一把的冲天心劲被抽了个精光，成了可怜兮兮的受害者。我怎么能这样草率？怎么能这样糊涂？他唉声叹气，连连跺脚，恨不得纵身跳下黄河，一死了之。李茂德见东家这个样子，强打起精神，跟前跟后，好言相劝："东家，想开点。胜败乃兵家常事，今日输了，明日就会赢。"

白永和怔怔地说："今天的这个坎恐怕都难以过去，还敢想明天的事吗？我们是赚得起赔不起的小本生意人呀！出师不利，兵败碛口，丢人败兴不说，怎么去向合族人交代？怎么面对王先生？怎么归还巨额贷款？"白永和仰天长叹："想不到我白永和会落到如此下场。"

主仆二人坐在码头，面对堆积如山的货物，一筹莫展。一个唉声叹气，一个眉头紧皱，好长时间没有说话。李茂德深感内疚，主意是他出的，乱子是他闹下的。他向东家赔罪道："我活该死，要不是我出此下策，哪会让东家跟上磨难。"

白永和说："你不必过于自责。家有千口，主事一人。怨只怨我做事草率，出了纰漏。"

"东家，我晓得出了这样大的事，您无故负债，百口难辩。不过，比起钱庄挤兑风潮，这只不过是小菜一碟。至少我们还有甘草在，有甘草在，就有本钱在。即使降价处理，即使是蚀了本钱，以我的估计，顶多赔上两三成也就是了。您能让永盛恒钱庄起死回生，还不能走过这道坎？"

李茂德的一番话，虽然不是摆脱困境的良方，但至少让白永和从他的伙计身上看到了信心。只要信心不倒，就会看到希望。一个历经磨难的东家，反倒不如伙计沉着冷静。他扪心自问："你是谁？你是白家的掌门人，合族的兴衰成败集于一身，你只有胆量，却缺少细心，你敢于冒险，却乏于谋略。看来，你肩膀还不把硬，要挑起这副重担，还得好好历练才行。"

平静下来的白永和，用商量的口气问道："茂德，你说说，眼下该怎么办？"

李茂德说："六万斤甘草，就是几千两白银，我们不能眼睁睁看着堆在码头，一旦淋雨，那损失更惨了。我想，尽快雇人搬运上岸，寄存在货栈里，等待行情好转再出手。"

货物积压，本身就有损耗，货存客栈，又得一笔开销，旧欠还没有着落，又背上新债，真是雪上加霜。白永和一想到钱就头疼。不过，眼下也只能这样，走一步，说一步吧。当天，这批货就存进货栈。说好出货付款，如有意外，愿意以货抵款。

命运总是和白永和作对，他再一次遭遇度日如年的厄运。主仆二人，天天四处打听销路，总没有人搭手。一天过去了，两天过去了，眼看一月期限越来越近，甘草还出不了手，主仆二人急得能疯了。李茂德说："要是王先生在多好。"

白永和何尝不想王先生，但即使在，他也开不了这个口，何况先生出诊外县，远水解不了近渴。就这样又过了几天，白永和见甘草出手无望，暗暗下了破釜沉舟、背水一战的决心。正在这时，王先生从永宁州看病回到碛口，听说白永和生意受挫，赶紧过来探望。二人见到王先生，真如见到救星。不等白永和开口，李茂德便说："救星来了！"

王先生摆了摆手，说："哪来的救星？救星是你们，不是我。"

二人听了，脸上的喜色就隐了下去，白永和疑惑地看着王先生，说："我？"

王先生笑笑说："对，是你。"

未曾开言，白永和长叹一声："先生不是说笑吧？永和内外交困，回天无术，正愁得要命哩！"

"咱们先不要说办法，先说说你有没有过关斩将的心劲？"

"只有心劲，没有办法，也是枉然。"

"生意是人做的，办法是人想的，只有人玩钱，没有钱弄人。虽说这批货贬了值，但是你自个并没有贬值呀！"

"我吗？恐怕早掉了价。这笔生意失利，不要说坐镇碛口，就连跑长船恐怕也不敢想了。现在满碛口人都在笑谈白永和无能呢，可以想见，永和关等待我的是什么。我这一生，动辄受挫，处处碰壁，百无一用是书生，还有什么身价可谈！"

"白掌柜，您有没有想过，当捐官不成时，北京学务局却聘您出任科长；当业儒无望时，却主了家事，书生变成商人，实现了人生的大转折；当为爱丹的分手痛苦万状时，却得到了柳含嫣，获得另一段美满婚姻；您挽救了钱庄，您跑成功长船，您还在谋更大的事。这就是您的价值所在。诚然，谁也不免有败走麦城的时候，但只要心劲不倒，只怕是败走之时，就是重振之始。"

随着王先生的讲述，白永和好像重温了他的人生轨迹，昨天的酸甜苦辣仿佛都涌上心头。他怎么就看不到自己的长处呢？是目光短浅，还是没有自信？经王先生这么一说，他原来还算得上是个人物！是呀，尽管昨天有不堪回首之处，更有值得回味的地方。千万不能让昨天的沮丧阻滞了明天的梦想。王先生说的救星是自己而不是别人的话有道理，一是不要总想借助外人的力量做事，那样的话永远不会自立；二是要看到曾经的成功，曾经的经验，给自己打气壮胆，靠自己的力量走出困境。想到这里，白永和抬起头，眼里闪现出自信的光泽。他说："先生虽然没给我银钱，却给了我力量，力量比银钱更重要，尤其在生死抉择关头。"他停了停，毅然决然地说："先生，我和茂德出去走走，看看能不能想下办法，这批货就烦先生代为照看。"

王先生痛快地说："你们尽管去吧，我虽然帮不了大忙，小忙还是可以的。"少停片刻又问："这样看来，想必白掌柜有了主张？"

"刚有了谱，成与不成，还不好说。"

"我说嘛，什么事能难倒您！"

就这样，白永和与茂德即刻动身，一路长驱，朝汾州而去。返回碛口时，正好是贷款期限的最后一天，匆匆见了王先生，就要去钱庄还款。王先生却说："先不急。"

白永和着急地说："我俩赶死赶活，为的是赶在期限内还贷，失了信誉，不仅丢了先生的面子，也丢了我的信誉。你不急，我急。"说罢，就要动身。

王先生用手拦住，若无其事地说："我说不急就不急嘛，说说话再去，误不了事。"

白永和只好重新归座。

王先生问道："怎么样，这一趟没有白跑吧？"

白永和说："长痛不如短痛，我咬了咬牙，关了不景气的永盛恒钱庄，结清一应手续。我们合计了一下，用钱庄积余的钱还了借贷，还可以开家货栈，您看怎么样？"

王先生听了，连说："好啊，好啊！还是白掌柜，调度有方，看似一盘死棋，却被您走活了。不过，钱庄是白家财源的主要来项，这么大的事，不经公议，怎么向家人交代，怎么向白家纳股人交账？"

"事情紧急，来不及商议，只能拆东墙补西墙了。一旦碛口成了气候，还不是照旧给他们分红，他们还有什么不乐意的呢!”说毕，又起身要走。

王先生终于说出实情：“我怕你们不能按时回来，已经设法给你们还了。至于说甘草，保管得完好无损。而且我打发人放出口风，说白掌柜实力雄厚，为人诚信，虽说下家失信，没能成交，不仅无损毫发，而且给他囤积居奇、待价而沽做了一锅好饭。这两天满碛口都在谈论您呢!”

白永和万万没有想到，王先生不是坐视不管，而是明里激励，暗里助力，使他走出泥淖困境，禁不住赞佩道：“别看先生含而不露，原来是做大文章啊!”

“哪里，哪里。要不是您破釜沉舟，哪里会有这个局面？您才是做大文章的行家!”

白永和竖起大拇指道：“知人者智，先生不愧此誉。”

王先生接口说道：“自知者明，白掌柜堪称人中俊杰。”

李茂德说：“能人遇上强人，好人遇到善人，真是珠联璧合呀!”

三人在笑声中送别了昨日，迎来崭新的一天。

白永和一不做二不休，用钱庄的钱，还了王先生为他们筹借的贷款，又以两千大洋盘过来即将倒闭的“全盛栈”骡马大店，并招来永盛恒钱庄原班伙计，打破白家沿袭几百年的只用本家、不用外姓做掌柜的老规程，聘用李茂德为大掌柜。关于全盛栈，王先生特意说了一件事：“别看现在全盛栈息了业，当年，那可是碛口镇有名的过载客栈。据说，当初开业时，大门上贴了两副对联，一副是：‘百年字号天天须反省，千古黄河岁岁有新声’。一副是：‘骡驮秋色迎寒岁，船载春风唤绿时’。只因这两副对联意味深长，吸引不少人来看热闹。后来，店家一如楹联旨意做事，果真生意大发，在碛口四百多家商号中有了一席之地。”

白永和连连点头称是，说：“这话说得中肯，迎寒唤绿不消停，生意兴隆靠反省，盘点生意时也要盘点人生，常反省才能常长进。”他回头看了看李茂德说：“我们要向人家学着点。”

李茂德颔首道：“东家说的是。”

为了回报王先生的相助之恩，白永和要给王先生认两股干股，王先生坚辞不受，说：“地主之谊，力所能及。一认干股，情谊尽失。免了吧，啊？”

白永和不好意思地笑了笑，就不再说什么。不过，心里对先生之品德愈发景仰了。真是："人品清于兰带露，襟怀畅若竹当风！"自己一做商人，卅口便商，须知这个"商"，也不是万能的。看来，自己有些功利了。

白永和恳请王先生给他的客栈赐名，王先生略一思忖，说："就叫'永和客栈'好了，人如其名，店如其名。"

白永和请赐楹联。王先生顺着"永和"二字发散想去，两袋旱烟吸过，忽然叫道："有了。"于是，饱蘸墨，轻抒管，不多时即疏讫。上联曰："温良恭俭让让中取利"；下联曰："仁义礼智信信内求财。"横批："陶朱事业"。白永和看了，大加赞许："先生之字，凝重大气；先生所赐，最合吾意。"这副楹联，一经贴出，不胫而走，在碛口又传为佳话。

开张之日，张灯结彩，鼓乐喧天，商会陈会长携商界名流前来道喜。正在这时，从街上走来几个风尘仆仆的人，还搀扶着一位花白头发、脊背佝偻的老者，直冲永和客栈而来。人们面面相觑，不知这是一伙讨喜钱的，还是来冲喜的。白永和一眼就看见他的大哥白永平，那位老者就是他的族叔白敬斋。他心知肚明，他们不是祝贺道喜的，而是兴师问罪的。白永和急忙迎了上去，故作高兴地说："叔叔、大哥，你们也来了？"

白敬斋没想到会遇到这样隆重的场面，白永平也傻了眼。随行的人见这么多长袍马褂、有头有面的人聚在一起，不仅眼生，而且胆怯，直往后躲。白敬斋咳嗽了两声，随口应承了声，便像等待发落一样，定在那里愣着。白永和随机应变地向众人一一介绍了来者，又向白敬斋等人介绍了在场的名流，唬得白敬斋和白永平张口结舌，手足无措。为了打破尴尬，白永和放开嗓门说："家里得知我要开客栈，特意派族叔和大哥前来祝贺。"

众人把白敬斋等让在显要的位置，陈会长拉着白敬斋的手说："贤侄做事老到，身手不凡，给碛口商界添了光彩。"

话到这个份儿上了，白敬斋不得不做主人状："愚侄初来贵地，还望诸位乡绅贤达，多多提携。"

到了揭匾时，只见陈会长、白永和与王先生一同揭去罩在门额上的红绸，露出"永和客栈"的牌匾，白敬斋和白永平等齐声"啊"了一声。听风言，白永和为了跑长船，不惜把钱庄撤了，不想，他是用钱庄的钱变成客栈，还开在碛口码头。白永和让李茂德把一行人安顿好，就忙着应酬去了。

王先生趁这个空隙，过来和白永平等叙旧，顺便把撤钱庄开客栈的事替白永和说了。这让受白老太爷之托的白永平，受族人之托的白敬斋，把一肚子火气压了下去，绝不提前来问罪之事，而是说受老太爷之命前来看看，看三老爷近来可好，看碛口古镇可好等。席间，觥筹交错，眼花缭乱，白敬斋等备受大家奉承。白永和轻轻松松化解了一场意料中的唇枪舌剑，为他的碛口之行开了一个好头。

屈指一算，离家已经俩月出头。

第三十二章

白永平、白敬斋一行吃了定心丸，把所见所闻概括成“钱庄息业，客栈开业，股权不变，红利照分”，给白老太爷交差复命，给白氏族人一个交代，一场由钱庄息业引发的风波就此了结。

原来，白鹤年听了钱庄白掌柜的一面之词，听了二娃的从旁煽动，一怒之下，竟不顾白贾氏和柳含嫣的劝阻，委派大娃白永平前去“问罪”。白敬斋听说，也带了几个纳股人摇摇晃晃去了。当他们得知，“东墙”是拆了，但已到了非拆不行的关头；“西墙”是补了，一下补出了生气。知道这个“师”原本是不该兴的，这个“罪”更是无法动问。白鹤年得知真相，狠狠训斥了白掌柜和白永忍，他深陷自责而难以自拔。想的是，白家有主，无须他再多过问。

这样的大好消息，柳含嫣是笑在心里，喜上眉梢。但她尽量抑制住内心的激动，不使自己在男人的成功面前失态，在忌妒男人的人们面前张扬，以免引起人家的不快。经过两个月来一地鸡毛的不停磨烦，她也成功地进入角色，和在外闯荡的男人遥相呼应。

对白永和首取利市刺激最大的，当属河对岸的杨家父女。

杨福来眼见白家的生意越做越大，除了发发红眼，就是唉声叹气。因为，白家出了位有勇有谋的白永和，他家失去了一位能文能武的好女婿。爱丹见白永和在碛口站住了脚，不免由此及彼胡乱想了一通。白永和当了主子，带回来一位野女人，断了她的后路。白永和的每一个成功，如同一把把尖刀，剜得她心窝窝滴血。因为白永和越成功，越显得她落魄。一河之隔的爱丹，天天望着九十眼窑院发呆。一会儿说：你知道我杨爱丹孤苦一人，和你的孩子相依为命，过着有口难言、有苦难咽、有泪长流的日子吗？一会儿想：我爱丹敢爱，也敢恨。即使我出不了这口气，我的娃长大也要替我出气。一会儿又想：嗨，和人家置的甚气？他是他，我是我，一别两宽了。渐渐，一种不如离去的念头在心头萦回：走吧，走吧，省得看白家的白眼，发自家的红眼。

一天，白三奴告诉爱丹："三太太让我带几个船工去碛口哩。"

白三奴说这话的时候，两只眼睛直勾勾地看着爱丹，讨她的回话，看她的态度。

爱丹一如往常，冷冷地看了眼白三奴，没有吭声，只是摆了摆手，意思再明显不过：走你的路吧。

白三奴讨了个没趣，二话没说，扭头就走。

爱丹转念一想，朝白三奴的背影喊了声："哎——等等!"

白三奴本不想就这样扫兴而去，听得爱丹叫唤，急忙回过头来，不无惊喜地说："您喊我?"

"你告诉柳含嫣，就说我们杨家已经雇下你了。"

"三少奶奶……您……不是说笑吧?"

"我哪有工夫和你说笑！我早不是你的三少奶奶了，怎么老改不过口？你能叫得，我可受用不起。你省下力气叫别人三少奶奶去吧!"

爱丹一肚子火气正没处发，可好让白三奴撞上。白三奴虽说碰了一鼻子灰，但他知道这是指桑骂槐，也没理会，只是抓耳挠腮猜测爱丹雇他的真实意图。

"是，是，不叫就是了。那您说，'雇下我了'是甚意思?"

"真是猪脑子，笨了个笨。从今天起，你就是杨家的老艄，劳金加倍，怎么样?"

白三奴掏了掏又薄又短的耳朵，挠了挠既脏又乱的头发，好像觉得不是三少奶奶说错了话，而是他白三奴听错了话，这是哪里的事呀!

"你是傻了，还是呆了，几十岁的人，连个话也听不懂?"

"啊，啊，听懂了，三少奶奶要高抬我，我哪有不应承的道理。"

"那就说定了，打明儿起，你就上船，跟杨家的伙计们一起做活儿。"

"噢，是啦。"

白三奴到现在还没完全醒过神来。事情来得太突然，心里真没有个数。要我过来是看上我这个人，还是拆白家的台？是给我抛来了绣球，还是铁蛋?

白三奴神气十足地来到渡口，见着杨家的老艄百家锁，给了个不屑一顾的眼神：哼，等着瞧吧，赶明儿我就成了杨家的红人！

百家锁暗暗领受了白三奴的白眼，难以乖乖地静下心来：嗬，这小子，不知看了谁的好脸，神气得头也不在脖子上搁着了！

柳含嫣叫来白三奴，问准备好了没有。白三奴支支吾吾，老不往题上说。

柳含嫣心想：是不是要和我讲条件，要待遇？就说："三奴，劳金的事，去了碛口三老爷自会安排，绝不会亏待你。"

白三奴见事已至此，不说实话是不行了。一个白家人，一个白家的老艄，不效力白家而效力杨家，特别是在白家最需要人的关头，他却临阵脱逃，溜之大吉。昨天在爱丹家并没有想这么多，只是感情用事，脑子糊涂，一时被爱丹迷住。回去后，左思右想不合适，白家的子孙不孝敬白家，反而孝敬杨家，吃里爬外，忘恩负义，叫自己以后还怎么活人？叫自己如何面对三老爷？再说，这一走，给了想找他碴的老夫人有力的口舌：三娃和爱丹的分手，全是你的祸害！这条路走不得，走不得……他扯过被子，把毛茸茸的头紧紧捂住，想断绝这个念头。可是，捂住头却捂不住头里边的那个脑子！迷迷糊糊中，他看见爱丹那张令他垂涎三尺的脸蛋，那双叫他神魂颠倒的玉腿，那对叫他想入非非的粽子般的金莲，还有那背在身上叫他奇思妙想的肉乎乎的双峰。奇妙的境界，销魂的感觉，像春汛的黄河，排山倒海的浪花，一浪高过一浪地袭来，直挠得他进了迷魂阵。这种巨大的冲动，使他不得不重新审视他的决定，不去的理由有十个八个，要去的理由只有一个：为了他心中喜欢的爱丹。站在三太太面前，他再三权衡利弊，最终秤砣还是偏向了爱丹，用他心里的不平衡，给爱丹心里一个平衡。

"三太太，不瞒您说，在这之前，我已经应承下给杨家当老艄。昨天一时犯糊涂，没好意思和您说，实在对不起！"

"什么？您说什么？"柳含嫣有些摸不着头脑。

"我定了去杨家当老艄，一奴不能伺候二主，请三太太另请高明吧。"

柳含嫣听了，随口嘟囔了一句："姥姥！"

"姥姥"是北京人的气话，白三奴不懂"姥姥"和他去杨家有甚关系，就眨了眨眼问："你问姥姥？我没有姥姥。"

柳含嫣紧绷着脸，心里却掠过一丝暗笑，也懒得去解释。她压了压心头的火气，让自己平静下来。她万万没有想到，白三奴会临阵脱逃。不过，拴住人，不一定能拴住心，也只能随他去了。想到这里，倒坦然了许多。便敲明亮响地说："三奴，人各有志，要走，你就走吧，我不强留你。想攀高枝也是人之常情，不过爬得高，跌得重，你懂这个理吗？"

"这个理谁不知道！到杨家只能说走了下坡路，就了低枝，就是跌下来能有多疼？"

既是铁了心，再说也枉然。柳含嫣说："你到白管家那里结账去，按规矩多给你发一个月劳金，我给你多发两个月，也算白家对你辛苦一场的回报。"

听了三太太这话，白三奴心里热乎了一下。原来，他以为只有像他这样的人才率性而为，不知道三太太也是性情中人。要知道三太太能这样处事，他白三奴也许会另做打算。可是，一切都晚了。他匆匆谢过三太太，如释重负地走了。

不多一会儿，白管家进来，试探地问："你让三奴走的？"

"是呀，人家不想在白家干了，咱还能强留？哎，白管家，你知道三奴为什么要去杨家？"

"我也不大清楚。是杨家给他劳金高，还是杨家许下甚愿了？难道……"

"难道什么？"

"啊，我是说三奴到现在也没个家室，难道是杨家应承下给他娶房媳妇不成？"本来，他想说三奴是奔爱丹去的，话到嘴边就变了样。

一句话点醒了柳含嫣，难道是爱丹背后搞鬼？如果是这样的话，是爱丹在拆三老爷的台。不想了，扯淡事，管它呢！

柳含嫣问白管家："三奴经手的渡口账目结清了？"

"该交的都交了，该给他的也都给了。"

"你说，除了三奴谁还能当老艄？"

"白葫芦、白狗蛋还有点嫩，只有白疙瘩一人可以胜任，可是他被老太爷逐出族门，怕是不好使用。"

关于白疙瘩，她略知一二。可是白疙瘩一不偷，二不抢，凭本事吃饭，只不过这碗饭吃得不怎么体面罢了。这样的人，如果用了他，能有什么后果？无非是引来一些闲言碎语。眼下正在用人之际，起用了他，既能解了白家的危，又给了他重归大流的机会，这样的好事，还有啥好说的？再者，现在是三老爷当族长，别人又能怎样？不过，为稳妥起见，她想出一个折中办法，但没有说出口。只是淡淡地说：“好用不好用，要紧的是看能用不能用。”

柳含嫣打发走白管家，随即让财旺找来白疙瘩。

白疙瘩还是六月六那天，有幸被三老爷叫来同吃一锅饭时，见了这位时髦的三太太。老实说，自打被逐出关村，虽然靠打捞河里活人、死人和财物有了一点积蓄，可是却丢了面皮，丢了亲友，孤家寡人地住在关外。今天是怎么了，新来的三太太竟喊他来说话，难道还要处置他？

白疙瘩抬头看了看，天湛蓝湛蓝，上边挂着几朵云彩，云彩上面是红艳艳的日头。他看见了渡口，他稀奇地看着来往的渡船和停泊的长船，心里涌起中流击水的豪情。九十眼窑院近了，他有些恍如隔世，是不是走错了路？迈着沉重的双腿，避开好奇的目光，拐弯抹角，曲径深巷，好不容易才来到三老爷家。

款款敲门，里边传出银铃般的声音：“谁呀？”

白疙瘩如同要见圣人一样，诚惶诚恐地回答：“三太太，是我，白疙瘩。”

随着门声响起，门帘掀起，露出三太太那张精彩的脸和同样精彩的半拉身子：“啊，疙瘩来了，请进！”

进了窑，白疙瘩局促不安，好奇的目光四下里圪瞅，不知该往哪站才对。

柳含嫣招呼白疙瘩坐了，白疙瘩不敢。说：“站惯了，这样说话挺好。”

柳含嫣说：“让你坐，你就坐，客气什么？”

白疙瘩这才战战兢兢入了座，柳含嫣和他叙了些家常，就说到正题。

“叫你来是请你出山，不知肯不肯屈就？”

“看三太太说到哪里去了，你是当家的，我是摆不上盘子的酸枣，说请我出山，还不把我折死！”

六月六那天，白永和给柳含嫣介绍白疙瘩时，她只不过扫了一眼。如今坐在面前的白疙瘩，细身细腰，细声细气，白净面皮，曲卷着头发，书生一般，无论如何和她想象中的粗人恶相对不上号。一个靠黄河捞尸的受苦人，竟会如此清秀。人清秀，名字可是不雅啊！

想到这里，柳含嫣掩口失笑。把白疙瘩的话先撇在一边，问起名字的来历。

白疙瘩说："小时候，父母见我生得惹亲，怕不好抬举，就起了这么个名字，为的求个平安，长大成人。"

"啊，原来是这么回事！看来以貌取人不对，以名取人更不对了。"柳含嫣顿了顿，把握住说话的节奏，力求把前后两层意思分开。"是这么回事，三老爷在碛口开了字号，还打算放长船，听说你是好老艄，眼下正是用人之际，不知你愿不愿意跟三老爷去做营生？"

来之前，白疙瘩想的绝不是三太太要起用他，而是不知哪里又触犯了白家，叫他领现成来的。所以，禁不住大吃一惊，心里就泛起波澜：我白疙瘩终于等到了出头之日？

白疙瘩问："为甚不用白三奴？"

柳含嫣说："人家当了杨家的老艄。"

白疙瘩问："怪了，白三奴为甚要这么做？"

柳含嫣说："我也觉得蹊跷，一时摸不透情由。"

白疙瘩问："我一人去，还要带人去？"

柳含嫣说："带一只长船的人手，今天就把人挑好，明天起程。"

白疙瘩说："我说话谁听？"

柳含嫣说："插起招兵旗，还怕没有吃粮人？"

白疙瘩又问："这么说，我是回了白家，又成了白家的人？"

柳含嫣说："本来就是白家的人嘛，只不过做了点出格的事，改了就好。不过，暂时还只算白家雇你，如果你在碛口干得好，年底回来，让三老爷在族人面前替你说情，以前的事就一笔勾销。"

离群孤雁就要归队，白疙瘩说不来的畅快，他再不是永和关可有可无的人，他开始找到了自尊和自信。这一夜他没睡好。第二天一早，就带上白葫芦、白狗蛋、白来生，还有投情上门的百家锁（白三奴当了杨家的老艄，原来的老艄百家锁不愿在白三奴手下干。心想：延水关你来得，永和关我就去不得？也是凑巧，听说白疙瘩招人，索性辞工来到白家）等上了路。

自白永和走后，如意和彩霞就搬过来和柳含嫣住。正是掌灯时分，如意哭着闹着，满炕打滚。柳含嫣问彩霞："如意这是怎么啦？"

彩霞说："许是瞌睡了，胡翻哩。"

柳含嫣让彩霞哄如意睡觉，如意撒野不从，要妈妈唱儿歌哄他睡。柳含嫣没法，只得半仰着身子，一面喂奶，一面哼着儿歌："噢，噢，睡觉觉，不怕狗儿咬，不怕猫儿叫，甜甜睡一觉。醒来妈妈给你吃糖糕，吃了糖糕跳高高。一跳一尺高，二跳二尺高，三跳三尺高，背上书包包，跳跳上学校。"

唱着唱着，如意吮着奶的嘴松了，握着奶的手也放开了，柳含嫣一看，如意甜甜地睡了。

因为白疙瘩的事，柳含嫣被爷爷责问了两句，心里老大不舒服。想趁黑夜再给爷爷做一番解释，以免老人家说她目无尊长，擅自做主，用了不该用的人。

外面一片漆黑，伸手不见五指。柳含嫣返回来，打上灯笼，刚迈出门槛，迎面撞上白管家，俩人几乎同时叫了一声。柳含嫣用灯照了照，才看清来人。就问："白管家，匆匆忙忙的，有什么急事？"

"有，有急事！"白管家有些心慌意乱。

"回家说吧。"

进了窑，还不等柳含嫣开口，白管家便火急火燎地说："三太太，出了事啦！"

本来女人家胆小，黑天半夜的，白管家一惊一乍，倒叫柳含嫣有些毛骨悚然。正在铺炕的彩霞听了，也有点害怕，紧靠柳含嫣坐了。柳含嫣有了伴，壮了胆，平静地说："出了什么事？"

白管家从袖口掏出一封信，双手递给柳含嫣，柳含嫣看不清，彩霞端过灯来，把捻子挑亮。柳含嫣就着明亮的灯光，一口气读完信，往炕上一摔，气急败坏地说："你们做的好事！"

白管家唉声叹气地说："全怨我，全怨我！二老爷听人说，去天津贩银元贩一赚俩，就生了发财梦。他知道我保管渡口的钱，撺掇上大老爷找我借钱。开口要借两千，说是回来就还。我说三老爷不在家，要禀报三太太。他们说，这么点小事还用禀报，你就大大方方地当了家吧。一辈子没当过一回家，当它一回怕甚？我再三不允，惹得两位老爷火了，说我是狗眼看人低，怎么着也是老爷，还不如个太太？出了事他俩扛着。就这样拿了两千大洋走了，谁知他们贩大洋是假，贩大烟土是实，走到灵石地界让稽查队逮了，没收了大烟土不算，还要问罪，人家警察局写信让收尸呢！"

“以你的估计，他们是真要命哩，还是讹诈钱哩？”

“按说，两位老爷贩量不算很大，要命还不至于。也许他们是以要命为幌子，讹一笔钱。不过，是真是假也不好说。”

“三老爷不在家，我一个妇道人家，没经过世面，你说这事该如何处置？”

一遇事，白管家就挠他的花白短发，滴溜溜地转着他的眼睛。这回任眼睛再转，头发再挠，也想不出办法来。在白家二十来年，还没有经过这样人命关天的事。他见三太太目不转睛地看着他，等他拿主意，只好说：“只能请三老爷回来再议。”

“等三老爷回来，啥事都误了，救人要紧。”

“三太太您说怎么好？”

“找老太爷、老太太去！”

白管家提着灯笼前行，柳含嫣紧紧跟在后面。在漆黑的夜里，灯光影影绰绰。风刮过来，灯笼不住地摇晃，灯笼上“白府”二字也随着摇晃起来。柳含嫣禁不住打了个寒战，这不是夜深之故，是她发自心底的寒意。

老太爷、老太太正和如玉猜谜语，见二人这般时候还来造访，不免惊疑。柳含嫣为了缓和一下气氛，先握住如玉的手说：“猜的什么谜，给妈妈说说好吗？”

如玉虽然和如意不免有小小摩擦，但对新来的妈妈渐渐有了好感，她心不偏，有了东西一样分，有了吃的一样给，还时不时过来给她梳头洗脸，问这问那，因此对这位妈妈比刚来那阵黏糊得多了。

“奶奶说，兄弟七八个，围着柱子坐。大家一分手，衣服就扯破。我说是人，奶奶说不是人，是吃的东西。我猜不着。”

“想知道吗？”柳含嫣挑逗如玉道。

“想呀。奶奶的学问可高了，连爷爷都费劲猜呢，怕是妈妈也猜不着。”

“好，我告诉你，就是咱家吃的大蒜。想想看，几瓣蒜围坐在一起，你要剥蒜，就得剥了那层皮，那层皮就是它的衣服，是不是？”

“啊，原来是它呀！”如玉恍然大悟，大家都轻轻地笑了起来。

“妈妈也给出一个谜？”如玉还不过瘾。

柳含嫣想了想，故作神秘地说：“大姐树上叫，二姐吓一跳，三姐拿砍刀，四姐点灯照。打四个虫子。你慢慢猜去，大人有事，啊？”

如玉闭着眼猜她的谜，柳含嫣这才和爷爷、奶奶说开正事。

白鹤年和白贾氏听了，如晴天霹雳，浑身撕裂，脑子除了嗡嗡响，还是嗡嗡响。

柳含嫣安慰道："甭急，甭急，咱想办法就是。"

"成事不足，败事有余的孽障！他一个胡闹不算，还把大娃也拽上，人命关天呀！"白鹤年声泪俱下，面色灰暗，双手在大腿上拍得啪啪直响。

在白鹤年撕心裂肺时，白贾氏已经把表情适度调正过来，不紧不慢地说："这事只有三娃回来才能定夺，快打发人去给三娃送信！"

柳含嫣说："只怕三老爷回来赶不上趟。依我看，还得麻烦白管家带些钱去打点，三老爷回来随后就去。"

白管家为难地说："这……人命关天的事，我能当得了这个家？"

白鹤年道："你在白家这么多年，谁还信不过你？"

白贾氏也附和说："我看就这么着吧，算是白家最后一次麻烦你了。"

"看老太太说到哪儿去了，我就是辞工回家，只要用得着，说句话，还不是一样跑腿伺候。"白管家勉为其难却又不得不打肿脸充胖子。

次日，白管家朝东走了灵石，财旺朝北去了碛口。

白永平和白永忍外出时，分别告诉他们的婆姨，在家憋闷久了，想去太原逛逛，散散心，顺便给她们置办些衣裳。所以，直到现在，冯兰花和祁娇娇还不知情，外边的一切都让柳含嫣遮掩得滴水不漏，但内心却焦急万分，时不时走出九十眼窑院朝北望望，朝东看看，盼着三老爷快些回来，盼着白管家的好消息。在她看来，万事为小，人命最大，何况陷于囹圄的是三老爷的骨肉同胞。当家人不在，这个家得她来当。她的焦头烂额，她的心急如焚，只有她知道。迟钝的冯兰花和机灵的祁娇娇照旧过着平静的生活，仿佛她们的男人还在太原柳巷逛着，钟楼街玩着，给她们扯下绸缎了，还是买下首饰了？总之，不是甜蜜的想象，便是温馨的企盼。

白永和前脚到家，就传来白管家途中遇劫的消息。白永和询问报信人，言说白掌柜路过隰县杀人沟时被土匪抢劫，不只是钱没了，人也被折腾得不轻。脚夫把他送到石口镇，白管家又惊又吓，竟一病不起，才央求店家派人送信。

灵石那边等着救星，救星却成了伸手求救的落难之人。本来一处救火，救成了两处，真是祸不单行，疲于应付。白永和与柳含嫣愁眉不展，对坐良久，一时也理不出个头绪。爷爷那里催着他快快上路，柳含嫣这里却在留与不留之间犹豫，白永和虽说不免儿女情长，但两个兄长尚在囹圄，哪敢贪恋，只能席不暇暖，匆匆向爷爷、奶奶告别，带上财旺，带上所能带的钱又上了路。

第三十三章

隰县城北五十里有个地方叫杀人沟，两座大山夹着一条缝隙，这里密林丛莽，阴森恐怖，是隰县、永和通向晋中和省城太原的必经之路，自古是歹人出没强取买路钱的地方。尽管杀人见血的事并不多见，但人们依然提起来害怕，走起来心悬，仿佛刀子随时都在脖子上搁着。白永和每次路过，总是四下里察看，丝毫不敢分心，唯恐歹人突然站在面前。因为白管家在此遭劫，就如提着脑袋瓜过关那样紧张，所以，一进杀人沟就和财旺狠抽几鞭，两匹马飞速冲了过去。

前行二三里，路边崖畔散落着几户人家，名叫山神峪，这才让马慢走起来。正是薄暮时分，斜阳衔着西山摇摇欲坠，余晖涂抹的天地一片金黄。山风掀起阵阵林涛，一波一波的金浪涌来，人家犹如汪洋中颠簸的小船。近村，听见女人呼喊孩童的悠长嗓音，听见牛羊归栏时“哞”“咩”的叫声，看见一孔孔被柴扉包围着的土窑。好一幅山村牧归图！要在平时，白永和也许会优哉游哉地欣赏片刻。今天有要事在身，无暇分神，一幅旖旎的山居图竟成了过目即忘的碎片。

没走多远，一群晚归的牧牛挡住去路。好客的牧人说：“天色不早，客官不如就地住下。山村虽小，也有留客的住所。”

白永和知道，此地离石口镇不过十里，不用半个时辰就可到达，那里人烟稠密，比较安全，就作揖辞谢。一阵吆喝，才从牛群中分出条路来，挤挤擦擦地穿了过去。

走了几步，猛想起什么，勒马回头，喊住牧人问道：“老乡，请问你们去哪里放牧来着?”

其中一位牧人回道："杀人沟。"

白永和一听杀人沟，头皮都有点发紧，就问："你们就不怕强盗把牛抢走？"

"哪来的那么多强盗？大股的早让县里给收拾了，就三五个草寇，也不敢明目张胆抢劫，偶尔遇上，只要给点过路钱也就放行。我们是此地人，兔子还不吃窝边草，怕他们做甚？"

白永和从身上掏出几个铜元，给了两位牧人，说："听说前几天杀人沟又抢了人，你们知道不知道？"

一位蓬头垢面的牧人想了想，说："听说过，不知道具体情形。"

一位精瘦的老汉道："啊，有这么个事。是大前天吧，我正要吆牛回家，见几个土匪拦住骑骡子的人要钱，骑骡子的人说，穷过路的不带钱。一个土匪用刀指了指骑骡子的人说，'你就装吧，看你骑得高脚子，长袍马褂，也不像穷鬼。劝你识相点，你是给麦色儿，还是给老铁？'那个骑骡子的人眼睛来回转，他不知道土匪说的甚。有个小土匪火了，一把把他从驮上拉了下来，说：'老大说你是给金子还是给银子？'那人一听，忙赔着笑脸说，'我不过是伺候人的下人，哪来这些东西'。就从身上掏出几个大洋递了过去，连声说：'不成敬意，孝敬各位好汉。'老大待理不理地接了过来，把刀架在他脖子上，吓得他喊爹哭娘，说君子动口不动手。老大说：'再不给就拉了你的票子！'另一个土匪接着说：'吹了他的灯！'看样子，这个人八成是听懂土匪的黑话了，吓得双腿筛糠打战，脸上没了血色，裤子都尿湿一大片。脚夫知道自己没事，但怕土匪急了，把他的骡子顺便拉走，便不停地给这个人使眼色。这个人没法，又从身上掏出几十个大洋，这才过了关。还算幸运，只是被敲诈了几个子儿。要是遇到前几年那帮土匪，恐怕连一个子儿也剩不下。"

白永和说："这个人长得什么模样？"

"只看见是个瘦高个，眉眼看不清楚？"

白永和心里有了数，说："老乡，劳驾你了。"

白永和和财旺快马加鞭，不多时就来到石口镇，找到白管家住的旅舍。白管家听店家说有人找，就斜卧在炕上，头上捂着一块手巾，呻吟不止。一见东家到来，好像见到救星，双目炯炯，身子往直坐了，惭愧地说："我对不住您呀，三老爷！"

白永和按住白管家，让他还斜躺着，说："不说这些了，只要你人在，比甚也强。”

于是，白管家诉说了被劫经过，时间地点过程与牧人说得大致相仿。说到钱数，却和牧人说的大有出入，钱给抢光了，才保住一条命。

白永和安慰了白管家，就和财旺去另一间客房住下。店掌柜见东家来了，不敢怠慢，亲自送茶倒水。白永和叫他坐了，闲聊了一会儿，就单刀直入地问：“掌柜的，白管家是单独来的，还是脚夫送来的？”

店掌柜被问得摸不着头脑：“是脚夫送来的。”

“脚夫你认识不认识？”

“他是南路人，叫刘帮，常跑这条道。”说完，有些后悔，露出惶恐不安的神色。

“脚夫甚时走的？”

“第二天一早。”

“拉没拉客？”

“没拉客，天不明骑着骡子就走了。”

“算没算店钱？”

“算了……没有……”

白永和取出两块大洋，交给店掌柜：“连白管家在内，一块结了。”

“哪里能用得了这么多？”

白永和又掏出两块大洋递给店掌柜，倒叫店掌柜丈二和尚摸不着头脑：“白东家，您这是做甚？”

“不做甚，感谢你对白管家的殷勤照顾。”

“那也用不了这么多。”

“你认为用不了的那部分，就是我要你说实话付的报酬。”

“白东家的话，叫我越听越糊涂。”

“我要问甚，你心里清楚。不想吃官司，就毛裢里倒西瓜，痛快点。”白永和给财旺使了个眼色，财旺便到门口监视外边的动静去了。

店掌柜知道瞒下去非但无益，弄不好还要吃官司，就把他无意中看到的白管家和脚夫分钱的情形，及白管家为了堵他的口给了他十个大洋，又求他派人去永和关送信的事全说了出来。

“好了，没你的事了。咱俩的谈话，不要让你我之外第三人知道。”

店掌柜连连答应，连钱也没敢拿，慌慌张张退了出去。

白永和万万没有想到，看似忠厚可靠的白管家，会干出见财起意的事来。他的行止，无异给劫难中的白家雪上加霜，因此，就更可鄙。他牙齿咬得咯咯响，恨不得当众鞭挞这个不义之徒，以解心头之恨。便问财旺该如何处置？财旺说："虽说事情已经明了，但没有证据，不好随便动粗。咱白家是礼义之家，在找不到证据之前，最好不动声色。"

白永和心想，财旺说得在理，就说："也好。不过，你黑夜多留点心，不要让他跑了。"

财旺说："有我在，他跑不了，跑了，不就露了馅。您放心睡吧。"

如今的财旺，已不是前几年嘴上没毛做事不牢的愣小子了，早出脱成能写会算、能说会做的精干后生。白永和越来越看重他，特别是白管家动了要走的念头后，白永和就把财旺作为管家的最好人选。这次出来，不仅是做伴，还有考查的意思。所以，财旺刚才说的话，虽说没有顺着他的竿竿往上爬，但他心里很认可财旺的想法。白永和想到这里，就放心地睡了。

天不明，主仆二人就起了床，敲开白管家的门。

白永和强装平静地说："白管家，你不是想走吗？我成全你。咱们就此分手，你回你的家，我走我的路。钱，我就不给你了，你手里的钱，即使是劳金加养老金也绰绰有余。人呀，千万不能做无义之事，贪不义之财。丢了钱，还能挣回来，丢了人，可就不好往回挽了。念起你在白家二十余载也不容易，我就不说你什么了，你做的事你知道，我等你良心发现的那一天！财旺，我们走！"

白管家一见三老爷要走，就扑下炕来搂住三老爷的腿，左一个嘴巴，右一个嘴巴不停地扇，两行清泪也被扇得水珠四溅："三老爷，我不是人呀！听上那个脚夫的话，五十元是抢，两千元也是抢，索性说全抢光了。钱在炉灶里放着，您全拿着……"说着说着，跪在地上，竟"呜呜咽咽"哭起来。

白永和说："我说过了，我丢了钱还能挣回来，你丢了人可就不好往回挽了。财旺，我们走！"

财旺没有走，却把锅端了起来，炉灶里放着一个小布袋，他提起来，顺手一倒，只听银元叮叮当当滚下一地，不仅声音清亮，借着灯光还闪现出诱人的光芒。"三老爷，我们正在用钱之际，我把它拿上好赎两位老爷。"

"财旺，别动！这个钱还是留着让白管家养老用吧。走！"

财旺看着白花花的银元就这么拱手让给白掌柜，有几许可惜和不平，已经走出门外的身子禁不住又扭回来："白管家你好好享用吧，啊！"说罢，浓浓唾了一口，这才撵三老爷去了。

上了路，财旺气急败坏地说："吃里爬外的东西！"

白永和表面镇静，心里一点也不平静，仰天长叹道："不怕虎有三只眼，单怕人有两条心。人啊，人，怎么是这个样子？"

财旺不解地问："三老爷，到手的钱为甚不要了？"

"强夺不如巧取，我们拭目以待。"

财旺想了想，明白了三老爷的意思。三老爷是要让他亲自送回来，既不失东家的大度，又让白管家良心发现。脸上露出赞佩的神色，心里道："高，就是高！"

主仆二人快马加鞭，两日光景就来到灵石。

白永和见了缉查队队长和戒烟所所长，明白案情虽然不小，但也不是不可挽回，那就是得用一笔不菲的钱把人赎回。

白永和让财旺侧面探探口风，原来这帮人狮子大张口，要五千大洋。白永和一听，脑袋就有点大，狂叫："干脆把我的命要了吧！"

财旺劝道："您总是说事在人为，咱们再走走门路看看。"

"我看，走门路也是白走！还没说到正题就把几百大洋蚀了，不等放人，还不把带的钱全蚀完。这帮人心也太黑了！"

"钱是死的，人是活的。钱丢了还可以挣，命丢了不能再生，还是破财消灾吧。"

白永和踌躇再三，终于下了决心："财旺，这样吧，你把钱看管好，两位老爷出来，给点路费，让他们快快离开。如果我回不来，你也不必久等，回永和关料理家务去。从今日起，你就是白家的管家了，凡事和三太太商量着办，万万不可疏忽。"

财旺没有想过，他稚嫩的肩膀能挑得起这样的重担，也没有想到三老爷会这么器重他。他知道，三老爷这是要以一身顶二命，孤注一掷了。感恩的、担忧的、负重的、茫然的情绪，一时间充斥在他单纯的心里，他不知道如何表达这种情绪，想了想，说："三老爷厚待我，我定当厚报。只是我走了，您怎么办？我回去无法向老太爷、老太太和三太太交代呀！能不能再想个别的法子？"

"除非你有大钱，别无他法。我就不信，这牢别人坐得，我白永和就坐不得？大不了坐他三年两载，能要了命！"

说毕，写了两封信，一封给柳含嫣，一封给李茂德，展读再三，封了，交予财旺，义无反顾地走了。

事情果真如三老爷所说，进去了三老爷，出来了大老爷和二老爷。

财旺在缉查队门口接上两位老爷，几天不见，二人身上的长袍烂了，马褂被人剥了，胡子拉碴的，一副狼狈相。财旺赶忙引至客栈，让他俩洗漱干净，又出去买了两身衣裳穿了，这才有了人样儿。二老爷白永忍喊叫着饿，说十来天没吃饱饭，把肠子也吊瘦了。财旺引至城内一家像样的饭馆，两人如饿狼吞食，一阵光景，满桌饭菜就一扫而光。财旺说："此地不宜久留，三老爷让二位老爷立即上路，马，我雇好了，钱，你们拿着，剩下的事我来料理。"

实心眼的白永平和缺心眼的白永忍酒足饭饱，也不问他们的兄弟如今安在，就没命地走了。当然，这件事三老爷不让说，财旺也不敢贸然说破，怕一位进去不算，这两位也二进宫了，就更麻烦。

财旺提着一大堆吃的、用的，来牢狱看望三老爷。

牢卒只让把东西放下，不准见面。财旺故意把一块大洋掉在地上，发出"当啷"的响声，又装作弯腰去捡，牢卒看见大洋，眼珠仁早不听他的使唤，恨不得把那钱勾了去，随口说："你进去吧。"那块大洋就进了他的腰包。

财旺见三老爷在又黑又潮的监号里躺着，盖着烂被，铺着麦草，鼻子一酸，声泪俱下："三老爷，财旺看您来了！"

白永和听说财旺来了，一翻身坐了起来。人虽然有些疲惫，但精神尚好："哭甚哩？我不是好好的，体肤俱在，毫发未损。大老爷、二老爷走了吗？"

"走了。"

"没有问甚？"

"没有。"

"啊，这就好。只要他们平安回家，我就放了心。"

"三老爷您是怎么进来的，大老爷、二老爷是怎么出去的，我怎么就想不明白？"财旺把窝在肚里的疑团抖了出来。

“此事简单得很。我对他们说我是一家之主，贩烟的主意是我出的，钱也是我掏的。要钱我没带来，要人我来顶着，让他们回去取，我做人质。他们见两位老爷身上再也榨不出油水，走了两个瘦的，来了一个肥的，还有甚不乐意的?”说着，竟哈哈笑了起来。

“三老爷，您有情有义，敢作敢为，真是世上难得!”

“这也是被逼出来的。首先是咱的人的不是，世上什么事不能做，偏偏要做这黑路上的事？什么钱不能挣，偏偏要挣这亏心钱？公家依法惩治，我们没有说的。可是，这些人不是秉公执法，而是借故敲诈，有钱走人，无钱受罪。如按律判罚五千大洋，我没说的。如没有章法，就这样给他们这些乌七八糟的东西白白侵吞，我于心不甘!”

“三老爷，大清腐朽，民国混乱，哪里能说下理。识时务者为俊杰，三老爷您还是能伸能屈才好。”

“再等两日，如没有消息，你就回去，家里不能没有人照料。我与他们磨几天洋工，看他们能把我怎么样!”

几日后，财旺等不上三老爷的消息，一路唏嘘回到永和关。

本来，白鹤年见两个孙子身陷囹圄，就急出一身病。刚调理得好一点，又传来三娃义赎兄长的事。这样一来，白鹤年病上加病，以致卧床不起。舐犊情深的白贾氏也丢魂落魄，整日恍惚不安，没病和病了差不多。没有三娃这根顶梁柱，白家不是就要塌天？没有三娃在他们身旁，他们活得还有啥意思。白鹤年拒不吃药，天天就是一句话：不如死去。白贾氏则天天捻着佛珠，不停地求佛保佑。还催着柳含嫣赎人，就是典窑卖地，砸锅卖铁，也要把人赎回来。

柳含嫣看了白永和的信，既急火攻心，又无可奈何。她的男人进了局子，她能不急？全永和关就数她急。可是，她的男人似乎并不在意，嘱托她要稳重沉着，静观待变。眼下白家正在用钱之际，能少花冤枉钱就少花，实在不行再破费也不迟。柳含嫣心想：你这是何苦呢！舍不得几个钱，却舍得自己的身子，虽是生意人，骨子里还烙印着儒生的迂腐和天真。可悲，可叹。她离他那么远，没法探监交流，只能按男人的安排行事。她心里不仅装着自己的男人，而且还有白家一大家子人。她不能乱了方寸，她要保持平静。她知道，自己乱了，这个家就瘫了。她只能按三老爷的嘱咐，从容处事，静观待变。不料想，这样一来却遭到白贾氏三番五次的责难。说她不明事理，心术不正；说她爱财如命，见死不救。柳含嫣有口难辩，有苦难诉，只好打折牙往肚里咽。现时，她只能依靠财旺来操持这个家，极力维持渡口和各字号的稳定，至于远在碛口的字号，她鞭长莫及，况白永和已有安排，也只能任由李大掌柜掌控去了。

白永平和白永忍回来，被爷爷、奶奶劈头盖脸一顿臭骂。一个骂他们不学无术，一个骂他们不务正业；一个骂他们养尊处优，一个骂他们惹是生非；一个骂他们缺心少肝，一个骂他们不顾同胞……总之，把他们对大娃和二娃的积愤，毫无保留地倾泻出来。

一向四平八稳的白永平，回到自家窑里，倒在炕上，蒙被便哭。说对不起爷爷、奶奶，对不住三娃，他把三娃害了，害了！可谓声声泪，字字血。哭够了，说够了，又找柳含嫣赔情道歉。说他要去把三娃赎回来，自己屙下的自己吃了。冯兰花说："要是能替的话，我愿意替三弟受过。"柳含嫣说心领了，祸已经闯下，现在说什么也迟了。只要大哥平安回来就好，至于三老爷，她会想办法。

白永忍领了爷爷、奶奶的现成，回得家去又领了祁娇娇的现成。可以想见，以祁娇娇那张没遮拦的嘴，遇到一身晦气的白永忍，什么话说不出来？一直盼着男人给她带回来好吃的、好穿的，没想到却带回来一身骂名，白家人还以为是她祁娇娇出的馊主意呢！本来，半月二十天不见，想着要与他亲热亲热，没想到回来个背时运的倒霉鬼，哪里还有这个心思！她逮着白永忍就是个数落，直数落得白永忍给婆姨叩头求饶。祁娇娇指着鼻子说："你把两千大洋扔了，又把三娃贴了进去，再赎三娃出来，一里一外万把大洋也不止，白家的光景不败在你手里不息心。"说着说着，竟唱起了口歌："白永忍，不能忍，没有本事瞎折腾。谋一事，瞎两事，丢人败兴活不成人。"

白永忍听了，恼羞成怒，忍不住扇了祁娇娇两个耳掴子。祁娇娇岂是吃素的，两人就在炕上打起滚来。儿子如寿既说不了，也没法阻止，傻愣在那里哭泣。女儿如兰放学回来，见父母厮打，劝没人听，喊又喊不住，扭头就走，到祖爷爷、祖奶奶那里告状去了。

白永忍心想，反正是活不成人，不如一死了之。于是挣脱祁娇娇，边下炕边恫吓说："别人看不起也就罢了，连自己的婆姨都见不得，活的还有甚意思？死了算了，死了算了！"出了门，照直朝河滩跑去。

祁娇娇见男人朝河滩跑去，这才后怕起来，边擦泪边撵，边撵边喊："二娃要跳河了。”

人们听说二老爷要跳河，纷纷朝河边跑。待追到白永忍时，白永忍反而心平气和地往回返，反问追他的人：“你们匆匆忙忙做甚去？”

众人说：“听说你要跳河，救你来了。”

白永忍说：“笑话，我为甚要跳河？我是到河边散心来了。男子汉大丈夫，岂有轻生的道理！”

众人讨了个没趣，散了。

随后赶来的祁娇娇，以及随祁娇娇赶来的白贾氏、柳含嫣都讨了个没趣。

第三十四章

俗话说，好事不出门，丑事天下闻。也就一顿饭工夫，河这边的消息就传到了河那边。

爱丹听说大娃、二娃卖大烟卖塌火了，人进了牢。后来又听说三少爷替大娃和二娃顶罪受过去了，白家损钱又损人。怎么又是白家？怎么又是白永忍？怎么又是白永和去堵这个窟窿？

爱丹不禁想起上次发生在清水关的事。白永忍把一船皮货丢了半船，等于白永和空跑了一趟潼关。她问爸爸，爸爸佯装不知；她问管家刘山，刘山装聋卖傻。直至爱丹绷起面孔让他走人时，刘管家才不得不承认是他指使人干的。不为别的，希图为小姐出一口恶气。

爱丹说："知道不知道，你这样做，等于给我脸上抹黑。还嫌我背的罪名少，嗯？"

爱丹要打发人给白家赔钱道歉，挽回名誉，但被爸爸一口拒绝："你让谁去丢这个人，败这个兴？"

爱丹说："我去。"

杨掌柜说："跟上你，我们杨家丢尽了脸面，你还嫌丢人丢的不够，嗯？这是一报还一报，公道不公道，只有天知道。以后不让下边人干就是了。"

爱丹想：清水关的事不了了之，如果白永和入牢的事再不了了之，那杨家还算人吗？明人不做暗事，既是做了，就敢认了，我爱丹决不做表里不一的小人。所以，这一次，她无论如何也不能再沉默下去。沉默，就等于默认和放纵。

她问父亲，父亲满不在乎地说："怨谁，只能怨他时运不好！"

她问下边人，都说不清楚。不过，说这话的时候，下人们目光闪来闪去，一个劲地躲她。不是心里有鬼，何必躲躲闪闪？

爱丹决定和父亲摊牌。

一日，爱丹装束起来，准备远行的样子。

杨福来见状，吃了一惊，问："打扮成这样，要到哪里去？"

"出趟远门。"爱丹平静地说。

"哪里？"

"山西那边。"

"到山西做甚去？"

"不做甚，探监去。"

"山西一无亲，二无故，探的什么监？"

"白永和，三老爷！"

"啊？你疯了？"

"我没疯，是有人疯了。为什么要冤冤相报？为什么要把人置于死地，为什么……"

不等爱丹说完，杨福来就插上话："你不要老找别人的茬，就不说自己的不是。我问你，你把白三奴招来为的是甚？"

"我不否认是为了给白家一个难堪，但我是明来明去，不藏不掩。再说，我不过是用了一个人，他愿意，咱愿意，干别人甚事？"

"嗬，你报复有理，别人报复有罪，说来说去，全成了你的理！"

"爸爸，你给女儿说实话，是不是你指使人告的密？"

"不是要怎样，是又能怎样？你该不会把你老爸都出卖了吧？"

"我只要知道是谁干的就行了。虽然白家对杨家有愧，但白永和人在牢监，生死难料，我们不能坐视不管。再说，倒腾大烟土的事，咱家没有做过？为了发不义之财，陕北的土客不是一次次过河去贩卖大烟？有人贩，就有人抽。世上恶俗，要靠世人根除，明里不劝，背后捅刀的事咱们不能干！我算是想明白了，杨白两家一次次交恶，多了怨气，少了和气。尽管白永和与我有积怨，但也有救命之恩，不能好坏不分，丑恶不辨，有枣没枣三杆根。因为这个缘故，我打算赎白永和回来，一来弥补杨家的过错，二来回报白永和的救命之恩。"

杨福来知道女儿的秉性，别看平素软得像柿子，一旦动怒，却是绵里藏针的烈性女子，纵有八匹马也拽不回来。

杨福来犹豫着，让女儿去成何体统？过去的夫妻，如今的冤家，这一去不知要弄出甚名堂来？况且，一个女流之辈，从没有出过远门，怎么放心让她去？不让去，话说到这个份上，连回旋的余地也没有。看来，爱丹说的也有道理，既是杨家做下这等不义之事，理应杨家人出面把人赎回。一念之差，白白扔掉自己多少银钱！

没等父亲说话，爱丹就急着嚷嚷："爸爸，您不要再劝我了，人我是救定了。"说完，就要往外走。

对爱丹的倔强脾气，杨福来一向抱着"惹不起，能怕起"的容忍态度。一来是怜悯爱丹的出身，二来是怕爱丹知道身世之谜，和他过不去。这次，爱丹的任性叫他忍无可忍。杨福来想：从小到大，都是我让你，可你倒好，从来没有让为父一回。既是狗得脑不识敬，我也不让你了，看你能把老子怎么样？有了主张，反倒不着急，慢悠悠地说："愿去就去，钱不能拿，人也不许带！"

爱丹一听就急了，扯起嗓子说："您让我赤手空拳怎么出门？您老人家是不是要让我出去送死？既是这样，不如就近跳河算了，省得跑路。女儿已经是死过一回的人，还怕再死一回！"

爱丹出了院门朝河边一路走去。杨家上上下下乱了套，白三奴第一个冲到河边，紧紧拉住爱丹不放。爱丹死活不回去，情急之下，一巴掌扇在三奴脸上。三奴眼冒金星，不觉松了手，爱丹像脱缰的野马步步逼近黄河。

后边的刘管家冲了下去，这才把爱丹死死拉住，双方僵持着。杨福来上气不接下气地跑到河边，求饶似的说："好我的嫩娘娘哩，你是要我的老命哩，啊？走，回窑里说去，你只要顺顺当当回去，就是要上天捅窟窿，我也认了！"

杨福来呜呜咽咽地哭了。

哭他的伤心，哭他的无奈，哭他这辈子的恓惶。

爱丹得胜上了路，后面跟着管家刘山和她的忠实追随者白三奴。

一旦心想事成，爱丹反倒有些后悔。

平心而论，今天这事做得有点过头，或者说得理不让人。话说回来，不这样做，她的“图谋”实现不了。她心里想的什么，谁也无法臆测。个人的秘密，只有个人明了。自与白永和分手后，一直没有个着落，杨福来劝她招赘，她不应允。叫她改嫁，她没有动心。因为分手这么多年，三少爷依然如影随形，装在心里，所以，她不想再接纳另一个男人。尽管白永和休了她，但她不记恨。她知道，他俩的悲剧是那个家庭，或者说是那个时代造成的，并非三少爷的本意。以女人特有的灵慧，她知道，他心里一直有她，一直爱她。她这次亲自出马搭救三少爷，不只是为报三少爷的救命之恩，同时也想借这个机会和三少爷重温旧梦。

为了不让白家人知道，爱丹一行没有从延水关渡河，而是沿黄河北上，从清涧县西辛关渡河，经山西石楼县东去，不一日来到灵石县。县城地当南北要冲，两山对峙，汾河中贯，城池坚固，风物殊异，一打听，果然是人文荟萃之地。一行人找了处整洁的旅舍住下，爱丹即让刘管家和白三奴以白家人的身份打探虚实。

不一会儿，二人回来禀报说，三老爷就在县牢里，因为白家人买通了狱卒，他人还好，没有受多少罪，只是不知这个罪得熬到什么时候。缉查队和戒烟所既已放了拿钱赎人的话，说明案情并非像人们传说的那样重大。如今贩烟之人和吸烟之人比比皆是，政府口说要禁，但下不了决心。因为有政府的利益在内，有执事者的个人私欲在内，不是三天两后晌能禁得了的。因为有人一路追踪白家兄弟来到灵石，并夸大案情夸大当事人的富有，当局就想趁机敲一杠子，执事者更想从中渔利。看来，要害是钱，而不是命。爱丹并没带来那么多钱，即便带来那么多钱，也不情愿顺顺当当拱手喂了这些贪官。用饭毕，让二人歇了，她苦苦思想了一夜。

天明，爱丹出门散心。昨天用心紧张，没来得及浏览客舍。现时，走在筒瓦雕棂、灰砖墁地、幽深逼仄的庭院，才感到是进入天下晋商的腹地。来到大街，铺面林立，建筑古朴，层楼叠阁，多是一砖到顶。过往行人穿着华丽，说话轻巧而自信，流露出晋人的富足与显摆。再看自己的穿戴打扮，一身俗气，不入时尚，唯有清秀的眉目和端庄的举止不逊晋人分毫，她暗自庆幸自己的天姿不俗。

秋日的风飒飒刮起，夹着树叶，带着微尘，含着乍寒还暖的温馨，吹拂着她姣美的面庞。她偏着头，避着风，既不想让微尘污了她的脸，又不想放过清晨的街景早市。想到前晌还有要紧事办，就没敢贪恋，匆匆返回客舍。

刘管家和白三奴不见了爱丹，便匆忙往出走，几乎和进门的爱丹撞在一起。彼此笑了笑，说了些观感之类的话，爱丹如此这般交代了一番，就相随走出客舍。

首先见到的是缉查队队长，这是一个满脸麻子、说话嘶哑的黑脸大汉。

爱丹说："我是白老爷的内人，千里迢迢，来到此地，请队长老爷网开一面……"

缉查队队长见面前坐着一个明眸皓齿、清爽可人的年轻女子，禁不住心旌摇荡，腿脚发怵。人常说，深山出俊鸟，果真不假。这样一位美人，够那位白老爷受用的了。如果自己能有这样一位佳人……他厚着脸皮说："好说，好说。"

爱丹说："好说是多少钱呀！"

"原本不是说拿五千大洋走人吗？太太您亲自来了，看在您的面子上，那就出四千大洋，怎么样？"

"要是能出得起这个钱，我家掌柜的哪里还用代兄受过？"

"哦？你说甚？他说他有的是钱，还说他是主谋，还说……"

"那都是找的借口，您就信他的了！"

"不管怎么说，拿钱走人，没钱就这么待着。他敢给我说假话，看我不剥了他的皮！"

爱丹情急之下，恳求缉查队队长："求老爷手下留情，小女子想法就是。"

三人来到戒烟所，所长接待了他们。

所长面白无须，两腮少肉。爱丹进门时，正端端坐在那里翻着一本《道德经》。听见来了人，头也不抬，冷冰冰地问："你来做甚？"

"来赎我的人回家。"

"谁？"所长终于抬起头，张着两只大而无神的眼，瞟了一眼来者，揉了揉双眼，霎时泛起光泽。原来是一位秋桃般的女人站在面前。

"白永和。他是代兄受过的。"

"精神可嘉，只是行为不端呀！"所长眯缝着眼睛，不动声色地欣赏着这位不速之客。

"是的。我家的人做下有违法度的事，我愿意接受处罚，只要我能承受得了。”

“不是说过出五千大洋吗?”

“我家家境不好，就是砸锅卖铁也凑不齐那么多，老爷您就开开恩吧。”

“不是我不开恩，是我的上司，上司的上司，都有吩咐，此人不能轻饶。”

“是吗?那你们判他几年罪?要能判了，我还可以省几个钱哩!”

“哼，若是判了，倒便宜了他!舍不得钱，就让他这么候着。”

“所长老爷，容我问一句。哪家的王法有过拿钱放人的规定?哪家王法可以李代桃僵?要是这样的话，杀了人的可以逍遥法外，不杀人的倒要引颈受死了!你们放走要犯，拘押无辜，你们执法犯法，假公济私，天理国法难容。你们的上司应该是知事大人吧，我这就会一会他，看看是他的指使，还是你们的意思?”

爱丹急中生智，突然间冒出几句理直气壮、铮铮铁骨的话，底虚的所长竟蒙在那里，不知如何对答。想必，爱丹的话击中所长的软肋，所长不得不离开他的案儿，满脸堆笑地说:“太太，有话好说嘛，何必动怒!”

“不是我要动怒，是你们做事荒唐，把我的肚子都要气炸了!”

“你看这样好不好，今天先回去歇着，容我和缉查队那边通融一下，再做定夺。怎么样?”

“好吧，说话算话，明天我来要人!”

这一夜，爱丹因为有些兴奋，竟没有了睡意。皎洁的秋月透过窗棂，把青辉洒在炕上，洒在被子上，洒在她的脸上。她安详地闭着眼，尽情享受月儿的爱抚。渐渐地，溶溶月光化为绵绵情思，从黄河遇险想到三少爷舍身相救，从窑洞定情想到洞房花烛，从同床共衾想到劳燕分飞，从形同路人想到明朝会面……想了好的想坏的，万一明天人家还不放人怎么办?想了坏的再想好的，三少爷出来该如何接风洗尘?该不该私下幽会，该不该共叙旧情?该不该……

门外三奴叫喊:“太太，时辰不早，该起身了。”

爱丹睁开眼往窗户望去，原来月光不知什么时候变作日光，照得屋里亮堂堂的。院里人声嘈杂、车马响动，果真时辰不早了。

匆匆洗漱梳妆，连饭也没顾得吃，三人相随来到戒烟所。

所长见爱丹一行来了，假惺惺地做迎接状。

爱丹径直进了所长办公室，客气地问：“所长老爷，通融得怎样了?”

所长干笑了一声，装着为难的样子说：“我这里倒是没什么，缉查队的弟兄们有点……有点……那个……”

听话听音，话虽没有挑明，但弦外之音还是一个钱字。爱丹便说：“有话直说，何必藏藏掖掖!”说着，把桌子上的那本《道德经》拿起，在所长面前晃了晃。“所长是读《道德经》的人，不妨也讲点道德嘛!”

这本《道德经》，是一个犯人临出狱时送给他的，他是只能读懂金钱而读不懂“道德”的人。见爱丹这样说，白脸像抹了一把猪血，霎时红了。

其实，爱丹岂能读懂《道德经》，只不过是借题说事。

所长干咳了两声：“弟兄们为这宗案子跑前跑后，多有辛劳，我和缉查队队长就这么放了，下面的人笑话不说，还以为是我俩私吞了呢。您多少总得有个表示不是，好让我俩犒劳犒劳弟兄们。”

爱丹想了想说：“得多少?”

所长不好意思开口，伸了一个指头。

爱丹说：“一百?”

所长摇了摇头，又伸出来一个指头。

“难道是一千元不成?”

所长点了点头。

爱丹怕夜长梦多，不如快刀斩乱麻，来个痛快，就说：“君子一言，驷马难追。你打收据吧!”

所长是大锅里吃过南瓜菜的人。他知道，但凡吃二毛，都走了二路，哪有打收条一说，这不是自己给自己找事?不打吧，这位冷峻的美人不好对付，一旦真的捅到知事那里，够他和缉查队队长喝一壶。不只是到手的一千大洋打了水漂，说不定饭碗还要砸了。琢磨良久，提起笔，“唰唰唰”几下就打好了收条。

爱丹看时，上面只写收到一千元，没有落款和户头。爱丹双手退了回去，说：“民女虽然不懂公文，收条还粗浅识得。取谁的钱，谁取的钱，是不是都得写清楚?老爷是吃公家饭的人，您说呢?”

“不是我不会打，是我不能打。好太太哩，您见好就收吧，不要得寸进尺，掏麻雀掏出蛇来！我就直说了吧，糊涂案子糊涂了。”

见好就收，得理让人。爱丹让刘山将钱点了，对所长说：“你陪我放人去?”

所长说：“不用啦，恐怕你的人现在正在大街上逛哩!”

爱丹将信将疑地问：“真的?”

所长得了钱，就没了笑脸，手背在身后，神气地说：“真的还能假了！还不去接你的人?”

爱丹惊喜异常，想到千里奔波，费尽心机，终于救三少爷出了火坑，终于能和心爱的男人相会。心里激动，腿也不好使，走在街上，只觉得双腿往出迈，却不见往出走，远远落在刘管家和白三奴后边。

走着走着，猛然想起什么，朝前边的两位喊了一声，二人止了步，回头看主人有何吩咐。爱丹撵上去说：“刘管家你是新来的，三少爷不认识你，你把三少爷接出来，给弄点吃的，雇个脚夫让快快离去。他要问起，就说你也是受人之托，口紧些，一个字都不要多说。我和三奴就不去了，在监狱对面饭馆等你。”

刘管家和白三奴听了，面面相觑。不是说好了，她要亲自接三老爷出狱吗？为甚事到临头突然变了卦？如果仅仅是掏钱救人，谁也能办得了，还用劳累？两人想问，见太太神色严峻，张了张嘴没有出声。

刘管家来杨家还不到一年，杨家是小富人家，过去从不雇管家和账房先生，一应账目全由杨福来夫妇料理。爱丹母亲去世后，爱丹见父亲身体日渐衰弱，难以支撑，就做主聘了刘管家来协助料理家务。刘管家只知道太太和三少爷曾经有过一段姻缘，现在另嫁他人。可是，在南方做官的丈夫，宣统逊位后一直没有音信，孤儿寡母，着实可怜。她是耐不住寂寞了，还是另有企图？为甚要撕破面皮大把花钱救这个早已不属于她的男人？她亲自前来解救，又不想面见被解救者，为的是什么？他读不懂这位个性殊异的女人，不时向白三奴讨教。白三奴说：“没听人说，女人翻脸如翻书，你管家都读不懂，我一个粗人，更是解不下!”刘管家知道，读懂读不懂，无关紧要，要紧的是得把事情给办好了，这是他的责任所在。

刘管家来到白永和的号房，阴森恐怖的气氛，潮湿霉烂的气味，一齐冲他而来。他屏住呼吸，在黑暗中搜寻，什么也看不清，只好低声叫了声“三老爷”，白永和显然没有反应过来。狱卒接着喊道：“白老爷，有人接你来了。你没事了，可以回家了。”

牢门哗啦啦打开，白永和揉了揉惺忪的眼，伸了伸懒腰，怀着胜利者的喜悦，大摇大摆地走了出来。刘管家见他还在摆谱，急着说："三老爷快走!"不容分说拉着白永和快步走出牢房。

外边红日当头，晴空万里，习惯了黑暗生活的白永和反倒见不得日头，袭得眼睛睁不开；他尽情呼吸着新鲜空气，又连着打了几个喷嚏；吹来一阵柔软的清风，心里有说不来的怡悦。他心里暗暗失笑：原来外边是这么的美好。他舒展了一下筋骨，活动活动关节，重见天日的喜悦流露在眉梢嘴角。白永和略微定省了一下，好不容易睁开眼，这才看见来人既不是财旺，也不是白家的人，他是谁呢？为甚白家人不来接？他是怎样出来的？一连串的疑问涌上心头。刘管家见状，拉上他就走。出了监狱，才告诉他说："我是受人之托接你来的。你也不用多问，我也不宜多说，此地不可久留，请你快快离去。"

白永和人在囹圄，外面情形一概不知，只能随着来人走街串巷，来在一处客栈，洗漱用饭毕，糊里糊涂拿上来人给他的盘缠，骑上来人雇的牲口，匆匆朝霍州方向走了。

爱丹和白三奴坐在监狱对面的饭馆喝茶，把走出监狱大门的白永和的一举一动都看得清清楚楚。爱丹既有美人救英雄的自豪，又有愧对三少爷的内疚，还有对心上人牢狱之灾的同情，酸甜苦辣一齐涌上心头，最能表达此时此地心情的就是潸然而下的泪水。是的，她是该尽情地哭一场了!

白三奴看着爱丹泪水涟涟的样子，就吃起醋来。在他看来，救三少爷情理上没说的。他要是爱丹，也会这样做。可是，透过救三少爷不难看出，爱丹至今仍在迷恋三少爷，根本没有看到他的存在，根本没有顾及他的感受。她要他来杨家做甚来了？原来表面是给他飞了个青眼，实际上心里还想着三少爷呢!不过，想不出去又往回想，爱丹千里迢迢好不容易救了三少爷，临到出来的一刻，为甚突然变了卦？这里边有甚圪捣？是不是一报还一报？还了以后，了结心思，另图新欢？他心里矛盾着，十分难堪地坐在爱丹面前。所以任爱丹怎么哭，他也不去劝，只顾不停地喝他的茶。

不一会儿，刘管家汗津津地跑来。爱丹擦干泪水，不放心地问了又问，知道人平安地走了，这才长长吁了口气。

白永和朝南走了，爱丹却朝西原路返回。一行人晓行夜宿，翻山过河，走了七八天光景，几乎是在同一天，永和关和延水关都迎回了自己的亲人。

白鹤年听说三娃到了家，便摇摇晃晃下了炕，拄着白永和从汾州买来的龙头拐棍就走，不等开门，白永和已然敲门进来。

白鹤年人近黄昏，感情脆弱，经不住风吹雨打，没等白永和开口，老泪先自纵横起来。白贾氏也少了当年刚强矜持的风度，没说了三句话，泪蛋蛋就像断线的珠子滴湿了衣裙。白永平和白永忍见白永和回来，悬着的心终于放了下来。面对代兄受过的三弟，他们问心有愧，无地自容，只能在白家人的冷眼注视下小心过活。白永平真的动了情，流了几滴泪；白永忍的眼圈只红了一下，压根就没有酝酿出惭愧的泪水。

白家老少感叹之余，也都参加到白永和蹊跷出狱的竞猜当中，但谁也说不出所以然。不用说局外人如坐云雾，连当事人白永和也茫然无解。

最有力量营救他出狱的是王先生，但王先生并不知情，即使营救他出来，为何不见一面，情理上说不下去。

其次，是碛口永和客栈的大掌柜李茂德，只是山高路远，怕还被蒙在鼓里。

还有白管家，良心发现，将功补过，有这个可能，但无这个迹象。

那会是谁呢？是河对面的杨掌柜？不可能，不可能。两家结怨，形同陌路，不在背后圪捣就谢天谢地，还能慷慨解囊，躬行大义？

要不，是爱丹所为？想到这里，白永和心紧缩了一下，再不敢往下想。一个妇道人家，有什么能耐前去营救，即使她有这个心，也无这个胆。因为她的父亲杨掌柜绝不会放话。再说，一个被人家休了的女人，反倒不知廉耻地救那个休她的人，这不是天大的笑话！

那会是谁呢？背后会不会另有玄机？想到这里，不仅是当事人白永和，就连白鹤年、白贾氏、柳含嫣等也有些惶恐不安。他们是知书识礼的，他们知道“祸兮福所倚，福兮祸所伏”的道理。更多的白家人则是过后不思量，反正解铃还得系铃人，到时自然会真相大白。

而当事人白永和则背上了沉重包袱——一个不得其解的谜团和感恩回报都找不到对象的心结。

白家出了这样大的事，人虽回来了，但余波未平，白永平和白永忍除了赔情道歉之外别无一语。不是没话，是他们羞愧难言。正好，总爱抛头露面的祁娇娇就成了他们的代言人。人前面后，极力为白永忍脸上搽粉抹胭脂，不肯说自家的不是。说二娃是好心没做下好事，二娃那么好的天赋，要不是听了爷爷的话专心料理家事，早就中了举，做了官，她祁娇娇早就成了官太太，还用在小小的永和关闲着没事找事。她别的本事没有，烧香敬佛的本事比谁也强。三天给柳含嫣送块布料，两天给白永和送点稀罕吃的，要不，给孩子们买点稀罕吃的，倒叫白永和两口不好意思再说什么。

祁娇娇见机会来了，就唉声叹气地说："谁也不怨，只怨你哥他心比天高，命比纸薄!"

白永和说："叫我哥放心好了，我不会怪他。只要人平平安安回来就好，钱是个松紧带，松时多花，紧时再挣。但是君子爱财，取之有道，我们白家是正经人家，我们要靠自己的本事发家，不能靠歪门邪道取利，赚那样的钱问心有愧。告诉我哥，有合适的生意，我还让他做，他人精明能干，只要用心做，是会做出名堂的。"

祁娇娇激动地说："谁说不是，要是命好，他还不把金山银山搬回来!"

白永平和白永忍本来不是一路里人，因为有了这次经历，弟兄俩倒成了真正的难兄难弟，无形中有了共同语言。不是我到你窑里坐坐，就是你来我窑里聊聊，一来二去就聊到了一起。白永平说："人都说我不成器，果真不假。自己甚也不做，做了一回大烟土生意，还鸡飞蛋打人倒灶，连累了三弟。二娃你说，我还怎么活人?"

白永忍说："咱也是为了白家，又不是为了自个儿。只不过是运气不好撞上了鬼，落了个里外不是人。"

白永平说："咱还是安安稳稳过日子吧，不动脑子不动手，三弟赚下咱们吃，要我说也活行了，再不要瞎折腾了。"

白永忍说："有了钱又精又灵，没有钱又傻又聋。你看三娃两口子神气的头也快不在脖子上长着啦。咱哥俩不想法子赚点钱，老伸手向三娃要，咱不成了白家的叫花子?"

两人对坐，一个吞云吐雾，一个酒醉茶醒，一来二去，白永平抽上了大烟土，白永忍迷上了酒。白贾氏骂过，往脸上唾过，不顶事；白鹤年用拐棍打过，也不见收敛。一气之下，就要去祠堂当众责罚，白永和不同意。作为弟弟，只能好言相劝，规劝无效，还得时不时暗中给些钱贴补。就这样，白永忍还感到委屈，当着爷爷和奶奶的面说："要不是您老人家不起用我，我哪会成了这个样子？我和大哥所以这样，也是你们逼出来的。要是见不得，我就搬出去另立门户。"白鹤年为此气得昏死了几次，哀叹道："二娃是搀扶不起来的阿斗。"白贾氏也说："竖子，不可教也！"白永忍则觉得他现在是"虎落平阳被犬欺"，不过，大丈夫能伸能屈，总有出头的一天。

这些天，白永和不是烦恼报恩无门，就是担心乐极生悲，平安归来的他反倒落下了心病。

对于三老爷白永和的离奇出狱，柳含嫣初来乍到，人事两生，不好妄议，但不等于不放在心上。人常说，想不出去了往回想，一想就通。最有可能的，往往就在最不可能的地方。柳含嫣暗里早叮嘱过管家财旺多多留意，她想到了一个人……

这一天，财旺告诉柳含嫣："听白葫芦说，前些日子白三奴不知去哪里刮野鬼来，一走就是半个多月，这才上了船。白葫芦说他发了财，白三奴说财倒是没发，却开了眼。白葫芦问开了什么眼？白三奴说见了大地面，住了大院子，吃了山珍海味。白葫芦说他尽胡吹，白三奴说对天盟誓。白葫芦又问，他一个人还是相跟人？白三奴说还有人。说了这话立即纠正：咱这个穷相，谁愿和我相跟？三太太，你看这里边是不是有文章？"

"不好说。这事不要和别人说，你我知道就对了。去吧。"

财旺走后，柳含嫣斟酌再三，觉得此事十有八九是爱丹指使白三奴等人做的。因为她和三老爷过去的关系，既想救人又不想让人知道，才不得不充当一名行侠仗义而不留姓名的江湖侠女。假如她的推断无误，那就说明爱丹不忘旧情，难道她对三老爷还心存幻想？新桃已然换了旧符，难道旧符还会卷土重来？她不愿做这样的假设。对于女人来说，情感乃是触动神经的最敏感和最脆弱的一环。尽管柳含嫣心胸还算开阔，但触及白永和的前妻，心里还是酸不溜丢的苦涩。

其实，柳含嫣名正言顺地成为白永和的爱妻后，就有了探访杨爱丹的心思。不为别的，只为解开郁结多年的一个心结。自出了白三奴临阵倒戈的事，柳含嫣认为借过河说事的机会终于来了。没等成行，又出了行善不言的奇事，前因后情，促使她最终下了见识这位“恨时敢出手，爱时能伸手”的奇女子的决心。

黄叶落尽，北风萧瑟，河面已经起了冰凌，用不了多久，这条繁忙了多半年的大河就会封冻停航。说是封冻，其实不过是象征性地结层薄冰而已。所以，冰冻三尺以步代船的事情，几十年不一定能遇到一次。整个冬季，两岸人家鸡犬相闻，不相往来，千百年来，习以为常。可是，柳含嫣因有心思郁结在胸，一个冬天的等待就显得过于漫长。她认为，这个结不管是“怨结”，还是“恩结”，只能速决，只能由她亲自去解。就像脚下的黄河，来年春风一吹，冰消凌散。柳含嫣寻思，修复秦晋两家裂痕的角色非她莫属，她愿做春风使者，吹拂得人心回暖，恩怨两消。

第三十五章

冬日里一个难得的好天气。

太阳艳艳的，风儿柔柔的，黄河里稀稀落落的冰凌，披着银光，散乱地流过，柳含嫣在财旺的陪同下一早来到河边。她凝望着对岸，想起就要踏上的土地，百感交集。那座并不陌生的窑院静静地蹲着，那座窑院里的故事一幕一幕地在她脑海里闪现出来。她想静下心来面对，却身不由已地战栗，兴奋之中潜伏着阵阵隐痛。就要涉足那座窑院，就要与那座窑院里的主人会面，今日他们能像大肚能容的窑洞一样理智地接待她吗？她心里尽管没底，但却不乏自信。柳含嫣起起伏伏的情绪，没能躲过财旺的眼睛，财旺有些迷惑地看着他的主人，说："三太太，我们上船吧！"柳含嫣这才收住浮想，在财旺搀扶下上了船。

为了保密起见，除了船工，只有他们主仆二人，上船的地方，也远远避开渡口。过了延水关，柳含嫣即把船打发回去。财旺问道："回来怎么办？"

柳含嫣回道："摆渡要紧，不敢误了生意。咱们到渡口坐船。"

财旺说："那不走漏了风声？"

柳含嫣答道："办了事就不怕了。有人问起，就说我要你陪我过河那边开开眼。"

主仆二人一前一后，急匆匆朝杨掌柜家走去。

柳含嫣早有被爱丹拒之门外的准备，故来在杨家门前，把财旺手里的礼品接了过来，让财旺先去通报。

财旺进去好半天不出来，柳含嫣不知发生了什么事情，独自一人在门外走来走去，显得心神不安。

过了一会儿，还是没有动静，柳含嫣推开大门，径直走了进去。财旺见三太太未经主人同意就闯了进来，不免吃了一惊。以杨福来的意思，自己和白永和积怨，又不是对柳含嫣有成见，有理不打上门客。人家能低下架子登门看望，我们却把人家拒之门外，显得咱不通情理，小家子气。正在左右为难、犹豫不决时，柳含嫣未经通报突然出现在杨家父女面前，令杨家父女发了一个怔，只能就此打住，急忙换了一副面孔，做出欢迎的样子。

财旺赶忙给双方做了介绍。爱丹有些难堪，只是紧绷着脸说："坐吧。"

柳含嫣客气地点了点头，把手向杨福来一伸，做邀请状："您老不坐，我做晚辈的哪里敢坐！"

杨福来在后窑掌的太师椅坐了，又邀财旺坐，财旺不敢逾矩，等柳含嫣和爱丹分别坐在炕桌两侧，才在杨福来下首坐了。

杨福来喊来用人，上了茶。

柳含嫣环视窑里，除梳妆台、八仙桌、箱柜之外，就是铺着白生生毛毡的长炕，显得简洁而明快，可以想见主人的寂寥。她望了一眼杨福来，正是她脑海里五大三粗的模样。却不说宽大的衣裳裹不住过于张扬的躯体，单看脸上的赘肉，就把那张红中透黑的方脸拽成了长脸。脸上的赘肉直往脖子里坠，脖子里的赘肉却拥挤成深深的波纹状，如同黄河滩里打着旋的泥浆。是发了福，还是老态显现？她见了杨福来，恨意便涌上心来。再说爱丹，正是她脑海里的清秀可人的美人儿模样，说一见如故也许并不过分。

爱丹嘴里不说，心里其实很在意她的继任者。今日得见，心中不由得暗暗纳罕：好一副似曾相识的面孔！

一河之隔仰慕已久的两位美人儿终于坐在一起。一个款款品茗，一个轻轻捋茶，有一句没一句无关痛痒地闲聊着。

杨福来在后窑掌和财旺拉呱，不时朝柳含嫣这里撂过来一句，柳含嫣都恭恭敬敬地回了。柳含嫣也回问杨福来饮食起居可好，杨福来一一答了。

宾主寒暄了一阵，财旺给杨福来使了个眼色，两人先后退下。少了两个人，少了两张嘴，白永和的前妻和后妻，虽然近在咫尺，却远似天涯。二人目不相视，默默无语，窑里的空气好似就要封冻的黄河，冰冷得瘆人。柳含嫣一生还没遇到如此尴尬的场面，要不是为了自己的男人，为了她那个未了的心结，她才不想来这里丢人现眼！

爱丹是主人，理应占主动。但面对白永和的新宠，她这个前妻，不想低三下四地向对方示好。既然你来到我窑里，定然有事相求，那你主动开口得了，有甚说甚，说完走人。所以就这么僵持着，悠闲得无事人一样。

柳含嫣心想：你爱丹也清高得可以，全然不把我当回事。你不把我当回事，我把你当回事总可以了吧？于是开口道："夫人，听说老爷在外边做事，您怎么没有跟着去？"

柳含嫣本是无意发问，没话找话，不想却触到爱丹的痛处，爱丹以为柳含嫣明知故问，看她的笑话，就顺着柳含嫣的话说："诚如您说，老爷在南方做事，带家多有不便，况且我也离不开父亲，我走了，留下他老人家不放心。"

"啊，就是，就是。孩子几岁了？上学了吧？"

正说孩子，爱丹的儿子杨扬一头闯了进来，刚叫了一声"妈"，就闭了嘴，看着炕上的陌生女人发呆，有点不自然地靠在爱丹身边。

爱丹说："这就是我的儿子杨扬，十岁了。"她忽然想起什么，朝杨扬说："这么早就散了学？"

杨扬回道："我们先生有事，就提前散了学。"

柳含嫣见孩子长得眉清目秀，脑子里忽然闪过一个人的影子，多像他呀！问孩子道："你们学的什么功课？"

杨扬回答："国文，算术，还有四书五经。"

"这么说，《三字经》《百家姓》《千字文》早就学过了？"

"嗯。人之初，性本善，性相近，习相远……"

爱丹怕小娃家说走了嘴，便对杨扬说："玩去吧，大人说话哩。"

杨扬应了一声，随手拿了块点心，飞也似的跑了。

窑里复归冷清。

在延水关，爱丹虽然一枝独秀，但未能免俗，她身上依然散发着浓重的乡土气息。她头梳包髻，一字式刘海覆在略微平缓的前额，有一种耐人寻味的含蓄。杏子圆眼，荡漾着忧郁的秋波，秋波闪着让人捉摸不定的寒光。眼底下长着一颗若隐若现的痣，眼角又生出几道鱼尾纹。听人说，眼下有痣缘分浅，眼角多纹人多情，真是这样？说来也巧，爱丹的经历正做了这样的印证。爱丹脸庞圆而富态，额头微微泛起的皱纹，过早地写上了世故，缺失了率真；面皮白净温润，不施粉黛而胜似粉黛，但冷峻的容颜多少给人淡漠的感觉。唯独小鼻微翘，小嘴微噘，有几分俏气和神气。不然，姣好的面容就会淹没在一片冷峻和呆滞的汪洋中。

再看穿戴，也有特色。上着彩绣高领圆摆长袄，下着马面裙，一色的白底蓝花，绲边绣花，与越来越冷的天气浑然一体，倒也清爽合身。只是宽衣大袖，把身子包裹得上下一般粗，缺失了年轻女子的优雅体态，未免可惜。那双穿着大红绣花鞋的三寸金莲不时从裙摆下闪露出来，似乎在显露末代小脚夫人的风骚。对此，柳含嫣不屑一顾。因为她是天足，妇女的解放当从脚下开始，一个连小脚都不敢放的人，还能谈得上人生的解放？这大概是爱丹身上唯一可以挑剔的地方——不过，那不能怨她，要怨，只能怨那个又臭又长的裹脚布时代。柳含嫣这么想。

有人说爱丹是一株山丹丹花，她信；有人说爱丹是深山的俊鸟，她服。好马配好鞍，好女配好男，她与白永和本是一对般配的夫妻，只可惜没有修得三生缘，被撂在了半路上。

爱丹眼里的柳含嫣，是那种风情万种的女人。她的气质高雅不俗，她的举止大方不拘，非大家出不了这样的闺秀。颀长光滑的脖颈，高挑舒展的个头，细长圆润的手指，正是自己不及人家的地方。乌黑发亮的剪发头，在这个僻远的山村还难得一见；燕尾式刘海俏皮而开放，留给额头显露聪慧的空间。一对双眼皮大眼睛脉脉含情。端直的鼻梁，秀气的鼻翼，把生命的活力尽写上边。嘴比自己大了些，但大的合度，大的适中；嘴唇丰润，但丰得受看，润得煽情。脸上轻施胭脂，嘴唇淡抹口红，一股销魂摄魄的香味渐渐弥漫开来，久居乡村的爱丹不免晕晕乎乎。

听说柳含嫣刚来永和关时穿着旗袍，露出白生生的胳膊和大腿，合村男女的眼球都被她勾引了去。今天怎么没见她穿旗袍？噢，是天气冷了，不能露胳膊露腿了。不过，这身红底绣花高领窄袖的长袄，外套一件蓝底碎花坎肩，下着黑色套裙，也挺般配，衬托得越发优雅。不过，衣服精干了，丰乳肥臀却有些放肆。爱丹暗暗妒忌道："显摆个甚，谁没有这个？怪不得村里人撵上看呢！"她想把视线移开，但眼球似乎不听她的调度，偏偏落脚到那些突出物上，害得她脸红心跳，不住浮想。当柳含嫣偶尔下地走动时，她看见一条优美的曲线在她面前晃来晃去，如风摆柳，似出水莲，她看得竟有些痴迷了。心中感叹，原来，女人还有这么多好看的地方！她唯一不喜欢的是柳含嫣那双穿着时髦皮鞋的大脚板，软乎乎的肉脚，套上硬邦邦的皮壳能好受吗？俏女人长了个受苦人的脚，不雅，不雅！爱丹还注意到，柳含嫣头上不插簪钗，耳上不戴耳环，手指和手腕上不戴戒指和镯子，衣着也淡而不艳，但丝毫不影响她的美，反而更显得朴素淡雅。白永和没看走眼，娶了这样一房娇妻，值！

两个美人，一对冤家，终于要直面现实，撩开各自的面纱。

杨爱丹稳坐“中军帐”，柳含嫣却像在急行军。眼看天不早了，正经事还没沾边，她不得不直奔主题：“夫人，我今天过河来，一来是久慕芳名，想一睹为快。见了夫人果然秀色可餐，俏丽无比。”

说到这里，爱丹禁不住打断柳含嫣的话：“太太您过奖了，我已经成了无人看无人要的黄脸婆。您才是一朵人见人爱的牡丹。”

柳含嫣听了，嫣然一笑。她笑时很好看，露出一口整齐的牙齿，两腮涌起旋风一样的酒窝，真叫个甜。爱丹这么想。

柳含嫣说：“看您把我捧上天了，您在河西，我在河东，如果把您比作西施，那我就是东施了。我只有效颦的份，哪里能与您相比！”

柳含嫣的巧妙比喻，让爱丹忍俊不禁。但樱桃小口却是抿着的，“哧哧”的笑声是从鼻子里发出来的。笑过之后，矜持和冷漠照旧回到脸上。不管怎样，总算有了某种默契，柳含嫣从中看到可以交流的迹象。

柳含嫣不失时机地说：“二来是给您道谢来了。”

一句话把杨爱丹说得愣在那里，两只眼睛瞪着柳含嫣问：“您来给我道谢？”

“啊。”

“我与白家缘断情绝，咱俩又素不相识，说什么谢不谢，这不是八竿子打不着的事嘛！”

爱丹说这话的时候，多少有些勉强，这一点没躲过柳含嫣的眼睛。

柳含嫣说：“夫人您听我说，既是道谢，就有道谢的理由，您想听吗？”

爱丹此时才恍然大悟，莫不是搭救三少爷的事让柳含嫣知道了？就急着说：“凭您能说会道的嘴巴，还怕编造不出个事由，只是我不想听，更不要您道谢！”

柳含嫣见爱丹底气不足，想搪塞过去，更坚定了她的猜测，就胸有成竹地说：“我要是没猜错的话，夫人去了一趟灵石，用钱把三老爷赎了出来，做了一回无名英雄。”

“没……没……这是从哪里捡来的闲话?”

“要想人不知，除非己莫为。你做了这么大的好事，还能瞒得过世人?”

“要想人不知，除非己莫为?”爱丹默默地念了一遍，觉得这话用到她身上并不怪味。她反话正说，恰到好处，这柳含嫣可不能小看了！爱丹一时语塞，脸色泛红，鼻尖上沁出了汗珠。

柳含嫣反客为主地把爱丹喝淡了的茶水倒了，复沏了新茶，爱丹心不在焉地敷衍了一下，也就接受了客人的伺候。

为了不使爱丹难堪，柳含嫣尽量语气轻松地说：“您知道吗，为了这件蹊跷的好事，三老爷图报无门，寝食不安；我呢，也一直想面见这位不留姓名的义士，今天终于有了这个机会，请允许我替三老爷给您一拜。”

说着下了炕，爱丹慌得下炕阻止，柳含嫣早按给长辈的礼仪道了个万福。爱丹急得面红耳赤，不知所措。醒过神来，赶紧回了个万福。万福本来是满族人的礼节，柳含嫣从北京来，施这种礼并不奇怪，但给平辈施这样的礼，叫爱丹承受不了。所以爱丹口口声声说：“抬举了，抬举了!”两人相互搀扶着上了炕。

柳含嫣神色庄重，眼里充满感激：“救人一命，胜造七级浮屠。俗话说，欠钱好还，欠情难报。你就实话实说吧，要不，把三老爷和含嫣急不死，也要急疯了!”

事已至此，没有必要再隐瞒下去。爱丹呷了口茶，不冷不热地说：“你说得不错，是我做的。做这件事时没多想，只是想人在难中，应该助一臂之力。一直以来，我苦于没有回报三少爷舍身救命的大恩大德，这次三少爷遇难，正好给了我一个机会，圆了我的梦。我这辈子再不欠人的情了。你说得对，欠钱好还，欠情难报。冤冤相报，一报两清，这下，谁也不欠谁的了。”

柳含嫣听了，激动之余就是感谢，感谢之余还有些说不上来的味道。世上的事真看不透，你可以拆散夫妻的名分，却拆不开夫妻的情感，看似一河之隔，却隔不断爱丹对三老爷的一片真情，爱丹真是性情中人！柳含嫣尽量保持平静，不使自己的情绪流露出来。她说：“实话告诉您夫人，我今天来，三老爷并不知情，这件事他曾经想到过是您。因为他欠您一笔情债，他一直后悔对您做下不义之举，今天，含嫣来代他表示深深的歉意。时光不能倒流，旧景无法再现，本来是天造地设的一对。我替您惋惜，真的!”

柳含嫣这话既是诚挚的表达，也是款款的婉拒，爱丹也是极有悟性的，弦外之音能听不出来？不过，她依旧抿着嘴哂笑道：“二心不同，难归一意，一别两宽，各生欢喜。三少爷才高气盛，人品一流，我哪里能配得上他？你们才是天造地设的一对！”

柳含嫣看过白永和写的《放妻书》，对原件的内容略知一二，显然爱丹是借题发挥，发泄怨气。柳含嫣没有生气，毕竟人家和白永和夫妻一场，又是被他休了出来，还能没有怨气？爱丹幽怨的眼神告诉她，一个女人一旦被人抛弃，心灵的创伤永远无法愈合。虽然爱丹心怀不满，但出于礼貌没有过分宣泄，柳含嫣打心里对爱丹充满感激。

“正因为这样，我才诚挚地替三老爷赔情道歉。”

“有这个必要吗？我从来没有想过让谁给我赔情道歉，这是命，我认了！还是三少爷说得好，一别两宽，各生欢喜吧！”

柳含嫣想说什么，却开不了口。这个话题太沉重了，不要说是爱丹，搁在自己身上，一样也接受不了。女人的心，女人知道。

柳含嫣看看窗户，太阳透过窗棂上薄薄的麻纸斜射了进来，映照得窑里一片光明。时至晌午，该起身了。

柳含嫣下了炕，朝院里喊了一声“白管家”，财旺闻声，从隔壁窑里出来。

“白管家，给夫人把钱放下，我们走吧。”

财旺应声“好嘞”，就从包裹里取出几摞银元放在桌上。

爱丹往过推了推，说：“我说过，冤冤相报，一报两清，我们谁也不欠谁的。钱你们拿来，还拿走吧！”

柳含嫣又推在爱丹面前：“金钱有价，人情无价，就是这点钱，也补报不了您的大恩大德。”

双方各执一词，把钱推来推去，钱在义气和良知面前，显得一文不值。

柳含嫣下炕要走，爱丹一把拉住柳含嫣的衣襟，投过央求的眼神说：“好您哩，柳太太，不收就是不收，收了我就亏心。”

柳含嫣说：“不收我欠情。”

财旺见双方相持不下，想了想说：“要不这样吧，这两千银元，一劈两半，一半留下，一半拿走，总行了吧？”

柳含嫣想，争执下去也不是个法，就附和道：“各打五十大板，我看也行。”

爱丹急得眼里都要冒出火来："我就给你说实话吧。那年清水关丢失皮货，是我家下人做的，白三奴来杨家是我的主意。就说这次三少爷下狱的事，也少不了我家下人的干系。一次次以怨报怨，我很后悔，无地自容，早就想找个机会把事情说清楚，今天您来，正好给了我机会。你说，知恩不报非君子，我还够君子吗?"说着头背了过去，眼圈也红了。

柳含嫣只知道白三奴倒戈，并不知清水关皮货事件，更不知三老爷下狱与杨家有关，她用征询的目光看了看财旺，财旺不解地摇了摇头。她正想询问爱丹详情，不想杨福来听见这边吵吵嚷嚷，赶过来问怎么回事。柳含嫣只好改口说："大叔，出钱救人，理当收钱，可是夫人她不肯接收，叫我多难为情!"

杨福来咧开大嘴说："爱丹不收，定然有不收的道理，你就成全了她吧。"

"我是为感恩才过河来的，如果你们连这个面子也不给，让我以后还怎么做人!"柳含嫣心里一急，泪水就在眼眶打转。

"收下这笔钱，我们心里能好受了?"爱丹回敬道。

爱丹见柳含嫣和财旺还不拿钱走人，气得杏眼圆睁，鼻翼翕动，把钱搂了，推开门扔到院里，散了伙的银元"哗啦啦"一阵响，满地乱滚起来。滚累了，一个个像没娘的孩子一样，张着小圆脸，无奈地朝天躺着。

柳含嫣和财旺傻了眼，杨福来显然被女儿激怒，便大着嗓门呵斥道："是人的不是，还是钱的不是?钱又没罪，这样糟践它做甚!"

爱丹一听，越发把不住性子，随手使劲把门重重地关上，就传来呜呜咽咽的哭声。

爱丹的乖戾让柳含嫣多少有些不悦。不过，她明白，爱丹的使恨是醉翁之意不在酒，意在宿怨而已。

杨福来歉意地对柳含嫣说："小娃脾气，别见怪。不过，你们也要替她想想，她心里有多少委屈没处说，有多少苦水无处倒?论人品，还是论长相，爱丹哪一点不如人?到头来反倒落了个无德被休的名誉，一辈子的心病种上了，就是天王老子也除不了根。"

"爸爸，说那些寡淡话做甚，让他们拿钱走人!"窑里传来爱丹尖刻的声音。

"对，白家有对不起杨家的地方，杨家也有对不起白家的地方；白家有恩于杨家，杨家也回报了白家，这恩恩怨怨的事一笔抹掉，再不提它。"杨福来边说，边圪蹴在地上捡银元。

柳含嫣见杨福来去捡，脸上有点挂不住，忙叫上财旺一块捡了起来。捡齐了，杨福来双手捧上："好了，你们走吧！"

财旺看柳含嫣，柳含嫣看杨福来，杨福来大手一摆："请吧！"

柳含嫣主仆二人成了不受欢迎的人而被礼请出"境"，柳含嫣眉头紧绾，凤眼圆睁，欲再说个长短，但看情形这场戏只能这样收场，别无他法。好的是弄清了事情原委，总算没白来一趟。三老爷替大老爷和二老爷受过，她又替三老爷受过，这个过，总算有个了结。财旺替主子愤愤不平，但主子尚不表态，他哪里敢轻易说话，站在那里不知如何是好。柳含嫣强挤出一丝笑容道："大叔，我们走了。"又朝窑里望了望说："夫人，我们走了。"

柳含嫣气咻咻地来到渡口，正好有船停靠。没等财旺伺候，就上了船，在前舱找个地方坐下。还没等坐稳，杨家的老艄走了过来，脸上堆笑，点头哈腰，说："对不起三太太，这里不是您坐的地方。"

柳含嫣听了，脸"唰"的一下红了。心想这是什么道理，他们都能坐，怎么单单我不能坐？主子给了我难堪，下人又来欺负我，杨家的东家和伙计都这么横！今天是怎么了，莫不是撞上奶奶说的不宜出行的瞎日子？

船上的人见阔气的"洋太太"丢了丑，目光一下朝她射来，她简直无地自容。财旺也不好解释什么，忙给她找了个干净的座处，正要请她过去时，她早怒不可遏地开了腔："兴你们坐，就不兴我坐，我就坐了，怎么着？"

老艄不好意思地说："三太太息怒，听我把话说完。黄河船家都有个不成文的规矩，女人坐船坐后舱。"

"啊？这是什么规矩，我在长江上还坐过大轮船，从没听过这么一说。"

"长江是长江，黄河是黄河，咱这里祖祖辈辈留下这么个规矩，为的是船行平安。"

"听你这么说，女人坐前舱就不平安了？也太小看人了吧！"

财旺好不容易把柳含嫣拉到后舱坐了，又在她耳旁嘟囔了些什么，柳含嫣这才不言语了。靠岸后，财旺扶柳含嫣下了船。老艄不好意思地说："对不起三太太，小的多有不周，还请三太太多多包涵！"

柳含嫣回头瞅了老艄一眼，扬长而去。

路上，财旺才给柳含嫣解释道："这事也不能怪人家，要怪，只能怪我事先没给您说道。咱永和关和延水关自古守着一个渡口，因为靠河吃河的缘故，人们把黄河敬畏得不行。说河里有河神，谁也慢待不得。比方说，每年开船要祭河神，六月六还要夏祭。每次行船，艄公们都要向河神叩头祷告。船工娶亲，要在船头挂一块大红布，新郎新娘让人背着，不能湿脚，表示对河神的尊敬。女人坐船之前，要从头到脚洗干净，船上只有贵客才能坐头舱，货物装中舱，女人娃娃只能坐末舱。女人坐头舱，触怒了河神，是会遭报应的。这是自古留下的规矩，谁也不敢违逆。”

“做了女人就小人三辈，岂有此理!”柳含嫣发过火又说，“为什么不早说?”

“我以为三老爷早给您说过，少操了个心。今天的事全怨我。”

“不知者不怪，河神该不会怨我吧?”柳含嫣逗趣地说。

“不怪，不怪。咱不是坐在末舱了吗?”财旺顺便圆裹了一句。

二人相视一笑，进了关村。

第三十六章

不知不觉，柳含嫣来永和关后的第一个年节就要到了。

一进腊月，白永和忙着和各字号清理账目。盘点下来，有盈有亏，大体持平。面对惨淡生意，白家人少不了说长道短。不过白永和心里坦然：好汉不打头一仗，咱走着瞧吧。

柳含嫣小家小舍地过惯了，对大家庭生活，特别是操办过节，一点经验也没有。好在白永和信任她，一应庶务交予她，并有管家财旺协理，也就一点点、一件件从容做来。白家虽然平日生活俭省，但一进腊月就大不一样，杀猪宰羊，炖鸡烧鸭，山珍海味，白面细食，一直要吃到来年正月底。一过正月，粗茶淡饭依然照旧，叫作“平日吊瘦肠子，年关吃胖身子”。

单说这一腊月，要准备明年正月的吃食也不是一件小事。炸的、烧的有油糕、麻花、麻叶、山药、丸子、烧肉、豆腐；蒸的有枣山山、枣碨碨、枣燕燕、枣花花、米面馍、白面馍、枣糕，等等，因为白贾氏吃斋，还要另给她准备素食。伙房里的人都做好了，寄放在寒窑的一口口大瓮里，以备食用。另外如油盐酱醋，大料花椒，葱蒜姜椒，海带木耳，蘑菇金针，样样不可缺少。再说穿，老太爷、老太太该添置什么，如玉、如意、彩霞该添置什么，三老爷和她该添置什么，还有大哥、二哥家该给什么面料，还有管家财旺和下边用人该添置些什么，等等，都得考虑周到，一个也不能漏了……当大红灯笼高高挂起、大红对联家家贴上、大红喜炮声声震耳时，年也在人们的期待中一步步走来。

除夕夜，合家聚餐后，就是例行的守岁。白永和和柳含嫣先去看望爷爷、奶奶。因为三个孙子的一场牢狱之灾，几乎把健壮的白鹤年击倒，所幸医得及时，才没有酿成大恙。只是人瘦如柴，脸色苍白，说话少气无力。好在白贾氏仗着不倒的心劲，硬是挺了过来，看上去一如往日。白永和给爷爷禀报了收支情况，说业绩平平，辜负了爷爷对他的期望。

白鹤年说：“我倒不那么认为，碛口站住了脚，长船也跑成了，做了我一生想做不敢做的事，这是个好兆头。钱不在口袋里，而在你的胆略里，交了学费，赚得胆略，这就是最大的盈余。”

白贾氏说：“过年啦，不说那些烦心事。爷爷和奶奶对你放心，就照你瞅准的路子走吧。”

柳含嫣想趁这个机会把白永和蹊跷出狱的秘密公之于众，但见奶奶这么一说，倒不知该说不该说。

自和爱丹晤面后，柳含嫣一直拿不定主意，是把这个秘密公开，还是捂在肚里。公之于众，一石击起千层浪，爱丹的举动必将震撼九十眼窑院，白家老老少少会怎么看？人们是不是会把爱丹和她拿来说事？三老爷心里又会有什么波动？可是，不解开这个谜，三老爷永远解不开心里的结，白家人永远欠杨家人的情。为这件事想了好长时间，直至年根才想明白，这样的好事要让大家一块享受，一起鼓舞，让人们知道什么是情，什么是义，什么是秦晋之谊。

窑里生着火，炕上还放着木炭火盆，柳含嫣用长长的火钳捅了捅死灰，又添了些新木炭，用嘴吹了几口，火苗就蹿了上来。白鹤年老两口，白永和小两口，还有如玉，围着火盆又说了些闲话。柳含嫣犹豫再三，如此时不说，就到了明年；明年再说，就成了陈年旧事。还是鼓起勇气说：“奶奶，我有一件好事要说哩，不知您嫌烦人不？”

好事哪有不听的道理？白贾氏立马回说：“不烦人，不烦人，快说，快说！”

柳含嫣得令，就把爱丹搭救三老爷、杨家劫货和爱丹策动白三奴的事全抖了出来。惊讶、感叹过后，就是一阵沉默。

白鹤年和白贾氏无论如何也没有想到将三娃从狱中救出是爱丹所为。被白家废黜了的爱丹，非但不记恨白家，反而仗义相救，世上竟有这样的奇事！白鹤年捋了捋胡须，自言自语地说：“想不到，爱丹倒是一位侠义女子！”

白贾氏一听爱丹心里就烦，她弄不清柳含嫣选在年三十透露这件事的用意何在，是让大家高兴呢，还是让大家烦恼呢？她斜了柳含嫣一眼，不冷不热地说：“原来是这样，杨家害人不浅！自个屙下自个吃，没甚好说的。杨家亏了白家，还不应该补偿？不过呢，人家说是为了报恩，并不希图什么，含嫣你也不要放心上去。”

柳含嫣一肚子不高兴，给白家解了结，自己却背上了包袱。好像是自己别有用心，奶奶说话怎么这个味。

白永和猛然卸了千斤重负，却有些轻松得不大自在。当着爷爷、奶奶，特别是柳含嫣的面，他不知该说什么，没有个态度也说不过去，才慢悠悠地说：“这事多亏含嫣给弄清了，弄清楚就好，大家再不用瞎猜。好了，不说了，还是说些过年的事吧。”白永和就此打住，这是最明智的一招。

柳含嫣想，她的男人终于解脱了。柳含嫣见好就收，脸上堆笑，附和着白永和说：“看看看，只顾说话，忘了大事。”

“还有甚大事？”三个人几乎同时问。

“我这里还给如玉准备的压岁钱呢！”柳含嫣笑着说。

原来是这样！三个人都会心地笑了。

柳含嫣说着，从手袋里取出核桃、红枣、柿饼、花生，放在如玉枕头底下。又取出一根红线，串了六个铜钱。说：“明年如玉六岁了，戴上妈妈给的锁，把平安锁住。”说毕，取出两块银元，问如玉：“两块少不少？”

如玉说：“不少，不少，长了这么大，就数今年的压岁钱多。”

白贾氏说：“你陪伴了祖爷爷和祖奶奶一年，我们也得谢你呢！”说着，也取出两块大洋给了如玉。

如玉高兴地收了，压在枕头底下。要柳含嫣说谜语，柳含嫣说不早了，还要到各家看看。说着，在如玉头上摸了摸，和白永和走了。

出了墩台院，白永和嗔怪说：“你和爱丹密会，我怎么一点也不知情？口紧得上了锁似的，城府真深啊！”

“我俩密会你也介意？有点小肚鸡肠了吧！不是我不想跟你说，是我一直拿不定主意该不该说，直到最后一刻还在犹豫。你知道我有多难？不是我城府深，倒是你有猫腻。难道替你解了心头的结，还不舒心？”

现妻与前妻的相见，是跨越两个家庭、两种情感的一次壮行。可以想见，她独闯情感的禁区，虽然有些大义凛然，但免不了看人白眼，少不了唇枪舌剑，那得有多大的勇气和智慧！支撑她的精神动力，都来源于对他深深的爱。

白永和想到这里，转嗔为喜地说：“我感谢还感谢不过来呢，哪里会埋怨你？不过，我听了还为你捏把汗哩！事先该告我一声。”

“告诉了你，反倒不好行动。我做事，我担当，与你无关。”

白永和拉上柳含嫣的手，说：“你不仅解开了这个谜，还消解了从前的是是非非，以后你就充当两岸和睦使者吧。”

“哎哟喂，我终于有了头衔！”

二人说笑着，分别去了大哥、二哥和白氏近亲等几家。回来时，炉灶里的火熄了，木炭盆里的火也不旺了。要是平日，早将就着睡了，因为是过年守岁，这火是不能熄的。两人手忙脚乱地生着炉火，整好木炭火。窑里有了火，就有了生气，红火红火，红红火火，不仅图个暖和，还图个口彩和吉利。

柳含嫣到隔壁窑里看彩霞和如意，如意已经睡了。彩霞听大人说要守岁，她也要守，正在灯下学纳鞋垫呢。柳含嫣看了看睡梦中的如意，见他红红的脸蛋露出甜甜的笑靥，就弯下腰去在小脸蛋上亲了一口，又把被子拽了拽。在两个孩子的枕头下，依样放了钱物，就催着彩霞睡觉。彩霞说：“你们不睡，我也不睡。”

柳含嫣说：“那哪行，小小年纪哪里能打熬得住。”

彩霞说：“我不小了，明天就十五岁了，说话就成了大人。”

正说着话，白永和推门进来，见母女二人说得热火，也掺和进来。

彩霞总把爸爸当作最有学问的人，见妈妈给了压岁钱，心里别说多高兴，就说：“长了这么大，还没见过压岁钱呢！”

白永和、柳含嫣听了，相互看了看，心里可怜这个孩子出身太苦，想着今后可要好好地对待她。柳含嫣抱着彩霞讲故事，说笑话，逗得彩霞咧开嘴直笑。

白永和见娘儿俩抱成一团，乐呵呵地说：“妈妈的故事讲得好吗？”

彩霞说：“好。在北京时，天天黑夜给我讲故事，故事一串一串的，扯都扯不完。”

父女俩的夸奖使柳含嫣有些不自在，就把话题朝白永和那里引：“爸爸故事才多呢，要不让爸爸也讲一个？”说着亲昵地朝白永和瞥了一眼。

白永和接过柳含嫣的脉脉温情，如同抿了一口蜜糖。想起与爱丹的守岁，也是这样的温馨，却没有这样的情趣。爱丹呀，你现在也在守岁吗？你也有我这样的和美吗？你救我出狱，我无法相报，只能默记心里。柳含嫣见他心不在焉，就问：“想什么呢？”

“不想甚，我在品味和你在一起的感觉呢！”

柳含嫣话锋一转道：“不是吧？是不是品味与他人在一起的感觉呢？”

白永和见柳含嫣戳到他的痛处，性急火起：“你胡——”后边的“说”字几乎脱口而出。他顿了顿，缓和地说：“你胡——涂，难道你还看不出来我是怎么在乎你的？有你在身旁，我心满意足，哪会有别的心思！”说完，身上竟湿漉漉的，以手一摸，原来是汗。

“是真话？”

“我这是石爷爷和石奶奶说话——都是石（实）话。”

柳含嫣听了，哈哈大笑：“想不到，举人老爷也会乡间俚语，真是妙不可言！”

柳含嫣话中有话，白永和哪能不知；白永和急中生智，柳含嫣哪能不晓。夫妻间妙在心有灵犀，有了灵犀，就有了默契，有了默契，就有了消解心结的钥匙。

两人要过自家窑里去，彩霞说怕，不让走。只好留下来陪彩霞和熟睡的如意守岁。年三十守岁，都怀着一个想望，岁岁平安，人人幸福。

骤然响起的鞭炮声，掀开了新年的精彩之门，把人间的喜气和神气都尽情地宣泄出来。

九十眼窑院里的每孔窑门都开了，走出来放开门炮的大人小孩。单响炮，二踢脚，起火带炮，百挂鞭，千挂鞭，万挂鞭，一齐上阵，霎时间把窑院笼罩在硝烟弥漫、震耳欲聋的欢腾世界。

河那边延水关也不甘落后，一样的阵势，一样的气派，此起彼伏，遥相呼应，把黄河两岸的天都烧红了。

烧了香，祭拜了天地和河神，白家人开始了一年一度的拜年祈福仪式。

白永和身着朱青色缎长袍，外套直贡呢黑花绸马褂，头戴黑色礼帽，脚蹬新式皮鞋，显得潇洒大方，抱着同样是长袍马褂的小如意前边走。柳含嫣引上彩霞后边跟着，母女俩都是上衫下裙，红蓝相间，再穿上一双绣花鞋，从上到下，格外鲜艳夺目。一家人刚进墩台院，如意就喊上了：“祖爷爷、祖奶奶，给您拜年嘞！”

进了窑，白永和、柳含嫣齐声道：“爷爷、奶奶，过年好！”

白鹤年和白贾氏坐在后窑掌的太师椅上，当中是一张小八仙桌，桌后供着神位，面前点着蜡烛和香，再往前堆着银元、铜钱和吃食。白鹤年头戴黑绸核桃帽，帽顶缀一颗红玛瑙，一根稀疏的花白辫子顺溜地吊在背后，顽固地宣示他的遗老身份，身着平日不多穿的绸缎长袍马褂。人是衣架子，老太爷这么一扎裹，精神多了。白贾氏是上蓝下黑的衫裙装扮，外边套了那年白永和买的十八镶坎肩，比平日风光了不少。每逢大年初一，作为白家德高望重的长者，都要端坐在这里迎候晚辈的叩拜和恭贺。白永和带领一家五口人跪了，并领头祝贺："爷爷、奶奶，新年快乐，吉祥如意，福寿安康！"

孩子们照着念了。

白永和说："你们是重孙辈，不能跟上我们叫爷爷、奶奶，应该称祖爷爷、祖奶奶才对。重来。"

三个孩子重新说了一遍，乐得白鹤年张开了没牙虎嘴，白贾氏露出齐整整的牙，幸福荡漾在老眉老眼的两张脸上。

白贾氏说："人常说，有福不在迟早，走路捡个元宝。你们看，去年过年，三娃还是寒窑凉炕，独自一人；今年过年，又有媳妇又有儿女，一下成了五口之家，真是人丁兴旺，时来运转呀！"

这句话说到白永和和柳含嫣心上，两人连连点头称是。

如玉不解地问："祖奶奶，谁走路捡了个元宝？"

白贾氏说："你爸爸，不是在路上捡的你？彩霞和如意虽说不是在路上捡的，也是得来全不费功夫呀，是不是彩霞？"

彩霞说："可是，妈妈找爸爸没少费劲。"

一句话逗得众人笑了。

彩霞又想起什么，说："妹妹是如玉，弟弟是如意，为什么他们都有个'如'字，偏偏我叫彩霞呢？我也要改名，和他们挨着。"

柳含嫣看着白永和，这件事早给他说过，他没当一回事，又让彩霞说了出来。

白永和明白过来，觉得这是他的失误。想了想说："就叫如霞吧，灿烂如霞，怎么样？"

彩霞拍手说好。

白鹤年说："我看行。"

白贾氏说："还有些雅意呢。"

柳含嫣最在意彩霞，因为她的出身，她的懂事，她为这个家所做的一切，都让她感动，使她不得不在这个苦命的孩子身上多多用心。大年初一，彩霞终于有了新名字，柳含嫣由衷地高兴，轻轻拍了拍彩霞的头，说："快谢过爸爸，给你起了这么好的名字。"

彩霞二话没说，倒地叩头："谢谢爸爸！"

一声谢谢，让全家人感慨万千。老的惬意，小的欢心，白永和心里好似流过一脉清泉。什么是和谐，什么是美满，只有渡尽劫波，才能感受得到。

如玉喊："如霞姐，咱们玩去吧！"

如霞看了看柳含嫣，柳含嫣点了点头，说："把如意带好，离放鞭炮的远点。"

白贾氏说："慢着，看祖奶奶老糊涂了，连拜年钱还没给重孙们。"说着，一人一份发下去，又给每人口袋里装了些花生、瓜子和洋糖之类的吃食，依次摸了摸娃们毛茸茸的头，扬了扬手，说："去吧！"临末，取了十块大洋给柳含嫣："这是爷爷、奶奶的一点心意。"

柳含嫣没想到还有她的拜年钱，慌得跪下叩头接过，说："谢谢爷爷、奶奶！我是大人了，还给这个？"

白贾氏说："你管这个家也费了心，这点钱就算是爷爷、奶奶的一点心意。"

"这话好舒坦。"柳含嫣心里说。

不多时，白永平、白永忍两家人也来了，少不了一阵说笑。白家子孙络绎不绝前来拜年，白鹤年和白贾氏忙于应付，分发拜年钱。年年如此，岁岁这样，他们乐此不疲。好不容易等拜年的人退了去，就到了饭时，按惯例，白家直系亲属就在白鹤年窑里聚餐。炒了几个像样的菜，温了一壶杏花村汾酒，上了几大盘水饺，白永和弟兄从大到小从男到女依次给白老太爷和老太太敬酒。尽管是浅尝辄止，红晕还是悄悄爬上二老的脸颊，脸上始终荡漾着笑容。过去的一年，发生了太多的事情，经历了太多的大悲大喜。但幸而有三娃和三娃媳妇的冷静应对，这个年老两口过得比往年还要踏实，算得上是一个好年胜景。

初二，照例是上坟祭祖。见坟就抛吃食，叫作"抛撒"，让老祖宗一同过年。

初二也是回娘家的日子。初五俗称"破五"，家家把前四天积攒下的恶煞（脏物）倒了。初七，过小年。晨起，家家放炮焚香，这天还要吃饺子。初八是出行的好日子。不觉就是正月十五，吃元宵，闹红火，是一年里最热闹的日子。

你看吧，男女老少，各尽其能，能扭的扭秧歌，能踩的踩高跷，能跑的跑旱船，能耍的耍狮子，能舞的舞龙灯，能打的打腰鼓，能唱的唱道情，从村里一直闹到黄河滩里，从黄河滩里又闹回村里。合村人，既是闹红火的，又是看热闹的，自娱自乐，众娱众乐。

白永平和白永忍是闹红火的把式，一个踩高跷，一个敲锣鼓，他们的孩子和侄儿、侄女则跟上看热闹。一家之主的白永和让人搬了几把椅子，陪同爷爷、奶奶坐在阳圪栳栳里看红火。

几个媳妇也挤在这里，边看边议，叽叽喳喳。看到有趣处，想笑，但碍于奶奶在跟前，个个都拘拘谨谨，她们不是不想跟着闹红火的队伍疯跑野赶，而是没有奶奶的话谁也不敢轻举妄动。最难活的要数祁娇娇，怀里像揣了二十五只兔子百爪挠着心，说不来有多么难受。看着看着，嘴里不由得哼上了，手脚都动弹起来。白贾氏听见，朝后瞪了一眼，祁娇娇霎时定在那里。

柳含嫣挑逗说：“二嫂亮一嗓子，扭两下，怎么样?”

祁娇娇朝奶奶那里努了努嘴，斜了柳含嫣一眼，示意不要挑事。

冯兰花见状，憨憨地笑着，手朝闹红火的人群里指了指，意思是说有本事你去。

祁娇娇把冯兰花的手打了下去。祁娇娇心里明白，不让她闹秧歌是过门时奶奶定下的规矩，奶奶的话就是圣旨，谁敢违背！自进白家门再也没有扭过秧歌，好动的天性没了市场。想起来就难受，嘴里不敢说，心里免不了咒奶奶几句。

入夜，家家挂灯，人人提灯，搞起游灯会。牛灯、马灯、龙灯、鲤鱼灯、西瓜灯、石榴灯、红枣灯，五花八门，应有尽有。先是在自家院里照耀，继而走家串户显露，再后来在村里来回游转。远远望去，时而星星点点，时而聚拢一片，时而流星闪烁，时而北斗照耀。渐渐地，散落的星星朝着河滩方向汇集，因为河滩里早布下“九曲黄河阵”，今夜的重头戏是“转九曲”。

“九曲黄河阵”有讲究。按照纠首的指派，人们在黄河滩宽绰处平出场地，栽下等距离的木柱十九根，再依托十九根木柱，同行距栽下十九排，十九乘十九共栽三百六十一根木柱，以绳子或木棍连接成九曲形状的通道。每个柱头有小灯一盏，灯场中心，栽一根两三丈高的老杆，上面挂着四个大灯笼，凑够三百六十五盏，象征一年三百六十五天。灯场外面，围着许多用块炭垒砌成的圆锥形旺火，最后围成外四方内九曲的阵势，每曲上供奉着一个天星，四角供奉四大天王，进口和出口供着菩萨。吉时一到，鸣炮三声，这时场内灯光齐亮，场外旺火冲天。秧歌队披红挂绿，载歌载舞；各种社火队伍及村中男女老少依次进阵，在深邃弯曲的九曲道上款款蠕动，想求神的求神，想许愿的许愿，走得顺畅的时运通顺，走得不顺畅的要求天官保佑。柳含嫣抱着如意，掩着如玉，后面跟着如霞，和大嫂、二嫂们一块前行，没转几个曲就头晕目眩。急得找出口，反而找不到，又往回返，后边的人一挤，就乱了套，一个个找不着北。这时活动进入高潮，老杆上的焰火点燃，上下鞭炮齐鸣，阵里阵外群情激昂，欢声雷动一片。

冯兰花说许个愿吧，祁娇娇、柳含嫣都许了愿。

祁娇娇问柳含嫣许的什么愿，柳含嫣说许愿在心里头，不能明言。柳含嫣反问祁娇娇许的什么愿，祁娇娇挨着柳含嫣的耳旁悄悄说："想再要个带鸡鸡的。"

因为她的儿子生下来就不气实，腿胯也不连利，药罐子不倒，两口子觉得不是顶门的材料，一心想再生一个儿子接续香火。

柳含嫣说："不害羞！想怀就能怀上？想要带鸡鸡的，就能来个长把把的？"

祁娇娇说："生儿育女那疙瘩事，还不是婆姨们的当家本领！老夫老妻了，还害羞？害羞就不要搂男子汉。一娘养九种，娃多了，还不出一半个顶门立户的。谁像你二哥，文不成，武不就，连个门户都撑不起。"

得，掏麻雀掏出蛇，不出三句，就说到她的隐痛。柳含嫣想。

柳含嫣没搭理祁娇娇，又问冯兰花："大嫂，您能不能说？"

冯兰花说："有甚不能说的？我想抱孙子。"

柳含嫣说："啊呀，媳妇还没娶进门，就急着抱孙子，也太那个了吧。"

妯娌三个连说带笑，跟着人流从九曲阵里钻了出来，畅快地出了一口气。

从正月十四到十六，要连转三天九曲。因为白老太爷身体欠佳，老太太没有兴致观看，白永和留下来陪着爷爷、奶奶，平日忙得没空，趁这个时间和他们说些外面的见闻趣事，说些笑话，逗老人开心，略尽孝道。十六是最后一天，柳含嫣非叫白永和转九曲去，白永和见今年爷爷心绪不好，想拽着爷爷、奶奶一同去转，无奈河滩里风大寒气重，爷爷本来还有心思去，但因奶奶心有顾虑，就没有去。白永和便和柳含嫣提着龙灯，说笑着朝河滩走去。临到河边，突然从头顶刮来一股旋风，白永和的龙灯就被吹灭。柳含嫣心里一顿，就泛起了阴影。柳含嫣说找个地方点着吧，白永和说不妨事，不是还有她的一盏吗，能照明就行了。到了九曲阵前，众人见当家的都来了，纷纷问好，早有人把白永和的灯点着，夫妻二人在锣鼓声中进了九曲阵。别看九曲阵里点着不少小灯，毕竟夜不光色，人一头钻了进去，如同进了诸葛亮的八阵图，晃晃悠悠，迷迷茫茫，找不到哪里是出路。白永和说："古时诸葛亮有八阵图，能抵挡十万大军，想必阵里有阵，图中有图，只要你进了他的八阵图，就不要想走出来。"

柳含嫣说："这九曲阵莫不是从诸葛孔明那里借来的？"

"说不准。江湖上有八卦两仪阵、七星飞棒阵、九宫八卦阵，好多名堂，布兵摆阵，疑雾重重，悟性高者释疑解难，悟性低者有进无出。"

"转九曲把争战转化为和谐，把坎坷转化为游戏，是不是有这么一层意思在里面？"

"也许吧。不过我没有想到这里，还是我的含嫣聪明！"

"看看看，把我捧到天上了，再捧一会儿，还要去破诸葛亮的八阵图呢！"柳含嫣边说边在白永和后背捣了一拳。

白永和说："打记事起就开始转九曲，不觉转过了童年，转过了少年，转过了青年，如今已近不惑之年。转了这么多年，除了心灵的愉悦，还悟出一个道理：人生的道路颇似九曲黄河阵，磕磕绊绊，曲曲折折。你我动辄遭难、一波三折的经历，不就是这个理？为甚叫九曲黄河阵呢？我想是用九曲来比黄河。天下黄河九十九道弯，万里奔腾东入海。人生何尝不是这样？不管前程如何曲折，只要前面有盏灯，就没有走不出的迷魂阵。你说是不是？"

"不愧是举人老爷，高论，高论！我有点头晕。"她紧紧挽着白永和的胳膊，左冲右突，迂回往复，总算走了出来。虽然头昏脑涨，但心里舒坦。

回返，站在高处望九曲阵，仿佛是一个小小的星空，里面灯火闪闪，群星璀璨。不动的星辰是固定在柱头的三百六十五个柱灯，流动的星光是人们转动着的手灯。白永和想到了什么，对含嫣说："含嫣，我看你有九曲柔肠。"

柳含嫣说："我看你有九曲回肠。"

天上月圆，人间团圆。今年元宵节，是白永和有生以来过得最畅快的一个节日，也是柳含嫣最可回味的人生佳节。

第三十七章

延水关那边也转九曲，爱丹既没有去转，也不想祈祷什么，而是把心中所想付诸行动——神秘地踏上北去的路。

长这么大，还是第一次回娘家。但这不是夫荣妻贵式的归宁，而是孤儿寡母的私密（瞒过了杨福来）探访。是一个陌生的娘家。这是她费了八石芝麻的力气，才做出的人生抉择。想起母女就要相认，她暗自高兴，又忐忑不安。架窝子在山路上摇晃着，她心里也在颠簸着，次日天擦黑，终于来到二十里铺村。

心战战兢兢，手战战兢兢，门"哐当"一声，被她推开。

窑里有不少人。大人在炕上坐着说笑，小娃在地上嬉闹。一见这位带着娃的装扮不俗的生分女人，霎时都静了下来。

一位说老不老的婆姨迎了上来。虽然两鬓略显沧桑，穿戴有些陈旧，但匀称的体态，白皙的面皮，略显呆滞的杏眼，仍不失其曾经的标致。爱丹看着眼熟，在哪里见过？没有。难道她就是那位果子红……

不等爱丹开口，对方就问上了："这位太太，您是……认错门了吧！"

爱丹踌躇着，不知该如何称呼。早打听清楚，二十里铺有三个姐姐，大姐叫牡丹，二姐叫凤丹，三姐叫灵丹（原来自己叫爱丹，是父母早已捏好的把子），她小心翼翼地试着问："这是灵丹家吧？"

炕上坐着的一个年轻女人听说有人找她，挺起腰板，疑惑地看着，还没有来得及应声。

站在地上的婆姨就拦过话来："啊，是呀，是呀！"

爱丹一激动，全然顾不上刚进门时的拘束，一下扑到婆姨怀里："您，您就是妈妈吧，我是爱丹，我看您来了！”

那婆姨愣了一下，这是怎么回事呀！难道……她就是自己天天念叨的爱丹？她眼里闪着奇异的光，身子却不往前挪。为了靠实，她试探着问道：“这么说，你就是爱丹？”

“妈，我是爱丹。”

“妈想死你了，我的娃！”说毕，哇的一声哭了起来。

果子红双手抚摸着爱丹的脸颊，左瞅瞅，右看看，这眉是眉，眼是眼，嘴是嘴，脸是脸，哪里都有他俩的影子。这才紧紧搂抱住爱丹，泪水止不住泼洒下来。爱丹也抽噎着，眼里挤出晶莹的泪珠，两代人的泪水幸福地交织在一起。果子红边哭边说边用衣襟擦泪：“娃呀，三十年了，日日思，夜夜梦，你知道妈是怎么熬过来的吗？”

炕上的几位一齐溜下炕来，围在她们的母亲和爱丹身边。她们终于看明白了，听清楚了，个个泪流满面，低声饮泣，为这天外飞来的喜事，落下一滴滴幸福的泪花。

果子红用衣襟擦干了泪水，一个一个指点着说：“这是你的大姐牡丹，这是你的二姐凤丹，这是你的三姐灵丹。这是你的三姐夫，你大姐夫和二姐夫先回去了。”又把几个孩子哪个是哪家的一一做了介绍，爱丹都一一问了好。

爱丹把缩在身后认生的杨扬拉到面前，说：“这是我的儿子杨扬。”

果子红一手拉了爱丹，一手拉了杨扬，让到后炕坐了。把杨扬抱在怀里，在头上摸了又摸，在脸蛋上亲了又亲：“看这小子，长得比女娃还秀气。”

爱丹说：“我杨扬才不像女娃哩，是个美男子。”

果子红醒悟过来，接着说：“对，将来是个了不起的大男子。”

果子红从袄兜里掏出几个铜钱：“给我外孙子压岁钱。”

爱丹说：“还不给外婆拜年？”

杨扬就炕上给果子红跪了，只磕头，没说话。

爱丹说：“说话呀！”

杨扬习惯了冷清的生活，一时适应不了人多嘴杂的环境，愣了半天，才勉强说：“过年好，外——婆！”

“唉，杨扬好，你妈妈好，众人都好，一年更比一年好！”

果子红今年交了好运，元宵节四个女儿齐刷刷亮堂堂聚在身旁，大的稳重，二的懂事，三的灵动，四的聪慧，一个比一个长得好看，尤其是爱丹，丰肌雪肤，光彩照人。

四姊妹虽是初见，却有说不完的话，但爱丹心有隐情，对第一次婚姻不顺，说了一些，又没有说透，第二次婚姻，娘们几个也听得含含糊糊，好像人在外地，又好像并不顾家，仅此而已。少不了唉声叹气，齐为爱丹打抱不平。爱丹说："没有甚，习惯了。"

爱丹问起几个姐姐的光景，大姐上有老，下有小，只有姐夫一个人地里动弹，数她的光景不好。二姐夫耍手艺，会木活儿、泥瓦活儿，光景还能对付。三姐家吃手少，进项多，生活无忧。问到妈妈，有凤丹和灵丹贴补，也能过得去。其实，爱丹心里明白，最大的资助者应该是爸爸。爱丹的三个姐姐都知道，要不是叔叔（爱丹爸爸）的全力照顾，这个家早不成家了。因为碍着情面和世俗，谁也羞于说破，但都怀着一颗感恩的心。因此上，虽不是一父所生，但是一母同胞，羞耻掩盖不了骨肉亲。

入夜，四姊妹另住一孔窑。爱丹想，钻进被窝，谁也看不见谁，还不如趁这个机会把话挑明了，看三个姐姐是什么意思。

"三位姐姐，咱姊妹好不容易聚在一起，爱丹有件事想和你们商量。说得合你们心思，不要偷着笑；说得不合你们心思，也不要埋怨我。"

灵丹说："有话直说嘛，何必绕弯弯！"

牡丹和凤丹也附和道："咱姊妹之间，还有甚不能说的？说吧。"

"那我就说了。我爸爸一年老似一年，咱妈呢也孤身一人，我想把他二人撮合在一起，少年夫妻老来伴，互相有个照应，也不枉相好了一回。咱们做闺女的也算尽了点孝心，做了件功德事。不知姐姐们怎么想？"

明明知道两个老人相好，明明知道这个家全凭叔叔照顾，明明知道她们出嫁的嫁妆都是叔叔给操办的，但因名不正而言不顺，虽有这个心却没这个胆，姊妹仨谁也撕不破这张脸皮。既然爱丹主动提了出来，刚好说到她们心上，但人心隔肚皮，互相免不了顾忌，怕说不好，惹来嫌弃。所以，一时间没人搭理，冷了场。

爱丹觉得很没脸面，就追问大家："行，还是不行，倒是说个话呀！"

三姊妹你尽我，我让你，最后一致让老大先说。牡丹不得不说话了："咱姊妹们在窑里说话，也就不用藏着掖着，咱妈和咱叔叔从年轻时处到现在，要说也不容易。如今一个不嫁，一个不娶，虽然嘴里不说，心里还不是盼望着做女儿的挑个头，我看事情好办，或叔叔来家，或妈妈去住，都好说。只不过有两件事不大好办。”

爱丹问：“什么事？”

牡丹说：“一来要准备听人家说长道短，二来妈妈老了之后哪里葬身？”

灵丹说：“叔叔和妈妈的事是明的，村里人谁不知道。既是明的，就明来明去好了，省得拐弯抹角多操心。”

凤丹说：“我想也是，眼看着都往老地里走，还有多少年的过头？与其空担名义，倒不如给老人们个方便，让他们名正言顺做个伴。”

爱丹说：“大姐说的还真是个事，我想，活着做伴，死后各归各家，既对得起我妈，也对得起你们爸。”

就这样，姊妹四人在被窝里把杨福来和果子红的晚年生活设计好了，并一致推荐，妈妈这里由大姐来说，叔叔那里由爱丹去说。

牡丹和妈妈说了，妈妈几乎没犹豫就放了话：“妈妈听你们的，你们说怎么好就怎么来。”

爱丹得了妈妈的话，只住了两天，就匆匆返回延水关。艰难地和爸爸说了她去了二十里铺，认了亲娘。杨福来猛地被爱丹认了新娘，隐藏了一生、遮盖了一生的秘密让女儿挑破，脸上就有些挂不住。爱丹见爸爸脸红一阵白一阵，嘴张开又闭上，闭上又张开，像犯了错似的不敢正视她一眼，也跟着难过起来。默默相对片刻，还是把此行最终的目的亮了出来，本想着爸爸会愉快地接受，没想到爸爸却并不痛快，说：“不知村里人会怎么看？河对面白家人又会怎么看？”

爱丹说：“井水不犯河水，又不和他们一个锅里搅稀稠，只要不怕磨烂嘴就让他们说去吧。”

爸爸说：“话虽这么说，可唾沫星子能淹死人，你不怕，我还怕哩！”

爱丹急了，说：“既是害怕，你们就不要来往，不要有了我，既然有了我，就得为我着想。”

杨福来心里暗暗叹道：他终于败在了女儿手里。

杨福来憋了几天，最终还是不通自通。这种自通，源于自己真实的情感。但碍于情面，不得不做个样子，留个缓冲余地。要说畏惧流言，还真有那么一点。不过，事情早已做出来了，脸皮子早已磨厚了，还怕什么。自己盼星星盼月亮盼了几十年，不就是盼的这一天吗?

爱丹又回了一趟娘家，和母亲靠实好了，再捎信给几个姐姐，请阴阳先生选了日子。于是，几个姐姐和她们的男人，乘坐杨家的驮骡，浩浩荡荡开赴延水关，热热闹闹地为杨福来和他深爱的果子红圆了房。

第三十八章

“一把钥匙哗啦啦，里里外外她当家。”

柳含嫣清清楚楚记得，从奶奶手中接过这串钥匙时，那天吼了开年第一声雷。不知不觉，在鸡毛蒜皮家长里短中送走了一年。哗啦啦的一串钥匙，经她手开仓关仓，开库闭库，把家有十五口、七嘴八舌头的生活调理得顺顺当当。尽管她知道，这个差事是吃力不讨好的角色，且又不知干到哪年哪月，但她想，只要自己的男人还是白家的主宰，她手里的这串钥匙就一直会哗啦啦下去；只要三老爷还是白家的一朵红花，她这片绿叶就得一直陪衬下去。

说话间，开年已经过半。白家设在碛口的永和客栈已经上了道，生意日渐红火，白疙瘩先后开通了包头至碛口、包头至禹门口的长船，把白家的生意延伸到千里之外。白永和坐守永和关，眼见得红利“噌噌”往上冒，半年时间就赚回上年一年的钱。白家人明里夸，暗里笑，都说老太爷眼力好，选了一个好当家。

一天午后，如霞和如玉去了学堂，白永和柳含嫣两口躺的躺，坐的坐，正逗如意玩。忽然，天上一声闷雷，震得窗户纸哗哗抖动，吓得如意就往柳含嫣怀里钻。又一声惊雷，震得窑里的瓷盘瓷碗铜盆铁锅嗡嗡响。白永和从天窗望去，老远的西北方涌起一大疙瘩墨黑云团，如同千万只黑山羊往一块靠拢，凭肉眼能看到雨线如注，茫茫一片。不一会儿，拥挤不堪的黑云消失了，演变成一块巨大的黑幕，把天上罩得密不透气。又一声巨响，山摇地动，狂风撕裂，仿佛大厦将倾，天地将毁。白永和慌忙把门户关严实。只听见窗外雷炸雨至，哗哗啦啦，这世界除了雷声就是雨声，不用说渺小如人，就连狂傲不羁的黄河，也在天雨的浸淫下没有了声息。

大雨约莫下了两个时辰，云退雨止，太阳从云缝里探出头来，冲着人们憨笑。白永和望了望，高兴地说："走，发河财去！"

柳含嫣问："发什么河财？"

白永和一面换衣裳，一面回答道："大雨过后，必有洪峰，洪峰一到，必有河柴。运气好时，还有河炭。你也看到了，咱们这里缺柴少炭，取暖做饭，全从河中来。想不想开开眼界？"

"想呀，怎么不想？我正愁家中柴炭没几天烧的，送上门的财神，还能不去迎接。这就把如意送给陈婶，我跟您去。"

如意听说让他跟陈婶，哭着声说："不嘛，我也要去，我也要去！"

柳含嫣说："好孩子，听话，河里有麻乌，可怕哩！"

如意一听麻乌，就输了胆。麻乌是永和关人编造的子虚乌有的妖魔鬼怪，常常被大人用来吓唬不听话的孩童。如意天真地说："打麻乌，把麻乌打死！"

"好，乖儿子！"

柳含嫣从口袋里掏出两块洋糖，给了如意，就抱给陈婶照看。回来时，白永和已经换上短衣、短裤、旧布鞋，一副庄户人装扮。白永和问："你要不要也换衣裳？"

"你发河财我收钱，收钱还用换衣服？"

"说得轻巧，到时你就会后悔。"

柳含嫣生性爱好穿戴整洁，从不随便着装。她以为自己不过是站在河边看热闹的闲人，有那个必要吗？就没在意白永和的话，说："有什么好后悔的？"一把拽了白永和就走。

地上泥泞，步步打滑。还没来到河边，柳含嫣就跌了两跤，鲜艳的绸裙缎衫沾上花花点点的泥水。白永和戏说道："锦上添花，我家含嫣越来越好看了。"

再看脚时，绣花鞋上裹了一层泥浆，走路提不起鞋，只能趿拉着往前挪。白永和又打趣地说："稀泥如同裹脚布，裹成了小脚婆，叫你再跑。"

柳含嫣哭笑不得，但不输志气，边走边回敬道："我成了小脚婆，省得你有事没事想念那双三寸金莲。"

白永和说了句"醋坛子"，就先来到河边。

河边已经站着好多人。白家管家财旺也在人堆里站着。他们手拿筛子、簸箩、爬梳、网勺，静静地等待着、瞭望着。

正在财旺和白永和打招呼时，忽听有人高喊："快看，山水下来了！"

人们一齐朝北望去，黑乎乎的山水头子正从黄河拐弯处喷涌而下，它们打着旋儿，推搡着，翻滚着，咆哮着，以它横冲直撞的野性和恐怖瘆人的尊容滚滚而来。说时迟，那时快，洪峰像浮在水面的巨大战车，轰轰隆隆碾砸而过。枯瘦的河水注入了活力，一河黏稠的糨糊迅速向两岸漫延开来，成了大发雷霆的"胖子"。

目睹山水到来，柳含嫣记忆中的洪峰恶浪和眼前的恐怖景象叠印在一起，美丽的大眼睛里充斥着恐怖的神色，两个好看的酒窝不安地抖动着，仿佛成了洒尽喜酒的空杯。她紧张得连大气都不敢出。那年也是这个时候，也是从拐弯处下来的山水，也是呼啸而过……她双手紧紧捂住脸颊，不敢再往下想。她觉得一股阴风扑面而过，待睁眼看时，男人们把衣裳脱了，扔到岸上，就一丝不挂地下了河，朝深水里走去。黄河野，黄河汉子更野，野的连羞耻都不顾，柳含嫣吓得连忙把头偏在一边。站在浅水里的女人们裤腿高挽，赤臂裸露，只顾埋头干活儿，同样顾不得"羞愧"，在她们看来，争分夺秒抢炭抢柴比脸面更要紧。从上游冲下来的炭块漂浮在泥水里，打在人们身上，生疼生疼，不小心会把肉皮划破。人们顾不了许多，搬回一块炭，记一次钱，到手的炭丢了，等于把到手的钱丢了。男人们冲锋陷阵在深水里钩呀，拉呀，女人们紧跟其后往岸上拽。簸箩、簸箕、筐子、篮子、水桶，凡能用上的工具全都派上了用场。不多一会儿，女人们的衣裳从下湿到上边，紧紧贴到身上，一个个成了泥人。衣衫瘦了，人苗条了，难得一见的凸凸凹凹的地方显现出来。柳含嫣见了，心想：平日笑我丰乳肥臀，你们哪一个比我差了？尤其是那些还在奶娃娃的婆姨，更是赘肉蜂拥，一条大腿抵上她两条腿粗。暗暗失笑过后，又觉得久在河边站，哪能不湿脚。婆姨女子都上了阵，自己也不能例外，就帮婆姨们往岸上拖起炭来。

有个婆姨看见了，说："三太太，我们来吧，别脏了你的衣裳。"

柳含嫣说："没关系，添上一把手就多得一块炭。"干着干着，也挽起了袖子裤腿，战战兢兢地下了水。

听婆姨们说，捞柴捞炭，来者有份，一家一摊，没有纷争。来得早的，会给来得晚的让地盘。有的人没赶上捞，也会从邻里手中得到施舍。永和关的和睦，不仅体现在琐碎的生活中，也体现在急流险阻的义利之中。柳含嫣觉得，用“风淳民善”来形容她的族人和乡亲，实在是实至名归。作为永和关的一员，她由衷地高兴和骄傲。

柳含嫣只干了一会儿，衣裳就湿透了，雪白的肌肤沾上了泥浆，和婆姨女子们混在一起，分不出你我，成了地地道道的黄河人。婆姨们见三太太没有架子，舍得身子，也都当成自家人。边干，边嚷，边笑，柳含嫣的生疏感和羞耻感在大家的说笑中不见了踪影。好像听三老爷说过，别看黄河人平日温言善语，不事张扬，一到紧急关头，就会显露出他们彪悍不羁的豪爽气概，黄河舍身救人是这样，黄河捞柴捞炭是这样，黄河行船拉纤也是这样。他们的生存资本在河上，他们的生存能力也在河上，为了人生的必需，哪能顾及自身的裸露和安危，唯其如此，才能显示出黄河人本真的美。看来，要做黄河人的妻子，还要过好这一关。

柳含嫣见人们只捞炭，不捞柴，就有些奇怪，便向婆姨们请教。婆姨们解释说，炭从远道冲来，不只是少，过得极快，说没就没了，不麻利不行。柴火遍地长着，哪里下雨哪里有，一时三刻流不完。柳含嫣又问炭从哪里来的，世上有这么便宜的事？婆姨们说，从几百里外的陕西神木、府谷一带冲下来的。那里的炭埋得浅，水一冲就跑。

柳含嫣边干活儿边和婆姨们拉呱，没在意白永和。忽然想起来，才发现他早不在身边。往河里一瞅，白永和正和财旺合伙拽过来一株大树。上了岸，还没来得及喘息，财旺就叫道：“三老爷快看，上边冲下来一只船！”

白永和用手遮挡住日头，远远望去，果真，在一片汪洋中，一只空荡荡的小船像一只牛鼻子鞋，忽忽悠悠游荡下来。永和关处在黄河的弯道上，漂来的物件往往在弯道打个旋才朝下游流去。这只船也不例外，仿佛是身不由己的酒鬼，晃晃荡荡向东岸漂来。漂着漂着，像是醒了酒的醉汉，看见这里不是它的家门，便扭头朝西面漂去。下去几个后生，手疾眼快拽住了船，却拽不到岸上，只好放弃。白永和说“我来试试”，还不等柳含嫣的话出口，人就箭一般地射了出去。只见白永和踩着浪前行，就在船要冲走的片刻，一把抓住船舷。白永和用肩膀扛着，想往岸上推，水大流急，船不听摆弄，连船带人顺流而下。吓得柳含嫣大声叫唤，说：“快救人！快救人！”人们说不要紧，三老爷水性好。柳含嫣眼看着白永和越漂越远，急得双手在大腿上乱拍：“快救人，快救人啊！”财旺顺岸飞快跑去，柳含嫣光着脚板也跟着跑。等他们跑到三里外的关村时，白永和已然站在岸上，手拽着他的捕获物——那只半大不小的船，朝他们憨憨地笑呢。

“吓死人啦！以后不许再做这样的蠢事！”柳含嫣惊魂未定地说。

“这样的好事还能常遇上？一只船二十两银子呢！”白永和洋洋得意地说。

柳含嫣问：“这么说，这船归咱了？”

财旺轻松地说：“黄河里的东西没主，谁捞上算谁的。”

白永和说：“也不能这么说。有人找上门，咱拱手还给人家。假使没人认领，咱就用了，总不能让它白白沤烂吧！”

回到九十眼窑院，但见家家门口垒起一摞摞黑炭，院里院外晾晒着一摊摊柴火，没想到，一场洪水给永和关带来如此丰厚的“礼物”。柳含嫣说：“正愁着少柴没炭，可好，黄河给送来了，真是天助我也！”

白永和说：“年年如此，岁岁这样，今年捞的柴炭，差不多要烧到明年这个时候。靠山吃山，靠水吃水，这就是黄河人家。”

柳含嫣说：“老天也知道永和关人缺柴少炭，就这样年复一年地无私施予，它的功劳太大了。”

“岂止是大，它可是我们的母亲河啊！试想，没有了黄河，我们就失去了赖以生存的根基，我们这些黄河儿女将会一无所有！”

面对黄河，两人发了一顿感慨。柳含嫣由原先对黄河的诅咒和恐惧变得亲和而感激。因为她成了黄河人家的一员，因为黄河为他们的生存无怨无悔地奉献着，更因为黄河岸边有她永恒的爱。

夜里又泼了滂沱大雨，黄河发了几十年不遇的大水。天明出门，河水涨到九十眼窑院脚下，地势低的关村，家家院里进了水，仅有的百十来亩良田也泡在水里。等水退去，村里村外滚下一地裹着泥浆的黑炭，大的如碾盘，小的如拳头。送上门的礼物不要白不要，人们什么也顾不得，纷纷用衣裳、草帽、鞋、锨和石头放到炭上，证明此物已有归属。其实，遍地的黑炭，随手可得，大可不必劳心。人们一个劲地往回搬运，家家门前炭积如山，更不要说水退之后留下的柴火。这样的事柳含嫣小时候听说过，但没有亲眼见过。现在见了，证明传说不假。更令柳含嫣惊喜的是，水洼、水坑里还有从上游冲下来搁浅的黄河大鲤鱼。白永和知道柳含嫣最爱吃这东西，便叫上财旺，担了水桶，四处搜寻，不多一会儿捡了一担回来。柳含嫣见了，如同见了大天，高兴得又蹦又跳。白永和笑着说：“我们家开了鱼铺，你就当鱼铺老板娘好了。”

柳含嫣说：“只怕当不了几天，鱼就没了。”

财旺说：“村前水坑里有的是。”

柳含嫣说：“快去找，越多越好。”

她挽起袖子，系上围裙，当即把奄奄一息的鱼剖膛划肚用盐腌了，把活的让人送到清泉沟，挖了个水塘养起来。财旺又搜寻了几担鱼，都养在一起，成了名副其实的鱼塘。

永和关虽然临河，但因水流湍急，没有打鱼的条件，所以，人们没有吃鱼的习惯。偶遇发大水，逮了鱼，要吃，却舍不得油和调料，土办法就是清水搁盐煮白鱼，给皇帝进贡的东西就这样瞎胡吃了。

柳含嫣有了鱼，英雄有了用武之地，便在白家窑里开了小灶。油盐酱醋，葱蒜生姜，花椒大料，尽情地烹调和发挥，做了红烧的做清蒸的，做了水煮的做酱烧的，还有酸菜鱼、豆腐鱼、冬瓜炖鱼头，天天变着样吃，连不爱吃水鲜的爷爷吃了还想吃。冯兰花两口吃了又来要，要得都不好意思。白永忍吃了，说比太原柳巷六味斋的酱肉还香，就催着祁娇娇来要。来了还不愿张口，说是串门来了。串着串着，从柳含嫣手里接过做好的鱼，踮着小脚飞也似的走了。柳含嫣还上门去教给婆姨们做，都说从来没有这样做的吃过，可算见了大天。

这些天，柳含嫣真算是过了吃鱼瘾，上顿鱼，下顿鱼，再配上白永和从宁夏买回来的大米，人在北地，却过着江南的生活，好不快意。白家人吃不惯大米，用鱼就面条、和子饭吃。白贾氏是见过世面的人，知道鱼肉对南方人犹如猪肉对北方人，十分眼馋。但她信佛，只吃大米不吃鱼，还说他们尽糟害生灵哩！又抿着嘴，笑看一个个贪吃而不懂得吃的憨猫。柳含嫣吃大米就鱼，吃得美津津的。她用筷子指了指祁娇娇和冯兰花说：“这么好的米饭能说咽不下去？能说不如小米、豆面？真是小鬼吃不了大米饭！”说的阖家人都跟着乐起来。

平日里，柳含嫣总爱与白永和出双入对，散步谈天，引来村里人艳羡的目光。

柳含嫣和白永和散步来到关村，路过白记客栈，迎头遇上客栈的白掌柜。白掌柜蒜疙瘩鼻子总是挂着汗珠，向人炫耀着他的勤谨。他说：“这么巧，我正要找三太太，三太太和三老爷就来了。店里来了位客人，说是要回延安去，和我闲拉呱时，无意间听到了三太太的名字，就像见了救星一样高兴，说三太太他认识，要我请三太太来见上一面。”

“哦?”柳含嫣莫名其妙，一下让白掌柜说蒙了。

白永和则好奇地看着柳含嫣，没有言语。

两人用目光作了交流。即使柳含嫣是新女性，在这僻远的山村，冒冒失失地去见一个男人，也是有失检点的事，更何况身边还有自家男人。柳含嫣犹豫着，拉着白永和就要走。白永和想，是北京的，还是汉口的，抑或是柳含嫣老家的人寻她来了？为什么不亲自上门来见，而要在店里见面呢？不管怎样，既是有人来见，没有不见的道理，便爽快地说：“有朋自远方来，不亦乐乎？要不你进去看看，我到别处逛逛。”

柳含嫣说：“想当逃兵，没门！要去咱俩都去，看看这个人到底是谁。”

“人家找你又不找我，关我甚事？还是你去吧。”白永和满不在乎地说。

柳含嫣以为白永和在吃醋，一把拉了白永和说：“走，进去看看。”

白永和没法，只得跟上柳含嫣进了店。

来到一孔窑前，白掌柜“笃笃笃”敲了三下：“先生，三老爷和三太太来了。”

柳含嫣一看，这孔窑正是她去年住过的，这么巧。门开了，出来一个手拄文明棍，头戴礼帽，眼戴墨镜，脚穿皮鞋，留着八字胡的面相臃肿的人，看样子有五十开外年纪。永和关很少有这等时髦的人路过，不只白永和感到稀奇，就连柳含嫣也觉得面生，这会是谁呢?

那人乐呵呵地走下台阶，摘下眼镜，又摘了礼帽：“含嫣，不认得了吧?”

柳含嫣大吃一惊：怎么会是他呢？真是冤家路窄！

白永和在柳含嫣耳旁低声问：“他是谁?”

柳含嫣无法回避，但也没有直接回答，只是对那人说道：“是您，滑老爷！”不等滑老爷回话，柳含嫣便给双方介绍道：“这是我掌柜的，我丈夫。”又给白永和介绍道：“三老爷，这就是我给您说过的汉口滑老爷。”

“啊哈，鸟枪换炮了，当了太太，还能认得我?”来人不无调侃地说。

柳含嫣浅浅笑了笑，没予理会。

来人的眼睛从柳含嫣身上慢慢游移到白永和身上，说：“三老爷，听店家说您业儒学精，经商干练，初次相见，果然相貌堂堂，气度不凡!”

“哪里，哪里，听我窑里的——哦，我太太说，滑老爷经办洋务，见多识广，久仰，久仰!”

“你家窑里的是谁?”客人好奇地问。

白掌柜见客人听到了岔路，忙出来圆场：“是这样，我们永和关人管媳妇叫‘窑里的’。”

“噢，原来是这样。有趣，有趣。白老爷、白太太请进!”

进窑就得上炕，上炕就得脱鞋，这就是北方窑洞的便与不便。白永和两口挨炕沿坐了，没有上炕的意思，滑老爷也只能坐在炕沿上叙话。

当着白永和的面，当年柳含嫣的主子找不到说话的茬口，柳含嫣也不知该说什么，双方难堪地僵持着。白永和意识到自己是多余的，就找了个借口说：“啊，你们谈吧，我和白掌柜有生意上的事商量。”说完，拉上没有眼色的白掌柜告辞。

柳含嫣目送白永和出去。她知道，只有善解人意的白永和，才会在她进退两难的时刻，做出回避而不是干预的选择。

滑老爷开口道：“含嫣，啊，三太太过得还好吧?”

“哪里能受得起您的抬举？就叫含嫣好了！我嘛，过得还可以。”

柳含嫣恨不得把到了白家的好处一桩一桩都道出来，给这位从前的主子夸耀一番。但她没有这样做。

“嗯，只要过得好我就放心。几年了，没有你的消息，我心里不好受。是我对不起你!”

“不提那些事了。滑老爷，您过得怎么样？二太太呢?”

“还提她做什么，你突然失踪，她一口咬定是我和你串通下的，就要我把你找回来，我不干。她就大吵大闹，翻了脸，把我犯的事捅了出去，人家就把我开了。我丢了事做不算，她还要和我离婚，离就离，早不想和她过了。我孤身一人出来，想起你一人在外也不容易，就四处打听你的下落，好不容易在北京见了吴梅，才知道你名花有主。唉，来晚一步!”

柳含嫣想：这老头倒也痴情，还在打我的主意呢。

“是的，您来晚了一步，即便是早来一步，又能怎样?”

“那就是另外一说，也许……”

“也许我成了您的三姨太，是吗？滑老爷，可惜您看错了人！您对我的好，我记着，要我嫁给您，没门！”

“哦，想不到小含嫣有如此气节，真不可小觑。不过——”

“不过什么？”

“我要让你回去呢？”

“那是你一厢情愿。”柳含嫣再不称他“您”了。

“你不要忘了，你还是我滑家的人。你看，当年买你的契约还在我手里。”滑掌柜说着，就从衣兜里掏出一张字据，在空中扬了扬。

柳含嫣听他这么说，头皮发麻。只要这张卖身契还在，她柳含嫣就没有人身自由。她真是被快乐冲昏了头脑，怎么竟把这事忘到脑后？

滑老爷冷笑一声：“我没说错吧？”

柳含嫣一时语塞，没法对答。想来想去，没有退路，只能孤注一掷，大不了和他闹个鱼死网破。

柳含嫣有了主张，就重新找回了自信，她不卑不亢地说：“就算你手里有一纸契约，又能怎样？这里不是汉口，现在也不是大清，难道你还想借此讹诈不成？”

滑老爷见柳含嫣态度生硬，口气缓和下来：“含嫣，我不是要讹诈你，是这一纸文约捆绑着你，是它不容你呀！”

柳含嫣火了，从炕沿溜下地，冲着滑老爷说：“你捆绑了从前的柳含嫣，捆绑不了现在的柳含嫣！”

柳含嫣说完，气冲冲地走了出来。只听背后滑老爷气急败坏地吼叫：“那就对不起了，公堂上见！”

白永和在白掌柜那里等候消息，一见柳含嫣气得脸色惨白，喘着粗气，知道事情不妙。忙迎了上去，问怎么回事。柳含嫣一跺脚说：“嗨，别提了，撞上鬼了！”

白永和要她到白掌柜窑里说话，她看了看，没理会，径直朝店外走了。

白永和紧追两步，撵了上去，说：“有事说事嘛，发脾气管甚用？”

“那个鬼要我回汉口去，说我还是他家的人。”

白永和一听，气上心头：“岂有此理，岂有此理！我和他评理去！”

白永和扭头要走，被柳含嫣拉住，说：“你准备怎么说？”

白永和被柳含嫣这么一问，僵在那里。是呀，冒冒失失进去，和他怎么说？

柳含嫣说："走，回家去，商量好再说。"

回了家，柳含嫣往炕上一躺，眼直勾勾地看着窑顶，一言不发。

白永和怕柳含嫣一时想不开气出病来，好言相劝道："不要气嘛，古人不是说，'他人气我我不气，我本无心他来气。倘若生气中他计，气出病来无人替'。"

柳含嫣说："怎么能不气？我说了你可不要气。"

白永和说："我不气，我不会气！"

柳含嫣说："他还有娶我为妻的念头，你气不气？"

"甚？你说甚？"

"他贼心不死，还想占我为妻呢！"

"啊……啊……"白永和眼睛一瞪，气得呼呼直出粗气。

柳含嫣怕气坏了白永和，反过来劝道："都是我不好，连累了你。"

白永和不吭声，只是呆呆地愣着。

柳含嫣摇了摇白永和的身子，恳求道："永和，三老爷，你倒是说话呀！"

白永和仍然闭口不语。

柳含嫣想了想，便以其人之道还治其人之身，口中也念道："他人气我我不气，我本无心他来气……"

白永和终于说话了："我来问你，你们俩究竟是什么关系？"

"啊？"柳含嫣万万没有想到，白永和憋了半天竟憋出这么一句话。她吃惊地看着白永和，好像眼前这个人不是三老爷，而是一个素不相识的陌生人。这话出自别人的口倒还罢了，出自三老爷的口，她咋听咋不像。这是那个爱她的三老爷说的话？她不相信，她说："你再说一遍！"

"你们到底是什么关系？"白永和要打破砂锅问到底。

"你说我和他是什么关系？说这话寒不寒心？我把一个女人最宝贵的贞操给了你，你不知道？我把一个女人最纯洁的心给了你，你难道忘了吗？你怎么能说这样少心无肝的话？"

柳含嫣说这话的时候，捶胸顿足，很有些痛不欲生的样子。白永和见状，有些后悔，后悔自己心急鲁莽，只好温言相劝道："我不是为你的事着急吗？

他既然敢来寻衅闹事，总是你有把柄在他手里，只有搞清楚来龙去脉，才能对症下药，是不是这个理?”

柳含嫣强忍悲痛，把事情原原本本又说了一遍，和在汉口出逃路上说的一模一样，白永和半晌无语。心想：强龙压不过地头蛇，不给他点颜色看看，不知道马王爷长三只眼。又想不妥。赶他容易，但要做得在理，输了理，就丢了脸面。眼看天擦黑了，这个无赖还在那里等着，要是再找上门来胡闹，那就惨了。柳含嫣的名声就会在不明不白中贬值，我白永和也会变成勾引良家妇女的下贱之人。想到这里，他倒感谢起滑老爷不上门闹事的“文闹”来。此事关系重大，不宜拖延，作为负责任的丈夫，他要尽自己所能把影响降至最小。便对柳含嫣说：“我去会一会这位滑老爷。”

柳含嫣忧心忡忡地说：“您有办法了?”

白永和胸有成竹地说：“相机行事，临场发挥，你就等我的好消息吧!”

柳含嫣见男人有了主张，平添一半信心，抱歉地说：“给您添麻烦了，实在对不住。”

“甚时候了，还说这话？我走了。”

第三十九章

白永和来到关村，落座在“三和聚”，准备了一桌菜，让小二请滑老爷赴宴。

滑老爷果然慷慨，一请就到。进得门来，彼此客套几句，分宾主坐定。天黑掌了灯，灯是挂在空中的由多支蜡烛组成的荷花灯，照耀得窑洞明光光、亮堂堂。滑老爷环视左右，窑墙刷得雪白，墙裙用桐油漆了。当中摆了两张八仙桌，每张配着八把椅子，椅子靠背雕刻着花鸟鱼虫，桌椅都是暗红色，看样子是楠木的，非有力之家没有这等摆设。滑老爷一时找不到好说的，就没话找话地问：“三老爷，你家的饭馆虽是窑洞，但不失典雅，开眼界，开眼界。”

白永和说：“山村寒窑，哪里顶得上您的洋楼豪宅？不过，我要告诉您，这里是招待贵客的地方。”

“这么说，今天我是贵客了？”

“您说呢？”

二人相视笑了起来。

店掌柜和小二满了酒，酒过三巡，白永和屏退了左右。

白永和和滑老爷划拳喝酒，各有输赢，不多时一壶上好的老白汾就下了肚，人虽然还清醒着，但已是酒酣耳热。白永和喊小二再温一壶，滑老爷推辞说不胜酒力。白永和说：“办过洋务见过世面的大人物，哪能在山村野夫面前怯阵？来来来，酒上来了，再喝。”

两人又喝了几杯，白永和见滑老爷有些飘飘然，说话也不利索，心想是时候了，就问滑老爷：“滑老爷大驾光临贫地，有何贵干？”

滑老爷被将了一军：他怎么装疯卖傻，明知故问呢？

“难道您太太没跟您说过?”

“她只是说您是她以前的主人，让我好好招待，并没说别的。”

“真的没说?”

“真的没说。”

“那好，我给您说。您太太柳含嫣是我买来的用人，她不辞而别，我应不应该找她回去?”

“叫我说不应该。”

“为什么?”

“因为她现在是我的妻子。”

“她还没有和我解除主雇关系呢，倒先做了您的太太，她本来应该是我的太太呢!”

白永和拍案而起：“你说甚？你再说一遍!”

滑老爷见白永和动了怒，知道话说过了。他没有直接回答白永和，而是带点调侃的腔调说：“本来就是这么回事嘛，只是时辰不到，没能圆房罢了。就要到手的桃子让你摘了，得了便宜不感谢，还质问起我来了。”

“那能说明什么，只能说明你居心不良，想强娶豪夺!”

“我的用人能不听我使唤？为了她，我花了多少银子供她上学，为了她，我还私下里给过她五千两银子，为了她——”

滑老爷还要往下说的时候，被白永和把话截断：“你纵然有千个‘为’，万个‘为’，只有一个‘为’，那就是为了你一步步占有她!”

“不能这么说吧？你问问含嫣，我对她怎么样?”

“即使你为她有所付出，那也是醉翁之意不在酒!”

滑老爷见白永和如此蔑视他，气得跳了三跳，指着白永和的鼻子说：“你，你，你，柳含嫣没良心，你更没良心，不是一路人，不进一家门，你们真是臭味相投！为了含嫣，我得罪了太太，被告了状，革了职，抄了家，众叛亲离，落了个人财两空……这才起心到北京来找柳含嫣……”

滑老爷看见白永和横眉冷对，眼里寒光闪闪，就怵了几分。毕竟人家是柳含嫣正儿八经的丈夫，毕竟人家是地头蛇，所以，下面的话不敢照实说了。“到了北京，才知道柳含嫣名花有主，高攀你白老爷了。我又朝永和关寻来，不想在路上遇到强盗，把身上的钱搜了个精光，你说我可怜不可怜！在汉口混了这么多年，到头来穷得只剩一把骨头，哎呀，我怎么活到这种地步!”

滑老爷又哭，又说，还不时端起酒盅猛喝两口。不知是泪还是鼻涕，不知是酒还是口水，涂抹得那张冬瓜脸上一派狼藉。

白永和终于听出滑老爷的弦外之音。人到了这个份上也真可怜，白永和不由得动了恻隐之心，就痛快地说：“看来，你是想要钱，那就直说嘛，何必拐弯抹角要挟人呢!”

“我只有这点本钱了，一辈子没为下几个人，只有在柳含嫣这里积了点德，才敢壮着胆子说话。”

“说吧，要多少钱?”

“不多，那年我给了她五千两银子，如今还我五千大洋，从此你我两清，永无瓜葛。”

“你也太狠了吧?”

“那你看给多少?”

白永和伸了一根指头。

“一千？你也太抠了吧？要是这样的话，我就住在你白记客栈不走了，有吃有住，我怕什么?”

白永和想，滑老爷不是一盏省油的灯，要想利索了事，就得花钱消灾。他给滑老爷倒了一杯酒，两人对着喝了。白永和仗着酒力说：“好，我答应你。不过你也得答应我一个条件。”

滑老爷见有门，顺溜地应道：“只要你信守诺言，我一定会君子相报。你说!”

“我要你把那张卖身契还我。”

“什么？这和五千大洋有什么关系?”

“不仅有关系，而且大有关系。你不是口口声声说柳含嫣还没有和你解除主雇关系吗？我要用钱买回这张卖身契，只有这样，才算两清!”

“那不行，那是另外一回事，不能混为一谈。”

“既是这样，白某告辞，恕不奉陪!”白永和站起身扭头就走。

滑老爷滑到骨子里去了。他之所以不答应交出卖身契，自有他的小九九。对他来说，卖身契就是一块敲门砖、一棵摇钱树，需要了就来敲诈你。滑老爷见白永和要走，急忙拉住白永和的衣襟，诡谲而神气地说：“别走，有话好商量嘛。既然你提出一个条件，我也有一个条件，只要你答应了，我只要你一千大洋，外贴一纸契约。”

“你说。”

“听说白老爷水性极好，可以河里救人，浪里捞船。我的条件不高，只你，只我，只要今夜送我过了河，就是吃自己屙下的也没说的！”

白永和没有表态。看来滑老爷比泥鳅还滑，想出绝招吓倒我。如果不答应，钱扔了，事情还是了不了；如果答应他，无异于玩命。现在正值雨季，河宽，流急，浪大，漫不说带人过河，就是孤身泅渡，也非易事，更何况是夜渡黄河！

滑老爷见白永和沉默了，以为吓倒了白永和，洋洋得意地说：“怎么样？害怕了吧？依我说这事就算了，给我五千大洋走人。”

“只怕没那么容易，我送你过河！”白永和别无退路，是铁了心的坚决。

滑老爷一听，礼帽戴上又摘去，文明棍在地上点得“笃笃”响：“白老爷，你不要命了？你不要命，我还要命哩！”

“既然惜命，谁让你出此瞎招？君子一言，驷马难追！”

白永和把滑老爷重新摁在座上，说要出去方便方便。滑老爷频举酒杯，后悔不迭地叹道：“唉，我这是没病揽得害伤寒哩，多此一举，多此一举嘛！”

等了好长时间，滑老爷思谋白永和是下了软蛋，打了退堂鼓，溜号了吧。就戴上礼帽，拄上文明棍，摸了摸胡须，面带神气，站起来要走。刚开门，迎面走来白永和，不得已，返回来，再坐下，等候白永和发话。

白永和举起酒杯道：“来，滑老爷，再对三杯，我送你过河。”

“什么，你真的要送？”

“白某向来说一不二，说到做到。”

“不是吓唬人吧？”

“来，干！”

两人连干三杯，白永和站起就走，滑老爷随后紧跟，出了饭馆。

白永和问：“有行李吗？”

滑老爷说：“几件不当紧的衣服，不要了，就当土匪抢了。”

二人相随来到渡口，已经有几个人在那里等候。

白永和问：“准备好了吗？”

财旺说准备好了，并说：“三老爷，您还是让艄公们送去吧。”

白葫芦和白狗蛋说："三老爷，我们去吧！"

滑老爷就势说道："那可不行，说好的白老爷亲自送我，你们送了不算数！"

滑老爷本是想借众人之口阻止白永和的冒险行动，谁知非但没有奏效，反而激起白永和的胆量。

白永和检查了筏子，这是用四个小混筒组成的筏子，上面刚好能坐一个人。白永和指着筏子说："请上。"

滑老爷见事情已无挽回的可能，也就抱着视死如归的气概上了筏子。

白永和又吩咐众人："把他用绳子绑了。"

众人要绑滑老爷时，滑老爷忽然想到这是要加害于他，就扯着嗓子叫喊："我不要绑，你们要做什么？"

财旺说："送你过河。"

白葫芦说："不绑你，掉到河里，可没人捞！"

这些人仿佛绿林中人，一个个冷酷无情。滑老爷想。

白永和脱了衣裳，只穿一个裤头，把混筒上的牵绳斜搭在肩上，然后从腿胯穿过，他伏在另一只混筒上，说声走，滑老爷的混筒就随着白永和的游动款款地移动起来。

月儿悬在中天，洒下一河清辉。白永和凭借着月色，隐约能够分辨出水路。河水哗哗响着，听响声也知道水流湍急。滑老爷在筏子上注视着白永和的一举一动，现在，他已经不怀疑白永和的本领，他不放心的是，白永和会不会在半路上摔了他，把他葬身黄河。他见白永和不往对面游而是朝上水游，心里一急，发出叫驴般的吼叫："白老爷，您喝多了吧？应该朝对面游，怎么朝上水游开了？"

"你才喝多了！坐你的筏子好了，管那么多做甚！"

白永和吃力地继续往上水游去。他利用混筒的浮力，双臂如桨，双脚如翼，不停地划着，蹬着，每前进一步，都要付出数倍于正常横渡黄河的力气。滑老爷虽然不识水性，但他明白"逆水行舟，不进则退"的道理。过来一个浪，筏子剧烈地颠簸了几下，他也跟着剧烈地颠簸起来。好不容易平静了，又过来一个大浪，筏子几乎就要颠覆，他侧着身子，就要往后掉，吓得哭爹吼娘，大声喊叫："就算我下了软蛋行不行？我不过河去了。"白永和哪能由着他，上了阎王道，没有回头时。就用牵绳来回摆动，避峰躲浪，筏子才化险为夷。滑老爷暗自思忖：刚才还和白老爷争斗置气，现在什么都不想了，什么也不想要了，只要能平平安安过河，就谢天谢地。人，有时贱得很，平时把钱看得比命还要紧，不到黄河心不死，一旦到了黄河，才真真切切地想落泪。为什么可以同患难，因为你的性命就在他手里捏着，只有同舟共济，才能到达彼岸。他正这么想着，忽然感觉筏子掉了头，速度也快了起来。潜伏在心底的恐惧感又歇斯底里发作起来："白老爷，白老爷……你怎么回事？是不是让浪冲了下来？不行的话早收摊，后悔还来得及，啊！"

"闭上你的乌鸦嘴！"

滑老爷像蝎子蜇了嘴，再不吭声。

滑老爷的感觉对头，筏子是往下漂的。白永和凭着他的良好水功，硬是把筏子斜刺里往上蹚了一大截，看看到了适当地方，就掉头斜着西行，就像从房檐的正面爬到房脊，再从房脊往背面的房檐溜一样。黄河渡船也是这样，因为水流湍急，要想直来直去，过去就靠不了码头，只能上水再下水，才能准确靠岸，这样的本事，只有熟悉水路的黄河汉子才能应付得了。对白永和来说，这样的活计平生还是第一次，所以，这无异于一场生死博弈。不只是滑老爷紧张，白永和也一样把弦绷得老紧。不过，滑老爷的紧张表现在心慌意乱上，白永和的紧张则体现在神情专注上。滑老爷的紧张是为了自己，白永和的紧张不只是自己，还有身后这位死乞白赖的落魄者。不多时，筏子靠了岸。滑老爷圪皱在一起的眉眼终于松弛下来，复了位。与此同时，一种大难不死的庆幸感涌上心头。白永和没有多想，只是觉得他赌赢了。就怀着胜利者的心态，像释放囚徒似的把滑老爷解开，拉他上了岸。后边紧跟着的两个人也游到岸边，这是白家的艄公白葫芦和白狗蛋，他们是来护送三老爷的。白永和让白葫芦解开他的那只混筒，从里边倒出一堆大洋来，擦着火柴，打了一堆火，一来是给对岸报信，二来是让滑老爷借光清点。白永和说："点清了，整一千。"

滑老爷上了岸，静了心，心里就有些后悔，悔不该和白老爷赌这一把。可是，事已至此，他的戏也演到了尽头。他没有清点就把钱装进一个口袋里，并从怀里取出那张卖身契给了白永和。白永和就着火的光亮仔细看了，原来上边写着：甲方因无力偿还乙方纹银五十两，甲方愿将养女柳含嫣卖身抵债云云。白永和收了，用油纸裹好，装进混筒里，对滑老爷说："前边不远就是杨家客栈，你可到那里去投宿。好了，告辞！"

滑老爷的礼帽过河时给风刮走了，墨镜也不知落在哪里，文明棍过河时可能就没带上筏子，头发被风吹得乱蓬蓬的，好在一身西装还在，多少能装点门面。更何况手里有了钱，心里镇定了些。但此时的他内心矛盾，何去何从，茫然无计。他略微愣了愣，不无感叹地说："白老爷，有道是人不可貌相，海水不可斗量，平生让我青眼相看的人没几个，你是其中的一位。含嫣眼力不错，嫁给你是她一辈子的福气！祝福你们！对不起，在你面前献丑了！"

说罢，扭头走了。谁知，第二天滑老爷又坐船过了永和关，仍旧住在白记客栈。白掌柜问起缘由，原来他并不是延安人，他是山西绛州人。正如白永和猜想，来永和关本意是乞讨一点银钱。他并无意过河，只是突发奇想，想以此吓倒白永和，多得一笔钱。不想，白永和将计就计，让他输了个心服口服。

白永和几个下水回返。回去时，白永和穿了衣裳，坐着筏子，白葫芦和白狗蛋牵着游，不费力气就回到了东岸。早在岸边哭死哭活的柳含嫣，见三老爷回来，什么也顾不得，一下扑到男人身上，眼泪"唰唰"地夺眶而出，双手在白永和身上乱捶乱打："天下再没有赌可打，谁让你和他打这个要命的赌去了？谁让你……"

白永和轻轻抚摸着柳含嫣的脸说："这不是好好的吗？我心里有数，只是他太小看人。咱永和关的人输了啥，也不能输了志气，没有啥，也不能没有胆量！"

白永和从白葫芦手里接过卖身契，交给柳含嫣，说："你终于解脱了，没事了。"

柳含嫣从来没见过她的卖身契，借着灯光粗粗看了看，鼻子里哼了一声，就撕了个粉碎，朝黄河里抛去，纸屑很快就被咆哮的流水吞噬殆尽。柳含嫣用感激的目光看着白永和，半晌说不出话来。她挽起白永和的胳膊，觉得他浑身发抖，才想起在河水里浸泡的时间太长，怕是冻着了。忙把自己的外套脱了给白永和披上，亲昵地说："三老爷，我们回家去吧。"

白永和点了点头，深深瞥了柳含嫣一眼，他想：今晚的事，虽然冒险，但也值得，我终于为深情厚谊的柳含嫣做了一点事情。

西斜的月儿把白永和与柳含嫣的身影拉得很长，很长，但他们却觉得彼此的距离很近，很近。

第四十章

无论是永和关，还是延水关，凡经历过民国十三年那场罕见大旱的人，若干年后谈论起来，仍然惨象在目，记忆犹新。

在白永和的记忆里，那年天气特别怪。开年后一直是西北风当家，白天刮了黑夜刮，上月刮了下月刮，刮得没完没了。刮得厉害时，天没了天的样子，混沌一片；日头没了日头的样子，仿佛是一颗少气无力的蛋黄色皮球。一旦风停了，日头又像火球吐焰，赤裸裸地把人往死里晒。云不兴，雨不至，草不长，禾难种。白永和领上永和关的人祈雨，祈来的是晴天红日头；杨福来领上延水关的人跳神，却扬起了一场大风。大旱不过五月十三，过了六月六还不见动静。老年人说，老天没了人性，不管人的死活了。连黄河也少气无力地呜咽着，瘦得就要驮不动过往的船只。

河瘦了，人也瘦了。白鹤年老相挂在脸上，也写在身上。年年过年听到的一句话是“天增岁月人增寿”。他却说是“天增岁月人增瘦”。那根宝贝辫子越来越不成气候，从花白变成了雪白还不说，且越来越稀，越来越细，越来越短。白敬斋没大没小，总爱称他“几根发”。白鹤年火了，索性把辫子盘在头顶。虽然天很热，他还穿着夹袄，外边套着坎肩，腿上依然穿着套裤，就是那种只有裤腿没有裤裆的裤套。一个人去不了关村，只能见天在九十眼窑院里毫无目的地乱转。见了老年人，坐在窑院宽敞处拉拉家常，说说前朝古代的事。有合脾气的，就地画了棋盘，玩起掐方或老虎吃绵羊的游戏。赢了，高兴得手舞足蹈；输了，和人家争得面红耳赤，全没了尊卑老小之分。对于家事，他懒得过问。其实，他一阵精明，一阵糊涂，想问也不知问处，问了又能顶甚用？凡事由着三娃和柳含嫣去做，省点心安度晚年。

这天，白鹤年闲得无聊，坐在一棵比他还要苍老的枣树下眯着眼养神。枣树老而弥坚，依旧挂着稠稠的青枣，枣树上时而有蝉“吱吱”鸣叫，叫得他心烦。他想去驱赶，伸不出胳膊，迈不动腿。人活到这个份上，连一个小虫子也治不了，只好任由它聒噪。听见有人咳嗽唾痰，气喘吁吁，声音越来越近，知道是堂侄白敬斋来了。白敬斋拄了根枣木棍子，棍子弯着腰，人也弯着腰，一如风吹柳叶一样，身不由己地摇摇晃晃。白鹤年说：“敬斋，过来说话。”

白敬斋应了一声，乖乖地靠白鹤年坐下。

白鹤年说：“敬斋，你七十多，我八十多，村里人都说咱俩是老寿星，我看咱们还真是有福气的老汉汉。”

白敬斋“啊”了一声，心想：还有福气呢，我哪能比得上您老人家？忙附和说：“啊啊，您是大寿星，我是小寿星，大寿星有大福气，小寿星有小福气。”

“甚大甚小的，都有福气。”

“对，对，都有福气。”

“光阴过得真快呀，才记得下河耍水，上山偷枣，爬树掏鸟，不觉得就成了七老八十的人了。”

“是呀，岁月不饶人，你不想老也不行。”觉得说的不大得体，又说，“以侄子看，您老会长命百岁呢。”

“能过了米寿就不赖，还长命百岁哩。”

“叔叔命大福大，怎么说也是九十地里的寿星。今年我七十三，是一个坎呀，不知过得了过不了。”说着，哆哆嗦嗦捋了捋他的山羊胡子。

“尽说胡话！我过来了，你就能过得了，照叔叔的样好好活着。你看这棵枣树，是咱祖宗来永和关那年栽的，应该有四百岁了吧。人说猫老不逼鼠，人老四根柴，你看它，身老心不老，照旧开花结果。咱要是能沾它点福气多好！多活几年，看看三娃的威风！”

“是呀，是呀。三娃是个人才，可惜没赶上好时候，要不，他早就升州迁府，少说也做个道台。您老还不是跟上吃香喝辣，哪里还认得我这个侄儿？”

“看你说的，三娃要是发了，还能忘得了你？唉，时也，命也，命里注定没那个官星。可也好，没做学问，做了生意，遂了我的愿。”

“嗯。人有了学问，做甚也不差。我看，三娃终究是干大事的材料！”

“唉，贵人多磨难，三娃自当了这个家就不顺，才闹腾得有了眉眼，天年又不凑劲，半年了，连一滴雨也没下。听说米价一斗从两角钱涨成一块大洋，照此下去，还不涨到天上去？这可怎么办呢？”

“咱村本来土地少，人家存粮也不多。眼下，有的人家青黄不接，准备迁居呢！”

白鹤年一听有人迁居，如同挨了一棍，强直起身子叫道：“你说甚？谁要离开永和关？”

“这不是甚新鲜事，关村里候娃家，来管家，交脐子锁家，都打点起了，说不准哪一天就背井离乡。就说咱九十眼窑院，也不是没人琢磨这事。”

“这恐怕不大好吧？要是平常年份，要走也就走了，没人说甚。遇着灾年，要走可就有了说头，三娃就得寻思寻思，设法安定人心。”

“叔叔说得对。不过呢，树挪死，人挪活。再说，咱永和关村小地窄，一个渡口又养活不了多少人，人满为患，水满则溢，每隔二三十年就要往外迁一批。叔叔，您还记得在您手里迁走多少人？”

白鹤年捋着胡须，闭目思量，少顷才说：“少说也有百十来口吧。”

“对呀，即便是一姓人，也总不能在一棵树上吊死吧？四百年不知迁走多少白家子孙，永和县到处是白姓人，要不人家叫咱白半县呢！”

“是这个理。可是眼下天不下雨，人心惶惶，连陕西那边的人都过山西逃荒来了，总得安抚人吧。”

“叔叔说得在理。公家管不了，咱自己管自己。要不你和三娃说说，叫他想个法子？”

“僧多粥少，狼多肉少，能有甚好法子？咱只能替他干着急，没法！”停了片刻，又说，“来来来，还是掐咱们的方吧。”

白敬斋眼力尚好，每次掐方，总是他画棋盘。听叔叔要掐方，早在地上画开了。白鹤年视力不佳，费劲蛮力地用线绳绑了少胳膊缺腿的老花镜，待套在头上时（白永和在外面买了新款眼镜，他舍不得戴，说留着三娃老了时戴，还能省两个钱），白敬斋已经画好棋盘在那里等着。于是，叔叔先侄儿后地掐起来。只有在这时，两颗苍老的心才会游离于尘世之外，锁定在小小的方格里，锁定在童心和儿戏中。

白鹤年在外面掐方，白贾氏在家里念佛，除了念经敬佛，懒得走动。她的重孙子们，大娃、二娃家的，或娶或嫁都有了归宿。三娃的三个孩子，如霞念了北京燕京大学，如玉念了省立国民师范，最小的如意，也在永和关小学堂快毕业了，说话就要上中学。白贾氏百无聊赖，和白鹤年又说不到一起，每日里除了让孙儿和他们的媳妇轮流过来坐坐，不是闭目养神，就是坐禅静修。

白永和一身白府绸衫裤，打着黑色裹腿，脚穿千层底布鞋，手摇纸扇走了进来。见奶奶正在做功课，就蹑手蹑脚地退了出去。身后传来“三娃，是你吗”的问话。是奶奶叫他，就又踅了回来。

“奶奶，您老人家耳朵真灵，闭着眼也能知道是我。”

“听了几十年，还不知道你。漫不说走路轻重快慢，就连你出气粗细都能听出来！”

白贾氏住在一进两开的边窑，门开在侧面，通头长炕挨着硕大的窗户，天窗开着，窑里既凉快，又明快。她连鞋坐在席子上，两床铺盖打成卷，靠墙根放了，绵羊毛擀得毡和油布都卷了起来，只有在睡觉时才派上用场。不只是爱惜，也为了方便。本不习惯穷酸气的白贾氏，受白鹤年的影响，也不得不随人俯仰、因陋就简地过日子。

白贾氏看三娃这身打扮，汗水津津的样子，也知道外面是火辣辣的毒日头，火辣辣的天。

白贾氏说：“你看这天，要人的好看哩！我见天在家求神保佑，都不济事，不知道要旱出个甚眉眼哩！”

白永和说：“咱这地方，十年九旱，遇上一年不旱，还涝个没完。天旱雨涝没收成，有甚法！”

“老天高高在上，由不了咱，任凭它去吧。眼下人心惶惶，灾民成群，安抚人心的事咱总得办吧。”

“办着哩。昨天在白记客栈设了粥棚，专门救助过往的难民。老天再旱下去，咱纵有天大本事，也管不了天下灾民呀！再说，延水关那边的人也过河来借粮，十家九亲，谁家能不借，借得多了，咱永和关的人反倒成了缺粮户。”

“咱管不了天下，管自家总能行吧，咱白家有了粮，才好接济人家。”

“奶奶说得对，孙儿不是正在想法吗？”

奶奶、孙子闲扯了一会儿，散了。

白永和路过大枣树时，看见爷爷和敬斋叔正在专心致志地掐方，就凑到跟前看热闹。爷爷人老眼花，棋子下不到地方，让敬斋叔掐得七零八落，剩下几个残兵败将，还在那里负隅顽抗。这样力量悬殊的对局，早让白敬斋不耐烦了，又不敢擅自作罢，只得窝烦地陪着玩。见白永和来了，求救地说："三娃，你看看，我叔输给你叔了，还不认输！"

白永和看了看棋，笑而不答。心想，游戏场里无大小，反正都是叔叔，谁输谁赢还不是一回事。

又一想，不是一回事。爷爷性犟好胜，即使被人家赶尽杀绝，也不认输。一般人都不愿与他过招，没那个耐性，也没那个时间，也就是性情温良的敬斋叔……向人向不过理，白永和笑着对爷爷说："爷爷，这局输了，重来吧。"

"甚？输了？要说输，我还有子，项羽输就输在认输认得太早，他手里还有三千江东子弟，为何不能卷土重来？人情如纸，世事如棋，这掐方和世事人情一样，脸皮要厚，心劲不倒，才能赢。这一局我输了，下一局输的就是你叔，信不信？"

谁也没有附和他。

白敬斋干咽了口唾沫，没有说甚。听老太爷说还要下，十分不情愿，但又无可奈何，只好一面摆棋，一面和白永和有一句没一句地拉呱，借以分散老爷子的注意力。说着说着，就说到天旱无雨人外流的事上。一下触动了白鹤年的神经，停下他手中的棋子，冲着白永和说："你敬斋叔的担忧，也是爷爷的担忧啊，人们想走，谁也挡不住，但总不能落个吃不饱肚子被迫出走的名声。你得动点脑子，要走，总得让吃饱肚子走才行！"

白敬斋附和道："我叔说得对，世事如棋局局新。世事难料，棋势莫测，如同我们掐方，棋子往哪儿下才能胜算，可得掂量掂量。以我对你多年的观察，你不会坐视不管，而且早就成竹在胸，是吧？"

"不瞒叔叔，侄儿正在筹划。你们耍吧，我走了。"

白鹤年见三娃走了，刚才说的那些话也不知搁在心里没有，就没有了耍的心思。毕竟民以食为天，吃饭第一，他不能不想，回头还要和三娃说说，千万不能坐视不管。白敬斋见叔叔走了神，也站起身来，拍拍屁股上的土说："叔叔，回窑里吧？"

白鹤年应了一声，两人一南一北，摇摇晃晃地走了。

老枣树下恢复了平静。微风吹过，枝晃叶动，青青的枣子也不安分起来。更不安分的，是盘踞在树上的蝉们，聒噪得没完没了。时至晌午，九十眼窑院不见了人影，这大热的天，白家老少都钻进窑洞里纳凉去了。只有燕子在窑院里飞来飞去，不时传来哺雏的呢喃声。

财旺乘第一趟船过了河，朝杨家走去。此行是受三老爷之托，邀约杨掌柜来永和关共商大事。

杨福来年近六旬，岁月的沧桑刻在日渐臃肿的脸上，写在大腹便便的肚上。自果子红来家后，他总算过上了有妻有女有孙的团圆日子，在桑榆之年尽情享受天伦之乐。因而，一应家务交给爱丹打理，只有在遇到大事时才出面问问。再说，这几年杨家的生意日渐萎缩，没有什么大事、难事要他处理，有爱丹就足够了。

虽说这样，至今仍没有归宿的爱丹成了他最大的心病。人们长时间不见爱丹口中的男人归来，又长时间不见爱丹改嫁，什么样的猜测都有了，什么样的难听话都说了出来，杨家人只好装聋作哑地活着。时间长了，议论的人没有了兴趣，被议论的人习以为常，村里人依旧抬举爱丹，恭维杨掌柜。就这样，本来想迁出延水关的爱丹反而心安理得地住了下来。孤闷难耐时，就叫来从前的使女、早已是两个孩子母亲的排排做伴，说东道西，谈古论今，借以打发时日。

这些年，白三奴一直心事重重，又不能不任劳任怨。永和关回不去，别的地方不想去，他只想守着爱丹，围着爱丹消磨时光。虽然得不到爱丹，但在爱丹左右，听爱丹指使，看爱丹脸色，逗爱丹高兴，几乎成了他的人生乐趣。老娘去了，老爹逝了，这个世界上再没有亲人，只有爱丹不嫌不弃地留他在身旁，这也是一种幸福。

杨扬上了榆林中学，他天资聪明，学习用功，每考下来，不是头名就是二名，他不仅是爱丹的希望所在，更是望孙成龙的杨福来的希望所在。当然，杨福来和爱丹所希望的，也是果子红所盼望的。一家人没有二心，这个光景大面上还能过得去。

白三奴熬成了管家。他接待了财旺，又带上财旺见了爱丹。财旺有几年没见三少奶奶，眼前的三少奶奶和从前的三少奶奶好像没有两样，快四十岁的人，除了身体有点发福，眉眼还是那么好看，气质还是那么优雅。

爱丹慢悠悠地问：“财旺，这么多年也没来往，今天登门，该不会是专程看我来吧？”

财旺慌得站起身作揖道：“早想看望三少奶奶，就是抽不出身。今天来，除了看望您，还有一件事。”

“啊？有甚吩咐，说吧。”

“看三少奶奶说的，我一个下人，只有听三少奶奶的吩咐，哪里敢没大没小胡乱编排呢！是这样，我家三老爷请杨掌柜过河去叙谈。”

“甚事？”

“我也不知，反正是关乎两家的大事。”

“急吗？”

“不能说十万火急，也算是刻不容缓！今日晌午，三老爷在三和聚设宴恭候！”

“回你家三老爷，就说既是三老爷相请，杨家没有不去的道理，白管家你先走一步，杨掌柜随后就到。”

爱丹本来要和爸爸商量来着，转念一想，与三少爷好多年没有见面，何不趁这个机会晤谈，一解相思之苦？再说，爸爸不一定能践约，即使践约，商议出什么事来，还不是由自己去办。这又不是私事，公事公办，两家主事人会商，有何不可？

主意打定，就给妈妈说：“我和三奴去渡口看看，饭熟了你们先吃，不要等。”

十多年了，爱丹第一次登上去永和关的船，第一次踏上永和关的土地。一切似曾相识，又那么陌生。就要和昔日的丈夫会面，她的心不安分得要往外蹦，越近三和聚，越是厉害。财旺在三和聚门外迎候，见来的不是杨掌柜而是三少奶奶，不禁大吃一惊，忙折回去通报三老爷，好叫他有个准备。

白永和听说爱丹来了，先是吃惊，继而窃喜，随之犯愁，怎么会是她呢？一时间理不出个头绪，只是沉吟不语。财旺急了，说：“三老爷，有理不打上门客。人家已经到了门口……”

白永和这才整了整衣帽，大大方方出门迎接。

兴许是兴奋，兴许是羞涩，兴许是难堪，迎者与被迎者的目光刚一交会，一股热流便在彼此身上游走，心儿也狂跳不止，他们像酒性发作的饮者，两个白脸霎时成了红脸。一个慌乱地避开对方，一个腼腆地低下了头。虽是瞬间工夫，他们的窘态却没有逃过两个管家的眼睛。白永和下意识地保持平静，朝着依旧挂着赧颜的爱丹说："你，你来了？请！"

爱丹温馨而柔声地回道："没想到吧？三少爷。"

白永和听了，心里荡起一种久违了的亲切感。他只"啊"了一下，便做了一个请的手势，让爱丹先行。

爱丹忐忑不安地朝前走着。她在白家时从没有涉足这里，所以一切都觉得新鲜。

白永和不便与爱丹同行，有意落后爱丹两步。财旺陪着三奴走在后边。三奴故地重游，触景生情，失落、惆怅感一齐涌上心头。忽然想到"三十年河东，三十年河西"的老话，脸上隐隐现出自嘲的表情：河东长了三十岁的他，后半辈子没准撂在河西了。

进了三和聚，分宾主坐了，财旺和三奴站在各自主人身后。面对从前的丈夫，爱丹既不敢正视，也不敢发问，心慌的能离了窝，意乱的能走了马。面对从前的东家，三奴更不敢正眼相看，戏文里"四郎探母"忠孝难以两全的尴尬在他身上重演。

酒宴开始，财旺给二位主子满上酒，白永和挥挥手，示意他下去。爱丹突然想到什么，说："今天破个例，就让二位管家一块用餐吧。"

白永和略微犹豫，忙会心地笑了笑说："好，好，一块吃，一块议吧。"

财旺和三奴这才入席就座。众人频频举杯。爱丹现在也能喝酒了，连对三杯，面不改色，令白永和与财旺咋舌。

酒是壮胆的神祇。三杯酒下肚，爱丹的矜持和腼腆消失了，话匣子就此打开："三老爷一定纳闷吧，你请的是杨掌柜，可是却来了杨爱丹。我是替家父来的，不管谁来了都一样。你说吧，有甚要紧事？"

白永和早就听说爱丹替父管家，没想到她会亲自过来。是有意安排，还是无意巧合，不得而知。不管怎样，注定是要和昔日的妻子晤谈。白永和就把合伙去包头籴粮救急的设想说了。

爱丹寻思，虽说两家曾经有过是非恩怨，但秦晋之好一家亲，打断胳膊连着筋。如今三老爷主动提出合伙籴粮，共度饥荒，不用说是功德之举，杨家还有什么说的！就慷慨答应道："三老爷所说，也正是我杨家所想。不过您久在商界，耳目灵通，凡事高人一筹，我佩服您的远见卓识，也感谢您能提携我们。我也听说包头是河套和归化一带粮油集散地，谷物便宜，贩来救急，是两利之事。只是路途遥远，我心里没数。三老爷说可行，那就是可行了，一切听您的吩咐就是。"

白永和没想到爱丹非但不计前嫌，反而全力支持，原来的担忧顷刻消解。说："白家在碛口有长船，杨家眼下没有长船，或雇，或租，或买，都可以，一块采买，结伴而行，互相照应，运多运少，全在各家。你看怎么样？"

"我看行。容我回去给家父禀知，有什么事让三奴过来转达，怎么样？"

"好。天下大饥，人心浮动，要做，就做好；要做，还要做早！"

"好。就这样吧。您……"爱丹欲言又止。

白永和不知她要说什么，用好奇的目光注视爱丹。

爱丹扫了一眼三奴和财旺，二人会意，退下。

白永和说："还有甚事？"

爱丹忧郁的双眼泛起光泽。说："没甚了。您近来还好吧？嫂夫人也好吧？"

白永和说："承你问起，都好着哩！你呢，没再瞅下个人家？"

爱丹"唉"了一声，泪水就在眼眶里来回滚动。

白永和知道问到爱丹的痛处，就换了个话题说："二老都好吧？"

"好，好。"爱丹应承得有点勉强，是否还有不尽之意。

白永和忽然想到爱丹的娃，这是她的命根子，自己怎么能不问起呢，就特别关注地问："你的娃，好像叫杨扬，长高了吧？"

爱丹噙着的泪挤了出来，用手帕拭了拭，脸上露出些许爽意："长高啦，足有你高。"爱丹一语双关，有着某种不为白永和悟会的暗示。又说："在榆林上中学呢，人听话，肯用功，成绩总在前一二名。"

白永和闹了半生学问，对学业的事特别敏感。听说杨扬学习上进，心里由衷高兴，爱丹婚姻不如意，儿子倒挺争气，也算是安慰和补偿，就附和说："那就好，那就好。将来上大学，成大事，给你争光！"

"谁晓得呢，但愿他像您一样，做一等的学问，做一等的人。"爱丹兴之所至，由不得又把儿子和白永和作比。

"我算甚？文不成，武不就，做了个小生意人，还做不成样子。"

爱丹不言语了，只是脉脉含情地看着白永和。白永和脸上发烫，心神不安，竭力回避两汪秋波的缠绵，一本正经地坐在那里。

白永和愈是回避，爱丹愈是放肆，如同老虎见了绵羊，一个怕，一个威，一个退，一个逼。两汪秋波像两盏燃烧的灯，袭得白永和睁不开眼。渐渐地，两盏灯越烧越旺，成了两把火炬，直朝白永和逼来。等白永和醒过神来，他已经成了“老虎”的俘虏。爱丹一如当年枕上撒娇那样，把他紧紧搂在怀里。

白永和被爱丹突然失控的举动吓坏了。要脱身不合适，那样会伤害爱丹。一时间，他成了一根木头棍，任由爱丹摆弄着。

一想到和爱丹卿卿我我的过去，欲火也禁不住升腾起来。他搂住爱丹，正准备将亲热进行下去时，却像提线木偶被人拽了一把，爱丹盼望的动作没有如愿以偿。

提线的不是别人，正是白永和自己。

看见爱丹，眼前就浮现出柳含嫣，他既不能伤害眼前的这个女人，更要为家中的那个女人负责。他虽与爱丹有旧，但形同陌路，前妻虽好，与己无关，无关的人不能给她有关的东西，这是他做人的底线。一想起他的柳含嫣，心里自然有了某种排斥力。爱丹渴望更大的风暴降临，却落了个难堪的冷场。

一瓢凉水把爱丹的欲火浇灭，也把她的理智浇醒。她整了整头发脸面，不好意思地说：“对不起，我有些冲动……不过，我没变，您也没变，您还是那个样，我为有那一段情缘高兴，也替柳含嫣放心！”

白永和顿了顿，他感叹于爱丹一往情深。世上有两个女人或明或暗地同时爱着他，这是幸福，还是悲哀？他说不清楚。他声调徐缓却又清晰地说：“没有甚。我们都没变，变了的是时空和对象。你我都是好人！”

暴风骤雨来得快，去得也快，外面等着的两位管家心照不宣地以为他们俩要重温旧好，得些工夫。没想到这么快就走了出来，他们究竟说了些什么？做了些什么？谁也来不及多想，迎了上去。

爱丹有些恋恋不舍地说：“我们——走了。”

白永和心情复杂地说：“恕——不远送。”

白永和目送着爱丹上了船，身影随着渐行渐远的船渐渐淡去，直到消失在彼岸。

一转身，与柳含嫣打了个照面，他的脸“唰”的一下红到脖子根。“含嫣！

什么时候来的?”说着做了一个舞台上惯用的邀请动作，“啊，不知夫人驾到，有失远迎，小生这里赔罪了!”

柳含嫣就着白永和的腔调，悻悻地说：“罢了，罢了。一心不能二用，你心里只有对面那个人，哪里能知道我的存在呢！幸亏不是梁祝，要不，还要演一出十八相送呢!”

“你看你，扯到哪里去了？我只是目送嘛!”

“哎哟哟，目送送到人影没了还不罢休，要是亲送呢，还不送到人家炕头?”

“你这是咋了，比掉在醋坛子里还酸!”

柳含嫣听了，越发拉长了脸，竖起眉眼说：“怕人家吃醋，就不要做曲!”

白永和知道柳含嫣误会了，就温言细语地说：“你误会了。本来，我是邀杨掌柜过来商谈，不想杨掌柜没来，却来了杨爱丹。饭桌上每方两人，明来明去，没甚见不得人的事。不信，你问财旺。”

财旺想，今天这事，既不能怪三太太，更不能怪三老爷，天打地对，凑到一起，瓜田李下的事，遇上谁，能不生疑？就说：“人是我去请的，三太太您也知道。不承想来了三少——杨家小姐，事情谈成，人家就走，就这样。”

柳含嫣本来怕杨掌柜难说话，想来听听动静，必要时助三老爷一把。不想，到关村后，才知道来者是杨爱丹而不是杨掌柜，这是怎么回事？白永和竟然背着她和前妻密会。无名妒火胸中燃烧，这气就不打一处来。当白永和四人走出三和聚，当白永和站在关村默默为爱丹送行时，就悄悄跟在白永和身后。假如不是白永和痴情相送，她也许不会醋性大发。真相大白，她有些难为情，为自己的小肚鸡肠失悔，就假嗔虚怨地说：“我说的是实事，你说的也不假，我们是石婆婆和石爷爷说话——都是石（实）话。大功告成，你是功臣，回家我给你庆贺庆贺，三老爷!”

白永和哭笑不得，只好跟着柳含嫣走了。

第四十一章

白、杨两家携手籴粮救灾的事一经传出，两岸人无不拍手称快，粮还没有到手，就有了望梅止渴之效，想外出的不走了，有粮的也肯出手帮人。民以食为天，无粮不稳，有粮不慌，真是天下至理。

择了吉日出行，少不了到老槐树下焚香祷告。延水关那边由白三奴带了几个船工，永和关这边白永和亲自出马，只带了财旺协理。因为白家的船在碛口，一行人到了碛口，住在永和客栈。大掌柜李茂德见东家又要做一件险事，心里不免吃惊。不过他知道，既是三老爷想做的事，劝也是白劝。话说回来，既是三老爷要做的事，还没有一回做不成的。他把包头粮食行情和河漕情况逐一给白永和等说了，并说如果要去，他愿代三老爷前去，三老爷留守碛口。白永和一口回绝了李茂德的建议，说此事关乎两岸几百户人家的身家性命，他得亲自采买，亲自押运才行。李茂德只好听凭三老爷的。因为时间紧，逆水行舟须拉纤而上，费时费力费钱，就没有乘船，一行人沿陆路走了包头。

碛口至包头千里之远，白永和一行人第十天天黑时到达包头，住下后就四处打听行情，逐一比较，订了一部分谷子、一部分麦子。白永和和白三奴都雇了船，船东嫌大同碛滩险流急，只答应送到碛口。白三奴问怎么办，白永和说走一步看一步吧，到了碛口白家有船，再给他雇船好了。于是，两只丈五船各载三万斤粮食顺流而下，下水时正好河套行了洪，瘦水成了肥水，船行顺畅，只五天时间顺利到达碛口。

白家在碛口有船，即刻把粮装好了。杨家需另雇长船，只得在碛口上岸歇息。白永和和财旺是上过京城下过汉口的人，碛口除了做生意，没什么好看的，一进永和客栈便蒙头大睡。白三奴则不然，为雇船的事不敢分心。谁知，那些长船不是怕过大同碛，就是嫌运费低，总是商量不成。白永和本来是给白三奴露一手的机会，只让店里的一个伙计陪着他雇船，不想这个白三奴优柔寡断，做不成事，这才不得不让李茂德亲自出面给雇好了。船是雇好了，可是过大同碛还得雇过河老艄才行。大同碛位于黄河与湫水河交汇处，明滩暗礁，诡谲莫测，水急浪大，鬼哭神嚎，一不小心，船毁人亡，从古至今不知出过多少事，有谈碛色变之说。所以，长船要过碛，必须雇当地有经验的老艄引渡才行，故碛口又有了专门从事过碛职业的人，称作“过碛老艄”。最有名的老艄是姓李的老艄，要雇他不仅得低下架子请，还得出高价钱。这李老艄穿绸挂缎，吃香喝辣，整天在碛口街上游来摆去，单等着上门生意。

白三奴在李掌柜陪同下，寻找行踪不定的李老艄。从头道街的后街寻到中街，又从中街寻到前街，一路上人头攒动，熙来攘往，眼花缭乱之间不觉走了五六里路，就是没有李老艄的影子。二人又依样逛遍了二道街、三道街，也无半点结果，半天时间，几乎走遍了全碛口，街是清一色的石头街，字号多是前房后窑式的建筑，是个非买即卖，只谈生意的地方。这样的地方，白三奴老早听人说过，今天亲临，才觉得比说得更繁华，听说连烟馆、暗娼、耶稣教堂都有了。狗日的，林大了，什么鸟都有。在晋陕峡谷千里水道上，碛口可以说首屈一指，永和关算甚，延水关又算甚？连人家的脚后跟也抵不上，白三奴边走边想。因为李老艄他既不认识，又不好交涉，只能靠李掌柜带上他跑腿，他倒落了个卖眼享受。

好不容易在碛口最高处的黑龙庙找到李老艄。

原来，黑龙庙准备起戏，李老艄闲来无事，游逛到这里看人家装台口。

李老艄高鼻深眼，中等个头，头戴瓜皮帽，身着长袍马褂，手里捏着两个铁蛋，边来回滚着，边和戏班的人说笑。李茂德李掌柜今非昔比，在碛口也是有脸面的人。纠首和班主见他来了，纷纷和他打招呼，李老艄不能不敷衍着问候一声。

李茂德说：“李老艄神出鬼没，实在难找！”

李老艄只顾和戏子耍笑，正眼也没看，回问道：“李掌柜，寻我有事？”

李茂德说：“既是寻你，定是有事。请您过一趟碛，您看——”

“甚时候？”

“明天一早吧。您看价钱——”李茂德知道，别的老艄过一趟碛两块大洋，他过一趟碛至少得四块。如果是正常年景，四块大洋能买两石麦子，这可不是小生意。李茂德是明知故问，试探李老艄的口气。

李老艄眼珠仁来回滚了几下，说：“这样吧，看到您李大掌柜面上，三两怎么样？几只船？”

李茂德说：“两只。一言为定！”

李老艄说：“咱可说好了，不要银元，要银子。”

民国年后，大洋与银子一样通行，一块大洋和一两银子等值。尽管这样，李老艄总以为银子值钱，所以每揽一宗生意，总要申明一次。

第二天一早，白永和、李老艄等一行人在黄河滩里祈祷了河神，两只长船在李老艄的带领下缓缓离开碛口。

白家的船当先，李老艄就在头船上指挥。船行不多时来到大同碛。李老艄让船先停了，然后到岸上沿河察看水情。

行船人都知道，行船容易分水难，尤其是人称神河的黄河，沿途千难万险，险就险在一个碛上，一不小心，船破人亡。与其说是求神保佑，不如说求人保佑，或者说是千里黄河靠一个老艄保佑，好的老艄就是船的灵魂。别看李老艄平日穿绸挂缎，游来逛去，活儿一到手，绝不含糊。他早就换了一身水手的衣裳，短衫短裤，毛巾裹头，脸上刻满了横纹竖道，赤脚赤腿赤胳膊，肌肉一疙瘩、一疙瘩暴起，使人想起了力气和胆略，想起了岁月和资历。李老艄沿河走了好一阵子，从上到下，从下到上，仔细察看了大同碛的水纹水线。他从水纹水线揣摩水急水缓，从水纹水线判断水深水浅，这样逐一排除了潜在的隐患，从只有八十来米宽的河道里分辨出要走的航线。心里有了数，便一言不发地上了船，叫众人各就各位，操起舵，铁着脸，吼了一声“起船！”，头船动了起来。李老艄目不转睛，盯着水面动向。所有船工手握棹板，屏声静气，等待李老艄下达口令。船在李老艄指挥下，在惊涛骇浪里颠簸起伏，左冲右突，说时迟，那时快，船夫们觉得只一眨眼工夫，就飞也似的走出了大同碛。白永和是船上唯一的闲人，所以他比谁也看得真切，比谁也提心吊胆。船靠了岸，众人才有工夫喘息擦汗。李老艄扫视了一圈，只见船工们雪白着脸，个个衣裳被溅湿。他摸了摸稀疏的胡须，微微笑了笑，对白永和说道：“没吓着您吧，白东家？”

白永和说：“说不怕是假的，一看见你神情自若的样子，我就有了胆。我们一船人都借了你的胆啊，是不是?”

白疙瘩也是久经风浪的老艄，但每过大同碛每发怵。不过，他和李老艄打交道还是头一回。这是因为白东家押船，李掌柜特意安排的。平日，李掌柜舍不得出大价钱雇李老艄。白疙瘩目睹了李老艄的风采，佩服得五体投地，说：“白东家说得对，我们是借了您的胆，但愿以后能多多共事。”

李老艄摆了摆手，上了岸，去引渡白三奴那只船过碛。刚才是白三奴在大同碛之上看景，看得胆战心惊。现在轮到白永和他们在大同碛下看景，过来人看景，心中有数，看险不险，不多时，白三奴他们也顺利通过。李老艄上了岸，摆了摆手：“顺风顺水，一路平安啊!”

船工们齐向李老艄挥手告别。掌船老艄操起舵，只听“起船嘞!”一声喊，两只船一前一后，顺流而下。

碛口至永和关大约三百里水路，因为水肥，船行迅捷，第二天傍晚，两只船就停在了各自的码头。见运回了救命的粮食，两岸的人都涌到了码头。河东的柳含嫣、河西的杨爱丹也同时出现在各自的码头，慰问了各自的人。当晚结算清了一应开支，每石粮食还不及当地粮价的一半。人们实在等不及了，白永和决定当晚就船上给分了下去，人口多的户分三五百斤，人口少的分二三百斤不等，有力之家暂时不分。有钱的出钱，无钱的记账，年底破股分红时再扣除，全村人兴高采烈，无一怨言。白永和与柳含嫣、财旺合计了一下，如果天还不下雨，这点粮食只能解燃眉之急，不能解决过冬之需。要让村民过个平安年，至少还得再跑一趟包头才行。于是，杨、白两家的人又上了路。

第二趟河路跑得并不顺利。一是因为山西南部大旱，去包头贩粮的人越来越多，把粮价抬了上去。每石从一个月前的四块大洋增至六块大洋。二是雇船太贵，杨家不得不买了一艘丈五船。三是包头、宁夏一带没有行洪，成了瘦水行船，船行缓慢，你急它不急。四是因为三老爷白永和没有亲去，遇到事情，财旺和白三奴不免相互推诿。好在十多天后，总算平安地到了碛口。因为黄河水瘦，过碛风险加大，佣金也比原来多了。多就多吧，有甚法。仍旧请李老艄过了碛。

算算路程，山西这面过离石、中阳、石楼，就到永和关；陕西那面过吴堡、绥德、清涧，就是延水关。一想起快到家门，船上的人谁个不是望眼欲穿，归心似箭。财旺是管家，这样的差事不多，倒无所谓。白疙瘩和他的船工长年在外，可就有点想婆姨，想娃们，想相好的，总之，都有个想的对象。

白疙瘩家里男娃娶了亲，分门别户过活，只有婆姨一人守着空窑，婆姨不好活，他也难熬。好在李掌柜答应这次回家让他多住一些日子，等水肥了再去碛口跑船。所以，白疙瘩的心情不错，不急不躁，沉稳掌舵，和他的船工悠悠地行着。白三奴则不然，心里有事，只嫌船慢，恨不得给船插上翅膀，一下子飞回延水关。所以，本应熟悉这一带水路的白疙瘩走头船，白三奴后面跟着，但心急的白三奴却走了头船。甚事叫他这么着急？两条船上的人谁也不是他肚里的蛔虫，哪能知道。一路上听见他不是低声哼，就是大声唱，不是“大红果子剥皮皮，人家都说我和你”，就是“三十里明沙二十里水，五十里路上眊妹妹”。船工请他唱一回《光棍哭妻》，他不唱。有了心上人，就快有婆姨了，有了婆姨就脱了单。再唱那个调调，让爱丹听见了，还不败死兴。

果真，白三奴有个让他爱得死去活来的女人在等着他呢！

头一趟长船跑成功后，延水关人这才正眼看待这位外来人，杨福来则白眼变作青眼，格外地关注起白三奴来，甚至向爱丹挑破隐藏在心中的秘密：招三奴为婿。爱丹虽然没有说什么，但杨福来那双眼窝深陷的眼睛，还是洞察出爱丹眼里的微妙变化。爱丹挖来白三奴，本来是出于报复心理，并不是看上白三奴的人才，论学识谈不上，论人才一般，只有一身力气和听使唤的好脾气合她的心意。正因为这样，白三奴在杨福来家一待就是十个年头，并当上了管家。爱丹对白三奴的花花肠子早就有所觉察，只是从没给白三奴一个表达的机会。一晃年近不惑，与三少爷重归于好的愿望早成了泡影，徐娘半老的她没有了好高骛远的资本，成个家，有个伴，安度即将到来的晚年的想法与日俱增。谁是她的终身伴侣，数来数去，只有她身边的这位忠实管家、她的老实巴交用心不二的追随者白三奴。本来，这个想法在第一次动身前就想吐露，话到嘴边又缩了回去。白三奴眼尖，看出了门道，心里七上八下翻腾个不停。但人家不说，哪里敢莽撞说破？十年都等了，再等十年，就不信等不上你爱丹的一句话？待我二番贩粮回来再说。

临行前的一天晚上，白三奴鼓足勇气走到爱丹窑洞前，正要举手敲门，窑里传来爱丹轻轻的咳嗽声，吓得他把手缩了回来，急忙走了。

还没走到自己窑门口，定了定，不死心，又转过身来，再朝爱丹窑门走去。一旦来到门前，心又提了起来，想来想去还是不妥。万一人家没那个意思，把我撵出来咋办？心里想着，身子不由往回返，刚迈出一小步，忽听窑里传来爱丹轻轻的叫唤："是三奴吧，站在外面做甚，进来说话吧！"

十年了，白三奴第一次得到爱丹轻轻的呼唤，有些受宠若惊，又有些似信非信，这是真的吗？定了定神，没错，刚才真真切切听到太太呼唤他。与其说呼唤，不如说是召唤，是太太在召唤他，是爱丹在召唤他。白三奴轻轻推开门，两只大脚一往无前地迈进了窑。他努力平息着粗喘的气息，轻轻却又亲亲地问："太太，是您叫我吗？"

爱丹在后炕坐着，指着前炕说："坐吧。"

白三奴在靠窑门边的炕塄畔端端地坐了。

爱丹一如常态，和白三奴说了些生意上和路上谨记的事，说了些关心体贴的话。只是向来紧绷的脸显出温柔的神色。白三奴看得真，明白爱丹心里有了那个意思，这种细微的变化只有他白三奴能感觉到。白三奴惊喜万状，却又不动声色，依旧毕恭毕敬地回着女主人的话。别看白三奴老实巴交，事到临头，不乱方寸，他尽量抑制着呼呼涌动的血流，掩盖着蠢蠢欲动的心潮，紧抿那张爱招惹是非的嘴，欲擒故纵地等待爱丹启齿，说出他等待了十年的话。

爱丹给白三奴倒了一杯茶，递了过去。白三奴诚惶诚恐地去接，不小心触到爱丹的手，禁不住哆嗦了一下，清碧的茶水溢了出来，溅在两人手上，不约而同地"啊呀"了一声。爱丹浅浅一笑，白三奴憨憨一乐，算是心灵的沟通。爱丹不好意思地说："烫着你了吧？"

白三奴忙说："没有甚，没有甚！怕是把太太您烫着了。"

爱丹说："不碍事。三奴，信不信，我知道你在我门外踅来踅去想做甚。"

白三奴往后炕里挪了挪，靠着炕桌坐了，距离缩短成一张桌子。

白三奴的心越揪越紧，呼吸也越来越急促。依他的判断，爱丹快要憋不住了，就要开启她那紧闭的心锁，就大着胆子挑逗道："我不信，你又没钻到我肚子里，咋能知道我想做甚？"

爱丹说："我不能代你说，自己的话自己说。还不如实道来？"

白三奴未曾开口，明亮的目光饱蘸着十年的情和爱飞了过去，爱丹的目光与白三奴的目光一接触，两人眼里电闪雷鸣，心里山呼海啸，爱丹感到白三奴就要冲锋陷阵了，忙羞涩地收回自己的目光，脸绯红，头低垂，等待着那久旱逢甘霖的一吻。谁知道，白三奴却理解错了爱丹递来的信号，以为爱丹退缩了，不得不把那颗跃跃欲试的心收了回来。

少停片刻，爱丹抬起头来，白三奴会意，霎时间像喝了三碗老酒，热血呼呼直往上冲，黢黑的脸面被洇得通红，脖筋也绷了起来。就在他要张嘴的一刹那，爱丹却伸手捂住白三奴的嘴，不让往下说。白三奴顺势握住爱丹肉乎乎的小手没命地亲，爱丹也不拒绝。白三奴一见爱丹这样，更成了好汉里的英雄，一不做二不休，就大着胆子往爱丹脸上亲去。爱丹这才醒悟过来，眼前的这个男人不是三少爷，而是杨家的管家白三奴。白三奴也感到有点异样，用疑问的目光问她。爱丹摇了摇头，把白三奴的手轻轻推开，婉转地说："我们不忙，有的是时间。"

白三奴等不及了，又去拉爱丹的手，爱丹笑着把手缩了回去。转念一想，三少爷是柳含嫣的三少爷，再不是我的三少爷了。我还惦记着他做甚？眼前这个白三奴，虽说是个粗人，但粗得可爱，是真心实意爱她的人。嫁了这样的人，虽说不是自己所愿，但却会守着你过一辈子光景。想到这里，爱丹抱歉地说："你不要嫌我，现在还不是时候。等你这趟长船跑回来，我会把你要说的话变成我的话，全给你倒出来！"

白三奴虽然不免扫兴，但有这句话也够他受用一生。他揣着这句话上了路，又揣着这句话逼近了家门。不过，愈近家门，那颗不安分的心就越发地不安分，随时都可能跳出来。

明天，就要和他心爱的人会面，就要握着她肉乎乎的小手，亲着她樱桃般的小嘴，就要好梦成真了。白三奴一面操着舵，一面发着口令，瞅个空还要想他的小亲亲。想着，想着，心上人浮现在他的面前，冲着他火辣辣地看着，甜滋滋地笑着，眼里忽闪着勾人的光芒……就在这一刹那，只听有人惊慌失措地喊："白老艄，碰碛了，砸船了！"

白三奴这才大梦若醒，待要扳舵躲碛为时已晚，船重重地撞在一处若隐若现的礁碛上，毫无设防的白三奴被摔了出去，随即被激流卷走。船上的人大喊大叫，只见白三奴在水里翻滚拼搏，身子时隐时现。人们还来不及下水，一个大浪劈头盖脸而来，白三奴挣扎了几下，丧失了最后的一搏。带着他的憧憬，带着对爱丹的一往情深，消失在黄河故道上。

此时，白永和正在北去的路上。

自去年白管家退回两千元不义之财，白永和就一直放在心上。觉得白管家只不过是一时糊涂，好人做了错事，“人非圣贤，孰能无过”？因此，一直想亲自去看望白管家，安抚白管家，并送上一份银钱，以酬谢白管家这么多年为白家付出的辛劳。第一趟粮运得十分顺利，第二趟已经是轻车熟路，想必也不会有什么麻烦，所以他没有亲自押船。在家闲着也是闲着，不如趁这个机会去了了心愿。白永和说走就走，骑着自家的马，跟着自家的脚夫，朝白管家的老家中阳县三交镇一路走去。

走了两日，到了隰县石口镇，坐骑不幸马失前蹄，白永和虚惊一场，安然无恙。可是马却受了伤，一瘸一拐，无法行走。白永和只好让脚夫就地给马疗伤，不顾脚夫的劝阻，另雇了驮骡急着上了路。

第三天日头快要落山时，他的坐骑翻过一道山梁，向着黄河谷地走来。黄河还没有露面，却送来熟悉的水腥味。白永和兴奋地说：“三交镇是个渡口，闻见了水腥味，想必村子就不远了。”

脚夫说：“嗯，不远了。不过山里的路没远近，眼瞅着到了，就是走不到跟前。”

峰回路转，黄河闪现在眼前。一抹淡淡的夕阳，一湾浑黄的流水，一脉苍凉的山峦，融成了一气，构成一幅雄浑的图景。几只晚归的倦鸦点缀着画面，给暮色里的画面平添几分暮气。每逢这时，“未晚先投宿”的警示总会在脑际闪现，心里就着急起来。

他问脚夫：“还有多远？”

脚夫说：“再拐一个弯就到了。”

眼看着夕阳西下，暮色更浓，快要分不清前面的路径。脚夫说了句“快看”，突然鞭子炸响，驮骡受惊，一声尖叫，“呼”地飞奔出去，就在飞跑的一瞬间，把白永和摔了下来。白永和跌得不轻，央求脚夫拉他一把。脚夫嘴里说“好”，却就势飞起一脚，白永和便圆木似的往河里滚去。一瞬间，白永和才明白发生了什么，就想着法儿撑着四肢，手指乱抓，设法放慢速度。脚夫看见，不等白永和坐起，双手用力往下一推，可怜的白永和，就这样被脚夫暗暗做了手脚，淹没在昏暗的河水里。脚夫连忙把那只脏手伸进驮骡上的褡裢，心锤狂跳。原来和他一路上听到的、想到的一点不差，里边确确实实是一大堆银元。

客人随水而逝，脚夫却大摇大摆地进了三交镇。

白永和的遇难和白三奴的遇险发生在同一天，但不在同一个时辰。

白三奴静静地躺在离出事地二十多里的一盘沙碛上。从弯曲的肢体，蜷着的五指来看，显然与激流作过垂死的搏斗。从他脸上略带欣慰的表情来看，显然河水把他冲到这块沙碛上时还有知觉，他是在庆幸死里逃生、渴望着即将得到的神圣许诺时才撒手人寰的。

杨家失去了白三奴，上上下下都为之难过，如同失去了自家的一口人。

最最痛苦的莫过于爱丹。

她欲哭无泪。临走时还激情满怀地要向她吐露心声的人，回来时已经僵硬无知。深深爱着她的人停尸灵堂，而曾经有所许诺的她，永远失去了践诺的机会。

为了报答白三奴对杨家十多年的效力，杨福来决定厚葬白三奴。只是在回葬永和关还是就地埋葬上拿不定主意。

杨家打发人和柳含嫣相商，柳含嫣请示爷爷、奶奶。白鹤年说："三奴本来就是咱永和关的人，在河那面一无亲，二无故，就回葬白氏祖茔吧，要不就成了孤魂野鬼。"

白贾氏却另有说辞："这个三奴虽说姓白，可骨子里是杨家的人。爱丹在家时他就打着爱丹的主意，惹了一场风波。爱丹走了，他又跟了过去。他图了个甚？还不是死心塌地孝敬杨家，巴结爱丹，寻个机会得到爱丹！既是为杨家出了力，就让杨家择地而葬吧。"

白鹤年气得吹胡子瞪眼，结结巴巴地说："你也是，人都不在了，还说那些陈芝麻烂谷子的事做甚？得容人时且容人，何必那么计较！"

白贾氏反唇相讥道："不是我要计较，是他做的事太让人计较。这事就让爱丹看着办吧！"

老夫妻俩一个犟，一个倔，说来说去没有个结果，柳含嫣只得回了来人话："白管家是杨家的管家，这事我们不好说三道四，擅自做主，让你家老爷和小姐看着办吧。"

其实，杨福来惋惜三奴，更惋惜他的三万斤粮食，那是全村人的救命粮呀！诚然，三奴死得可惜，可全村人的命更让他心焦，丢了粮食就等于苦了全村父老乡亲。正在杨福来和爱丹为三奴的归宿和三万斤粮食弄得焦头烂额时，白、杨两家的运粮长船都平安地抵达码头，这让杨福来和爱丹着实松了口气。爱丹不得不强忍悲痛先发放粮食，把三奴的后事交给父亲处置去了。

杨家的老艄走了，杨家的船是如何回来的？细心的爱丹询问了船工。原来，杨家没了主心骨，一船粮像没娘的孩子搁在沙碛，任水冲浪打，如不尽快拖出沙碛，等待着它的将是灭顶之灾。财旺想，杨家损失了人，再损失粮，还不塌了天？与杨家搁伙出来，却不能相随回去，他脸上无光呀！

财旺圪蹴在河边，和白疙瘩、百家锁商量着办法。白疙瘩说："咱出门在外，人生地不熟，我看还是请附近村里的老船工想想办法。"

财旺说："只好这样了，不过要快，谁去跑一趟？"

百家锁不假思索地说："这个村里有我的亲戚，我去好说。"

等了半个多时辰，百家锁就返了回来，身后还跟着几个船工。大家看了看情形，有个老一点的船工说："快清舱倒货，不然，天一搁黑就不好办了。"

财旺请老船工动员了村里的所有水手，先把白家船上的粮卸下，把船小心地划到礁碛附近固定了，然后把杨家的粮卸到白家船上，摇到岸边。再雇当地的船把杨家的粮食装了，顺便把杨家受损的船也拖了出来，紧紧巴巴做完这一切，天已经黑了下来。众人说多险呀，幸亏白管家念友顾伴，众人手脚麻利，要不这乱子一准出定了。就这样，白家的船开回来的同时，杨家雇的船和那只受损的船一同靠了岸。不过，为杨家扳运粮船的竟是原来的老艄百家锁。当百家锁笑盈盈地面对从前的主人时，杨福来和爱丹除了感激，更多的是失悔——为百家锁的不忘旧情而抱愧。杨家的粮没有大碍实属万幸，但也付出了两千斤的代价，那是给帮忙船工的报酬。就这样，心眼实在的财旺仍心有歉意，次日专门过河来说明："杨掌柜，太太，事情紧急，我擅作主张，以两千斤粮食的酬谢换回两万八千斤粮食，不知当也不当？"

杨福来嘴里说"当，当"，心里想的是"可惜，可惜"，脸上的表情就不那么自然。

爱丹见父亲在白家人面前不给她装脸，就自作主张说："要不是白管家当机立断，说不定杨家的粮食早被水冲走了，即使不被水冲走，也会被水浸泡霉烂。你为延水关做了一件大善事，我们谢还谢不过来呢，哪来的当与不当一说。你回禀三老爷和三太太，就说延水关人忘不了永和关人救粮保船的义举，日后定当重谢。”

财旺说：“秦晋一家，还说什么谢不谢的。”

粮的事有了着落，人的事怎么办？杨家人为白三奴的丧葬再度陷入困境。

以杨福来的意思，还是魂归故里为好。可是白家人没有明确表态，你总不能硬往人家祖茔里埋吧。果子红说：“在别的地方买块地皮葬了，也算我们对他有个交代。”

杨福来点头称是。爱丹却不以为然，坚持就地掩埋，日后视情形再定。

杨福来恼羞成怒，指着爱丹的鼻子说：“爱丹，你以为我不知道你的心思？”后边难听的话没敢往下说，随即把话锋一转道：“难道你就这样往下过，不准备再成家了？”

果子红也说：“是呀，如今有我们和你做伴，倒还好说，日后我们走了，你孤身一人，儿子又在外面，谁和你做伴？身边总得有个人厮守，是不是？”

爱丹深思熟虑以后归于平淡，说：“我是老牛卧到车壕里，成不了龙，也变不成虎，什么也不想了。你们也不要多费嘴舌，我的事自有安排！”

第四十二章

延水关这面的悲剧还没有收场，永和关那面又传来惊天噩耗——三老爷白永和遭人暗算，葬身黄河。

消息是当年辞工归里的白家大管家白诚仁带来的。

原来，就在白永和出事那天晚上，已经回乡开了客栈的白诚仁听到有人敲门，忙出来接待。只见一个脚夫牵着头骡子走了进来，心想雇主在后边，就朝外瞅了瞅，可是，后边没有人影。

他问脚夫："雇主呢?"

"就我一人。"

"这么说，你是空跑了?"

"算我倒霉，没拉上客。"

"哦?"

白诚仁再没说什么，把脚夫带到一孔有十多人住的通铺大窑里。脚夫嗅了嗅，嫌脚汗味重，说自己包住一孔窑。

白诚仁心想，哪有住单间的脚夫？哪有脚夫嫌脚夫臭的道理？转念一想，自古卖饭的不怕大肚汉，开店的就盼客来到，你管那么多做甚？只要人家舍得出钱，就是有金屋银房也舍得让住。

白诚仁把脚夫带到一孔干净的窑里，说：你就住这里吧。脚夫把身上的褡裢往炕上一放，不小心发出"哗哗啦啦"的声响，便慌忙用手去摁。虽说一响一摁不过是眨眼之间，但却惊醒了过手了一辈子银钱的白诚仁。说是富商，看打扮，毛巾裹头，粗布旧衣，泥手泥脚，分明是受苦人。说是脚夫，哪来的这么多钱？他又何必慌张？这个疑团在白诚仁脑子里一闪而过，也没计较。

一会儿，饭做好了，白诚仁出于好奇，亲自来叫客人吃饭。

客人见店掌柜来叫，慌里慌张背起他的褡裢，褡裢里又发出“哗哗啦啦”的响声。在灯光的映照下，褡裢上的几个毛笔大字映入眼帘：上面写着“白记”，下面写着“癸丑年置”。他暗暗吃惊，熟悉的字体，熟悉的年份，正是三少爷接管家务那年新置的褡裢，虽然褡裢已经陈旧，但上面的字清晰可见。莫非来人是白家的人？

吃饭时，白诚仁有意问脚夫：“你从哪里来？”

脚夫说：“从柳林来。”

白诚仁又问：“到哪里去？”

脚夫说：“过河去。”

白诚仁问：“你是给别人跑脚，还是东伙一家呢？”

脚夫眼里露出惊恐的神色，手一哆嗦，竟把筷子掉了一根，就要到口的饭也撒到身上。随口说道：“哟，这筷子还认生，不听使唤！”就遮掩过去。随后不耐烦地说：“东家是我，伙计还是我，明白了吧？”

“哦，明白了。”

这下，白诚仁是真明白了。可以断定，眼前这个脚夫不是白家的人。不是白家的人，为甚拿着白家当家人三老爷的褡裢？事出蹊跷，又关系到白家，他不能不多想想。莫非三老爷……他当机立断，暗里叫来店里的伙计和街坊，取了一根绳子，等脚夫一进窑门，就大喝一声：“把这个强盗绑了！”

脚夫直着脖筋说：“你们这是做甚？为甚要绑我？”

白诚仁嘿嘿一笑：“这话还是留着问你吧。你说，你到底做了什么亏心事？”

“我一个受苦人，只知道没明没黑地吆牲灵，能做甚亏心事！”

“既然没做亏心事，你这个褡裢是从哪里来的？”

脚夫被问得目瞪口呆。能怪谁，怪只怪他只顾高兴，没有多操个心眼。脚夫贼眼骨碌碌一转，就答了上来：“朋友让我往家捎的。”

“你的朋友姓甚？哪里人氏？”

又一个没想到，该如何回答呢？就胡诌说：“姓郝，和我是同乡。”

“倒是姓白？你怎么满嘴胡说？”

“我没胡说，就是姓郝。”

白诚仁把褡裢拿来，把背面的字展开："你看看，这是谁的褡裢？"

上面写着"白记"二字，脚夫再也编不下去了，只好为自己鸣冤叫屈："我说天黑了早些住店，雇脚的偏偏说要走，急着要到这里看一个朋友。临到河畔，不知什么东西惊动了骡子，骡子猛地狂跳，把他摔到河里去了。就这么回事。"

"你劫了人家多少银元？"

"我也没数，大概有几百吧。"

伙计说："见财起意，杀人害命，不如把这狗日的送了公？"

街坊说："说的是。杀人偿命，天公地道。"

脚夫一听要送官府，就吼煞连天地说："不要送，不要送，我把银元全给你们，放我走吧。我是无辜的！"

白诚仁叫出伙计和街坊出来说话。他说："他害的人是我从前的东家，对我有恩，说不准是看我来了。我一直苦于没有报答的机会，正好这贼送上门来，说甚也不能不管。麻烦二位把这家伙看管好了，给他好吃好喝，千万不能放他走。明日一早我就去永和关报信，待白家的人来后，一块相随去官府报案。你们看怎么样？"

伙计和街坊都说："这样也好，主家来了就好做主。"

就这样，为了快，白诚仁搭了过路的长船，三天后终于现身永和关。

柳含嫣看了看她熟悉的"白记"褡裢，接过分文未动的五百银元，就放声大哭："三老爷，你怎么遭此横祸呀！你死得好冤呀！你就这样走了，叫我们孤儿寡母的怎么过呀！"哭着哭着，牙关紧闭，脸色发青，一口气没上来，人就昏了过去。

众人慌了，哭喊成一片，有人要去白鹤年那里报信，白诚仁说先别慌乱。他用手在鼻孔试了试，柳含嫣还有气，忙叫冯兰花、祁娇娇和老妈子们把柳含嫣安顿到炕上，又打发人请先生，不等先生来柳含嫣就睁开了眼。柳含嫣张着大而空洞的眼睛，四顾茫然。人就这么简单，游魂说走就走了，说回来又回来了。也许三老爷和她一样，生死只在一瞬间？她万万没有想到，三老爷这一走就是两人的永诀。她目光散淡地扫了一圈，好多只眼睛在焦急地注视着她，她知道，大家还在等她拿主意。

柳含嫣抹了一把泪，让人扶了起来，对白诚仁说：“白管家，你有所不知，三老爷是专程看你去的，这五百大洋是他送你的养老钱。”

白诚仁一听，心如刀割，止不住失声恸哭起来：“三老爷，您这是何苦呢？我做下对不起您的事，还没来府上赔情道歉，你反倒用厚金安抚我来了。见过天下多少东家，还没有见过您这样宽厚仁义的东家。三老爷，是我害了您，要不是您来看我，何至于出此事故？我该死，我该死！”说着，用手在头上不停地拍打起来。

众人赶忙把白诚仁劝住。白永忍说：“碗打了说碗，盆打了说盆，不干你的事！”

祁娇娇跟着说：“就是么，天要杀人，神仙也挡不住。”

此言一出，招来众人的不满。白永平说：“说得甚话，还不住嘴！”

柳含嫣反倒平静地对白诚仁说：“哪能怨白管家呢，要怨只能怨我。那一日，他心血来潮，说走就走，我拦都拦不住。我说，过些日子财旺回来了，让他和你一道去，我也放心。他不听，骑了一匹马就走了。白管家，我还得感谢你呢，要不是你来报信，我们还蒙在鼓里。”柳含嫣怔了下，像是想起了什么：“哎，对了，咱的脚夫呢？怎么能换了人呢？”

这一问，把众人都问愣了。是呀，走时骑的是自家的马，为何中途换成别人的骡子呢？

白管家问：“中途掉了包？”

众人一阵唏嘘。有的说，这么离奇。有的说，合该出事，不让他走，他偏要走，这不，一走了之。柳含嫣则想起正月十五转九曲时，三老爷的那盏灯突然熄灭，当时柳含嫣就有不祥的感觉，难道真的应验了吗？

眼下人是不在了，一大堆事情等着柳含嫣拿主意。柳含嫣强打精神，传下话去，立马打发十来个人沿河而上，寻找三老爷，活要见人，死要见尸；另外，让驮队出两个人寻找脚夫，看看症结出在哪里。又对大哥、二哥说：“大老爷、二老爷，你们说该如何料理三老爷的后事？”

白永平哼哼唧唧地说：“先给……先给爷爷、奶奶说知，听听……听听他们的说法，再张罗也不迟。”

白永忍不以为意地说：“瞌睡离不了眼里过，一面安排人搭架灵堂，一面禀报爷爷、奶奶，怕二老一时想不转，有个三长两短呢！”

冯兰花听了，脸唰的一下变了色：“这话怎么说着哩？不是说天要杀人，就是说三长两短，好像我们白家合该出事不是？”

白永忍知道自己说话粗鲁，被人误解，赶快纠正道：“嫂子，不是那个意思，是说爷爷那里得多操些心！”

柳含嫣想了想说：“大老爷，找三老爷的事就交给您吧。二老爷，如果三老爷真的回不来了，您不妨设想一下后事如何办。不过，我总想三老爷命大福大，或许会逢凶化吉……”

众人有赞同的，也有疑惑的，柳含嫣管不了许多，此时，她唯有坚强才能稳住局面。处置后事，离不了白诚仁的襄理，她用乞求的目光看着白诚仁，说：“白管家您辛苦了，暂歇两天，随后还有事要请教您呢。”

白诚仁点头，连连应承。

柳含嫣由冯兰花、祁娇娇等陪同来到爷爷院外时，就听到窑里哭吼成一片。进窑看时，奶奶一边低声饮泣，一边好言安慰着爷爷。爷爷躺在炕上，老泪纵横，双手捶胸，一副痛不欲生的样子，而族叔白敬斋则惊慌失措地在那里瞎忙。

两位老人经历过中年丧子的痛楚，又面临着晚年丧孙的打击，白发人送黑发人的旧伤新痛，那真是痛到心窝窝里、痛到骨头缝里去了。白鹤年悲鸣着：“我白鹤年一生与人为善，不曾做下亏心事，怎么老天要如此亏待我呢！你夺走了我的儿子，又夺走了我的孙子，你分明是要我的命，要我们白家的命啊！我活不下去了，我实在不想活了……啊……”

柳含嫣一看这阵势，就知道是族叔白敬斋捷足先登报的信。

原来，听说白管家来了，闲不住的白敬斋就到柳含嫣窑里探望。不承想，白管家不来是不来，一来就要人的命。他还没有进门，隔窗听到这个噩耗，吓得心惊肉跳，目瞪口呆。他寻思，窑里已经乱成一锅粥，自己进去非徒无益，反而乱上加乱，不如去叔叔那里坐坐。就这样，他第一时间把白永和遇难的消息捅了出去。也是他老糊涂了，只想着给叔叔报信，没想到差点没把老人家气死了过去。

柳含嫣见既然如此，也就不用再磨牙费嘴。谁知道刚喊了声“爷爷、奶奶”，便不由得放声大哭起来。顿时，老哭少泣，相抱成团，不知谁在安慰谁，也不知谁该安抚谁。这孔百年老窑，盛满了百年未有的悲痛。

世上再痛苦不过的是白发人送黑发人。白贾氏想起她的三娃，往事历历在目，不堪回首。她长长叹了一口气，说道：“世上命苦莫过于三娃，他爸爸出事时还没出世，刚一出世，他妈妈又去了。十年寒窗苦读，诗书满腹，就是无用武之地。回家料理，磕磕绊绊，刚刚有了点眉目，却撇下众人走了。三娃呀三娃，你就不能从容些？何故一生匆忙，走得这么急？你叫爷爷和奶奶还怎么活？怎么活？”说罢，就又哭泣起来。

柳含嫣不能再哭了。她觉得，固然自己处于事中，最是难过，但三老爷走了，一家无主。再苦，再悲，再难，她也得强忍住，挺起腰来，支撑这个局面。眼下最当紧的是爷爷、奶奶，万一有个闪失，那白家可就落了大难。她和冯兰花、祁娇娇一起给奶奶擦干泪，把散乱了的头发理顺了，又扶爷爷坐了起来，婉言相劝道：“爷爷、奶奶，你们千万要保重。你们是我们晚辈的主心骨和靠山，你们喜，全家喜，你们忧，全家忧。我知道，在三老爷身上，你们耗费了太多的心血，你们的孙子走了，等于剜了你们的心头肉，这种痛，这种亲，是谁也替代不了的。但是，请爷爷、奶奶放心，三娃走了，我就是你们的三娃，我愿意替他尽孝事亲，愿意替白家操劳到底。”

一直没有说话机会的白敬斋，终于接过来话茬：“是呀，含嫣不只说得好，也会做得很好。叔，婶，你们千万要想开。人常说，天有不测风云，人有旦夕祸福。三娃贵人多磨难，没办法呀！”

白鹤年泪涕交流地说：“该走的不走，不该走的先走，阎王爷，莫非你也老糊涂了？三娃走了，我活得还有甚意思！”

祁娇娇心想，天下老儿，偏心小儿。三娃走了就不能活了？他走了，不是还有二娃、大娃吗？就说：“三娃走了，还有二娃，还有……”

白贾氏听了这话就不高兴。动不动把二娃挂在嘴上，除非傻瓜，谁都听得出她的言外之意。就止住了哭，借对柳含嫣说话打断了祁娇娇的话：“含嫣，别哭了，人走了，再哭也哭不回来，要是能哭回来，我们就是哭三天三夜也心甘。唉，后路是黑的，谁能看得明白，走到哪里说哪里话吧！”

柳含嫣见奶奶说了话，略微宽了点心。因为三老爷是奶奶一手拉扯大的，是她老人家最疼的孙子。只要她老人家能振作起来，爷爷就不至于趴下。场面平静下来，柳含嫣才把事情经过和后事安排说了一遍，爷爷脑子糊涂得根本听不进去，也没有话说。奶奶听了，对三娃的仁义，白管家的图报，柳含嫣的临阵不慌，着实感慨了一番，说：“这件事不能就这样算了，弄清楚后要讨个说法。至于说后事……”不等说完，又泪水涟涟，泣不成声：“……就按你说的办，办……吧。”

这两天，白三奴和白永和的死，成了黄河两岸最大的新闻，有恩于两岸的白永和，尤其让人痛惜。

对于爱丹来说，与三少爷的一段情缘早已尘封网结，本来也懒得眷念不堪回首的往事。但突发的噩耗使她敏感的神经再度受创，她曾经的丈夫和未来的丈夫，同一天罹难，是天意，还是巧合？离奇的遭遇，双重的打击，使爱丹深陷痛苦的深渊。她觉得，此身要跟着他们去了。

白家的脚夫拉着一瘸一拐的病马回了永和关。柳含嫣派出的人找到他时，他还在原地傻等着三老爷，一听三老爷出了事，竟然吓得双腿发软，瘫倒在地，号啕大哭。这乱子他怎么能缝得起来？这事情他怎么能说得清楚？他跑出去就要跳崖寻死，被救了下来，经好说歹说，才战战兢兢跟着来人，带着哭丧的眉眼，回了永和关。一见柳含嫣就扑通倒地，长跪不起，双手左右开弓打自己的脸，被柳含嫣喝住了。柳含嫣说：“你不要这样，说说是怎么回事。”

脚夫说了如何马失前蹄，三老爷如何不听劝阻雇了驮骡上路的事。说他该死，全怨他操心不到，让马跌了跤。要不是马失前蹄，就不会另雇驮骡，要不是另雇驮骡，就没有这场大祸。

柳含嫣把脚夫拉了起来，劝抚了几句，让人带下去歇息。看来，马失前蹄的事是真的，如果诚如脚夫所说，莫不是一个不祥的征兆？如果三老爷有所察觉，也许就不会独自一人雇脚夫前往，也许就会避免这一场意外的灾难。柳含嫣虽然这么想，却不相信那些征兆和谶语之类的话，她甚至连正月那盏灯的事也不愿再去联想，她只相信她的三老爷，说不定还在某个地方游荡，和她捉迷藏玩呢。

不管柳含嫣信与不信，白永平空手回来了。他带着一帮人溯河找了百十里路，也没有见着个人影。看来，她的三老爷是回不来了。尽管这样，她仍然不相信这是事实，因为白永和的影子仍旧在她眼前浮现。

仅仅两三天，柳含嫣就苍老了许多。白日里强打精神应付场面，入夜则把头裹在被子里低声饮泣，饭吃不进去，仪容也懒得修饰。迷人的眼睛肿成了两个水泡，明丽的颜面失去了光泽，神情呆滞，恍恍惚惚，人整个瘦了一圈。

她没有通知在外读书的如霞和如玉，因为她怕万一三老爷……那样会耽误孩子们的学习。身边的儿子如意，哭吼了两天，折腾了两天，不再泪水涟涟。因为他知道姐姐们不在家，孤零零的妈妈需要他去安慰，他第一次觉得自己肩上有了沉沉的担子。他给妈妈端茶送饭，他和妈妈谈天说地，尽量分散妈妈的注意力，自己要活下去，离不了妈妈的呵护；妈妈要活下去，离不开他的孝顺。什么是相依为命，只有到了这种时刻，才能感觉到它真正的含义和分量。柳含嫣有了如意，那颗漂泊不定的心开始有了着落。是呀，假设永和他真的走了，生活不是还得继续？亲情不是还得延续？不管未来怎样，她和她的孩子们要坚定地走下去，走下去。

就在此时，延水关杨家按照爱丹的意愿，把白三奴葬在她亲自选定的墓地，并放出话来，自己百年之后要与这个生不能同衾的人合葬在一起。杨福来拗不过女儿，只好遂了她的愿。听说白家为三少爷开祭，她又决定亲自过河去吊唁。杨福来既怕女儿旧怨新仇，惹出是非来，又怕女儿悲痛过度伤了身子，所以百般阻挠，爱丹不为所动，执意要亲自祭奠。杨福来掌了一辈子钱柜，却掌管不了任性的女儿，气急败坏地伸手要打爱丹。爱丹把头一伸说："要打就打，打完了，照样过河去祭奠！"

果子红拉住男人的手说："由她去吧，你惯了她几十年，这次又何苦来？"

在杨福来的不情不愿中，爱丹带了一干人过了永和关。

按照乡俗，殁在外面的亡灵不能进村回家，所以灵棚搭在九十眼窑院外的一块平地。挽幛纸幡，鼓乐低回，孝子们披麻戴孝跪下一地。见爱丹一行人来到，孝子们急忙跪倒叩头，爱丹极不情愿地在白永忍的引导下进入灵棚。灵棚里没有棺木，只摆着三少爷的相片和穿过的衣物。爱丹看见三少爷的遗像，立时悲从心起，两串泪水如断珠而下。她恭恭敬敬地烧了香纸，献上祭品，三叩六拜。白永忍礼貌地挽留爱丹用餐，被爱丹婉言谢绝。她咬了咬牙，合上了感情的闸门。人间黄泉，阴阳相隔，这个世界又少了一个让她牵挂的人，泪水因失去了情感的酝酿而收敛。因为与白永忍有过过节，她不想和他说什么，也不想在灵棚久待。

正在爱丹扭身要走的一刹那，匆匆赶来的柳含嫣和她打了个照面。两个在死者身上有过幸与不幸的女人，不期然相遇，四目对视，默默无语。没有了恩怨、没有了牵挂的两个女人却有着同一个心情，那就是悲痛与思念。两个本来光彩照人的女人，如今都成了残花败柳，憔悴落魄。你眼里的我，不是原来的我；我眼里的你，也不是原来的你，难道“同是天涯沦落人”？未曾开言，两双明丽的眼睛里已然充满了丰盈的泪水，接着是柳含嫣“爱丹姐”一声喊，就扑向爱丹。两人相拥，哭湿了你的肩头，哭哑了她的嗓子。直哭到筋疲力尽时，才在众人相劝下收了场。

柳含嫣非要留爱丹吃饭，爱丹不好拒绝，只好随柳含嫣一步步踏向九十眼窑院，走进令她衔悲茹恨的那孔窑洞。

爱丹环顾四周，陈设与原来大不一样。墙上新增了名人字画，后窑掌摆了六联漆画屏风，屏风上花鸟人物栩栩如生。屏风后摆了一组立柜。屏风前的八仙桌上摆着座钟、留声机。窗户换成了玻璃，窗明几净，十分幽雅。可惜，这样好的陈设，却少了一个欣赏的人，柳含嫣呀柳含嫣，原来你的命比我好不到哪里去。爱丹这么寻思的时候，饭菜端了上来，柳含嫣叫来冯兰花陪同爱丹一起用餐。这样的气氛，这样的时刻，纵有山珍海味也难以下咽。爱丹草草吃了几口，见天色不早，就要告辞。

外面，财旺急匆匆地跑来叫三太太。柳含嫣出门问：“白管家，你这是怎么了？”

财旺上气不接下气地说：“快，快，三老爷，三老爷他……”

柳含嫣脸色突变，问：“三老爷怎么啦？”

财旺伸了伸脖子，吐了口痰，好不容易缓过神来：“三老爷回来了，人们吓得乱跑，齐说见了鬼。”

“哦？这是真的？”柳含嫣眼里闪着明亮的光。

“真的。就是不知是真人，还是……”

“走，你带我去看。”柳含嫣也顾不得窑里的爱丹，跟着财旺一路小跑，出了九十眼窑院。

冯兰花和爱丹在窑里听见，都觉得蹊跷，也跟了去。

村外灵棚前围了好多看热闹的人，但都与灵棚保持一定距离，生怕与灵棚里的“鬼”发生碰撞。

柳含嫣来到现场，站在人群后不动声色地看着。

灵棚里说话的正是她日思夜想的三老爷。

白永和坐在灵棚的椅子上，衣裳破烂，头发散乱，蓬头垢面，正少气无力地对着不远处的白永平和白永忍说：“大哥，二哥，你们不认得我了吗？我就是三娃呀，是你们的亲兄弟呀，你们怎么不过来说话？”

白永平吓得浑身哆嗦，面如死灰，侧转身子，摆出随时逃跑的架势。

白永忍虽然还不至于逃跑，在未弄清楚之前，他绝不主动冒这个险。于是，推了一把白永平说：“大哥，您就过去和他说说话，看他是真人回来了，还是魂脸回来了。”

白永平一听魂脸，更是害怕鬼魂附体，拔脚就跑。他这一跑，外面看热闹的和披麻戴孝的一哄而散，一个比一个跑得快，唯恐被“鬼魂”缠住。

灵棚里坐着的三老爷实在太疲惫了，他打着哈欠，仿佛光绪三年大旱饿坏了的饥民，抓起桌上的祭品大口大口吃了起来。吃着吃着，他人就溜下椅子，不多一会儿，便瘫软地睡在地上，手中的吃食也扔了老远。

柳含嫣虽说思念三老爷心切，但面对这个似人非人的三老爷，她也不敢贸然相认。她和财旺站在原地没动，她对财旺说：“白管家，您看这个摊子怎么收拾？是不是您过去——”

财旺生性胆小，听三太太意思是让他去和“鬼魂”对话，霎时起了一身鸡皮疙瘩。嘴里答应着，身子却不见往前挪。

正在这时，闻讯赶来的白诚仁来到柳含嫣身旁，默默观察了一会儿，便不声不响地朝灵棚走去。财旺见前管家冲锋陷阵，也借着人家的胆跟了过去，其后是柳含嫣。

白诚仁走近“自称”是三老爷的人，大着胆子用手摸了摸他的脸，脸是人的脸，肉乎乎的实在；摸鼻，鼻翼翕动，一开一合；摸脉，寸关尺三部似有似无，但还是人的脉息。他明白是怎么回事了，激动得几乎要跳了起来，满面泪痕地回头对柳含嫣说：“三太太，是三老爷！是三老爷!! 是三老爷!!!”

柳含嫣闻听，再也顾不得许多，一下子扑到白永和身上，人就晕了过去。

远远观看的爱丹受到感染，鼻子一酸，心里就翻搅起来。她知道，这里没她的什么事，也不关她的什么事，她在这里是多余的。所以，她在百感交集中悄然离去。

第四十三章

时近黄昏，白鹤年似睡非睡、似醒非醒地背靠老槐树坐着。渺渺茫茫间，仿佛与老槐树对开了话。

白鹤年问："老槐，您今年高寿?"

老槐说："人老话多，树老根多。我的根铺了半亩地大，谁能数得清。我在这个世上，少说也有四百年了吧！您今年高寿?"

白鹤年答："比起您老人家，我还敢言寿。"

老槐又说："我要是没记错的话，明年就是您的八十八大寿呀，那可是米寿呀，寿诞之日，可不要忘记告我一声啊!"

白鹤年说："熬不到那个时候了。"

老槐吃惊地问："啊？年轻人，为何口出此言?"

白鹤年少气无力地回答道："我觉得疲惫不堪，就要走了。临走以前，我求您一件事。"

老槐说："您说。"

白鹤年说："您老已经庇护了我们白家四百年，我还想请您再护佑白家子孙四百年。啊，不对，不对，四——千——年!"

老槐乐得咧开大嘴哈哈笑了起来。正要回话，却看见树下的这位"年轻人"闭上了眼睛。微风吹过，老槐抖抖婆娑的身子，发出"沙沙沙"的响声，算是对远足者的致意。

白鹤年与老槐的对话还没有完，就觉得灵魂已经出窍，已经飞向黄河上三娃落水的地方。在极远极远的波涛里，隐隐有个黑影，凭他的直觉，那就是他的三娃。三娃正在浪里拼命翻滚，他纵身一跳，奋力向三娃游去。他大声疾呼："三娃，爷爷救你来了！"他奋力一搏，抓住三娃就要下沉的身躯，拽着三娃绵软无力的身子往岸上游去。游呀游，离岸还有几丈；游呀游，离岸还有几尺；游呀游，眼看就要抓住岸上的石头。可是，石头一滑，爷爷、孙子一同落入水中。忽然，看见有一个影子朝他们游来，啊，那是他走了三十多年的儿子——三娃的爸呀。听说他做了水神，他来了，我们爷孙就有救了。可是，他再也无力游动，但他决不放弃三娃，任两个沉重的身躯往下沉，往下沉，就是死，也要和他最疼的三娃死在一起。他的儿子赶过来，拽着两个沉重的身躯，祖孙三代人拥抱在一起，他感到从来没有过的温馨。过来一个大浪，祖孙三人一同下沉，下沉……

白鹤年觉得好像沉了底，好像又漂浮上来，他一只手仍死死抓着他的三娃。他看见夕阳好灿烂，他这么大岁数，还从来没有见过这么好的夕阳。河水镀上了一层金子般的颜色，他和三娃脸上也镀上了灿烂的金色。他好不容易睁大了眼，见天上晚霞烧得通红，两岸山峰披上了霞光，河水在他们身下静静地流着。他的儿子哪里去了？刚才不是还救他们来着？怎么一转眼就消失得无影无踪？他摸了摸身下，祖孙二人睡在一匹柔软的锦缎上，锦缎缓缓地飘动着，仿佛朝永和关方向飘去。他亲了一口三娃，三娃好像没有理会他的爱意。他又在三娃耳旁轻轻说："三娃，我们就要回家了，回家了，回家了！"

冥冥中，白鹤年不见了他的三娃，连呼喊的力气也没有了。他的眼睁不开，再也看不见璀璨的晚霞，看不见他心爱的三娃，看不见九十眼窑院。隐隐觉得自己化成一缕青烟，向着永和关飘呀，飘……

当白永和被人们簇拥着抬回自家窑里，诉说着死里逃生的经过，当人们欢呼雀跃来到墩台院报喜讯时，却发现白老太爷不见了。

月亮给黄河镀上了一层水银，也给疲惫不堪的白鹤年脸上镀上了一层水银。他静静地躺在老槐树下，面朝着黄河，永远地闭上了他炯炯有神的眼睛。

……

自三娃出事后，白鹤年就没有怎么进食，他经历过儿子的死，他不想再看见孙子的死。他要趁三娃的尸体找到之前闭上眼睛。眼不见为干净，心不烦为清静。一生不图轰轰烈烈、单图安安稳稳的白鹤年，极不乐意却又不能自已地吃下一块大烟土，趁家中忙乱之际，晃晃悠悠地走出九十眼窑院。他想去白家的祖坟长眠，可是身虚腹痛无力前行，只得就近来到老槐树下，进入漫长的梦乡。人们发现他时，已经身体僵硬，脸上黑青，脉息全无。

白永和回来了，白鹤年却走了。本来，可以看见他劫后余生的三娃，本来可以度过他八十八岁大寿，但是，一切都晚了，直叫人哀叹不已。白永平、白永忍和财旺叫人拆了村外的灵棚，七手八脚地搬回大院，在墩台院重新搭了起来，孙子的丧事，办成了爷爷的丧事。白贾氏及白家老少，悲极生喜，喜极生悲，深深尝到悲喜交集的味道。

白永和被歹徒推入水中后，即被涌来的一个大浪击中，当即呛了几口混浊的河水，人就有点蔫，脑袋有点糊，身不由已地随波逐流向下游漂去。漂着漂着，苏醒过来，天地一抹黑，什么也看不清。觉得身上好疼，肚腹好胀，好在神志还清，年轻的他凭借一身好水性，劈波斩浪，展开殊死搏斗。凭他的感觉，横亘在星空与河水之间的黑黝黝条带，应是河岸及河岸后面的高原，是他生还的希望所在。为了节省力气，他不能强行横渡，那样只能欲速则不达。他借着流水的动力，顺着河流一点点向斜刺里游去。不知游了多长时间，也不知冲过了多少激流险滩，就要命悬一线的他，终于触摸着伸在河边的树根，他紧紧将这根救命的树根抱住，抱住，喘息了一会儿，攒足了力气，说声“起”，就攀着树根艰难地上了岸。

他伏卧在沙滩上，瘫软成一堆，觉得身子不由他摆布，都要散架了。

秋夜寂静而冷漠，河谷的穿洞风吹来，透心凉，彻骨寒。他止不住打着牙咯，满身起了鸡皮疙瘩。四野看不到一点灯火，不知此地是何地，只有满天的星斗和哗哗的流水告诉他这是人间。疼痛、寒冷、饥饿、疲乏、孤独一齐向他袭来。没有火种可以取暖，没有吃食可以充饥解乏，如果就这样枕“石”待旦，恐怕等不到天明，就会僵死在这里。

只有陷入绝境，才觉得生命的可贵，只有到了死亡的边缘，才有强烈的求生欲望。他对自己说：“我要活下去！”他曾经对柳含嫣发过誓，要坚强地活下去。他试图站起来，还没有站直，就趴了下来。他暗暗给自己鼓劲：“站直了，别趴下！”他咬咬牙，揉揉伤痛处，还好，只是肿痛，还没见血。再咬咬牙，说声“起”，终于站了起来。他迈出了一步，两步，三步……走着走着，他被脚下的柴草绊了一跤，周身就要散架似的疼痛，好长时间爬不起来。爬不起来就歇息，他的手无意间握住一束草还是苗，瞅了瞅，看不清楚。他握住那束草站起来，刚一用力，那束草被他连根拔了起来，他又重重摔倒在地。就在摔倒在地的同时，听到石头蛋撒了一地的响声。

他不相信命运总是如此捉弄他。他要活，他要和他的柳含嫣，和他的爷爷、奶奶，和他的儿女们，和他的亲人们好好活下去，和一河之隔的延水关的乡亲们同舟共济，和千里黄河水道上的船帮商贾一起共事。他的手往出一伸，摸到了一个石头蛋，这是什么？挨近眼睛瞅了瞅，看不清楚，手感告诉他，那不是石头。挨近鼻子闻了闻，那东西不仅有土腥味，更有一种诱人的味道。会是什么？他用嘴咬了一口，清脆沙涩。他想起来了，这是山药蛋。他一兴奋，就什么也忘了，几口就消灭掉一个。顺藤摸瓜，又牵出几个来，他逐个把它们消灭光，不觉肚腹鼓胀起来。腹中有粮，心里不慌，他重新站了起来，可以缓慢地行走，走到山脚下，找了个避风的土洞钻了进去。

浓浓的睡意不时袭来，他不敢睡，只能眼睁睁地注视着眼前的一切。他不知道这深不可测的洞穴，是狼窝，还是狐狸的洞穴。一旦睡着，它的主人回来见到，不就成了送上门的美餐？他不，他要活下去。

正在打盹，一阵窸窸窣窣的声音把他惊醒。睁眼一看，只见一个黑影，提着两盏绿幽幽的灯走了进来。两盏灯好像还朝他照了照，停了一下。那两盏绿幽幽的灯犹豫了一阵，灯下似乎有嘴，嘴里似乎还叼着一个悸动的活物，这个黑影顾及不到冒昧闯进它的领地的另一个活物，就从他面前走了过去。他吓得屏住呼吸，根根头发竖了起来。刚出龙潭，又入虎穴，怎么这么倒霉！

他目送那只野物消失在黢黑的深处，还听见有一群幼崽兴奋的喊叫声和品尝美食的撕咬声，这才意识到这里是一个狼窝。他头冒冷汗，腿肚抽筋，紧握的双手都沁出了汗，心锤如同秤锤，沉重地直往下坠。此时不逃，更待何时？

他不敢站立起来，只能蹑手蹑脚圪蹴着往出挪。一步，两步，三步……如同一天，两天，三天那么漫长。好不容易连滚带爬出了狼窝，又融入浓重的夜幕中。虽说身子虚弱，可是恐惧让他还是没命地飞跑，跌倒，爬起，跌倒，爬起。跑呀跑，约莫跑出几里路，出了危险区，才重重地躺在地上喘息起来。

耳畔传来声声鸡叫，睁眼一看，夜幕退了，天上露出了鱼肚白，远处圪梁上升起几柱炊烟。他有些兴奋，伸了伸腰，做了一个深呼吸，脑子清醒多了。回首三天来历险龙潭虎穴的情景，大有重新回到人间的感觉。

他来到炊烟升起的地方，叩开了一户人家的门。说他落了水，一无所有，求口吃食，并没有多说。吃饱喝足，睡了一觉，身子爽快多了。看看日上中天，时候不早，他要继续前行。那人家见留不住他，就给他带了一些吃的，他作揖谢过。打问好前面的路径，终于蹒蹒跚跚踏上回归之路。

不能坐等来人接他，他要靠自己的能耐尽快回家。说不准，因为他的突然消失，已惊动了九十眼窑院，乱哄哄，闹嚷嚷，不成了样子。

被蛇咬了，见了绳子也怕。不名一文的他，生平第一次靠双脚穿行在绵延不绝的大山里。穿一身脏衣裳，拄一根朽木棍，逢山爬山，遇沟翻沟，一步一摇地前行。他心里有个谱，只要顺着黄河走，总有一天能走到永和关。

夜幕降临，他不敢进村。时时提防那个贼心不死的强盗追上来。因为带着吃的，不必为肚子发愁。他只能钻村外场里的麦秸垛，提心吊胆地睡了一夜。两天过去了，看看离家不远。他依旧这样走着，终于在第三天日头快要下山时，看到了他日思夜想的九十眼窑院。

他看见了村外的灵棚，心里不免生疑，是家中的哪位仙逝？还是三交镇传来噩耗，为他而搭？

他跌跌坎坎地爬上一道土坡，猛然出现在为他祭奠的人们面前。

他问在场的人："这是给谁搭的灵棚？"

人们一见这位衣服褴褛、披头散发、面如黑炭、形容怪异的人，先自吓了一跳。有个大胆的说："给三老爷搭的。"

白永和问："为甚要给他搭灵棚？"

回说："三老爷被强盗害了。"

"是害了，可没有害死。我就是三老爷，我回来了！"白永和大声说。

不说这话便罢，一说这话，把人们吓得丢鞋撲帽，四散而跑。齐说三老爷显了灵，三老爷的鬼魂回来了。

白永和哈哈大笑，说："我白永和命大福大，我回来了。"说罢，身子发软，瘫卧在地上。

白永和苏醒过来。

蒙眬中看见熟悉的窑洞，看见他的爱妻柳含嫣，看见他的爱子如意。

他用呆滞而疑惑的目光注视着柳含嫣："我这是在哪里？"

柳含嫣欣喜地说：“在咱家。这不是咱的儿子如意？”

如意见爸爸醒了，一下子扑了上去，搂着几乎失去的爸爸呜呜地好一阵恸哭。

白永和这才明白，这里不是激流，不是狼窝，不是麦秸垛，是实实在在的自家的暖炕。

他摸着如意毛茸茸的头，眼泪止不住地流。这个帅气的孩子，险些成了没有父亲的孤儿。

他的目光艰难地移向柳含嫣，几天不见，丰肌雪肤的妻子竟成了形销骨立的黄脸婆，从汉口一路追随他来到此地的柳含嫣，差点成了失偶的孤雁。

他知道，都是他不听柳含嫣劝阻招来的祸。他心疼地握住柳含嫣的手，说：“我这是不听夫人言，吃亏在眼前。含嫣，跟上我担惊受怕，实在对不起！”

柳含嫣暗忍泪眼，为白永和轻轻擦拭一双涌泉，半是埋怨半是心疼地说：“你在阎王那里走了一遭，我在家里小死了一回。不要说我成了黄脸婆，你看你都脱了形，还有个人样吗？如若有个三长两短，让我们孤儿寡母的还咋活呢！”

一向有泪不轻弹的柳含嫣，此时秋波盈盈，凄凄楚楚，一滴，两滴，三滴……滚珠般滴在白永和脸上。白永和一动不动地承接着自天而降的甘霖，默默享受着妻子的温存。他感慨地说：“啊，活着真好！”

柳含嫣哀怨地说：“知道活着真好，就要惜护生命，就要为我和孩子们着想，为白家人着想，为世上那些需要你扶助的人着想。永和，你听着，以后再不许你一个人出门。”

如意也嘱告父亲：“不许你再出门！”

白永和露出灿烂的笑容：“不出门，我不成了窑里的摆设？”

柳含嫣在如意头上拍了拍说：“如意，去告诉祖奶奶，就说爸爸醒过来了。”

如意应了一声，蹦蹦跳跳走了。

见如意走了，柳含嫣神色恍惚，好像有话要说。

白永和觉得奇怪，就问：“你这是怎么了？”

柳含嫣欲言又止，怔了怔说：“你回来了全家高兴，可是——”

“可是什么？”白永和好像预感到什么，心一下子提到嗓子眼。

“你身子虚弱，本不该马上告诉你的，可是又不能不告诉你，说了你可要挺住。”

白永和血往头上直涌，他紧紧握住柳含嫣的手说：“你说，你说，我能挺得住！”

“就在你回来的时候，爷爷去世了！大哥、二哥他们已经去各处报丧去了。”

“啊？我走时，爷爷不是还好好的，怎么几天光景说走就走了呢？”

“以奶奶的猜测，爷爷是承受不了眼前的事实，自绝于人世的。”

白永和听了，无异于晴天霹雳，击得他头晕耳鸣，天崩地塌。他急得撕衣揪发，号啕大哭。没等柳含嫣把话说完，便翻身下炕，往外冲去。一个踉跄，重重摔在地上。柳含嫣赶忙叫人搀扶起来，步履沉重地走到爷爷灵堂。

白永和伏在爷爷的棺木上放声恸哭：“爷爷，是我害了您，是不孝的三娃害了您！”

白贾氏坐在窑里听见三娃没命地哭，止不住暗暗饮泣。哭了一会儿，擦干了泪，在冯兰花等搀扶下来到灵棚。她看见她的三娃死而复生，又忍不住落了泪。她以为老天在惩罚她，要她的好看。老太爷就这样轻生离去，好在孙子平安回来了。不过，缺了一豁月亮的天空，犹如遮上一片云翳，留下难以弥补的缺憾。她在白永和肩膀上轻轻拍了拍，说：“三娃，好了，别哭了，泪蛋蛋淹死人也哭不回来。你遭了那么大的罪，身子骨弱，再哭坏了身子，怎么是好？”说着，就亲自搀扶白永和起来。

白永和一见奶奶亲自来搀扶他，便又放声哭了起来：“奶奶，全怨我，要不是因为我，爷爷哪至于走了这条路！”

白敬斋也来了。他劝慰白永和道：“古人云，大难不死，必有后福，我们还要等着看你的大富大贵哩！”

白贾氏说：“这话中听。”

在场的人都附和着，白永和一时没有好说的，起身把奶奶搀扶回窑里，正说话间，白诚仁推门而入，一见白永和，就作揖问候，说道：“万分抱歉，都是我连累了您，都是我连累了您！”

白永和一见白诚仁，奇怪地问：“你怎么也来了？”

白诚仁便原原本本地说了事情经过。白永和暗暗思忖：事发突然，败露更蹊跷。善有善报，恶有恶报。这贼子真是可恶，白管家如我所料，果然有情有义。

白永和说："真辛苦你了，多谢白管家的重情仗义。这钱是我专门送你的。人呢，还在家绑着？"

"本来我让两个人看管，等白家人去了送官治罪。没想我走了几天，他们看管不严，昨天来人告诉说强盗跑了，连驮骡也没来得及拉。你看这……怎么办呢？"

白永和说："过去的事就让它过去吧。人钱皆在，有惊无险。人跑了就算了，也不必告官追究。钱呢，是我送你养老用的，你走时带上。"

白诚仁忙说："那哪成呢？白家对我恩重如山，我白诚仁却行为不检，有愧白家。受了这份重礼，我的心更是不安。"

白贾氏说："让你拿就拿上，不拿我们反倒不安。白家人做事，一向宽宏大量，你对白家有情，白家不能对你无义。"

正说着，财旺进来说，杨掌柜亲自过来祭奠，白永和出去接待。祭奠完了，又在白永和陪同下来看望白贾氏，作揖道："婶子，侄儿一向疏于礼节，少来府上走动，不知府上连出大事。我叔怎么说走就走了呢？"说着，眼圈就红了。

白贾氏从杨福来一副虔诚的颜面上，看出他此行是发自内心，不是做作，心里就热乎乎的。自爱丹被休后，杨福来一直对白家耿耿于怀，不要说他真人来白家露个脸，就连他的影子也没见过。杨福来能亲自吊孝，实属不易。要不是三娃摒弃前嫌、睦邻厚友的开明，两家的过节兴许真成了解不开的死结。白贾氏礼让杨福来靠她坐了说话，嘘寒问暖，东拉西扯，就是怕触及两家结亲又结怨的"雷"区。幸亏有三娃和柳含嫣他们在，不至于让她难堪到哪里去。

杨福来对白永和说："永和吉人天相，自有后福，有好事时，可不要忘了延水关的乡亲们。"

"哪能呢！从古至今，秦晋结好，兄弟相称，互相提携。以后，我们还要精诚合作，开发河运呢。"

"好，好，永和说得好！"

柳含嫣过来续茶，杨福来抬头看了一眼，明知故问道："这位是……"

柳含嫣笑了笑，也不便解释。

白永和忙回道："这是侄媳含嫣。"

看见柳含嫣，杨福来突然想到他的爱丹，本来，爱丹应该在柳含嫣这个位置上，柳含嫣是野鹊子夺了凤凰的窝。嗨，想这些顶屁用！

趁着人哀气和的当口，白贾氏壮着胆子对杨福来说：“福来侄，过去的事天打地对，都凑到一起，不管谁是谁非，都过去了。如有气就消了吧，如有话就朝我说。朋友不打不厚，亲戚越走越亲。咱们白、杨两家还要朝远里看哩，你说是不是？”

杨福来没想到，白贾氏会在这种时刻说出这样的话。本来，爱丹的事已过去多年，不想提，也不必再提它。可老夫人旧话重提，她不是说自己的不是，是说着眼未来。封了旧口，开了新口，还真让杨福来有话说不出口。

杨福来说：“婶，诚如您说，过去的就过去了，不提也罢。”

杨福来说罢，起身要走。白贾氏要留他用饭，杨福来说：“不了，不了。几步远，还吃饭。”

财旺说：“给杨掌柜准备了。”

白永和说：“叔，还是吃了饭再走。”

杨福来说：“恭敬不如从命，那就吃吧。”

其实，杨福来也知道，吃饭事小，和“亲”事大。虽然已经不是姻亲，但仍有割不断的联系。无论是他，还是白永和，都隐隐觉得，白、杨两家历经十多年的“寒冬”终于回暖了。

白老太爷的丧期定了七天，每天都有散居在县内各村的白氏族人和乡绅耆宿前来吊唁。一天，县公署杨知事亲率商界、学界代表前来祭奠，慌得白家男女老少一齐出迎。

白贾氏施礼道：“山村布衣，平头百姓，敢劳父母官大人屈驾来祭，我白家不胜荣幸之至！”

杨知事回了礼，一手挽着白贾氏，一手挽着白永和，说：“白老伯一生就商，厚德薄利，深孚众望，我还不该来为老伯送行吗？再说，三老爷永和君是县商会会长，县学校董，各界代表理应前来吊唁。”

杨知事叫随从展开一幅挽幛，上写“德劭年高”，这是他送的；商界代表送的挽幛上写着“陶朱遗风”；学界代表送的挽幛上写着“典型式望”。杨知事余兴未尽，当场挥就一副挽联。上联曰：“忠厚存心市井咸钦盛德”；下联曰：“音容隔世经营空惜长才”。白贾氏率诸孙儿谢过杨知事和各界代表，白永和叫财旺一一悬挂起来，然后设宴招待。四邻八乡都说白老太爷人气好，赢来了这么多荣耀。白家人也为他们的前辈骄傲。风光了七天后，白鹤年被隆重葬于欢喜岭上的白氏祖茔。

白永和强撑着身子，办完爷爷的丧事就病倒了，这一病，就是两个年头。

人们都说这年是凶岁。

老太爷走了，白三奴走了，三老爷死里逃生。老天爷吝啬得连一滴雨也舍不得下，误了春种，误了夏种，草木尽枯，田禾无收。庆幸的是，两岸人因为有了千里粜来的粮食，得以度过灾荒。

这年八月十五才下了第一场雨，可惜，一切都晚了。

第四十四章

春寒料峭，山路崎岖。在吕梁山的深山老林里，一行人背着行囊，拄着木棍，踉踉跄跄地行进着。

冯兰花踮着一双小脚，和大家一样爬坡上圪梁，一路上数她走得慢，数她跌跤多，脚上不知撞起多少泡，钻心地痛，走不了几步，就要坐下来歇息。

柳含嫣那双曾被人笑话的天足却派上了用场。大脚丫子配上平底布鞋，起落有力，轻松自如，在长途跋涉中，它的优越岂是受看不受用的三寸金莲可比。妯娌俩一路形影不离，相互搀扶，偶尔说笑两句，解解乏。冯兰花不时扭过身子往后张望，看看落在后边的儿子如厚和媳妇海棠。

这次出逃，腆着大肚子的海棠本不应该出门。可是，阎锡山派了六十九师的一个营进驻永和关，先封渡口，后修工事，还画了漫画，张贴了标语，说陕北红军要过河到山西来，“红军杀人如割草，无论贫富皆难逃”。又说“共产党共妻，杀人如麻”，形势逼人，不明真相的人被吓唬住了。作为白家主流的白永和一门人更是忧心忡忡，坐卧不宁。可是，隔河瞭延水关，依旧是老样子，并没见杀人放火的迹象。听偷渡过来的人说，红军打富济贫，对老百姓好着哩，并不觉着可怕。再说不怕，只一条打富济贫，就让白永和一家动了怕的念头。回过头来想，他们与红军远无仇、近无冤，不信红军能见人就杀，大不了破费几个钱了事。所以，白永和虽然犹豫，一时还不为所动。

可是，胆小怕事的白永平沉不住气，他怕的和三弟怕的不是一回事。他听了婆姨冯兰花的话，一心想出走，出走的目的，除了想保住他的小家庭，就是想保住他的儿媳不被“共了妻”。因为儿媳肚里怀着他的孙子，怀着他门里的指望。他对白永和说：“宁可信其有，不可信其无。三十六计，走为上计。大宁县有你嫂子的妹妹，去那里避避风头再作计较。”

平日一计没有的白永平，这回倒有了主意，只嫌白永和优柔寡断，见天催着出走。

白永和问计于妻子，柳含嫣说：“这么大的家业，一个‘逃’字怎能解脱得了？”

“是呀，逃得了和尚逃不了庙，怎么是好？”

眼见渡口工事林立，兵士荷枪实弹，风声一天紧似一天，白永和夫妇才不得不勉强随大哥白永平逃了出来。出门的那天是正月初八，这是白永平选的黄道吉日。

他们雇了架窝子，因架窝子太张扬，不得不改坐驮骡，再后来路越来越不好走，脚夫们听说要打仗，不愿意出门，不得不用雇骡子的价钱雇成毛驴，再后来海棠半路上生了娃，一家人风一程，雪一程，饥一顿，饱一顿，护着母子俩来到大宁县冯兰花妹子家。

大哥家有了喜，也有了着落，一家老小忙着伺候月子地里的海棠。海棠着了凉，下不来奶，婴儿饿得哇哇哭，整天求医问药。大哥白永平到了安乐窝，再不提逃难的事。冯兰花一边伺候海棠，一边养息她烂得流脓的小脚。白永和两口成了没人问没人管的闲人，天天看着日头从东山上升起，西山上落下，想着九十眼窑院是毁了还是在着，白家人都跑了还是守着，心里七上八下，没个准星，提不起一点精神。他们私下商量，不如一走了之。去哪里？是继续逃避，还是返回永和关？谁也拿不定主意。

柳含嫣下炕走了走，脑子一闪亮，哎，有了。说各人在手心写一个“逃”字，或是“回”字，如果是一“逃”，一“回”，那就是意见不合；如果是两“逃”，或者两“回”，就按结果办。白永和说行。找来毛笔，两人背靠背写了。柳含嫣说声“一，二，三”，两只手同时展开，定睛看时，都是一个“回”字。

白永和哈哈笑道：“身无彩凤双飞翼。”

柳含嫣嘿嘿笑说：“心有灵犀一点通。”

白永和说：“那就回永和关去？”

柳含嫣说：“回永和关。”

白永和说：“此去吉凶莫测，祸福难料。你——”

柳含嫣说：“我什么？你我早就说好，同甘共苦，生死相依！”

其实，他们都恋那个家，舍不得家乡的山山水水，舍不得家里的坛坛罐罐，因为这都是他们辛辛苦苦、一点一滴挣来的，攒下的。他们不知道，红军一旦过了河，将会怎样处置他们。真的是“无论穷富皆难逃”？还是穷人好过，富人难活？抑或是不得人心者得诛之？可以宽慰的是，他们不曾亏待过人，不曾作孽乡里，问心无愧。至于家里，该安顿的，早已安顿好了，除了他们俩，也没有多少顾虑头。

说到钱，这几年生意越来越不好做。随着宁夏、绥远通了火车，公路也修到那里，黄河水运日渐萎缩，白家的生意与其他晋商一样，受到不小冲击。白家依靠长船、依赖碛口码头发迹后，号称永和关上下三百里第一家，永和县首富。说首富，但手里没有多少钱。钱都撒在了地上，不是借贷出去，就是赊账清不回来。

说到家事，自那年爷爷故去，二哥即提出要分家析产，尽管奶奶拼死阻挡，无奈二哥铁了心肠，白永和只好由着他狮子大张口，劈了差不多一半财产，大伤了白家的元气。此后二哥在异地另造了一个新村，号称白家庄，过他的衣食无忧的生活去了。

白鹤年走后的第二年，白敬斋说叔叔托梦嫌那边孤闷人，要他去陪着掐方拉呱，不久真的跟着去了。一生清贫，无儿无女，白永和厚葬了他。

白永和和柳含嫣的三个孩子，如霞大学毕业后，嫁给了京城一家晋商子弟，在他的资助下独立开了一间山西干果店，专营永和县的红枣和山西各地的干果，继承了他的衣钵。如玉学成归来，曾在县上教了一段时间书，后来跟着在胡宗南部队任参谋的女婿去了西安。如意还在山西大学就读。孩子们的事可以不去考虑。

最不放心的就是奶奶和大哥白永平一家了。

自爷爷走后，白永和就搬去墩台院和奶奶做伴。白贾氏半逾古稀，耳不聋，眼不花，纵然从没间断日食三颗大枣和两颗核桃，但岁月的风刀霜剑仍然无情地给她脸上刻满拥挤不堪的皱纹。

白永平依旧平平做人，庸碌做事，只是在抽大烟土上有了长进，历练成了一个大烟鬼。让他分家，他赖着不走，他怕丢了三弟这个靠山活不下去。

这次逃难，最难办的是奶奶。白永平诓哄奶奶说到永和城里去逛逛，奶奶说她七老八十的人，腿脚不连利，再说也没那个心思。她哪里也不去，要在关里陪老太爷哩。后来，白永和把二哥白永忍请来，如此这般地教了一番。白永忍说想请奶奶到他的白家庄看看，这话真说到白贾氏心上去了。二娃讧走这么多年，从没有去过这个白家庄。她不想去看二娃的破庄园，一个破庄园，劈了白家的一半家产，都亏得三娃的宽厚忍让。她知道，分家时，三娃两口子气得哭了，大娃两口子也没有例外，三娃想的是兄弟情分，大娃想的是财产难舍。时过境迁，都是她的孙子，都说她一辈子偏向三娃，这回就去二娃的庄园看看，也偏他一回吧，就被白永忍接走了。临行时，大娃和三娃要出走的事还被蒙在鼓里。

家里留给财旺照管，有财旺在，他们放心。

回家去，回永和关去。与其在外边颠沛流离，还不如在家蜗居。福祸在天，由它去吧。白永和、柳含嫣都这样想。

那是二月里一个清丽的早晨。辛苦了一夜的月儿还在西山上懒洋洋地挂着，初升的太阳如在血盆里蘸了的红皮球，拖着它的红尾巴早兴冲冲地爬上东山梁。霎时，金光万道，穿云破雾，天地一派红彤彤的景象。

柳含嫣骑了一头毛驴，脚夫在前，白永和殿后，离了大宁县，朝北面的永和县走去。

来时人多嘴杂，一路不顺，难得有好心情。不要说性情内敛的白永和郁郁不乐，就连乐观开朗的柳含嫣也少言寡语。现在回家了，尽管前途未卜，但他们仿佛看见远在黄河边的九十眼窑院在向他们招手，老窑里的温馨气息也仿佛扑面而来。一路上，两人有说有笑，互敬互让，心放松了，身子也轻快起来，白永和还不时说段笑话或是故事，引逗得柳含嫣和脚夫不停地笑。

话说白永和他们上了双锁山，吃过干粮正准备继续赶路，忽然，从山那边上来一队人马，众人心里一惊。

脚夫说："是当兵的。"

白永和说："我看像。"说这话时，心里由不得紧绷绷的。

对面的人越走越近，有牵马的，吆驴的，拉骡子的，身上大多背着一杆小马枪。等走到跟前，才看见这些人穿着灰布军装，戴着八角红星帽，领子上缀着红领章。白永和听人说过，红军就是这种穿着，就低声说了一声："不好，莫不是遇上红军了？"

柳含嫣和脚夫也跟着紧张起来。

队伍走到他们面前停下。领头的人打着裹腿，身挎一把盒子枪，看样子是个长官。他和气地问："老乡，你们这是准备往哪里去？"

脚夫不知该如何说，回头看了看白永和。白永和装作平静地说："我们是回娘家去。"

"娘家在啥子地方？"

白永和胡诌了个村子，长官用征寻的目光看了看他的向导，向导摇了摇头。

长官哈哈一笑："老乡别怕，我们是红军，红军，听说过吧，是老百姓的军队。现在东北沦陷，华北危急，此次东渡黄河，就是要东进抗日，要抗日就要唤起民众，要抗日就要壮大红军，兵马未动，粮草先行，筹粮筹款就是我们的一大任务。杨参谋——"

"到。"一个约莫二十岁的年轻军官应声道。

"你给他们讲讲红军的政策。"

杨参谋把红军的"三大纪律，八项注意"一一作了讲解。还说他们是红军的地方工作队，宣传抗日主张，团结一切进步力量，发动群众打土豪，分田地，让穷苦百姓过上好光景。

白永和一听打土豪，心里不由得咯噔了一下：这不是要杀人吗？神情就不那么自然。吞吞吐吐地说："不瞒长官，我们是进城串亲戚的。"

长官半信半疑地"哦"了一声。

双方正要动身，从长官身后上来一个士兵，二话没说，就把白永和的衣襟搂起，摸了摸围在腰里的一个细长袋子说："老乡，你腰里裹的是什么？"

白永和和柳含嫣吓得面无血色，出了一身冷汗，相互往近里靠了靠。本想着寻找靠山借个胆，谁知，非但没有借来胆，反倒借来彼此狂跳的心、战栗的身，原来，常说的输胆就是这个样子。

那个当兵的报告长官："肖队长，他身上带着银元！是不是逃亡的土豪劣绅？"

那位叫肖队长的长官听了，好奇地走近白永和，把他裹在腰周围的布袋子捏了捏说："老乡，你带这么多银元干啥子？"

原来离家出走时，白永和嫌银元不好带，就让柳含嫣缝了条细长的布袋，围扎在腰身，便于隐蔽。谁知人瘦腰粗，不甚匀称，还是被眼尖的士兵看见了。既然让人家看见了，就没有再隐瞒的必要，不如大大方方送了人家。白永和解下银元袋子，双手捧上："长官，刚才是我的不是，我是生意人，要去做一笔买卖。既是要打日本去，这笔钱就送给您，请务必笑纳。"

长官拿来掂了掂，少说也有一百多。红军缺粮缺钱，他奉命带一支后勤部队为红军筹粮筹款。对整个红军来说，这点银元算不了什么，具体到一支部队，也许就能派上用场。可是人家是做生意的，红军再缺钱，也不能拦路强取，就双手递给白永和说："这笔钱还是你收着吧，生意人，搞一点钱也不容易。"

那个当兵的见首长还了钱，忍不住对首长说："队长，这——"

叫队长的这个人，个不高，国字脸，大眼睛，络腮胡，四十来岁，说话南腔北调。柳含嫣在南方长大，听音辨乡，此人不是湖北，便是四川。白永和虽不明白，总觉得不像北方人。

队长装作不在意的样子，对白永和说："凭我的直觉，你不是去做生意，谁家做生意还带婆娘？"

"她不是婆娘，是婆姨。"

挂盒子枪的年轻军官解释道："婆娘就是老婆、婆姨，永和人叫窑里的。"

白永和一脸尴尬，干笑了两声，逗得众人都乐了。

肖队长说："你是不是在躲我们，啊？"

"不，不，我不知道你们是红军。"

"阎锡山早就宣传上了，说红军杀人如割草，无论贫富皆难逃。还说共产党共产共妻，你看我们像那样的人吗？"

"啊，不像，不像。"

"那就没必要怕嘛！吓坏了你，我可负不起责任。"

队长的话让众人都笑了，气氛轻松了许多。队长接着说："交个朋友，说不定以后还能遇上。我姓肖，就叫我老肖好了。"

白永和见对方诚恳，脱口说道："我姓白。"

柳含嫣拽了一下白永和的后衣襟，暗示他不要太实在。

白永和也知道情急失口，可是话已出口，难以反悔。心想，听天由命，顺其自然吧。

这时，那个腰挂盒子枪的年轻军官走上前来，问道："既是姓白，就是永和县人了。敢冒昧问一句，您是不是永和关人？”

白永和不知如何回答。说不是吧，再胡诌上一个村名，让人家揭穿了，很难自圆其说。照实说了，他们刨根问底，暴露了我的真实身份，不就坏了？我该怎么办？他正要开口，柳含嫣早接了茬：“我们永和县白姓人都是从永和关迁出来的，四百年前白家从汾城迁来永和关，也可以说是永和关人吧。”

那个年轻军官又问：“永和关虽属永和县，口音却跟了一河之隔的延川县，听你的口音出不了那一带。”

白永和心虚胆怯，不由得点了点头。

年轻军官又问：“向您打听一个人，您不会不知道吧？”

“您说，您说。”

“有个三老爷您熟悉吧？”

一听问到自己头上，白永和脑子“嗡”地炸响，黑白相杂的头发被炸得直立起来，一向遇事不慌的白永和，已经到了六神无主的地步。柳含嫣神经也绷得老紧，手里捏着一把汗，暗暗叫苦。

“熟悉，熟悉。长官您也知道这个人？”

“知道，我还见过他呢。”

白永和一听，感到大事不好：真是冤家路窄，给你们钱不要，还问这些做甚？是要杀我，还是要把我带走……荒山野岭，路遇红军，什么事不会发生？

白永和“哦”了一声，再不往下说。

那年轻长官微笑着说：“要是我没猜错的话，您就是三老爷，白永和吧？”

白永和被人戳穿，十分尴尬。他不敢正视这位长官，目光茫然游离于四野，但四野的风景什么也看不见。他的命就攥在红军手里，要杀要剐任凭人家。想到这里，也就没什么害怕的必要，就直起脖子说：“我是。您认识？”

“咱们曾经见过一面。”

“我怎么不知情？”

“那年，永和关人祭河，我们过河去看热闹。您领头祭河神，您是大人物，怎么能看到我这个小人物？”

白永和又有些不解，这位长官操着一口流利的京腔，怎么能过河来看热闹？莫非他是延水关人？心里这么想，嗫嚅了片刻却没敢问出来。

肖队长听了半天，总算听出了名堂，就拉着白永和的手说：“原来您就是白永和，白老三?”

“在下正是。长官您也知道?”

“不只知道，还知道一段顺口溜。”他想了想，像背课文似的说，“到了永和关，先找白老三。吃上两碗面，送你上渡船。有钱给两个，没钱下次来。对不对?”

肖队长倒背如流，洋溢着得意的神采。白永和听了，奇怪的同时是害怕，害怕的同时是快意，心里乱成一团麻。此时，柳含嫣紧攥着的手也展开了，一直紧抿的嘴略略翕动了一下。脚夫恍然大悟，用惊奇的目光注视着白永和，寻思道：“原来，他就是有名的白老三。久闻大名，不识其人，遇巧了。”

白永和从被审查的角色，一下转换成被热议的人物，紧张的心暂时放了下来，不好意思地说：“小小不然，算不了甚！如果以后有缘相见，我白老三依旧是古道热肠。”

“要得。”肖队长赞许之后，又把目光转向一直不吭气的柳含嫣，问：“嫂子，刚才听您说话的口音，和您先生不是……”

白永和忙解释道：“哦，我窑里的不是本地人。”

“哈哈，您窑里的，就是我们四川人说的婆娘了。”肖队长朗朗笑了起来。说着朝天望了望：“噢，不早了，我们该走了。老乡，不要害怕，您是开明乡绅，谁好谁坏，我们心里有数。放心回家去吧。好，那咱们各行其道?”

白永和巴不得尽快结束这场谈话，便爽快地回道：“好的，长官，各行其道。”

肖队长说：“什么长官不长官的，咱们红军上下平等，官兵一致，您看我黑黢黢的，乡巴佬一个，那里像个当官的？脱了这身军装，还不是平头百姓!”

肖队长和白永和握手告别。“哦，忘了给你介绍，”他指了指那位年轻的军官说，“他是杨参谋，还是你们的近邻啊!”

杨参谋点了点头说：“对，近邻。一回生，两回熟，以后还请白掌柜多多关照!”

白永和一下醒悟过来，近邻就是延水关了，怪不道红军对自己这么了解，原来有杨参谋这个眼线。他放大胆子正面看了一眼杨参谋，只见他眉宇开阔，眼深鼻端，白净儒雅，一脸书生气，哪像个当兵的？他见杨参谋也在琢磨他，赶紧收回目光，说：“好说，好说，还望您多多关照我们呢。”

肖队长说：“军民一家嘛，谁能离得了谁？老乡，山不转水转，说不定哪天我们还会见面，说不定我也会吃您的两碗面嘞。”

白永和把银元递了上去：“白永和期望大驾光临！这个你们还是拿上吧，就当是我送长官——队长的盘缠。”

肖队长说了句“您在搞些啥子哟?”，用手推开白永和，翻身上马，说声“再见”，就领头向东南方向去了。

白永和不敢久留，也忐忑不安地上了路。

白永和出来躲红军，偏偏在双锁山上遇到红军，他等着红军发落，偏偏人家以礼相待，并不为难他。他的心动了，不管这是谁的部队，够得上是仁义之师。如果以后遇上了，自己一样也会以礼回报。

柳含嫣虽说对刚才戏剧性的一幕不免心存狐疑，但那颗紧张的心还是放松了。她想，今天运气不错，回家的感觉真好。高兴地扭回头对白永和说：“您的大名可是传远了，连红军也知道，真不简单。以后再遇到什么事，就把白老三的招牌亮出来。”

白永和笑道：“我白老三能值几个钱？不是我的面子大，是咱们遇上好人了。看来，逃难是逃错了，回永和关才是对的。”

柳含嫣若有所思地说：“但愿如此!”

第四十五章

白永和与柳含嫣回到永和关，九十眼窑院还是九十眼窑院，照壁上的祖训依然显目耀眼，他们的墩台院完好如旧，窑里的坛坛罐罐原封未动，没有出逃的白氏子孙都安然无恙。细细寻视，临走时，埋金银首饰的地方，没有被人翻动的痕迹，来不及带走，仓促中倒进茅坑的银元，还安稳地睡在茅坑里。两人见状，先松了一口气。听说红军在院外写了标语，赶出去一看，“抗日卫国”和“打土豪，分田地”的标语赫然入目，刚刚平静下来的心又泛起波澜。早先驻防的阎锡山军队被红军取代，被封了的渡口，又像往日一样正常开通。

白永和问财旺：“红军来没来过咱家?”

财旺说：“来过。”

白永和又问：“搜没搜过咱家?”

财旺说：“人家说，主人不在家，不要动人家的东西。”

柳含嫣问：“都来了什么人?”

财旺说：“有个姓肖的队长，还有个杨参谋。这个杨参谋，好像在哪里见过。”

“原来是他们? 怪不得知道的那么多。”白永和、柳含嫣几乎同时陷入沉思。

听其言，观其行。白永和蛰居九十眼窑院静观待变。

闲不住，就走动走动。关村驻守着红军，不便前去，只能见天站在院门外，瞅瞅这里，望望那边。河谷里的柳叶青了，榆树结上了榆钱钱，老槐树也披上了茸茸的鹅黄色春装，黄河里的冰凌消失得无影无踪，春光明媚，万物复苏，春的脚步越走越近，越来越快。

黄河渡口船来船往，除了少数串亲的乡亲，大多是过路的兵士。有的从老槐树下经过，然后再从九十眼窑院北侧路过，朝欢喜岭走去。有的则反其道而行之。他们穿着灰粗布军装或老羊皮袄，扛着长枪或梭镖、大刀，来来往往，匆匆忙忙。过河来的红军要做甚，过河去的红军又要做甚，军事上的事白永和不懂，他想，这就是所谓的调兵遣将吧。

大约过了半月时间，从欢喜岭上下来一队红军，人不多，牲灵不少，驮着毛裢袋，看样子是辎重部队。部队走到老槐树下，就歇在那里不走了。有几个红军朝九十眼窑院走来。白永和看见，慌忙回了窑里，连鞋也没顾得脱就上了炕，神色慌张地坐在后炕。

这些人正是冲他而来。

白永和透过窗户上的玻璃，看见红军进了院，正朝自家窑里走来。

他本能地闭了眼，心想：红军终于上门算账来了。束手就擒，坐以待毙，我真的就要落这样的下场？

有敲门声，并有人低声问："窑里有人吗？"

柳含嫣闻听，犹豫了一下，还是哆哆嗦嗦地把门打开。

柳含嫣惊奇地"咦"了一声，外边也传来一声："嫂子您好！"

柳含嫣看见了谁？是谁在说"嫂子您好"？坐在炕上的白永和好奇地猜测着。

柳含嫣一脸笑容，挑起门帘，请红军进家。

柳含嫣说："永和，你看谁来了？"

白永和这才看清楚，这些不速之客，原来是双锁山上有过一面之交的肖队长和杨参谋，后边还跟着两位警卫。肖队长和杨参谋进了窑，柳含嫣倒茶续水，忙个不停。白永和叫外边的警卫进窑里来，警卫们摆了摆手。

寒暄过后，肖队长直奔主题："我不叫您三老爷，那太陈旧了；也不叫您白老三，又太直白了，还是称您白掌柜为好。您是商人嘛！我这次来要请您出山，愿不愿意为我们拾荒？"

"什么荒？"白永和一头雾水。

肖队长是长征过来的老红军，虽然尽量说北方话，但不免夹带一两句难懂的四川方言，杨参谋跟随肖队长多时，大体能听得懂，少不了为队长当个"翻译"，就解释道："我们队长说，您愿不愿意帮我们干活儿？"

“不知是甚活儿？我能不能干得了？”

杨参谋说：“要您干，肯定能干得了。我们运到渡口很多货，请您帮我们运过河，我们给您运费。怎么样？”

白永和想了想，说：“帮忙可以，可是，我的船让阎锡山部队封了后就不知去向，想帮也帮不上。巧妇难为无米之炊呀！”

杨参谋说：“这个您不用发愁，我们有的是船，您只管运货就是了。”

白永和想起前次分手时说的古道热肠的话，他得帮这个忙，就慷慨地说：“行。”

杨参谋也痛快地说：“好，一言为定！船工您来找，装卸货物由我们负责。”

“什么时候动手？”

肖队长说：“明日一早。白掌柜，告辞！”

“慢！肖队长，您还没有吃我的两碗面呢！”

肖队长想起上次开的玩笑，不承想，这个实在的白老三还记着，就说：“面，您留着，等我们打了胜仗再吃。好不好？”

“好，好。”白永和连连应承。

白永和之所以应承这桩生意，不只是为报红军知遇之恩，也是为族人着想。渡口是大家赖以维生的主要手段，自去年下半年封了渡口，靠河吃河的永和关人就断了奶，有的人家迁了出去，没有走的人叫苦连天，请三老爷想办法。红军有求于他，正好让无事可做的关里人有了一碗饭吃。这样的好事何乐而不为呢！

柳含嫣似乎想得多了一点。她不无担忧地对白永和说：“这件事的前因后果你可要想好了，我们给红军做事，只要红军坐了天下，就没说的。一旦红军走了，阎军来了，我们不就凭空担了一个‘通匪’的罪名？”

白永和说：“什么通匪不通匪的，别给自家找帽子戴！我是当家的，众人的眼都看着我，二三百张嘴等着饭吃啊！火烧眉毛顾眼前，至于以后的事，管不了那么多。”

就这样，白永和把村里人编了几个组，每一组有一个老艄，白葫芦、白狗蛋、白来生，还有从碛口回来的白疙瘩，每人带一组，换人不换船，有月亮时晚上也不停。他们运的以粮食为主，还有生铁、棉布等日用品，这是陕北红军的急需。这些货运过延水关，就有驮脚驮走，铃声叮当，川流不息，沉寂了许久的永和关和延水关重新焕发了生机。

谁知好景不长，过了一个来月，渡口一带大军云集，空气骤然紧张起来。白永和哪里知道，红军东渡，不仅使阎锡山手脚无措，也使剿共老手蒋介石惶恐不安。蒋介石急调十万中央军入晋，与阎锡山的十万晋绥军从南北东三路合围夹击只有两万人的红军，企图把红军聚歼于永和县一带。红军为保存实力，不得不集中在永和县黄河沿线，渡河回师陕北根据地。

一天，杨参谋匆匆来到九十眼窑院，对白永和说："这些天多赖您前后操劳，把红军筹集的大批粮食和物品运过了河，我代表肖队长，对您的相助表示感谢，红军忘不了您！"

白永和说："我也是做了我应该做的，区区小事，何足挂齿？"

杨参谋想说什么，张开嘴却没有出声。白永和好生奇怪，有甚事开不了口？就说："杨参谋，您是不是有话要说？"

杨参谋这才嗫嚅着说："白掌柜，不瞒您说，红军就要回师陕北，需要大量船工摆渡，眼下人手不够，肖队长派我来请您再次出山，您看……"

为红军运送物资他没大在意，是因为红军去留还有待观察，如今红军就要返陕，如果再帮红军，无疑会给卷土重来的阎军以把柄。这几天，国民党的飞机天天在渡口盘旋，时不时撂下几个炸弹示威，想借武力封锁渡口，截断红军的退路。红军如不及时渡河，则后果不堪设想。可是——

没等白永和开口，柳含嫣出来为他圆场："杨参谋，他都五十多岁的人了，在渡口为红军服务了一个多月，日夜操劳，人都累得趴下了，再让他去摆渡，怕是支持不住，是不是换别人去呢？"

杨参谋为难地说："时间紧急，人手不够，只能请白掌柜出马。不过，要他去并不是叫他亲自掌舵，而是叫他管理船工，负责修修补补，是个劳心不劳身的活计。白掌柜您看——"

白永和语气平和地说："容我再想想好吗？"

杨参谋无奈地说："也好。不过，最迟今天晚上就得回话。"

杨参谋走后，柳含嫣就埋怨开男人："你不要命了？你不要这个家了？红军前边走，蒋介石和阎锡山的军队就在后边跟着，你不想想，这样做，会有你的好果子吃吗？"

"我想过了，帮一次是帮，帮两次也是帮。如果阎锡山要和你过不去，有一次就足够了。我看红军是好人，与好人打交道吃不了亏。再说，我既是去，就有去的准备，不会让阎锡山抓住把柄。”

柳含嫣反复诉说了她的理由，说毕哀叹一声：“不怕一万，单怕万一，万一你回不来，丢下我一人怎么办?”

白永和耐心开导：“我只不过是为红军摆摆渡，又不是上战场，上杀场，有那么可怕吗?”

不爱哭的柳含嫣哭了。她想起了白永和的长江边寻死，想起了他替兄受过身陷囹圄，想起了他被人打劫死里逃生，想起了他们逃难路上的遭遇，她这个多灾多难的男人总是让她提心吊胆，每走一步都揪着她的心。他自己觉不着别人的疼痛，别人的牵挂。一辈子热心肠，一辈子倔脾气，看来这个脾气是改不了啦。唉，管了人，管不了心，随他去吧。

不等天黑，白永和就跑到关村的红军地方工作队报了名，并把一千块大洋交到肖队长手里。肖队长不接受，说：“白掌柜，您在搞些啥子哟？您只要把船给我整好了，把您的人管好，送部队过河就行。这个钱，还是留着您用吧。”

白永和说：“我看见红军吃糠咽菜，穿戴破烂，心里就寒碜。俗话说，瓜子敬人一点心。我白永和帮不了什么，只能聊表一点心意。”

肖队长自过河后一直做地方工作，既和穷人打交道，也和富人来往，像白掌柜这样既出力又出钱的富人并不多见。千元大洋不是一笔小数，那是他多少年的积蓄呀！想到这里，就痛快地成全了白永和，说：“谢谢您的好意，红军会永远记住您，白掌柜!”

肖队长说毕匆匆走了。杨参谋领白永和来到渡口，那里早停着几只船，白永和叫来他的船工，把船检查了，就随杨参谋顺河而下，到离此地三十多里的于家咀渡口待命。

于家咀渡口已经集结了不少部队。一队队从东面开来的红军，坐上船，过了河，回了陕北，白永和带领的永和关艄公，每日往返十来趟，不知摆渡过多少人。就在红军大部队将要过完，一位面容慈祥的首长，在肖队长等人的陪同下上了他的船。凭他的直觉，这应是肖队长的上级或者是上级的上级。白永和在船上照看他的弟兄们，他算是忙中有闲的人。开船后，肖队长把他拉到那位首长面前，介绍说：“首长，这就是我给您说过的那位白老三。”

那位被叫作首长的人听说，立刻来了兴趣，问：“哦，你就是白老三?”

白永和受宠若惊地回道："首长，我叫白永和，因为排行第三，人们叫我白老三。"

"就是那个'到了永和关，先找白老三'的白老三？"

肖队长点点头说："正是他。"

首长生得伟岸，慈眉善目，和蔼可亲。他竖起大拇指风趣地说："山西省有个永和县，永和县有个永和关，永和关出了位白永和，外号雅称白老三。白老板，听说你的面好吃，听说你的船好坐。今天坐了你的船，果然又快又稳；什么时候能吃上你的两碗面？"

白永和心里热，脸上红，眼里发亮。他不知道白老三的名字竟能传到这位大首长耳朵里，他只不过有一副热心肠罢了，不承想，竟能在陕北红军里传了开来，想到这里，有了底气："等下回首长过河来，一定补上。"

首长定了定神，想起了什么，又问白永和："对了，听说你还是前清举人，候补知县？"

真是哪壶不开提哪壶。提起这件事白永和就心虚，他最不愿意让别人翻他的老底。不过，既是首长问了就得回话。

"陈年旧事，不值得一提。"

心里却想，何止是候补知县，本来就是，正儿八经的实授知县。

"可不能这么说，没有十年寒窗苦，是搞不到这个功名的，有人一辈子连个秀才都中不了。举人老爷不白当，做了生意也蛮灵放咯（很精明）！"

说话间，船到清水关，肖队长和警卫员欲搀扶首长下船，首长摆了摆手，示意不用。临下船时，还和白永和握了握手，说了声："老乡，再见！"

白永和赶忙站直身子，像士兵回答首长的话一样："首长再见！"

首长下了船，骑上马，朝对面的高山上走去。他身后是猎猎的红旗，长长的队伍，再后是澎湃的黄河，还有他们这些摆渡的船工。

第四十六章

国民党二十五师师长关麟征和晋绥军六十九师师长杨澄源，带领所部一路尾追红军来到于家咀渡口。只见黄河奔腾，船去港空，踪迹横陈。向对面望去，高天流云，苍鹰盘旋，群山崔巍，就要到手的红军主力早已消失在万山丛中。两人仰天长叹，久经沙场的战将，装备精良的部队，十倍于红军的大军，竟然被声东击西神出鬼没的红军牵着鼻子来回转，在他们眼皮底下从从容容地回了陕北。他们真傻，让红军当小丑给耍了！

但是，他们也小有收获，那就是把正要离开于家咀的白永和一行收入囊中。

出于安全考虑，当最后一船红军渡过清水关后，肖队长想把白永和他们安置在老乡家中住下，等避过风头再返回对岸。可是白永和一伙人在陕西，心在山西，恨不得拔腿就走。为了不给国民党军队留下任何渡河工具，红军把船该封的封了，该拆的拆了。眼看国民党军队就要追来，肖队长留又留不住，送又没法送，只好由这伙剽悍的水手去了。这伙水性极好的船工，簇拥着五十开外的白永和下了水，护卫他游过河。上了岸，看见从山上下来黑压压的队伍，他们没敢走官道，只能沿着河滩往北摸去。可是，万万没有想到，沿河早布满了追赶红军的国军和晋绥军，就这样，白永和跟他的船工一同落入虎口。

长官用手枪挨个点着头问是干甚的，齐说是出门揽活计的。

长官说："不老实，给我掌耳光。"啪啪啪，每人脸上左右开弓响了起来。

"为什么不走大路，走河滩呢？"

大家伙七嘴八舌说："我们想家想的不行，瞅了条近路回家。"

"家在哪里？"

“永和关。”

“世上哪有大路不走走小路、正路不走走邪路的？我看你们就不是好人。给我打！”

当兵的用水蘸皮鞭在十来个人身上使劲抽打。不多时，人人衣裳渗出了殷红的血。

长官瞅了眼白白净净的白永和，说：“你给我站出来！”

白永和双腿发软，哆哆嗦嗦地朝前挪了一步。

长官把他的衣裳往开一拉，撕了个大口子，再一撕，露出了肩膀。看了一眼，冷笑着说：“细皮嫩肉，哪里是纤夫，分明是红军的探子！”

白永和说：“长官这话可就言重了，我实话告诉您，我是生意人，在南路发完货，和他们一起回家的。”

“生意人，谁证明？”

众人异口同声说是生意人。还说，他们一伙人就是为他的船拉纤的。

长官钩子眼来回钩了几下，忽然把话锋一转道：“你看你们的手，个个死肉厚茧，你们不只是纤夫，还是船工，是不是送红军渡河来着？”

没人吭气。

于是，老虎凳、夹板、烙铁、吊绳一齐用上，顿时响起“杂杂哇哇”的吼叫声。

白永和坐在老虎凳上，双腿垫了几块砖，骨头“噔嘣噔嘣”响，头上大汗淋漓，他觉得腿要断了，命要没了，就昏死过去。

白疙瘩被吊在二梁上，浑身的重量都到了两只捆绑的手上，身子越来越沉，手红肿憋胀，眼看就要脱节。

白狗蛋十指被夹板夹了，仿佛有十根钢针往心里钻，疼得死去活来。

当兵的从炉膛里取出一把火红的烙铁，在白葫芦眼前晃了晃，白葫芦吓得哭爹吼娘，连声说：“我说我说。长官说得不错，我们都是船工，为这位掌柜到禹门口送货，掌柜的连货带船卖了，这才相跟上往回走。”

“胡说，红军过来后把渡口都给封了，你们是插上了翅膀，还是吃了豹子胆，有这个本事行船做生意？连瞎话都不会编，糊弄谁呢？”

白永和脸上被浇了一瓢冷水，慢慢苏醒过来。听了白葫芦的话，心想这话只有他往下编了，要不就会露了馅。他十分吃力地说：“我们在红军到来之前，就到了壶口，货没有卖完，就听说红军打下吉县城，又听说红军把清水关以上的所有渡口都占了。你们不是说‘红军杀人如割草’吗，我们哪敢回家？只好顺流而下，到了禹门口，边做生意边等待消息。听说红军要走，贵军要来，大家急着回家，有婆姨的看婆姨被‘共了妻’没有，有家口的看家里人还在不在。走到这里，仗打得很凶，我们不敢走大路，只能顺着河滩胡乱摸。”

长官一无所获，气得鼻子都歪了，冲着白永和厉声吼道：“你说你是生意人，你说你卖了货，那钱呢？拿来让我看看？”

这一招可问到白永和的致命处，做完生意扔了钱，怎么能自圆其说？

“在回来的路上被土匪抢了，好说歹说给了一点路费，刚才让弟兄们追赶时又跑丢了。”

“满嘴胡说！给我掌嘴！”

“啪啪！啪啪……”几个巴掌打得白永和又昏了过去。接着又泼来一瓢凉水。

长官明知道这伙人和他捉迷藏，可是又得不到有价值的东西，气得吹胡子瞪眼，把帽子摔到桌上，大开着怀，不停地用枪拍打着桌子，不停地用枪口指指戳戳。

“不要胡编瞎说了，你们就是送红军过河的船工，你们里边就有红军的探子。如果不说实话，按通匪论处，拉出去枪毙！”

“长官，这顶帽子扣得也太大了，我们骨头贱，受用不了。我是正正经经的生意人，他们都是我雇来的船工，如长官不相信，可以派人去永和关打听。”

一句话，点醒了众人，都叫唤着：“长官，我们都是有家有室有名有姓的良民，掌柜的说得对，到永和关一问就明白了。”

“不用你们指教，我是干什么的，连这个也不懂？笑话！”

入夜，十来个人被圈在羊圈里，地上到处是羊粪蛋，刺鼻的羊臊味呛得人张不开嘴。白狗蛋叫道：“这羊圈是人住的地方吗？”

外边站岗的用枪托捣门：“你们以为你们是谁？连羊也不如！”

白永和说：“算了，将就着点。大家伙跟上我受累了，钱没赚下，人也遭了罪。不要怕，炒下豆子大家吃，打破砂锅一人赔。是我雇的你们，理应我一人顶着。”

这话既是说给里边的人听的，也是说给外边站岗的听的。一听这话，里边就要顶不住的船工心里有了底，外面站岗的人把话传给长官。再说，永和关那面也传回话来，说这些人确实有名有姓有家有室，就是给船东去南路送货的。要送红军过河，守着永和关不送，为甚要到几十里外的于家咀去送呢？再说不放人，家里人生活不下去，全村人还要结伙寻杨澄源师长闹事呢。

白永和要求去永和关调查也是强撑着说的，心里虚得比发了的面还虚。一旦真的去了永和关，还不露了馅？他哪里知道，机灵的柳含嫣见人没回来，心想十有八九是出了事，事关全村，不能不防备，就提前安顿了各家各户，一口咬定是出外做生意去了，而且走了好长时间，至于现在到了哪里也不知情。就这样，骗过了国民党队伍。这是身被禁锢的白永和一伙人没有想到的。

关麟征的二十五师开拔了，杨澄源的六十九师除留了部分守河的队伍也开拔了。临走时，把白永和一伙当成民夫，背枪扛弹药，支了一趟差。到了隰县，上了公路，再用不着这些累赘，便交给驻扎在隰县的防共保卫团。人到了防共保卫团，随白永和扳船的一伙人，通过各种关系交保走人，唯独白永和没有动静。不放的理由是他有通匪嫌疑，留待审查。背后玄机是，经手这个案子的胡团副，听说白永和是永和县第一大户，想在他身上捞点油水。

可是，不识时务的白永和，偏偏不谈花钱赎人的事，反而天天要保卫团给个说法。柳含嫣在财旺陪同下来隰县探监，求胡团副高抬贵手，胡团副说："想走人，拿钱来，五千元法币少了一个子儿也不行。"

那时，国民政府废止了银元，通行法币，五千元法币等于五千银元。不要说白永和不肯出钱走人，就是用钱赎人，现时的白家已非昔日可比，恐怕也无力筹集。

"长官，他是犯了王法，还是欠了你们的钱？"柳含嫣据理力争。

胡团副一愣：咦，没看出这老娘们儿还真会说话，便搪塞道："不犯法能把他逮起来？"

"没听说他犯了哪家的王法，也没听说他欠了哪家的钱。长官大老爷，民妇的男人冤枉呀！"

胡团副不耐烦，像赶鸡似的把手一扬，说："去去去，走你的人！你没听说的事多啦，没听说就没事啦？我还是那句话，有钱走人，无钱坐牢！"

柳含嫣返回头来哀求白永和："你就让我筹划钱吧。"

白永和问：“家里有多少钱？”

柳含嫣说：“不过两千。”

“剩下的三千哪里去找？”

“只要你肯出来，我就是磕头捣蒜，四处求人，也要凑够。”

“马熊有人骑，人熊有人欺。我就咽不下这口气！不出去，看他们要怎么着！”

柳含嫣动了怒：“你这个冥顽不化的牛得脑，舍身子不舍钱的财迷精！莫非还等着那个人来救你？”

一听柳含嫣说到敏感处，白永和就没了好说的。他明白，这次除了他的柳含嫣，再不会有上次的奇迹出现。可是，不管怎么说，他就是不想这样出去。

柳含嫣无奈，回到客栈长吁短叹，愁眉不展。

财旺见主人如此，担心一个主子进去了，另一个主子在外边熬煎，万一熬煎出个病来，可怎么是好？就说：“隰县有个小西天，是出了名的佛寺，听说佛像千尊，金碧辉煌，极灵应的。三太太还不如到那里许个愿，保佑三老爷早日回家，您看怎么样？”

柳含嫣想了想，说：“也好。”

清代，或上溯到隋代，隰县称作隰州，统领永和、石楼、大宁、蒲县等县，乃晋西首埠，民间有“小北京”美誉。经日本人数度洗劫，疮痍满目，商业凋敝，人民流离，昔日盛景已不复存在，只有巍峨的大鼓楼诉说着昔日的不凡。二人出了北门，往西一瞭，一脉山梁，中有断头，断头处是沟壑，沟壑里有一座突兀的山峰，山峰上危坐着一座红墙碧瓦的寺院。问路人，说那就是小西天。

主仆二人穿过一带菜园，踩着踏石，过了紫川河，进入幽深的山谷，爬了几百陡峭的台阶，柳含嫣早已体力不支。勉强再上，总算来到山门。住持僧显学和尚见来了施主，一声“阿弥陀佛”，把他们领进寺院。

下院，上院，无量殿、大雄宝殿、疑无路、别有天、孤桐峰，各处殿堂，大佛小像，数不胜数，气象庄严，精妙异常，真个是名不虚传。柳含嫣心里有事，不敢贪恋。在各处上香、布施、许罢愿，就净手抽签。抽了个第三十三签，中签。上写“一谋一用一番书，虑后思前不敢为。时到贵人相助力，如山墙立可安居”。

柳含嫣求解。显学和尚解曰：“改旧成新，寒花遇春，从前阻滞，今得清心。虽是中签，也属好签。施主有贵人相助，逢凶化吉。阿弥陀佛，善哉，善哉！”

柳含嫣又问：“有一个字，好像与我当家的结下不解之缘，有劳师父点拨。”

显学和尚：“哦？什么字？”

“一二三的‘三’字。”

显学问：“施主能否详说？”

柳含嫣说：“我丈夫行三，生下时只有三斤三两重，乡试高中第三十三名……这签又是三十三签，您说怪也不怪？”

柳含嫣说这话时，显学和尚闭目支颐。不等柳含嫣说完，显学和尚说：“也许是巧合，也许是机缘。两千多年来，对三这个简单的数字参透者甚少，更不用说孤陋寡闻如贫僧。以老衲愚见，有三即有生，莫不是逢凶化吉的好兆头？”

柳含嫣心里狂跳：“此话怎讲？”

显学说：“有道是一生二，二生三，三生万物。就取个‘生’字作注脚吧！”

柳含嫣再问时，显学和尚说：“大悲无泪，大悟无言，大笑无声。这也许是施主老爷的造化。知人者智，自知者明，休要问外人，或许他自己就心如明镜。”

柳含嫣还要问时，显学和尚已经双手合十，口念“阿弥陀佛”，不想再说下去。

下院无量殿有副名联，引起柳含嫣的注意：“果有因因有果有果有因种甚因结甚果；心即佛佛即心即心即佛欲求佛先求心。”显学和尚过来导读：“这副对联有两解，一说是世间的人要对法律负责，修行的人要对因果负责；一说是人人可以成佛，前提是心中有佛。”

柳含嫣觉得虽然说的是佛事，其实和人生万事无不相印，确实是至理真言。她默念再三，烂熟于心。又把白永和此生、此时的前因后果翻腾了一遍，觉得她的男人虽是凡人，但有一颗慈悲的心；虽然做不到觉人，但却能自觉。善有善报，恶有恶报，相信她的男人会有善报的。看看时候不早，才恋恋不舍地出了寺院。

李茂德听说三老爷出了事，倾其所有，前来赎东家出狱。

白永和一见李茂德，火冒三丈：“你不守着客栈，来这里做甚?”

李茂德说：“东家，我救你来了!”

“你哪来的钱?我给你说，如果是客栈的钱，你私自动用公伙，犯了店规，莫怨我对你不客气；如果是你个人的积蓄，攒一点钱也不容易，我更不能接受。”

“我个人的积蓄。”李茂德讷讷地说。

“时辰一到，自然放人。你回去吧。”

“东家，你对我有情，我不能对你无义，就这样走了，我问心有愧呀!”

白永和心软了，他与李茂德相处多年，东家和伙计能处到这个份上实在难得，他怎么能不感激涕零呢!

可是，白永和有白永和的老主意，该出手的钱，即使再多，也不心疼；不该糟践的钱，即使再少，也不能轻易扔掉。

李茂德说与柳含嫣，柳含嫣又急又气，抱头痛哭。她没有想到，最不爱哭的她，跟上白永和会流这么多眼泪！她哭过之后就是咬牙切齿的恨！恨不得让这个不谙世故的傻瓜，要钱不要命的守财奴把牢底坐穿!

人生无常，世事难料，永和关白家已然家道颓靡，延水关杨家又怎么样了?

此时，杨福来和果子红先后去世，生意也一天不如一天。三姐灵丹因男人早逝，就搬来和爱丹做伴。又因家里有地、有活儿、有儿女，不能长住，临走时劝爱丹索性收拾了摊子，与她一同去了。从此，延水关杨家人去窑空，只留得一个浮名在人们的记忆里。

红军西渡后，为了开展两岸边贸，在延水关成立了贸易公司，公司扎在杨家大院。肖队长以沿黄保卫队队长的身份兼任了经理，杨参谋则兼任了副经理，一面保卫渡口，一面开展贸易。白掌柜因事下狱的消息传到延水关，肖队长和杨参谋怕白永和出事，果然还是出了事。肖队长说：“这个事是咱们给惹的麻烦，白掌柜好心帮咱，咱说啥也得把白掌柜救出来。”

杨参谋冒出一个念头：“劫狱!”

肖队长说：“劫狱容易，后患无穷。人出来了，不敢回家不说，正好给了人家把柄，家人和村人一齐遭难。”

“那怎么办呢，总不能坐等放人吧。”

“那是。你在那面有没有熟人？”

杨参谋想了想，说：“我有位同学，他父亲是省里要员，不知这条线可不可以利用。”

肖队长说：“你同学知道你的身份吗？”

“好几年没有联系，他只知道我在榆林教书。”

“好，可以试试，但要万无一失。”

正在这时，杨参谋接到母亲的来信，信上说这个人一定要救，他对他们母子有恩。还说，听说有位白家的亲戚在那面嫁了阎军军官，说不定通过她可以搭一把手，要搭手，少不了白家二老爷通融。你可去河东面见，就说是我求他们了，救了三老爷，我天天给她烧高香。

多了主意就多了门路，于是，杨参谋化装成商人，悄悄过了河。

如果说，早年坐牢是代兄受过，那么，这次坐牢又是为了什么？白永和也说不清。他不是红军，更不是共产党，他甚至是共产党和红军革命的对象，因为他是有产者，而且还是当地有名的财主。他自认为自己不是土豪劣绅，所以红军没有为难他。仅这一点，他看到了红军的公道和正义。他所做的，不只是为了红军，还为了乡亲和自己，他还没有到舍身成仁的地步。仅仅一还一报，就为第三方所不容，以致付出身负桎梏的代价，后果远远超出了他的想象。他心里明白，防共保卫团所以羁留他，并不是他有什么情报价值或政治价值，真正价值是他的钱，而不是他的人。吃透这一点，心里反倒踏实了许多。所以，不管谁来拿钱救他，他都一口回绝。不到万一，他是不会把血汗钱白白扔了。

大哥白永平来了。

一见三弟，扑到身上就哭：“三娃，要不是你逃而复返，哪会受这份罪！说来说去还是大哥无能，既留不住你，又赎不回你。大哥把身上带的这点钱全给你，也好凑个份子。”

白永平从身上掏出一沓纸币就要往下放。白永和既感动，又怜惜，说：“大哥，您真傻，有钱还能往牢里放，这不是明摆着扔钱吗？这点钱你拿着，你一家老少还要过活，兄弟的事大不了多坐几天，谅他们也不能把我怎样。你要能回咱关村，就尽早回去吧，家里只含嫣一人，实在难为她了。”

白永平擦了泪，起身要走，对白永和说：“三娃，看牢的我安点了，不会亏待你的，想吃甚，就向他要，我留下足够你花的钱。我这就回家，回家。”

白永和见软弱的大哥能来看他，能说这样的话，能操这样的心，就知足了。就在大哥临出牢门的刹那间，他脑子里突然闪过一个念头，对白永平说：“大哥，你要心里还有你这个弟弟，就听我一句话：戒了烟吧！戒了烟，就是帮了三弟。”

白永平听了，心头一震，说：“甚也不说了。你的事我帮不了忙，你的话我要听。今天回去就戒，如果这次还戒不了，你就把大哥赶出白家！”

白永和所以诚心嘱咐大哥，实在是这个不成器的哥哥烟瘾太大了，每年或明或暗给他的钱并不少，几乎让他抽了个精光。再这样抽下去，妻离子散，也抽个讨吃要饭。

白永平是一路哭着回了永和关的。他感到这一辈子甚本事也没学下，只学会嘴里冒烟、烟里烧钱的本事。多少年了，他的大烟枪里烧掉的银钱成千累万，拿来经商，能赚多少钱啊！要不是三弟的帮衬，他早成了穷光蛋。人常说，除了割头难，就是吃屎难，不知道还有这个要命的戒烟难。纵然帮不了三弟，也不能再拖他的后腿。他一个人哭了一夜，抽了一夜，第二天，人们发现大老爷断了气——他没有勇气戒烟，却有勇气结束自己的生命，做到一了百了，再不拖累别人。这是后话。

第四十七章

在家时，白永和很难有睡懒觉的机会。现在可好，无事人睡得息心觉。一觉醒来，依然黑咕隆咚，不知是白天黑夜。他回忆了一下，好像吃了大哥送来的薄馍馍、枣磈磈，还喝了一碗香喷喷的小米汤，其他的就再也想不起来了。长夜漫漫，黑牢幽幽，不觉又犯了困，眼眯瞪起来。

似睡非睡中，一束罕见的阳光从牢门射了进来，射在他脸上，射在他身上，射到他心里。那是久违了的光明，那是久违了的温馨，他仿佛回到永和关，又仿佛躺在黄河边，那种重归自然的感觉实在是太美妙了。他迷瞪着双眼，顺着这束光看去，原来，阳光来自半开的牢门，门缝里闪现出一个女人的身影。是含嫣，不是。是爱丹，也不是。那是谁呢？对方不语，只是默默地注视着他，好像等待他的清醒和呼唤。他有些困惑地问："您是——"

"您贵人多忘事，不记得我了？"女人仍旧没有自报家门，目光顺着光线照到的地方，极力搜寻着什么。

白永和依旧眯缝着眼，逆着光打量这个女人。黄白相间的斜襟花夏衫，脖颈搭着一方白纱巾，与湖蓝色百褶裙搭配，显得素雅不俗。眼圆脸方，鼻端嘴俏，浓郁的脂粉味不停地往他鼻孔里钻。闻惯了黑牢里污浊霉烂气味的鼻子，还是很敏感地吸收了这香味，并沁入他的肺腑，一如柳含嫣的脂粉味。他真想喊一声"含嫣"，但没有喊出声来。他知道，这不是他的柳含嫣，这是一个陌生女人。

也许是天热的缘故，女人一头浓密的黑发被白色的手帕束了，把成熟的气息更多地扩散出来。只见她用手帕来回扇着，是驱热气，也是驱秽气。她约莫四十来岁，身姿匀称，容颜富态。

这个女人在哪里见过？好像在二十多年前，在奶奶窑里，他一进门，一个秀丽的女子端端地站了起来，冲着他不好意思地嫣然一笑。难道真的是她？二十多年不见了，她去了哪里，她来这里做甚？白永和一脸茫然地问：“恕我冒昧，您是灵——”只说了前一个字，后一个字不敢往下说。万一不是呢？

女人露出两排皓齿：“三老爷终于想起来了。我就是灵灵呀！”

“啊？”果然是她，但清楚之后是更大的糊涂，“是哪股风把你吹来的？”

“我会掐算，算见你近日有牢狱之灾。”

说罢掩嘴笑了笑。

白永和也跟着讪笑：甚时候了还开玩笑！笑过之后是更大的迷惑。这个刘灵灵，为甚和我瓜葛不断，当年半路属对误我赶考的是她，后来上门相亲遭拒的也是她，如今浓妆淡抹前来探监的还是她，难道是借看我一雪前耻？不能说，更不能问，只能藏在心底，且看她怎么行事。见刘灵灵双眼还在盯着他，这才慌忙说道：“多谢你的好意——小大姐别来无恙？”

灵灵客气地回道：“谢什么谢。托三老爷福，日子虽然平淡，倒也衣食无忧。我都这把年纪了，还叫小大姐，快不要叫了，就叫灵灵好了。”

“光阴过得真快，才记得你是小大姐，眨眼间成了半老——不过，看上去，像二十几、三十来岁的人。”

“哪里，哪里，我都成了半老徐娘，不值一文了，还三十来岁！”刘灵灵反讽道。

白永和自知失言，暗暗怪自己粗鲁：女人最怕别人说老，我怎么竟敢触动人家敏感的神经，便把话题岔开。

“这么多年没有消息，你去了哪里？”

“自那年见您后，我就嫁了人，我家那口子是保定陆军军官学校出来的，在六十九师师部混得个中校参谋处长。我随军迁徙，居无定所。听说您被羁押在这里，故来看望。”

“原来是这样，不知处长夫人驾到，怠慢了！”

“人陷大狱，身不由己，还说什么怠慢不怠慢，哪来那么多礼数！快说说缘由。”

白永和这才把事情的来龙去脉说了一遍。

灵灵想了想说：“对我可以这样说，对别人千万不可照实说。按说，我丈夫与红军是楚河汉界，我不能吃里爬外帮你这个忙。可是，我知道你是误入歧途，好人做了错事，才愿意助你一臂之力。”

“您的好意永和心领了，说我误入歧途，说我好人做了错事，我不敢领教。我是生意人，不能说有奶便是娘，也可说赚钱是本分。就是你丈夫要过河，我也一样效劳。”

“这么说，您什么钱也能挣？”

“当然，昧良心的事不能做。红军和我一无仇，二无怨，正常的生意正常做，我又不懂政治，误入哪家的歧途？”

“三老爷还是那样倔，老爱抠死理。”

“生性容易改性难，一辈子只知一个字，那就是做‘人’！”

“好，好，不说了。火烧眉毛顾眼前，想不想出去？”

“怎么不想？从进来的那一刻就想。”

“那为什么人家让你用钱赎人，你却拒不应承呢？”

“我想，他们是看上我的钱了，并不是看上我的人。我人虽没有情报价值，但有金钱价值。所以，不出钱就不让你出狱，这叫作软刀子杀人，肉不疼，心疼。我的钱来得干干净净，辛辛苦苦，不同于吃惯了二毛的人，所以不该出的钱，一个子儿都不想出。”

“你也真是的，命要紧，还是钱要紧！”

“都要紧。一只眼看命，一只眼看钱。”

“休怪我说你是看财奴！”

白永和咧开皴裂的嘴唇，嘿嘿笑了。

“如果少掏几个子儿，您出去不出去？”

“少多少？”

“三千，怎么样？”

“不干。这几年生意不好做，出项多，进项少，三千差不多是我一年的进项。”

“我就不信，堂堂的白家能这样寒酸？”

“此一时，彼一时嘛。你不知道蛇大窟窿粗，家大吃手多？”

“啊，也是。依您的意思，一个子儿也不掏？”

“这样最好。”

“你多少出几个子儿，我和我那口子也好说话，他们也好下台。怎么样?”

“你说出多少?”

“两千。”

“一千。”

“好，一千就一千。”

“不，你等等。九百九。”

“你这人，掐指头，捏屁股，也太抠了。”

“不是我抠，是钱不好挣。对我们生意人来说，一厘一毫都可以说是命根子。我给你讲一个故事：说有位山西商人要过黄河。问船夫：‘过岸多少钱?’船夫说：‘五文钱。’山西商人问：‘三文行不行?’船夫说：‘不行。’‘那四文总可以了吧?’船夫暗想，人说山西商人既精明又抠门儿，看来一点儿也不假，今天若不给他点便宜，这活计就揽不成了。就说：‘服了你啦，就掏四文吧!’山西商人欣然接受了这个价格。船行到对岸，船夫禁不住好奇地问道：‘为什么别人过河都出五文钱，而你非要出四文呢?’山西商人答道：‘万一生意赔了，就指望这一文钱起家啦!’和四文相比，这一文钱只不过是不打眼的小数，但财富不正是一厘一毫聚积起来的，是吧?”

“三老爷，我真服了您！好，那就等您拿钱赎人!”

“夫人，我人在牢狱，音信不通，您看这……”

“再不要夫人长夫人短的，多见外！还是叫我灵灵吧。”

灵灵扭转轻盈的身子，又扭了过来，说：“您想不想知道，是谁告诉我您的消息，又是谁请我来搭救您的?”

“怎么不想知道。打一见你，这心里就打鼓，你是怎么知道的，又是谁让你来的?”

“我说了，也许您不相信，可是我还是要告诉您。要我来的人不是别人，正是您的二哥和二嫂!”

“啊!”白永和沉默了，他心里还一直埋怨二哥见死不救来着，原来，二哥在暗中使大力气呢。

等他清醒过来时，灵灵轻盈的身子像股旋风，只留下衣裙的一角在门缝划了一道清亮的闪，消失了。

两天后的晌午，一阵“哗哗啦啦”的门锁声响过，一束阳光跟着射进昏暗的牢房，射到白永和身上。

“白永和，出来！”一个公鸡般的噪声传进他的耳膜。

白永和吃了一惊，顺着声音回问：“出来做甚？”

“难道你还没有坐够？还不快点走！”看守冷笑了一声，没好气地说。

白永和迟疑地走出牢房。

日头火辣辣的，照在身上一片滚烫，习惯了黑暗的眼睛一时还睁不开，和那次从黑牢出来一样。好一会儿，才打开那两扇“窗户”。许是夜里下了一场雨，地面湿漉漉的，天气有点闷热。头上是一碧如洗的蓝天，在天穹的边缘，有几团雪白的云朵正朝他飘来。他看见人家小院里的枣树浓密的叶面，在阳光的照射下闪闪发光。他吸了一口久违了的新鲜空气。他看见街道上来来往往的男女。人间的清新鲜活，自由自在，一齐扑入他的眼帘，融化在他的心间。环视狱门左右，除了有一个乞丐在阴凉处捉虱子，不见有第二个人。他的好心情顿时黯淡下去。眼前的一切好像告诉他，人是出来了，却没有人接他回家。这是怎么回事？不管怎样，离开虎口，尽快走人才是正事。他没顾得多想，匆忙离开监狱。

正在灵灵搭救白永和时，柳含嫣也在做最后的努力。不管男人愿不愿意，这笔钱她是花定了。她四处筹措钱，碛口李掌柜，中阳白诚仁，大哥白永平，船工们，族人们，众人拾柴火焰高，五千元法币总算凑够了。

就要上路，传来大哥突然故去的噩耗。柳含嫣问财旺，财旺说：“极有可能是抽大烟抽死的。死时，他跟前还有抽剩的一大疙瘩烟土。”

柳含嫣说：“怎么可能呢？昨晚还给了我五百元法币，让凑个数救三老爷。还说从今向后要戒烟，要走正道，再不能拉三老爷的后腿了。怎么能这样呢？谁也没逼他，谁也没说啥，他怎么能就这样走了呢？”

柳含嫣没有去成隰县，却忙着为大哥白永平发起丧来。

闻讯赶回的白贾氏，一跌进窑门就昏厥过去。柳含嫣只得搁下手里的事，慌忙打发人请医生。

扎了针，用了药，白贾氏总算苏醒过来。开口就问柳含嫣：“你大哥是怎么殁的？”

“我也不知情，昨天才到家，一夜光景说殁就殁了。”

二哥白永忍责问柳含嫣："你在家里，操的甚心?"

柳含嫣要说什么，又说不出来。人在事中，百口难辩，急得滚油浇心。

财旺是管家，大老爷突然故去，他也难逃干系，便站出来为三太太开脱道："这事不能怨三太太，这些天，她为三老爷的事到处凑钱，刚打点要走，大老爷出了事，天打地对，事情都凑到一起，全怨我检点不到。"

白永忍狠狠地瞪了财旺一眼，没有说什么。

白贾氏本来是奔三娃的事回来的。回来的路上，听说了大娃的死讯，心口突然疼了起来，头冒虚汗，呼吸急促，前不着村，后不着店，还要老杀在路上……白永忍吓得要死，他从来没有遇到这种事，忙和脚夫把老太太从架窝子里抬下来，睡在路边一块平坦的地方，边为奶奶按摩边喊叫奶奶。还好，歇了一会，白贾氏渐渐还阳过来。白贾氏看见自己睡在荒郊野外，心想成何体统?就命白永忍扶她上了架窝子，催促说："快，快。"一进九十眼窑院，眼睛一黑，又昏了过去。

白贾氏要看大娃去，被众人挡住。转念一想，人已然不在了，再难受也不顶用。死的死了，活的要紧。就问柳含嫣："三娃进了里边这么长时间，也不告我一声，是诚心瞒哄我这个老婆子?"

瞒老太太是众人默认了的，并不是柳含嫣一个人的主意。她住在二娃家，放着身边的白永忍不问，却回来责怪起柳含嫣。对老太太的恣横，柳含嫣真是哭笑不得，只能默默受了。

白贾氏又问："三娃为甚还不出来?"

柳含嫣说："人家提出交五千元放人，三老爷不答应，不管他答应不答应，我回来就筹划钱，刚筹划好，大哥就出了事。"

白贾氏说："去给三娃说，要是眼里还有这个老不死的奶奶，就快点回来见我；要是眼里没有我这个奶奶，就省几个臭钱在里边熬油吧！老的走了，小的也走了，更小的却舍命不舍钱，我这个老婆子活得还有甚意思?我也不活了!"说着，抽抽泣泣，乱抓乱打，头就要朝墙上碰，幸亏众人一把拉住。

柳含嫣哀求说："奶奶，您不要这样好不好?有什么事您只管说，我都照您说的去办。"

白永忍说："奶奶，大哥尸骨未寒，三弟又蹲在牢里，咱先不要发脾气，也不要抱怨，三娃媳妇也不容易，一堆乱麻等她往顺理呢，咱再这样，不是忙上加乱吗?”

白贾氏怔了怔，说：“好，好，我老了，不顶用了，我听你们的。你们说怎么办吧?”

柳含嫣说：“把家里的人分成四拨，一拨，去接大嫂一家回来，要小心伺候，路上千万不敢出了事。白管家你就亲自走一趟吧。二拨，去县内白氏近亲和乡绅友人处报丧。三拨，已经在赶做寿衣、搭灵棚、起锅灶，把大哥尽快成了殓。四拨，等阴阳选了墓地，即刻打墓窑，要用砖碹。奶奶这里，一会儿医生看过了，我安顿一个老妈子伺候。奶奶，二哥，你们看这样铺排行不行?”

还是柳含嫣，铺排得井井有条，滴水不漏，有大将风度，白永忍从心里佩服。他的那个祁娇娇，十指里没人家一指，瞎叫了个娇娇。这么多年，不在一个锅里搅稀稠，三弟媳真是出息成了行家。白永忍点了点头说：“行，行。”

白贾氏一会儿糊涂，一会儿精明，在大娃的后事安排上她说不出什么，就不说了。可是三娃那里怎么办呢？她添枝加叶地说：“再加一拨，含嫣你亲自去城里把三娃接回来，他要是不回来，就是捆起绑起也要把他带回来。就说奶奶不行了，就等见他一面。你要是缺钱——”说着搂起袖口，露出白永和用五千大洋给她买的紫罗兰手镯，“把这个卖了!”

柳含嫣忙把奶奶的袖口放下，说：“用不着，我有钱。”

白贾氏盼三娃心切，都能理解。但家中不幸连连，她老人家又说出不吉利的话，无异于火上浇油，柳含嫣和白永忍乞告奶奶不要说了，不要说了。白贾氏正在气头上，说了也就说了。她摆了摆手，刚要让众人散去，又想起一句非说不行的话：“含嫣去城里，家里的事交给你二哥操办。”

从奶奶窑里出来，白永忍神秘兮兮地对柳含嫣说：“家里的事你来管，我去接三娃吧。”

柳含嫣有些不相信自己的耳朵，以她到白家二十多年的观察，二哥可是见利就上、见害就躲的人，这次送奶奶回来，忽然间变了一个人，叫她一时还有点适应不了。所以，她用疑惑而又感激的目光看了一眼二哥，说：“不用了，还是我去吧。”

“我知道你手头紧，家里一大堆事，慌乱得不行。这件事就交给我吧。你们为这个家做得太多了，我再坐视不管，于心何忍？虽然我离开九十眼窑院，但还是白家人，还是亲兄弟，我添不了砖，也要添块瓦。三娃的事，你应该早给我说，或是钱，或是找门路，我总是男人家，打路比你宽。”

当初，死皮赖脸硬劈了白家一半家产的白永忍，分门立户，财大气粗，自以为从此可以一展身手，飞黄腾达。不承想乐极生悲，挠心事接二连三。先是他们的儿子出天花落了个残疾，痴痴呆呆的。祁娇娇后来又生了个男娃，不到一岁夭折，祁娇娇哭得死去活来，因此大病一场，几乎送了命。接着做生意赔本，又遭土匪打劫，家资损失过半。从此，白永忍心灰意冷，万念俱灰，自觉无颜面对白家人，几次寻死觅活，都被救了过来。白永和得知二哥生活窘迫，暗地里给了一笔钱，白永忍得了意外之财，终于重振家业，渡过难关。他不是糊涂人，以他的揣测，这世上除了三弟，再没有人肯周济他。可是，当他追问白永和时，白永和总是摇头，不置可否。还用“老马总能识途，福人自有天相”的话勉励。白永忍岂能不知三弟话中有话，言外有意。这件事，白永和绕过了柳含嫣，白永忍也绕过了白家人，是彼此心知肚明、含而不露的默契，是仁心唤起良心的感化，是水滴石穿的艰难磨砺。

白永忍见柳含嫣有些迟疑，又恳切地说：“你放心，这事都交给我。花多花少，一切由我安排，这次进城，我准定要把三娃接回来！”

说完，转身而去。

白永平的丧事刚刚办完，白永和就在白永忍的陪同下回到永和关。

自白永忍把营救三娃出狱的事托付给刘灵灵，就心神不安地等着放人的消息。也正是他在白家料理大哥丧事的当儿，刘灵灵捎话来说拿一千元去隰县赎人。白永忍带着钱来见刘灵灵，刘灵灵说：“晚了，听说他人已经放了。我赶到监狱一看，早没了他的影子。”

白永忍奇怪地问：“怎么回事？连你都不知道？”

刘灵灵说：“听说有人动了省里的要员，一句话的事，就轻而易举地放了。”

有人是哪个人？省里的要员又是谁？刘灵灵懵里懵懂，白永忍更是云里雾里。

白永忍顾不了许多，调头就走。行至半路，终于撵上蓬头垢面、踽踽独行的白永和。原来，白永和糊里糊涂地出了狱，又不见家人来接，心里七上八下，吃不准是福是祸，就选了一条僻静的小道上了路，难怪骑快马走大道的白永忍没见人影。兄弟相见，抱头痛哭。少不了思前想后，互诉衷肠；少不了猜测一番，感叹一阵。他们都相信，事出蹊跷，令人费解。一定是刘灵灵做了善事不愿明言，这叫他们更高看刘灵灵一眼。

年迈的白贾氏经受不起双重打击，终于病倒了，且病得不轻。几天来，只喝不吃，昏睡不起，不停问三娃回来了没有，不停问大娃装殓了没有？她要亲自去送一程。还不停地说梦话。说老太爷嫌黄泉太孤单，催她快点去，好做个伴。说她的儿子也在黄泉，告诉她，千万不要听爸爸的话，这里冥冥渺渺，冷冷清清，难熬得很。偶尔清醒时，不免说些悔悟的话。对柳含嫣说："我这人太执拗，太清高，给了你不少难堪，你不要计较。"又说："检点一生，九十九件问心无愧，唯有一件事叫我死了也不安心。"柳含嫣问是甚事，不肯明说，柳含嫣不问了，却突然说了出来："你对爱丹说，就说我错怪了她，请她务必见谅，不然，我至死也不瞑目！"

柳含嫣听罢，竟嘤嘤地哭出声来。"鸟之将死，其鸣也哀；人之将死，其言也善。"奶奶这番话，可惜爱丹听不到了，如能听到，爱丹将会怎样？

就在白永和到家的前一刻，白贾氏颤颤巍巍地伸出手，把那只金贵的紫罗兰手镯取了下来，递给柳含嫣："我恐怕是要走了，戴着它还有甚用？你自过门后，也没添件像样的首饰，就戴了它吧，也算我的一点心意。你大概有所不知，为了给三娃捐官，我卖了娘家带来的紫罗兰手镯，三娃是个有孝心的好娃，后来，他又照样给我买了一只。你戴着它，称！"

柳含嫣说啥也不接受。白贾氏说："我知道你有骨气，可是再有骨气，也不能不给行将就木的人一个面子！"

柳含嫣只好跪在奶奶面前，让奶奶给戴了。

白永和一进门，顾不得和柳含嫣等打招呼，就直扑奶奶卧榻，连哭带叫："奶奶，您的三娃回来了！"

这一声呼喊，钻进了白贾氏的耳膜，这是从呱呱坠地的第一声哭起，一直陪伴了她五十多年的那个清亮利落、叫她悦耳一生的声音。她一个激灵，从昏迷中醒来，慢慢伸出青筋暴露的手，抓住白永和："三娃，我的三娃——"就晕了过去。

众人手忙脚乱，好一阵摆弄，白贾氏才缓过气来。她要说话，却没有了力气，脸憋得黑紫，就是发不出声。半晌，好不容易才吐出几个字来："三——娃，你，你，要好好活下去。二——娃，含——嫣，你，你们都要好好，活……”

白贾氏猛咳了几声，唾了一口浓痰，又说：“我和你们爷爷，活着时争争吵吵，到了阴曹说不定会打打闹闹。我有一句话在肚里窝了一辈子……”

众人傻愣着，会是什么事？柳含嫣说：“奶奶，有话您说出来，不要窝在心里。”

边里的人也附和说：“老太太您说。”

白贾氏没有说话，却伸出手在柳含嫣身上乱摸起来。柳含嫣不知老人家要做什么，被摸得不好意思。白贾氏的手哆哆嗦嗦，不听使唤，到不了她想要到的地方。柳含嫣没法，把身子俯在奶奶身上。白贾氏从柳含嫣衣襟子里紧紧抓住那把当家的钥匙，从过去属于她的那串钥匙里，挑出一把属于老太爷的、为她觊觎一生的金黄色钥匙，放到眼前望了望，眼里分明冒出闪亮的光。又在鼻子上嗅了嗅，仿佛年轻时在枣园里嗅着香喷喷的枣花，脸上现出满足的神情。她含混不清地说：“迟了，说了也白搭。你们爷爷不凭信我，从来没有，从来没有让我摸过他这把掌家的金——钥——匙……”

说罢，手紧握着钥匙，便没了声息。

好强的白贾氏最终没有强过命，在她八十五岁高龄时，风光不再，黯然收场。

爱丹闻讯，在儿子杨白（杨扬现名。脱去戎装，装扮成老百姓）的陪同下，特地赶来吊孝。当柳含嫣转述了老太太临走前说的话，爱丹竟号啕大哭起来。一生的污累，一生的郁闷，一生的痛苦，全随着泪水尽情地发泄出来。这是她多年来横亘在心头的一块石头，如今终于得以搬走。她跪在白贾氏灵前，一字一顿地说：“奶奶，我答应您，我不记恨您。您就放心走吧！”

在场的人见了，一个个揉红了眼。柳含嫣、白永和，甚至连白永忍也不例外。一句话，解开了几十年难以解开的心结，一句话，也唤回久已陌生了的亲情，谁能不为之动情！

白永和特意打制了一把金黄色的钥匙，随老太太一同入殓。

杨参谋陪母亲应酬完场面上的事情，就单独会晤了白永和。他代表肖队长，对他给予红军的帮助表示感谢，并对他的遭遇表示不安和慰问。临末，放下一笔钱让他养息身子用。白永和不收，杨参谋非要放下，还说：“来而不往非礼也。你给红军银元时，红军慷慨接受，红军的一点诚意，你一样应该痛快接受。”

白永和只好接受下来。

言谈中，杨参谋还暗示红军曾出面营救过他，为了不给他的生活带来麻烦，把营救的过程都隐了去，留给白永和一个悬念。白永和想问营救细节，杨参谋说：你只知道有这么回事就对了，如果有人问起，就照你二哥说的解释。白永和见肖队长和杨参谋有情有义，心里对进监受刑的事就看得很淡，好心换得好心来，没甚好后悔的。

心有千千结的爱丹，看着白永和与杨白俩人站在一起，亲切交谈，心里升腾起难以言表的适意。恍惚间，远行的三少爷回来了，在家苦苦等待的爱丹母子，终于盼回来丈夫和父亲，一家三口历尽磨难，终于团聚。她暗暗打定主意，有朝一日，给娃一个归宿，给白永和一个明白。

爱丹母子祭奠完，即告别离去。

第四十八章

红军西渡仅仅过了一年，日本人发动了卢沟桥事变，国难当头，同仇敌忾，国共两党达成协议，将陕甘宁红军改编为国民革命军第八路军，开赴山西前线对日作战。

日军叫嚣“一个月拿下山西，三个月拿下全中国”。表里山河的三晋大地，一时间到处焦土瓦砾，尸体横陈，与此同时，抗日烽火愈燃愈烈。但阎锡山溃退了，太原失守了，大片山西土地落入敌人之手。在太原读书的如意，随着撤退的人流回了永和关，把一路见闻和对时局的担忧传递给了父母，白永和夫妇陷入空前的无助和迷茫之中。

不久，日本人扫荡临县，碛口码头也未能幸免。维系白家经济命脉的永和客栈也人去栈空，白家在外的最后一个商铺毁于日军之手。忠厚的李茂德闻听日本人要来，提前处理了货物，遣散了伙计，并把结余的资金尽数交给了白永和，这叫白永和感动不已。白永和欲分一半给李茂德，被李茂德婉辞。李茂德说：“受人之托，成人之美，是做掌柜的本分。我虽不能成人之美，也不能辜负您的重托，仅剩的这点家底总算给东家拿回来了。眼下，兵荒马乱，民不聊生，望三老爷多多保重，好自为之！”

白永和听了，满腔酸楚，十分感谢，说：“大掌柜真君子也！愿您一路保重！”

李茂德家在汾州，已经沦陷，妻儿老小生死不明，心急如焚，给东家交代完，就上了路。

李茂德刚上欢喜岭，迎头遇上逃难而来的王先生，带着家眷和少数行装，神情紧张而沮丧。因为李茂德匆匆赶路，无暇深谈，两人只是站着说说话就分了手。等到进了九十眼窑院，见了白永和，极度惊恐和疲劳的王先生再也支撑不住，一下子就瘫倒在炕上。

白永和让人收拾好窑洞，安顿好王先生一家。晚饭，又打破不在家里待客的习惯，他和柳含嫣在自家窑里为王先生一家接风洗尘。

自碛口分手，两人有好几年没有见面。谁也没有料到，世道家事变故如此之大。无须细说，这些变故都写在两人饱经沧桑的脸上和惶恐不安的眼神里。

白永和眼里，王先生已然头发花白，胡须花白，清癯的脸上更显得消瘦苍白。王先生眼里，白永和尽管小他几岁，尽管讲究仪容，注意修饰，但仍掩不住额头密集的皱纹和过早谢了顶的苍头。

男人和男人交谈着，女人和女人絮叨着。饭吃得平静，但谁也无法掩饰心中的波澜。

王先生是投奔白永和来的。

听说日本人到了临县，王先生还没来得及打点，就四面受敌，兵临“城”下。他是富户，是首当其冲的掳掠对象，日本人前门喊话，他后门走人，走得仓皇。回头张望，宅院燃起熊熊大火，他的财产，他的医籍，他的字画，都被大火吞噬，除了身边的妻女，其余家人生死未卜。四顾茫然，何处是家？他想到了永和关的白永和，就雇了头毛驴，取道柳林、石楼，日夜兼程，来到永和关。王先生悲愤而惭愧地说：“没有家了，只能把您这里当成我的家，暂避一时，白兄不嫌叨扰吧？”

白永和说：“看先生说到哪里去了？咱们谁和谁呀，没有您的慷慨相助，就没有我的今天。我的家就是您的家，既然来了就安心住下。只要有一碗饭，就有您的半碗。”

“您这样一说，我心里就踏实多了。”

“人常说，生死朋友，患难弟兄。相识这么多年，总是我在叨扰您，您从不向我开口。我欠您的太多了，您这次来，正好给了我补偿的机会。”

接连几天，王先生一家都是在白永和夫妇陪同下用餐，这叫他们很是过意不去。王先生的夫人黎氏提出自己起火，王先生颇有同感，就向白永和提了出来。白永和说那哪行，还是客随主便，入乡随俗吧。王先生是极自重的人，虽然逃难在外，仍不想给别人多添麻烦。经过再三请求，白永和才让另过起来，但米面柴炭都由白家供给。

王先生年近花甲，背井离乡，郁郁不乐。白永和见天过来坐坐，要不陪着出去散心，有病人就推荐给先生治。先生对病人和气，又兼医术高超，求他看病的人越来越多，连东岸的阎锡山驻军和西岸的八路军都找他看病。因忙于治病救人，少了忧愁孤独，情绪反倒好了一些。他看病一如在家，并不索要酬金，由着病家各随所喜，生活倒也能过得下去，省了主人的贴补，心里也就宽慰些。白永和见了，笑说："还是先生有能耐，不管到哪里，只要伸出三个指头，就能衣食无忧。不像我这生意人，没了生意，就要断炊。渡口的生意没有了，外边的买卖不能做了，就等着坐吃山空吧。"

王先生听了，不以为然地说："话不能那么说。买卖世界，生意乾坤，交易无处不在，商机无处不藏，就看你敢不敢做，会不会做。"

"愿听先生高论。"

"眼下，国共联合，共同抗日，永和关渡口也向民间开禁，河西穷而河东富，调节有无，沟通商贸，需要有人来穿针引线，我看除了您，无人可以担当。这是天时。地利就不用说了，白家守着渡口四百年，风土人情、水路商路您什么不清楚。说到人和，你白掌柜的口碑是公认了的。天时几时有？地利几人占？人和几人得？还不全让您占尽了。"

白永和拍拍脑袋，说："是呀，你看我的脑子，怎么想不到这里？真是灌了糨糊！"

柳含嫣见男人又在议论与官家经商之事，就不顾礼节打断他们的谈话："王先生，您是不知，这一跤已经把他跌得够惨了，如果再跌一跤，他可就永世翻不了身！"

白永和白了柳含嫣一眼："就你多嘴！"

柳含嫣不依不饶地说："本来嘛。我家掌柜的就是舌根软，耳根软，心肠软，有人灌碗清米汤，就不知天高地厚。"

"去，去。男人们的事，你少插嘴！"

柳含嫣一赌气，走了。两个男人继续着刚才的话题。不过，有了柳含嫣的排斥，王先生不便再多嘴，只顾抽开了他的旱烟锅子。白永和眼瞪着窑顶，陷入了沉思。

光阴如穿梭，钱去似流水。无所事事、百无聊赖的白永和，从来没有比现在更觉得光阴可贵，没有比现在更看重金钱难得。没有了活儿干，没有了钱挣，永和关人还怎么生活？自己还怎么能守得住祖宗留下的基业？再这样下去，还不落个“坐吃山空、立吃地陷”的下场？

比起白永和来，柳含嫣似乎坦然一些。她想：天下之大，四海为家，哪里没有我们的一碗饭吃？就对白永和说：“永和关待不下去，就去北平，北平还不行，就去汉口，你不是说汉口是个做生意的好地方？”

白永和说：“此一时，彼一时，不可同日而语。北平被日本人占了，汉口也危在旦夕，好在永和关还算后方，免了生灵涂炭。何况，咱们一年老似一年，还能把这把骨头撂在外边？”

柳含嫣说：“哪里黄土不埋人？”

白永和说：“话可以这么说，事却不可这么做。走了我们，别的人家怎么办？”

柳含嫣说：“这不是连自家都顾不过来了吗？哪还有本事管别人！”

这是实话。白永和与柳含嫣连一招也拿不出来。

一天，王先生从河西看病回来，匆匆来找白永和：“白掌柜，有好消息！”

白永和一骨碌翻起身，问：“甚好消息？”

“你知道我给谁看病来？”

白永和摇了摇头，一脸纳闷。

“八路军留守兵团后勤部的杨参谋，刚从延安过来就生了病，请我过去诊治。闲聊时，他说他认识您。”

“啊，是他，认识，认识。”他着急地问，“得了甚病？”

“脾胃不和，我给开了药，不当紧。”

“他说甚来？”

“延水关不是有八路军的贸易货栈？他是专门察看货栈生意来了。延安那边生活和工业用品奇缺，而这些用品主要来自山西，后勤部命令他无论如何要打开这条通道。但他不便出面，得知我住在你家，和你关系至深，便借看病说事，让我当一回信使，一来是代表肖部长问你好。”

白永和眉头一皱：“哪个肖部长？”

王先生说："啊，他说您认识，就是以前的肖队长。"

白永和感慨地说："官做大了！"

王先生又接着说："二来是对那年给您带来的麻烦表示道歉，三来是想利用您的声望尽早开通两岸商贸。他还说，开通了，不只是国共双方有好处，也为您谋下一条生财之道，不知您愿不愿意？"

"我当然愿意，可是，这边的军队卡得紧，逢船必搜，见货就查，凡是违禁物品都要没收，说是上司的命令。再说，河渡虽然开了，也仅限老百姓走亲访友，军政人员没有二战区的公文，一律不准放行。前些时，这边的哨兵打死了那边的一头骡子，又伤了一个人。那边的人还击，两枪就撂倒两个兵，把这边的人吓坏了，拿了些瓜菜过去讲和。那边的人也过来回访，看来关系是缓和了，可是生意还是没法做。"

"您看这样行不行？下一次看病，您和我一同去，借这个机会和杨参谋合计合计。"

"也行。自上次和红军打了一回交道，坐了一回牢，含嫣再不让我和公家打交道，怕招惹是非。还说什么物盛必衰，月满则亏，我们有一碗饭吃就行了，何必树大招风呢！真是妇人之见。人要吃饭，就得干活儿，要做生意，就得担风险，总得舍上一头，是不是？"

"那是。您太太担忧的也不是没有道理。折中一下你们夫妇的见解，那就是人既不可暴富，又不可无为，是不是？"少顷，王先生又想起了什么，问，"哎，我问你，前一位夫人现在哪里？"

"嗨，还提那事做甚？后来嫁了人，生了一个儿子，就是你说的杨参谋。她男人出去就再没有回来，儿子成了八路军的军官，她索性把一座院子都捐了出来，去了三姐家。"说到这里，白永和顺便问道，"您太太也不是上次我见过的那位，生得这么标致，这么随和，也是人中俊秀。"

"一言难尽。你见过的那位早归了仙山。"

人生无常，家事难料，无论是白永和还是王先生，谁也不想再揭过去的伤疤。生活每天都是新的，不论是谁，不管受过多少磨难，只要不拒绝这个世界，就要擦掉眼泪，振作精神，用好心情送走每一个落日，迎接每一个朝霞。

机遇终于来了。

一日，白永和正在午睡，忽听有人叫门："永和君在家吗？"

近来无事可做，白家门庭冷落，这是谁在叫喊？柳含嫣推了一把白永和："有人找！"

白永和下炕开门，门开处，闪进来一个铁塔样的大汉。白永和眯缝着眼问："您是……"

"哈哈，贵人多忘事，我是许壮行呀！"

"啊呀，这么多年不见，您在哪里发财？"

"别提了，自那年钱开让我请您出山，您坚辞不就，我就顶了您的缺。谁知好梦不长，袁世凯只坐了八十三天皇帝就下了台，树倒猢狲散，钱大人钱开被'开'了，我没了靠山，只好回了家。后来教过书，当过兵，在陕西秋林受过阎长官的烘炉训，又派我到贵县任了公营合作社主任。我一想，这下可好了，永和关是永和县的第一大口岸，有老兄您这位地头蛇帮衬，我这个主任就好干了。"

柳含嫣沏好了茶请用。许壮行瞟了一眼，心里一动：半老徐娘也风光。就问："白兄，嫂子不是此地人吧？"

"汉口人。"

"什么，汉口？怪不得呢，是大地面来的大家闺秀！"

柳含嫣腼腆着说："连小家碧玉也够不上，还大家闺秀呢。只不过是一个老眉老眼的窑里的。"

三人说笑了一顿，柳含嫣借故走了，许壮行仍陶醉在山中凤凰留下的香风余韵之中。

二人言归正传。白永和想，许壮行来得正是时候。

"许兄，您要我帮甚忙哩？"

"您是此地人，两岸的情形熟悉，能不能出面与八路军疏通一下，开通边贸，互调余缺，一来一往，生意不是就做开了，做开了，您我不是都有钱赚了！"

"八路军我不认识，不过可以通过延水关熟人沟通。只是这边阎锡山的警备连可不好说，那要看您的能耐。"

"我与魏连长只是一面之交，虽是一家人，可是一大家人里，又分党政军警宪好多系统，一个系统一垛墙，不一定能说得通。我要不行的话，还得看您。"

“您老兄都不行，我怎能说通，我一向远离官家，更不要说军队。”

“那好吧，我试试看。八路军那头就看您的了。”

“八路军又不是我的亲爹，我说甚，人家就听甚？您以为我是谁呀？我是老百姓，我只能为您打探打探消息，我可不敢给您作保。”白永和说这话是欲擒故纵，因为八路军那边已经有了口风，难就难在阎锡山这边。

改日，白永和随王先生见了杨参谋，双方进行了沟通。

许壮行这边并不顺利，那个魏连长是五台人，和阎司令是同乡。他身背盒子枪，满口五台话，说话时连正眼也不看许壮行。

“上峰有令，凡是违禁物品，一律不许过河，违者依法从事。”

“我也是阎司令委派来这里公干的，说起来都是一家。您只要通融一下不就解决了？”

“那可不行！敲锣卖糖，各管一行。不是我和您过不去，您许主任能弄到阎长官的手谕，我魏某决不为难。”

许壮行愁眉不展地给白永和说：“这小王八羔子，凭着他会说五台话，根本不把你放眼里去。”

“还是那句老话，‘学会五台话，就把洋刀挂’。谁叫您没投胎到五台呢？”白永和说罢，先自笑了起来。

许壮行冷笑了两声，说：“明里不行，咱搞暗的。来他个明修栈道，暗度陈仓。”

“此话怎讲？”

“白天和他谈，和他磨，夜里偷运过河。”

白永和一听，脸就变了色：“不行，不行。要搞你去搞，我可没那个胆量。”

又是无果而终。

一天黑夜，杨参谋突然带着两个警卫员，一身便装出现在白永和面前。

白永和吃了一惊：“您怎么敢过河来呢！”

杨参谋现出无所谓的神色，说：“我怎么不敢过河来？到了永和关，先找白老三嘛！”说罢，就爽朗地笑了起来，夜半来客的惶恐随着灯花的闪动释然了。“我所以不明目张胆地活动，主要是为了各方便利，尽量把口岸贸易民间化。白掌柜，不知您考虑得怎么样了？”

白永和底气不足地说：“我看能行……”

“合作社那边呢？”

“合作社许主任比我还热心，就是那个魏连长不放话，弄不成。”

“要是方便的话，你把那个许主任叫来见见面？”

“也行。这事还得我亲自去。”

白永和走后，杨参谋便和柳含嫣拉开了家常。

“太太近来还好吧？”

柳含嫣平静地说：“家长里短，鸡零狗碎，谈不上好，也谈不上不好。唉，这年月过得人心惶惶！”

“是呀，生灵涂炭，民不聊生！我们八路军过河来山西，就是为的打鬼子，保家乡！”

他们见过两次面，一次是出逃路上，一次是老太太去世后，杨参谋着便装陪他母亲杨爱丹前来祭奠。那一天，柳含嫣和白永和才恍然大悟，这个年轻有为的后生竟是爱丹之子。他俩不得不对爱丹和她的儿子刮目相看。柳含嫣在刮目相看的同时还多留意了一眼：这孩子脸面白净，眼睛明亮，鼻梁端直，身材舒展，和永和站一起，倒有那么一点父子相近的意思。是不是白永和的种？不可能，爱丹就是因为不能生育，才被休掉的。哎，是不是分手后，两人暗中来往有了的？更不可能。白永和不是那种人，爱丹也不至于那样下作。唉，小心眼，胡想啥哩！不是一家人，不进一家门，谁是谁呀！

现在，杨参谋又坐在面前，昏黄的油灯下，她看见这孩子眼睛还是那么明亮，人还是那么谦和。当然，看见杨参谋，自然会想起白永和为红军受过的事，免不了心有埋怨。但是她做事有个底线，不到万一，不会出面干涉男人的事，女人就操女人的心。她问：“杨参谋有媳妇了没有？”

杨参谋不自然地说：“还没有呢。”

“快三十岁了吧？”

“二十八岁。”

“村里像你这个岁数的，娃娃都有几个了。”

“常年南来北往，居无定所，去哪里找？再说，我们是无产者，谁家闺女愿意嫁一个养活不了婆姨的男人？”

“那共产党总不会让你打一辈子光棍吧！”

“当然不会。先天下之忧而忧，后天下之乐而乐，是我们共产党人的宗旨，天下老百姓过上好光景了，我们也会有妻有家有儿女的。”

跟白永和打交道并非杨参谋所愿。他从小就听说母亲是被白永和休弃的，在白家受尽凌辱。可怜的母亲不得不后嫁给一个当官的，可这个当官的却一去不回，只留得他们母子相依为命。母亲一生苦楚，郁郁不乐，还不是这个不掏良心的白永和害的？他自小就立志要为母亲报仇雪恨。可是，肖队长得知他有这个背景，认为他有得天独厚的条件，要他以大局为重，抛弃个人恩怨，发挥人地两熟的优势，利用白永和在当地的声望沟通两岸商贸，缓解边区物资供给的紧张局面。有了前次合作，杨参谋觉得白永和正直诚信，可以合作共事，原先根植在心里的恩怨退避三舍，让位给合作共赢的大局。

如意听见半夜来客，就穿了衣裳过来打看动静。见窑里坐着个陌生人，倒不知如何问候。

柳含嫣忙介绍道：“如意，这是八路军的杨参谋。杨参谋，这是我儿子如意，在山西大学上学，日本人占了太原，书也念不成了，在村里又没事做，成天走出摆进，成了闲人。”

杨参谋问了如意在校情况和对人生时局的看法，觉得如意思想单纯，空有爱国心而没有报国志。他对如意说，自己也上过大学，留在北平也可能过着养尊处优的生活，但那不是自己的追求，想干一番报国救民的大事业。故而大学毕业后，怀着一腔热情奔赴延安，进了抗大。虽说延安条件简陋，生活艰苦，但上下一心，奋发图强，有志青年为了救国走到一起，在那里找到了心灵的慰藉。

如意问：“抗大是干什么的？”

“抗大是中国人民抗日军事政治大学的简称，你只需听听校名，就知道它的宗旨。”

如意有些兴奋：“你看我行不行？”

“爱国有志青年都可以进抗大学习。”说着说着，就情不自禁地哼了起来：“黄河之滨，集合着一群中华民族优秀的子孙。人类解放，救国的责任，全靠我们自己来担承……”

如意听了，轻轻拍了拍手说：“经你这么一说一唱，我倒真的想去抗大了。”

柳含嫣不无担忧地说：“才说风，就是雨。你的学业还没有完成呢！等情况好一些，还是去太原吧。”

“日本人赖在太原不走，形势还能好了？小日本不走，国家永无宁日！”如意气愤地说。

这时，白永和领着许壮行进了门，给双方做了介绍。在介绍杨参谋时，特意说明是延水关贸易货栈杨经理。

杨参谋说：“听白掌柜说，许主任是举人出身，在京城做过事，是见过大世面的人，弹丸之地能容得下如此才俊吗？”

“哪里，哪里，你一个大学生都屈才做了生意，更何况我这个前清遗老？说实话，我两鬓斑白，不是出门谋生的年纪了。只不过人家抬举咱，在这里混个一年两载，就告老还乡。”

“在商言商，直说吧，你们想做什么买卖？”

“我知道你们那边缺棉缺布缺日用杂货，我就专门做这个生意。我们这边需要盐、碱、皮、毛。”

“如何结算？”

“随行就市，可以以货易货，也可以法币结算。”

“我们那边没有任何问题，可以说来者不拒。听说你们这边还有些小小摩擦？”

“那个鬼连长，官不大，僚不小。开口上峰，闭口上峰，其实是用上峰来拿人，看来，不给他嘴上抿点蜜糖是不会点头的。”

杨参谋说：“许主任虽说是公家人，其实还不是一介儒商？既想赚钱，就要出手，出手慢了，钱可要落在别人的腰包里了！”

许壮行说：“是哩，是哩，商机如军机，不可怠慢。我当尽力而为。”

杨参谋握了握许壮行的手说：“告辞了，杨某静候佳音。”

说来也巧，魏连长病了，病得还不轻，派人请王先生过去。

王先生询问病情，魏连长有气无力地说：“前些日子回了一趟五台老家，返程时走到隰县就病倒了。大夫说我得了伤寒，我就不信！我不过是伤风感冒，怎么能得了伤寒？灰小子可把我吓坏了。吃了几服药，给我发汗，越发越软，弟兄们就把我抬回来了。抬回来，病一天比一天重，听说先生指下有灵，药到病除。您老看……”说着说着，就没了力气。

王先生诊视，六脉细若游丝，浑身冰凉，想来是前医治失所宜，发汗过多，故漏汗不止。如不急止，汗多亡阳，就没救了。便开了“四味回阳饮”让服了，才告辞而去。谁知，过了两三个时辰，几个当兵的凶神恶煞地捣开王先生的门，吓得满院人都出来察看。

王先生问：“你们连长好些了吗？”

一个说：“好个屁，人都死了，叫你一剂药给吃死了！”

王先生脸色苍白，腿软得站立不住，说：“怎么会呢？”

“走，看看你干的好事！”

不容分说，几个当兵的拉拉扯扯、推推搡搡把王先生带走了。王夫人见状，吓得就哭。白永和说“不要着慌，我去看看”，就小跑着跟到了连部。

魏连长仰面朝天睡在七星板上，成了行将就木之人。

王先生故作镇定地问：“怎么回事？”

连副说：“服了药，人就睡着了。过了四五个小时看时，已经断了气。王先生，让你救人，你却把连长治死，人命关天，让我怎么向上峰交代？”说着，就以手去按他的枪套，做出威胁的动作。在场的兵士，见连副要动手，哗啦啦拉开枪栓，王先生表面镇定，但身上已是冷汗淋淋。

白永和见状，忙给连副说好话：“是连长的病没救了，还是药下错了，弄清楚再说也不迟。”

王先生一生救死扶伤，一生胆战心惊，这次遇上当兵的，真个是有理说不清。但作为医生，只要有一线希望，就要尽十分努力。为热肠所迫，他在死人鼻孔试试，确实气息全无。摸了摸头，微温。按脉，尺中似有似无，时断时续。心中暗暗庆幸，脸上神色遂转安然，对众人说：“先不要慌。看症候，虽无活命的道理，试脉息，犹有一线生机。”

那些当兵的见连长有救，剑拔弩张的气氛顿时缓和下来。

王先生不慌不忙，从行医包中取出一支银针，左手大拇指掐住患者人中，右手持针，银光闪过，早扎了进去。只见他双目炯炯，神定气匀，捻针动作，柔若无骨，提留有度，似轻若重。眨眼间，银针拔出，鲜血淋漓。少顷，魏连长大咳一声，唾出一块稠痰，欲抬眼，眼似两扇沉重的门板，怎么也抬不起来。他努了努劲，好不容易才睁开。两只从阴间回来的眼睛，空旷无神，左顾右盼，发现许多人围着他看，围着他叫，说他活过来了，说他醒过来了。他这才发现睡在一块木板上，问：“为甚把我放在这里？”

连副说："昨晚用药后你就过去了，我们以为你纳了命，就先放在七星板上，等着，等着入棺……"

魏连长一听就骂："老子还没死，你就急着埋人，盼我死了你好扶正？"

连副被骂得狗血喷头，不敢抬头，也不敢说话，退了出去。

王先生让用了些稀饭。饭后，只见魏连长两眼赤肿，南瓜脸红得发了紫。喊叫着要吃西瓜。勤务员说河都快结冰了，哪来的西瓜？王先生叫弄来蜂蜜喝了两大碗。少停，又要下地走动，下了地，骂张骂李，癫狂昏妄，全然疯了一般。连副说："王先生，人是救活了，可是又治疯了。你说怎么办？"

王先生心里有数，只要人活过来，别的都好说，就说："弟兄们不要惊慌，只因昨晚病势危急，用药过猛，药性暴发，伤了阳明经。阳明经多气多血，热盛发狂，病状自在情理之中。"

当兵的哪里懂得阳明不阳明的，见大夫稳如泰山，也就放下心来。倒是一直在旁观阵的白永和，由惊到喜，由喜到忧，由忧到恍然大悟。先生用药，有如用兵，兵临城下，则急攻驱之；兵退，则修城补墙，徐徐调理。先生认病准，用药更妙。再看先生处方，下的是安胃饮合黄连解毒汤，以调理平火为主。果然，服药少许，魏连长安然睡去。次日，魏连长一早起来出操训话，和平常一样。

魏连长提了礼品，对王先生千恩万谢，说："您老有事尽管吩咐，在永和关，我说了算！"

王先生说："在您的地盘上谋生，还能免得了劳动大驾。"

白永和在一旁见了，急得给王先生使眼色，打手势。王先生看懂了，但面有难意。魏连长告辞，出了院门，眼看就要过了清泉庙，白永和附在王先生耳旁悄悄说了些什么。王先生才艰难地开了口："魏连长，慢走！"

魏连长回头："啊，有事？"

"不瞒您说，有事相求。"

"好说，好说。您老开了口，哪有不帮的道理！"

"我的朋友白掌柜是商人，他家守着这个渡口，祖祖辈辈做渡口生意。如今，两岸商贸不通，没有生意可做，断了他们的生路。隔三岔五就有一户人家搬走，长此以往，永和关的白家人恐怕都要走光。您是驻军长官，乡亲有难，想您也感同身受，所以，请您高抬贵手，让他们民间生意民间做。这样不仅对乡亲有好处，对政府来说，有税收了，有钱花了，也好养活你们军队。您看怎样？”

魏连长为难地挠了挠头，说：“非是卑职不明事理，实在是上峰有令，不得不遵命办事。老百姓有难处，我也有难处……王先生，容我想一想，好吗？”

事后，魏连长看在王先生面上，只给开了个小口子：每日货船不得超过两只，不得贩运军火等违禁物品。口子虽小，总算开通了。白永和见侄儿如厚为人厚道勤谨，就放手让如厚出头露面干去了，自己在后面把关。如厚心细眼稠，不仅挣合作社的运费，也做开了自己的生意。他见来往的驮骡日渐增多，把关里息了业的饭馆、客栈、货栈、蹄蹄铺等一个一个开了业，紧紧巴巴干了一个来月，黄河就封了冻。

如厚问三叔：“这个冬天怎么办？”

白永和说：“囤积货物，打造船只，把闲冬变成忙冬，单等来年放手一搏。”

话好说，钱哪里来？把如厚难住了。不只如厚手里没几个子儿，就是白永和手头也不宽裕。如果说，过去的白家是头大肥牛，那么现在成了一头卧在犁沟里的老瘦牛，要回到以前膘肥体壮的光景谈何容易！

白永和想到了杨参谋。如厚想到了二叔。

白永和叫来白疙瘩、白葫芦和白狗蛋，说他想过河去办事，能不能冰河行船？

白疙瘩是老艄中的佼佼者，他说：“冰河扳船也不是没有过，只是我年老体衰，吾身难顾吾身，再也不敢冒那样的险。再说，船在岸上晾着，要拖下水也不容易。要扳船，就问这两位后生吧。”

白永和说：“叫你来不是要你扳船，是让你拿主意。”

白疙瘩说：“您是一家之主，这个主意还是你来拿吧。”

白永和说：“葫芦和狗蛋敢不敢扳？”

葫芦拍拍身子说：“有甚不敢的？只有人骑水，还能水骑人？”

狗蛋也说：“只要水路认准了，不会有事。”

白永和说干就干，船被推下了河。柳含嫣听说，跑到河边阻拦。柳含嫣越是好说，白永和越是不听。柳含嫣火了，索性让人搬了把椅子，一屁股坐了，看男人怎么办。白永和说：“河风这么大，你就这样坐着，不冻烂你的手，也要冻掉你的脚!”

柳含嫣赌气说：“你要是真心疼我，就给我回去。”

白永和心里明白，婆姨是真心疼他，可是，既下了过河的决心，就不能反悔。今天就是上刀山下火海也得过，弄不到钱，白家还怎么过?

白永和顾不得和柳含嫣打嘴官司，喊叫着下了河，对柳含嫣说：“回窑里去吧，我一会儿就回来，保管没事!”

柳含嫣爱理不理地说：“我就坐在这里等你们，你们什么时候不过来，我什么时候不回家。”

就这样，白永和在柳含嫣的注视下吃力地过了河。白永和一过河，就小跑着找到杨参谋，说了他的想法。杨参谋和肖部长通了电话，白永和顺利地借到一笔钱，说好明年开河后以货抵钱。杨参谋让吃饭，白永和哪里敢吃饭，只是向杨参谋要了干粮，又一路小跑到了岸边，和几个船工吃了干粮，紧走慢走，日头就偏到河西。船到东岸，见柳含嫣还纹丝不动地坐在那把椅子上。白永和心疼得不行，一把拉了柳含嫣，手冰凉冰凉，赶忙把柳含嫣的手放到自己袖筒里，边走边说：“你呀，你呀，何必跟上受这份罪呢!”

柳含嫣嗔怪地说：“你又何必吃这份苦，担这份险呢!”

两人会心地相视一笑，笑声里荡漾着相守相爱的快意。斜阳在笑声里坠了下去，晚归的鸟儿抖落了一身风尘，柳含嫣牵着男人的手朝九十眼窑院走去。

如厚是厚着脸皮去见二叔的。

如厚心里明白，三叔这样做，既是给他一个机会，又是在考量他，无形中有了一种“天将降大任于斯人”的神圣感。他要珍惜，也要担当，不能走父亲的老路。所以，打一开始就效仿三叔的勤思慎行和豁达大度，先学做人，后学做事。他知道，求二叔并非三叔的本意，是他临急抱“佛脚”的无奈之举。虽说二叔这些年来和白家疏远了，但他还是要去求靠，因为他无路可走，这一条道明摆着。至于说能不能白跑，那就要看自己的运气了。

见了二叔，如厚说明来意。白永忍见永和关自家侄儿第一次上门求他，心里有了几分优越感。心想：你们也有求我的时候，这正是“富在深山有远亲”。转念一想：虽然是如厚来了，这背后兴许是三娃的指使，心高意大的三娃，你也有求我的一天？想到这里，好像头也不在脖子上长着，竟有些飘飘然。但一转念，想起三娃多年来或明或暗的资助和袒护，想起多事之秋的永和关白家，就再也坐不住了。白家有事，他岂能坐视不管？不能，不能。心里一热，话从嘴出："得多少？"

如厚说："多少尽在二叔。"

白永忍说："先拿五千，怎么样？"

如厚实在，觉得二叔能不让他白跑一趟，就算给了面子，何况是五千元！就说："行。开年货出手，就给二叔还上。"

祁娇娇见如厚来借钱，心里就有些不自在。又听得男人出口就是五千，把她吓了一跳：这个口子开得未免太大，万一还不了怎么办？是不是改口三千或两千，即便做不成，损失也小些。可是，自家男人一辈子也没人求过，好不容易有人抬举，岂能言而无信？再说，又是至亲至近的人上门借钱，也不好驳男人的回头和侄儿的面子，不如大大方方送侄儿个人情，在男人面前落个好，做一件两全其美的善事，就附和道："都自家人嘛，还说甚还不还的，需要时只管吭气。再说啦，二叔、二婶虽说离开永和关，总还是九十眼窑院里出来的人，一个白字掰不成两半，见了侄儿就觉着格外亲。娃，你记着，用得着你二叔只管开口，你二叔最是好人！"

"这个不识相的婆姨，她开的口子比我还大！"白永忍脸面挂着笑，心里却嗔怪婆姨。

打记事起，二叔在如厚的脑海里就没有位置，小气，刻薄，使小力气说大话。没想到今天如此通情达理，真是有些意外。如厚嘴笨话少，容易满足，纵有千言万语，都卡在嗓子眼。临走时，只留下一句话："二叔，二婶，我会把钱还上的。"

有了钱，就有了生意。这个冬天，如厚在白永和的指点下，联系了昔日三叔生意上的朋友，如南路汾城白家，如受白永和义埋亡父之恩的何家，还有中路汾州的李茂德等。南路的棉花、棉布运来了，中路的日用百货运来了，近邻隰县的生铁和硫黄运来了，一个冬天就囤积了二十来万斤货。

开河后，白如厚带着新打造的两艘船成天往对岸送货，并带回了陕北出产的盐碱和皮毛，成了集收购、过载、销售、运输为一体的商家。只半年工夫，就还清了贸易货栈和白永忍的钱。由于许壮行和白永和隔三岔五给魏连长一些好处，这个开口上峰闭口上峰的魏连长，就睁一只眼闭一只眼得过且过。因此，河运的口子越来越大，因为有白永和这块招牌，四方客商冲破重重阻拦前来交易，贸易成交额日日见涨。日本蹂躏山西，加上外资银行挤压，晋商严重受挫，永和关白家却是一枝独秀，不能不说是一个奇迹。只二年工夫，白家已经家资十万，成为远近闻名的大户。商人赚钱的本能不仅做大了自己，客观上也给处于经济封锁的陕北八路军以实惠。比如，用于造地雷、手榴弹的生铁、硫黄，不少就来自这个渡口。这个秘密，你知，我知，他知，就是谁也不去说破。

第四十九章

这年九月初三，白永和就要迎来他的六十华诞。

本地乡俗，过寿要在逢九的那年举行。可是，执拗的白永和偏不这样，说六十整寿再过也不迟。

为了丈夫的六十大寿，柳含嫣真是煞费苦心。

早在半年前，她就忙活开了。她先捎信给北平的如霞和西安的如玉，嘱咐她们再忙再累也要回来。又和汾州李茂德李掌柜说定，届时带来汾、平、介、孝一带的风味吃食和山珍海味。还专门从隰县请来有名的郭裁缝，量体裁衣，做了几身时尚衣服。甚至连主持仪式的傧相都想到了。要说这个角色，王先生最胜任，可是先生年事已高，且悬壶他乡，不忍心再请他操劳。其次是李茂德，李茂德家居汾州，路途遥远，怕有个闪失。想来想去，想到了此前因生意萧条辞工的财旺。财旺辞工后，去延川开了一家杂货店，依托白家的货源，倒也能将就过得下去。这么个体面事情，财旺高兴还高兴不过来呢，哪有不允之理。一切准备就绪，单等着三老爷白永和最光彩的那一天到来。

说话间，白永和的寿诞之日就在眼前。

远在北平的如霞和丈夫周道回来了。为了给爸爸过六十大寿，他们提前一个月上了路，通过敌占区的重重关卡，坐火车，坐汽车，坐牛车，骑毛驴，还以步代车，想想这一路的艰难也够烦心的了。几年没有回来，如霞日夜思念着这个家，思念着家里的双亲。所以，未进门就高喊："爸，妈，我回来了！"

柳含嫣听见熟悉的声音，赶忙出门迎接，如霞一下子搂住妈妈的脖子，左亲一口，右亲一口，柳含嫣脸上就留下两个红红的香饽饽："妈妈，女儿想死您了！"

柳含嫣说："孩子，妈妈也一样啊！"

柳含嫣顺便给如霞丢了一个眼色，示意爸爸还在等着她问候呢。

如霞扭过头："爸爸，离开几年，好像几十年那么长！"说罢，略微犹豫了一下，亲了爸爸一口。

这让白永和好不受用。

柳含嫣看见女儿瘦了，脸色也不好看，气息又粗，心疼得在脸上摸来摸去，说："孩子你这是咋了？"

如霞听了，脸上绯红，伏在妈妈肩上说了句悄悄话，柳含嫣疑惑的脸上霎时洋溢起会心的笑容。

娘儿俩只顾亲热，把在一旁立着的周道冷落了。白永和忙给周道让座，周道客气地点点头说："爸爸好，妈妈好！"

"唉，唉，好，好！"白永和、柳含嫣连忙应道。

如霞埋怨道："本来我和周道准备了好多礼物，一路上被抢的抢，丢的丢，就带回来这么点东西。"

周道打开皮箱，让父母亲过目。

里边除了衣服，还是衣服，别的什么也没有。

如霞哭丧着脸说："值钱的东西都让日本人给抢了。不过，还藏下两件好东西，到时再让二老过目。"

柳含嫣刮了一下如霞的鼻子："鬼精鬼精，还留一手？"

周道憨厚地笑道："多亏如霞心细，要不，这两件东西也落不下。小日本，坏到家了！"

如霞话多，想起什么说什么，说他们的生活，说北平沦陷后的种种惨败景象，说沿途见闻……一提起日本人，大家少不了一顿臭骂。自从鬼子来了，弄得国不国，家不家，整日担惊受怕，过的是什么日子！

柳含嫣情知这样，还是要如霞回来，对满脸秋霜的他俩来说，这样的机会不是很多了。

听说大姐回了家，在县教育科任副科长的如意也提前告了假，带着他的女朋友喜梅赶了回来。姐弟久别重逢，加上姐夫和弟弟未来的妻子，一家人不用说多么高兴。

三个孩子回来了俩，西安的如玉比北平近许多，可为什么还不回来？白永和天天念叨。柳含嫣知道，在几个孩子里他最疼如玉，倒不是他偏心眼，是因为如玉是朋友的遗孤，所以从小到大，在如玉身上他格外操心，只怕这个孩子受了屈，对不住朋友。

吃早饭时，白永和当着全家人的面，又提起了如玉，说："难道这娃不回来了？不回来也得来个信。"

说了这话，闷闷不乐，连饭也没心思吃了，放下碗，独自出了门。

全家人都知道他的心病，如玉要是不回来，说不定连这个寿也不过了。饭桌上，谁也不言语，只是用眼神相互交流着他们的不安。

白永和出了九十眼窑院，信步来到老槐树下。朝欢喜岭上望去，山路空无一人。他失望地收回了目光，转向枝叶婆娑的老槐，双手并拢，默默念叨了几句，怏怏离开。他走到河边，久久凝望着黄河，河水只顾匆匆忙忙地流着，并不理会他。他又朝渡口瞅瞅，渡口不见他的女儿。从西安回永和关有两条路可走，如玉他们究竟是从山上下来，还是从河上过来，他心里空落落的。头上流动的云，脚下奔腾的河，横亘在河岸的群山，还有身后古色古香的九十眼窑院，以及护佑他一次次平安出行的老槐，都引不起他的兴趣，只有他的如玉回到身边，才是实实在在的圆满和幸福。

他没有目的地转悠了一圈，正要往回走时，忽听身后有人兴冲冲地尖声叫道："爸——爸！"

扭头一看，他的如玉仿佛自天而降，袅袅婷婷地朝他扑来。在爸爸怀里，如玉才有到家的感觉，爸爸宽大的胸怀就是家，就是包容儿女的家。人老感情脆弱，容易激动。白永和还没开言，泪水就洒下两行。如玉也哭了，她伸出娇嫩的手，轻轻为爸爸擦拭。接着，两张一老一小的脸就靠在了一起。白永和在如玉背上轻轻拍了拍，说："如玉，咱们回家吧！"他又向如玉丈夫林子武说："子武，回家吧！"

三人一进墩台院，白家人哗啦啦地全跑出窑来。握手的，拥抱的，问候的，嗔怪的，不知该怎么样才能表达此时的心情。柳含嫣想起了什么，问："孩子呢？为什么不带回来，让大家眼喜眼喜？"

如玉说："孩子还小，路上又不好走，没敢带回来，下次和如霞姐、如意弟的娃们，一齐回来大团圆吧！"

一句话，说得如霞脸上绯红如霞，说得如意呆呆地傻笑，如意的女朋友喜梅，圆圆的脸蛋绽开了两朵花。柳含嫣和白永和满脸堆笑，他们就盼着儿孙满堂大团圆的这一天。

儿女们回来，有了帮手，柳含嫣省了心。

九月初三一早，白永和穿上如霞从北平买来的西装，头戴黑呢礼帽，脚穿锃光瓦亮的皮鞋，俨然一副都市阔佬的气派。关于这身衣裳，也有过争论。以白永和的意思，还是长袍马褂为好，他毕竟是前清过来的人。其他人有附和的，有说穿中山装的，理由是改朝换代了，还要大清那套干甚？各有各的看法，争论了几天定不下来。最后还是在如霞力主下穿了西装。如霞所以能占上风，理由有二：一是，爸爸是见过大世面的人，穿过古今中西各色服装，算得上是时尚人，时尚人就应穿时尚衣；二是，爸爸气质高雅，穿戴讲究，虽然久居乡下，却有城市人的派头。既是这样，何不趁六十华诞再风光一回？细不过的周道，能不过的如霞，白永和顺从了如霞的意思，大大方方穿了，反倒把柳含嫣定做的衣服放到一边。

早饭是长寿面。如厚媳妇海棠是做饭的能手，她和的面既筋又光，擀得面薄如麻纸，切得面条又细又长。如玉试了一下，一根面条足有二尺长，挑起来不断，吃下去哧溜哧溜。先捞了一碗敬献老寿星白永和吃，然后一人一碗长寿面，大家围着炕桌或八仙桌吃了起来。

子武说："爸爸过寿，大家跟上沾光。"

如玉说："全托爸爸的福，爸爸有福了，大家就有福。"

"这话一点不假，我们要不是爸爸抬爱，如今还不知在哪里受罪呢！"如霞说。

柳含嫣怕勾起过去不愉快的事，忙出来劝阻："你们忘了爸爸是怎么教你们的？食不言，卧不语，行不动裙，笑不露齿……"

柳含嫣不说不打紧，一说倒引起哄堂大笑。如意说："现在都什么时候了，还兴那套老规矩。"

如玉说："那是给女人上的紧箍咒，要做新女性，就不能受老规矩的约束。"

"好好，我说不过你们。"其实，柳含嫣也是新女性，只是在山圪槐栳待惯了，在九十眼窑院生活久了，自觉不自觉地受到旧礼教的影响，她乐意在孩子们面前认输。

正在这时，二伯父白永忍、二伯母祁娇娇进了门，后面跟着他们的闺女如兰和上门女婿有财。如兰手里拖着他们的儿子蛋蛋，家里又是一阵骚动。二伯父一家能前来祝寿，不只于白永和脸面有光，也是所有白家人这么多年的祈盼。白永和叫柳含嫣赶忙上长寿面，不多时，一人一碗哧溜哧溜下了肚。

刚要收拾饭摊，李茂德和财旺一前一后进了门。白永和感动地说："茂德，你把东西捎来就行了，路上不太平，还亲自过来?"

"看三老爷说到哪里去了，咱们谁和谁?除非天上下刀子，没有不来的道理。"

柳含嫣对财旺说："终究是做了掌柜的人，身贵了，行动也慢了。再迟一会儿，你这傧相恐怕就当不成了。"

财旺见三太太阴臊他，为自己辩解道："山里没老虎，猴子称大王。在三老爷面前，我还敢称掌柜?抱歉得很，生意上的麻缠事耽搁了一会儿。再说，李大掌柜来了，这个体面事说甚我也不敢担当。"

两个人你尽我让，说不成一句话。柳含嫣因与财旺有约在先，现在来了李大掌柜，一时不好定夺。白永忍忍不住，就拍了板："既是财旺谦让，李大掌柜你就揽起来吧。"

李茂德别无选择，只得接承下来。和财旺略事商量，就高声宣布："吉时已到，三老爷六十华诞典礼现在开始。各就——"

话音未落，进来几位穿中山装的陌生人。如意一见，赶紧上前握手欢迎。并给父亲介绍说："这位是县长的代表、县政府李秘书，这位是建设科张科长，这位是教育科陈科长，这位是县立高小刘校长……"

客人来到，略事休息，李茂德征求了县上来的头头脑脑的意见，都说客随主便，这就意味着，今天他是当然的"头脑"。于是，祝寿典礼在李茂德的主持下隆重开始。

墩台院搭棚设席，白永和在子女们的簇拥下坐了正位，柳含嫣在右侧坐了。左侧依次坐了李秘书等公家人和白永忍等白氏男性近亲，右侧依次坐了冯兰花、祁娇娇等女性近亲。李茂德的开场白言简意赅："今天是三老爷永和先生六十华诞，艳阳当空，高朋满座，子女亲朋，一齐来到。三老爷一生厚德崇学，折冲商界。妻贤子孝，兰桂腾芳。与人为善，以和为贵。名望远播，堪为师表。值此寿诞之日，我受东家委托，主持仪式，甚感荣幸！南山作颂，北海开樽，吉人天相，五福齐备。谨祝三老爷和享大年，鸿禧在后！今年是还虚之寿，他年就是喜寿，米寿，白寿，岁登期颐。现在贺寿开始，鸣炮奏乐！”

李茂德显然是场面上的老手。虽然说的套语，但话语简洁，措辞得体，一下就把气氛渲染起来。

李茂德话音刚落，噼里啪啦的炮仗就响了起来。鸣炮过后就是奏乐，宾客们正好奇地搜寻乐队时，留声机送来令人耳目一新的《祝你生日快乐》。众人听了，都不知道这是什么意思。如霞解释道：“这首英文歌叫《祝你生日快乐》，在外边挺流行的。”

众人听了交头接耳，说：“看人家三老爷，什么也不一样，穿的洋装，唱的洋歌，就差吃洋餐了。”

还有的说：“世风日下，西风东渐！”

这话钻到白永和耳里，心里笑道：“西风东渐，择善而从，我算一例。”

还有些人，包括县政府李秘书在内，不知李茂德说的几个“寿”是什么含义，但谁也不肯开口发问，因为听着新鲜，免不了暗自琢磨。倒是边上有个人朝着财旺不耻下问，财旺支支吾吾，语焉不详。问得急了，就说反正是好词，自己猜去吧。

里边有个花白胡须的老先生，是白家从前的私塾先生，一副循循善诱的表情：“还虚，是说天干地支正好满了一轮，从头开始；喜寿是七十七，从草体喜字演变而来；米寿的米字，可以读成八十八，故为米寿；白寿更简单，百字去一横，就是白字，意思说九十九岁寿诞；期颐，就是百岁之别称。”众人听了，才恍然大悟。

李茂德接着宣布：“请三老爷公子如意给父亲献寿桃！”

如意端了一个大托盘，大托盘里放着用白面蒸好的硕大寿桃，寿桃嘴尖嵌了红红的大枣。如意跪献：“感谢父亲的养育之恩，祝父亲长命百岁！”

白永和接过来，放在身后的八仙桌上。

“请三老爷小女儿如玉向父亲献词。”

如玉没有稿子，打的腹稿，她声情并茂地讲述了父亲“老吾老以及人之老，幼吾幼以及人之幼”，以及乐善好施、宽厚待人、谨言慎行、敢于担当的事例，不仅自己落下幸福的泪水，在场的人也唏嘘不已。

接着，县府李秘书代表县长致辞。本来高看白家的人，这下更高看一眼，因为政府说了话。他们只知道白永和受人抬举，并不知道受抬举的内情。

本来没有安排白永忍致辞，可是白永忍再也忍耐不住，未经李茂德介绍就说了起来：“三弟一生心胸开阔，忍辱负重，事业有成，是白家子孙学习的楷模！”三言两语，句句中的，骨肉同胞，手足情深，几十年恩怨，就此画上句号。今天的寿诞，令白永和一次次热泪盈眶，所有的热泪中，二哥的这一次他最为畅快。

终于轮到白永和致谢辞。因为过分激动，一时竟不知从何说起。在今天的祝寿典礼上，除了为现场一个个感人心扉的镜头激动，就是在脑际不断回旋着一生坎坷的种种场景。如今，家资盈万，儿女成群，贤妻陪伴，弟兄释嫌，人生至此更有何求？思前想后，百感交集，遂深情地说道：“人生苦短，岁月蹉跎，屈指走过六十春秋。回首往事，悲欢离合有过，酸甜苦乐尝过。前半生业儒，童生、秀才、举人一路走来，可惜进士不进，梦断七品；后半生经商，钱庄、客栈、长船件件做过，欣喜在商言商，小有收获。数度濒临绝境，两次牢狱之灾，命不可谓不大；双亲早逝，双祖抚孤，亲情不可谓不深；两番婚姻，先苦后甜，此身不可谓不幸；救过人，被人救过，帮过人，被人帮过，情谊不可谓不厚。我这一生，奉行的是‘和’，遵循的是‘义’，有和则谐，有义则利，小到家庭，大到社会，无不是这个理。今日，高朋满座，亲友备至，妻儿聚首，梦圆古渡，礼仪隆重，赞颂有加，永和自惭才德不逮，事业草创，受之有愧，只能以拳拳此心，聊表谢意。”

白永和精彩的致辞，博得全场的喝彩和掌声。好不容易等到现场气氛平静下来，白永和又口占一绝：

自叹此生平淡过，
一生坎坷费吟哦。
年逢甲子休言老，
讲信修心再拭磨。

讲究信用，睦邻修好，正是白永和一生行状的写照，在场的人无不感同身受，县府李秘书也深有其悟，说：“千金一诺，和气生财，三老爷之所以能有今天，就是凭的以义制利立世，以和为贵做人。真乃商界精英，人中楷模！”

白永和自谦地说：“李秘书过奖了，永和只不过学着做人罢了。”

众人无不点头称是。

李茂德宣布：“子女给寿星献礼！”

到此时，如霞方才揭开她的秘密：她从周道手中取来一枚硕大的钻戒，闪闪发光，上镌一个大大的“寿”字，戴在父亲手上。又取来一枚小巧玲珑的钻戒，上雕花饰，十分精工，给母亲戴了，这样贵重的礼物，令到场的人咂舌不已。

如玉的礼物是一根鸡翅木龙头拐杖，龙头下飞鹤松柏簇拥着一个寿仙，寿仙造型生动，憨态可掬。虽不及姐姐贵重，但也是精心选来，白永和心领神会。

如意最后登场。他双手捧上一个精致的小盒子，轻轻打开盒盖，里边用红绸裹着一件东西，柳含嫣心想，这孩子不知搞得甚把戏？白永和一看，心想不外是珠宝玉器之类。打开一看，原来是一枚色彩艳丽的寿山石印章。印章底部篆刻“与天同寿”，侧面题刻“子如意敬献”，这一切与印纽上盘龙雕塑相映成趣。白永和喜不自胜地收了。

白氏其他晚辈有礼品的献礼，无礼品的跪拜贺寿。

随着李茂德一声“礼成”，寿礼至此告一段落。

第五十章

正在客人们端坐桌边等待寿宴的时候，如厚张皇失措地小跑了进来，在柳含嫣耳旁悄悄说了几句，柳含嫣一下就愣住了。她心里暗道：“真是忙中添乱，喜中添忧。”她见众人的目光都聚拢到她身上，就果断地说：“贵客来到，还不快点请进！”

如厚前边出去，柳含嫣后边紧跟，不多时，一身素装的爱丹和一身戎装的杨白，在柳含嫣的引导下光临寿堂。

爱丹目光忧郁，脸色苍白，两颊有病态的红晕，人也比以前消瘦，只是那令白永和陶醉的风韵，依稀残留在眉宇和举止间。杨白英武干练，气度不凡，他适应了千军万马厮杀的战场，而不适应高朋满座的寿诞宴席。所以，显得拘谨了些，就像一个跟随母亲走亲访友的小孩，手足无措地站在那里。

知情的人为之震惊：爱丹母子也来凑热闹？不知情的为之疑惑：这位八路军是哪里来的贵客？

最难堪的是白永和。他觉得人们的目光渐渐从他们母子身上转移到自己身上，看他如何应付这个场面。

当着这么多人的面，当着他的妻子和儿女的面，白永和真的有些束手无策。他嘴唇动了动，没能出声；他头脑麻木，嗡嗡作响；他的心很慌乱，也很复杂。这是怎么回事？假如是杨参谋大驾光临，虽然意外，也是情理中事。只是这个爱丹，你也来凑热闹……爱丹呀爱丹，你来得真不是时候。他甚至暗暗埋怨：与其说你来祝寿，不如说给我添烦。但是，眼前的景象不容他再犹豫下去，打破尴尬，还要靠他的胆量和智慧。他心平气和地问：“你们来了？”

爱丹因是有备而来，尽管高朋满座，气氛庄重，但却落落大方地说：“我们给您添喜来了！”

白永和说了声“谢谢”，面朝杨白说：“杨参谋，请坐！”

不等白永和给爱丹让座，柳含嫣早大大方方，把爱丹拉到自己身边坐了。

听说来人是参谋，县里来的李秘书等一齐朝杨白看来。

白永和向众人介绍道：“这位是八路军杨参谋，哦，对了，杨副部长。”

“现在是参谋长！”不等杨白回话，爱丹忍不住，神气十足地插了一句，引得举座惊叹。

早有嘴快的，给李秘书等说破了来者与寿星的关系，引起一阵小小的骚动。

白永和把在座的一一做了介绍，杨白客气地逐个打了招呼。接下来该做什么，人人心知肚明，爱丹和杨白自然成了关注的中心。

爱丹不说便罢，一开口便语惊四座。

“按说，我没资格来给三老爷贺寿，但是，我还是来了。不为别的，为的给三老爷寿诞送上最宝贵的礼物——三老爷，我来还您的儿子来了！”

“啊?”举座哗然，为之一震：她葫芦里装得什么药?

“你，你，什么意思?”白永和似乎想到了什么，似乎又一片模糊。

爱丹站起身，把杨白轻轻拉起来，一字一顿地说：“和您打了几年交道的杨参谋，就是您的亲生儿子！”

“啊?!”所有在场的人都惊得目瞪口呆，空气仿佛凝固了。白家一家人，特别是寿星白永和及他的妻子柳含嫣，被这惊天消息击得目瞪口呆。人们在片刻惊愕之后，便交头接耳、窃窃私语起来。

“这话从何说起?”白永和迟疑了片刻问。

于是，爱丹倾诉了三十年间如何隐瞒事实真相，如何含辛茹苦抚育杨白长大成人，如何让杨扬改名杨白，如何下决心让孩子了解真相，白永和这才大梦初醒。他第一次用心观察面前的这位英俊军人，原来，正如柳含嫣说笑的一样，杨白的模样和他那么相似。听了爱丹的叙述，他愧疚得无地自容。这么多年，他给了爱丹无尽的烦恼，而爱丹却无怨无悔地为他养大一个儿子；他休掉了一个善良的妻子，却收获了一个从未付出一粥一饭的儿子。两相比较，高下立见。白永和脸红一阵，白一阵；白一阵，红一阵，最终被兴奋染得满面红光。这个与他共了多少回事的熟人，竟然是他的亲生儿子！父子相见不相识，今天终于要名正言顺地确认他们的关系。从来没有想到过会有这一刻，但这一刻还是来到他面前。他什么也顾不得，一把拉住杨白的手说："娃，爸对不起你！也对不起你母亲！"

杨白虽然经过枪林弹雨，在战场上铁骨铮铮，但自小缺少父爱的他，面对一个既熟悉，又陌生，既可憎，又可怜的生父，他却没有了应有的勇气。就在祝寿的前一刻他还在犹豫，认，还是不认？为了这一刻，母亲曾多次和他说起，都被他婉言拒绝。直到爱丹要与杨白断绝母子关系，这位曾经发誓要为母亲报仇雪恨的汉子，才不得不打消这个念头，陪着深明大义而又宽容大度的母亲借祝寿与父亲正式相认。在杨白看来，并不是杨白无情，而是生父无义。面对此情此景，这位从没有喊过爸爸，从来没有体会过父爱滋味的儿子，却羞涩了，退却了，他嘴唇艰难地嚅动了一下，尝试了一下，但没有发出声来。

爱丹在一旁看见，理直气壮地说："你看这娃，有什么难的？你叫呀！权当是父亲出了一趟很远很远的门刚刚回来。"

爱丹说这话的口气，俨然是寿星的妻子柳含嫣，本该唱主角的柳含嫣，仿佛成了毫不相干的杨爱丹。

憨厚的冯兰花和嘴快的祁娇娇也附和着爱丹道："娃，你就叫吧！"

她们这么一说，一直静静观看父子相认的柳含嫣，再也坐不住了。她是附和呢，还是保持缄默？附和有些勉强，缄默又嫌薄情。今天的祝寿，犹如一场喜戏，作为主角的白永和，戏里有戏，喜上加喜。她这个妻子，既是可有可无的闲人，又是进退两难的愁人。

好在这时，杨白向白永和鞠了一躬，低低叫了一声"爸！"僵局终于被打破。人们的目光自然转换到白永和那里，柳含嫣略微松了口气。

此时的白永和，枯涩的老泪早已纵横在布满沟壑的脸上，挂在一绺卷曲的胡须上。他上下嘴唇不停地来回嚅动，要合，合不上，要张，张不开。许久，才战战兢兢伸出那只业儒有成经商有绩的大手，急切而又迟疑地落在他的做军官的儿子脸上，边轻轻抚摸，边痛快地应声："唉！"

父子终于相认，爱丹脸上现出满意的神色，舒畅地吐了一口气，回头笑容可掬地望着柳含嫣，说："既认了父亲，就得认母亲。来，过来，见过你的母亲！"

爱丹说这话的时候，是一种无可置疑的语气。但这种坚定，给没有血缘关系、也没有丝毫心理准备的柳含嫣带来如山的重负，很有些强加于人的感觉。

柳含嫣心里明白，与其说这是爱丹送给她的“礼物”，不如说是爱丹扔给她的“包袱”，出给她的一道难题。看似柔弱如水的爱丹，却使出了先发制人的一手。爱丹的厉害她已经领教过了，今天再度领教，虽然有点意外，却也在情理之中。

容不得多想，闪念过后，柳含嫣站了起来，面不改色地说：“孩子回来就是一家人，还怕没有叫的日子。不必了，不必了！”

但是，爱丹决不改口：“娃，你看多好的一位妈妈，别人想叫还挨不上呢！你有这样一位妈妈，是你一生的福气！叫呀！”

杨白别无选择，就大大方方地喊了一声“妈！”喊得柳含嫣心头麻麻的，酥酥的，那颗本来就不坚硬的心彻底被软化了，她不得不默认了这个事实。

柳含嫣转身回了她住的窑里，不大工夫又来到寿堂。拿了一叠钱，少说也有上千元，当着众人面用红纸包了，递给杨白：“你看你妈事先也不打个招呼，叫我和你爸有个准备。来杨白，这份礼，是你爸爸和我的一点心意，你收了。”

杨白还没来得及收钱，爱丹就插话进来：“既是回了白家，杨白再姓杨就不大合适，如果白家人不嫌弃，就把杨白反过来叫白杨怎么样？”

白杨，伟岸挺拔，潇洒舒展，众人都说好，有深意！

白永和却说：“娃是你们杨家养活大的，理应随杨。我这样夺人之爱，情理上说不过去。”

爱丹说：“姓了白，就名正言顺了，娃也好走动。再说，我们杨家，家败业衰，还有甚意思？就让他给你们白家续把香火吧！”

话说到这里，已经仁至义尽，白永和还有甚不乐意的？想必名字一改再改，也是爱丹“蓄谋”已久的事。为了这一天，爱丹费尽了心机。不仅白永和这么想，柳含嫣也这么想。

白永和在如霞、如玉和如意身上扫了一圈，又扫了一眼柳含嫣，似有话要说，但又没说出口。柳含嫣心领神会，就对三个孩子说：“快过去认你们的哥哥和弟弟。”白杨比如霞小，比如玉和如意大，恰好处在承上启下的序次。

姐弟仨有些矜持，你瞅我，我看你，迟疑地迈不出步来。

倒是白杨慷慨，主动迎了上来，一一握手，称姐姐，唤弟妹，显得大方热情。姐弟仨再不迟疑，围住白杨，亲热地攀谈起来。

眼看时候不早，李茂德不失时机地高声宣布：“寿礼圆满，寿宴开始!”

“慢!”柳含嫣突然站起身来说。

早已等不及了的宾朋，不得不把困惑的目光重新聚焦到女主人身上：难道她……

柳含嫣故弄玄虚地说：“刚才，诸位目睹了一场父子相认的好戏。现在，我也有一出好戏，不知大家肯不肯赏脸?”

在场的人被柳含嫣的话说愣了。既然是好戏，谁能舍得放弃？无论是从县里来的贵宾，还是柳含嫣的子女亲属，谁能说个“不”字？人们纷纷归座，静等柳含嫣隆重公布。

“白杨与三老爷父子之谜，迷了白家人三十年，今天总算真相大白。现在，我要披露埋藏心中四十年的秘密，相信诸位也会大吃一惊。”

柳含嫣环顾她的“忠实”听众，没有一个人不圆睁双眼，翘首以待。她说：“四十年前，我是白杨妈妈的妹妹!”

一语出口，石破天惊。“什么？什么?”人们连声问。

白永和目瞪口呆，傻愣在那里。爱丹惊得一下跳了起来：“你是我的妹妹？杨家只我一个女娃，没有妹妹呀!”

柳含嫣粲然一笑：“你再想想，那个被你父亲从集上买来的小姑娘，那个和你形影不离的叫你姐姐的小姑娘，那个因为你被山水推走挨打受气不过逃走的小姑娘，那个名叫花眼的……”

“不要说了!”爱丹惊喜得几乎要跳起来。

如果说，爱丹给了柳含嫣一个突然，那么，柳含嫣却给了爱丹一个意外。太意外了，意外得让她有点承受不了！难道面前这个娴雅干练的柳含嫣，就是那个蓬头垢面的小女娃？难道白杨的新母亲，就是当年俊俏可人的花眼？难道她就是因我的过错，被父亲赶跑了的倔女子？她苍白的脸上泛起隐隐的浅红色，滞缓的瞳孔顿时放射出逼人的光芒，兴奋地叫道：“你是花眼，我的花眼妹妹。啊——”带着泪水，带着哭声，猛地扑向柳含嫣：“那年，从延水关跑到了哪里？为甚来了永和关这么多年不来相认？叫我想死你了!”

柳含嫣没有哭，因为她从杨家出走是被逼无奈，她没有对不住爱丹家的事，只有爱丹家对不起她。她把爱丹轻轻从肩膀上推开，扶爱丹坐下，把出走前后的遭遇从头至尾说了一遍。谁能知道，这样一位优雅靓丽的贵夫人，竟会是如此低贱的出身和如此坎坷的命运，一时间，在场的人无不惊叹，无不唏嘘，这是在听戏文还是真事……柳含嫣说："我所以不道出这段缘由，一是不想再提那段苦难的往事，二是不想让你因我的到来而抱愧。"

"苦命的花眼，全是我惹的祸，全是杨家的错。要不是我，你不会再三被人转卖；要不是我，你也许有另一种活法。我杨家对不起你呀，含嫣!"

柳含嫣取出手帕，边为爱丹擦泪，边劝慰道："我现在过得挺好，我很知足。事情早过去了，不必再为它烦恼。"

白永和联想汉口初识柳含嫣时，柳含嫣对爱丹的关注和敏感，又想起柳含嫣说的逃跑起因，原来故意隐瞒了事实。一切的一切，都是为了隐瞒她与杨家的恩怨，为了不介入他与爱丹的婚姻纷争，为了一心一意地和他过光景。大梦初醒的他，在赞许的同时不免嗔怪：这个柳含嫣，真能沉得住气，要不是今天爱丹送子认父，说不定要把此事沤烂在肚里呢。

爱丹擦干泪水，面带喜色地说："说起来也挺有趣，你追着我到了杨家，杨家把你赶走；你追着我到了白家，我早已回了杨家。两个屁股老是坐不到一搭里，这就叫作有缘无分吧。我把娃交给你，一百个放心。"

县府李秘书感叹地说："道是无情却有情，欲说无缘皆因缘。人啊，真说不清!"

爱丹又问柳含嫣："找到你的家了吗?"

柳含嫣说："找到了。"

"在哪里?"

"就在九十眼窑院!"

是无奈，也是慰藉。柳含嫣的妙答使白永和十分舒畅。为了给柳含嫣寻根问祖，他想尽法子查寻，最终，找到圪里这个地方，却没有找到卖女娃的人家。村里人说，那户人家过了山西就断了音讯。柳含嫣寻亲的线索就此中断。

柳含嫣的揭秘告一段落，寿宴总归要开了。白家人趁这个机会拍一张全家福。柳含嫣拉爱丹照相，爱丹说："你不嫌我多余?"

"旧亲连新亲，有你更圆满。"

爱丹拒不接受，站在一边看。看着她的儿子融入了白家，融入了全家福，舒心地笑了。她一转身就要走，任谁说也不听，说："白家的饭让我的白杨吃吧，我是杨家的人，还是回去吃杨家的饭。"

柳含嫣说："白家、杨家，哪里能分得那么清？既是这样，我就不劝你了。以后成了一门亲戚，可要常来常往呀！"

"不会了。今生今世就这一遭。"说罢，就迈开了脚步。渡口那里，有人正向她招手。

柳含嫣思昔抚今，动情地说："我们都会想你的。你大概有所不知，为了你，三老爷还特意栽了一株山丹丹花！"

爱丹回头，不解地问："真的？为甚哩？"

柳含嫣看了眼白永和，说："不信，你看北墙下的花圃里。"

爱丹的目光随着柳含嫣的手势往花圃看去，果真有一丛已经开败了的山丹丹花。爱丹疑惑地看了眼白永和，白永和的脸一下涨得通红。柳含嫣就势对白永和说："为的是留住那份记忆。您说是吧，三老爷？"

白永和被窘到那里，不知如何应答。他心里暗暗埋怨妻子，这不是给他脸上挂红胡子，要他的好看！他忽然想到阿哥石下那株山丹丹花。原来，柳含嫣心里明白如水，你白永和再精明，也精不过柳含嫣！

寿诞过后，客人散去，白家人也要各奔东西。

天上飞过一片流云，那是南归的大雁展翅掠过。金风阵阵吹来，凋零的黄叶传递着晚秋的凉意，与长天一色的秋水，载着淡淡的离情和凄凄的别绪，从每个人心中流过。

白永和收回目光，说不来是高兴还是伤感，是欣慰还是忧虑。吃了今天的团圆饭，还能不能喝上明天的重逢酒，真是不好说也不愿说的揪心事。唉，不想啦，不想啦，反正黄河总是要朝前流的，皇历总是要朝过翻的，白家的永和关总是要在这里守着。想到这里，他语重心长地说："多好的时光啊，只可惜白家人经过短暂的聚会又要分手。在分手的人里，也许信仰不同，会分道扬镳；也许渐悟本来，能殊途同归。唉，不管怎样，不要反目为仇，不要兵戎相见，不要把这个团团圆圆、和和美美的家搅乱了！不管是做事，还是经商，人心叵测总得辨出个是非，世道炎凉也要理出个头绪。大到为国，小到爱家，远至睦人，近至正己，都是做人的根本，立世的准绳，千万要记住了！"

见儿女、女婿都颔首赞许，白永和露出满意的神色。他言犹未尽，想了想，又说："爸爸还有一个愿望，无论你们走到哪里，都不要忘了门前这株老槐，这条黄河，不要忘了根深叶茂的九十眼窑院。”

孩子们听了，一股暖流涌上心头，眼里也禁不住泛起晶莹的泪花，齐说：“即使走到天涯海角，也忘不了咱们的永和关！”

柳含嫣明白，白永和的忧虑不是多余的，阅过太多的人情世故，才有洞明世事的学问。过往的事不愿回头想，后来的事不敢往下想，只能暗暗祈祷，但愿天下无事，家中安然。她对四个子女说：“人落骂名容易，落名望难。你们要像爸爸那样，做人做事要正派，宽厚，包容，担当！”

父母深明大义，言之凿凿，儿女和儿女的另一半，频频点头。

黄河滩里，一群泥脚泥手的小娃正在捏泥娃娃，捏着捏着竟唱上了：“到了永和关，先找白老三。吃上两碗面，送你上渡船……”

白永和听见了，柳含嫣听见了，白家的子女们都听见了。

白永和有所触动，走到娃们跟前，亲切地说：“你们知道白老三是谁？”

娃们摇晃着头，眨巴着眼。

“你们知道我是谁？”

娃们差不多同时回答：“您是三老爷。”

“三老爷我姓白，又是白家老三，是不是你们说的那位白老三？”

娃们好奇地瞅了瞅，似有醒悟，一张张沾满泥巴的嫩脸蛋绽开了笑容。

欲行的和送行的都会心地笑了。

2010年11月30日写于隰县一得斋

2019年12月12日改于隰县一得斋

图书在版编目（CIP）数据

永和关 / 王哲士著. -- 北京：作家出版社，2020. 6（2023.2重印）
ISBN 978-7-5212-0971-6

Ⅰ. ①永… Ⅱ. ①王… Ⅲ. ①长篇小说 - 中国 - 当代
Ⅳ. ①I247.5

中国版本图书馆CIP数据核字（2020）第075461号

永和关

作　　者： 王哲士
责任编辑： 宋辰辰
装帧设计： 意匠文化 · 丁奔亮
封面题字： 高洪波
封面摄影： 厚永健
出版发行： 作家出版社有限公司
社　　址： 北京农展馆南里10号　　　**邮　　编：** 100125
电话传真： 86-10-65067186（发行中心及邮购部）
　　　　　86-10-65004079（总编室）
E-mail:zuojia@zuojia.net.cn
http://www.zuojiachubanshe.com
印　　刷： 固安兰星球彩色印刷有限公司
成品尺寸： 170×240
字　　数： 530千
印　　张： 32.5
版　　次： 2020年6月第1版
印　　次： 2023年2月第2次印刷
ISBN　978-7-5212-0971-6
定　　价： 88.00元
